Philippe COLLAS

# Le Maître de Penang

Roman

EDITIONS DELERINS

© Editions Delérins - Novembre 1997
111, La Croisette. 06 400 CANNES
Tél. : 04 92 18 81 00  Fax : 04 92 18 81 01
Adresse E. mail : Delérins @ wanadoo. fr

ISBN 2-911944-06-2

Le passé rejaillit toujours lorsque le destin reste inachevé…

à E.V.

# Chapitre I

## Penang (Malaisie)

C'était un petit homme très gras. Sa rondeur contrastait avec l'acuité de son esprit. La nature s'amuse souvent de ces contradictions qu'elle laisse percer au détour du chemin. Ses yeux, toujours en mouvement, se cachaient derrière des lunettes rondes, cerclées d'or, qu'il retirait de temps en temps pour essuyer la moiteur de son nez. Des yeux bleu pâle, petits eux aussi avec une pupille très contractée et très noire.

Nicholas Llyod Durram ne s'était jamais marié et cultivait le caoutchouc dans une grande plantation à l'autre bout de l'île. Il avait une réputation de boute-en-train, parlait fort, riait fort et en cascade, secouant la masse de ses chairs de tressaillements enfantins ou indécents suivant le regard que vous portiez sur lui. Impossible de croire qu'il avait été beau dans sa jeunesse et pourtant il y avait toujours une femme pour le susurrer mélancoliquement lorsqu'il passait, boudiné et transpirant dans son éternel costume de coton blanc immaculé, caressant son crâne chauve en pain de sucre, en souvenir d'une mèche rebelle. Elle le chuchotait du coin des lèvres, pour n'être entendue que de son voisin le plus direct, manifestant ainsi son respect et sa crainte devant la vanité des choses terrestres.

Sa fortune passait pour considérable, ce dont personne n'eût auguré lorsqu'il avait débarqué d'Angleterre un peu avant la Grande Guerre, descendant du bateau sans un penny vaillant et portant seul ses maigres bagages sous l'œil glacé des coolies, partagés entre la fureur de perdre une course et la satisfaction silencieuse de pouvoir mépriser un Européen qui confirmait leur certitude d'une domination fragile et passagère. Nicholas Durram avait alors vingt-quatre ans et se moquait bien de ce que l'on pouvait penser de lui. Il avait dépensé le maigre résidu de l'héritage familial pour acheter une plantation d'hévéas à un colon qui désirait rentrer au pays.

Le gouverneur de l'île de Penang, ou plutôt de l'île du Prince de Galles comme les Britanniques l'appelaient alors, eut beau l'avertir dès son arrivée du fâcheux état de ses terres, le jeune homme haussa les épaules avec l'assurance de ceux qui sont persuadés de jouer gagnant avec le destin. Sir Rupert lissa sa moustache et insista pour le retenir à dîner, non par sympathie personnelle, mais par habitude. Les nouveaux venus n'étaient pas si fréquents et il était dans sa nature de leur faire bon accueil.

Le gouverneur était bien élevé, ce qui lui coûtait parfois, mais pour rien au monde il ne se serait départi de ses manières irréprochables. Il avait le geste parfait au moment adéquat, ce qui lui permettait de repérer avec un mépris satisfait ceux qui visiblement ne sortaient pas des mêmes écoles. Ce petit plaisir le confortait dans la dignité de sa position.

Au reste, ce Durram avait un physique intéressant, un profil de médaille. Et qui sait, bien que Sir Rupert en doutât, ils se découvriraient peut-être quelques relations communes ou à défaut pourraient parler de cette bonne vieille Angleterre. Le gouverneur était de ces hommes qui adoraient leur pays de loin. Il lui manquait sincèrement dès qu'il était à plus de trois mille kilomètres.

Pourtant, il y avait plusieurs années qu'il refusait de prendre son congé annuel, prétextant toujours une surcharge de travail qui lui laissait tout de même le loisir de se plonger plusieurs heures par jour dans la lecture de Keats et de Conan Doyle, ses auteurs favoris. Au sortir d'une bonne page, Sir Rupert bénissait le ciel d'être resté vieux garçon, grâce à laquelle il devait d'être maître de son temps sans avoir de compte à rendre. Penang n'était pas Singapour mais la ville avait conservé l'attrait nostalgique des cités qui se souviennent de leur splendeur passée. Sir Rupert avait succombé à son charme. Insensiblement, sans en avoir réellement conscience, il avait changé son rythme de vie, se laissant envahir par la moiteur et les parfums qui venaient jusqu'à métisser ses pensées et ses rêves d'un sabir incompréhensible pour un Européen. Ici, il était le maître absolu d'une société, restreinte certes, mais où il se sentait chez lui.

Le gouverneur se reversa un verre du vieux brandy qu'il avait eu tant de mal à faire venir du continent. Non, décidément l'Angleterre qu'il chérissait, ne se trouvait que dans les livres. Nicholas Durram était justement ce genre d'homme qu'il n'aimait pas, un ambitieux, un garçon aux dents longues, sorti d'on ne sait où et qui ne pensait qu'à son intérêt. Sir Rupert n'avait pas son pareil pour démasquer les aventuriers et celui-là en était un de a pire espèce. Il en était sûr.

Aussi le gouverneur n'insista pas lorsque le jeune homme déclina son invitation. Nicholas l'avait remercié, prétextant une grande fatigue et son désir de se rendre dès le lendemain sur sa propriété. Sir Rupert hésita puis lui griffonna sur une enveloppe l'adresse du club Saint Andrew, à son avis le seul club fréquentable de Georgetown.

Les langues allaient bon train. Sa tignasse brune, sa réserve presque sauvage et plus encore son refus de faire le quatrième au bridge ne laissaient aucun doute : ce garçon là avait quelque chose à cacher. Mrs Waïk, la femme du capitainier du port, pariait que ce Durram venait tenter d'oublier une impossible histoire d'amour. Elle brodait si vite qu'elle aurait pu la raconter avant qu'on ne lui resservît son thé qu'elle buvait très fort et sans sucre.

Sa peau blanche, couperosée par l'humidité, prenait feu sous le grand ventilateur qui tournait à un rythme hypnotique sans pour autant rafraîchir l'atmosphère. Si ce n'était la présence d'Elliot, son ivrogne de mari qui ne montrait pas la moindre trace d'ébriété avant d'avoir vidé une pleine bouteille du plus mauvais whisky, Mrs Waïk aurait bientôt affirmé qu'elle avait vu sa photo dans le journal. Mr Waïk la fit taire à propos, non pas tant pour l'empêcher de se ridiculiser que par horreur de voir qui que ce soit fourrer son nez dans les affaires d'autrui. Elliot tenait bien trop à ce que l'on passe sous silence ses propres excès pour ne pas vouloir défendre l'intimité des autres, fût-ce un parfait étranger.

— Tais-toi Milicent, tu sais ce que les cancans t'ont déjà coûté !…

Cette simple phrase eut un effet immédiat sur Mrs Waïk qui pâlit subitement et reprit fébrilement la donne. Les dames riaient sous cape. L'effet était imparable. Elles n'avaient jamais su exactement à quoi Elliot faisait allusion mais prenaient un air entendu qui leur donnait une supériorité fugitive sur une femme qui savait toujours tout, mieux que tout le monde. Mrs Waïk, consciente de l'enjeu, prit ses cartes en silence avant de relever son nez pointu :

— Il faut être fou pour avoir racheté les terres du vieux Closters. Elles ne valaient pas un clou…

— Lui non plus d'ailleurs…

Nelson Darcy s'était tu jusqu'alors, ce qui n'était pas dans son habitude. Sa conversation passait pour facile et joviale.

Ce soir, rien ne tournait rond et il avait horreur des imprévus comme tous les présidents de cour de justice. Eilleen, sa femme, avait près de deux heures de retard et Taylor, son nouveau secrétaire, était retenu au lit par une mauvaise grippe. Ces jeunots, tous des chiffes molles ! Il posa son gin pahît (1) et s'épongea le front avec un mouchoir.

Décidément, il fallait être tombé bien bas pour vouloir vivre dans un pays pareil !

Hugh Coleman venait d'entrer dans le salon. Il jeta un coup d'œil à la table qu'il salua d'un air distrait avant de s'asseoir dans un des grands fauteuils en chintz défraîchi qui faisaient face à la fenêtre. Un vieux monsieur, assis juste à sa droite, lui sourit mécaniquement. Sa peau était si ridée et si jaune qu'on l'aurait facilement pris pour un asiatique s'il ne lui était resté quelques cheveux d'un roux étonnant. Harry Cuypper était de ces Hollandais plus britanniques que les Anglais qui avait beaucoup trafiqué sans que l'on découvrît jamais vraiment dans quoi. Aujourd'hui, il ne serait certainement plus admis comme membre du club mais il était là depuis si longtemps que personne ne faisait plus attention à lui. On se souvenait de l'avoir toujours connu, installé à la même place depuis l'autre siècle pour y lire à pleines poignées les piles de "Times" qui arrivaient de Londres avec un mois de retard.

— Tenez, dit-il aimablement à Hugh Coleman en lui tendant un des journaux, prenez les plus récents… A mon âge, j'ai davantage besoin de lecture que de nouvelles.

Hugh Coleman le remercia d'un geste, sans prêter attention au froid que son entrée avait provoqué. A trente ans à peine, il était l'héritier de la plus vieille famille de l'île et se souciait peu d'être aimé par le gratin d'un microcosme qu'il méprisait cordialement.

(1) Cocktail oriental

— Deux cœurs… Nelson Darcy se décida à faire son annonce.

— Ze passe, susurra Mrs Cartwright avec le zézaiement qui la faisait reconnaître à dix pas.

Elliot se contenta de hausser les épaules pour manifester que, comme d'habitude, il n'avait pas de jeu.

— Trois sans atout! Mrs Waïk renchérit triomphalement. Une fois de plus, les cartes lui donnaient raison.

Un serviteur indigène glissait plus qu'il ne marchait sur le sol en teck impeccablement ciré. Avec sa veste d'uniforme de grand hôtel qui contrastait étonnamment avec son sarong bariolé, son fez à pompon rouge et ses gants blancs, il ressemblait à ces petits singes que l'on voit souvent à l'entrée des cirques ambulants, perchés sur les épaules d'un rabatteur de service. Il contourna le grand piano qui servait pour les après-midi dansants et ouvrit silencieusement les persiennes. Le vent s'était enfin levé.

Sir Rupert n'avait pas menti. La plantation, si l'on pouvait encore attribuer ce qualificatif rassurant à ce marécage informe, n'avait rien d'enchanteur. A quelques mètres du fleuve, l'atelier de traitement du caoutchouc disparaissait sous les fougères et les lichens phosphorescents. Les machines étaient si rouillées qu'elles semblaient appartenir à quelque navire ayant fait naufrage au plus profond de cette mer verte. Des papillons y voletaient en tous sens, sortant de cocons qui pendaient par centaines, moisissant sous les palmes du faîtage. Seul le laminoir semblait avoir mieux résisté, dégageant cette odeur aigrelette de petit lait qui indiquait son utilisation passée. Un semblant d'allée en terre rouge subsistait encore, montant comme un serpent endormi jusqu'à la maison principale. Closters avait eu l'intelligence de la construire sur une colline où l'air était plus sec. Sir Rupert avait assuré que par grand beau temps on pouvait voir la péninsule. Nicholas s'en moquait mais n'en avait rien dit au gouverneur qui semblait si fier de son île.

L'habitation était surélevée, comme toutes les maisons du pays, pour se protéger de l'humidité et des parasites. Pourtant elle n'avait rien de ces demeures exotiques qu'on pouvait voir s'étaler sur les images vantant la douceur des îles. L'impression d'abandon était totale. Le bois, terni par les pluies, avait une couleur grisaille qui contrastait avec l'insolente verdeur alentour. Les volets pendaient lamentablement ou avaient simplement disparu, laissant battre les fenêtres à tout vent.

A l'intérieur, la proportion des pièces était agréable mais il était impossible de deviner quel avait été leur ancien usage. La peinture tombait en plaques brunes à même le sol. Une mousse drue et fraîche envahissait le reste de ce qui avait dû être un parquet. Des cafards et des cloportes grouillaient au milieu des écorces de dourians (1) qui finissaient de pourrir dans une odeur écœurante. Il n'y avait que la varangue, dont les arcades légères et dentelées disparaissaient dans l'ombre des feuilles d'arbousiers, pour laisser imaginer que la vie avait pu être douce dans cet oubli végétal.

Nicholas s'adossa à une des colonnes en fer rouillé pour contempler ses terres. Elles semblaient plutôt vastes mais il était impossible de les délimiter exactement, la luxuriance de la végétation ne permettant plus de les distinguer de la forêt proprement dite. Les ronces et les lianes empêchaient toute exploration dès que l'on s'écartait du fleuve jaunâtre. C'est à peine si l'on apercevait les cimes vert foncé des hévéas, luisantes sous le ciel plombé. Le silence était effrayant, déchiré de temps à autre par le cri strident d'un gibbon ou l'envol d'un oiseau invisible. La chaleur était insupportable. Un autre que Durram se serait effondré. Lui ne semblait même pas étonné. Le travail ne lui faisait pas peur.

(1) Dourians : Fruits très sucrés, extrêmement appréciés des Malais.

Avant de prendre la route, Nicholas était passé chez un bijoutier. Ce n'était certainement pas le plus prestigieux de la ville mais le portier du club lui avait assuré que c'était le plus honnête.

Il fallait longer Port Weld où s'entassaient les dockers chinois sur d'étranges baraques sur pilotis qui s'étendaient loin dans la mer. De là, il fallait tourner à gauche pour rejoindre Rope Walk, quelques rues plus bas.

Nicholas avait enjambé les étals des marchands ambulants sans prêter attention aux gamins crasseux qui le tiraient par la manche pour lui vendre un baume miracle ou une authentique robe d'empereur Ming.

Il n'avait pour ainsi dire plus un sou vaillant et devait vendre le peu qu'il lui restait pour parer aux premières dépenses. Il finit par trouver la boutique, un peu après le bazar. C'était la seule boutique européenne du quartier. Là, Nicholas avait marchandé pour négocier au mieux une montre de gousset et un porte-cigarettes en or. La montre était splendide, ornée d'une grosse émeraude qui, pour être gâchée par un crapaud, n'en représentait pas moins à elle seule une somme rondelette.

— Vous auriez dû la vendre à Londres, lui dit Elton Brestlow en s'armant d'une loupe pour observer la pierre avec méticulosité. On vous en aurait donné un bien meilleur prix…

Le bijoutier passa sa main sur sa chevelure gominée et afficha un sourire satisfait. Il connaissait un marchand chinois qui lui rachèterait l'objet trois fois ce qu'il allait débourser.

— Je sais, se contenta de répondre Durram.

A la vérité il n'avait pas compté s'en séparer. Cette montre lui venait de son père et il y tenait comme à un membre de la famille. Mais Nicholas avait joué sur le bateau et perdu toute la somme qu'il avait réservée pour s'installer. Pourtant il s'en remettait rarement au hasard. C'était la vue de cette grosse Américaine qui clamait partout qu'elle venait de ramasser une fortune qui lui avait brusquement tourné les sangs. Au début, Durram avait bien cru que la chance était de son côté. En trois tours, il était à la tête d'une somme suffisante pour espérer faire venir sa sœur dès qu'il aurait débarqué à Penang. Bien sûr, il faudrait préparer son arrivée, lui assurer un confort minimum mais dans quelques mois, ils seraient à nouveau réunis.

Lisa, quand Nicholas pensait à elle son cœur se serrait.

C'était sans doute le seul être humain pour lequel il éprouvait de la compassion. Elle était près de lui aussi loin que remontaient ses souvenirs. A la mort de leurs parents, les deux enfants avaient été recueillis par une vague cousine qu'ils n'avaient jamais vue. Leur père, qui avait fait fortune dans le commerce de porto avant de se ruiner à la Bourse, était le dernier rejeton d'une longue lignée de pasteurs, de juges de paix et de militaires au grade honorable et obscur. Sa reconversion dans les affaires ne satisfit personne.

Chez les Durram, l'argent avait toujours été suspect, son maniement presque diabolique, préjugé pourtant peu répandu chez des protestants, convertis de force, il est vrai, par des sbires des Tudor. Aussi ne fallait-il pas s'étonner qu'ils en aient si souvent cruellement manqué, victimes d'un atavisme religieux trop rapidement occulté. Les Durram se contentaient de maintenir orgueilleusement leur rang de "gentlemen" avec un mépris souverain pour tout ce qui leur était étranger. Parfaitement anglais et conscients de l'être, ils n'avaient jamais traversé la Manche et pour la plupart ne connaissaient Londres que par ouï-dire. De temps à autre, ils évoquaient avec une supériorité satisfaite "leurs" colonies, comme s'ils en étaient propriétaires, au même titre que "leurs" chapeaux ou "leurs" femmes. C'était un héritage naturel et on oubliait souvent qu'il avait fallu les conquérir. L'oncle Alfred avait, dans sa toute première jeunesse, envisagé de partir pour les Indes. L'administration recrutait des juristes et la solde était intéressante, plus de deux fois et demi ce qu'il pouvait espérer gagner en restant à Guilford. L'étonnement puis l'effondrement que suscita son projet le remis rapidement sur le droit chemin. Il serait tué par des sauvages à moins qu'il n'attrape la malaria, la lèpre ou quelqu'autre maladie tropicale dont on ignorait jusqu'au nom ! Alfred comprit très vite, qu'à moins d'être une tête brulée, il était impossible à un sujet de Sa Gracieuse Majesté de s'aventurer si loin.

On parlait encore en riant de ce pénible épisode, avec le temps on rit souvent des drames évités, lorsque le père de Nicholas et de Lisa fit scandale à son tour.

. Les Durram trouvèrent définitivement vulgaire qu'un des leurs se lançât dans le négoce. Son mariage avec une jeune fille sortie d'un milieu pour le moins douteux — on chuchotait qu'elle avait été danseuse — acheva de couper les ponts. On ne s'émut pas outre mesure d'apprendre leur fin tragique dans un accident de voiture car s'il est vrai que la nature a horreur du vide, elle n'en déteste pas moins le désordre.

Personne n'étant très soucieux de s'embarrasser des enfants, la famille décida d'un commun accord de les expédier à Margareth Durram, vieille fille, qui avait donc vocation aux bonnes œuvres. Oncle Alfred qui n'avait pas tout perdu de son caractère jovial et aventureux proposa qu'on lui versât un petit pécule pour la dédommager. La proposition fut acceptée après de longues discussions qui rognèrent sur la rente.

Lisa et Nicholas partirent donc pour les Cornouailles.

Tante Maggie, c'est ainsi que Margareth Durram leur demanda de l'appeler, y vivait à proximité d'un petit village où sa retraite d'institutrice lui permettait tout juste d'entretenir le cottage qui faisait sa fierté. Malgré les apparences, ce n'était pas un cœur sec. Sa passion pour les sujets de jardin, pour les nains en particulier, en était un vivant témoignage. Autrefois on l'avait même soupçonné de romantisme. Mais finalement personne ne s'étonna qu'elle n'ait jamais rencontré l'amour, trop orgueilleuse pour manifester son affection.

Margareth appartenait à cette race de femmes ni très jolies, ni très laides, ni très intelligentes, ni très bêtes qui ne peuvent accomplir leur vie sans l'intervention évidente du destin. Dans son cas, il semblait bien que ce dernier ait oublié de s'intéresser à elle. On lui avait bien connu un ou deux soupirants mais l'affaire n'était jamais allée plus loin sans que l'on sût vraiment pourquoi.

L'enseignement l'avait beaucoup accaparée sans qu'il ne lui en restât rien et, à cinquante ans passés — on ne pouvait lui donner qu'un âge approximatif, ce qui encourageait une galanterie fugitive — elle s'était retirée à Gullcowes, dans la maison qu'elle chérissait, s'enracinant au milieu de ses photos de classe et de sa collection de porcelaines.

L'arrivée de ses "neveux" aurait dû bouleverser sa vie et, dans un certain sens, elle le fit mais pas comme on l'eût pensé. Finalement le hasard lui envoyait les enfants qu'elle n'avait jamais eus. C'était tout du moins l'avis de Mrs Hudson, l'épicière du bourg. Ils étaient charmants ces petits…

N'ayant qu'un an d'écart, Nicholas et Lisa paraissaient presque jumeaux. Avec leur peau pâle, leurs cheveux noirs, on les aurait couverts de baisers si leurs grands yeux qui leur mangeaient le visage n'imposaient une sorte de respect, voire de crainte. Pensez, avec ce qu'ils ont vécu ! Un drame ajoutait l'honnête commerçante avec un air entendu en pesant les amandes dont raffolait le Révérend Bowles. A sept et huit ans, ils s'acclimateraient rapidement à leur nouvelle vie. On oublie tout à cet âge là ! Mrs Hudson était pleine de bonnes intentions. Elle ignorait qu'elle était en train de donner naissance à une légende qui allait isoler Lisa et Nicholas des autres gamins durant toute leur adolescence. Ils étaient les enfants de la Tragédie, ceux dont on s'écarte par superstition d'abord avant de les railler à tout bout de champ. Les enfants ne sont pas meilleurs que les adultes au chapitre du respect de la différence.

Margareth ne l'entendait pas de cette oreille. Pour elle, Nicholas et Lisa était des enfants comme les autres. Et Dieu sait qu'elle en avait connu beaucoup ! Aussi plutôt que d'accueillir des neveux orphelins, perdus dans un monde qu'ils ignoraient, elle s'était rapidement persuadée qu'on lui envoyait deux pensionnaires qu'il faudrait élever par devoir, rien de plus. L'appellation de «tante Maggie» fut le seul témoignage d'affection familiale qu'elle leur accordât jamais. Il était sans doute trop tard pour changer tout ce qu'elle pensait d'elle. Aussi Lisa et Nicholas se replièrent naturellement l'un sur l'autre, comme deux animaux de zoo indifférents aux visiteurs.


Nicholas sortit brutalement de sa rêverie. L'un des Bugis qu'il avait pu engager avec l'argent obtenu chez Brestlow venait de pousser un hurlement effroyable. Leur chef, qui les avaient pilotés sur la rivière, courait en direction de la maison :

— Tuan, (1) il faut venir tout de suite !

— Que se passe-t-il, demanda Nicholas en écrasant tranquillement sa cigarette. La panique des autres l'avait toujours rendu étrangement calme.

— On a découvert quelque chose… Le Tuan doit me suivre.

Nicholas vérifia instinctivement que son revolver était bien dans sa poche. Il n'avait qu'une confiance limitée dans les indigènes et les quelques livres sterling qui lui restaient encore pouvaient susciter toutes les convoitises

(1) Tuan : Maître en malais.

24

Les Bugis s'étaient arrêtés de débroussailler pour monter leur campement. Ils s'écartèrent à l'approche de Nicholas. Au milieu des lianes et des feuilles pourries, gisait le corps d'une femme blanche. Nicholas réprima un haut le cœur. Les chairs étaient boursouflées et bleuâtres et seuls les restes d'une ridicule robe à fleurs rappelaient que ce cadavre avait dû appartenir à la civilisation. Qu'est-ce que cette femme était bien venue faire là ? Nicholas n'eut pas beaucoup de temps pour se poser la question. La nervosité des Malais exigeait qu'il réagisse vite.

— C'est un mauvais présage Tuan, il ne faut pas rester ici ! L'esprit de cette femme n'est pas en paix…

Le chef bugi avait gardé le visage lisse et indéchiffrable des asiatiques mais son ton était lourd de menaces.

On l'avait prévenu. Nicholas savait que s'il montrait la moindre peur, ses hommes s'enfuiraient pour le mieux ou pouvaient aussi le massacrer à tout instant. Il n'y avait pas si longtemps, leur peuple semait la terreur dans toutes les Célèbes. Ces anciens guerriers ne respectaient que la force mais craignaient les démons et les esprits des morts. Le cercle se refermait imperceptiblement. Sa vie ne tenait plus qu'à un fil. S'il ne leur prouvait pas clairement qui était le maître, tout serait perdu. L'odeur était épouvantable

— Enterrez-la, ordonna-t-il d'une voix métallique. Durram serrait la crosse de son revolver. Le toucher du bois lisse et froid lui redonnait courage. Il plongea ses yeux bleu pâle dans le regard énigmatique du chef… « Enterrez-la loin de la maison et appelez-moi quand ce sera fini, je dirai les prières… » Nicholas avait prononcé la formule magique. Il prenait sur lui la responsabilité métaphysique de l'âme de la défunte. Le Bugi s'inclina et transmis les ordres aux autres qui soulevèrent le corps pour le poser sur une civière de branchages.

— Donne-moi ça !…

La femme avait crispé sa main sur un sac. Durram ne

l'avait pas vu de prime abord.

— Faudrait laisser avec elle…

Nicholas n'avait aucun doute sur la pieuse pensée de l'indigène. Il en pillerait le contenu avant de le rejeter à la rivière.

— C'est mon affaire !

Durram lui arracha la poche de cuir sans autre commentaire. Il l'ouvrit tandis que les Bugis emportaient leur sinistre chargement. La disparition d'une femme blanche passait rarement inaperçue dans les colonies et il devrait la déclarer quand il redescendrait pour se ravitailler. Des ustensiles de maquillage, un vieux paquet de cigarettes, un mouchoir et un passeport…

C'est en regardant sa photo que Nicholas eut vraiment l'impression qu'une vie s'en était allée. Miranda Jones, trente-trois ans, comédienne… plutôt jolie avec ses cheveux blonds et son petit nez retroussé. La forme de la mort n'est jamais prévisible sur les visages. A regarder la qualité du cliché, elle n'avait pas regardé à la dépense. Nicholas se surprenait lui-même. Il analysait froidement la situation alors qu'il était sentimental, voire émotif. L'on a parfois des réactions inattendues qui contrastent si profondément avec ce que l'on croit être sa nature qu'il faut rester humble sur le chapitre de la connaissance de soi.

Certes Durram avait pris l'habitude de masquer ses sentiments derrière une indifférence de façade. On n'avait jamais été très tendre avec lui et sa sauvagerie le protégeait de la méchanceté qu'il croyait inhérente à la vie en société. Il était le premier témoin d'un drame qui l'aurait sans doute effrayé si on le lui avait raconté. Mais là, rien. Il haussa les épaules. Tout ça ne lui disait pas ce qu'une femme pouvait faire en pleine jungle avec son passeport et un rouge à lèvres. Il continua à fouiller et glissa sa main plus au fond où il croyait discerner quelque chose. Cinq cents livres, Nicholas venait de retirer une liasse soigneusement pliée. Une vraie petite fortune, il n'en croyait pas ses yeux ! Meurtre ou accident, il était probable qu'on aurait jamais la solution. Il hésita un instant puis empocha les billets.

Cette nuit-là, Nicholas ne dormit pas bien. Il s'était installé une natte au premier étage de la maison que les coolies avaient soigneusement passée au pétrole pour faire fuir les parasites. Il gardait la main sur son arme. Si les Bugis avaient l'intention de le supprimer, ils agiraient maintenant. Les quelques mots qu'il avait prononcé sur la tombe semblaient les avoir rassurés. Durram les avaient intentionnellement formulés en latin, langue inhabituelle qui lui conférait un pouvoir sacré, rituel. Le chef bugi avait visiblement été impressionné et Nicholas espérait qu'il le croirait un peu sorcier. Le chant des indigènes montait lentement comme une mélopée, se fondant dans les effluves de girofles et de pandanus qu'ils fumaient tour à tour. Un peu partout, autour de leur campement, ils incendiaient des branchages. Nicholas ignorait si c'était pour se protéger des prédateurs éventuels ou pour accompagner l'esprit de Miranda. Sa chemise était moite mais il ne voulut pas l'enlever pour se protéger des insectes. Il était difficile de croire qu'au même moment en Angleterre, on se blottissait au coin du feu.

# CHAPITRE II

## Gullcowes (Angleterre)

Lisa était sans nouvelle de son frère. Elle accéléra l'allure. La nuit allait tomber et bien qu'elle ne fût pas peureuse, elle n'avait jamais aimé traverser seule le petit sentier bordé de pierres qui conduisait de Gullcowes au cottage. Nicholas s'était trop amusé à se cacher dans les taillis, en jaillissant subitement comme un diable de sa boite, pour qu'elle puisse traverser la lande sans sursauter au moindre bruit... Le soleil rasait l'horizon et de gros nuages noirs couraient sur la mer.

Lisa s'en voulait d'avoir écouté si longtemps le babillage incessant de Mrs Hudson. Depuis le départ de Nicholas, la joviale épicière se croyait obligée de redoubler de sujets de conversation. Elle le faisait sans en avoir l'air mais Lisa la connaissait assez bien pour lire toutes ses pensées, ce qui n'était d'ailleurs pas très difficile, Mrs Hudson étant de ces êtres simples et sans détour qui se déchiffrent à livre ouvert. Lisa avait beau lui répéter qu'elle était parfaitement heureuse, la brave commerçante n'en croyait pas un mot et la rattrapait toujours sur le seuil de la porte pour "papoter un brin".

Pensez, seule toute la sainte journée avec personne à qui parler, ce n'est pas une vie pour une jeune fille ! Si encore

mademoiselle Margareth était de ce monde, mais là !...
Ces hommes qui ne pouvaient pas tenir en place. Comme
si on avait besoin de voir les tropiques ! Enfin la vie
n'était pas facile, à chacun sa croix...

Mrs Hudson avait l'art d'assener les lieux communs
avec un air si pénétré que Newton lui-même n'avait pas
dû montrer visage si grave lorsqu'il démonta le mécanis-
me des lois de l'attraction universelle devant l'Académie
Royale.

Lisa supportait la litanie avec un sourire discret, pensant dans son for intérieur, qu'après tout chacun découvrait ce qu'il pouvait et qu'à sa manière la sagesse de
l'épicière en valait une autre. Souvent en remontant sur sa
bicyclette, Lisa s'était promise de couper court, de ne plus
s'y laisser prendre la prochaine fois. Mais en rentrant au
cottage, elle s'apercevait régulièrement que Mrs Hudson
avait ajouté un petit supplément personnel à la liste des
courses prévues, deux tranches de jambon, une darne de
saumon, les jours d'arrivage. Autant de petits cadeaux qui
la bouleversaient plus qu'elle ne voulait se l'avouer.

La première fois, Lisa avait cru à une erreur et avait
rapporté le paquet. Mrs Hudson le regarda d'un air faussement surpris, prétendant que cela ne venait pas de chez
elle, puis se ravisant — elle n'avait pas seulement bon
cœur, elle n'était pas sotte et savait bien qu'elle était la
seule boutique du village — examina ses comptes pour
affirmer que c'était bien payé.

Quand l'incident se répéta deux puis trois fois, Lisa
vint pour la remercier et la prier de ne pas continuer. Mrs
Hudson lui serra les mains. Entre femmes, on pouvait
bien s'entraider ! Elle avait presque les larmes aux yeux.
Lisa l'embrassa sans rien ajouter, incapable de parler. Il
y avait tant de tendresse dans ce regard... De personne,
elle n'aurait accepté une quelconque forme de charité.
Mais cette attention presque maternelle avait raison de
sa fierté.

Tout le monde au pays savait que Lisa était presque sans le sou. Margareth n'avait pas laissé grand-chose : sa maison et une maigre rente familiale qui lui avait permis d'élever les enfants. Encore avait-il fallu toute l'ingéniosité de tante Maggie pour joindre les deux bouts. Quand il fut question de les envoyer au collège, les frais étaient si élevés que Margareth se laissa attendrir par le désespoir des orphelins qui refusaient d'être séparés.

Nicholas, qui craignait qu'on ne l'enlevât de force pour le conduire en pension, attachait leurs deux poignets avec une cordelette chaque soir avant de s'endormir. Une nuit qu'il bougea plus que d'habitude, secoué de mauvais rêves, la menotte de fortune avait entaillé les chairs de sa sœur. Rien de bien grave, mais Lisa en conservait une petite cicatrice qu'elle caressait parfois avec tendresse, les jours de grande solitude.

C'est le lendemain que tante Maggie avait pris la résolution de leur dispenser elle-même l'enseignement dont ils auraient besoin. Tout bien pesé, elle appartenait au corps professoral et l'on disait que, si elle avait été un garçon, elle aurait pu pousser beaucoup plus loin ses études. Margareth en avait la capacité, à n'en pas douter. Les hasards de la génétique l'avait condamnée aux classes primaires mais son intelligence aurait dû lui ouvrir toutes grandes les portes de l'Université. Et qui sait…

C'était tout du moins ce qu'elle affirmait à qui voulait l'entendre. La réalité était beaucoup moins brillante mais Margareth avait l'avantage de n'avoir jamais eu à s'y confronter. Ces enfants voulaient rester ensemble ? Eh bien soit ! De toute façon, son revenu ne lui aurait jamais permis d'offrir à Nicholas une scolarité dans des établissements véritablement décents. Eton, Harrow ou Winchester lui étant fermés, il apprendrait tout aussi bien ici… Quant à Lisa, c'était de moindre importance. L'enfant ne s'intéressait pas aux études et il serait toujours temps de la marier. Puisque les contraintes financières permettaient de faire une bonne action, il faudrait être bien sot pour s'en priver ! Margareth estimait avoir justement mis fin à ce dilemme et sa décision lui serait comptée à l'heure du jugement dernier. Il n'y avait qu'à voir la joie de ses charmants neveux pour s'en persuader.

Lisa posa le pied par terre et s'arrêta un instant pour souffler. La côte était rude et sa vieille bicyclette mal adaptée au chemin défoncé. Elle ne regrettait pas d'avoir appuyé la décision de Nicholas quand il avait voulu partir pour l'Orient. Ils étaient jeunes et l'Angleterre leur paraissait trop âgée. Il fallait savoir tout risquer, tout recommencer.

Aussi avait-elle immédiatement accepté lorsqu'il lui avait proposé de transformer leur pécule pour racheter la plantation de ce Closters au fin fond de la Malaisie. Ici, ils ne pouvaient rien espérer. Leur famille les regardait comme des déclassés, avec le soulagement hypocrite de ne les avoir pas totalement abandonnés. Là-bas, tout était possible, l'œil nouveau. Les journaux étaient pleins de ces contes fabuleux sur les fastes des Maharadjahs et les fortunes vite faites.

Pourtant quand Lisa s'adossa au parapet du petit pont roman qui enjambait la Till, elle ne put s'empêcher de soupirer. C'était dans ce cours d'eau, pompeusement appelé rivière sur la carte du Comté, que Nicholas lui avait appris à nager. Le paysage était magnifique en ce début d'automne, saison où les "moors", d'habitude si verts, se coloraient du bleu mauve des bruyères, piquées çà et là par le jaune de la chilidoine. Les fleurs poussaient en abondance, protégées du froid naissant par les effluves marines. Des pavots, des santolines argentées, se mélangeaient à la menthe sauvage dont le parfum âcre prenait parfois à la gorge. Aux premiers beaux jours, ce seraient les crocus et les scilles avec leurs clochettes pervenches qui jailliraient par milliers pour tapisser la lande et se confondre avec la mer. La végétation était sans cesse en mouvement, suivant les caprices du vent.

Les habitants de Gullcowes étaient très fiers de leur climat permettant, sans grands efforts, de faire pousser des plantes qui nécessitaient d'habitude la chaleur du ciel d'Italie. Pas une chaumière, pas une masure qui n'eût au moins son jardinet impeccablement entretenu, sans même parler du somptueux parc d'Havington Castle que tout le royaume enviait. A Gullcowes, il n'était pas rare de voir pousser des figuiers ou des eucalyptus. Le juge Fowler avait réussi à acclimater un olivier devant sa grosse maison géorgienne qu'il appelait maintenant fièrement "le Palazzo"... Oui, Lisa devrait quitter tout cela. Elle y était prête avec le secret espoir d'y revenir un jour.

— Alors, on baille aux corneilles !

La voix chaleureuse du Révérend Bowles résonnait de l'accent rocailleux des gens d'ici. Lisa ne l'avait pas entendu venir. Il arrêta son vélo dans un nuage de poussière... « Ces satanés freins, il faudra vraiment que je les répare ! Si je mourrais d'un accident, il n'y aurait personne pour dire ma messe de funérailles... »

— Bonsoir Révérend !

Lisa éclata de rire. Bowles avait toujours le mot approprié et répétait à l'envie que Dieu l'avait condamné à être immortel. Il ne changeait tellement pas, qu'on l'aurait presque cru. Peut-être était-ce parce que ses cheveux avaient blanchi très jeune. Il avait longtemps fait plus vieux jusqu'au jour où le temps parut s'être arrêté pour le laisser définitivement dans la force de l'âge.

Tout à fait conscient de ce phénomène inhabituel, le pasteur en usait et en abusait pour asseoir son autorité sur les enfants qui ne venaient pas à son catéchisme dominical. Il leur affirmait en roulant ses gros yeux qu'il était un lutin, un troll et qu'il valait mieux lui obéir.

Lisa et Nicholas l'avaient cru et trouvaient tout naturel

d'entendre lire la Bible par un personnage de légende païenne. La vérité les avait déçus, voire choqués. Parfois, il faudrait mieux ne jamais l'apprendre. On devient adulte bien assez tôt et ce sont les années de l'enfance qui sont infinies.

— J'allais justement chez toi.

Le pasteur rajusta son chapeau informe. Lisa comprit qu'il voulait lui parler "d'homme à homme". Le Révérend, profondément misogyne, restait persuadé que l'intelligence était d'essence exclusivement masculine. Aussi utilisait-il toujours cette formule lorsqu'il voulait aborder des sujets importants, et quel que fût son interlocuteur. Ceux qui le connaissaient bien lui pardonnaient ce petit travers, aisément compréhensible si l'on avait eu l'occasion de rencontrer sa femme, la très redoutable madame Bowles qui ne badinait pas avec les horaires et les restrictions sur le beurre.

— Il ne fallait pas vous déplacer, je dois passer demain pour vous rapporter votre linge.

Lisa qui n'était pas maladroite de ses mains faisait quelques travaux de couture pour plusieurs notables du pays. Finalement tante Maggie n'avait pas eu tort de lui enseigner à tenir une maison. Bien que résolument féministe, Margareth Durram qui s'enflammait facilement pour revendiquer le droit de vote, n'aurait pour rien au monde renoncé à ces "ouvrages de dames" qu'elle mariait harmonieusement à ses conceptions progressistes. C'était finalement grâce à ces contradictions que Lisa pouvait arrondir ses fins de mois.

— Ça ne peut pas continuer comme cela. Le pasteur se raclait la gorge. Tu ne vas pas passer ta vie à réparer mes cols de chemise !

— Je ne m'en plains pas !

— C'est un tort. Il faut te trouver une situation digne de toi. Nicholas est parti et Dieu seul sait quand il reviendra…

— Je dois le rejoindre dès qu'il sera installé. C'est une affaire de quelques mois !

Lisa s'était redressée. Personne n'avait le droit de douter de son frère.

— Peut-être !…

Le Révérend ne croyait pas une seconde aux chances de Durram. Ce ne serait pas le premier à avoir été attiré par le mirage des colonies à revenir la queue basse ou à disparaître dans l'alcool. Comme tout homme d'expérience, il gardait ses pensées pour lui… « En attendant, tu ne vas pas rester dans cette maison battue par les vents. Lady Havington m'a demandé de lui trouver une gouvernante, je lui ai parlé de toi. Tu iras te présenter demain à onze heures. »

— Lady Havington ? Lisa n'en revenait pas… Mais je n'ai aucune expérience.

— Tu feras très bien l'affaire !

Le pasteur remonta sur son vélo, manifestant clairement que sa proposition ne souffrait aucune discussion. « Ne me déçois pas, je t'ai fait confiance. »

— Je ne vous ai rien demandé ! lui lança Lisa alors qu'il s'éloignait.

Bowles, à qui le mariage avait appris une écoute sélective, se retourna avec un large sourire :

— Je t'ai obtenu vingt livres par mois… et pas un mot à ma femme. Elle voulait que je recommande une de ses nièces… Une vraie guenon !

Il poursuivait sa route en riant comme un enfant qui venait de jouer un bon tour.


Lisa s'était pelotonnée dans le grand fauteuil à oreillettes tout près du poële de faïence où brûlait un mélange de bois et de tourbe. Elle n'avait pas touché à son dîner, laissant son regard se perdre sur les multiples gravures coloriées, des scènes de chasse pour la plupart, qui se bousculaient conventionnellement sur les murs. Elle était tout à la fois folle de rage, excitée et anxieuse à l'idée d'avoir à se présenter au château. Certes, sa situation financière devenait intenable. Elle n'avait même pas pu faire provision de bûches pour l'hiver qui promettait d'être rude et devait se contenter de ses pavés de terre séchée et malodorante qui enfumaient autant qu'ils chauffaient. Elle n'avait plus rien à vendre, à l'exception de la maison elle-même qui devait lui servir d'abri jusqu'à son départ. La seule pièce de valeur, une commode Queen Anne, avait été rachetée par un amateur des environs et le reste des meubles était trop banal pour intéresser qui que ce soit. Lisa comptait en faire cadeau à la paroisse qui trouverait bien preneur.

Cependant Lisa n'aurait jamais songé à se placer chez quelqu'un. La position qu'on lui proposait était sûrement enviable pour le commun des mortels mais Lisa n'était pas comme les autres. Tante Maggie leur avait assez souvent répété : être né Durram impliquait des devoirs. Lisa et Nicholas n'avaient jamais très bien compris lesquels. Ils savaient juste que les autres enfants les tenaient l'écart, se moquant de leurs tenues trop propres. Plus d'une fois Lisa avait dû refuser de jouer avec les petites filles de son âge et son frère avait dû manier du poing pour la défendre contre des gamins qui lui jetaient de la boue. Peu à peu, ils s'étaient servis de leur différence comme d'un ciment supplémentaire, grandissant avec la conscience d'appartenir une caste privilégiée et mystérieuse.

Domestique, comment pourrait-elle finir domestique ? Lisa avait trop souffert pour ne pas vouloir être libre. Et puis à supposer même qu'elle s'y résolve, elle était bien trop jeune pour diriger une armada de loufiats, plus méprisants que leurs maîtres. Pourtant le défi l'amusait. Ce serait provisoire, le temps de ramasser un peu d'argent avant de rejoindre Nicholas. Elle avait toujours rêvé de franchir les hauts murs qui encerclaient la propriété.

Pour être honnête, elle l'avait fait une fois, un soir comme celui-ci. Elle s'en souvenait maintenant ! Nicholas avait surveillé le ronflement régulier de Margareth pour s'assurer que le champ était libre. Ils étaient sortis par la porte de derrière et avaient marché le long des falaises en s'éclairant avec une lampe tempête. Lisa était terrorisée mais n'osait pas le montrer. Nicholas avait repéré une brèche qui permettait de passer facilement l'enceinte. Lord et Lady Havington étaient à Londres pour "la Saison" et les serviteurs en profitaient pour relâcher leur service. Le spectacle était véritablement féerique... La brume assourdissait leurs pas. Les nuages avaient fui et la lune multipliait les ombres des grands arbres qui croulaient sous la neige. Au loin, on apercevait le château.

— Filons, voilà les chiens !

Nicholas l'avait attrapée par le bras et détalait à toutes jambes. La peur qu'ils avaient eue !

Non, tout cela n'était qu'enfantillages. Lisa s'était décidée. Elle n'irait pas ! Il y avait d'autres solutions. Le Révérend Bowles en serait pour ses frais. Elle lui savait gré d'avoir voulu l'aider mais personne n'avait le droit de prendre de décision à sa place...

— Vraiment c'est incroyable ce que Tante Maggie pouvait avoir mauvais goût, pensa Lisa en reposant nerveusement sa tasse de thé sur le napperon en macramé qui protégeait le guéridon.

Le portail s'ouvrit en grinçant. Lisa hésita à le franchir, impressionnée par les deux immenses lions de pierre armoriés qui surmontaient les pilastres d'entrée.

— Mon Dieu, aidez-moi ! se surprit-elle à dire en faisant machinalement son signe de croix tout en remontant l'allée qui serpentait dans le parc. Elle avait les jambes molles et son courage s'affaiblissait à chaque pas. A vue de nez, elle allait devoir marcher encore au moins un kilomètre et demi.

Havington Castle était une de ces immenses demeures anglaises qui semblaient avoir été construites par un Gulliver mégalomane. Lisa voyait déjà se découper l'énorme bâtisse, posée sur la pelouse impeccable comme un gâteau de mariage sur un buffet vide, alors même que les multiples ouvertures ne paraissaient pas plus grosses que le chas d'une aiguille.

C'était bien le moment que sa bicyclette la lâche ! La chaîne avait sauté, ce qui d'habitude n'était pas un problème mais aujourd'hui, Lisa ne pouvait pas prendre le risque de se présenter les mains pleines de cambouis. Elle n'aurait jamais dû venir, suivre son premier instinct et s'enfuir sans demander son reste. Maintenant, il était trop tard. Lisa détestait l'idée d'avoir à battre en retraite. Elle se connaissait assez pour savoir qu'un tel échec la culpabiliserait pendant des mois. Ah ce fichu orgueil des Durram ! Aujourd'hui, elle s'en serait bien passée. C'était la faute du Révérend Bowles. Il savait ce qu'il faisait en lui susurrant son venin. Lisa ne résistait jamais à un défi !

Ce matin, quand elle s'était levée à son heure habituelle, Lisa avait pourtant décidé d'oublier son rendez-vous. C'est quand elle avait entendu dix heures sonner à l'horloge qu'elle s'était précipitée pour se préparer. Brutalement plus rien ne comptait d'autre ! Elle avait jeté toutes ses robes en désordre sur le lit pour trouver la plus convenable. Rien n'allait, trop petit, trop coloré, trop noir, trop démodé.

Finalement Lisa s'était rabattue sur un ensemble gris souris que Tante Maggie avait acheté juste avant de mourir. En fait, Lisa détestait cet ensemble. Quelle idée avait-elle eu ? Comment avait-elle pu se trouver bien ? Mieux valait chasser cette pensée, il était trop tard et Lisa savait qu'elle devrait assumer ce costume qui la faisait ressembler à une institutrice endimanchée. Quant au chapeau, autant ne pas en parler…

Insensible au charme d'un des plus beaux parcs

d'Angleterre, Lisa avançait en fixant une fenêtre qu'elle avait choisi arbitrairement pour ne penser à rien d'autre. Cent mètres, dix mètres, elle était devant le perron de la porte principale.

— C'est à quel sujet?

Le valet de chambre en livrée noire et bleue, les couleurs des Havington, se tenait devant Lisa sans expression aucune. Ce n'était pas un homme mais une fonction. A n'en pas douter, on avait affaire à un enfant de la balle, conçu subrepticement dans un couloir par deux serviteurs zélés. Certains naissent valets avec la même constance que les Rois.

— Pour la place de gouvernante. C'est le Révérend Bowles qui m'envoie.

Lisa avait parlé très vite, sans prendre le temps de reprendre son souffle.

— Oooh… Je vois…

Le cerbère s'était légèrement animé. Un imperceptible tressaillement de sa joue droite qui manifestait sans doute une grande surprise… « Veuillez entrer, je vais prévenir que vous êtes là. »

Lisa pénétra dans le hall de bois sombre et s'assit dans le fauteuil à dossier raide que lui indiqua le valet de chambre avant de disparaître dans un couloir. Bêtement, Lisa ne pouvait s'empêcher de regarder ses pieds. Ne fais pas l'idiote, relève la tête… L'odeur de rognons au madère qui montait sans doute des sous-sols lui redonna contenance. Ce n'était pas tant le réconfort de reconnaître une odeur familière dans un endroit inconnu — Lisa détestait les abats en général et les rognons en particulier — que la constatation qu'il était bien inutile d'avoir une demeure aussi vaste pour être importuné par des relents de cuisine qui la fit pouffer de rire. Un rire nerveux sans doute qui devint bientôt un fou rire inextinguible qu'elle tenta de contenir bien mal à propos car le corps qui aime être libre se révolte alors souvent pour transformer un simple amusement en soubresauts proches de l'épilepsie.

— Bonjour !

— Bonjour…

Lisa se leva brutalement. Un jeune homme traversait le hall, un livre à la main. Il sourit tout en se replongeant dans sa lecture et disparut sans lui prêter plus d'attention. A croire qu'elle avait rêvé.

— Je vois que vous avez fait connaissance avec notre jeune Lord…

Un habit parfaitement coupé, les cheveux grisonnants, un air aristocratique prononcé, Lisa se trouvait devant le maître des lieux. Un froid glacial lui passa dans le dos.

— Oui votre Grâce…

Elle s'inclina légèrement

— Je suis très touché par l'honneur que vous me faites. Cependant la famille Havington n'ayant pas été élevée au rang ducal par un fâcheux oubli de l'histoire qui voulut qu'aucune des femmes de la lignée ne couchât avec Charles II pendant que son mari se faisait tuer au combat, un "Mylord" aurait suffit. Sachez également que je ne suis pas Lord Havington mais le Majordome en chef, John Masterson. Vous pouvez donc m'appeler monsieur Masterson. Par ailleurs, si je considère la bonne humeur comme une qualité, elle doit être utilisée pour améliorer l'efficacité d'un service. Autrement, il est d'usage de la garder pour un emploi plus privé. Je trouve pour conclure que c'est faire preuve de beaucoup d'audace de penser que Lord Havington pourrait se déplacer en personne pour régler des problèmes domestiques qui, dans l'état actuel des choses, relèvent de ma compétence exclusive. Notre entretien commence donc très mal…

John Masterson avait parlé sans se départir de la plus extrême politesse, signe d'un profond respect ou d'un profond mépris, toujours difficile à distinguer chez un personnage si suffisant. Ailleurs, Lisa lui aurait sans doute envoyé sa main dans la figure. Là, elle ne trouvait rien à répondre. Son fou rire, le passage du jeune Havington, l'apostrophe du majordome, tout cela était allé trop vite, faisant naître des sentiments confus qui conduisent généralement à la paralysie.

— Je... je ferai mieux la prochaine fois.

Lisa se pinça les lèvres. Elle s'était entendue parler et détestait les mots qui sortaient de sa bouche. Il fallait se reprendre.

— Naturel optimiste...

Monsieur Masterson avait esquissé un sourire. « C'est le Révérend Bowles qui vous envoie à ce qu'on m'a dit... »

— Oui...

Lisa le regarda droit dans les yeux.

— Lady Havington m'avait prévenu. Veuillez me suivre...

Le majordome la précédait dans le grand escalier, montant en silence les degrés de marbre avec la lenteur qui s'imposait. Un immense lustre descendait du plafond sur presque trois étages. Lisa ne pouvait s'empêcher de se laisser fasciner par les arabesques de verres qui s'ornaient d'un nombre incalculable de bougies. Masterson dût s'en apercevoir bien qu'à aucun moment, il ne sembla prendre la peine de la regarder :

— Venise, dix-huitième siècle... une œuvre unique, annonça-t-il sur un ton neutre avant d'ajouter avec une secrète fierté qui trahissait la haute conscience qu'il avait de ses responsabilités : « Le château pourrait être un des plus importants musées du Royaume. »

Lisa sourit. Dans le fond, elle était certaine qu'il était lui-même épaté. Si elle avait grandi ici avec Nicholas, il se serait sûrement cassé une jambe en dévalant la rampe de cuivre luisante comme le toboggan neuf de Grosvenor Park. Cette pensée la ragaillardit. Des souvenirs, même imaginaires aident à se sentir chez soi.

Arrivé au deuxième étage, Masterson marqua un

moment d'hésitation. Normalement, il aurait poursuivi l'entretien dans son bureau, sous les combles mais il ne serait pas mécontent de faire sentir à cette fille au regard insolent qu'il était dangereux de vouloir venir empiéter sur son terrain. Il dirigeait parfaitement la maison depuis plus de vingt ans et l'idée d'avoir à engager une gouvernante, qui aurait la haute main sur toutes les femmes de chambre, le révulsait. Bien sûr, c'était l'habitude mais il se trouvait qu'Havington Castle avait fonctionné autrement.

A la mort de Mrs Pettigrew, Lord Havington lui avait fait l'insigne honneur de ne pas la remplacer, lui laissant la totale souveraineté sur l'ensemble des domestiques. Il est vrai que, jusqu'à cette année, les propriétaires ne passaient que très peu de temps à Gullcowes, deux mois par an tout au plus. Il avait fallu que ce stupide médecin persuade Milady que ses poumons étaient fragilisés par la pestilence de Londres pour que Lord et Lady Havington changent leurs habitudes et s'installent presque totalement au château.

Dans les premiers temps Masterson en avait ressenti une grande joie. Mais peu à peu, la cohabitation s'était avérée plus brutale. Lady Havington entendait reprendre sa maison en main et diminuer son pouvoir. Aussi lui avait-elle tout naturellement annoncé la nécessité d'engager à nouveau une gouvernante. Masterson avait bien tenté de résister mais personne ne résistait à Lady Havington, et surtout pas un domestique.

Lady Havington était issue d'une famille bourgeoise très fortunée. Son élégance presque immatérielle demeurait un éternel sujet de conversation. Les mauvaises langues murmuraient que son grand-père était boucher en gros dans la quartier de Sainte-Catherine et qu'elle en avait aussi hérité le caractère. Ses admirateurs répondaient que la viande anoblissait tout quand on avait un fils qui était devenu deux fois ministre et que la nouvelle pairesse d'Angleterre avait failli naître à Downing Street.

Indifférente à ces querelles d'école, Lady Havington se contentait de régner partout où elle passait tout en gérant personnellement sa dot avec un bon sens qui rappelait ses origines. Plus sensible qu'il n'y paraissait aux critiques qu'elle feignait d'ignorer, elle considérait son ascension sociale comme l'une de ses valeurs. Il lui fallait donc une demeure tenue dans les règles de la "gentry". Une femme née dans l'aristocratie se serait peu souciée de ces détails, que la maison soit en ordre lui aurait amplement suffit. Lady Havington craignait bien trop d'être traitée de parvenue pour tolérer un manquement aux usages. Son retour signait la fin des bonnes années.

— Par ici.

Masterson avait ouvert la porte de la bibliothèque qui à elle seule semblait pouvoir contenir tout un village. Il s'approcha d'une chaise sans aller jusqu'à oser s'asseoir. Peut-être avait-il fait une erreur. Il aurait mieux fait de recevoir cette fille dans son domaine. Il se serait confortablement installé dans son fauteuil de cuir, cadeau de Lord Havington lorsque ce dernier changea celui de son propre bureau, et aurait laissé Lisa debout pour lui faire sentir la distance qui ne les réunirait jamais. Il était trop tard. Masterson se mit derrière une grande table recouverte de cuir vert dont l'aspect ministériel donnerait à l'entretien tout le sérieux qu'il convenait. Après un temps de silence qu'il jugea réglementaire, le majordome, pardon le chef des majordomes, commença un interrogatoire en règle.

— Comment vous appelez-vous ? Je ne crois pas me souvenir avoir entendu votre nom…

— Lisa Durram.

— Quel est votre âge ?

— Vingt-deux ans.

— Vingt-deux ans, monsieur !

Décidément Masterson supportait mal la décontraction, il pensait à la désinvolture pour utiliser un euphémisme, avec laquelle cette jeune personne abordait leur rendez-vous. Le domestique, car finalement ce n'était qu'un domestique, était habitué aux rapports feutrés. Il venait d'être obligé de lever la voix, ce qui équivalait dans le langage codé des bons usages à une véritable et définitive déclaration de guerre. Non, jamais il n'emploierait cette petite, pensa-t-il avec soulagement. Il aurait eu mauvaise conscience à l'évincer sans raison valable, le service de ses maîtres lui faisant un devoir d'examiner toutes les candidatures possibles. Maintenant, il était tranquille, son refus se justifiait amplement. La prétendante manquait de la tenue la plus élémentaire, ce qui rendait son engagement rigoureusement impensable. Le majordome continuerait la mascarade jusqu'au bout, se prouvant par là même qu'il en fallait plus pour le désarçonner. Ce n'était pas la première venue qui allait changer ses habitudes et rompre le cérémonial hiérarchique qui lui était une raison de vivre. Lisa s'amusait plutôt de la situation et prit le parti de jouer le jeu. Après tout l'expérience pouvait être instructive.

— Vingt-deux ans monsieur, reprit-elle avec un sourire.

— Vous êtes bien jeune pour prétendre à tant de responsabilités…

Le ton était volontairement neutre mais Masterson savait que le clou était enfoncé. Dans trois minutes, il pourrait raccompagner l'intruse à la porte. Pourtant il préférait faire durer le plaisir. Comme beaucoup de gens profondément peu sûrs d'eux-mêmes, il adorait humilier ceux qu'il considérait comme ses inférieurs.

— Voulez-vous ôter votre horrible chapeau?

— Vous trouvez aussi?

Lisa ôta prestement son ridicule bibi, laissant retomber en cascade ses longues boucles noires. L'effet fut immédiat. Masterson n'aurait jamais pensé qu'elle oserait aller si loin.

— C'en est trop! Vous déshonorez notre profession.

Une gouvernante digne de ce nom ne se promènerait jamais en cheveux ! Un chignon passe-muraille, voilà ce qui convient. Nous ne sommes pas ici pour être vus mais pour servir !

Il avait lancé le grand mot, qu'il avait placé inconsciemment en bout de phrase, pour le mettre en exergue...

— Rhabillez-vous, c'est indécent... Cette tignasse sur cette robe de religieuse, on dirait une grue !

— Vous semblez bien au courant !

— Je vais vous reconduire !

— Avec joie...

— Recoiffez-vous !

— Jamais de la vie !

— Je détesterais être vu en votre compagnie.

— C'est un risque à courir ! Après tout, je ne suis qu'une simple visiteuse.

— Comme vous voudrez...

Masterson se dirigea vers la porte qu'il ouvrit pour laisser passer Lisa, préséance qui manifestait clairement qu'elle ne faisait pas partie du personnel.

— Après vous...

— J'ai été enchantée !

Lisa se sentait si légère qu'elle aurait dansé sur les marches, comme la veille d'un premier bal. Le Révérend ne viendrait plus jamais lui faire de propositions saugrenues. Elle l'aimait beaucoup et savait qu'il serait le premier à rire lorsqu'elle lui raconterait sa petite aventure. Mrs Bowles avait raison, la place était pour sa nièce.

— Attention à ne pas glisser. Il manque une barre de cuivre.

Masterson qui semblait avoir deviné son état d'esprit avait retrouvé son flegme... « Je n'ai pas encore eu le temps de m'en occuper », s'empressa-t-il d'ajouter pour devancer toute remarque désobligeante. Avec cette fille, il fallait s'attendre à tout.

— Masterson, je vous cherchais !

Un homme d'une soixantaine d'années était sorti d'une porte découpée dans la boiserie turquoise et grise. Il avait une pipe à la main et Lisa reconnut les armes des Havington, deux demi-lunes entrecroisées, sur la veste d'intérieur pourpre qu'il arborait avec nonchalance… « La cheminée du salon jaune ne tire plus du tout, il faudra faire quelque chose !… Mademoiselle… »

Lord Havington s'était tourné vers Lisa avec un sourire engageant.

— Mylord…

Lisa ressentit une sympathie immédiate et ne pensa pas à la cacher.

— Mademoiselle était venue pour la place de gouvernante mais je…

Masterson qui voulait parer le coup, n'eut pas le temps de finir sa phrase.

— Vraiment… interrompit Lord Havington. Vous seriez un rayon de soleil. Quel est votre nom ?

— Lisa, Lisa Durram, Mylord.

— Durram ? ! J'ai connu une Margareth Durram autrefois. Etait-ce une de vos parentes ?

L'espace d'un instant le regard de Lord Havington s'attarda sur les cheveux noir jais.

— Ma tante. C'est elle qui nous a élevés, mon frère et moi, à la mort de nos parents.

— Ah oui, j'ai appris… Une bien triste histoire… Lady Havington est-elle informée ?…

La question s'adressait de toute évidence au chef majordome.

— Oui, Mylord. Le Révérend Bowles lui avait recommandé cette… cette jeune personne…

Les derniers mots s'étranglèrent dans la gorge de Masterson qui voyait se profiler ce qu'il craignait le plus.

— Très bien, soupira Lord Havington, dans ce cas, vous ferez parfaitement l'affaire. Il tassa sa pipe… « A très bientôt… Masterson, je compte sur vous pour cette maudite cheminée », ajouta-t-il avant de disparaître comme il était venu.

— Vous connaissez les conditions ?

Lisa se tourna vers le majordome qui avait enchaîné sans le moindre trouble apparent.

— Vingt livres par mois, nourrie, logée

— Quand pouvez-vous commencer ?

— Le temps de rassembler mes affaires !

Curieusement Lisa était aussi ravie de ce retournement de situation que lorsqu'elle descendait l'escalier de la grande demeure pour n'y jamais plus revenir.

— Disons lundi, cela suffira amplement... Je demanderai à Trumper de vous mettre au courant, c'est la plus ancienne des femmes de chambre. Venez à six heures.

# Chapitre III

Penang

— Vous n'auriez jamais dû enterrer le corps. Il ne fallait toucher à rien et venir immédiatement déclarer la mort ! Vous avez sûrement effacé tous les indices...

Le secrétaire de Sir Rupert écumait de rage. Pour une fois qu'une occasion se présentait, un crétin venait compromettre son enquête !

— A ma place, vous auriez fait exactement la même chose. Je n'en menais pas large et les coolies paniquaient...

Nicholas s'efforçait de garder son calme. Dans d'autres circonstances, il aurait répondu plus vertement. Recevoir des leçons n'était pas dans son caractère. Là, il voulait en finir au plus vite et oublier sa macabre découverte comme un mauvais rêve. Il n'avait qu'une idée : faire redémarrer son exploitation...

— Si j'avais su, je ne vous aurais rien dit du tout. Cela m'aurait évité des ennuis et personne n'aurait jamais été au courant. Vous devriez plutôt me remercier !

Charlie Morton bougonna. Il était en poste depuis plus de six ans et attendait fébrilement le moment de se faire remarquer. Il en avait soupé de la paperasserie. Sir Rupert avait pris l'habitude de se décharger sur lui des "affaires courantes", expression singulièrement mal adaptée dans ce pays d'immobilisme.

Morton avait fini par s'en plaindre et se souvenait encore de sa reconnaissance lorsque son supérieur lui avait promis la haute main sur la police locale. La belle affaire ! Il comprenait maintenant pourquoi on n'avait pas jugé bon de renouveler le poste du vieil Acton, rongé par le paludisme. Le secrétaire pouvait cumuler ses fonctions sans crainte d'être débordé... A part quelques disputes de voisinage, il n'avait eu jusqu'à présent qu'à traiter une sordide affaire de faiseuse d'anges, à régler les querelles entre indigènes ou à étouffer les scandales réguliers que provoquait l'ébriété de plus en plus avancée d'Elliot Waïk.

Rien de bien étourdissant pour un homme de trente-cinq ans à peine qui avait rêvé devant les publicités chatoyantes, s'étalant un peu partout en métropole pour vanter le rôle pionnier de l'homme blanc. Plus d'une fois, il s'était surpris à rester planté devant les panneaux du Ministère des Colonies où de jeunes hommes à l'air conquérant s'affichaient en paletot rouge pour envoyer un salut fraternel et impérial à ceux qui se morfondaient en Europe.

Morton s'en était vite persuadé : coloniser n'était pas un droit mais un devoir, un devoir de civilisé ! Il fallait faire pénétrer la lumière dans ce monde de ténèbres...

Aussi était-il tombé de haut, lorsque, quittant joyeusement l'étude de maître Ehrard, notaire à Pimlico où il assurait la fonction de deuxième clerc, il s'était retrouvé à remplir des dossiers d'un intérêt comparable à l'autre bout de la terre. Son bureau de Penang ressemblait étrangement à celui qu'il occupait à Londres, mêmes meubles en acajou foncé et incontournable gravure du souverain en place, le majestueux Edouard VII qui semblait rire dans sa barbe de lui avoir joué un aussi bon tour.

Sir Rupert était miraculeusement absent, parti à Kuala-Lumpur pour négocier une tête de Bouddha en jade, lui laissant enfin le champ libre. Ce Durram lui apportait sur un plateau une affaire qui promettait d'être croustillante et patatras…

— Morton, je vous parle ! Si vous n'avez plus besoin de moi, j'ai des courses à faire en ville. Nicholas s'impatientait. Depuis ce matin, on le baladait d'un bureau à l'autre.

Abas, le chef bugi, ne lui inspirait qu'une confiance relative. Les opérations de débroussaillage avaient bien commencé et les hommes semblaient respecter leur nouveau Tuan. Mais il ne fallait pas les laisser seuls trop longtemps. Nicholas était descendu pour acheter des lames de machette, des cartouches, des boîtes de conserve et du riz en quantité suffisante pour tenir deux bons mois supplémentaires. Ainsi, il pourrait activer les travaux et remettre les hévéas en état avant le début de la mousson.

— Vous connaissiez cette Miranda Jones ?

Morton inspectait le contenu du sac qu'il avait renversé sur sa table. Nicholas ne put s'empêcher de mettre la main à sa poche pour s'assurer que les cinq cents livres qu'il avait subtilisées s'y trouvaient bien.

— Comment vouliez-vous que je la connaisse ? J'arrive ! Si cette femme n'avait pas eu la mauvaise idée de mourir sur mes terres, je n'en aurais jamais entendu parler ! C'est stupide !…

Nicholas était exaspéré. Finalement, il préférait encore la froideur composée de Sir Rupert à la bêtise de son subordonné.

— Il ne faut rien négliger, c'est sans doute un meurtre ! Morton, vexé, se gonflait d'importance… Vous pouvez disposer. Je vous retrouverai ce soir au club.

— Ce soir, je serai parti. Je compte remonter le fleuve pendant la nuit pour éviter ces satanés moustiques…

Nicholas éteignit sa cigarette pour signifier qu'il ne comptait pas rester une seconde de plus.

— C'est vrai, vous arrivez !

Morton ne put s'empêcher d'avoir le petit sourire satisfait de celui qui sait… « Aucun indigène ne naviguera un soir de pleine lune. L'île a des superstitions que nous n'avons pas encore su extirper. Je suis désolé, je crois que vous serez mon hôte obligé. »

— Je vois ! Nicholas sortit en claquant la porte.

Morton le rattrapa dans l'escalier :

— Vous oubliez votre casque !

— Merci ! Nicholas prit le chapeau que le fonctionnaire lui tendait. Décidément, il n'avait aucune sympathie pour les gens de cette île. Avec les Bugis au moins, on savait à quoi s'en tenir. Il suffisait de se faire respecter. Mais ces colons imbus d'eux-mêmes étaient assurément plus dangereux que les pirates ou les coupeurs de têtes.

— Je vous sauve la vie, vous savez ! Le soleil d'Asie est extrêmement dangereux, même si on ne le voit jamais. Ne vous fiez pas aux apparences… Ici la mort peut prendre mille visages et surgir là où on l'attend le moins. J'ai vu des colosses emportés dans la journée pour avoir été trop confiants et se croire au-dessus des lois… Vous avez encore beaucoup de choses à apprendre !


La chaleur était insupportable, suffocante. Nicholas avala machinalement un comprimé de quinine, comme s'il pouvait lui apporter un peu de fraîcheur. La nouvelle de la mort de Miranda Jones s'était répandue dans la ville comme une traînée de poudre. Tout le monde voulait savoir ce qui s'était passé. Les femmes étaient curieusement les plus friandes de détails macabres qu'elles savouraient avec une horreur consommée.

Mrs Cartwright, la femme du médecin pontifiait au Pasar mingu, le marché hebdomadaire qui se tenait sur l'Esplanade. Elle laissait entendre, avec son inimitable zézaiement, qu'elle était dans le secret des Dieux puisque son mari avait été choisi pour faire l'autopsie. Certes, elle n'en avait pas les conclusions, et pour cause, mais son expérience lui permettait d'avancer des hypothèses. Pour un peu, elle serait montée sur un cageot au milieu des kakis et des mangoustans si son importance nouvelle ne lui avait imposé quelque retenue.

Morton n'avait pas perdu son temps. La machine médico-judiciaire s'était mise en marche. Nicholas n'avait pas pensé qu'il faudrait en passer par là. L'opération lui semblait d'ailleurs totalement inutile. Le corps devait être dans un tel état de décomposition que l'on pourrait lui faire dire n'importe quoi, à défaut de trouver quelque chose.

Le secrétaire du gouverneur serait certainement très habile à ce petit jeu. Son bureau grouillait déjà d'activité. Il interrogeait toute personne susceptible de lui fournir une piste qu'il jugerait convenable, n'écartant aucune éventualité et surtout pas les plus scabreuses. Des vieux dossiers, retrouvés dans le coffre de Sir Rupert attestait qu'on avait déjà rencontré un cas semblable au début du siècle. Avec un peu de chance, on trouverait un lien entre les deux affaires et Morton pourrait se lancer à la poursuite d'un meurtrier en série, digne de Jack l'éventreur. Sir Henry Chapman qui siégeait maintenant au parlement avait fait sa carrière avec bien moins que cela. Morton avait déjà câblé la nouvelle au "Singapour Times" (Sir Rupert n'étant averti que par une lettre ordinaire, ce qui couvrait le secrétaire et prolongeait notablement la durée de son interrègne) lorsqu'il fallu bien se rendre à cette triste évidence.

La première victime était âgée de plus de quatre-vingt douze ans, ce qui limitait injustement la possible étendue de ses charmes, et les policiers de l'époque avaient conclu à une mort naturelle, la pauvre femme s'étant perdue dans la brousse pour satisfaire un besoin pressant qui l'avait éloignée du campement. La pudeur n'avait jamais été un meurtrier très présentable. Qu'importe la bombe était lancée et la publicité ne pouvait nuire à l'avancement.

Nicholas s'était dépêché de faire ses courses, pressé de questions de toutes parts. C'est alors qu'il se rendit compte qu'il ne savait absolument rien de la pauvre Miranda. Son entrevue avec Morton lui avait été à ce point désagréable, qu'il n'avait même plus songé à lui demander le moindre renseignement. Epuisé, il s'était étendu sur le lit de la chambre qu'il avait dû prendre au club et avait commandé une tasse de thé. Il ne s'était pas rhabillé après sa douche et buvait, nu, le breuvage réparateur dans un service Wedgwood, à motifs campagnards, qui n'aurait pas dépareillé le trousseau d'une digne Lady du Straffordshire. C'était une chance qu'il soit parti en éclaireur. Il n'aurait pas aimé que Lisa soit mêlée à tout cela. Il rabattit la moustiquaire et se laissa gagner par le sommeil.

— On ne parle que de vous !

Nicholas était descendu très tôt pour dîner puisque ce n'était pas l'habitude de le monter dans les chambres. Le règlement était très strict sur ce point : hors cas exceptionnel, grossesse finissante ou handicap majeur, la direction n'assurait que le service des boissons à l'étage. On y voyait là une question pratique mais aussi une indispensable concession aux règles de la convivialité la plus élémentaire. Nicholas voulait être tranquille, aussi avait-il sauté dans son pantalon dès son réveil. A six heures, il ne rencontrerait personne à la salle à manger. Il n'avait pas fait attention à ce petit vieillard, au complet aussi crème que les murs.

— Je m'appelle Harry Cuypper. Je dîne très tôt, moi aussi, une vieille habitude. Je ne m'en plains pas, à mon âge, on digère mal…

— Je suis Nicholas Durram.

— Oh je sais ! Je pensais justement à vous. Je n'aimerais pas être à votre place. Ces vautours ne vous lâcheront jamais, ils s'ennuient tellement…

Nicholas sourit. Le vieillard avait l'air plutôt sympathique et, malgré sa figure incroyablement ridée, il présentait un visage plus humain que tous ceux qu'il avait rencontrés jusqu'alors.

— Vous les connaissez bien !

— On ne vit pas impunément aussi longtemps dans ce pays... Mais, puis-je vous proposer de venir à ma table. Elle est beaucoup plus agréable et juste sous le ventilateur.

— Pourquoi pas !

Nicholas se leva pour rejoindre son voisin. Finalement, il ne serait pas mécontent de discuter avec quelqu'un. Avec les Bugis, les sujets de conversation étaient pour le moins limités et il se sentait singulièrement seul.

— Je vous conseille le *welsh rarebit*. Il est aussi bon qu'au Savoy !

— Je ne suis jamais allé au Savoy... répondit Nicholas en reposant la carte.

— Aucune importance, moi non plus ! Faites-moi confiance. Contrairement à ce que pensent les Européens, il faut toujours manger chaud sous les tropiques. Cela fait moins transpirer et cela tue les amibes.

— Puisque vous le dites.

Nicholas fit signe au boy et commanda.

— La Malaisie porte bien son nom. On peut s'y affaiblir très vite. Il y a des petites règles élémentaires à observer.

— Je sais. J'ai eu le temps de lire sur le bateau.

Nicholas alluma une cigarette...

— Il me semble vous avoir déjà vu. Je me trompe ?

— Nous nous sommes croisés le jour de votre arrivée.

— Je me souviens. Je n'étais pas d'humeur très liante.

— Il y a des jours comme ça...

Cuypper sauçait avec une voracité sympathique mais étonnante pour un homme de son apparente fragilité. A le voir, on eût pu penser que le souffle du ventilateur aurait suffi à le ramener jusqu'aux verts pâturages qui l'avaient sans doute vu naître...

53

— Je ne suis pas d'ici, vous savez !

— Je m'en doutais !

— Non, je veux dire, je ne suis pas anglais. Je suis hollandais, aussi m'ont-ils toujours tenu un peu à l'écart...

Ce pluriel impersonnel désignait à n'en pas douter les autres membres du club...

— Si je peux me permettre, je ne crois pas qu'ils vous aiment beaucoup non plus...

— Ça m'est totalement égal !

— Méfiez-vous, l'affaire Miranda Jones ne sent pas bon !

— Vous la connaissiez ?

— Un peu...

Cuypper marqua un temps d'arrêt, comme s'il revoyait le passé, puis se rendant compte de sa distraction, reprit avec un ton exagérément dynamique : « C'était une brave fille, jolie d'ailleurs ! C'est ce qui a causé des problèmes... »

— Vraiment ?

Nicholas fut pris d'un étrange malaise. Le corps qu'il avait trouvé sur ses terres n'avait plus grand-chose d'humain et il avait pu facilement reléguer son émotion dans une partie secrète de son cerveau. Cuypper lui parlait d'une femme vivante, qu'il avait vu rire et vraisemblablement aimer. C'était tout autre chose.

— Vous ne savez pas si vous voulez en savoir plus...

Cuypper avait visé juste.

— Vous êtes devin.

— Je connais les hommes...

Le Hollandais reposa sa fourchette et s'essuya méticuleusement les contours de la bouche avec sa serviette. A cet instant précis, il ressemblait à ces vieilles dames sophistiquées que l'on avait davantage l'habitude de rencontrer dans les villes d'eau. Nicholas n'eut pas le temps de s'en amuser bien longtemps. Mrs Waïk faisait une entrée fracassante et faillit renverser le boy qui apportait le *welsh rarebit* sur un plateau d'argent. Sans s'excuser, elle se dirigea droit vers leur table :

— Je viens de chez Morton...

Elle s'était plantée devant Nicholas sans prêter la moindre attention à son convive...

— C'est vrai, vous auriez trouvé le corps de Miranda ?!

— Oui.

— C'est épouvantable !

La femme du capitainier avait perdu sa morgue hautaine. Elle était bouleversée et ne pouvait pas le cacher. Prenant conscience de ce que sa conduite pouvait avoir d'inhabituel, elle tenta de reprendre contenance, saluant Cuypper d'un geste distrait.

— Excusez-moi, je vous surprends en plein dîner. J'ai terriblement peur de mourir ici, au milieu de ces sauvages. Vous comprenez... Elle se força à sourire. Pas un mot de tout ceci. On va me trouver ridicule... Les racontars vont si vite...

Mrs Waïk qui savait assurément de quoi elle parlait, repartit avec un semblant de dignité mais en oubliant de dire au revoir.

— C'est curieux ! Cuypper bourrait sa pipe, elles n'étaient pourtant pas très intimes... Bah ! ajouta-t-il en allumant son briquet à amadou, les femmes sont si impressionnables.

— Qu'est-ce que c'est que ça ?

Nicholas allait porter la cuillère à sa bouche lorsqu'il remarqua quelque chose qui bougeait dans la sauce.

— Des fourmis rouges. Il faudra vous y faire, la ville en est infestée.

— C'est ignoble !

— Quand je suis arrivé, je m'efforçais de les éliminer une à une. Maintenant, je les avale sans sourciller. Vous verrez, vous y viendrez aussi...

— Je ne peux pas, je préfère crever de faim.

Nicholas reposa ses couverts.

— Croyez-moi, vous les préférerez bientôt dans votre

assiette que dans votre lit. Leur piqûre est douloureuse !

Milicent Waïk marchait à grandes enjambées. Elle ne voulait voir personne et rentrer chez elle au plus vite. Sa maison était l'une des plus belles de la ville, perchée au-dessus du port, dominant toute la baie. Seule la Résidence du gouverneur devait avoir une plus belle vue, particulière-ment impressionnante au lever et au coucher du soleil quand la lumière du ciel se confondait avec celle de la mer. Elle adorait cette maison avec son jardin de citron-niers et d'hibiscus qui descendait en pente douce, presque insensible, créant un relief discret propice à la nostalgie et à la méditation. Son gazon plus vert que nature était entretenu par une armée de boys silencieux et stylés qui lui permettait de se consacrer à sa passion du paysagisme sans en connaître aucun des inconvénients.

Milicent avait réuni toute une collection de livres savants, lui permettant de se livrer à diverses expériences mais finissait toujours par revenir aux principes simples et incontournables de Gertrude Jekyll (1). Curieusement, elle avait réussi à créer ici un havre de paix et de fraîcheur en suivant les préceptes d'une femme qui n'avait jamais quitté son Surrey natal.

Milicent avait une prédilection pour les roses, pas pour ces nouvelles roses à la mode qui se ressemblaient toutes, non, pour les roses de jardin, généreuses et joufflues que l'on appelait déjà avec un zeste de mépris, les "roses anciennes", alors qu'elles n'étaient que celles de son enfance. Elle s'en était plantée une oasis, juste devant sa chambre et s'endormait souvent la fenêtre ouverte pour profiter de leurs parfums qui se mélangeaient subtilement à l'odeur entêtante des orchidées sauvages.

— Un paradis, ma chérie, tu vis dans un paradis !

Milicent entendait encore les paroles extasiées de Caroline, son amie de toujours qui était venue passer une quinzaine, il y avait bien des années.

(1) Gertrude Jekyll : célèbre paysagiste anglaise

Caroline était repartie en Angleterre et elles ne communiquaient plus que par lettres. Milicent, elle, était condamnée à rester. Peu à peu, leur correspondance avait perdu de sa substance. Comment expliquer à un Européen en vacances que l'enfer pouvait avoir des airs d'Eden ? Si Caroline lui demandait des nouvelles d'autres colons rencontrés l'espace d'une soirée, Milicent lui répondait qu'ils allaient tous bien. En fait, elle brûlait de lui écrire, l'un a une furonculose aiguë, l'autre le foie qui va exploser et le troisième n'est plus de ce monde ! Milicent se retenait par convention, par désir de paraître et puis à quoi bon passer pour une folle ?

Evitant la place du marché, pourtant sûrement déserte à cette heure-ci, Mrs Waïk s'engagea dans les ruelles où elle savait ne devoir rencontrer que des indigènes. Elle remonta légèrement sa robe pour ne pas la laisser traîner dans les eaux sales qui coulaient au milieu de la chaussée et s'apprêtait à longer les petites échoppes d'épices multicolores où s'affairaient les commerçants chinois. Comment pouvait-on vivre dans une telle puanteur ? Milicent ne s'y ferait jamais. Les effluves d'huile rance se mêlaient à une transpiration aigre, rendues plus écœurantes encore par le gingembre, la cannelle et les piments oiseaux qui s'étalaient en vrac dans de grandes cuves en bois. Si elle n'était pas avertie, Mrs Waïk aurait sorti son mouchoir délicatement imprégné de "Bouquet de Windsor", mais elle savait bien que la combinaison s'avérerait encore plus redoutable.

Plus que quelques mètres et Milicent rejoindrait la grande route pavée qui menait jusqu'à chez elle. Elle se cogna à un enfant qui poussait une jonque miniature dans la rigole. Ses mains et ses pieds nus étaient aussi noirs que son fleuve imaginaire. Il riait. Et dire qu'on prétendait que les asiatiques étaient propres ! Les Malais, il n'y avait rien à dire. Musulmans pour l'essentiel, ils étaient persuadés que le Prophète dispensera plus généreusement ses bienfaits sur une maison impeccable. Mais ces Chinois étaient vraiment dégoûtants. Pour rien au monde, elle n'aurait franchi le seuil de leurs demeures aux linteaux et portes pourtant merveilleusement sculptés. L'or et la crasse, oui, c'était cela…

Milicent n'eut pas le temps d'en penser davantage, Mrs Brestlow était au coin de la rue, toute ombrelle déployée. Elle discutait passionnément avec une marchande de sucreries qui ne lâchait pas son boulier. Cette vieille bique ! Il fallait qu'elle soit là ! Comme si elle ne pouvait pas faire ses courses dans le secteur européen. Milicent aurait dû s'en douter, la femme du bijoutier était connue pour une économie qui frôlait le radinisme, pour ne pas dire plus. Elle avait entendu dire qu'elle s'approvisionnait dans les bas quartiers, et encore aux heures creuses, pour bénéficier des meilleurs prix. Ce n'était vraiment pas de chance ! Heureusement, elle ne l'avait pas vue. Milicent bifurqua sur la gauche, s'apprêtant à dépasser le temple de Kuan Yin enfumé par les innombrables bâtonnets d'encens, brûlés en l'honneur de la déesse de la miséricorde. Elle s'y arrêta presque malgré elle, attirée par la statue de cette femme sereine au dix-huit bras. Milicent aurait aimé se fondre dans l'air et la rejoindre à tout jamais. Elle ferma les yeux et voulut se laisser apaiser par le chuchotement des prières. Non décidément, rien ne parvenait à la distraire de son obsession morbide.

— Deux bras ne suffiraient pas à soulager la misère du monde…

— Pardon !…

Mrs Waïk n'avait pas fait attention au vieux gardien qui époussetait les autels.

— Deux bras ne suffiraient pas soulager la misère du monde… répéta-t-il avec un sourire énigmatique.

Milicent le regarda comme s'il était sorti d'un rêve puis haussa les épaules. Tout cela était ridicule. Elle n'avait jamais cru en rien et n'allait pas commencer aujourd'hui.

La nuit tomberait bientôt, sans crier gare, aussi brutale que le lever du jour. En quelques minutes tout serait noir. N'importe qui se serait perdu dans ce dédale. Pas Milicent, elle connaissait suffisamment la ville pour retrouver son chemin. De toute façon, c'était la bonne direction.

Mrs Waïk était hors d'haleine. Elle poussa la petite barrière de bois blanc qui fermait son jardin et ne put s'empêcher de soupirer de soulagement. Le soleil rougeoyait encore. Tout était si beau, si tranquille, si habituel que Milicent retrouva presque son calme. Un boy cueillait des fruits pour le dîner. Par bonheur les Cartwright s'étaient décommandés. Elle devait avoir une tête épouvantable. La rougeur de sa peau trahissait toujours dangereusement son émotion et le climat humide n'avait rien arrangé.

Mrs Waïk remit de l'ordre dans ses cheveux et reprit contenance avant de monter les marches qui menaient à la véranda. Elle ouvrit la porte avec l'air décidé du marin qui retrouve la terre ferme après plusieurs mois de navigation. Elle respirait avec bonheur l'odeur rassurante de la cire à bois qui venait d'être passée sur les meubles de l'entrée, des cadeaux de mariage pour la plupart, achetés chez Harrod's il y avait une éternité.

A cette époque, Milicent aimait le moderne et avait insisté pour n'avoir aucun meuble de famille. Elle le regrettait aujourd'hui et affectionnait particulièrement la bibliothèque de style géorgien qu'elle avait héritée de sa mère. En prenant de l'âge, elle s'était réconciliée avec son enfance et la considérait comme la période la plus heureuse de sa vie. Aujourd'hui pour rien au monde elle n'aurait abandonné à son frère tout le mobilier qu'elle lui avait laissé prendre avec un désintérêt presque affecté. Elle lui avait écrit plusieurs fois pour tenter de récupérer la ravissante petite coiffeuse de tante Anna mais n'avait obtenu que des réponses embarrassées et évasives.

— Bonsoir Madame…

Deng, son valet de chambre malais, la saluait en joignant les mains. L'espace d'un instant, Milicent avait tout oublié. Le petit visage jaune lui fit battre le cœur. Si seulement elle pouvait être aussi impassible que lui. Ces gens ne ressentaient aucune émotion, elle en était persuadée. Il suffisait de regarder leur peau incroyablement lisse pour comprendre qu'ils ignoraient la souffrance. Cette pensée ravivait la sienne, intacte, intolérable.

— Préviens-moi quand le Tuan sera rentré…

Le boy prenait son chapeau et ses gants…

— Et prépare-moi un thé vert.

Milicent savait qu'une boisson chaude l'aiderait à reprendre ses esprits.

— Le Tuan est arrivé. Il dort…

— A cette heure-ci ?

Le boy s'inclina sans un mot. Tout discours était inutile, Milicent avait compris. Une fois de plus, son mari cuvait son whisky et Dieu sait dans quel état lamentable, il s'était mis !

Elle serra son mouchoir et se dirigea vers la chambre d'Elliot. Ils faisaient chambre à part depuis qu'ils étaient arrivés à Penang. Les stores étaient fermés et l'obscurité presque totale. A moitié tombé du lit, le capitainier ronflait comme un hippopotame échoué au milieu de ses souvenirs militaires. Dès qu'il avait bu, Elliot ressortait son vieil uniforme de lieutenant de la Marine Royale et ses abominables soldats de plomb sur lesquels on manquait de glisser à chaque pas. Milicent n'avait pas besoin de lumière pour savoir que sa chemise était poisseuse d'alcool et de vomis. Il empestait.

— Elliot, Elliot réveille-toi !

Mr. Waïk ne répondit pas. Il gronda en essayant de se retourner pour avoir la paix et ne réussit qu'à s'affaler de tout son poids sur le parquet. La chute dut lui faire mal car il sortit de sa léthargie :

— Qu'est-ce que tu veux encore ?

Son regard glauque titubait sur sa femme qui venait d'allumer la lampe de chevet…

— Espèce de sale garce !

— Ils ont retrouvé le corps de Miranda Jones ! Elle est morte !

Milicent avait attrapé le col de son mari. Elle tremblait tellement qu'elle fit sauter un bouton.

— Je m'en fous… Toutes des putains ! Tu entends toutes des putains ! Lâche-moi…

Milicent s'effondra en larmes. Elle se moquait bien des insultes. Elle cherchait quelqu'un à qui parler et c'était sur cet ivrogne qu'il fallait compter !

— Tu peux pleurer… Ça fait longtemps que tes larmes ne m'attendrissent plus !

Elliot s'était adossé au bois de son lit. Voir souffrir sa femme était le seul plaisir qu'il lui restait.

— Tu es un monstre ! Milicent avait les yeux injectés de sang. Je te hais ! Tout est de ta faute.

Elle criait, se moquant complètement de ce que pourraient raconter les domestiques. « Tu ne respectes rien… »

— Tu crois que tu vaux tellement mieux !

La bouche pâteuse, l'atroce migraine, tout avait disparu. Pendant une seconde Elliot avait retrouvé toute sa lucidité. Il s'était redressé, s'appuyant sur un poing avant de se laisser retomber comme un pantin.

— Je me suis regardée dans la glace et ce que j'y ai vu m'a dégoûtée ! Milicent aurait tant voulu effacer le passé… « J'ai besoin de toi, tu comprends. J'ai besoin de toi ! Si seulement tu n'avais pas été saoul ce jour-là !… Prends-moi dans te bras, je t'en supplie… »

— Sors d'ici !

Elliot voulait ramasser son sabre de parade qui gisait au milieu des cadavres de bouteilles vides.

Milicent lui saisit la tête qu'elle frappa de toutes ses forces contre la colonne du baldaquin :

— Un jour, je te tuerai ! Je te jure, je te tuerai, qu'on en finisse !

Morton était fou de rage. Durram ne l'avait pas attendu pour dîner. Il avait préféré la compagnie de ce demi-métèque de Cuypper. Ces deux-là étaient faits pour s'entendre. Il suffisait de les voir siroter leur cherry sous la varangue. L'invitation était pourtant claire ! N'importe qui aurait été flatté. Durram, lui, n'en avait cure. Pire, il n'avait pas manifesté le moindre embarras. Comme tous les gens mal élevés, il ne savait pas s'excuser. Le secrétaire du gouverneur n'était pas homme à se laisser désarçonner pour si peu. Il s'assit donc à la table ordinairement réservée à Sir Rupert, la "table royale" comme on l'appelait ici, plantée en plein centre de la salle à manger et commanda un bœuf satay.

— Je m'installais souvent ici avec Miranda. Elle se tenait juste à ma place...

Cuypper caressa du bout des doigts le bras de la chaise longue en moelle de rotin sur laquelle il s'était allongé. Nicholas était resté debout, appuyé sur le balcon de bois. La lune était magnifique et éclairait toute la mer. S'il n'y avait eu la palmeraie, dont la masse sombre se démultipliait en ombres gigantesques, on aurait pu descendre comme en plein jour jusqu'à la plage qui jouxtait le port.

— C'est une nuit idéale pour se baigner...

Nicholas nageait depuis son enfance. Il adorait sentir le contact de l'eau sur son corps et pouvait rester des heures à plonger dans les vagues. Il pensait à Lisa. Elle aimerait sûrement cet endroit... Il but une gorgée et se tourna vers le vieillard. « Vous aussi, vous étiez amoureux d'elle ? »

— Pourquoi moi aussi ?

Cuypper souriait malicieusement. La question le flattait.

— Elle avait tous les hommes à ses trousses, non ?

— Miranda était une femme seule. Les femmes seules sont toujours un trouble pour l'ordre public, surtout dans des petits cercles fermés comme le nôtre.

— Vous n'avez pas répondu à ma question…

Nicholas commençait à s'intéresser à cette histoire. Miranda avait bouleversé les habitudes et il avait trop souffert des conventions pour ne pas la trouver sympathique. Oubliant l'horreur de sa découverte, il voulait en savoir plus. Le personnage l'aurait sûrement amusé.

— Elle était très au-dessus de mes moyens… physiques, je veux dire ! Je me contentais d'être son confident.

Le Hollandais tira sur sa pipe avec gourmandise, aspirant une longue bouffée d'un tabac blond un peu sucré. Il la revoyait le jour de son arrivée, comme si c'était hier.

— Miranda n'était pas venue pour rester, contrairement à nous tous. Elle était comédienne vous savez…

— J'ai lu cela sur son passeport. Drôle d'endroit pour exercer son métier ! Cela lui rapportait en tous cas.

— Pardon ?

Nicholas se rendit compte qu'il venait de gaffer. Cinq cent livres, c'était une somme ! C'était même ainsi qu'il avait pu acheter autant de matériel pour la plantation et assurer la première paye. Harry Cuypper lui inspirait de la sympathie et il s'était laissé aller malgré lui.

— Elle ne vivait pas dans la misère à ce qu'on m'a dit ! Elle a joué à Londres ?…

Il fallait détourner la conversation.

— Un temps, oui !

Le vieil homme semblait n'avoir rien remarqué, trop occupé à se souvenir. Quand il parlait de Miranda, il paraissait vingt ans de moins… Elle avait le théâtre dans le sang ! Je crois que c'était vraiment une très bonne comédienne.

— Son nom ne me dit rien…

Nicholas eut froid dans le dos. Une telle erreur lui aurait coûté très cher dans le bureau de Morton. Il continua sur le même ton détaché tout en allumant une cigarette... « Je dois avouer ne pas être un expert en la matière. »

— Personne ne la connaissait vraiment. La chance n'était pas au rendez-vous, voilà tout. Elle a tout essayé...

— Vous ne me ferez pas croire qu'elle est venue jusqu'ici pour faire carrière !

— Pas vraiment... Après plusieurs mois de chômage, Miranda avait quitté Londres pour une tournée en Extrême-Orient, une tournée minable à ce que j'ai compris, salles de province et hôtels de troisième ordre dans le meilleur des cas. Le Caire, Aden, Delhi, Singapour, Java... Le parcours habituel.

— Les choses se sont gâtées, je suppose. Les choses se gâtent toujours dans ce genre d'histoire...

Nicholas était cynique par nature. Il s'en voulait parfois mais n'y pouvait rien. Les autres lui servaient de champ d'expérience. Lisa était le seule être humain à qui il fît totalement confiance.

— Vous devinez juste ! Le metteur en scène est parti avec la caisse... Miranda n'avait plus un sou. Elle a trouvé un bananier qui allait sur Penang. Ici au moins, elle serait en terre anglaise et trouverait bien un moyen de se faire rapatrier. Le bananier appartenait à Hugh Coleman...

— J'ai déjà entendu ce nom. C'est mon voisin, je crois.

— Vous ne l'avez pas encore rencontré ?

— Non, pas encore.

Morton lui avait posé la même question et parut aussi étonné de sa réponse.

— Vous avez bien le temps ! C'est un affreux snob si vous voulez mon avis.

— Jusque-là aucune raison de venir mourir sur mes terres.

— Ne soyez pas si pressé ! Coleman lui proposa de l'aider. Miranda l'aimait bien, elle s'installa chez lui.

— Adieu l'Angleterre et les rêves de gloire... Votre

Miranda cherchait un gogo, non ? Coleman est l'homme le plus riche de l'île à ce qu'il paraît. Ce n'est pas un simple hasard.

— Vous ne pardonnez rien !

— Pas grand-chose...

Cuypper souriait. Nicholas l'amusait. A l'évidence, il avait une sensibilité à fleur de peau et semblait prêt à se cabrer au moindre prétexte, fuyant le monde, méprisant ostensiblement les usages, sans se rendre compte qu'il était truffé de principes. Contrairement aux idées reçues, la jeunesse est souvent moralisatrice. C'est de vieillir qui ouvre l'esprit. Pourtant le Hollandais ne pouvait s'empêcher de penser que l'âge était une distance que l'on franchissait toujours assez vite. A n'en pas douter, ce garçon était un grand nerveux, venu ici pour fuir quelque chose ou trouver la sérénité, ce qui revenait au même.

— Miranda était à un moment critique. A trente-cinq ans, une actrice est au sommet. Elle se dirige invariablement vers la célébrité ou les rôles de soubrette. Miranda n'avait aucune envie de passer les plats, même au théâtre. Coleman lui offrait une sécurité, c'est vrai...

— Elle ne l'aimait pas.

— Il se sont servis l'un de l'autre. Coleman n'est pas très populaire... Miranda lui faisait une compagnie.

— Il est si détestable ? Nicholas avait vu plus d'un visage se fermer au seul nom de son voisin.

— Etrange serait plus juste. Il a toujours l'air de mépriser le monde. Je n'ai jamais très bien saisi leurs rapports.

Cuypper baissa la voix... « Je crois qu'ils ne couchaient pas vraiment ensemble, pourtant c'est un très bel homme... »

— C'est un domaine où il est difficile de s'engager à moitié...

Nicholas était venu s'asseoir près de Cuypper. Le Club commençait à se remplir et le vieil homme semblait tenir à la discrétion.

— Vous me comprenez… une fois ou deux pour faire connaissance et puis plus rien, une sorte de joyeuse camaraderie un peu houleuse. Entre temps, elle avait rencontré Closters.

— Mon Closters ?

— Celui-là même ! Ici le monde est plus petit qu'ailleurs.

— Il m'a bien roulé, ce vieux filou !

Nicholas se souvenait comment il avait répondu à une annonce que le planteur avait passée dans "L'Observer". A l'écouter, c'était l'affaire du siècle ! L'exploitation tournait toute seule…

— Oui, si on veut… Dès qu'il a connu Miranda, il a tout laissé à l'abandon. Il avait dû en mettre pas mal de côté si vous voulez mon avis. Cette fille lui apportait la jeunesse qu'il n'avait pas vécue…

Cuypper maîtrisa une petite toux sèche avant de poursuivre.

— Les tourtereaux s'étaient pris un bungalow tout près de la résidence du gouverneur. Miranda prétendait que l'air y était meilleur. En fait, elle adorait provoquer. Elle criait partout qu'ils allaient bientôt s'installer sur Millionnaire Row.

— Coleman a dû être fou de rage !…

— Il n'était pas le seul. La jalousie est un défaut couramment partagé même si elle n'a pas les mêmes raisons de s'exercer. Beaucoup des membres de ce club voyait d'un mauvais œil l'un des leurs passer dans le clan adverse… Millionnaire Row vous pensez ! Le quartier des nouveaux riches… Il y en a plus d'un qui aurait rêvé de s'y installer tout en critiquant ouvertement tous ceux qui avaient le mauvais goût d'y faire construire.

— Coleman avait des raisons plus précises…

— Humm…

Le vieil Hollandais tira sur sa pipe.

— Closters avait gagné ! C'est cela que vous pensez ?…

Je ne crois pas que votre voisin entre dans ce genre de considérations. A sa manière, c'est un sage. Il ne s'est plus montré en ville pendant quelques temps, par discrétion, à mon avis. Personne ne s'en est plaint.

— Closters n'avait pourtant rien d'un don Juan.

Nicholas revoyait son entrevue avec le colon, un homme au physique banal, légèrement bedonnant, certainement pas un physique à attirer une femme comme Miranda.

— Sincèrement je crois qu'ils s'adoraient. Miranda rayonnait. Il avait trente ans de plus qu'elle mais à les voir ensemble, on aurait dit deux gamins. Ça a fait scandale ! Closters était déjà marié.

— Je sais…

Nicholas avait signé l'acte en présence d'une madame Closters qui ne pouvait certainement pas rivaliser avec la comédienne, une petite femme sèche, toute vêtue de noir, discutant sou à sou, qui avait passé son temps à le dévisager avec un face-à-main en écaille de tortue.

— Vous étiez au courant ?

— Je l'ai rencontrée pour la cession des titres.

— Elle était propriétaire pour moitié. Closters était sûr d'obtenir gain de cause. Ils ne vivaient plus ensemble depuis des années. Elle avait de l'asthme et ne supportait pas le climat. Il fallait juste trouver un arrangement financier.

— A la voir, je vous assure que ce n'était pas une femme à se laisser évincer…

Nicholas n'avait pas oublié comment madame Closters avait mené la négociation, interrompant le notaire à tout bout de champ et faisant taire son mari d'un geste autoritaire qui se passait de tout commentaire. Assurément elle n'avait pas trouvé à meubler sa solitude et entendait bien faire valoir ses droits. Les femmes qui jouissent sont rarement ambitieuses. Celle-là aurait volontiers avalé toute l'Angleterre.

— Sans doute. J'avais prévenu Miranda. Elle ne voulait rien entendre et s'acharnait à pousser Closters au divorce… à corps et à cris… Ça, on ne le lui a pas pardonné.

Le vieil Hollandais eut un sourire malicieux.

— Ici, vous pouvez tout faire mais il faut se cacher.

— Je la comprends. Je crois que j'aurais aimé me payer le plaisir de choquer.

— Faut-il encore en avoir les moyens… Closters est parti pour Londres. Miranda l'a attendu mais l'argent n'arrivait plus. Un beau matin, elle s'est retrouvée à la porte.

— Il ne lui a donné aucune nouvelle ?

— Un mot, posté à son arrivée et puis plus rien. Elle lui a écrit plusieurs fois, les lettres lui sont toutes revenues. Closters avait disparu sans laisser d'adresse.

— Il y a quelque chose d'illogique.

— Vous êtes encore bien naïf. Closters est rentré dans le rang voilà tout. Vous avez vu sa femme et moi je n'ai pas besoin de la connaître pour deviner ce qui s'est passé.

— Mais ici, il n'a pas eu peur du scandale !

— Ça l'amusait. A Londres la réalité a dû lui sembler bien différente.

— Je n'arrive pas y croire. Un homme ne change pas aussi vite.

Nicholas concevait fort bien que l'on puisse tout céder financièrement à une femme que l'on n'aime plus pour acheter sa paix mais certainement pas que l'on oublie celle qui vous redonne le goût de vivre.

— Vous avez une autre explication ?… Cuypper ralluma sa pipe… Le dernier soir où je l'ai vue, elle discutait avec Hugh Coleman. Ils avaient dîné au club… et puis plus rien jusqu'à votre arrivée.

Le Hollandais avait du mal à cacher son émotion.

— Vous pouvez pleurer devant moi. J'ai toujours trouvé que c'était une preuve de courage d'être capable de montrer ses sentiments en public… Finissez mon verre.

Nicholas lui proposa son fond de cherry. A l'évidence,

Miranda n'était pas une femme ordinaire. Cuypper faisait peine à voir. Les vieillards qui pleurent sont encore plus fragiles que les enfants.

— Elle était… elle était si vivante. J'aurais dû partir avant elle… La vie est stupide !

Cuypper prit la main de Nicholas avec le verre qu'il lui tendait.

— Excusez-moi, je vous ennuie avec cette histoire. Vous ne m'aviez rien demandé.

— Durram !

Morton avait surgi sur la terrasse. Nicholas était sûr qu'il les espionnait.

— Je remonterai avec vous demain. Inutile de prendre deux pirogues. Si cela ne vous dérange pas, bien sûr ?

— Je crois que je n'ai pas le choix…

Le ton était glacial. Le secrétaire du gouverneur fit semblant de ne pas s'en apercevoir.

— Vous ne jouez pas au bridge ?

— Non, juste au poker.

— Très bien ! J'ai cru comprendre que vous n'aviez plus rien à faire en ville…

— Plus rien en effet !

— Alors nous partirons avant le lever du soleil. Je viendrai vous chercher à quatre heures. La route est longue.

— Vous soupçonnez quelqu'un ?

Cuypper s'était redressé sur son siège.

— Tout le monde !… Messieurs !…

Morton les salua et rentra au salon. Ce Durram n'était décidément pas un gentleman. Le poker lui allait comme un gant. Cuypper haussa les épaules et laissa courir son regard sur la ville chinoise qui s'étalait en contrebas, illuminée de lampions multicolores qui vacillaient dans la nuit comme des lucioles.

— Ces gens ne dorment jamais, murmura-t-il d'une voix lasse qui ne s'adressait qu'à lui-même… Cet endroit est sinistre, venez le vendredi, il y a un orchestre…

Nicholas se retira en silence laissant le vieillard à ses souvenirs.

Ils avaient embarqué à l'aube. La longue pirogue plate avançait lentement sur la rivière, poussée par les perches que les Bugis enfonçaient dans l'onde immobile. L'eau était peu profonde à cet endroit et ils avaient préféré abandonner leurs pagaies. Le fleuve était leur élément. Personne mieux qu'eux n'aurait su naviguer avec une telle agilité, évitant les tourbillons et se rapprochant des rives dans les courbes pour profiter des courants. Nicholas s'était mis à l'arrière, laissant à Morton et au docteur Cartwright les banquettes de la proue. Pauvre docteur Cartwright, il ne semblait vraiment pas tranquille ! Sa femme l'avait conduit à l'embarcadère, en l'accablant de recommandations.

— Fais bien attenzion. Zurtout pas d'imprudenze !

— Enfin Lorna ! lui avait-il répondu un peu gêné.

— Morton, ze compte sur vous. Edouard prend touzours zur lui, il est zi courageux mais terriblement frazile des bronches !

De fait, le bon docteur se serait bien passé d'avoir à les accompagner. Il était peut-être sujet à l'influenza mais plus certainement n'avait pas le pied marin et ce qui pour l'instant ressemblait encore à une innocente ballade sur la Serpentine (1) le terrorisait plus qu'il ne voulait le laisser paraître. Se raclant la gorge à espaces réguliers, il rajustait continuellement son lorgnon comme si le toucher de cet objet familier lui avait servi de bouée de sauvetage.

— Cartwright, ça suffit ! C'est insupportable. Vous n'allez pas me crachouiller dessus pendant tout le voyage…

Morton était exaspéré. Le docteur s'excusa et prit sur lui avec un courage héroïque. Nicholas avait choisi de ne pas intervenir et de supporter avec indifférence ces passagers imposés.

(1) Serpentine : rivière traversant Hyde Park à Londres

Il s'adossa à l'un des énormes sacs de riz qu'il ramenait à la plantation, bien décidé à dormir le plus longtemps possible.

— Regardez notre "jardin d'acclimatation" !

Morton pouffait de rire. Il avait parlé à la cantonade mais s'adressait de toute évidence à ce Durram qu'il voulait impressionner. Nicholas leva distraitement les yeux tandis qu'ils dépassaient le cimetière européen, situé en amont, à la sortie de la ville.

— Je n'apprécie pas ce genre d'humour ! Dans les circonstances actuelles, je le trouve du dernier mauvais goût !

Le médecin haussait les épaules. Si ses convictions scientistes n'avaient pas été si profondes, il se serait signé pour conjurer le mauvais sort.

— Je n'ai jamais eu peur de la mort. Elle m'accompagne depuis mon enfance...

Nicholas bailla et rabattit son casque. Morton n'avait pas fait mouche, il se vengea sur l'un des piroguiers qui l'avait légèrement éclaboussé :

— Tu ne pourrais pas faire un peu attention, sagouin !

— Ne vous plaignez pas, ce n'est pas trois gouttes qui vont vous faire mal !

Cartwright s'épongeait le front. Il était en nage.

— Parlez pour vous ! Vous êtes couvert comme un oignon !

Morton haussait les épaules. Le médecin le toisa avec un ton doctoral :

— Sous le soleil des tropiques, il faut prendre garde aux refroidissements.

La barque glissait sur un lit de galets. Les arbres laissaient largement passer la lumière du ciel, voilé de chaleur. Nicholas dut dormir longtemps. Quand il se réveilla, le paysage avait complètement changé. Il faisait presque sombre sous la couverture végétale. Les Bugis avaient laissé les perches pour reprendre leurs pagaies. Les courants étaient forts et la rivière ne formait plus qu'une traînée jaune qui s'enfonçait dans la jungle, suffisamment étroite pour permettre à de petits singes de voler d'une rive à l'autre. L'un deux avait d'ailleurs frôlé Cartwright qui n'avait pu retenir un cri perçant auquel répondit en écho celui des martins-pêcheurs et des cacatoès. Les bambous, les agaves, les cycas, les sagoutiers sauvages avec leurs palmes géantes et duveteuses poussaient dans une mêlée inextricable, brutalement égayée par une plante parasite qui déployait ses fleurs inconnues depuis les plus hautes cimes. Les parfums et les variétés se mélangeaient sans logique aucune. La vie était partout, invisible ou magnifique, toujours sauvage et inexplorée. Çà et là, il fallait éviter un récif qui aurait pu faire chavirer la fragile embarcation, entraînant ses passagers dans une eau sans fond, couleur de vase.

— Vous êtes bâti à chaux et à sable. Je n'aurais jamais cru qu'on pouvait dormir avec une chaleur pareille!... Morton, visiblement congestionné, agitait un petit éventail en bois de santal... C'est Cartwright qui vous a réveillé?

— Nous ne sommes plus très loin?...

Nicholas alluma une cigarette. Le papier humide se consumait difficilement.

— Allez savoir! Dans ce pays tout se ressemble.

Morton tira sa montre de gousset... Nous devrions arriver avant le déjeuner.


On apercevait la clairière et les restes du ponton en bois qui bordait la propriété. Les piroguiers commençaient la manœuvre d'accostage, rendue plus difficile par la présence d'un arbre mort dont il fallait contourner les branches gigantesques.

— Il faudra le faire enlever, conseilla Morton... C'est un truc à avoir un accident!

Sur la rive, Abas et les autres Bugis attendaient. Nicholas sauta à terre le premier.

— Nous savions que le Tuan rentrerait ce matin.

Abas lui tendait une coupe d'arak en guise de bienvenue. Les autres indigènes en proposèrent au docteur Cartwright et à Morton qui refusa avec hauteur :

— Je ne veux pas de cette saleté !

Abas leur fit signe de ne pas insister.

— Moi, je boirai n'importe quoi !

Le vieux médecin avala d'un trait cette liqueur, pourtant réputée très forte. Sur terre, il retrouvait des couleurs à moins que ce ne soient les vapeurs d'alcool qui lui fissent monter le rouge au joue. Il manifestait une telle joie que cela détendit un peu l'atmosphère.

Morton ne lui laissa pas le temps de jouir de son équilibre retrouvé :

— Où est-elle ?

— Une dizaine de mètres plus haut, sous ce grand kompas, là où est la croix.

Nicholas lui montrait la tombe de fortune, déjà envahie par les herbes.

— Je suppose que ces païens ne voudront pas creuser pour ressortir le corps. Venez avec moi, Durram et trouvez-nous deux bonnes pelles.

La terre était molle et l'exhumation fut facile.

— A vous de jouer maintenant !

Nicholas ne voulait pas rester. Maintenant qu'il connaissait l'histoire de Miranda, le spectacle lui était insupportable. Cartwright n'en menait pas beaucoup plus large. Il reprit une rasade d'arak et se pencha sur le corps, un mouchoir sur le nez. Dans l'émotion, il fit tomber ses lorgnons qu'il ramassa en tremblant.

— Elle est morte...

— Merci docteur ! Je n'ai pas fait tout ce voyage pour l'apprendre...

Morton leva les yeux au ciel en ressortant son éventail. L'odeur était insoutenable.

Les Bugis avaient bien travaillé. Nicholas regardait avec satisfaction les grands hévéas qu'ils avaient déjà dégagés. L'exploitation allait pouvoir reprendre. Plus de soixante-dix hectares étaient accessibles sur les deux cents qui composaient le domaine et à part trois ou quatre sujets minés par les termites, les plants semblaient en bonne santé. La petite usine de traitement du latex avait été nettoyée et le laminoir remis en état de fonctionner. Finalement, il n'avait pas fait une si mauvaise affaire... Nicholas marchait lentement dans une des grandes allées rectilignes qui s'abritait sous la voûte de feuillages. Il était seul dans ce silence de cathédrale.

Les coolies avaient déserté, occupés à décharger la pirogue. La brume finissait de se dissiper, laissant des traces de lumière humide. Le bruit de ses pas disparaissait dans l'humus. Dire qu'il y a quelques mois, il ne connaissait rien de ce pays, un point sur une carte qu'il n'aurait même pas songé à consulter.

Il fit saigner l'un des arbres pour en tirer une goutte blanche qu'il porta à sa bouche. Le goût était amer et presque désagréable. Pourtant Nicholas eut le sentiment d'avoir fait ce geste plus de mille fois, de retrouver une saveur perdue de son enfance, de ces parfums qui paraissent vulgaires ou insipides à tous ceux qui ne peuvent le rattacher à un souvenir précis. Lui le connaissait, oui, il le connaissait. Par moment, il lui arrivait de croire qu'il avait toujours cultivé le caoutchouc. Pourquoi ?

La question restait sans réponse et sans réelle importance. Certaines évidences dépassent l'entendement. Closters l'avait renseigné avec mille détails colorés mais ce n'était pas suffisant. Nicholas s'était documenté avant son départ en lisant tout ce qui avait pu paraître sur le sujet. Un savoir livresque qui avait impressionné un planteur de Bornéo, croisé sur le bateau de l'aller. Cela n'expliquait rien. Il avait l'impression sensuelle d'être chez lui, la certitude que c'était dans cette terre qu'il planterait enfin ses racines.

Cette île avait quelque chose de violent et de secret, de terrible et d'amoureux qui correspondait à sa propre nature, comme si les éléments se conjuguaient pour lui faire sentir qu'il n'en était que le prolongement. Ici, Nicholas se sentait en paix, en paix comme il ne l'avait jamais été.

Bientôt, les longues travées rectilignes laisseraient à nouveau couler leur sève, débordant dans les seaux avant de se durcir en balles opaques. La vie était à portée de main et la chance était avec lui. Il pourrait vendre sa première récolte dans les prochaines semaines, alors que les cours seraient au plus haut après la mousson.

Nicholas entendit des cris qui venaient de la rivière. Il se retourna et vit Morton et le docteur Cartwright qui faisaient des grands gestes devant les coolies affolés.

— Tenez-moi cette perche !

Le secrétaire du gouverneur tendait un morceau de bois sur l'eau, aidé tant bien que mal par le médecin qui s'agrippait au sol. Un homme était en train de se noyer. Nicholas accourut. Un des Bugis venait à sa rencontre :

— C'est Abas, Tuan. Lui a voulu amarrer lui-même la pirogue. Alors tombé. Bugis pas apprendre nager... démons très forts ici !

— Durram, venez m'aider ! Cartwright va me ficher à l'eau !

Dans l'effort, le secrétaire du gouverneur soufflait comme un bœuf, laissant apparaître une veine saillante à la racine du cou.

— Laissez cela ! Vous n'y arriverez jamais.

Nicholas ôta ses bottes et sa chemise.

— Vous n'allez pas risquer votre vie pour un de ces métèques !

Morton n'en croyait pas ses yeux. Abas disparaissait et réapparaissait, tentant inutilement d'attraper la branche qu'on lui tendait. Il y était presque arrivé quand le docteur tomba par terre, déséquilibrant Morton. Abas avait glissé un peu plus loin, s'éloignant de l'embarcadère. Son visage était fatigué et il jeta un regard résigné lorsqu'il vit que le courant l'emportait. Nicholas plongea dans la rivière.

— Revenez, c'est de la folie ! Je vous aurai prévenu ! Dites-lui qu'il est fou, Cartwright...

L'eau était chaude et gluante, encombrée par les boues arrachées à la montagne. Nicholas avait beau être bon nageur, il n'avançait pas. Des lianes invisibles s'enroulaient autour de ses mollets et de ses cuisses. Abas émergea une fois encore puis, à bout de force, se laissa couler. Sur la berges, les coolies se lamentaient.

— C'est incroyable que ces gens ne sachent pas nager !

Cartwright serrait sa trousse de médecine, semblant mimer les efforts de Nicholas.

— Même s'ils savaient, ils ne s'y risqueraient pas. C'est le mascaret.

Morton faisait allusion à ce terrible mouvement des eaux, provoqué par la présence du courant marin qui s'engouffrait dans le fleuve. Les premières vagues commençaient à se lever, transformant les eaux dormantes en véritables tourbillons. Nicholas disparut à son tour. Le lit de la rivière était encore tranquille. Il essaya d'ouvrir les yeux, le sable obscurcissait tout. Il reprit son souffle et plongea à nouveau. Il avait attrapé la main d'Abas. Ses forces l'abandonnaient. Par un effort de volonté inexplicable, il réussit à ressortir la tête de l'eau, tirant le corps d'Abas, inconscient, jusqu'au tronc de l'arbre mort.

— Un peu plus, vous y passiez !

Morton lui tendait sa flasque de whisky... Buvez, ça ne peut pas vous faire de mal.

— Vous nous avez fait une belle peur ! ajouta le docteur Cartwright en secouant gravement la tête. Il s'approcha de la natte sur laquelle Nicholas s'était étendu et reprit son office. La pluie menaçait et ils avaient trouvé plus raisonnable de se mettre l'abri.

— Aïe !

Nicholas sentit une brûlure sur son flanc droit.

— Vous êtes couvert de sangsues ! Elle est énorme celle-là…

Le médecin regarda la bête noirâtre et la jeta par la fenêtre.

— Je vous mets un peu d'alcool mais surtout restez bien au chaud ! Vous attraperiez la mort.

Nicholas se laissait faire. La tête lui faisait trop mal pour qu'il éprouvât le moindre dégoût. Les indigènes l'avaient porté à l'intérieur de la maison et s'étaient retirés dans leur campement, une sorte de grande hutte communautaire en bambous à l'entrée de la plantation. Ils l'avaient construite avec une rapidité déconcertante, manifestant d'indiscutables talents d'architectes. Nicholas regarda sa chambre. Elle avait été nettoyée et le sol recouvert de roseaux séchés. Il ouvrit la flasque de Morton et avala une gorgée.

— C'est bien un meurtre, vous savez !

Le secrétaire avait du mal à cacher son ravissement… Elle avait une fracture du crâne tout à fait parlante… « Je vais rendre visite à votre voisin, Hugh Coleman. Miranda Jones a été sa bonne amie… » Morton se rengorgeait, distillant les informations pour mieux susciter les questions.

— Je ne me mêle pas des affaires des autres…

Nicholas prit une cigarette dans la cartouche à côté de lui. Le paquet qui était resté dans son pantalon ne valait sûrement plus grand-chose.

— Celle-ci vous concerne ! Ah la saloperie !

Le secrétaire du gouverneur venait d'écraser un moustique qui s'était posé sur sa main.

— Vous avez du feu ?

Nicholas s'abstint de répondre.

— Je m'étonne que Coleman ne se soit pas encore manifesté. Mrs Waïk les a entendus se disputer le dernier soir où on a vu Miranda en ville, juste à côté du club. C'est bizarre, non ? Tenez…

Morton alluma son briquet à amadou.

— Il n'est peut-être tout simplement pas au courant !

Nicholas se leva vers la flamme… Merci. Le goût acre du tabac brun qu'il affectionnait le revigora.

— Vous avez raison. Aussi ai-je l'intention de réparer cette regrettable erreur. Il n'y a qu'une petite demi-heure de marche entre vos propriétés. Il est juste sur la côte. Vous seriez en état, je vous aurais proposé de m'accompagner.

— Seulement je ne le suis pas !

— Ce sont vraiment des enfants ! On a peine à croire qu'ils aient pu être si cruels !…

Le docteur Cartwright revenait de la terrasse. Les Bugis avaient allumé un grand feu dans la clairière et dansaient autour en signe de réjouissance, au rythme de tambours et de gongs improvisés.

— Messieurs, je ne vous retiens pas !

Morton prit son casque :

— Je vous verrai demain, à mon retour, à moins que nous ne rentrions par la mer.

— Avec tous ces pirates, vous n'y pensez pas !

Cartwright avait blêmi. Si le secrétaire du gouverneur comptait sur son statut pour effrayer les bandes de hors-la-loi qui sillonnaient la mer des Célèbes, lui n'avait rien à leur offrir.

— Comme il vous plaira, docteur ! Je ne tiens pas à avoir votre mort sur la conscience. Vous seriez capable de faire une crise cardiaque à la moindre approche d'un navire. C'est ridicule ! Vous n'êtes pas d'accord avec moi ?…

Morton s'était tourné vers Nicholas pour solliciter son approbation.

— Faites bien ce qui vous plaît et laissez-moi seul. J'aimerais me reposer !

— Très bien ! Ne touchez à rien. Nous rapatrierons le corps. Que cette femme ait au moins une sépulture décente !

Morton ne pouvait s'empêcher de penser que ce Durram aurait fait un coupable idéal. Quel dommage que ce fût matériellement impossible !

— Vous venez, docteur ?

Le secrétaire se retira avec toute la dignité d'un haut fonctionnaire. Nicholas le regarda partir et se dit que Miranda était devenue, bien malgré elle, le jouet d'une ambition provinciale.

— Quinze gouttes, matin et soir pendant trois jours !

Cartwright sortit une bouteille de sa trousse.

— Qu'est-ce que c'est ?

Nicholas l'ouvrit et respira le liquide visqueux.

— Une médecine de ma composition. C'est souverain contre les fluxions !

Cartwright souriait d'un air béat.

— Je songe à le faire breveter.

— Cartwright !

La voix de Morton se faisait impérieuse.

— J'arrive !

Le vieux docteur ramassa rapidement ses affaires.

— A bientôt j'espère ! Au fait, il vous a dit ? C'est bien un meurtre !

— Vous en êtes sûr ?

— Une double fracture du crâne. A moins qu'elle ne soit tombée d'un arbre, aucun doute ! N'oubliez pas, quinze gouttes, matin et soir ! ajouta-t-il avant de courir dehors… Mon Dieu faites qu'il ne pleuve pas !

Morton et Cartwright s'enfonçaient dans le petit chemin qui allait vers la côte, précédés par deux Bugis qui leur ouvraient la route. Nicholas voulait oublier toute cette histoire. Il fallait penser à la récolte, à Lisa, à ce qu'ils allaient faire ensemble, à tout ce qu'ils allaient faire ensemble.

— Tuan...

Abas était entré dans la pièce avec un bol de riz fumant.

— Manger maintenant...

Nicholas se redressa pour prendre la gamelle de bois. Il fallait vraiment qu'il fasse venir des meubles et de la vaisselle au plus vite. Cela sentait bon. Il y avait même de la viande. Une sorte de poulet. Nicholas mourait de faim. Il ne voulait pas en savoir plus.

— Toi avoir sauvé ma vie. Moi être fidèle pour toujours.

Abas s'était prosterné...

— Je te donne mon foie. (1)

— Relève-toi !

Nicholas détestait les marques de servilité.

— Je n'ai rien fait que de très normal. Tout le monde aurait agi pareil.

— Personne ne l'a fait ! Toi te reposer, Tuan. Je surveillerai les autres au travail.

— Merci...

Nicholas était trop fatigué pour se faire prier.

L'indigène sourit pour la première fois, se prosterna à nouveau et s'en alla, faisant glisser silencieusement ses pieds sur le sol.

La vie était curieuse. Hier encore, Nicholas se méfiait du petit homme au visage impénétrable. Aujourd'hui, il lui avait évité la noyade et Abas se ferait tuer pour lui. Miranda Jones qu'il ne connaissait pas avait dû mourir mystérieusement sur ses terres avant même qu'il n'arrivât et elle lui laissait cinq cents livres providentielles

Finalement ce pays avait du bon. Ce soir, il écrirait à Lisa. Dans six mois au plus, il pourrait la faire venir.

(1) En Malaisie, on considère le foie et non le cœur comme le centre des émotions.

## Chapitre IV

### Havington Castle — Gullcowes

Kathleen Trumper était une femme au visage sympathique. Ses formes légèrement arrondies laissaient présager une bonne nature, impression confirmée par les rides soleil qui s'épanouissaient aux contours de ses yeux. Elle s'était chargée de présenter Lisa à l'ensemble du personnel, réuni à l'office par ce froid matin d'automne. Les domestiques avaient l'habitude de prendre un copieux petit déjeuner avant le réveil de leurs maîtres pour assurer un service en continu jusqu'à tard dans la soirée où ils dînaient avant d'aller se coucher.

On se délassait devant la grande cheminée recouverte de carreaux de Delft avant de s'asseoir autour de la table ovale en chêne blond. C'était sans doute l'une des pièces les mieux chauffées du château, jouxtant les cuisines ultra-modernes avec leurs fourneaux à bois et à charbon, leurs chauffe-plats à vapeur et les monte-charges hydrauliques, cadeau de mariage de Lady Havington à l'antique demeure de son mari.

L'atmosphère était conviviale, même si aucun n'oubliait ses prérogatives. Masterson se faisant servir une collation, seul dans sa chambre, c'était à Peters, le majordome en second, que l'on présentait les plats, venait ensuite Trumper, la plus ancienne au château et ainsi de suite, de sorte que les simples serviteurs n'avaient jamais accès qu'aux plus mauvais morceaux. L'usage voulait qu'il fallût attendre une mort ou une promotion pour avoir droit à la cuisse et non plus à l'aile, à la tranche de rôti cuite à point et non plus à l'entame. Cette règle immuable et acceptée par tous comme un témoignage d'adhésion sociale aux valeurs essentielles qui faisaient la force de l'Empire supportait quelques assouplissements, inhérents à la démocratie. C'est ainsi qu'un retard opportun du garde-chasse ou du portier permettait à Johnson, l'un des valets nouvellement engagé d'avoir le droit à une saucisse moins carbonisée ou à des œufs tout chauds et baveux à souhait. Il fallait compter aussi avec les goûts personnels qui parfois faisaient bien les choses. Duncan, la deuxième femme de chambre de Lady Havington adorait la souris. Comme personne ne la lui disputait, elle était sûre de pouvoir en profiter dès que l'on préparait un gigot.

Ce matin, les serviteurs étaient exceptionnellement au complet. Harris, le chauffeur, qui avait veillé fort tard avait dû, lui aussi, faire acte de présence. Ses maîtres avaient dîné à Penzance chez Lord Rosselare et il n'avait pu dormir que trois heures. D'habitude, Harris était maître de son emploi du temps et bénéficiait d'une autonomie à la hauteur de son prestige. Il était le seul à savoir faire marcher la superbe automobile que Lord et Lady Havington avaient acquise l'an dernier. Sortant des ateliers Rolls-Royce, il se targuait de connaissances scientifiques et mécaniques qui lui valaient d'incontestables succès féminins. Suivant la mode, ces dames en pinçaient pour la vitesse. Le chauffeur y trouvait son compte et il n'était pas rare de le voir se promener fièrement sur les routes à peine goudronnées en galante compagnie.

Mais le chef des majordomes avait insisté à plusieurs reprises pour qu'il n'y ait pas d'absent, laissant entendre qu'il n'accepterait aucune excuse. Harris qui avait l'habitude d'être bichonné baillait ostensiblement près du feu. Il tenait à manifester son mécontentement sans oser aller jusqu'à braver directement son supérieur.

John Masterson, lui-même, avait tenu à descendre pour trôner en milieu de table, parmi ses subordonnés, placés par ordre impeccable d'importance. Peters, le majordome en second, les neuf femmes de chambre et les onze valets mangeaient et conversaient sous l'œil satisfait de leur chef avec un entrain de commande. L'on tâchait de parler de tout et de rien, en attendant d'accueillir la nouvelle venue. Mac Allister, le portier, plus drôle qu'il n'y paraissait, racontait quelques blagues écossaises dont il avait le secret pour tromper la nervosité générale. Masterson le rappela une ou deux fois à la bienséance, il y avait des dames... Le personnel féminin n'était pas d'humeur rire. Il était naturellement plus tendu puisqu'il serait directement placé sous la direction d'une inconnue.

Lisa prit sur elle pour affronter le mépris glacé de Masterson, si fier d'étaler sa puissance... Cette petite ne faisait pas le poids. Lord Havington était trop bon avec la jeunesse. Voyons voir ce que donnera une entrevue avec Milady qui est de fort méchante humeur ces temps-ci!... Le terrain était habilement préparé pour saper l'autorité de l'intruse. Elle a changé de robe, ce n'est vraiment pas mieux, pensa Masterson en invitant Lisa à s'asseoir en face de lui, place naturellement dévolue à son rang, anciennement occupée par Mrs Pettigrew et jusqu'à aujourd'hui par Trumper qui devait se décaler sur la gauche. Le chignon est correct, presque joli en fait mais elle s'habille au "décrochez-moi ça", Lady Havington va détester!

— Un peu de café bien chaud mademoiselle, ça ne peut pas faire de mal à cette heure-ci... Butcher, la cuisinière, lasse des plaisanteries sur son nom, prenait l'initiative et s'approchait de la table de son pas traînant. Franchement épanouie, comme presque toutes les cuisinières, elle n'avait pas ces petits yeux méchants que l'on voit parfois sur certains gros, à l'air faussement jovial. C'était une fille de la campagne et elle prenait naturellement parti pour la "petite provinciale", comme l'avait malencontreusement surnommée Masterson dans un emportement lyrique qu'il regretta aussitôt : il fallait déconsidérer Lisa mais lui, le premier, se devait de respecter la fonction.

— Avec plaisir, vous êtes gentille ! Lisa tendit son bol avec un sourire. Il fallait qu'elle tienne le coup ! Elle ne se croyait pas aussi timide.

— Butcher, vous mangez trop ! Vous ne pourrez bientôt plus passer la porte ! Johnson, qui avait tendance à charrier gentiment tout le monde, était en forme ce matin. La nouvelle gouvernante était son goût, n'en déplaise au grand manitou.

— Johnson, je vous en prie !

— Laissez monsieur Masterson… Butcher en avait vu d'autres et gardait son calme… La bave du crapaud n'atteint pas la blanche colombe. Ce maigrelet ne m'impressionne pas ! Tout le monde sait que je n'avale presque rien.

— Ce sont les vapeurs de cuisine qui me font grossir, continua en chœur l'ensemble des domestiques en éclatant de rire.

Butcher haussa les épaules avec dédain et retourna à ses fourneaux. La glace était rompue et tout le monde se mit à parler, assaillant Lisa de questions et se disputant pour la mettre au courant.

— Vous n'avez pas encore rencontré Milady ?

— Non, pas encore…

— Nous n'étions pas si nombreux jusqu'à l'hiver dernier ! Maintenant que les maîtres vivent ici, il a fallu engager plus de personnel.

— Vous aimez la souris ?

— Pardon ?

— Dans le gigot, vous aimez la souris ? Jusqu'à présent, j'étais la seule à la vouloir.

— Dans ce cas, je vous la laisserai volontiers.

Lisa ne savait plus où donner de la tête. On l'interrogea sur son passé, sa famille. Johnson alla même jusqu'à lui demander si elle "fréquentait", ce qui lui attira une réponse sèche, l'invitant à ne pas dépasser certaines limites. Le ronflement d'Harris qui s'était endormi le dos au feu, dévia opportunément la conversation.

Trumper était restée plutôt silencieuse. Elle aussi trouvait Lisa sympathique, avec plus d'autorité qu'on ne pouvait le penser de prime abord. Finalement, son arrivée était une bonne chose. Masterson serait obligé d'en rabattre un peu, ce qui n'était pas pour lui déplaire.

Le majordome en chef se contraignait à faire contre mauvaise fortune bon cœur. Les choses lui échappaient, il fallait donc qu'il donnât l'impression de les diriger, question de savoir-faire. Il se surprit à être aimable, allant jusqu'à proposer à Lisa de lui ménager ce matin même une entrevue avec Lady Havington. Il l'abreuvait de conseils, ne manquant jamais une occasion de se valoriser, ce qui n'augurait rien de bon.

— Je crois qu'il est temps que je découvre le château. Trumper. Vous me guidez ? Lisa s'étonna d'avoir si facilement repris le dessus. Ses peurs s'étaient évanouies au fur et à mesure de la conversation. On lui faisait bon accueil et le café de Butcher l'avait curieusement apaisée. Finalement les serviteurs étaient plus terrorisés qu'elle ; quant à Masterson, il serait bien obligé de l'accepter… Lisa savait que cette prise de contact était capitale. Si elle montrait le moindre signe de faiblesse, il ferait tout pour l'abattre. Il fallait s'imposer tout de suite. La visite d'Havington Castle marquerait son territoire… Et puis, elle était curieuse de connaître l'immense demeure.

— Tout de suite mademoiselle ! Trumper posa sa serviette et se leva, imitée par tous les autres domestiques, à l'exception de Masterson qui attendit ostensiblement que Lisa en fît autant. Ce n'était pas le majordome qui s'inclinait devant la gouvernante qui n'avait aucun ordre à lui donner mais l'homme du monde qui saluait le sexe opposé. La nuance n'échappa à personne et surtout pas à Lisa.

— Je pense qu'il serait bon que nous nous voyions avant le déjeuner pour voir comment nous allons travailler. Vous n'y voyez pas d'inconvénient je suppose ? Le ton était charmant mais sans appel. Lisa savait très bien à qui elle avait à faire.

— J'allais vous le proposer, lui répondit Masterson en la fixant droit dans les yeux.

— Trumper me dira où vous trouver. Lisa lui décocha son plus charmant sourire, cette passe d'arme l'excitait.

Masterson la regarda sortir avant de faire signe aux serviteurs de se rasseoir. La partie était engagée.


— Léonard, tu m'as menti ! Je ne t'aurais jamais cru capable d'une chose pareille… Mrs Bowles entrait en coup de vent dans le petit salon du presbytère. Elle arrivait de chez Mrs Hudson et ce qu'elle y avait appris ne lui plaisait pas du tout !

— Que se passe-t-il ma chérie ? Le révérend habitué aux emportements de sa femme avait définitivement décidé de garder son calme. Cette résolution datait de plus de vingt ans et il s'en était toujours très bien porté. Priscilla avait un tempérament volcanique et il l'aimait aussi pour cela, surtout dans certaines circonstances.

A les voir, un étranger aurait pu penser que leur vie était un enfer. En fait, il n'y avait pas de couple plus uni. Philosophe, l'homme d'église essuyait les tempêtes verbales de son épouse comme autant de mots d'amour.

— Tu as fait engager cette petite !

— De quoi parles-tu ?

— Ne fais pas l'innocent, c'est toi qui a présenté la petite Durram aux Havington !

— En effet! Léonard posa son journal. Il subodorait que Priscilla lui en donnerait l'ordre, dans deux secondes, lui reprochant une fois encore sa passion pour les courses de chevaux, occupation qu'elle jugeait indigne de l'habit qu'il portait. Les vocations sont parfois curieuses. S'il avait été plus petit, le révérend aurait sûrement été jockey... Il chassa cette pensée. D'expérience, Bowles savait qu'il était plus sage de ne pas mélanger les problèmes si l'on voulait arriver à une solution claire.

— En effet! C'est tout ce que tu trouves à dire? Tu m'avais promis de recommander Mildred... Mrs Bowles écumait. Dieu qu'elle avait de jolis yeux dans ces moments-là... noirs, perlés d'or... Léonard, je te parle!

— Je n'avais rien promis du tout, juste d'agir au mieux. Le révérend se leva de son fauteuil pour remuer les bûches dans l'âtre. Bientôt une belle flamme les fit crépiter à nouveau... Lisa a besoin de travailler. Elle n'a plus un sou. Qui plus est, je détestais l'idée qu'elle vive seule sur la lande. Ce n'est pas sain à son âge...

— Et tu trouves que la faire engager chez les Havington, c'était une solution!

— A Londres, Mildred aura mille autres occasions.

— Tu sais très bien ce que je veux dire! Une Durram chez les Havington après ce qui s'est passé, c'est de la dynamite!

— C'est de l'histoire ancienne! Plus personne ne s'en souvient... Léonard prit sa femme dans ses bras.

— Tu as prévenu Lisa? Priscilla ôtait son épingle à chapeau.

— Non. Il est préférable qu'elle ne sache rien. Lady Havington n'a même pas bronché. Le révérend embrassa sa femme à la racine du cou.

— Léonard, tu es vraiment impossible! Elle jeta son bibi sur la table basse... En tous cas, tu ne pourras pas dire que je ne t'ai pas prévenu! Léonard, arrête tu me chatouilles... Elle éclata de rire.

Lisa découvrait ses nouveaux appartements avec ravissement. Elle avait droit à deux pièces sous les toits, un salon desservi par une minuscule entrée et une chambre plein sud dotée de sa propre salle de bain avec eau courante, luxe que Trumper ne manqua pas de souligner. Mac Allister avait monté ses bagages, deux sacs bouclés hâtivement que le portier était allé chercher en carriole.

Les murs étaient tendus d'un coton imprimé où s'épanouissaient des roses et des raisins mûrs sur un fond écru qui valorisait le mobilier de style chippendale. La décoration n'était certainement pas à la dernière mode et les couleurs avaient passé par endroits mais l'ensemble dégageait une impression rassurante qui contrastait avec le reste du château. Les plafonds relativement bas étaient propices à l'intimité sans pour autant nuire à la clarté. Cinq fenêtres, trois dans le salon, deux dans la chambre assuraient une égale répartition de la lumière, de ravissantes fenêtres d'ailleurs, aux formes arrondies, presque romanes, dominant toutes un jardin.

Le salon s'ouvrait largement sur le parc tandis que la chambre donnait sur un potager intérieur où se mélangeaient légumes, fleurs à couper et graminées dans un désordre savamment organisé. Les choux, les courges ou les fraises des bois formaient le cœur d'une mosaïque délimitée par des allées de pierres perpendiculaires, bordées de cosmos, d'anémones, d'euphorbes panachées et de buis qui soulignaient élégamment la courbure des asters bleues. Des rosiers grimpants s'accrochaient aux murs jaunes et montaient jusqu'au toit, fleurissant encore abondamment en cette saison tardive. Incontestablement, elle ne regretterait pas le cottage.

— Où puis-je voir monsieur Masterson ? Lisa se tourna vers Trumper qui activait le grand poêle en faïence vert et blanc.

— Il habite juste à côté, à l'autre bout du couloir. Mais je doute que vous le trouviez à son bureau à cette heure-ci.

— Monsieur Masterson n'est pas disponible avant le déjeuner. Il m'a chargé de vous remettre ceci. Mac Allister revenait dans la pièce.

— Qu'est-ce que c'est? Lisa regarda les deux grands livres de cuir rouge qu'il lui présentait cérémonieusement.

— La liste des domestiques, leurs tâches habituelles ainsi que de multiples renseignements sur le fonctionnement de la maison.

— Posez-les dans l'entrée. Elle lui indiqua la console en acajou qui devait servir de vide-poches.

— Nous n'avons pas le chauffage central mais vous ne souffrirez pas du froid... Trumper refermait la grille du foyer. C'est un vieux système mais il fonctionne encore très bien. C'est autre chose que ce que l'on peut fabriquer aujourd'hui! Elle ouvrait un placard dans le mur... Si je me souviens bien, la réserve est là... Mac Allister vous ferez remonter du bois.

— Tout de suite Mrs Trumper!

— Ça m'a l'air parfait... Lisa se rapprocha du poêle qui occupait tout un angle du salon. Il était bouillant et dégageait une odeur d'amande et de noisette, caractéristique des branches de fruitiers en combustion.

— Si vous n'avez plus besoin de moi, je vais reprendre mon service. La femme de chambre regardait discrètement sa montre.

— Juste une question. Savez-vous quand je pourrai voir Lady Havington?

— Je crois qu'il faudrait le demander à monsieur Masterson. Dans le courant de la journée je pense... Trumper s'avança vers Lisa et lui montra un cordon à gland doré. N'hésitez pas à sonner si vous avez faim, on vous montera quelque chose. Elle lui sourit en sortant... A plus tard mademoiselle.

Lisa s'était consciencieusement plongée dans la lecture des deux livres en marocain rouge, essayant de retenir le nom et l'emploi exact de chaque domestique. Trumper, première femme de chambre de Milady, entretien de la garde-robe et des cosmétiques ; Duncan, deuxième femme de chambre, entretien du linge de maison et service de petit déjeuner ; Templeton, troisième femme de chambre, responsable du repassage et ainsi de suite. L'énumération était plutôt ennuyeuse et Lisa se demandait comment elle pourrait retenir ce fatras d'informations pour éviter les impairs. Un détail la fit sourire, Johnson était chargé, en dehors de son service de troisième valet de chambre de Lord Havington, de la maintenance de ses pipes. Une écriture fine signalait en marge que, fumeur lui-même, Johnson était le mieux qualifié pour cet emploi. Voilà un privilège qui n'avait pas dû plaire à tout le monde comme en témoignait le point d'exclamation qui suivait le commentaire. L'écriture de Masterson sans doute, une écriture fine et cassante qui lui ressemblait comme un autoportrait.

Lisa apprit également que Lady Havington détestait le mélange sucré-salé à l'exception du canard à l'orange dont elle raffolait ; que Lord Havington, particulièrement frileux exigeait deux couvertures l'été et quatre l'hiver ainsi qu'une foule d'autres détails du même acabit.

Ses fonctions propres étaient, elles aussi, clairement définies à l'encre de chine : la gouvernante avait la haute main sur le personnel féminin et la responsabilité de la bonne marche de la maison, de concert avec le majordome en chef. En dehors de ces tâches générales, il lui revenait plus spécifiquement de mettre les menus au point avec Milady, une semaine à l'avance, le choix des vins étant dévolu au majordome. Milord et Milady pourront lui demander en outre tout service qui leur conviendra et entrerait dans la logique de ses attributions sans y avoir été clairement spécifié…

Lisa avait bien l'intention d'être parfaitement au point pour sa rencontre avec Lady Havington. Trumper n'avait pas voulu la renseigner précisément quand elle l'interrogeait sur le caractère de ses maîtres. La femme de chambre parlait facilement de Lord Havington, laissant entendre qu'il aimait bien la vie, du jeune Lord qu'elle avait vu grandir mais restait muette sur la maîtresse des lieux. Tout au plus avait-elle laissé échapper en traversant la salle à manger d'apparat que Milady était sujette aux sautes d'humeur.

Quand Lisa avait voulu en savoir plus, Trumper s'était habilement retranchée derrière une évocation historique des lieux qu'elles traversaient. Le château était un cadeau de la reine Anne à Georges Havington, douzième du nom en remerciement du succès de son ambassade avec les états protestants du nord de l'Europe. Les salons et l'ensemble des pièces de réception avaient été décorés et meublés à cette époque. Seul le jardin d'hiver était de construction plus récente. Il ne restait plus rien du passé moyenâgeux de la demeure, exception faite du petit potager que Lisa pouvait découvrir de sa chambre. Elle ne lui ferait pas visiter le chenil ou les écuries car elle avait les chiens et les chevaux en horreur. Heureusement Lord Havington ne gardait que deux setters à l'intérieur. La meute se montait à plus de trois cents individus, tous plus voraces les uns que les autres. Dire qu'il fallait dépenser une fortune en viande pour les nourrir.

La femme de chambre se montrait incroyablement loquace sur mille détails insignifiants. Mieux valait ne pas insister et se laisser émerveiller par la collection de Gainsborough et l'unique ensemble de Guardi qui ornait le grand salon rouge. Trumper ne voulait pas en dire trop, ce qui était une qualité. Lisa comprit à demi-mot qu'elle ne portait pas Lady Havington dans son cœur.

— Nous verrons, pensa-t-elle en fermant l'un des grands livres, je ne suis pas ici pour ma vie entière ! J'apprendrai plus en quelques mois que pendant les presque vingt ans passés avec tante Maggie. Nicholas sera content de moi, à vrai dire, il sera surtout furieux !

Qu'importe, Lisa se trouvait mille raisons pour justifier son choix sans s'avouer la plus importante : elle était fascinée de côtoyer un monde qui lui avait toujours été fermé et qui l'attirait irrésistiblement.

Maintenant le soleil entrait généreusement par les fenêtres. Il devait être dix heures passées. Lisa se rapprocha du carreau pour profiter pleinement de cette belle matinée d'automne. Le parc était véritablement enchanteur avec ses arbres immenses et multiples qui déclinaient les couleurs de leurs feuilles à l'infini, passant du vert le plus profond au jaune clair, avec des percées de rouge sombre ou de pourpre éclatant. Il y avait une telle variété d'espèces qu'elle n'aurait pas pu les dénombrer ni les reconnaître toutes.

Au loin, le gazon impeccable s'arrêtait brutalement aux falaises qui plongeaient dans la mer avec ses moutons d'écume, accusant l'artificielle soumission d'une nature toujours en mouvement. Le contraste était saisissant et Lisa ne put s'empêcher de penser qu'il devait accentuer les émotions, exaltant les bonheurs les plus fous ou la plus totale dépression, agissant comme un miroir de l'état d'âme du moment.

Aujourd'hui, elle avait envie de courir, de respirer ces odeurs de champignons et de feuilles mortes qui prenaient ici un parfum de sel et de bruyère. Dans cet endroit nouveau, à dimensions surhumaines, Lisa avait besoin de retrouver les sensations de son enfance, de respirer le petit vent piquant qui fouette le visage et brûle les joues pour rappeler à la vie. Il fallait qu'elle sorte, qu'elle respire la mer. De toute façon, on ne la réclamerait pas avant le début de l'après-midi.

Lisa longea les communs et marcha jusqu'aux falaises sans rencontrer personne. La marée était haute, une de ces marées d'équinoxe qui défie l'entendement, faisant déferler ses lames sur les brisants de granit rose avant de s'engloutir dans les cavernes creusées dans la roche. On pouvait hurler à plein poumon sans entendre sortir le son de sa voix, tant le vacarme était assourdissant. Lisa adorait ce bruit d'enfer, se laissant envahir par sa puissance pour faire corps avec lui. Elle cria, cria à s'en épuiser, sans penser qu'on eût pu la prendre pour une folle. Ici, elle était invincible, au-delà des règles et s'imaginait dominer les éléments déchaînés. Une vague vint se fracasser juste au-dessous d'elle, puis une autre et une autre encore. Le bas de sa robe était trempé. Plus d'une fois, elle avait cru s'envoler. Elle était légère à présent.

Lisa revint sur ses pas et contourna le château pour aller vers le lac. Un lac artificiel, construit il y avait moins d'un siècle par un paysagiste en vogue qui voulait en faire un pendant à la mer. Ainsi, à son lever comme à son coucher, le soleil venait se refléter dans l'eau, illuminant les dentelles de pierre d'effets mordorés d'est en ouest. Les vitraux des tours carrées rougeoyaient encore à cette heure-ci, incendie calculé pour impressionner le regard.

Elle emprunta le sentier qui s'enfonçait sous les marronniers pour arriver au fameux labyrinthe végétal, célèbre dans toute l'Angleterre. Lisa n'en avait jamais vu de semblable. Les ifs ne formaient plus qu'un mur compact, sans laisser deviner leur tronc. Elle s'y aventura, ne sachant pas très bien comment elle en sortirait. Nicholas lui en avait parlé. Il y était venu, seul, une fois. Elle gardait un souvenir magique de son récit. Les allées de gravier dessinaient une arabesque mystérieuse qui se perdait dans la verdure. Lisa était habituée à la lande, aux fleurs en broussaille, au ronflement du vent. Ici, tout était organisé selon une loi secrète, silencieux, à l'exception du bruit des vagues qui affleurait par moments, bruissant comme une source, accusant encore l'étrange sérénité de l'endroit. C'était un autre monde et pourtant Gullcowes était juste de l'autre côté de la colline. La page était tournée. Lisa s'en rendait compte pour la première fois.

Jusqu'à présent tout avait été si vite. Ses préparatifs l'avaient empêchée de penser. Ce matin, elle avait quitté sa maison comme d'habitude, sans se retourner. Elle avait si peur d'être en retard ! De son passé, il ne lui restait que sa vieille bicyclette que Mac Allister avait remisée dans les écuries et la photo de Nicholas qu'elle avait posée sur sa table de nuit. Trumper avait fait semblant de ne pas s'en apercevoir mais la question lui brûlait visiblement les lèvres. Lisa avait volontairement entretenu l'ambiguïté par jeu et par fierté. Le cottage était en vente par l'intermédiaire de Mrs Hudson et il ne resterait bientôt plus rien de son enfance. Elle rit en se souvenant du visage de l'épicière qui n'en revenait pas de sa bonne fortune. Gouvernante chez Lord Havington, pour sûr, c'était une aubaine, une place qu'on ne refusait pas ! Elle lui trouverait bien un acquéreur pour la maison et les meubles. Son cousin cherchait justement à prendre sa retraite dans la région. Il avait les moyens, un ouvrier typographe...

Lisa n'avait jamais été aussi heureuse. Et dire qu'elle avait failli ne pas aller au rendez-vous ! Elle aurait embrassé Mrs Bowles, croisée sur le palier de l'épicerie s'il elle ne s'était rappelée que la nouvelle ne lui ferait pas plaisir. Autant en profiter pour aller remercier le révérend.

— Je te connais mieux que tu ne penses ! Je savais que tu serais ravie !

— Je ne sais pas quoi vous dire lui répondit Lisa en l'embrassant sur les deux joues !

— Oh, oh ! Si on nous voyait ! Léonard lui pinça le nez avant d'ajouter... A toi de jouer !

— Je ferai de mon mieux ! Lisa riait et remonta sur sa bicyclette pour repartir aussi vite que possible.

— Lisa ! Le révérend essayait de la rappeler. Une ride s'était marquée sur son front. Il fallait qu'il lui dise quelque chose mais le vent empêchait d'entendre. Tant mieux, soupira-t-il dans sa barbe, à quoi bon remuer ces vieilles histoires...

Lisa eut un peu froid et s'assit sur un banc de pierre, en plein soleil. Tout cela risquait de lui manquer. Il serait temps que son frère lui donnât de ses nouvelles.

— Eh bien! Voilà Mademoiselle fou rire! Un jeune homme se tenait devant elle, un livre à la main.

— Vous m'avez fait peur! Lisa sursauta, encore perdue dans ses pensées. Le garçon était très beau. Elle fut frappée par ses yeux, de grands yeux bleu marine, soulignés par des cheveux blond vénitien.

— Il sera dit que je vous surprendrai toujours! Il la fixait ironiquement.

— Je devrais vous connaître?... Lisa ressentait une impression étrange, presque de malaise. Peut-être était-ce parce qu'il avait surgi sans crier gare.

— Nous nous sommes croisés l'autre jour dans le hall. Vous vous rappelez? Vous aviez l'air de très bonne humeur! Je suis Clive Havington.

— Pardon Mylord... Lisa voulut se lever. Elle savait bien qu'elle l'avait déjà vu quelque part sans être capable de se rappeler où...

— Ne bougez pas Miss Durram. Nous sommes seuls! Il s'assit à côté d'elle... Vous êtes bien la nouvelle gouvernante?

— Oui... Le jeune Havington était sympathique mais Lisa se méfiait un peu.

— Dans ce cas, j'ai déjà beaucoup de renseignements sur vous... Lord Clive lui souriait.

— Vraiment? Lisa lui rendit son sourire. Ce n'était pas désagréable de rencontrer quelqu'un de son âge. A l'exception de Johnson, les serviteurs lui paraissaient tous si vieux... Quoi par exemple?

— Vous vous appelez Elisabeth... Le jeune Havington plaisantait en comptant sur ses doigts.

— C'est vrai mais tout le monde m'appelle Lisa.

— Masterson ne vous aime pas.

— Les nouvelles vont vite ! Jusque là, c'était facile. Je crois qu'il n'aime personne.

Lord Clive eut un rire entendu. Cette fille avait son franc-parler et cela lui plaisait.

— Votre frère est parti pour l'Extrême-Orient.

— Pour la Malaisie, exactement. Lisa omit de lui préciser qu'elle devait l'y rejoindre.

— Vous l'aimez beaucoup.

— Infiniment !

— Il a de la chance… Le jeune Havington laissa fuir son regard sur un rouge-gorge qui picorait des baies avant de s'envoler vers le ciel… C'est sûrement magnifique là-bas !

— Personne ne vous empêche d'y aller. Le monde est à vous !

Clive se rembrunit. Lisa s'en rendit compte et s'en voulut, non parce qu'il était l'héritier du domaine mais plus profondément parce qu'elle avait la certitude de l'avoir blessé, en ignorant pourquoi…

— Enfin, vous avez un fichu caractère… Cette dernière affirmation était pleine de gaîté.

— De qui tenez vous cela ? Lisa riait son tour.

— Pour votre frère ? Clive faisait semblant de ne pas comprendre.

— Pour l'autre chose.

— Ah ça… Je le parierais, oui, je crois que je miserais bien cinq livres.

— Je prends cela pour un compliment… mais moi, j'en sais beaucoup plus sur vous !

— Sûrement rien de bien intéressant.

— Détrompez-vous ! Vous détestez la marmelade d'orange. Il ne faut jamais vous réveiller avant dix heures. Vous sellez votre cheval vous-même et vous serez un jour l'homme le plus riche du pays…

— Touché !

Lisa lui prit son livre, un recueil de Maupassant… Vous passez votre temps à lire ?

— Il se passe si peu de choses au château.

— Londres vous manque ? Lisa imaginait facilement qu'il devait s'ennuyer ici. Quand on peut avoir la capitale à ses pieds, s'enfermer dans un trou de province, si magnifique soit-il, n'est pas une perspective des plus séduisantes.

— Pas le moins du monde. J'ai horreur des mondanités. Voyez-vous, j'ai été renvoyé d'Oxford le trimestre dernier. Nous sommes riches comme vous me l'avez fait remarquer, et il faut bien que je fasse semblant de me cultiver. Lord Clive avait dit cette phrase avec un dédain calculé. Il affectait un personnage qui n'était visiblement pas en accord avec sa nature profonde… Je viens souvent ici, c'est un lieu propice à la méditation.

— La méditation, ce n'est pas mon fort. J'aime beaucoup trop bouger ! Lisa s'était levée instinctivement.

— J'espère que vous vous plairez ici. Nous sommes très contents de vous avoir. Le visage de Clive s'était éclairé.

— Merci Mylord. Lisa fut surprise par ses premières paroles de bienvenue.

Pourtant, en rentrant au château, Lisa ne pouvait oublier l'air triste du jeune Havington. Lord Clive avait tout. Il était beau, puissant et ne manquait certainement pas de femmes, ravies d'être séduites par un parti si avantageux. Drôle de garçon ! A sa place, Nicholas rayonnerait de bonheur. La vie était mal faite.


— Miss Durram, venez vite ! On vous cherche partout… Mac Allister était affolé… Lady Havington vous a fait demander trois fois.

— Par ici Miss Durram… Trumper se penchait dans la cage d'escalier et faisait signe à Lisa de la rejoindre.

— Que se passe-t-il ? Je ne devais voir Milady que cet après-midi…

— Masterson, toujours Masterson ! Il aura oublié de vous prévenir… Trumper était essoufflée en arrivant au bout de la grande galerie qui desservait les appartements de la maîtresse des lieux.

— Il ne perd rien pour attendre ! Lisa était furieuse après elle. Elle aurait dû prévoir le coup.

— Regardez-moi… Si vous permettez… La première femme de chambre arrangeait sa coiffure… Ça ira ! Je vous préviens, elle s'est réveillée du pied gauche.

— C'est gai !… Lisa avala sa salive quand Trumper frappa à la porte de bois foncé.

— Qu'est-ce que c'est ? La voix de Lady Havington était calme mais autoritaire.

— La nouvelle gouvernante, Milady ! Trumper serrait les mains.

— Qu'elle entre !

— C'est à vous, bonne chance ! La femme de chambre s'effaça pour la laisser entrer.

La pièce semblait démesurée, bien qu'encore dans une demi-obscurité. Curieusement, les rideaux de velours qui fermaient l'immense bow-window n'étaient pas encore tirés.

— Approchez ! Une femme la regardait accoudée à la cheminée.

Une odeur assez forte de tubéreuse prit Lisa à la gorge. Lady Havington portait un somptueux déshabillé de soie rose. Elle était parfaite d'élégance… J'ai dû vous faire chercher.

— Pardonnez-moi Milady, cela ne se reproduira plus. Lisa ne voulait pas incriminer Masterson. Cela n'aurait servi à rien.

— C'est sans importance. J'ai un mal de tête à hurler ! Vous êtes au courant pour l'essentiel je suppose ?

— Oui madame.

— Parfait, j'ai horreur d'avoir à m'expliquer. Mettez-vous dans la lumière que je vous voie mieux...

Lisa se dirigea vers la fenêtre avec l'horrible impression d'être détaillée sans pitié... Arrêtez-vous là! Vous marchez bien mais votre robe est infecte. Vous n'avez rien d'autre à vous mettre?

— Pas grand-chose madame... Lisa ravala sa salive... Nous vivons loin de tout.

— Vous savez coudre, je suppose. Je vous ferai donner du tissu. Passons... Le Révérend m'a dit grand bien de vous. Sans lui, j'aurais certainement fait venir quelqu'un de Londres. Une histoire très touchante que la vôtre...

— Je ne suis pas à plaindre madame. Lisa aurait aimé rentrer sous terre. Elle détestait l'idée que l'on s'apitoie sur son sort. Brutalement, elle revoyait Lady Havington aux ventes de charité de Mrs Bowles, écoutant avec un sourire de commande les ennuis des uns et des autres avant de remonter dans sa calèche, chargée de paquets qu'elle s'empresserait de fourguer aux domestiques. Oui, Lisa haïssait cette femme qui l'humiliait, cette femme dont toute l'Angleterre vantait les réceptions, les bijoux et les toilettes et qui n'avait d'extraordinaire que son immense fortune. « Très touchante en effet. » Le ton était insolent. Lady Havington fit mine de ne pas s'en apercevoir.

— Servez-moi une tasse de thé...

Lisa se dirigea vers le footstool damassé, saisit la théière en argent et versa le liquide chaud dans une tasse d'une incroyable finesse. Elle se brûla presque en tendant la soucoupe à Lady Havington.

— Voilà madame...

— Nous nous verrons tous les lundis à cette heure-ci pour organiser la semaine. Nous donnons une chasse et un bal le premier vendredi du mois prochain. Trumper vous remettra la liste des invités pour que vous rédigiez les faire-part. Nous ouvrons la saison, tout doit être parfait. Vous établirez les menus avant de me les soumettre.

— Combien de personnes ?

— Deux cents pour la chasse, cinq ou six cents pour le bal… je ne sais plus exactement, vous verrez cela… Lady Havington sourit comme si elle avait compris ce que pensait Lisa… Une centaine seulement couchera au château. Nous avons un rang à tenir et j'espère que vous serez à la hauteur de vos ambitions.

— Je ferai de mon mieux pour vous satisfaire.

— Vous pourrez compter sur mon appui si Masterson vous mène la vie dure. Ne vous y trompez pas, je n'ai aucune sympathie pour vous. Vous êtes de celles qui ne reculent devant rien pour arriver où elles veulent. Je l'ai lu tout de suite dans vos yeux.

— Alors pourquoi m'avez-vous engagée ? Vous n'aviez sûrement que l'embarras du choix. La franchise de Milady tranchait trop avec les conventions pour que Lisa ne se sentît pas plus à l'aise. Les vrais caractères la rassuraient. En s'exprimant sans détour, Lady Havington la traitait d'égale à égale.

— A vrai dire, je n'aurais jamais cru que vous accepteriez.

— Vous le regrettez sans doute ?

— Non. Paradoxalement, vous m'êtes utile. Lady Havington sourit. J'aime montrer aux hommes que nous avons le dernier mot… Laissez-moi maintenant !

Lisa entra sans frapper dans le bureau de Masterson. Il était assis à sa table et rédigeait une commande de vins, du vin français pour l'essentiel. Ses longues années de service l'ayant convaincu qu'un bordeaux, le Saint-Julien plus exactement, ne décevait jamais celui qui savait lui faire confiance, le majordome se faisait livrer chaque automne une centaine de bouteilles de Château-Branaire, le meilleur de sa catégorie. La cave de Lord Havington pouvait ainsi s'enorgueillir d'une réserve impressionnante des plus grandes années du cru, voisinant avec quelques Sancerres blancs et des Bourgognes plus capiteux et volatiles. A toutes ces merveilles, il avait bien fallu adjoindre quelques litres d'un rosé espagnol assez médiocre dont Milady raffolait et bien sûr l'incontournable Porto dont l'extraordinaire qualité permettait de ne pas totalement désespérer des pays du sud. Masterson savourait l'extrême intelligence de ses choix et en annotait la liste de signes cabalistiques, compris de lui seul. Il ne parut pas surpris de voir Lisa se planter ainsi devant lui et ne songea même pas à protester contre sa façon de faire intrusion chez les gens. Visiblement, elle devait sortir de chez Milady. Le majordome leva la tête et se cala dans son fauteuil. Pour rien au monde, il ne voulait manquer ça...

— Que me vaut l'honneur? Il reposa son crayon et referma instinctivement l'abécédaire de ses trésors.

— J'ai à vous parler! Lisa tremblait de rage. Elle s'était pourtant promise de rester calme, se contentant de remettre Masterson à sa place. Mais c'était plus fort qu'elle.

— Quoi donc ma chère? Le majordome s'apprêtait à boire du petit lait, plaisir curieux et rare pour un œnologue de sa réputation.

— Vous avez oublié de m'avertir que je devais voir Lady Havington ce matin!

— C'est un regrettable malentendu. J'étais persuadé que Trumper vous avait prévenue...

— Ne recommencez jamais cela! Milady m'a assurée de son appui et je n'hésiterai pas à y recourir.

— Pardon? Masterson ne pensait pas que les deux femmes réussiraient à s'entendre. Il est vrai que les arcanes du psychisme féminin lui étaient totalement étrangers. L'idée que Milady puisse asseoir l'autorité de cette fille ne l'avait même pas effleuré. Il s'attendait à retrouver une Lisa en larmes, sur le point de faire ses bagages et voilà qu'elle se permettait de le menacer.

— Vous me comprenez parfaitement bien. Il y a une fête dans un mois. Je compte sur vous pour faire correctement votre travail et me laisser faire le mien.

— Je ne vous ai pas attendu pour savoir ce...

— Je n'ai pas terminé. Lisa lui coupa la parole si sèchement que Masterson ne songea même pas à réagir... Nous nous verrons le moins possible. Vous éviter sera toujours un plaisir. Elle ouvrit la porte et se retourna avant de sortir... Une dernière chose, vous êtes ridicule !

Le majordome resta immobile quelques secondes, se demandant s'il n'avait pas rêvé. Personne ne lui avait jamais parlé sur ce ton, pas même Lord Havington dans ces pires moments. Heureusement, cette scène dégradante n'avait pas eu de témoin. Il sortit un mouchoir et s'épongea le front.


Lisa s'était installée dans la bibliothèque sur l'une des tables recouvertes de cuir vert. Elle connaissait l'endroit pour y être venue avec le majordome lorsqu'elle s'était présentée. Trumper lui avait remis la liste des invités habituels et ceux plus précisément prévus pour la prochaine réception de Lady Havington avec un soupir qui en disait long. A voir le nombre impressionnant de noms qui se succédaient, on aurait pu croire qu'il s'agissait de convier tout Londres. C'était le cas. D'une certaine manière, les capitales se résumant pour les gens du monde à une élite choisie qui semblait ignorer qu'il y eût d'autres habitants. Cette vision quelque peu égocentrique avait longtemps eu l'avantage de pouvoir faire tenir la planète dans un salon. Pourtant, signe des temps, aux pairs d'Angleterre, aux débutantes et aux magnats de la finance, venaient s'ajouter des personnes moins recommandables.

La chasse restait encore très fréquentable puisqu'il fallait plusieurs générations pour monter convenablement à cheval mais le bal s'annonçait nettement plus hétéroclite. On y verrait des courtiers en bourse, des avocats, des entrepreneurs divers, des nouveaux riches voire des artistes. Lady Havington entendait que l'on s'amuse. Heureusement, les invités que l'on retenait à coucher appartenaient tous à la meilleure société. Les autres trouveraient à dormir, suivant leur rang, au château de Lord Rosselare ou se débrouilleraient avec les auberges des environs.

Lisa se mit à l'œuvre. Elle se sentait mieux. Sa petite explication avec Masterson lui avait permis non seulement de régler une situation immédiate mais aussi d'exprimer son angoisse. Elle rédigeait méthodiquement les bristols armoriés. L'exercice était répétitif et bientôt elle le fit sans y penser. Quand elle releva machinalement la tête, Lisa se vit dans le grand miroir qui lui faisait face et se surprit à être là, simplement à être là dans ce décor somptueux et gigantesque.

— Miss Durram, je vous cherchais. Lord Havington entrait dans la pièce suivi par deux setters incroyablement semblables, certainement ceux dont Trumper avait parlé. Vous connaissez tout le monde maintenant, je crois.

— Oui Mylord. Lisa s'était levée. Elle détestait avoir à bondir de sa chaise dès qu'un membre de la plus honorable famille de Gullcowes entrait quelque part.

— Charmante, vous êtes vraiment charmante ! Quel dommage que vous soyez obligée de porter ce chignon si raide. Vous avez des cheveux magnifiques. Le regard de Lord Havington glissait en connaisseur sur les formes de Lisa comme il caressait un des deux chiens. C'était un séducteur et cela se voyait. Lisa ne l'avait pas deviné à leur première rencontre. Il faut dire qu'elle avait autre chose en tête. Pourtant, elle aurait dû remarquer ces yeux très noirs et mobiles qui vous déshabillaient en un instant. Cet homme était fait pour le lit comme d'autres pour la marine. Pour la première fois, Lisa se sentit désirée.

103

Curieusement, elle n'en ressentit pas la moindre gêne. Lord Havington possédait les femmes par vocation et à beaucoup, il devait sembler naturel de lui céder.

— Vous avez vu mon fils. C'est un crétin n'est-ce pas ? Lord Havington s'était avancé et Lisa pouvait presque sentir son souffle.

— Je ne trouve pas. Il est étrange voilà tout.

— Etrange ? C'est une formule…

Maintenant, ils étaient si proches que Lisa fit un pas en arrière. Il y avait quelque chose chez cet homme qui la terrorisait, quelque chose d'imperceptible qui la frappait maintenant, une cruauté qui contrastait avec son aspect parfaitement policé. Lisa cherchait une échappatoire et se retourna vers la table :

— J'ai éparpillé les invitations partout. Jamais je ne m'y retrouverai !

— Je vous laisse. Harris doit me conduire en ville. Nous nous reverrons très bientôt… Lord Havington sourit, retrouvant son aspect presque bonhomme. Lisa se demanda comment on pouvait changer aussi vite.

— Venez, les chiens…


— Eh bien Charles, je vous attendais ! Lady Havington était confortablement installée dans la cabine arrière de la voiture, protégée du froid par une épaisse couverture de fourrure en opossum.

— Excusez-moi ma chère. Je n'ai pas vu passer l'heure… Lord Havington descendait les marches du château et s'installait à son tour dans l'énorme berline.

Harris refermait respectueusement la portière et tournait la manivelle.

— C'est sans importance.

— Avait-on vraiment besoin de cette visite ? Charles Havington enleva l'un de ses gants pour caresser le bois de la tablette arrière. Autrefois, il aurait pris la main de sa femme mais les années avaient passé. Il adorait cette Rolls, plus élégante qu'un salon particulier, avec ses moulures en citronnier et ses immenses fauteuils en cuir fauve.

— Lord Rosselare est votre meilleur ami, je vous le rappelle.

— Vraiment?

La voiture démarra et avança dans un silence étonnant quand on savait que son moteur comptait plus de cent vingt chevaux.

— Je ne suis pas d'humeur à plaisanter.

— Vous l'êtes rarement...

— Rosselare hébergera beaucoup de nos invités... Milady crispa ses doigts dans la lanière de velours, fixée juste à côté du carreau... C'est la moindre des choses d'aller le remercier.

— N'y aurait-il pas une autre raison? Une raison plus personnelle... Charles sortait sa blague tabac.

— Vous n'allez pas fumer! Vous savez que j'ai horreur de cela...

— Vous avez toujours eu le don de détourner la conversation.

— Ne vous vantez pas! Nous ne parlons plus depuis des années. Lady Havington baissa la vitre.

— Oxford a toujours fait grand cas de ses anciens élèves quand ils devenaient ministres, vous êtes payée pour le savoir. Rosselare est le seul homme à pouvoir convaincre le Doyen de reprendre Clive n'est-ce pas?

— Eh alors? Si vous vous occupiez un peu plus de votre fils, je n'aurais pas à demander l'assistance d'autrui!

— Si vous vous en occupiez un peu moins, il serait peut-être digne d'être un homme. Vous le couvez depuis sa naissance.

— Il fallait bien que je le protège de vous et de votre détestable influence!

— Je n'en aurais jamais fait une femmelette. J'ai honte de lui, honte qu'il porte mon nom. Jamais un Havington n'a...

— Ça suffit ! Je vous interdis de revenir sur ce sujet...
Lady Havington faisait face à son mari avec une telle
expression de colère qu'il décida de battre retraite.

— Après tout, qu'il vive ce qu'il veut ! Je m'en désin-
téresse complètement.

— C'est ce que vous avez de mieux à faire !

Harris klaxonna. La voiture traversait Gullcowes et il
entendait bien s'y faire remarquer, dût-il invoquer les exi-
gences de la sécurité routière.


Lisa travailla toute la journée. Il fallut que Johnson vînt
allumer les grosses lampes en opaline pour qu'elle se ren-
dît compte qu'il était si tard. Elle demanda au valet qu'on
lui monte à dîner. C'est en dévorant le kidney pie dont
Butcher s'était fait une spécialité que Lisa comprit qu'elle mourait de faim. Son dos lui faisait mal et sa vue commençait à se brouiller. Elle remit au lendemain la centaine d'enveloppes qu'il lui restait encore à rédiger.

Le château était incroyablement silencieux. Lisa
remontait la galerie qui conduisait aux appartements de
Lady Havington puisqu'à présent, c'était à elle qu'il
appartenait de veiller à ce que tout fût en ordre. Les
domestiques devaient être réunis dans la cuisine car elle
n'en croisa aucun. Le tapis où l'on s'enfonçait assourdissait ses pas. C'est comme cela que Lisa imaginait les
grands hôtels.

Elle poussa la porte de la chambre de Milady. C'était
vraiment une chambre magnifique. Ce soir, Lisa avait
tout son temps pour la regarder. L'immense lit à baldaquin était surmonté de plumes d'autruche et trônait sur
une estrade au milieu de deux tables bouillottes jupon-
nées. De lourdes tentures roses, brodées de fils d'argent,
donnaient à l'ensemble une impression de solennité que
n'atténuaient pas les quatre angelots nus qui semblaient

soutenir l'imposant édifice. Une chemise de nuit reposait sur la couverture ouverte. Il y avait tant de volants et de dentelles qu'on aurait pu la prendre pour une robe du soir. Une multitude de coussins brodés faisait disparaître les oreillers dans un tourbillon de soieries pastel. Lisa n'en avait jamais vu réunies un aussi grand nombre et frémit à l'idée d'avoir à se déshabiller dans un tel décorum. Il est des endroits où la nudité est impensable, gênante, presque obscène.

Près de la cheminée où une bûche achevait de brûler, un petit salon entourait une table basse, recouverte de cadres d'argent, presque uniquement des photos de Clive, Clive enfant, Clive adolescent, Clive étudiant, encore et toujours Clive perdu dans des rôles où il ne semblait jamais sonner juste. Le boudoir et la coiffeuse de Lady Havington étaient placés dans une alcôve, juste devant la fenêtre, une fenêtre d'au moins six mètres de haut, qui dominait la mer.

La maîtresse des lieux se maquillait peu, faisant face aux éléments. Elle devait y passer de longues heures, son parfum de tubéreuse étant plus fort ici que partout ailleurs. Un des tiroirs était entrouvert et Lisa ne put s'empêcher d'en inspecter le contenu. Des bijoux, des bijoux en vrac, des colliers, des bracelets, des bagues jetés là comme de vieilles défroques qui n'amusaient plus personne. Il fallait mépriser beaucoup l'argent pour laisser traîner de telles merveilles comme de la vulgaire pacotille.

Lisa en attrapa une poignée. Leur contact était aussi froid que sa main était chaude, il y en avait pour une fortune. Elle essaya les rubis, les émeraudes, les saphirs et ne résista pas au plaisir de passer la somptueuse rivière de diamants. Elle se regarda dans la psyché, n'en crut d'abord pas ses yeux puis se fit très vite au scintillement des pierres. Les bijoux n'impressionnent que ceux qui ne les possèdent pas. Une fois sur la peau, ils deviennent une seconde nature.

Soudain, Lisa s'immobilisa et défit instinctivement le fermoir. Elle se sentait observée. Dans la glace, elle aperçut Masterson, tapi derrière la porte. Quelle idiote! Elle ne l'avait pas refermée! Il fallait faire vite, trouver une solution. C'était impossible de le démasquer sans se trahir elle-même. Lisa était beaucoup trop intelligente pour provoquer un esclandre où cette fois, elle aurait tout à perdre. Elle décida de faire comme si de rien n'était et remit tranquillement les bijoux en place. Lady Havington ne s'apercevrait de rien et le majordome n'était pas en mesure de prouver quoi que ce fût. Elle n'avait rien à craindre si elle ne s'affolait pas. Elle revint devant le miroir pour faire semblant d'arranger ses cheveux. Masterson avait disparu.

Lisa sortit des appartements de Lady Havington et décida de descendre à l'office. Elle dirait bonsoir à tout le monde et affronterait le majordome ce soir même. Elle savait d'expérience qu'il ne fallait jamais remettre ce genre de confrontation. Dans ce cas, la nuit ne portait pas conseil mais décuplait les craintes, amenant souvent à commettre d'irrattrapables erreurs. A chaud, elle serait gagnante. Masterson la verrait sûre d'elle et les choses rentreraient dans l'ordre.


— Mademoiselle fou rire! Lord Clive gisait sur l'escalier.

Lisa se pencha sur lui. Il empestait l'alcool.

— Vous avez bu.

— Je suis saoul... Je le sais.

— Vous auriez pu vous blesser! Clive était tombé à la renverse et c'était un miracle si sa tête n'avait pas heurté une marche.

— J'aimerais retourner dans ma chambre. Aidez-moi... Le jeune Havington bafouillait... Je ne la retrouve plus !

— Levez-vous, je vais vous conduire. Lisa détestait les hommes ivres pourtant elle ne put s'empêcher de le regarder avec une tendresse qui la surprit elle-même. Clive avait vraiment l'air totalement perdu.

Il se redressa puis se laissa glisser lourdement.

— Je crois que je n'y arriverai pas ! Il lui sourit... C'est idiot, mon lit est beaucoup plus confortable que cet escalier.

Lisa essaya de le soulever. Il était trop lourd et elle faillit s'étaler de tout son long.

— Je vais appeler quelqu'un.

— Non, non ! Je vais me débrouiller. Clive se retourna et commença à grimper les marches à quatre pattes.

— Vous vous êtes mis dans un bel état ! Lisa ramassait son faux col et ses boutons de chemise.

— Vous ne montez pas ? Je vais redescendre alors !

Lisa le rejoignit sur le palier.

— Vous comptez aller loin comme cela ?

— Ce n'est pas désagréable. Vous êtes jolie vue d'en bas... Lord Clive avait l'air béat. Il faisait incroyablement jeune et Lisa retrouvait le petit garçon des photos... Vous me fixez, je vois bien que vous me fixez ! Je déteste ça... La voix était devenue cassante. Clive semblait craindre quelque chose d'irraisonné.

— Rentrons chez vous, voulez-vous... Lisa n'avait pas l'intention d'engager une conversation ni moins encore celle de faire les frais de son agressivité momentanée. Son calme l'apaisa immédiatement.

Le jeune Havington avait cela de commun avec son père qu'il pouvait passer aisément d'un personnage à l'autre, laissant cohabiter des caractères sans lien apparent. L'alcool n'expliquait pas tout. Il avait autre chose, un secret que ce garçon essayait de cacher en contraignant sa nature. Lisa en était sûre. Peut-être y avait-il chez Clive une plus grande fragilité, une plus grande tendresse qui faisait mieux ressortir le cynisme froid de Lord Havington. Clive était illogique parce qu'il était malheureux, Lord Havington n'avait pas d'états d'âme et savait parfaitement utiliser tous les ressorts du jeu social pour parvenir à ses fins.

— Vous savez où on est ? Moi pas du tout. C'est par où ?

— Debout, faites un petit effort.

Clive réussit à se relever en s'appuyant au mur et s'accrocha à Lisa pour traverser la galerie. Il grommela en passant devant les tableaux de ses ancêtres. Les phrases étaient inintelligibles mais le ton suffisamment clair pour comprendre le peu d'affection qu'il leur portait.

— Vous n'allez pas me laisser là ? Le jeune Havington s'était adossé à la porte de sa chambre. Vous m'inviterez bien à boire un dernier verre.

— Je ne pense pas que ce soit nécessaire. Qui plus est nous sommes devant la porte de votre chambre et non de la mienne.

— Alors c'est moi qui vous invite. Je vous préviens, il n'est pas question que vous refusiez... après ce qu'on a vécu ensemble ! J'ai un cognac, une splendeur...

Lisa hésita un instant. En fait, Clive lui était sympathique. Elle se sentait plus proche de lui que d'aucun des autres occupants du château mais la perspective de se retrouver en tête à tête avec un garçon ivre mort ne la séduisait pas du tout.

— C'est très gentil, mais il vaut mieux en rester là. Vous allez dormir et demain vous en serez quitte pour une bonne gueule de bois !

— Si vous ne venez pas. Je hurle !

— Hurlez si ça vous chante.

— Ce sera très mal vu. Ils vont tous venir. Tout le monde saura que je suis ivre et ma mère sera furieuse !

— Du chantage maintenant, belle mentalité ! Lisa riait presque.

— Vous êtes responsable de moi. C'est vous qui m'avez trouvé. Je ne vous avais rien demandé après tout !

— Bon d'accord. Mais cinq minutes, pas plus. Je suis morte de fatigue.

— Les dames d'abord. Le jeune Havington avait ouvert sa porte comme on lève un rideau de théâtre. Lisa s'amusa à lui faire une petite révérence avant d'entrer.

— Excusez le désordre. Clive se forçait à retrouver une contenance et marchait comme s'il avait un balai dans le dos. Il invita Lisa à s'asseoir sur un des deux fauteuils crapauds avant de l'imiter en contrôlant tous ses gestes pour ne pas se retrouver le cul par terre.

La pièce était envahie de livres. Il y en avait partout, sur le bureau, sur les guéridons, sur les chaises, même sur le lit, un lit à barreaux de cuivre qui devait être celui de son adolescence… « J'interdis qu'on fasse le ménage… sinon je ne retrouve plus rien. »

— Ça se voit… Des moutons de poussière voletaient un peu partout. Lisa se releva et commença à regarder les multiples volumes, reliés ou non, qui traînaient ici et là, des poètes pour l'essentiel. Vous aimez Chaucer ?

— De la connerie ! Clive s'était avachi, les yeux à moitié fermés.

Lisa prit le recueil qui était posé sur la table de chevet et l'ouvrit pour le feuilleter.

— Il a pourtant écrit de très belles choses ! Elle se souvenait des pièces pour enfants qu'elle s'amusait à jouer avec Nicholas. Vous ne devriez pas vous servir de vos lettres comme marque page. N'importe qui pourrait les lire.

— Laissez ça ! Clive bondit de son siège et lui arracha le livre, fou de rage. Je vous interdis de fouiller dans mes affaires. Il faut toujours que vous m'espionniez ! Ses yeux étaient injectés de sang mais il semblait avoir retrouvé brutalement tous ses esprits.

Lisa le gifla sans y réfléchir. Cet imbécile lui avait fait

mal au bras.

— Gardez vos secrets, je m'en moque complètement !

— Excusez-moi… Clive était revenu à la réalité. Lisa eut le sentiment que pendant un instant, il l'avait prise pour une autre. Il avait vraiment l'air désolé… Je ne voulais pas, je ne voulais pas…

— Ce n'est rien ! Lisa regretta son geste, comme elle avait regretté ses paroles ce matin dans le labyrinthe. Clive était totalement désemparé et par là-même désarmant. Si leurs situations respectives avaient été autres, elle l'aurait pris dans ses bras.

— Malheureusement je suis un Havington. Il avait lu dans ses pensées et laissa tomber sa tête contre son épaule. Ses cheveux sentaient le musc et le santal. Il se redressa et la regarda droit dans les yeux, sans un mot. Leurs bouches se frôlaient, Lisa recula. Elle ne voulait pas de ça et surtout pas dans ces conditions. Clive plongea à nouveau dans les vapeurs d'alcool et se laissa tomber sur son lit.

— Déshabillez-moi… Vous ne risquez rien, je vous assure ! ajouta-t-il en ricanant. Vous n'allez tout de même pas me laisser dormir tout habillé…

Lisa n'eut pas le temps de répondre. Lady Havington était entrée dans la pièce.

— Je ne peux pas te laisser une journée ! Son instinct de mère ne l'avait pas trompée. Une angoisse l'avait prise chez Lord Rosselare et elle avait écourté la soirée. Elle savait toujours quand son fils allait mal et ce depuis sa naissance, fut-il à des kilomètres de là. Elle n'avait jamais cherché à expliquer ce curieux phénomène. C'était un fait, voilà tout. Son mari avait haussé les épaules et s'était enfermé dans le salon jaune. « Merci mademoiselle… » Elle s'était tournée vers Lisa. « Faites monter Johnson. »

— Tout de suite madame. Lady Havington n'avait pas songé à demander à la gouvernante ce qu'elle faisait là. Elle s'en moquait bien et en avait même l'air presque content. Lisa crut lire un sourire dans son regard quand elle sortit de la chambre.

— Je compte sur vous. Personne ne doit savoir ce qui se passe dans les murs de ce château.

— Bien entendu madame.

Lisa courut dans la galerie pour chercher le valet. Lady Havington s'assit sur le lit de son fils et lui caressa le front.

— Tout va bien, tout va bien. Horatio m'a promis d'intercéder en ta faveur. Tu retourneras à Christ Church dans quelques semaines.

— Je ne m'excuserai pas !

— Tu n'auras pas à le faire. Tu m'entends… Rosselare connaît bien le Doyen. Il t'évitera cela.

— Jamais ! Tu m'entends, jamais ! Je ne veux plus y aller.

— Clive, fais-le pour moi. Je t'en supplie !

Lisa s'était levée tôt ce matin-là. Le temps promettait d'être splendide. L'horizon se confondait avec le bleu de la mer et les hirondelles semblaient vouloir s'attarder pour profiter des derniers beaux jours. Elle s'habilla rapidement, fit une toilette sommaire et descendit aux cuisines. Butcher s'affairait déjà aux fourneaux. Peters était assis à la grande table, lisant le Times en mangeant ses saucisses. Il replia son journal dès qu'il aperçut Lisa.

— Continuez, je vous en prie. Lisa s'installa à sa place, face au fauteuil vide de Masterson. Elle se rappela brusquement qu'elle ne l'avait pas revu hier soir.

— Monsieur Masterson va-t-il descendre ce matin ?

— Je crois. Il n'a pas demandé son plateau. Le ton était neutre. Peters ignorait visiblement la passion de Lisa pour les bijoux. Le chef majordome avait gardé ses observations pour lui.

Les autres serviteurs arrivaient en baillant. Personne ne fit allusion à Lord Clive, à l'exception de Johnson qui ne pouvait tenir sa langue :

— C'est tout juste s'il ne m'a pas pris pour sa bonne

amie. Il était saoul comme un Polonais !

— C'est très exagéré lui répondit Lisa en se beurrant un toast… Je suis sûre que vous avez déjà été beaucoup plus ivre.

— Ça c'est bien vrai mademoiselle. J'en sais quelque chose ! C'est comme si vous dormiez avec un mort ! Duncan qui n'était pas laide mais totalement sotte venait d'avouer en public ce que tout le monde subodorait. Elle couchait avec le troisième valet de chambre.

Personne ne releva mais Johnson affichait un sourire triomphant qui confirmait sa bonne fortune.

— Miss Durram, Harris vous attend pour vous conduire en ville. Je lui ai donné deux ou trois adresses pour que vous trouviez du tissu. Masterson s'asseyait à son tour, saluant les autres de la tête.

— Je vous remercie monsieur. Je ne pensais pas que les choses iraient si vite.

— J'espère que vous serez satisfaite.

— Vous connaissant, vous aurez certainement fait pour le mieux.

— Mon possible, en tous cas.

— C'est extraordinaire, vous êtes au courant de tout. Vous ne seriez pas si discret que je serai persuadée que vous écoutez aux portes.

— Dans notre métier le silence est une règle indispensable.

Lisa lui sourit d'une façon charmante. Ses craintes s'évanouirent. Masterson en resterait là. Ils s'étaient compris.

Lisa descendit d'abord à Gullcowes pour voir Mrs Hudson et le Révérend. Elle avait besoin de revoir des visages familiers. L'épicière l'embrassa comme une fille prodigue, lui posant mille questions sans lui laisser le temps d'y répondre. Mon Dieu que c'était une belle automobile ! Elle l'avait déjà vue mais seulement de loin. Et le chauffeur, quel homme splendide ! Si seulement elle avait dix ans de moins... Que Lisa ne s'inquiète pas, son cousin viendrait dès la semaine prochaine pour visiter la maison. C'était comme si la vente était faite... Bien sûr, elle savait qu'il n'y avait personne au presbytère, les Bowles étaient à Helston pour suivre une course de lévriers. Elle baissa la voix, Mrs Bowles avait décidé d'accompagner son mari pour l'empêcher de gaspiller l'argent du ménage en paris stupides, trois livres rien que le mois dernier ! Enfin, elle leur ferait part de sa visite...

A Penzance, Lisa n'eut pas le temps de respirer. Elle passa d'abord à la poste pour s'assurer que l'on faisait bien suivre son courrier puis arpenta la rue principale si bruyante et pittoresque les jours de marché, passant d'une boutique à l'autre pour trouver de quoi s'habiller. Finalement, elle choisit un tissu en serge vert émeraude et un autre en laine vieux rose tirant sur le pêche. Elle ne pouvait se résigner au noir ou au bleu marine. L'un des fournisseurs de Lady Havington l'avait vivement encouragée à prendre de la couleur en lui remettant deux patrons de robes qu'il venait de recevoir de "La Belle Jardinière". Ses clientes étaient folles de la mode de Paris et il avait dû se mettre au goût du jour en rompant son contrat avec d'autres maisons de couture anglaise...

La matinée avait passé comme un éclair et il était déjà onze heures quand Harris corna sur la route qui les ramenait au château. La voiture s'immobilisa devant les écuries dans un nuage de poussière. Lord Clive sortait son cheval et avait fait signe au chauffeur de s'arrêter. Lisa baissa sa vitre. Sans savoir pourquoi, elle était heureuse de le revoir. Elle s'était pourtant jurée de garder ses distances.

— Bonjour Miss Durram, j'aimerais vous parler.

— Je vous écoute Mylord. Lisa prit sur elle et ne descendit pas. La veille au soir, elle avait eu du mal à s'endormir et avait décidé de ne plus se retrouver seule avec le jeune Havington. Elle n'avait rien à gagner à la fausse intimité qui les avait rapprochés.

— Il faut que je vienne vous chercher. Clive ouvrit la portière.

— Si c'est un ordre... Lisa enjamba le marchepied.

— Laissez-nous Harris. Clive lui tendait son bras. La voiture redémarra.

— Je peux marcher seule vous savez... Lisa se forçait à la froideur.

— Je n'ai pas été très brillant hier soir...

— Pas vraiment en effet.

— Je voulais m'excuser.

— J'ai déjà oublié... Le jeune homme qui se tenait devant elle n'avait rien à voir avec celui qu'elle avait dû ramasser dans l'escalier. Clive souriait et paraissait si sûr de lui. Il rayonnait.

— J'ai eu beaucoup de chance de vous trouver.

— C'était tout naturel...

— Je n'ai rien fait qui aurait pu vous froisser?

C'était donc cela, l'héritier des Havington voulait s'assurer qu'il ne s'était rien passé. Lisa se mit à le détester.

— Rassurez-vous, rien qui ne vaille la peine d'en parler. Je vous souhaite une bonne journée... Elle lui sourit le plus poliment du monde et se dirigea vers le perron.

— Elle serait bien meilleure si vous la passiez avec moi... Clive la rejoint et se pencha sur son épaule.

— Ce serait un plaisir mais j'ai encore beaucoup à faire. Lisa pouvait respirer son souffle et ce parfum de musc et de santal qui l'avait troublée. Il fallait qu'elle s'en aille. Elle le sentait instinctivement.

— J'insiste.

— Je crois que c'est une mauvaise idée. Nous n'avons rien à faire ensemble.

— Vous me détestez?

— Certainement pas. Je n'ai simplement pas l'intention de perdre ma place. Si Mylord veut bien m'excuser... Lisa reprit son chemin. Elle sentait le regard de Clive dans son dos et résista à l'envie de se retourner.

— C'est arrivé pour vous tout l'heure… Mac Allister
tendait à Lisa une lettre sur un plateau d'argent. Son cœur
se mit à battre plus vite. Elle avait reconnu l'écriture de
Nicholas. Enfin, il lui donnait de ses nouvelles. Lisa décacheta fébrilement l'enveloppe, impatiente de lire ce que
son frère avait à lui dire. Tout semblait aller pour le
mieux. Elle pourrait le rejoindre dans six mois à peine. La
perspective de s'en aller très loin, lui redonnait courage.
Elle n'aurait plus à fuir puisqu'elle devait partir.

C'est alors qu'elle se rendit compte qu'elle avait eu
envie de prendre ses jambes à son cou et de s'en aller loin
d'ici, comme si elle avait été en danger. Il n'y avait plus
rien à craindre. Une fois encore Nicholas la protégeait,
sans même le savoir. Le simple fait de lui parler de leur
avenir la rendait invincible. Il lui laissait une adresse. Lisa
allait lui répondre tout de suite !

— Miss Durram !

— Que se passe-t-il ? Lisa écoutait Trumper sans lever
les yeux.

— Quelque chose de terrible… La femme de chambre
la suivait dans l'escalier.

— Quoi ? Le visage de la domestique était décomposé :

— On a volé la rivière de diamants de Lady
Havington…

# Chapitre V

## Penang

— Bonjour, je suis Hugh Coleman… votre voisin !

Nicholas regarda le jeune homme qui descendait de cheval. C'était donc lui ! Brun, les traits fins, la peau mate, Coleman ne devait pas avoir dépassé la trentaine ou en tous cas ne le paraissait pas. Il n'avait rien à voir avec les autres colons au teint rougi par l'alcool, transpirant comme des tranches de bacon au soleil. La chaleur semblait glisser sur lui comme un élément naturel et seul son accent impeccable indiquait qu'il n'avait certainement pas toujours vécu ici.

— Bonjour ! Nicholas répondit laconiquement, hésita puis s'essuya les mains sur son pantalon pour serrer celle que Coleman lui tendait. Il ne savait pas quoi penser. Cuypper et Morton lui avaient dressé le portrait du nouveau venu en termes peu flatteurs et il croyait le connaître, tout du moins en avoir une idée assez juste, ses deux interlocuteurs étant trop différents pour qu'il n'y ait pas quelque véracité dans leurs convergences. Or le garçon qui se tenait devant lui ne correspondait absolument pas à ce qu'il avait imaginé. L'impression était bizarre, proche de celle du voyageur qui découvre un pays après l'avoir visité dans les livres.

— Vous avez dû entendre parler de moi ! Derrière un sourire qui dévoilait des dents blanches et légèrement pointues, on devinait une distance qui pouvait facilement passer pour une morgue un peu hautaine.

— Effectivement… Nicholas glissa son parang (1) dans sa ceinture.

Les premiers hévéas étaient à nouveau productifs. Abas et ses hommes avaient fait des merveilles et la plantation était presque totalement défrichée. La transformation était surprenante, les caoutchoucs alignés en immenses colonnes végétales s'ordonnaient régulièrement là où la jungle régnait en maîtresse. La nature était presque accueillante, domestiquée alors qu'il y avait quelques semaines à peine, les lianes et les bambous ne laissaient percer que des bruits étranges et déchirants. Le fleuve en contrebas qui gonflait et grondait, charriant toujours plus de boue en cette période de l'année venait rappeler une sourde menace, immédiatement démentie par les ramures d'orchidées sauvages qui s'enroulaient autour des troncs de caroubiers pour retomber en lourdes grappes multico-lores. Les fleurs poussaient partout, en désordre et de toutes sortes, les anthuriums aux larges pétales rouge sang, les cattleyas jaunes et blancs avec leurs longues feuilles découpées en lanières, les cymbidiums qui s'ou-vraient comme des oiseaux de paradis.

Il fallait les arracher comme de la mauvaise herbe, apprendre à s'en méfier aussi. Plus d'une contenait un poison fatal, foudroyant ou langoureux, mariant symboli-quement la fin la plus atroce à une beauté exubérante. Ici le mal était partout, invisible, bigarré, illogique, incroyable, s'immisçant dans le moindre recoin. Seules les feuilles d'hévéas conservaient une incroyable simpli-cité, lisses et luisantes, presque satinées comme une peau humaine.

(1) Parang : grand couteau malais proche de la machette.

Nicholas venait d'ouvrir une saignée dans l'écorce dure d'un des plus grands arbres. Il avait fait nettoyer les drains poisseux de latex et les coupelles de bois commençaient à recevoir goutte à goutte le précieux liquide. Oubliant les moustiques et les parasites de toutes sortes, Nicholas redoublait la cadence, travaillant dès cinq heures du matin pour profiter de la fraîcheur relative des premières heures du jour. Après midi, il faisait trop chaud et la sève ne coulait plus. On ne pouvait qu'attendre le lendemain en sarclant sans relâche entre les plants après avoir récolté la production dans de grands seaux. Les Bugis qui étaient de remarquables architectes avaient construit un hangar de bambou pour entreposer les premières balles qui sortaient de l'atelier. Le traitement était sommaire et Nicholas songeait à le perfectionner la saison prochaine. Abas lui était maintenant dévoué corps et âme, le respectant presque superstitieusement. Le Tuan lui avait sauvé la vie et sa dette ne s'éteindrait jamais.

— Vous avez fait un travail remarquable. Coleman tâchait visiblement de se montrer aussi aimable que possible. Je ne pensais pas que l'exploitation pourrait reprendre aussi vite.

— Les cours sont au plus haut. Je veux en profiter quand il est temps. Je suis certain que cela ne fait que commencer… Nicholas savait fort bien que son voisin se moquait certainement de l'avancement de ses projets. Il était venu pour autre chose mais n'en parlerait pas le premier avec cette réserve toute britannique qu'il faut savoir décoder comme une annonce au bridge.

— C'est une ruine ! Coleman fit quelques pas en direction de la maison qu'il regarda avec une moue dubitative. Elle avait encore piètre allure avec ses volets arrachés et son escalier à demi effondré… Je ne sais pas comment vous faites…

— Je m'en contente pour l'instant… Nicholas ne broncha pas. Cuypper avait raison, c'était un affreux snob.

— Je ne vous ai pas vexé, j'espère.

— Excusez-moi mais comme vous le voyez, il me reste beaucoup à faire.

Les deux hommes restèrent un instant sans dire un mot. Nicholas trancha dans le vif… « Morton a ramené le corps. »

— Ah… Une ride se creusait dans le front de Coleman… Pourrais-je vous demander de me montrer où ?

— Bien sûr. Nicholas ne le laissa pas finir sa phrase, il avait parfaitement compris le sens de sa pensée. Il fit signe à Abas de conduire son voisin près du fleuve, là où il avait enterré provisoirement Miranda Jones.

— Je vous remercie… Coleman le salua de la tête, attacha son cheval et suivit le boy avec qui il échangea quelques mots en malais.

Curieux personnage qui semblait devoir venir ici pour exorciser un mauvais rêve. Nicholas prit sa gourde pour se passer un peu d'eau sur le visage et se remit au travail.

— Je suis sûr que ce garçon l'a tuée ! Morton se contenait difficilement. Sa main droite se crispait nerveusement sur sa badine. Il allait et venait dans la pièce surchauffée par les rayons du couchant, incapable de rester en place, rouge et sautillant comme un homard qui se débat sur le grill… Son histoire ne tient pas debout ! Il s'arrêta un instant pour s'éponger le front avec un mouchoir qu'il tira de sa poche.

— Vous me donnez le tournis ! Sir Rupert lissa sa moustache en regardant son subordonné. Pourquoi fallait-il que l'administration centrale lui ait envoyé un homme qui se maîtrisait aussi mal ? Autrefois Morton n'aurait pas eu accès à un poste de responsabilité. Mais aujourd'hui avec tous ces concours…

Le gouverneur prit sur lui, comme à son habitude. Il

était assis derrière son bureau et fumait un gros cigare. Il en faisait venir de Cuba, deux trois fois par an. Sa cave était presque vide. Aussi Sir Rupert savourait-il celui-ci avec une satisfaction toute particulière et n'avait nullement l'intention de se laisser gâcher ce grand moment par les soubresauts désordonnés de son secrétaire. Le tabac était délicieusement sucré avec une légère pointe d'amertume, imbibé du parfum des femmes qui l'avaient roulé amoureusement entre leurs mains pour lui donner cette forme oblongue et irrégulière qui allait procurer tant de plaisir à un inconnu.

Sir Rupert en aspira une grande bouffée et se laissa pénétrer par ces sensations inavouées. Il avait écourté son voyage à Kuala-Lumpur pour regagner son île d'urgence. Le "Singapour Times" lui avait appris la mort de Miranda Jones avant qu'il ne reçût la lettre de Morton lui annonçant le drame. Le gouverneur connaissait suffisamment bien son subordonné pour savoir quelle tournure prendraient les choses s'il le laissait faire.

— Il a assassiné cette fille parce qu'elle lui échappait !... Morton s'en voulait. Il aurait mieux fait de tenir sa langue sans informer les journaux avant l'arrestation du coupable.

Sir Rupert laissa courir son regard sur le voilier blanc qui croisait dans la baie, celui de Nelson Darcy sans doute, sacré barreur à moins que ce ne soit John, son plus jeune fils, trois fois vainqueur du trophée du Sultan. Il regrettait de ne pas avoir acheté sa tête de Bouddha en jade. Le prix était vraiment trop exorbitant. Ces Chinois étaient tous des voleurs, ne tenant jamais leurs engagements.

— Ils sont encore pire que les latins, incapables de respecter une parole donnée, se dit le gouverneur qui ne tenait pourtant pas les peuples du sud en haute estime. Morton commençait à l'agacer. Personne ne regrettait cette miss Jones qui avait la pire des réputations.

— Vous n'avez aucune preuve ! Hugh Coleman est un

homme important, beaucoup trop important pour que l'on se permette un impair... Sir Rupert voulait en finir au plus vite. Aucun scandale ne devait venir troubler sa tranquillité à trois ans de la retraite.

— Un femme est morte !

— Vous vous en moquez bien !... Le gouverneur regarda sa montre. Il était tard et Yuna, son fidèle cuisinier lui avait concocté un agneau aux mangues dont il avait le secret. Autant en finir. « Tout porte croire qu'elle a été victime d'un rôdeur »

— En pleine jungle ! Cela semble impossible... Morton sentait qu'il avait perdu la partie mais voulait avancer ses arguments jusqu'au bout.

— Rien n'est impossible dans ce pays. Vous raisonnez comme un Occidental.

— Hugh Coleman n'a aucun alibi valable.

— Comme tous les innocents. Ce garçon est d'une extrême intelligence. Il ne se serait pas laissé piéger si bêtement !

— Miranda a bien été tuée par quelqu'un. Le docteur Cartwright est formel. C'est un meurtre...

— Qui vous dit le contraire ? On n'a pas retrouvé d'argent sur elle. J'ai cru comprendre qu'elle aurait dû avoir cinq cents livres. Le mobile est clair.

— C'est Coleman qui prétend cela !

— Cessez d'importuner Hugh Coleman. Je le connais depuis qu'il est né. Il aurait été incapable d'un tel geste. Son père a beaucoup fait pour le développement de l'île.

— Son père, peut-être mais lui, c'est un demi-sauvage !

— Je classe l'affaire.

— Sans même en informer la justice ! Le secrétaire n'en croyait pas ses oreilles.

— Je classe l'affaire, Morton. Me suis-je bien fait comprendre ? Je ne veux plus en entendre parler et je vous conseille de l'oublier !... Le gouverneur se leva et tira sur son cigare pour signifier à son subordonné que l'on en resterait là…

— Je ne vous retiens pas.

Morton fulminait. Echouer si prêt du but ! Il claqua la porte de son bureau et se versa une rasade de whisky. Sir Rupert protégeait ce Coleman parce qu'il était puissant mais c'était bien lui l'assassin, il en était certain.

Le sang lui était monté aux tempes, il avait une migraine épouvantable. Il alla à la fenêtre. Il n'y avait pas un souffle d'air. Le soleil avait baissé brusquement comme tous les soirs, zébrant l'horizon d'un feu orangé. Bientôt il ferait nuit. La chaleur devenait plus insidieuse, faisant place à une moiteur insupportable. La pluie menaçait depuis plusieurs jours sans jamais vouloir tomber, il serra les poings comme si elle le narguait personnellement. Le grand ventilateur tournait, impuissant à donner un peu de fraîcheur. Le secrétaire n'admirait même plus l'incroyable beauté du site. A ses yeux, l'ombre majestueuse du Kedah Peak qui formait une masse bleu-gris avant de se noyer dans la mer n'avait pas plus de charme que l'enseigne lumineuse de miss Pénélope Raddish, couturière en chambre qu'il pouvait apercevoir depuis sa petite chambre londonienne. Il se laissa tomber dans un des grands fauteuils-club où il installait d'habitude ses visiteurs. Si seulement il avait eu encore trois jours. Tout ça pour rien !

En quittant Nicholas Durram, il était sûr de son fait, une intuition qui ne trompe pas. Coleman était à sa portée. Morton le détestait. Toute l'île le détestait mais Morton avait une raison supplémentaire de vouloir l'abattre : il haïssait les riches, leur morgue et leur facilité à tout faire sans avoir l'air d'y toucher. Hugh Coleman en était l'exemple le plus achevé. Hautain, méprisant comme ceux qui sont nés avec une cuillère en or dans la bouche, il réussissait en tout. Charlie Morton avait toujours été jaloux, jaloux par éducation, jaloux par tempérament, cachant son aigreur derrière une ambition que contredisait sa volonté affichée de justice sociale.

Il jubilait en marchant dans la jungle. Les conclusions de l'autopsie lui permettaient tous les espoirs. Les Bugis ouvraient le chemin avec de grands coupe-coupe qui tranchaient les lianes et les jeunes branches transversales. Bientôt, on put sentir l'odeur de la mer. La végétation était moins dense, s'ouvrant en clairières, en sous-bois humides, presque frais, propices à la pousse de champignons de toutes sortes. Le chant des oiseaux avait remplacé le cri de bêtes invisibles et toujours menaçantes. Même le docteur Cartwright reprenait confiance et courait après les papillons comme une jeune fille en fleur.

Coleman les fit attendre. Un boy leur servit des rafraîchissements dans l'immense salon de la somptueuse maison coloniale qui dominait la mer, une mer turquoise bordée par une plage de sable d'un blanc presque aveuglant. Tout ici semblait avoir été fait pour exaspérer l'envie du fonctionnaire zélé que Morton s'efforçait de rester. Les murs étaient recouverts de bois précieux, du caroubier à n'en pas douter. Les persiennes filtraient doucement la lumière jusqu'au parquet fraîchement passé à la cire d'abeille. Les meubles en acajou s'égayaient de tissus à fleurs auxquels répondaient d'immenses bouquets posés çà et là. Morton savait qu'il ne pourrait jamais se payer un tel luxe aussi n'eut-il aucun mal à le trouver de mauvais goût.

Coleman apparut enfin, s'excusant à peine :

— Morton, docteur, quel bon vent ! J'avais à faire, je ne vous attendais pas... Il se servait un verre... Que se passe-t-il ? Ça m'a tout l'air d'une délégation officielle... Mon Dieu, ce que son sourire était exaspérant !

— Miranda Jones a été retrouvée assassinée... Le secrétaire n'était pas d'humeur à faire des mondanités. Il parlait sans ménagement, jouissant déjà en secret des réactions qu'il allait provoquer.

— Pardon ? Hugh avait pâli et reposa la bouteille. Son

trouble était évident mais Morton ne l'attribua certes pas à la surprise. Ce Coleman était au courant et avant tout le monde.

— On vient de retrouver son corps, enfin ce qu'il en reste…

— C'est affreux ! Comment est-ce arrivé ? Coleman but son verre d'un trait.

— Nous sommes justement ici pour le savoir… Morton laissa volontairement traîner sa voix, moins par calcul que par jeu. Il avait ferré le poisson et comptait faire durer le plaisir.

— Un coup sur le crâne… Cartwright, gêné par l'animosité presque palpable entre les deux hommes, s'était recroquevillé sur sa serviette.

— En quoi puis-je vous être utile ?

— Vous avez bien eu une altercation devant le club avec Miss Jones, le soir du vingt-sept ?… Morton avait sorti un petit calepin de cuir et relisait ostensiblement ses notes. Il n'avait en fait nul besoin de se les remémorer mais voulait faire les choses dans les règles.

— Qui vous a dit cela ? Coleman alluma une cigarette.

— Mrs Waïk.

— Je m'en doutais. Elle ne portait pas Miranda dans son cœur.

— Ce n'est pas le sujet… Vous êtes-vous disputé avec miss Jones ce soir-là ?

Coleman sourit en tirant une bouffée. Il s'attachait à ne donner aucune prise aux gens qu'il n'aimait pas, leur montrant toujours un visage parfaitement lisse et une humeur égale.

— Exact.

— Peut-on vous demander pourquoi ?

— Vous connaissiez Miranda…

— Moins bien que vous…

— Elle voulait de l'argent pour rentrer en Angleterre.

— Vous le lui avez donné ?

— Non… Coleman se planta devant Morton qu'il dominait d'une bonne tête… Je vais même vous faciliter la tâche. Elle a passé la nuit chez moi… Vous m'arrêtez tout de suite ? Le ton était insolent.

— Ne prenez pas cette histoire à la légère… Morton accusa le coup, se forçant à ne pas s'emporter. Il voulait garder à leur entrevue le caractère policier qu'il avait l'intention de lui donner… Dans ces conditions j'aimerais savoir la raison qui a décidé Miss Jones à vous suivre jusqu'ici ?

— Une raison très simple : elle n'avait nulle part ailleurs où aller. Elle semblait complètement perdue… Hugh retira une longue bouffée… Le lendemain matin, elle avait disparu en me volant cinq cents livres. Je ne sais rien de plus.

— Vous n'avez pas porté plainte, curieux n'est-ce pas ?… Morton sentait qu'il tenait le bon bout. Il ne laisserait pas Coleman s'en tirer à si peu de frais.

— J'avais finalement décidé de les lui donner. J'ai juste regretté qu'elle se conduise de la sorte… Hugh se méfiait de Morton. Il pesait ses mots. Certaines précautions produisent souvent l'effet inverse et le secrétaire interprétait son apparente décontraction comme une insulte personnelle.

— Vous êtes bien généreux ! Il est vrai que l'argent ne représente pas grand-chose pour vous.

— Miranda avait suffisamment d'ennuis, il me semble.

— Et vous étiez tout prêt à lui venir en aide, comme cela, pour rien ? Morton se reversa un verre, agissant déjà en terrain conquis.

— La nature humaine est complexe… Coleman prit une respiration… Servez-vous, je vous en prie.

— Je vois les choses plus simplement… Morton décida d'ignorer sa mauvaise éducation et porta le verre à sa bouche.

— Chacun est libre de faire fausse route… Une vague de

tristesse passa sur le visage de Hugh... J'aimais beaucoup Miranda. Je voulais la protéger contre elle-même.

— Je ne pense pas que vous ayez obtenu un franc succès.

— Je lui ai dit qu'elle allait au devant d'une grave déception... Hugh poursuivait comme s'il revoyait leur conversation.

— Vous n'en saviez rien !

— Closters avait disparu sans lui donner de nouvelles ! Elle attendait une lettre qui n'est jamais arrivée. C'était évident il me semble... Coleman haussa les épaules.

— On n'a pas retrouvé d'argent sur elle !

— Vous insinuez quoi ?... Hugh savait que le secrétaire cherchait à lui faire perdre son sang-froid.

— Elle ne vous a pas pris un sou !... Morton s'était levé et arpentait la pièce comme à chaque fois qu'il pensait tout haut... Vous vous êtes débarrassé d'elle parce que vous n'aviez jamais supporté qu'elle vous quitte...

— C'est idiot ! Dans ce cas, je l'aurais fait beaucoup plus tôt. Tenez regardez mon bureau, il a bien été forcé !... Le meuble à dos d'âne avait visiblement été ouvert de façon peu conventionnelle. Toute la marqueterie du côté droit avait sauté, défigurant irrémédiablement une déesse romaine.

— Cela ne prouve rien !

— Chamsa... Coleman s'était tourné vers une jeune Malaise qui venait d'entrer dans la pièce avec un plateau de fruits frais. Elle était très menue comme les femmes de sa race. C'est à peine si elle semblait pouvoir porter les lourds bracelets d'or qui enserraient ses poignets.

— Oui, Tuan.

— Te rappelles-tu de la dernière nuit où nous avons vu Miss Jones ?

— Oui Tuan... Comment l'oublier ? Elle avait l'air si malheureux...

— Qu'ai-je fait ?

— Le Tuan a beaucoup parlé puis il est venu me rejoindre… Chamsa baissait timidement la tête. Morton ne voyait plus que ses longs cheveux noirs, incroyablement brillants qui l'enveloppaient jusqu'au creux des reins.

— Rien ne prouve que Miss Jones était encore vivante.

— Miss Jones est morte ?… Chamsa se redressa.

— Oui, cette nuit-là.

— Pauvre femme. Je ne m'étais pas trompée… J'ai vu la grande ombre sur son visage.

— Balivernes !

— Le Tuan a fini par s'endormir grâce à une potion que je lui ai donnée. Moi j'entendais les pleurs et je ne trouvais pas le sommeil. Je savais que cette femme entrerait bientôt dans les ténèbres. Je n'ai rien dit car tout était écrit… Chamsa ajouta très lentement… Le Tuan ne m'a pas quittée de la nuit. C'est le matin que nous avons découvert le vol.

— Cela vous suffit-il ?… Coleman regardait Morton.

— Le témoignage d'une sorcière qui en plus a tout l'air d'être votre maîtresse, j'avoue que je n'y aurais pas pensé… Morton sourit grassement en laissant traîner ses yeux sur la peau nue que laissait voir le sarong de la jeune fille.

— Je vous interdis !… Pour la première fois, Coleman ne parvenait plus à maîtriser sa colère.

Heureusement, Morton l'interrompit en attrapant un morceau de mangue.

— Avouez que cela peut laisser rêveur !

— Tous mes serviteurs vous confirmeront ce que vous venez d'apprendre… Coleman regarda le secrétaire droit dans les yeux.

— Je n'en doute pas… Morton sourit avec mépris. La parole de ces gens-là n'est pas recevable.

— Pas plus que la mienne, dirait-on ! Coleman se retint de lui envoyer son poing dans la figure.

— Je m'étonne seulement que vous ne vous soyez pas

inquiété. Miranda disparaît sans donner de nouvelles…

— A vrai dire, je n'en attendais aucune. Nous ne nous étions pas séparés en très bons termes, il me semble. Je la croyais partie pour Londres !

— En traversant la jungle.

— Elle avait pris un de mes chevaux. Elle avait suffisamment d'argent pour trouver un coolie qui lui ferait remonter le fleuve ou n'importe quelle autre solution.

— C'est bien ce qui m'intrigue.

— Si vous aviez mieux connu Miranda, vous sauriez qu'elle obtenait toujours ce qu'elle voulait.

— La seule chose certaine est qu'on n'a plus jamais revu Miss Jones vivante après son passage chez vous.

— Pensez ce que vous voudrez. Je m'en contrefiche !

— Votre émotion fait peine à voir… Nous nous reverrons très vite… Venez Cartwright, je sais tout ce que je voulais savoir. Morton reprit son chapeau de liège et sortit, suivi du vieux docteur qui n'en menait pas large.

— Ce Coleman m'a toujours fait froid dans le dos. On ne sait jamais ce qu'il pense !

— Faites-moi confiance, nous n'en resterons pas là ! Le secrétaire s'épongeait le front.

— En tous cas, quel tempérament ! Cartwright ne put s'empêcher de rire en secouant nerveusement la tête… Miss Jones, cette petite Malaise… Il les lui faut toutes !… Sacré veinard !

— Cartwright vous vous oubliez !… Morton considérait le médecin comme une vieille relique. L'appréciation qui venait rappeler qu'il était aussi un homme lui semblait parfaitement déplacée.

— Avouez que vous l'avez trouvée charmante…

— Peut-être… Morton ne voulait pas s'engager sur ce terrain.

Il claqua dans ses doigts. Les Bugis qui se reposaient sous une bougainvillée se levèrent lentement et la petite colonne se reforma, traversant les champs de bananiers qui remontaient vers la colline. Le vent bruissait dans les feuilles, répandant une odeur presque écœurante de fruits mûrs qui pendaient par régimes entiers comme des lanternes naturelles. Hugh Coleman était sorti sur la terrasse, un verre à la main. Chamsa vint le rejoindre et s'assit silencieusement derrière lui.

Humilié, c'était le mot exact, Morton se sentait humilié. La lâcheté de Sir Rupert donnait raison à ce Coleman qui se croyait au-dessus des lois. Maintenant, il faudrait croiser son regard au club et faire comme si rien ne s'était passé. Pourquoi avait-il attendu pour transmettre le dossier à Lucian Ambert? Lui au moins l'aurait écouté. C'était des hommes de cette trempe qu'il fallait pour diriger la colonie. Le gouverneur absent, Darcy se serait incliné et l'accusation aurait suivi son cours. Nelson était un remarquable président de Cour de Justice, un de ces cocus intègres et influençables qui, ignorant leur infortune, ne transigeaient pas sur les principes.

Morton tremblait de rage. Il s'était conduit comme un idiot! Maintenant il était trop tard. Sir Rupert voulait étouffer l'affaire et personne n'irait contre lui, très bien. Mais un jour ou l'autre, son heure viendrait et il ne la manquerait pas. Morton ferma les yeux. Il fallait qu'il dorme un peu avant d'aller dîner.


Elliot Waïk avait la bouche pâteuse. Il n'avait pas dessaoulé depuis trois jours. Milicent ne lui adressait plus la parole. Elle s'était enfermée dans sa chambre, refusant toute nourriture à l'exception de petits biscuits au gingembre qu'elle trempait dans du thé très fort. Son ulcère la tenaillait à nouveau. Elle n'avait pas cherché à le combattre. La douleur lancinante qui lui gâchait l'existence depuis plus de vingt ans se réveillait pour exprimer son horreur. Non, elle n'avait pas souhaité cela et pour une fois, elle refusait de se soigner et bénissait cette brûlure qui lui déchirait le ventre, lui permettant de se mettre au lit sans voir personne. Seule, Milicent voulait être seule, voilant les glaces pour ne plus affronter son propre regard. Elle était presque heureuse de sentir cette plaie ouverte. Chacun de ses spasmes matérialisait une souffrance inavouable qui la faisait crever de solitude. Elle revoyait Miranda en larmes qui la suppliait de lui laisser parler à son mari.

— Une lettre, j'attends une lettre ! Le personnel du port m'a dit de m'adresser chez vous... La comédienne avait perdu de son arrogance. Elle n'avait plus un sou. Toute la ville savait qu'elle venait d'être mise à la porte du bungalow et que son propriétaire chinois avait saisi ses meubles et ses bagages pour se rembourser de trois mois impayés.

— Mr. Waïk ne peut pas vous recevoir, il est souffrant.

Le courrier était arrivé de Londres le matin même, deux énormes sacs qui avaient mis plus d'un mois pour franchir les mers. Elliot, qui cuvait comme à son habitude, se les était fait livrer directement chez lui. Ses subordonnés auraient pu le trier avant de le donner à distribuer mais Mr. Waïk qui s'ennuyait mortellement, s'amusait à le faire lui-même, jouissant ainsi d'un pouvoir temporaire sur l'avenir d'autrui. Le courrier officiel était porté directement au Palais du gouverneur et Elliot s'acquittant généralement de sa mission dans des délais raisonnables, aucun membre de la colonie n'avait jamais trouvé à y redire. Quand il était vraiment trop hors d'état, c'était Milicent qui officiait à sa place.

— Pourriez-vous regarder s'il n'y a rien pour moi ? C'est très important ! Miranda était vraiment au bout du rouleau.

Milicent ne l'avait encore jamais vue aussi défaite mais elle n'avait aucunement l'intention de faire une exception pour quelqu'un qu'elle n'aimait pas :

— Le courrier sera distribué dans la soirée.

— Vous n'avez pas le droit de me faire attendre à cause de votre ivrogne de mari. Je suis venue exprès jusqu'ici. Je veux ma lettre ou j'irai me plaindre au gouverneur !...

Miranda s'était redressée. Incontestablement elle ferait ce qu'elle disait. Sir Rupert avait toujours fermé les yeux sur les écarts du capitainier tant que le service était convenablement assuré. Il fallait éviter les faux pas. Milicent le savait et Miranda aussi.

— Je vais voir... Mrs Waïk pinça les lèvres et rentra chez elle, laissant Miranda à la porte. Cette petite putain pouvait attendre. Les sacs de courriers étaient déjà vidés, les enveloppes classées, prêtes à repartir. Elle prit machinalement celle destinée à Miss Jones sur le bureau du salon, une lettre postée à Chelsea, l'écriture de Closters. Après avoir attendu cinq minutes environ, Milicent s'apprêtait à ressortir.

— Salope ! Elliot titubait sur le seuil. Il avait dû se lever en entendant du bruit et venir jusqu'à son bureau... Tu n'as rien faire ici !

— Retourne te coucher. Tu es totalement ivre !

Le capitainier la regarda, haussa les épaules et repartit dans sa chambre comme un enfant pris en faute. Milicent était habituée à ses crises d'éthylisme. Elle savait qu'Elliot lui obéissait si elle gardait son calme. Quand il ne la dégoûtait pas, il lui faisait honte.

Milicent l'écouta se recoucher et allait tourner le bouton de la porte d'entrée quand le passé lui jaillit au visage, obscène et imprévisible. Elle les revoyait, jeunes mariés, quand tout était encore différent. Elle ne l'avait jamais vraiment aimé mais au moins, elle le respectait. Ils avaient un avenir brillant devant eux et maintenant ils croupissaient perdus, au milieu de nulle part. Comment était-ce arrivé ? Pourquoi ?

Milicent le savait trop bien. Elle avait envie de tout casser, de hurler qu'elle n'avait pas mérité cela. Son sexe, ses seins lui faisaient mal. Elle se desséchait comme une vessie de porc au soleil, grouillante de mouches qui chaque jour lui arrachaient un lambeau de chair. Elle ne se souvenait même plus qu'un jour elle avait pu faire l'amour. La dernière fois qu'Elliot était venu dans son lit, il l'avait humiliée, incapable de la traiter comme une femme, écrasant son visage contre les oreillers pour ne plus la voir en face. Il lui faisait mal et ne voulait que lui faire mal. Miranda appartenait à la race de la garce qui avait brisé sa vie. Elle n'avait aucune envie de lui donner cette lettre. Elle ne devait pas être la seule à payer. Milicent se passa les mains sur le visage, comme pour en effacer les sentiments, fourra l'enveloppe dans sa poche et ressortit.

— Je suis désolée, il n'y a rien…

— Ce n'est pas possible… Miranda perdait pied. Vous mentez !

— Vous vous oubliez, ma chère…

La victoire était si douce qu'elle ne voulait pas en perdre une miette. Milicent observait la comédienne avec un sentiment qu'elle avait depuis longtemps oublié, une sorte de jouissance secrète et silencieuse.

— Vous mentez parce que vous me détestez !

— Venez voir vous-même !… Cette fille disait juste. A cette minute même Milicent la haïssait de toutes ses forces. Elle se garda bien de réagir, se protégeant derrière le vernis d'une parfaite éducation. Les insultes de la comédienne justifiaient son geste. Elle la toisait avec la bonne conscience des femmes établies. Miranda hésita, encore mue par la colère. Ses prunelles très noires dévisagèrent la femme du capitainier puis se perdirent dans le vague. Mrs Waïk avait l'air si sûre d'elle.

— Excusez-moi, excusez-moi… Miranda serra son sac et redescendit lentement l'allée qui menait au petit portail de bois blanc. Elle se tordit la cheville sans avoir l'air de s'en rendre compte. Milicent la regardait partir sans pouvoir la quitter des yeux. Ses pensées s'entrechoquaient. Miranda était pitoyable et elle aurait voulu avoir pitié d'elle. Elle mit la main dans sa poche, y sentit l'enveloppe satinée, s'apprêta à la ressortir. Non, elle ne pouvait pas.

Milicent porta la main à sa gorge. Elle était en nage. Si seulement elle avait été au bout de son geste, les choses auraient sans doute été différentes. Miranda serait peut-être encore vivante. Elle l'avait revue le soir même devant le club, se disputant avec Coleman et puis plus rien. Personne ne s'en était inquiété.

Elle n'avait jamais cherché à lire cette lettre. Pourquoi ? Elle ne savait le dire. En la laissant intacte, elle avait l'impression de n'avoir trahi personne. Pourtant, elle l'avait devant elle, juste sur la table de chevet, il suffisait de la décacheter. Milicent la prit, hésita puis la déchira en mille morceaux. Elle n'aurait plus rien à se reprocher, cette lettre n'existait plus, n'avait jamais existé. Elle écarta sa moustiquaire, se leva et ouvrit la fenêtre pour respirer un peu d'air. Personne ne saurait jamais.

La communauté blanche s'était cotisée pour offrir à Miss Jones un enterrement décent. L'initiative venait de Harry Cuypper et tout le monde l'avait approuvée dans un concert unanime qui aurait réconforté ceux qui désespéraient de la nature humaine. Chacun y alla de son petit billet. La somme réunie dépassa les prévisions les plus optimistes, comme si tous les généreux donateurs voulaient oublier le passé, resserrant les rangs pour rendre hommage à leur race.

Miranda était morte et la mort ennoblissait tout. Des gens qui n'auraient pas dépensé un penny pour lui venir en aide alors qu'elle était en vie, trouvaient tout naturel de subventionner son cadavre. Le corps de Miranda reposerait donc sous une dalle de marbre rose, le modèle "Toscane", choisi sur catalogue, qui devait arriver de Singapour dans les plus brefs délais. La couleur était vraiment ravissante, légèrement piquée de gris pour éviter d'être trop voyante. Certains regrettaient secrètement de s'être montrés si larges, le modèle "Devon", plus sobre en amalgamé noir et vert leur semblant amplement suffisant. Finalement cette collecte avait été un piège, chacun donnant plus qu'il ne voulait par peur que les autres ne finissent et que l'on se retrouve devant une impasse qui se serait révélée du plus mauvais effet. Le résultat risquait d'être tapageur. Enfin, l'affaire était engagée... En attendant, Miranda serait placée dans un cercueil en acajou, à poignées dorées, qui la rangeait définitivement dans le clan des gens respectables. Si quelqu'un en eût douté, l'amoncellement de fleurs qui furent livrées l'aurait immédiatement renseigné. Elles étaient blanches, toutes sans exception, à croire qu'on avait donné une consigne. Pourtant ce n'était pas le cas.

La cérémonie se déroula sans incident notable. Tout le monde avait tenu à être présent mais on n'était venu que par devoir. Elton Brestlow, qui n'était pas dénué d'un sens certain de l'observation, résuma la situation en une phrase qu'il chuchota à l'oreille de son voisin immédiat : « Rangs de perles, orage d'ombrelles et sécheresse de cœur. Triste fin pour une actrice... »

Seul le vieil Hollandais montrait une émotion évidente, contenant des petits sanglots silencieux qui lui donnaient l'air de frissonner sous la chaleur accablante. Certains trouvaient qu'il en faisait un peu trop et qu'il frisait le ridicule.

— Vraiment il ne sait pas se tenir !

— Il pourrait prendre zur lui... Mrs Cartwright levait les yeux au ciel... A zon âge z'est dégoûtant !

Les autres, plus charitables, s'éventaient en soupirant et écoutaient les yeux secs les quelques mots prononcés par le gouverneur avant la bénédiction, des mots froids comme de la viande crue, décrivant une femme qui n'avait jamais existé. Ne pouvant vanter la mère ou l'épouse, deux qualités fort prisées en de telles occasions, sir Rupert s'était lancé dans un discours sur les qualités indéniables de la femme anglaise qui n'eut pas le mérite de faire sourire sur le cocasse de la situation. Ils avaient tous méprisé Miranda, tous autant qu'ils étaient et ne la reconnaissaient certainement pas comme un emblème de leur pays. Bon Dieu qu'il en finisse, le soleil commence à devenir insoutenable !

— Elle nous aura emmerdé jusqu'au bout ! Elliot Waïk qui ne supportait pas la position debout montrait des signes évidents de fébrilité.

Hugh Coleman restait impassible et il fallait bien le regarder pour se rendre compte qu'il tremblait en jetant une poignée de terre sur le cercueil.

— Il a le culot de venir nous narguer ! Nelson Darcy exprima tout haut ce que tout le monde pensait tout bas.

— Ne t'énerve pas mon chéri. Tu sais que ça ne te vaut rien... Eilleen, sa femme, le regarda avec tendresse. Elle savait que son mari avait le foie fragile et n'était jamais à l'abri d'un coup de sang. Elle avait beau le lui répéter, Nelson ne l'écoutait jamais et s'emportait pour un rien, transpirant à grosses gouttes et creusant des cernes immédiats qui trahissaient sa fragilité hépatique. Décidément, Eilleen continuait de l'aimer à sa manière. Nelson avait un tel souci de la justice, assorti d'un sens si parfait des convenances... Un petit frisson la fit rougir de plaisir. Elle était fière de lui...

Morton leur sourit discrètement. Il étouffait stoïquement à quelques mètres de là dans son uniforme de gala à parements rouge et or, tenue parfaitement en accord avec son état d'esprit. Il jubilait. L'opinion était de son côté et cette constatation lui donnait des ailes. Les envieux adorent s'attacher un public, ils ont l'impression d'avoir gagné quelque chose qui comble la vacuité de leurs sentiments. Le secrétaire ne s'était pas gêné pour faire savoir ce qu'il pensait de la décision de son supérieur. Il ne l'avait pas critiquée ouvertement, trop habile pour se permettre un tel manquement à l'obligation de réserve. Non, il s'était contenté de communiquer, sous le sceau du secret, les éléments de son enquête à certaines dames bien pensantes qui s'étaient fait un devoir de ne pas garder ses confidences pour elles. Pas une maison où l'on ne parlât de l'affaire. On disait même que le redoutable Lucian Ambert avait demandé une entrevue à sir Rupert pour l'entretenir du dossier, ce qui sortait de l'ordinaire. Dix témoins, dignes de foi, pouvaient l'affirmer avec certitude, ajoutant à voix basse que le célèbre avocat qui attendait sa prochaine nomination comme Conseiller du Roi était sorti du bureau du gouverneur en claquant la porte. Depuis une semaine, la ville entière tenait Coleman pour un assassin.

La veille au soir, le club Saint-Andrew avait été le théâtre de discussions animées.

— Il faut l'exclure !

— Oui, c'est la seule solution !

— Réfléchissez ! C'est notre meilleur joueur de bridge.

— Moi ze zuis pour une dézizion éclatante !

— Lorna, ça suffit !

— Edouard, tu ne me feras pas taire… Ze dirai ze que z'ai sur le cœur ! Personne ne m'en empêzera, z'est trop grave.

— Votons ! Qu'en pensez-vous Morton ?

Le secrétaire prenait des airs patelins et affectait la plus grande impartialité.

— En tant que fonctionnaire de sa Majesté, je ne pourrai prendre part à la consultation.

Sa réponse entraîna un flot de réflexions désordonnées et contradictoires qui ne firent qu'échauffer les esprits, déjà passablement aiguisés par une consommation d'alcool supérieure à la normale. On remit la discussion à plus tard, le docteur Cartwright ayant souligné que le moment était mal choisi pour se déchirer. On allait enterrer une des leurs et il fallait faire preuve de dignité, ne serait-ce que pour en imposer aux indigènes qui les observaient en silence.

— Ce sont des êtres inférieurs à qui nous devons donner l'exemple de la dignité. Je fais confiance à la sagacité de sir Rupert. Une action contre Coleman pourrait mettre le feu aux poudres.

L'assemblée finit par acquiescer et il fut sagement recommandé d'adapter sa conduite aux circonstances. On verrait bien ce qu'il convenait de faire quand le problème se poserait. Coleman n'était sûrement pas près de se montrer. C'était l'avis général. Sa présence aux funérailles en surprit donc plus d'un et sans la détermination du gouverneur qui lui serra ostensiblement la main, il aurait sûrement été pris à parti.

Nicholas qui s'était finalement décidé à venir ne put s'empêcher de l'admirer. C'est vrai, il avait du cran. Comme les autres, il le croyait coupable. Il était peut-être même le seul à savoir que Miranda n'avait sûrement pas été tuée pour son argent. Les cinq cents livres, il les avait bel et bien trouvées sur elle et un simple rôdeur ne les y aurait pas laissées. C'était un meurtre de familier et les deux seuls colons à la connaître intimement, Coleman et Cuypper étaient dans des positions fort différentes. Nicholas n'imaginait pas le vieillard capable d'assommer une femme dans la force de l'âge. Sa peine ne le disculpait pas. On peut très bien pleurer sincèrement sa victime ou feindre mais il y avait là une sorte d'impossibilité physique. En revanche Coleman… Nicholas ne le jugeait pas.

L'hypocrisie générale l'écœurait bien davantage. Milicent Waïk avait l'air d'enterrer sa propre fille quant à Mrs Cartwright qui prenait un air exagérément douloureux, elle finissait par ressembler à une dinde qu'on conduit à l'abattoir avec son cou qui pendouillait et sa ridicule robe noire, trois tailles trop grandes, puant la naphtaline.

Cuypper s'était éloigné sans parvenir à détacher son regard de la fosse et caressait le tronc d'un des flamboyants qui bordaient l'allée principale.

— Elle aimait tant la vie, répétait-il dans le vide jusqu'à ce que le docteur Cartwright le prît gentiment par le bras pour le conduire au dehors.

Le reste de l'assistance se dispersait, sortant au fur et à mesure, en rang d'oignons. Certains se signaient machinalement pour conjurer le mauvais sort, frissonnant rétrospectivement à l'idée de pourrir ici. Eilleen Darcy, qui avait la chance d'être dotée d'un tempérament plus jovial, conservait un ton optimiste. Elle savait que le cours des choses était inéluctable et refusait de s'apitoyer sur le passé. Comme toute femme de tête, sa philosophie ne restait jamais lettre morte.

— Regardez toutes ces fleurs ! Quel gâchis… Je vais envoyer Rhajiv en récupérer pour le dîner de ce soir. Tout le monde n'y verra que du feu.

Nicholas se rapprocha de Coleman qui marchait à l'écart :

— Vous voulez une cigarette ?

— Avec plaisir… Son voisin en prit une dans l'étui qu'il lui tendait… Auriez-vous aussi du feu ? Je ne crois pas que je puisse en demander à quelqu'un d'autre.

— Tenez… Nicholas sortit son briquet à amadou et alluma la mèche.

Coleman rapprocha sa main pour protéger la flamme et frôla la sienne, un frôlement imperceptible qui voulait dire merci.

— Je serais très heureux de vous voir chez moi.

— Qui sait ?

Coleman allait lui répondre quelque chose quand leur attention fut attirée par un éclat de voix provenant de l'attelage des Waïk. Milicent était déjà installée à l'arrière et son mari montait pour la rejoindre quand il fut retenu par l'apostrophe pointue d'un indigène :

— Moi pas accepter ! Toi, mettre honte sur mon

front... Toi avoir encore mis chemise trouée... Les autres messieurs penser, moi mauvais boy... Le Tuan pas nous respecter... Moi très fâché...

Amin, le saïs (1) du capitainier était très mécontent. Le cocher défendait jalousement le prestige de son maître. Il était hors de question de le laisser monter en voiture découverte dans une tenue aussi négligée. Il y allait de leur réputation commune. Elliot bougonna en s'épongeant le front. Amin ne s'en laissait pas compter et ramena nerveusement la capote :

— Comme ça, toi pas vu ! Madame pas d'accord ?

Milicent qui avait assisté à la scène sans bouger se contenta de dire d'une voix lasse :

— Madame aimerait rentrer... Elle rabaissa sa voilette et se blottit contre les coussins.

La calèche s'ébranla, suivie par les chars à bancs, les trishaws et les pousse-pousse qui encombraient la plateforme dans un vacarme assourdissant de chevaux, de roues, de saluts entrecoupés par quelques insultes bien senties des boys qui se chamaillaient la priorité pour le passage. Sir Rupert ouvrait la marche dans son automobile de fonction, la première à avoir été importée dans l'île. Brusquement, un éclair zébra le ciel et la pluie se mit à tomber par rafales.

Nicholas venait de finir son dîner. Abas tenait à le servir lui-même, allumant les lampes à pétrole et confectionnant les plats sur un poële en fonte qui datait de l'ancien propriétaire. Il n'aurait cédé ce privilège à aucun autre et ne rejoignait le Kampong (2) qu'après s'être assuré que tout était en ordre. Le menu n'était pas très varié. En dehors des fruits qui abondaient, il fallait se contenter de riz pour l'essentiel, agrémenté de cacahouètes et de poissons cuits dans des feuilles de cocotier ou de bananier sauvage.

(1) Saïs : cocher
(2) Kampong : village indigène

Pour les boissons, c'était plus maigre encore. L'eau bouillie remplaçait souvent la bière et seul l'arak ou le vin de palme permettait de se délasser un peu.

Abas bougeait avec l'agilité d'un chat, se taisant s'il sentait son maître fatigué ou l'entretenant de problèmes à régler s'il le savait disponible. Aujourd'hui, le maître voulait être tranquille. Le serviteur devrait attendre pour lui parler d'un sujet qui lui brûlait les lèvres. Il ne se trompait jamais, devinant avec un instinct infaillible la conduite à tenir.

Petit à petit, Abas s'était rendu indispensable. Il avait trouvé le temps pour aménager l'essentiel de l'habitation et le Tuan pouvait maintenant occuper la presque totalité du rez-de-chaussée. Ce n'était pas encore le luxe mais l'ensemble était satisfaisant. Le réservoir d'eau avait été remis en état et Nicholas se lavait dans un grand bac tendu de lin pour atténuer le contact rugueux de l'écorce. Les Bugis lui avaient confectionné des meubles de bambou qui sentaient encore le bois vert, de larges fauteuils au dossier arrondi, une table octogonale pour prendre ses repas et même un lit en teck. Les murs avaient été débarrassés de leurs vieilles peintures écaillées et entièrement poncés avant d'être reteints de pigments végétaux qui faisaient rentrer la nature dans la maison. Les sols, soigneusement grattés et recouverts de roseaux tressés à la couleur miel, donnaient à l'ensemble une impression de confort tout à fait surprenante. La varangue elle-même venait d'être restaurée et Nicholas y passait le plus clair de son temps libre, se balançant sur un hamac pour profiter de la fraîcheur de la nuit.

Les soirées étaient beaucoup moins chaudes qu'en ville où l'air se raréfiait au fur et à mesure qu'on avançait en saison. Ici au contraire, à l'approche de la mousson, les vents d'ouest faisaient frissonner la cime des arbres, les animant de mille bruits cristallins, presque musicaux, qui

142

berçaient l'oreille.

Nicholas repensait à Hugh Coleman encore et encore. Quelque chose l'attirait, quelque chose de confus et d'incompréhensible. Il ne pouvait le chasser de son esprit. Pourtant l'autre jour, ils s'étaient quittés sans vraiment se parler. A la vérité, l'idée que ce garçon était un meurtrier le fascinait, pas d'un attrait morbide commun à l'ensemble des braves gens, mais d'une façon plus intime, presque charnelle. Très jeune, Nicholas avait voulu tuer. Rien de bien extraordinaire. La nature humaine ne doit sa prédominance qu'à la sophistication de cet instinct meurtrier que chacun éprouve un jour ou l'autre, même de manière fugitive. Mais Nicholas ne s'était pas contenté d'un simple désir, parfois irraisonné mais souvent compréhensible. Il était passé aux actes et n'avait manqué son but que d'extrême justesse. En dernière analyse, il en avait ressenti une profonde culpabilité qui rejaillissait de temps à autre.

Andrew Kirby habitait Gullcowes. Son père y occupait l'emploi de maréchal-ferrant, comme son propre père et le père de son père. Il devait avoir deux ou trois ans de plus que Nicholas. Ce n'était ni le plus grand, ni le plus fort. Bien au contraire, il boitait. Sa mère l'avait laissé seul sur la table à langer, une minute, peut-être deux, alors qu'il était tout bébé. Il tomba et se fracassa le genou. Cet accident stupide devait profondément marquer sa jeunesse, le condamnant à avoir une jambe plus courte ou une plus longue que l'autre suivant l'humeur du jour. Bancal, il se promenait avec une canne et restait exclu des jeux de son âge. Les enfants du village ne manquaient jamais une occasion de se moquer de lui et s'ils l'acceptaient, c'était comme un être inférieur dont il fallait bien s'accommoder.

Andrew avait mis son point d'honneur à ne jamais pleurer et supportait sa condition avec le stoïcisme de ceux qui veulent survivre. Pourtant son handicap l'avait amené à développer sa sensibilité, une sensibilité rare pour un gamin de la campagne. Il se passionnait pour les moteurs et la poésie, ce qui n'a rien d'incompatible dès lors que l'on cherche à percer le mystère des choses. Il se réfugiait souvent dans le petit atelier, attenant à la forge de son père pour démonter une mécanique ou se plonger dans le dernier livre qui lui était tombé sous la main. Quelquefois, il menait ces deux activités de front, ce qui aboutissait à de curieux résultats. C'est ainsi qu'il retrouvait des pièces de moulin à café dans un réveille-matin et son tournevis transformé en marque page.

Mrs Ripley qui tenait la bibliothèque municipale avait pris l'habitude d'examiner soigneusement chacun des ouvrages qu'il lui empruntait et menaça de l'exclure s'il elle y retrouvait encore une tâche de cambouis. Quoiqu'il en soit Andrew avait fini par se construire un monde dont lui seul avait les clés.

Très vite Lisa et Nicholas l'avaient pris en sympathie. Ils s'étaient rencontrés chez le Révérend Bowles et prirent l'habitude de se voir souvent, constituant une bande à l'écart des autres. Andrew était plutôt drôle et savait jouer la comédie. Il lui arrivait parfois de rentrer dans des colères folles, inexpliquées mais il s'en excusait aussitôt. C'était sa fichue jambe qui le rendait fou.

Un jour, il leur annonça qu'il partait pour Londres. Un médecin certifiait que l'on pouvait l'opérer. Il marcherait bientôt normalement. Le traitement coûtait cher mais ses parents étaient prêts à tous les sacrifices. Et de fait moins de trois mois plus tard, Andrew cavalait dans les rues de Gullcowes. On eût dit qu'il rattrapait le temps perdu, passant ses journées à lancer une balle de cricket ou à sauter par dessus les haies. Sa joie faisait plaisir à voir. On se rendit compte qu'il était beau garçon et il devint la coqueluche du village. Tout le monde louait son courage et sa force retrouvée. Les filles en étaient folles. Ses visites au cottage se firent alors plus rares.

Bientôt, il ne vint plus du tout. Lisa et Nicholas symbolisaient une période de sa vie qu'il voulait oublier.

En fait, Andrew n'avait qu'un but, se faire accepter par les autres, par ceux qui regardaient les enfants Durram comme des bêtes curieuses. Un jour, il alla jusqu'à les insulter publiquement, sacralisant ainsi son passage dans l'autre camp. Nicholas lui sauta au visage. Ils se battirent comme des chiffonniers et Andrew eut le dessus. La supériorité de son âge, s'accompagnait maintenant d'une incontestable force physique.

Le lendemain, le Révérend Bowles organisait une course de bicyclettes, en fidèle adepte d'une éducation saine et sportive. Il s'agissait de courir du village à la falaise par les chemins cailouteux et de revenir sur la place de la mairie. Andrew s'était inscrit, Nicholas aussi. Ils roulaient côte à côte, se dépassant à tour de rôle. Andrew le narguait ostensiblement, multipliant les queues de poissons et les coups de freins intempestifs. Nicholas ne répondait pas, se cramponnant à son guidon pour ne pas se laisser distancer. Le village était déjà en vue et il devenait évident qu'Andrew allait le laisser loin derrière, accélérant régulièrement pour rejoindre le peloton de tête.

— Je te laisse, mauviette ! Ça devient sérieux...

C'est alors que, sans pouvoir se contrôler davantage, Nicholas n'eut plus qu'une idée en tête, l'empêcher d'arriver, l'empêcher d'arriver coûte que coûte. Il serra les dents, appuya aussi fort qu'il pouvait sur ses pédales pour remonter la distance qui le séparait de son concurrent direct, revint à sa hauteur puis le dépassa d'une courte tête. Andrew riait et se préparait à augmenter la cadence quand Nicholas, par un léger mouvement de roue l'obligea à piler brutalement et le fit passer par-dessus son vélo.

Andrew s'étala de tout son long sur le bas côté en hurlant. Il était en sang. Nicholas eut peur. Il savait au plus profond de lui-même qu'il n'avait pas simplement voulu interdire à Andrew de gagner, il avait voulu le supprimer. Pendant une minute, plus rien d'autre n'avait compté. Il avait basculé. Nicholas voulait se venger à tout prix.

Ce qui le surprit le plus fut le plaisir qu'il en avait tiré, un plaisir intense, animal.

Nicholas n'en avait jamais parlé à personne et se considérait parfois comme un monstre. Tout le monde crut à l'accident, sauf Andrew qui ne le dénonça pas. Les deux garçons ne s'adressèrent plus jamais la parole. Quelques mois plus tard, Andrew s'engagea dans la marine comme mécanicien.

— Tuan !

Nicholas se redressa, un indigène se tenait à quelques mètres devant lui. Il ne l'avait jamais vu.

— Quoi ?

— Monsieur Coleman donner ça à toi ! Il s'avança sans bruit, un cheval à la main.

— Pour moi ? Nicholas n'en revenait pas. La bête piaffait, noire comme l'ébène.

— Toi prendre ! Lui s'appeler Balthazar... Le petit homme attacha les rênes à un pilier et s'inclina.

— Attends ! Le coolie avait disparu dans l'obscurité... Nicholas se leva et s'approcha de l'étalon qui hennissait.

Balthazar était couvert de sueur. Il se cabrait. Nicholas lui parla doucement pour le tranquilliser. C'était vraiment une monture magnifique, tout en finesse, sans un pouce de graisse.

— Animal très cher ! Grand honneur pour toi... Abas était sorti sur la varangue, attiré par le bruit... Il y a vieille légende chez nous qui dit que si un homme offre cheval, toi devenir de sa famille. Jamais devoir trahir amitié sinon bonheur s'enfuir pour toujours.

— Voilà un cadeau empoisonné ! Nicholas sourit et caressa le museau de Balthazar... Voyons si tu en vaux la peine. Il sauta en selle.

Nicholas n'avait pas résisté au plaisir de galoper malgré l'avis d'Abas qui lui déconseillait de s'aventurer dans la jungle à cette heure de la nuit. Une superstition ridicule ! La lumière de la lune permettait d'y voir comme en plein jour. Il suffisait d'éviter les mangroves (1) qui, à cet endroit de l'île, pouvaient se transformer en véritables sables mouvants. Balthazar semblait connaître tous les chemins praticables et Nicholas se laissait conduire. Ils filaient vers la côte et la plantation Coleman. Nicholas était en nage et retrouvait un bonheur qu'il avait presque fini par oublier. Bientôt le souffle du vent lui fouetta le visage à l'approche de la mer. Il se nourrissait du contact des muscles chauds de l'animal qui ne demandaient qu'à répondre à la moindre sollicitation. Il était fou de joie, oubliant la tension de ces dernières semaines.

— Il ne fallait pas vous déranger à cette heure… Hugh Coleman souriait un verre à la main. Visiblement, il s'attendait à cette visite nocturne et ne s'en défendait que par réflexe d'éducation. Il était debout sur sa terrasse, curieusement éclairée par des lanternes marocaines.

Une collection de grandes jarres chinoises en céramique reflétaient leurs flammes à espaces réguliers, donnant à l'ensemble la touche cosmopolite et luxueuse qu'il affectionnait.

— Je ne sais pas comment vous remercier… Nicholas caressait l'encolure de Balthazar.

— C'est moi qui suis votre obligé… Coleman s'amusait de la visible excitation de son voisin… Vous êtes le seul qui ait osé m'adresser la parole. On me fuit comme un pestiféré… Une ombre passa sur son visage. Il la chassa aussitôt… J'étais sûr que vous étiez un très bon cavalier.

— Je monte depuis mon enfance.

— Où avez-vous grandi ?

— En Cornouailles ! Nicholas sauta de cheval. Ne cherchez pas, j'ai poussé comme une mauvaise herbe. Nous n'avions pas assez d'argent pour aller au collège.

(1) Mangroves : Terme anglo-indien désignant des zones marécageuses où croissent les palétuviers.

147

— Vous aussi vous me prenez pour un snob… Hugh savait ce que l'on disait de lui et faisait d'ailleurs tout pour le cultiver. Je ne suis pas du tout ce que vous pensez.

— Je ne pense rien… Nicholas le rejoignit sous la varangue.

— Oh si… Sinon vous ne seriez pas ici.

— C'est vrai. Je vous trouve différent.

— Et vous cherchez à m'observer de plus près.

— Il y a de cela… Il ne déplaisait pas à Nicholas d'être percé à jour. Les rapports avec Coleman promettaient d'être aussi fructueux qu'il l'escomptait. Son hôte cultivait la contradiction avec un art consommé. On le disait tout en surface et pourtant dans cette île personne ne lui avait jamais parlé si directement.

— Je crains que vous ne soyez déçu… Hugh se forçait à sourire mais sa voix était un peu triste, presque amère… Je vous offre à boire ?

— Avec plaisir.

Coleman frappa dans ses mains. Un boy en veste blanche apporta un plateau avec les alcools qu'il déposa sur la table qui faisait face à la baie.

— Laisse nous Ahmed… Le serviteur répondit laconiquement puis se retira… Vous prenez du whisky, je crois.

— Je boirais n'importe quoi, je meurs de soif ! Nicholas regardait le jardin qui descendait jusqu'à la mer… Vous avez une vue splendide !

Dans ce pays où tout semblait si rétréci, où l'œil ne pouvait porter à cinquante mètres sans tomber sur un enchevêtrement inextricable d'arbres et de branchages, la perspective d'un horizon si lointain donnait une impression incroyable de liberté. Le ciel était sans nuage, balayé par les vents d'ouest qui n'arrivaient jamais à opérer une percée similaire en ville. Ici, pas de plafond bas qui accusait la lourdeur du climat mais bien au contraire une transparence presque irréelle qui rendait tout plus léger.

— Imprenable aurait été plus juste. Tenez... Coleman l'avait servi et lui tendait son verre.

— L'alcool me met toujours de très bonne humeur... Nicholas sentit son ironie mais n'y attacha aucune importance. Hugh semblait n'avoir relevé la banalité du compliment que par habitude. Il avait la réputation d'être désagréable et avait, presque malgré lui, tenu à être à la hauteur de sa réputation. Nicholas était persuadé qu'il jouait un personnage.

— Je vous suis vraiment très reconnaissant pour votre attitude au cimetière... Hugh lui avait tourné le dos et regardait l'océan... Je sais ce qu'ils disent tous. Pourtant, je vous assure, je n'ai pas voulu la mort de Miranda. Ils ont vite fait de se donner bonne conscience.

— Vous attachez beaucoup trop d'importance à l'opinion des autres. Nicholas s'assit sur un des fauteuils de planteur aux bras démesurément longs qui semblaient avoir été taillés dans la masse pour accueillir une succession de cadavres de bouteilles vides.

— C'est un reproche que l'on ne me fait pas souvent... Hugh le regardait nouveau... J'ai peur de ne pas satisfaire votre curiosité.

— Pourquoi ?

— Je sais parfaitement pourquoi vous êtes venu.

— Vous m'avez invité.

— C'est exact. J'ai même tout fait pour vous voir. Je croyais avoir besoin de parler... Hugh s'appuyait à la balustrade. Brutalement, il semblait ailleurs.

— Je comprends. Je vais vous laisser. Nicholas se relevait.

— Non, restez ! Hugh lui fit signe de ne pas bouger. Honnêtement, j'ai besoin de compagnie et vous êtes le seul que je pourrais supporter. Je ne sais pas pourquoi mais c'est comme cela... Il reprit sa respiration. J'ai toujours été maladroit, aussi je vous en prie, ne vous froissez pas.

— Rassurez-vous, je n'aurais pas mieux su exprimer

ma pensée… Nicholas s'enfonça dans son fauteuil… Vous n'avez rien pour m'être sympathique. Je dois même avouer qu'en toute logique, j'aurais dû vous fuir. Je ne prête pas attention à ce que l'on a pu me raconter. Personnellement, vous avez tout pour m'être insupportable. Mais je suis là et je n'ai aucune envie de partir. Les choses ne se passent jamais comme on l'avait prévu, vous l'avez sûrement remarqué.

— Vous me croyez coupable ?

— A vrai dire je n'en sais rien. Vous m'intéresseriez davantage si vous l'étiez.

— Au moins nous savons à quoi nous en tenir. Je préfère cela… Hugh se détendait. Pour la première fois, il se sentait en pays de connaissance… Voulez-vous que nous soyons amis ? La proposition tomba abruptement, comme si Coleman hésitait à la formuler.

— Je n'ai jamais eu d'ami.

— Cela tombe bien, moi non plus ! Hugh eut un large sourire.

— Si j'en crois les coutumes du pays, en acceptant ce cheval, je deviens même plus que cela. Nicholas but d'un trait.

— Je ne savais pas que vous les connaissiez. C'est exact… Hugh marqua un temps de silence… Je dois vous prévenir, ma mère était Indienne. Je suis donc à moitié indigène… Coleman le regardait droit dans les yeux. Nicholas devinait exactement ce qu'il pensait. Les Anglais méprisaient les métis plus que tout au monde. Mieux valait être entièrement jaune ou noir. Ceux qui avaient la malchance de naître de telles unions étaient considérés comme le symbole vivant de la luxure, jamais comme le fruit d'un amour légitime. Hugh pouvait avoir fréquenté les meilleures écoles, être riche et puissant, pour la communauté britannique, il ne serait jamais qu'un demi-sauvage, un bâtard, trop jaune pour être blanc et trop blanc pour être jaune.

— Pourquoi me dites-vous cela ?

— Vous auriez fini par le découvrir tôt ou tard. Quelqu'un va sûrement se charger de vous en informer. Je ne veux pas vous prendre en traître.

— Cela m'est totalement égal ! Nicholas comprenait maintenant la raison qui poussait Hugh à maintenir une distance entre lui et les autres.

— Je ne vous en demande pas tant.

Nicholas lui tendit la main. Hugh hésita une seconde puis lui donna la sienne.


Abas tournait en rond depuis des heures. Son maître n'était pas rentré et il s'inquiétait. Le ciel n'était déjà plus noir, laissant la place aux brumes qui montaient du fleuve quand il l'aperçut enfin.

— Qu'est-ce que tu fais là ? Tu n'es pas encore couché ! Nicholas s'étonna de voir son serviteur appuyé sur la balustrade.

— Moi pas aimer te savoir parti quand lune ronde... Mon foie trembler. Démons de la forêt guetter pour attendre leur proie.

— Je suis toujours vivant. Vas dormir un peu... Abas restait sur place hésitant à parler... Eh bien quoi, tu n'as pas sommeil ?

— Moi avoir promis te demander quelque chose.

— A cette heure-ci ? !

— Le Tuan préoccupé hier soir. Aujourd'hui, joyeux.

— Je t'écoute mais fais vite. Nicholas ôtait ses bottes.

— Nous savoir, allons rester. Alors aimerions faire venir femmes pour tenir compagnie.

— Ce n'est que ça ! Nicholas s'allongea sur son lit et rabattit la moustiquaire. Le boy pliait ses vêtements... Fais comme tu veux, je n'y vois aucun inconvénient.

— Merci Tuan... Abas fermait les stores de bois. Il ne montrait aucun signe de satisfaction particulier pourtant Nicholas était certain qu'il était profondément heureux.

— Réveille-moi au lever du soleil.

— Sans faute... Le serviteur s'inclina comme à son habitude et sortit sans bruit.

Nicholas n'avait pas longtemps à dormir. Il s'étira et sentit le sommeil qui s'emparait de lui. Il avait beaucoup discuté avec Hugh Coleman. Une sorte de connivence semblait diriger leurs rapports. Ce soir, ils n'avaient plus prononcé le nom de Miranda, même s'il était évident que les deux hommes brûlaient d'envie de parler d'elle. C'était presque une sorte de jeu, comme si chacun jouait à se dévoiler en gardant des zones d'ombres pour préserver l'intérêt de leurs relations futures. Nicholas se tourna pour trouver un peu de fraîcheur. Une phrase lui revint en mémoire, la phrase que Hugh lui avait lancée en guise d'au revoir :

— Prenez garde à ne pas vous perdre. Les étoiles sont d'une cruauté effrayante. Elles trompent toujours ceux qui sont trop sûrs de leur chemin.

Nicholas ferma les yeux. Il était mort de fatigue.

# CHAPITRE VI

Havington Castle — Paris

Lady Havington avait convoqué l'ensemble des domestiques dans le grand salon rouge. Les reflets moirés de sa robe parme accusaient encore la pâleur de son teint qui transparaissait sous le fard. Elle se tenait très droite devant une des somptueuses toiles de Guardi, telle une Diane vengeresse émergeant des eaux vénitiennes, la main posée sur le bois d'une bergère pour y trouver l'appui qui lui faisait cruellement défaut.

— Aucun étranger n'a pénétré dans le château. Mon bijou s'y trouve donc encore. Je suis certaine qu'il s'agit d'un malentendu que je suis prête à oublier. Celui ou celle qui sait où sont les diamants n'aura qu'à les replacer dans ce coffret avant demain matin... Milady alla à la cheminée et ouvrit une grande boite en marqueterie rouge et noire, dans le goût chinois qui avait été très en vogue à la fin du siècle.

— Madame...

— Taisez-vous Masterson, je n'ai pas fini... Le majordome reprit sa place avec la dignité d'un automate. Lisa sentit une sueur glaciale lui glisser le long du dos. Lady Havington referma le coffret et avança de trois pas...

Pour éviter tout problème, vous resterez dans vos chambres après dîner avec interdiction d'en sortir. Je ferai de même, ainsi ma parure pourra être rendue par son emprunteur en toute discrétion… Elle marqua un temps et reprit d'une voix sourde… J'ai horreur du scandale, j'espère ne pas être obligée de recourir à d'autres moyens. Ce serait très désagréable pour tout le monde. Je pense que vous en êtes d'accord… Je vous donne rendez-vous ici même dans vingt-quatre heures… Milady balaya l'assistance de ses beaux yeux bleus… Rien à ajouter ?

Un silence menaçant pesait dans la pièce. Elle n'avait jamais paru aussi grande et ses tentures cramoisies la faisaient instinctivement ressembler à un tribunal. Les domestiques, figés, ne savaient plus quelle attitude adopter. Les plus timides courbaient le dos ou trituraient leur tablier, s'interdisant d'exprimer une trop grande nervosité qui aurait pu légitimement passer pour un aveu de culpabilité. Lisa se forçait à soutenir le regard de Lady Havington avec l'impression effroyable qu'elle était au centre des soupçons. Elle était nouvelle et savait que Masterson l'avait surprise en train d'essayer le collier l'autre nuit. Il n'avait rien dit mais pouvait la dénoncer maintenant en toute tranquillité. Rien ne l'en n'empêchait et surtout pas un excès de sympathie. Tout l'accuserait… Elle l'observa discrètement. Le majordome semblait absorbé par ses pensées, se frottant machinalement le menton. Le silence devenait insupportable. Lisa allait parler. Masterson fit un pas en avant.

— Je crois Madame que votre décision est la plus sage. Si le responsable est parmi nous, le collier vous sera rendu. Je m'en charge personnellement.

— Très bien, je préfère cela… Milady ramassa l'ourlet de sa robe avec l'élégance des femmes qui ne se sont jamais baissées que pour cueillir des roses et sortit dans un froissement de soie qui glissait sur le parquet.

A peine eut-elle franchi la porte que tous se mirent à

parler en même temps. Sans le dire, on savait gré à Lady Havington de ne pas avoir prononcé le mot fatidique, infamant. Pour l'instant, il n'y avait pas encore de voleur au château.

— Vous croyez qu'elle a déjà prévenu la police ? Duncan était encore plus livide que sa maîtresse, tenaillée par la mauvaise conscience des classes inférieures qui se savent toujours tenues pour responsables des malheurs des grands.

— Non pas encore... Trumper tâchait de la rassurer mais ne pouvait cacher qu'elle n'en menait pas beaucoup plus large.

— En voilà une histoire pour un collier qu'elle met deux fois l'an ! Johnson haussait les épaules avec un mépris qui cachait une révolte profonde bien qu'inconsciente pour l'incohérence des riches... Si elle y tenait tellement à sa breloque, elle n'avait qu'à la mettre sous clé !

— Johnson, je vous en prie !... Masterson l'avait repris très sèchement. Ce collier vaut quinze milles livres au bas mot... Il avançait le prix avec une gourmandise respectueuse qui lui fit presque oublier la gravité de la situation.

— Mazette, quinze milles livres dans un tiroir, c'est tant pis pour elle ! Ce n'est pas moi qui vais la plaindre.

— Encore un mot Johnson et je devrai vous mettre à l'amende.

Lisa se tenait en retrait. Personne ne s'intéressait particulièrement à elle, ce qui la soulagea pour un temps. Masterson marchait de long en large en remuant négativement la tête comme s'il éliminait mentalement les suspects possibles. Chacun parlait à tort et à travers, laissant libre court à son imagination et à ses frayeurs. Butcher pleurait lamentablement dans un coin, elle n'avait jamais eu aussi honte en quarante ans de maison ; Harris frisait ostensiblement ses moustaches pour manifester son dédain pour cette affaire domestique qui ne concernait pas le mécanicien qu'il était ; Templeton condamnait l'égoïste qui faisait retomber sa faute sur eux tous tandis que Mac Allister se prenait à rêver de ce qu'il ferait d'une somme pareille. Le brouhaha devint bientôt intenable. Le majordome frappa dans ses mains pour rétablir le calme.

— Allons, allons, un peu de silence ! La voix autoritaire de Masterson fit merveille pour ramener les esprits égarés à de plus justes considérations... Je me suis porté garant pour vous tous. J'espère que vous ne me décevrez pas. Nous ne pouvons rien faire qu'attendre...

Une rumeur de déception répondit à cet appel à la raison. L'espace d'un instant les domestiques avaient cru que leur chef avait la solution et s'étaient tournés vers lui avec l'espoir fou qui soutient les grands destins. « Si l'un d'entre vous a commis une... erreur, je lui demande simplement de bien réfléchir aux conséquences de son acte. Pour l'heure, retournez à votre travail. Tout doit marcher comme si rien ne s'était passé. C'est notre honneur et notre obligation. »

— Monsieur Masterson a raison. Tout le monde s'étonna d'entendre Lisa. On l'avait presque oubliée. Elle était si nerveuse qu'il fallait qu'elle aille de l'avant... Mac Allister vous ferez poster les dernières invitations pour la réception. Allez, faites ce que je vous dis !

— Très bien mademoiselle. Le portier hésita puis s'exécuta.

Les autres serviteurs se concertèrent du coin de l'œil et finirent par lui emboîter le pas. Retourner à son office un jour pareil avait quelque chose d'incongru et de rassurant tout à la fois. Il sortirent sans prononcer un mot, comme s'ils avaient peur de déclencher une nouvelle tempête, imprévisible, terrible, immanente. Seul Johnson eut le cœur à plaisanter :

— Nous déciderons plus tard celui qui doit être pendu !

— Ça suffit ! Trumper le fusilla du regard. Les autres frissonnèrent, sentant déjà la corde qui leur serrait le cou. Duncan eut un petit soubresaut nerveux quand elle fit son signe de croix

— C'est pas Dieu possible ! Elle referma la porte, laissant Lisa seule avec Masterson.

— J'ai à vous parler. Le majordome ne montrait aucun sentiment particulier, gardant un visage aussi impassible qu'à l'accoutumée.

— Je m'en doutais. Je pense que vous ne me croyez pas assez bête pour avoir pris les diamants... Lisa explosait d'une colère froide.

— Vous n'êtes certainement pas bête. Masterson avait utilisé un ton qui limitait la portée du compliment.

— Dans ce cas, vous devinez bien que si j'avais eu l'imprudence de m'emparer d'une telle fortune, je serais déjà loin.

— Je n'en doute pas. Je vois avec plaisir que vous ne faites pas appel à votre sens de l'honnêteté mais à votre pragmatisme. J'avais déjà pesé l'argument aussi ne vous ai-je pas accusée.

— Je devrais vous en remercier ?

— Certes non.

— Fouillez ma chambre si vous le voulez !

— Ce ne sera pas la peine. Je suis sûr qu'on y trouvera rien... Le majordome se dirigea vers la cheminée de marbre blanc. Il ouvrit le cartel en bois peint qui la surmontait et prit son temps pour le remettre à l'heure... Vous êtes allée à Penzance ce matin...

— Que voulez-vous dire ?

— Cette fois-ci, c'est vous qui me comprenez très bien !

— Je vous interdis...

— Vous n'avez aucune raison de vous emporter. Nous souhaitons l'un et l'autre que cette histoire trouve le plus rapidement possible une heureuse conclusion.

— C'est évident !

— Vous m'excuserez mais le service de Mylord m'appelle. Sa seigneurie s'en va à Paris pour une quinzaine et je dois finir de préparer ses malles. Vous avez certainement à faire de votre côté... Masterson s'inclina légèrement avant de prendre congé. Il se retourna sur le seuil... J'ai appris que votre frère était parti pour l'Extrême-Orient. Vous y avez acheté ensemble une plantation à ce qu'on m'a dit...

— Je ne vois pas en quoi cela vous concerne.

— En rien, en rien bien sûr. Avec un peu de chance, cela vous rapportera assez pour n'avoir plus à servir personne. Bien sûr, cela demande un gros investissement de départ.

— Rassurez-vous, nous n'avons aucune dette. Je suis sûre que vous êtes ravi de l'apprendre.

— Tout à fait. S'il y avait une enquête cela peut peser lourd dans la balance... Une dernière chose... Le major-dome tenait le bouton de la porte... Vous devriez conseiller à Lady Havington de ne plus laisser traîner ses bijoux.

— Je vous sais gré de votre empressement mais Milady n'est pas femme à se laisser impressionner si facilement.

— Dans ce cas... Bonne journée mademoiselle... Masterson lui fit un sourire, un sourire de ses lèvres fines qu'elle détestait et sortit.

Lisa avait eu du mal à se contenir. Il l'accusait, Masterson l'accusait avec son air de pas y toucher. L'idée lui en était insupportable, odieuse, révoltante.

— Votre soutien m'a été d'un grand réconfort... Lady Havington avait rejoint son mari dans le salon jaune. Elle savait l'y trouver avec la même assurance que le touriste, la statue de Nelson au milieu de Trafalgar square.

Charles était un homme d'habitudes. Pour rien au monde, il n'aurait renoncé au plaisir d'y fumer sa pipe, comme tous les matins après son petit déjeuner, ses chiens à ses pieds.

— Vous réglez tout si admirablement... Contrairement

aux setters, Lord Havington ne s'était même pas levé à l'approche de sa femme, la regardant de l'air distrait et ennuyé qui caractérisait le gentleman qu'il s'efforçait de demeurer. En l'occurrence, il se conduisait comme un mufle, ignorant volontairement que le premier devoir d'un homme du monde était d'adapter sa conduite aux circonstances. Charles était de ces natures contradictoires qui savaient paraître sans être jamais et qui se conduisaient en privé avec une grossièreté qu'il aurait immédiatement relevée chez un domestique.

Il y avait longtemps que Lady Havington ne s'en formalisait plus, se contentant de prévenances convenues et publiques qui sauvaient les apparences. Elle ne souffrait pas, elle n'avait pas été élevée pour cela. Sa vie se déroulait luxueusement, ponctuée par les charges d'une représentation dont elle avait fait son orgueil. Certains jours, rares il est vrai, elle avait besoin de lui, un besoin irrationnel presque douloureux. Charles le sentait et s'esquivait toujours avec un art consommé, presque médiumnique, la rejetant à une solitude qui ne la faisait même plus pleurer. Y avait-il une seule personne dans ce monde qui savait encore son prénom ? Laura, Laura, on ne l'appellerait plus jamais ainsi.

— J'aimerais que vous remettiez votre voyage… Lady Havington sentait les larmes lui monter aux yeux.

— Vous connaissez nos conventions ma chère… Charles lui répondit avec son ton blasé. Elle aurait préféré qu'il l'insulte.

— Les gens risquent de ne pas comprendre. Vous partez du jour au lendemain alors que…

— Vous gérez votre fortune seule. Je n'ai aucune envie d'être importuné par cette affaire. Vous savez que j'ai horreur de cela.

— Très bien… Elle n'insista pas. Charles lui reprochait encore de n'avoir pas la haute main sur ses biens. Elle ne céderait jamais. Si elle le faisait, plus rien ne le retiendrait à elle.

— Je suis sûr que vous arrangerez tout cela au mieux de vos intérêts. N'ayez aucune crainte, je serai de retour pour votre fête. Ce sera certainement la plus belle de la Saison, comme toujours…

Lisa était allongée sur son lit sans pouvoir trouver le sommeil. Elle ne s'était même pas déshabillée, se tournant et se retournant sur l'épais édredon de plume qui glissait constamment. Le château était presque entièrement éteint et la clarté immobile de la lune sur le ciel noir l'énervait plus encore.

La journée lui avait semblé incroyablement longue, chacun vacant à ses occupations coutumières avec un calme apparent qui ne faisait que renforcer la fébrilité ambiante. Les domestiques ne se parlaient plus que pour des questions de service et s'épiaient mutuellement. Des bruits quotidiens prenaient brutalement une résonance sinistre, une porte qui claque, une cuillère qui tombe dans un silence glacial agissaient plus sûrement sur les nerfs que n'importe quel signe annonciateur d'une catastrophe imminente. Butcher cachait ostensiblement ses larmes, Duncan marmonnait seule comme si elle égrenait une rosaire tandis que Trumper et Templeton soupiraient à contretemps en rallumant les feux. Les valets marchaient à pas lents et Johnson lui-même qui ne trouvait plus personne avec qui plaisanter présentait une mine renfrognée qu'on ne lui connaissait pas.

Seul Masterson conservait son flegme habituel, ne trahissant aucune émotion visible à l'exception peut-être d'une propension inhabituelle à vérifier l'exactitude de toutes les horloges en état de marche. Il avait croisé Lisa plusieurs fois sans plus jamais faire allusion à leur conversation du matin, la priant de lui faire savoir au plus vite quels menus elle comptait proposer à Lady Havington pour le dîner de chasse et le bal afin qu'il puis-

160

se choisir les vins en conséquence.

Lisa tendait l'oreille. Avec un peu de chance, elle entendrait un craquement de parquet, des pas dans le couloir qui laisseraient espérer que le collier allait retrouver sa place. Non, c'était ridicule! Le château était bien trop grand et le salon rouge était au rez-de-chaussée. Elle était seule avec Masterson à cet étage et quand elle s'était couchée, il travaillait encore dans son bureau, probablement occupé à mettre de l'ordre dans un de ses nombreux répertoires. Elle admirait presque sa force de caractère.

Lisa se dressa d'un seul coup. Comment n'y avait-elle pas pensé plus tôt? Masterson, évidemment, c'était sûrement lui! Il avait trouvé là le moyen le plus efficace pour l'évincer. Quelle idiote elle avait été! C'est elle qui lui avait donné l'idée l'autre soir! Cela concordait trop bien. Il avait dû cacher le collier quelque part dans sa chambre. Demain, la police n'aurait plus qu'à la prendre la main dans le sac. Il fallait chercher, fouiller partout!

Lisa se leva, ouvrit toutes ses armoires, renversa son matelas, son sommier, alla jusque dans le moindre recoin de sa salle de bains. Rien… Elle était en nage et se laissa tomber sur un fauteuil. Ce n'était pas possible… Les phrases du majordome lui revenaient dans la tête, en désordre. Elle se les répétaient inlassablement, décortiquant chaque mot pour tenter d'y retrouver une information qui aurait pu l'aider. Tout s'embrouillait. Masterson ne l'aurait pas implicitement accusée d'avoir pu aller à Penzance pour se débarrasser collier s'il avait l'intention de le dissimuler dans sa chambre. Les autres serviteurs n'avaient pas l'envergure de grands voleurs et auraient certainement commis l'erreur de disparaître le bijou en poche s'ils l'avaient en leur possession. Non, il y avait quelque chose d'illogique dans cette histoire.

Lisa caressa machinalement la petite cicatrice qui lui entaillait le poignet gauche, comme toujours dans ses moments d'angoisse ou de grande détresse. Il fallait qu'elle parle à quelqu'un. Se confier à Lady Havington ne lui serait d'aucun secours. Elle aurait dû le faire tout de suite et Masterson l'en avait empêchée sans le savoir. Maintenant c'était trop tard. Clive ! Oui, c'était la solution. Il l'écouterait, il la comprendrait.

Le couloir était désert. Il n'y avait plus de lumière dans le bureau de Masterson. Lisa tira sa porte le plus doucement possible, hésita une seconde puis prit la clé qui pendait à son cou pour la fermer à double tour. Elle descendit l'escalier de marbre, bénissant maintenant les reflets de la lune qu'elle avait tant maudits tout à l'heure et s'enfonça dans les tapis épais qui menaient aux appartements seigneuriaux. Il devait être minuit passé. Une forte odeur de tubéreuse se dégageait encore de l'entrée de la chambre de Lady Havington. Elle veillait comme toujours, sujette à d'effroyables insomnies qui la poursuivaient sans relâche depuis la naissance de son fils. Lisa pria le ciel pour que personne ne la vît ou même ne l'aperçût alors qu'elle était censée ne pas bouger de chez elle. Elle s'abrita derrière l'un des lourds rideaux de la galerie pour s'assurer que la voie était libre. Son cœur battait si fort qu'elle craignit un instant qu'on l'entende. Elle était certaine d'avoir vu bouger. Non, c'étaient les mouvements des ombres gigantesques que se renvoyaient les immenses tableaux de familles. Leurs formes changeaient constamment, dansant au rythme des voilages. Templeton, qui se plaignait toujours d'avoir trop chaud avait encore dû oublier de fermer une fenêtre. Lisa retint son souffle et courut d'une traite jusque devant la porte de Clive. Elle frappa une fois, pas de réponse ; une fois encore puis une troisième… Mon Dieu, faites qu'il soit là ! Il ne fallait pas avoir pris tous ces risques pour rien.

— C'est vous ? Clive était en chemise, sa mèche blonde en broussaille.

— Je vous réveille… Lisa prit tout d'un coup conscience de la situation. Ce matin, elle avait refusé de le voir et maintenant elle débarquait chez lui en pleine nuit. Elle se sentit ridicule.

— Ce n'est pas grave... Clive lui souriait. Je ne pensais pas que vous changiez si vite d'avis.

— Je peux entrer?

— Oui... Clive s'effaça pour la laisser passer.

— Vous devez être étonné. Lisa regarda par la fenêtre, visiblement elle était nerveuse.

— Que se passe-t-il? Le jeune Havington passait une vaste robe de chambre écossaise.

— Je suis sûre que Masterson veut me faire accuser du vol du collier. Elle s'était retournée vers lui.

— C'était donc ça! Clive se raidit. Je ne vois pas en quoi cela me concerne...

— Je vous en supplie, je n'y suis pour rien. Il faut me croire. Lisa enfonçait ses ongles dans sa paume. Clive garda le silence un bref instant qui lui parut interminable.

— Je vous crois...

— Vraiment?! Lisa vivait dans un tel climat de suspicion que c'était en fait la dernière réponse à laquelle elle s'attendait... Vous me croyez comme cela? Elle se demanda si c'était un piège ou un stratagème pour l'éprouver.

— Oui! Le visage de Clive s'était illuminé. Il se rapprochait d'elle.

— Mais Masterson m'a vue essayer les bijoux. Lisa avait besoin de tout dire pour se libérer.

— Moi aussi. Être saoul n'a jamais rendu aveugle! Il la prit dans ses bras...

— Vous me croyez, vous me croyez... Lisa aurait répété cette phrase à l'infini. Elle se serra contre Clive.

— Vous seriez coupable, vous ne seriez pas là. D'ailleurs j'ai mon idée sur la question.

— Qui? Lisa relevait la tête.

— Ne soyez pas trop curieuse. Dans certains cas, il

vaut mieux en savoir le moins possible.

— Mais...

— Chut ! Clive lui mit un doigt sur la bouche. Vous n'avez rien craindre.

Non, Lisa n'avait rien à craindre. Elle se sentait en sécurité dans les bras du jeune Lord. Elle lui laissa caresser sa nuque. Leurs joues se frôlaient. Mais pourquoi ne l'embrassait-il pas ? Enfin, elle sentit le contact de ses lèvres contre son oreille, sur ses yeux, sur sa bouche. Elle aimait sa chaleur, son odeur, le picotement de sa barbe naissante. Il la serra plus fort. Lisa n'avait jamais connu d'homme. Pour la première fois, elle sentait que son corps était prêt à se laisser aller. Elle n'osait aucun geste qu'il n'ait accompli le premier mais brûlait d'une secrète curiosité de découvrir, de palper, de sentir. Son buste se cambra, presque malgré elle. Clive n'avait plus qu'à défaire les boutons de sa robe.

— Il vaut mieux que vous rentriez...

— Pardon ?

— Les couloirs seront dangereux cette nuit. Je vais vous raccompagner.

— Ce ne sera pas la peine... Lisa n'avait jamais été aussi humiliée. Clive lui sourit. Elle dut se retenir pour ne pas le gifler une fois encore. Elle ouvrit la porte sans le regarder. Il la rattrapa par la main.

— Vous êtes très importante pour moi, beaucoup plus que vous ne l'imaginez.

— Je ne vous comprends pas. Oublions tout cela... Elle n'avait plus qu'une hâte, partir.

— Je n'en ai aucunement l'intention. Il me faut simplement un peu de temps...

Lisa regardait Clive, curieusement il avait l'air sincère ce qui atténua un peu son malaise.

— Il sera peut-être trop tard. Bonsoir Mylord. Elle lui caressa la joue presque maternellement. Clive lui prit la main.

— Vous ne savez pas qui je suis…

— Vous ne me connaissez pas mieux. Ce n'était pas vraiment important.

Lisa se dégagea et disparut dans le corridor avec des sentiments fort différents mais tout aussi confus qu'à son arrivée. Elle avait imaginé beaucoup de choses sur le sujet mais jamais qu'un homme puisse se refuser.

— Qu'est-ce que vous faites là?!… Lisa n'était plus d'humeur à se contrôler. Elle avait vu de la lumière et était entrée comme une furie. Masterson fouillait dans ses affaires.

— M'assurer que vous étiez bien allée remettre le collier. Le majordome ne semblait même pas gêné.

— Vous ne manquez pas de culot! Lisa comprit tout à coup… J'avais fermé…

— J'ai un double de toute les clés. Vous l'aviez oublié?

— Sortez, sortez immédiatement et ne recommencez plus jamais cela!

— Sinon? Masterson la narguait de toute évidence.

— J'informerai Lady Havington dès demain matin.

— De votre sortie nocturne, j'en doute, quel qu'ait été son motif.

— Dehors!

— Comme vous voudrez. Nous nous verrons dans le salon rouge.

Le majordome sortit à pas lents et n'eut pas le temps de refermer la porte. Lisa la lui avait claquée à la figure. Elle marcha sur ses affaires en désordre, se jeta sur son lit et fondit en larmes.

Le lendemain le coffret était vide. La police allait partout dans la maison, fouillant toutes les chambres, ce qui créa un désordre sans précédent. Butcher avait retrouvé son allant grâce à un fond de vin rouge dont elle avait cru devoir faire bénéficier la maréchaussée. Aussi fallut-il trois agents pour la contenir quand on voulut inspecter ses fourneaux. Elle s'offusquait en termes imagés d'un tel manque de gratitude, considérant qu'une intrusion trop poussée sur son territoire constituait un viol intolérable.

Avant midi, les domestiques avaient été regroupés au premier étage pour y être interrogés. Lisa devait être entendue parmi les premiers. Elle pénétra dans la bibliothèque d'un pas décidé.

— Vous êtes la seule à être sortie du château le jour du vol. Le commissaire s'était assis derrière la grande table recouverte de cuir vert, à la place exacte où Masterson l'avait reçue lors de leur premier entretien.

Cette fois-ci, Lisa avait droit à un fauteuil.

— Je suis bien sortie ce jour-là mais je n'étais pas seule. Harris était avec moi.

— Comment cela ?

— Monsieur, Penzance est à près de vingt kilomètres. Je n'allais pas m'y rendre à pied et malheureusement je ne sais pas encore conduire une voiture. Lisa était volontairement ironique pour faire comprendre à son interlocuteur qu'il ne lui faisait pas peur.

— Nous savons.

— Il vous confirmera qu'il ne m'a pas quittée d'une semelle et qu'à moins d'être très forte, je n'ai pas eu l'occasion de me rendre chez un receleur. J'ai acheté du tissu.

— Pour quoi faire ?

— Des robes.

— Nous vérifierons. Bien sûr, comme tout le monde, je vous prierai de ne pas quitter le château jusqu'à nouvel ordre.

— Cela ne figure pas dans mes projets immédiats.

— Signez là. Le commissaire lui tendit la déclaration qui avait été méticuleusement transcrite par le greffier.

Lisa la relut et prit volontairement son temps pour y apposer son paraphe.

— Tout cela est bien délicat... L'officier de police lui

reprit le papier, se parlant davantage à lui-même. Visiblement, il avait peur de commettre un impair et de se faire sabrer en haut lieu.

— Vous n'avez plus besoin de moi ? Lisa se levait.

— Non, plus pour l'instant. Faites entrer le prochain, je vous prie.


— Je viens d'apprendre que l'on n'avait rien trouvé dans votre chambre. J'en suis très heureuse. J'aurais détesté que ce soit vous. Lady Havington était vraiment superbe ce matin, tout en noir avec un immense col blanc en chantilly. Elle avait retrouvé des couleurs et faisait face à l'adversité avec un courage qui aurait fait honneur à l'infanterie anglaise. Le départ de son mari l'avait terrassée puis, comme toujours, elle avait puisé sa force dans les difficultés elles-mêmes. C'était une femme qui se révélait dans les combats et plus particulièrement dans ceux qu'elle menait seule.

— Je vous ai apporté les menus de la semaine et celui pour votre dîner de chasse.

Lisa choisit de ne pas répondre à cette marque de sympathie maladroite qui pouvait tout aussi bien résonner comme une insulte.

— Je les verrai plus tard. Posez-les sur la table basse. Lady Havington s'avança vers elle… C'est vrai que vous êtes plutôt jolie. Elle gonflait le chignon de Lisa du bout des doigts. Méfiez-vous, cela peut-être très dangereux.

— Jusqu'à présent, je n'ai pas encore eu l'occasion de m'en rendre compte… Lisa repensait à l'épisode de l'autre nuit avec Clive. Ce n'était pas de la mère qu'elle aurait aimé entendre le compliment.

— J'ai à vous parler. Clive était entré sans frapper.

— En voilà des façons ! Ne vous a-t-on pas appris à vous annoncer ? Lady Havington avait immédiatement ôté sa main de la chevelure de Lisa. Qu'importe, nous pensions à vous justement. Elle regarda sa gouvernante avec un petit sourire que Lisa ne sut pas s'expliquer sur le moment.

— Je vous croyais seule... Bonjour, Miss Durram. Clive avait retrouvé le calme et l'assise qui seyait au fils de la maison.

— Bonjour Mylord... Lisa ne chercha pas à soutenir son regard complice et se retira avec l'accord tacite de la maîtresse des lieux... Je reviendrai plus tard... Elle ferma la porte et se retint pour ne pas écouter ce que ces deux-là avaient de si urgent à se dire.

— C'est épouvantable ! Lady Havington alla nerveusement à sa coiffeuse.

— Réfléchissez mère ! Ce ne serait pas la première fois.

— Jamais pour une somme pareille ! Elle s'assit et regarda son fils dans le miroir... Qu'allons nous faire ?

— Comme prévu. Il ne faut surtout pas changer le déroulement des opérations. Clive se rapprocha d'elle.

— Vous n'avez aucune preuve.

— Vous non plus, mais avouez que vous avez eu la même idée que moi...

— Non c'est faux ! Milady mentait mal.

— Je vous connais. Dans le cas contraire, la police aurait été avertie immédiatement. Clive lui faisait face.

— Pourquoi venir m'en parler seulement maintenant ? Lady Havington laissa retomber sa brosse.

— Pour que vous jouiez votre rôle jusqu'au bout.

— Comment cela ?

— Il est temps que cette comédie finisse !


Lord Havington adorait Paris, ses grands boulevards, ses restaurants et ses maisons closes qui n'avaient leurs pareils nulle part ailleurs en Europe. Il descendait toujours au Grand Hôtel, rue Auber, non que ce fût le plus sompteux de la capitale mais assurément le mieux situé, à deux pas de la place de l'Opéra qu'un homme de goût considérait naturellement comme le centre du monde.

Charles n'était plus venu depuis des années mais n'en changea pas pour autant son emploi du temps. Le soir de son arrivée, il était à sept heures au Café Anglais. Après avoir salué l'hôtesse rondelette qui trônait dans la petite entrée dans une robe noire à parements jaunes, s'affairant tel un petit bourdon pour diriger les nouveaux arrivants dans la salle ou le cabinet particulier qu'ils réclamaient, Lord Havington se laissa conduire jusqu'à l'entresol, place de choix pour les visiteurs de marque qui n'avaient pas réservé. Il y dînait seul d'un menu invariable : une demi-douzaine d'huîtres d'Ostende suivie d'un splendide potage aux laitues et aux quenelles, d'une barbue Dugléré ainsi baptisée en l'honneur d'un chef fameux, d'une cuisse de faisan flambée dans un autodafé grésillant qui venait délicieusement vous chatouiller les narines, sans oublier la salade romaine accompagnée d'un peu de fromage. Le tout, arrosé d'une demi-bouteille de Graves premier cru et d'une bouteille de Saint-Galmier ne lui revenait pas à plus de dix-huit francs. C'était un dîner simple mais il n'était pas question de s'alourdir l'estomac, simplement de reprendre contact avec la ville des plaisirs.

Charles mangeait lentement. Personne ne savait encore qu'il était là. Tout à l'heure, en passant son habit, il s'était senti des ardeurs de jeune homme qui allait braver les interdits. Rien de meilleur que ces moments d'excitation frauduleuse que l'homme mûr retrouve invariablement à l'aube du déclin de sa fierté.

Lord Havington savourait cet instant magique en regardant les passants qui se pressaient sur la chaussée, la femme fidèle qui marchait droit devant elle sans détourner la tête, l'épouse adultère qui accélérait le pas tout en s'arrêtant brutalement devant la vitrine d'un magasin pour remettre discrètement de l'ordre à sa tenue, les voitures pressées et les calèches accueillantes qui s'ignoraient comme un défi au temps qui s'enfuit. Les grands rideaux blancs, qui ornaient les fenêtres à double battants, agissaient avec la même efficacité qu'un miroir sans tain. On pouvait voir sans être vu, s'attarder en toute impunité sur certains renflements anatomiques que la bienséance interdit d'habitude de détailler.

Charles s'immisçait dans l'intimité des Parisiennes, jouant les voyageurs sans passeport qui peuvent tout se permettre sans jamais être devinés. Au potage, il y en avait déjà sept qu'il avait mises dans son lit, les pliant à un érotisme d'autant plus exaltant qu'il en dominait toutes les arabesques. Elles n'appartenaient pas à un type déterminé, il y en avait de tous genres, sa fantaisie ne connaissant plus aucune barrière sociale ou morale. La belle, souvent passive, qui s'offrait comme un cadeau royal ne constituait généralement que la cerise sur le gâteau de chairs apparemment moins désirables mais plus appliquées qui faisaient vibrer l'essentiel de sa personne. La tension devint bientôt insoutenable et Lord Havington se força à fixer le sommelier ventripotent qui ne laissait jamais à son verre le temps de se vider. Le brave homme eut l'air de s'en émouvoir et vint lui demander si tout était à sa convenance. Charles lui sourit et le rassura avec un bon pourboire.


Il était tôt et l'air restait encore incroyablement doux. Lord Havington décida de faire quelques pas pour se dégourdir les jambes. C'était à ces marches digestives qu'il devait d'avoir gardé une silhouette impeccable. Charles hésita puis s'engagea Boulevard des Capucines en direction de La Madeleine, il avait tout son temps. Avant dix heures, il serait au Traveller's club, saluant quelques amis qu'il retrouverait sûrement, perdrait au baccara sous le somptueux plafond peint où Madame de

Païva, l'ancienne propriétaire, avait eu la délicatesse de se faire représenter entièrement nue, en Reine de la nuit, consolant le visiteur pour l'inviter à d'autres jeux.

Charles qui pouvait facilement se laisser déborder par une pulsion subite, savait aussi retarder son plaisir s'il le désirait. Il avait décidé d'attendre l'aube pour courir au Bal Tabarin ou à l'Auberge de Thélème toute proche. Il ne s'y était jamais rendu pour rien, les cousettes voisinant pacifiquement avec les actrices et les cocottes de grande marque dans une ambiance bruyante et bon enfant qui pouvait amener à se méprendre sur les intentions des clients. On racontait qu'un Grand-Duc y avait trouvé une vierge au tournant du siècle, persuadée d'être tombée dans une fête de charité.

Lord Havington n'en demandait pas tant. Pour cette première nuit, il se contenterait d'une vraie jeunesse, inattendue, régénérante qu'il aurait l'illusion de séduire gratuitement. Il se sentait d'humeur gaillarde et si la petite garce savait bien le faire jouir, il lui laisserait un diamant sur le sexe.

Clive regardait son chapeau qui tombait dans les vagues déchaînées. Il tenait son cheval par les rênes et s'était penché du haut de la falaise. La bête s'était cabrée et refusait de faire un pas de plus depuis qu'ils avaient manqué glisser sur la roche mouillée. Clive avait besoin de ce danger et avait galopé à quelques mètres du vide. Enfant, il s'amusait déjà à braver le sort. C'était sa manière d'affirmer sa liberté. Aujourd'hui, il s'en serait volontiers remis au destin pour n'avoir plus à penser. Le chapeau disparut dans une lame, réapparut sur une autre, piqua de l'avant, surnagea quelques secondes puis s'abîma dans l'eau sombre. A la place où il flottait, il y avait une minute encore, tout était redevenu étrangement calme. Dans la nature, il n'y avait d'autre jugement que celui de la vie et de la mort. Alors pourquoi fallait-il que tout soit si compliqué? Clive ne l'avait pas choisi ni moins encore voulu.

Les inspecteurs n'avaient rien trouvé. La police se perdait en hypothèses qui ne menaient nulle part. L'enquête promettait d'être longue et on envisageait déjà d'avertir Scotland Yard quand Lady Havington changea brusquement d'attitude. Elle avait dû égarer son collier à moins qu'elle ne l'ait oublié à Londres. La fatigue l'avait amenée à s'inquiéter trop vite. Elle s'excusait d'avoir causé un dérangement bien inutile. Le commissaire ne chercha pas à s'étonner du soudain désintérêt de la maîtresse des lieux pour une perte qui avait semblé tant l'affecter. James Argies en fut simplement soulagé, attribuant ce revirement d'humeur à un caprice soudain qu'une femme de son rang pouvait largement s'offrir. Il n'avait jamais rien compris au beau sexe et moins encore aux pouliches pomponnées qui faisaient la réputation d'élégance du Derby ou d'Ascot. Milady était la première qu'il approchait d'aussi près. Décidément, il préférait les grosses filles de St Clare Street ou les pensionnaires de Miss Rose. Avec elles au moins, on savait à quoi s'en tenir. L'officier retournerait avec ravissement dans son petit bureau de Penzance pour retrouver avec passion les chiens écrasés, les vols à la tire et les affaires de mœurs. Il n'était pas fait pour le monde, tout au plus pour le demi. La conclusion était maintenant du ressort des agents des assurances et James Argies s'en lavait les mains. Cet épisode délicat aurait eu au moins pour avantage de lui faire pleinement goûter la saveur d'une routine où il régnait avec éloquence.

— Arrêtez, vous n'allez encore pas pouvoir dormir! Milady avait une migraine épouvantable. Ses crises d'insomnies étaient revenues de plus belle depuis le départ de

Charles et pour l'instant elle refusait encore de s'abrutir au chloral. C'est à peine si elle pouvait s'assoupir plus d'une heure ou deux, se réveillant brutalement, la gorge nouée, attendant patiemment le lever du jour pour trouver le repos. Lady Havington avait peur de la nuit comme on a peur de la mort et restait persuadée que le lumière la ramenait la vie.

— Vous avez raison. Dormir, c'est encore la meilleure chose qu'il me reste à faire ! Clive n'avait rien mangé et buvait son troisième café. Ils avaient dîné sans un mot, sans même chercher à rompre un silence dont chacun ressentait le besoin. Comme tous les soirs, Milady s'était réfugiée dans le boudoir mauve pour y prendre une tisane de fleur d'oranger.

— Vous haïssez donc votre père à ce point ? Lady Havington restait persuadée que son fils partageait ses tourments. Elle se sentait trop proche de lui pour imaginer que sa nature complexe l'avait déjà entraîné sur d'autres chemins.

— Certes non. Je me contente de l'éviter. Clive reposa sa tasse.

— Vous savez bien que je serai toujours de votre côté. Elle sourit. L'amour qu'elle lui portait restait son meilleur remède.

— Je l'espère.

— Vous vous ennuyez ! Milady but une gorgée avant de reprendre sur un ton volontairement plus enjoué : « C'est la pire des choses pour un garçon de votre âge. Si seulement... »

— Si seulement quoi ? Clive l'avait interrompue presque agressivement. L'hypocrisie de ce genre de conseil l'exaspérait.

— Vous avez besoin de compagnie... Milady craignait d'aborder le sujet qui les avait tant bouleversés l'hiver dernier.

— Mes amis n'ont pas toujours été de votre goût.

— Je suis sûre que le bal vous fera le plus grand bien.

— Vous le croyez vraiment ? Clive ne put s'empêcher de sourire devant l'incongruité de la solution.

— Je vais prendre certaines dispositions. Vous serez libre de faire ce que vous voudrez.

— Puissiez-vous dire vrai ! Clive posa sa main sur le bras de la méridienne où sa mère était allongée.

— Vous doutez de moi ? Lady Havington lui caressait le bout des doigts.

— C'est bien plus grave que cela.

— Que se passe-t-il enfin ?

— Je crains que ce soit la première fois où vous ne puissiez m'aider.


Masterson recomptait les bouteilles de Nuits-Saint-Georges.

Assurément, elles se marieraient parfaitement avec la persillée de chevreuil au foie gras et la poule noire aux truffes prévues au dîner de chasse. Il en restait une cinquantaine, ce qui serait amplement suffisant pour le premier service. La préparation de ce festin le tenait en haleine, effaçant presque les sentiments mélangés de ces jours derniers. Il était partagé entre la déception secrète de n'avoir pu se débarrasser de la gouvernante et le soulagement de voir le personnel mis hors de cause.

A y bien réfléchir, que Lisa fût coupable eût affecté sa propre situation. Il est toujours dangereux de voir tomber des têtes quand elles sont si proches de la vôtre et son autorité sur les autres domestiques en aurait été ébranlée. Le majordome était un homme patient et confiant dans sa bonne étoile. Il connaissait suffisamment la nature humaine pour ne pas douter que le tempérament de miss Durram l'entraînerait bientôt à commettre un faux pas beaucoup plus acceptable.

Lisa n'avait pas une minute à elle et travaillait sans

doute plus que nécessaire pour n'avoir plus à penser. Il avait fallu visiter les chambres d'amis, vérifier les cheminées, compter les draps, passer derrière Duncan et Templeton qui avaient une conception très particulière de la propreté d'une argenterie. Elle n'avait jamais été aussi lasse.

— Eh bien tu dors ? Lisa sursauta, elle s'était appuyée contre le carreau d'une des fenêtres de la salle de bal qui jouxtait le jardin d'hiver.

— Mon Révérend, mais que faites-vous là ? Lisa ne pensait pas qu'elle aurait tant de plaisir à le revoir. Elle courut se jeter dans les bras du pasteur Bowles avec un pincement au cœur.

— Quel accueil ! L'homme de Dieu toussotait pour essayer de conserver sa dignité. Je ne sais pas si le lieu se prête aux effusions.

Lisa regarda instinctivement dans une des nombreuses glaces qui ornaient les murs et éclata de rire. C'était vrai qu'ils avaient l'air perdu dans cette pièce aux proportions gigantesques, toute couverte de soieries rebrodées au fil d'or.

— Ne me dites pas que vous êtes venu exprès pour me voir ?

— J'ai fait d'une pierre deux coups, j'avais rendez-vous avec Lady Havington.

— Une affaire d'argent alors ! Lisa trouva le courage de le taquiner. Elle savait que le Révérend avait deux choses en horreur : mentir et passer pour un représentant de commerce.

— Pas seulement ! Le pasteur poussa le profond soupir mélodramatique qu'il affectionnait dans les situations critiques. Cette fois, c'est le toit de mon église qui menace de s'effondrer…

Lisa aurait pu réciter de mémoire la suite de ses récriminations : l'avarice de l'évêque, l'incompétence du maire, tout y passait… Léonard Bowles était intarissable sur le sujet. Il fallait simplement éviter de le laisser s'emporter sur les ravages de l'époque moderne, à moins d'avoir la matinée devant soi.

— Organisez une collecte ! Lisa s'amusait d'avance de la réponse. Sa fatigue s'était envolée. Elle savait que l'effet serait imparable.

— Tu connais mes paroissiens, pas pires mais pas meilleurs qu'ailleurs. J'en entends beaucoup qui toussent mais pas beaucoup qui crachent ! Heureusement Milady m'a sorti de ce mauvais pas... Mais parlons de toi. Je ne sais même pas si tu te plais ici, tu ne donnes plus aucune nouvelle.

— Oui, beaucoup. Lisa ne voulait pas entrer dans les détails et s'étonna juste que l'affaire du collier n'ait pas eu l'air d'être parvenue jusqu'au village.

— Tant mieux ! Le révérend avait retrouvé sa bonhomie... J'ai vu Lord Clive, il m'a dit grand bien de toi.

— C'est très aimable à lui... Lisa sourit. Elle imaginait la scène, Lady Havington tirant son chèque pendant que son fils attentionné soutenait la conversation. Cette petite était charmante... Clive devait être très fort à ce jeu. Chaque jour qui passait, Lisa le détestait un peu plus. Elle l'évitait soigneusement depuis leur dernière rencontre. D'ailleurs lui-même ne semblait pas très soucieux de la revoir. Quand ils se croisaient en public, ils se souriaient sans se dire un mot.

— Passe au presbytère un dimanche ou Priscilla me dira encore que tu es une ingrate !

— Mon Révérend, Harris vous attend pour vous raccompagner... Mac Allister était entré sans qu'on l'entende.

— Vous n'avez plus votre vélo ?

— Priscilla me l'a confisqué pour faire réparer les freins. Tu la connais... Le pasteur rougissait légèrement, ne pouvant s'empêcher d'être flatté par cette manifestation d'amour tyrannique après vingt-cinq ans de mariage.

Il se retourna vers le portier… Je vais rentrer à pieds.

— Milady insiste.

— Dans ce cas… Le révérend baissa la voix pour dire au revoir à Lisa… Je compte sur toi.

— C'est promis ! Lisa le regarda partir. Le pasteur avançait d'un pas chaloupé en remettant son chapeau informe. Il s'arrêta sur le seuil, saisi par son image reflétée par les miroirs :

— Tu ne trouves pas que j'engraisse ces temps-ci ?


— L'air de Paris vous a réussi, dirait-on ! Lord Havington n'avait eu que le temps de poser ses bagages. Il avait encore son costume de voyage sur le dos quand sa femme fit irruption dans sa chambre.

— Fort bien, c'est définitivement une bien plus jolie ville que Londres… Charles eut la présence d'esprit de ne rien laisser paraître. Milady n'avait plus franchi le seuil de sa porte depuis des années. Il était trop fin pour attribuer ce manquement aux usages à la simple envie de le revoir… Je vous ai rapporté quelques babioles, Masterson a dû les faire porter chez vous.

— L'argent vous brûle toujours les doigts.

— Charmante façon de me remercier. Il est vrai qu'après tout, c'est vous qui payez… Charles avait senti le vent tourner. S'il ne voulait pas perdre la face, il fallait contre-attaquer.

— Espèce de mufle ! Je sais pour le collier, je vous méprise, je… Milady s'était promis d'attendre mais Charles savait où frapper, à croire qu'il voulait la provoquer.

— Non ma chère, pas de cela entre nous. N'oubliez pas qu'avec le titre, vous m'avez aussi acheté ! Il ne prenait même pas la peine de nier.

Elle aurait peut-être pu encore lui pardonner s'il avait manifesté quelque remords mais son arrogance était insupportable.

— Je veux divorcer !

— Divorcer ? Vous n'y pensez pas, dans votre milieu sans doute, dans le mien jamais !

— Si votre fils ne m'avait pas alerté, vous seriez en prison à l'heure qu'il est. J'ai retiré ma plainte par respect pour le nom qu'il porte.

— Vous ignorez sans doute qu'il n'y a pas de vol entre époux… Charles avançait tout en parlant. Ses yeux étaient devenus très noirs… Je ne risquais absolument rien. Vous resterez ma femme jusqu'à votre mort, vous supporterez mes maîtresses…

— Vous me dégoûtez… Lady Havington voulut se dégager mais Charles lui avait saisi le bras… Vous me faites mal !

— Ce n'est qu'un début.

— J'obtiendrai une séparation.

— Elle vous coûtera si cher que je serai d'humeur à l'accepter… Sans moi, vous ne serez plus rien !

— Lâchez-moi !

— Avec le plus grand plaisir ! Charles desserra son étreinte, retrouvant le calme distant qui le caractérisait.

— Nous en reparlerons après le bal. Je ne vous ferai pas la joie de gâcher ma seule distraction.

— Comme bon vous semble ! Je ne suis pas pressé.

— Une dernière chose. N'espérez rien de plus, j'ai fait mettre mes bijoux sous clé.

— Votre confiance m'enchante… Lord Havington ôta son épingle de cravate… Je dois me changer. Nous nous verrons pour déjeuner.

— Sans aucun doute… Milady ouvrit la porte et sortit sans ajouter un mot. Son poignet la faisait souffrir. Charles attendit de l'entendre s'éloigner puis attrapa le pot-pourri en faïence bleu turquoise qui trônait sur la cheminée :

— Foutaises ! La potiche s'écrasa sur le mur dans un

bruit sourd. Jamais aucune femme n'avait osé le menacer.

Les invités arrivaient depuis le début de l'après-midi. Le château prenait des allures de gare néo-pompéïenne, envahi par un flot continu de malles et de domestiques. Beaucoup s'étaient faits accompagner par leur plus fidèle serviteur, d'autres n'avaient pas hésité à emporter la moitié de leur garde-robe. Certaines de ces dames, d'un naturel moins angoissé, s'étaient munies d'un bagage plus léger mais n'en déplaçaient pas moins d'air. Les voitures se succédaient dans la cour d'honneur et il fallait tout le savoir-faire d'Harris pour éviter un embouteillage qui pouvait dégénérer à tout moment en incident diplomatique. Prenant son rôle très à cœur, il officiait comme un sergent de ville, ne laissant stationner les véhicules que le temps indispensable pour que leurs augustes passagers puissent en descendre.

Lord et Lady Havington, réunis pour la circonstance, trônaient dans le hall avec une simplicité qui demandait des années de pratique, saluant chacun d'un mot aimable avant de les faire diriger vers leurs appartements respectifs. A les voir, nul n'aurait pu se douter de leur véritable disposition d'esprit. Au yeux de tous, ils restaient le couple le plus merveilleux d'Angleterre. Charles comptait bien sur cette occasion pour convaincre sa femme de faire semblant de le rester. Milady voulait ne penser à rien et se contenter de l'instant présent.

A l'office c'était la pagaille. Lisa courait dans les étages, redescendait en cuisine, oubliait l'essentiel pour s'en rappeler dans les escaliers. Il fallait se souvenir de tout, de Lady Pendwick qui voudrait son petit déjeuner à six heures, de monsieur Peacock qui exigeait que l'on cire ses chaussures exclusivement à la moelle de bœuf et de mille autres détails qui pris individuellement restaient pittoresques mais qui, là, tournaient irrémédiablement au cauchemar. C'est finalement à l'accumulation des manies innocentes des uns et des autres que l'on doit les plus grands défauts de l'humanité.

— Lisa !

— Vous êtes là, Mylord ! Tout le monde vous cherche...
Lisa regardait Clive d'un air volontairement distrait. Elle
refusait de laisser percer une émotion qu'elle ne voulait
pas s'avouer à elle-même. C'était la première fois qu'ils
se retrouvaient vraiment seuls... Votre mère vous a fait
demander trois fois. Elle commence à s'inquiéter.

— Il est bien question de ma mère... Lisa savait qu'elle avait touché un point sensible et se protégeait derrière
une ironie dont elle n'était pas coutumière. Il était évident
que Clive n'était pas là par hasard, qu'il était venu pour
elle mais Lisa se serait fait dévorer le foie plutôt que de
lui demander ce qu'il faisait à l'étage des domestiques
alors qu'il était attendu au salon.

— J'avais besoin de vous voir.

— Eh bien c'est fait ! Elle fit mine de passer son chemin mais Clive lui bloqua le passage.

— A ce jeu vous serez perdante.

— Vous semblez savoir ce que vous voulez. Moi aussi
voyez-vous, et je crains que ce ne soit pas la même chose.

— Vous êtes bien sûre de vous. Clive accusait le coup
en souriant.

— Je n'ai pas les moyens de faire autrement.

— Je vous aime... La déclaration était abrupte. Lisa se
raidit instinctivement. Elle ne voulait pas le croire et
répondit comme s'il se moquait d'elle.

— Je n'en doute pas !

— Ne plaisantez pas. C'est très sérieux... Clive s'était
rapproché et avait baissé le ton.

— Si vous croyez que je vais m'évanouir de bonheur,
j'ai peur de vous décevoir. Lisa détestait ce qu'elle s'entendait dire mais les mots sortaient seuls, comme si elle
n'avait pas eu la liberté de choix. Elle ne savait plus à qui
elle avait affaire et refusait par dessus tout d'être un capri-

ce pour enfant gâté.

— Vous êtes toujours fâchée pour l'autre soir. C'est naturel. Pourtant je vous forcerai à m'aimer aussi…

— Essayez toujours. Ça peut être amusant !

— Divorcez ma chère, divorcez, il n'y a pas le moindre doute… Lady Pendwick et Lady Havington bavardaient un peu à l'écart.

Les hommes quittaient leur frac pour passer au fumoir, laissant leurs épouses à des conversations qu'ils jugeaient anodines. Les deux amies ne s'étaient pas revues depuis Londres, autant dire depuis une éternité. Harriet restait la seule femme avec qui Milady pouvait se confier sans retenue. Elles s'étaient connues au collège et n'avaient donc pas grand-chose à se cacher.

— Je ne pensais jamais en arriver là… Vous pouvez me comprendre mieux qu'une autre… Chacun savait que l'entente de Lady Pendwick et de son amiral de mari n'était plus que de convenance. Une sombre affaire de chantage avait bien failli projeter leur couple dans l'abîme. Il avait fallu tout le sang-froid d'Harriet pour leur éviter d'avoir les honneurs de la presse, dans une rubrique que les gens du monde préfèrent généralement éviter.

— J'ai épousé un militaire. Je n'avais pas le cœur de briser sa carrière… J'étais beaucoup plus jeune d'ailleurs. Aujourd'hui les choses seraient peut-être différentes.

— C'est un échec épouvantable.

— Si ce n'est que cela, vous vous en relèverez… Rassurez-moi, vous n'aimez plus Charles, bien sûr ?

— Je ne peux plus… Milady contenait ses larmes.

— Alors, croyez-moi, dans votre cas il ne faut plus hésiter. Vous n'êtes pas de celles qui peuvent prendre un amant. Allons, du courage, ce n'est pas la mer à boire.

— Vous en parlez bien à votre aise.

— Vous êtes riche, tout le monde se taira. Et si vous craignez pour votre situation, il y a une solution toute trouvée.

— Laquelle ?

— Mariez Clive !

— Comment ?

— Mariez votre fils ! Je m'étonne que vous n'y ayez pas pensé vous-même. Une alliance avec une famille puissante vous assurera les appuis nécessaires.

— Clive ne voudra jamais ! Une ombre passa sur le visage de Milady.

— Allons donc ! Il vous adore, il comprendra très bien. On ne lui demande pas de se sacrifier, juste de hâter un peu le cours des événements. C'est un parti magnifique, je suis certaine qu'il trouvera aisément chaussure à son pied.


Un petit crachin humide et perçant tombait depuis l'aube. La brume argentait la lande, avançant et reculant au gré du vent comme un troupeau sans berger. Les chevaux piaffaient, disparaissant parfois jusqu'au garrot dans cette mer de coton où ils semblaient flotter sans corps. Seules les vestes rouges des cavaliers tranchaient comme d'impeccables petits lampions qui pistaient les hurlements assourdis des chiens. Les dames avaient dû renoncer à suivre l'exercice en calèche. On n'y voyait pas à deux mètres.

— Et on dit que la chasse n'est pas un sport ! Lord Rosselare transpirait à grosses gouttes. Il avait failli chuter à la dernière haie. C'était pourtant un bon cavalier mais bien que galopant au milieu des nuages, son poids n'avait rien d'aérien. Il se jurait d'écouter à l'avenir le conseil de ses médecins et de ne plus sacrifier à ces holocaustes mondains. On avait lâché trois cerfs ce matin et ces sales bêtes avaient toutes les chances d'en sortir vivantes. Il faudrait ajouter le ridicule aux risques insensés d'une battue à l'aveuglette.

Clive s'était laissé volontairement distancer et ne suivait plus les autres. Il était totalement perdu. Plus rien ne se ressemblait et à moins d'avoir un sens inconnu des hommes, il était impossible de dire si on s'apprêtait à traverser la rue principale de Gullcowes ou à plonger tout droit dans la mer.

— J'aurais été fort surpris de vous trouver en tête ! On n'entendait qu'une voix à travers le brouillard. Clive l'aurait reconnue les yeux fermés. Il était inutile que l'intrus fasse un pas en avant… Votre acharnement à me décevoir est si complet qu'il finit par manquer d'intérêt…

— Au moins, je suis fidèle à moi-même. C'est une qualité que vous m'avez apprise, la seule d'ailleurs dont j'ai l'intention de me servir.

— Dommage que vous ne vous serviez pas de votre arrogance dans d'autres circonstances. Elle vous serait nettement plus utile… Lord Havington était maintenant tout près de son fils.

— Dans un bordel par exemple… Clive n'avait pas fini sa phrase que son père attrapait les rênes de son cheval.

— Vous m'avez toujours haï mais vous ne monterez pas votre mère contre moi !

— Vous vous en chargez très bien tout seul ! Clive reprit le contrôle de sa monture.

— Enfin un geste viril ! Lord Havington avait une lueur cruelle dans le regard. Il n'y a jamais eu pour moi de pire punition que de savoir que vous seriez le dernier des Havington !

— Je crois que nous ne verrons jamais les choses de la même manière.

Au loin, les cris des chasseurs indiquaient qu'on allait encercler un des animaux. Charles devait être là pour le servir. Il n'avait jamais manqué à son devoir de maître d'équipage.

— Je vous attends pour la curée. Tâchez au moins d'y faire bonne figure… Lord Havington tournait casaque et disparut dans le brouillard.

Lisa se regarda dans la glace de sa chambre. C'était son premier moment de répit depuis le début des festivités. Elle s'était levée très tôt ce matin et n'avait trouvé que maintenant le temps de remonter une demi-heure dans ses appartements. Elle était ravie de ses nouvelles robes. Bien sûr, elles ne pouvaient pas rivaliser avec les toilettes que l'on croisait dans tout le château mais le résultat était du meilleur effet. Elle avait une préférence pour celle en serge vert émeraude qui rehaussait l'éclat de son teint et la finesse de sa taille. Le vendeur avait eu raison, ce vert seyait magnifiquement aux brunes. Lisa arrangea sa coiffure, y piquant un peigne finement ciselé qui disparaissait presque sous l'abondance des cheveux, sans prêter attention à ce besoin subit de coquetterie. Finalement, c'était la première fois qu'elle se trouvait vraiment jolie.

Quand elle sortit pour retourner donner des ordres à l'office, elle s'arrêta un instant dans le couloir, à l'endroit exact où elle avait eu sa conversation avec Clive. Elle sourit puis haussa les épaules.


Duncan et Templeton trônaient dans le salon rouge, croulantes sous des paniers de fleurs plus lourds qu'elles. Les hommes les pressaient, s'affairant à trouver le bouquet qu'ils allaient offrir pour le cotillon. Lady Havington avait insisté pour que ses hôtes puissent avoir le même choix qu'en plein été, mobilisant les serres de plusieurs fournisseurs londoniens. Des œillets, des jasmins, des violettes avaient été livrés par centaines dans l'après-midi. Il avait fallu les conserver dans des grands bacs d'eau froide et leurs pétales étaient encore comme tout mouillés de rosée. On plaisantait, quelquefois un peu lestement, pour demander leur avis aux femmes de chambre qui n'étaient pas habituées à un tel attroupement.

Johnson, en charge des cigares, surveillait sa bonne amie depuis l'entrée du fumoir, lui lançant des regards assassins qu'il se promettait de transformer en une monumentale correction quand ils se retrouveraient seuls.

Un frémissement de joie monta de la salle de bal. L'orchestre venait d'attaquer un "cake-walk". Cette nouvelle danse faisait fureur et les couples couraient sur la piste dans un vacarme assourdissant. C'était à celui qui irait le plus vite pour entraîner sa cavalière dans un galop frénétique.

Lady Pendwick était partout, se faufilant au buffet, longeant la piste de danse, l'œil toujours aux aguets. Harriet retrouvait ses vingt ans. Se sentant investie d'une mission nouvelle, elle jaugeait toute les jeunes filles comme un maquignon au marché. Celle-ci était trop bête, celle-là sans fortune, une autre avait une gorge ravissante mais comme souvent un corps qui devait en payer le prix. En voilà une qui présentait enfin toutes les qualités… Par trois fois, elle avait insisté pour présenter ses découvertes à Clive qui les accueillait avec le même sourire glacé. Quand Harriet crut avoir enfin trouvé l'oiseau rare, s'avançant avec la jeune Faversham, il lui susurra l'oreille :

— Merci mille fois mais je n'ai pas besoin d'entremetteur… pas encore !

— Faites la au moins danser, cela n'engage rien.

— Comme il vous plaira… Clive s'inclina et se retourna vers la débutante avec un sourire aussi aimable que possible… On aurait pu vous choisir un meilleur cavalier. Je n'entends rien à tout cela.

— Aucune importance ! Laissez-vous conduire ! Nelly Faversham était pleine d'entrain et ne semblait pas s'être offusquée du petit aparté dont elle avait été le témoin involontaire. Au contraire, elle en riait presque.

— Vous avez le mot juste ! Je crois que c'est justement ce que l'on nous demande… Clive lui donna le bras et ils

185

s'avancèrent dans la foule. Harriet chercha le regard de Milady qui venait de s'asseoir. Elle pointa son éventail dans la direction du jeune couple avec un sourire de victoire.

Lisa vérifiait les plateaux de tasses à café.

— Eh bien, on dirait que vous vous laissez emporter par le rythme ! Trumper ne pouvait s'empêcher de sourire en la voyant onduler en mesure. Cette fois-ci c'était une polka.

— Je ne m'en rendais même pas compte… Lisa sourit en mangeant un des chocolats noirs qui débordaient des assiettes. Les deux femmes avaient fort à faire, les autres domestiques étant tous mobilisés à l'étage. Masterson gardait la haute main sur les alcools quant à Butcher, elle avait bien le droit de se reposer un peu. C'est tout du moins ce qu'elle avait prétendu en s'affalant lourdement sur la table de cuisine. Pourtant voilà plus d'une heure qu'elle recevait les serviteurs des invités autour de ses fourneaux avec des allures de maîtresse de maison. Il ne restait que Peters, le majordome en second, pour les aider à n'être pas totalement submergées.

— Elle a encore oublié le sucre ! Trumper ouvrit nerveusement le placard.

Lisa ne l'entendait déjà plus. Elle était dans les escaliers.

— J'emporte déjà ça…

Nelly Faversham avait de quoi attirer tous les regards. Ses cheveux d'un roux flamboyant étaient tressés en guirlande piquée d'étoiles de diamants et d'émeraudes. C'était une belle nature, toujours enjouée avec un teint qui tournait rapidement au rose vif dès qu'elle s'amusait un peu trop.

— Avouez que vous pensez que vous auriez pu tomber plus mal ! Nelly éclata de son rire communicatif…

Ne croyez pas que je me surestime mais vous n'êtes pas non plus le premier fils de famille que l'on me jette dans les bras !

— Comme cela, les choses sont claires… Cette fille avait l'art de mettre en confiance. Clive décida de jouer cartes sur table… J'aime ailleurs… Dans d'autres circonstances, vous auriez certainement…

— Ne perdez pas votre temps, moi aussi…

— Au moins, nous sommes sûrs de passer un moment tranquille.

Ils étaient maintenant au centre de la piste.

— Quel est votre problème ?… Nelly souriait distraitement à son père, Sir Neville qui les observait près du buffet.

— Commençons par le vôtre. J'ai été assez mufle pour le restant de la soirée… Différence sociale ?

— Vous vous trahissez. Un homme vous en apprend beaucoup plus sur lui par les questions qu'il vous pose que par les réponses qu'il vous donne.

— Touché.

— Le prince et la bergère, cela peut être charmant. Vous avez plus de chance que moi.

— Vraiment ?

— J'aime un garçon magnifique, pair d'Angleterre, ce qui ne gâche rien. Il n'a qu'un défaut, il est déjà marié.

— Regrettable faute de goût. Mais qui sait, le destin réserve parfois d'heureuses surprises.

— Aucune chance, sa femme se porte très bien… Nelly eut un petit rire charmant… Je la tuerais volontiers mais je n'ai malheureusement pas le courage de passer à l'acte. Finalement, je crois que père a raison. Il dit toujours que je suis totalement inconséquente.

— Il ignore ce que ce petit travers peut avoir de salutaire…

— Vous êtes impossible ! Je meurs de chaud, arrêtons-nous un instant s'il vous plaît… Nelly était cramoisie.

187

Elle ouvrit son éventail pour avoir un peu d'air.

— Je vous apporte quelque chose à boire ? Clive la raccompagna loin des danseurs.

— Oui, volontiers.

— Champagne ?

— Non, surtout pas d'alcool ! Je préférerais une tisane. Nelly s'était laissée tomber sur un pouf de velours prune.

— Je vais vous la chercher. Clive allait se diriger vers le buffet quand sa cavalière le retint par la manche.

— Jouons leur jeu, voulez-vous ? Je crois que nous aurions beaucoup à y gagner.

— J'ai connu des propositions plus désagréables...

— Les tisanes vont être servies au jardin d'hiver Mylord... Masterson s'apprêtait à remplir un seau à glace. Clive le remercia de la tête et traversa la foule qui s'agglutinait le long des tables damassées. On parlait la bouche pleine, jouant des coudes pour se faire une place.

Il est toujours fascinant d'observer l'humanité la plus civilisée devant une collation gratuite. C'était à celui qui se faufilerait le plus vite au premier rang. La voracité se masquait derrière un sourire distrait qui remplaçait le respect des conventions les plus élémentaires. Aucune scène de théâtre ne pourrait jamais prétendre à un tel succès, ce qui laissait dubitatif sur l'intérêt des gens du monde pour les nourritures spirituelles. Peut-être fallait-il y voir une sorte de fascination collective et irraisonnée pour le profit facile. Aucun des invités ne semblait vraiment mourir de faim mais la perspective d'un regret ultérieur pour un faisan farci ou une caille au foie gras leur ouvrait incontestablement l'appétit. Il fallait manger beaucoup et sans discernement comme si tout ce qu'on n'avalait pas était une partie de son dû que l'on ne reverrait pas.

Clive se heurta à une femme très maigre qui s'empiffrait mécaniquement de petits pains au saumon d'Ecosse. Elle n'y prenait aucun plaisir visible, se contentant d'avaler avant de déglutir consciencieusement sans prêter attention à quiconque. Après avoir avalé le dernier du présentoir, elle compta sur ses doigts et passa aux petits fours sucrés, attaquant l'assiette avec la méticulosité d'un joueur d'échecs de haute volée. Au même moment, l'orchestre attaqua une valse.

— J'espérais bien finir par vous rencontrer ! Clive avait aperçu Lisa. Elle lui tournait le dos, se faufilant entre les quintias, un plateau à la main.

— Vous m'avez fait peur… Lisa posa les tasses sur une table violon avant de reprendre son souffle.

— Dans ce cas, je recommencerai. Ce sentiment vous va bien, vous êtes ravissante…

— J'ai horreur de cela ! C'est infantile et ridicule. Lisa avait eu une réaction trop violente. Elle le savait et s'efforça d'ajouter sur un ton plus mesuré… J'ai failli tout casser. Cela aurait été un beau gâchis !

— Je suis tout fait d'accord avec vous… Clive souriait. Il sentait Lisa troublée et en tirait une assurance supplémentaire. Il voulut lui prendre la main mais elle la retira aussitôt.

— Décidément, vous faites tout à contretemps !

— Ce doit être une manie.

— Je ne trouve plus cela drôle ! Lisa essaya de contenir un flot de reproches qu'elle ne voulait pas s'expliquer… On devrait vous avoir appris…

— Je vous aime.

— Vous vous répétez !

— Bien sûr puisque vous ne m'avez pas cru.

— Ça n'a pas de sens… Lisa ne trouva rien d'autre à répondre, voyant son agressivité désarmée par surprise.

— Je vous ai aimée depuis le premier jour.

— Vous avez une singulière façon de le prouver… Sa voix était moins convaincue. Lisa s'était tellement persuadée que Clive se moquait d'elle qu'elle s'était préparée à tout, sauf à cette insistance. Pourquoi fallait-il que la vie trahisse toujours les machineries les mieux huilées ?

— Je ne suis pas familier de ce genre de déclaration.

— Rassurez-vous, vous vous en sortez très bien !

— Visiblement pas, puisque vous ne voulez pas l'entendre... Je sais, les apparences sont contre moi... Clive l'avait prise dans ses bras.

Cette fois, Lisa ne protesta plus que pour la forme :
— Laissez-moi...

— Vous en avez autant envie que moi. Il serait temps que vous quittiez vos airs de maîtresse d'école.

— Je vous interdis... Lisa ne put terminer sa phrase, Clive l'embrassait. Il la serrait si fort contre lui qu'elle ne put bientôt plus respirer.

— Vous m'étouffez !

— Ce n'était pas mon intention. Clive relâcha son étreinte et la regarda droit dans les yeux. Vous serez à moi ce soir...

— Vous dites n'importe quoi !

— Pas plus que vous qui vous interdisez ce que vous désirez ! Il l'embrassa à nouveau.

Lisa se laissa envahir par sa chaleur, oubliant que l'on pouvait surgir tout moment. Elle aurait tellement voulu pouvoir se laisser aller, oublier la solitude qui lui pesait, ne penser à rien. Clive faisait courir ses mains sur son corps, maladroitement, presque brutalement, comme s'il était pressé.

— Arrêtez. Pas comme cela... Je ne veux pas ! Lisa le repoussa de toutes ses forces. Elle repensait à Duncan et aux cancanements de Johnson qui se pavanait comme un coq de basse cour.

— Que se passe-t-il ? Clive voulait la maintenir contre lui.

— Vous ne m'aimez pas, vous n'avez aucun respect pour moi ! Vous m'ignorez quand cela vous arrange et il faudrait que je... que j'accoure au moindre coup de sif-

flet… Lisa s'était reprise. Ses yeux brillaient de rage…
Je suis une idiote ! Restons-en là !

— Non ! Vous vous trompez. Je vous ai promis de vous
le prouver. Je crois qu'il est temps ! Clive l'avait saisie
par le poignet.

— Et comment, s'il vous plaît ? Elle le toisa avec un air
de défi. Lâchez-moi, on doit sûrement vous attendre…

— Venez ! Clive entraînait Lisa vers le salon rouge…
Vous vous rassurez en pensant que j'ai honte de vous. Et
bien, voyons lequel de nous deux est le plus capable de
montrer ses sentiments.

— Qu'est-ce que vous faites ?

— Vous le verrez bien !

— Je vous ordonne de me lâcher tout de suite !

— Certainement pas !

— Vous n'êtes qu'un mufle !

— Et vous, une petite bourgeoise bouffie d'orgueil.

— Je vous interdis…

— Vous n'avez que ce mot à la bouche. C'est vous qui
êtes prisonnière de vos préjugés. Je vous aime et je suis
prêt à le crier à la face du monde.

— Laissez-moi partir ! Lisa tremblait à l'idée de se voir
propulsée au milieu de toutes ces femmes en robes somptueuses… Arrêtez, je vous crois ! Je vous ai mal jugé ! Je
ferai tout ce que vous voudrez.

— Non, il faut savoir aller jusqu'au bout ! Vous avez
eut tort de douter de moi, mademoiselle fou rire.

Clive bouscula un couple qui se tenait devant la porte
fenêtre qui fermait le jardin d'hiver et traîna Lisa jusqu'à
la piste de danse. Une rumeur balaya la salle quand on vit
s'élancer l'héritier des Havington avec une inconnue en
tenue de ville.

— C'est inconcevable. La jeunesse n'a plus aucun sens
des usages…

— Qui est cette fille ? Vous la connaissez ?

— Elle a les cheveux d'une furie.

— Moi je la trouve plutôt.

— Plutôt quoi, Lionel ?

— Vous êtes complètement fou ! Lisa ne savait plus quoi penser, jouissant secrètement d'une situation qu'elle commençait à trouver amusante. Les conversations allaient bon train et elle savait qu'elle en était le centre. Il y avait cinq minutes encore, elle était transparente, personne ne faisant attention à une simple gouvernante. Ceux qu'elle avait servis ne devaient même pas la reconnaître.

— Voila qui nous promet d'heureux moments en perspective, pensa Nelly Faversham en saluant le couple qui venait de passer devant elle.

Lisa croisa le regard furibond de Lady Havington qui crispait nerveusement ses doigts sur son éventail. Pour rien au monde, elle n'aurait voulu baisser les yeux. Milady restait clouée sur son fauteuil, se forçant à sourire à droite et à gauche. Seul Lord Havington semblait s'amuser de la situation. Il posa sa main sur l'épaule de sa femme pour lui intimer l'ordre de ne pas bouger.

— Clive ne sait plus ce qu'il fait ! Milady pâlissait à vue d'œil.

— Bien au contraire, il a l'air parfaitement lui-même.

— Evidemment, cette fois-ci vous le soutenez ! Lady Havington laissa courir son regard loin de son mari pour donner le change.

— C'est ce que vous souhaitiez, il me semble !

— Je n'ai pas dit mon dernier mot.

— Mais si ma chère. Vous ferez même plus. Souriez, comme si tout était normal. C'est la seule solution.

— Vous voilà satisfaite... Clive rayonnait de fierté. Lisa ne savait pas s'il l'était d'elle ou de son propre courage. Au fond, elle dut s'avouer qu'elle s'en moquait. Un plateau en argent tomba sur le parquet, couvrant une seconde le bruit de l'orchestre. Masterson venait de rentrer dans la pièce.

Le jour s'était levé. Le soleil ne perçait pas sous les nuages. La neige tombait à gros flocons. Un cerf traversa la clairière à pas lents, rassuré par le silence. Clive avait entraîné Lisa loin de la fête, faisant atteler à quatre pour rejoindre ce pavillon de chasse dans un coin reculé de la propriété. Plus personne n'y avait couché depuis des années et on n'aurait pas l'idée de venir les y chercher. Il dormait encore, allongé en travers du lit. Lisa le regarda avec tendresse. Leurs vêtements avaient glissé et leurs corps s'étaient retrouvés l'un contre l'autre avec mille maladresses d'enfants. Tout avait été très vite.

Plusieurs fois dans la nuit, Clive s'était réveillé et l'avait prise doucement dans ses bras. Il l'aimait, maintenant Lisa en était persuadée. Pourtant elle était triste, incroyablement triste. Elle aurait voulu lutter contre ce sentiment incompréhensible mais toutes ses tentatives ne faisaient que la déprimer plus encore. Elle haussa les épaules. Après tout, elle avait triomphé. Clive avait su affronter le regard des autres. Maintenant, il fallait penser à l'avenir. La situation promettait d'être excitante. En revoyant la tête de Lady Havington hier au soir quand Clive l'avait fait danser devant tout le monde, Lisa ne put s'empêcher de rire. Cette petite revanche valait tous les plaisirs.

— Tu es bien matinale mon amour ! Clive se réveillait et l'attirait déjà vers lui.

— Je t'admire d'avoir pu autant dormir. Je n'ai pas fermé l'œil de la nuit… Lisa blottit ses pieds glacés entre les mollets de son amant.

— On dirait que c'est la vérité… Il la renversa sur le dos… J'espère que ça ne deviendra pas une habitude. Je n'ai pas l'intention de te voir vieillir avant l'âge.

— Penses-tu véritablement que tu en auras le temps ? Lisa fit mine de vouloir se dégager. La joie de Clive était si communicative qu'elle en oubliait presque sa déception de la nuit dernière.

— Cela dépendra de toi…

— De moi ?

— Oui… Il n'y a qu'une chose qui m'empêcherait de voir ces formes si fermes s'affaisser doucement au creux de ma main.

— Tais-toi. Tu es épouvantable ! Je n'ai jamais pensé à cela. J'en ai peur…

— Moi, non. Je compterai tes rides comme autant de preuves d'amour si seulement tu acceptais de m'épouser.

— De t'épouser ? Lisa n'en croyait pas ses oreilles.

— Qu'est-ce que tu as cru ? Que tu allais me séduire, abuser de moi et m'abandonner ?… Clive riait.

— Il va falloir réparer, je ne suis pas une fille légère ! J'avais raison, tu es vraiment fou ! Lisa rejetait la tête en arrière.

— Dans ta bouche, je le prends pour un compliment. Clive lui embrassa la racine du cou puis remonta lentement sur son visage. Il la regarda droit dans les yeux.

— Tu es sérieux ? La voix de Lisa s'étrangla dans sa gorge.

— Je n'ai pas de gants blancs mais je peux te le prouver quand tu veux. Clive se serrait contre elle. Il avait l'air étrangement grave, attendant une réponse dont il avait peur… Alors ?

## Chapitre VII

Penang

Nicholas regardait les trois matrones penchées au bord du fleuve. Il ne voyait que leurs fesses, rondes comme d'énormes calebasses multicolores. Difficile de penser qu'elles avaient été aussi menues que les fragiles jeunes filles qui se relayaient pour leur apporter le linge maculé dans des paniers de palmes tressées. Les deux moins grosses attrapaient les piles de vêtements et de draps pour les tremper dans l'eau avant de les savonner énergiquement sur de grandes pierres plates qui affleuraient sur la rive. La troisième, large comme un buffle, ahanait à espaces réguliers en faisant jouer ses mains comme des battoirs pour chasser les dernières traces de saleté. Plus loin, dans le kampong, des enfants riaient. Ils jouaient à une sorte de football avec une curieuse balle en roseau ajouré, affolant les poules qui se débattaient dans l'enclos.

— Abas pas content Tuan !... Le chef des Bugis tirait Nicholas par la manche. Pas content du tout !

— Tu as eu tes femmes. C'est bien ce que tu voulais... Nicholas n'était pas d'humeur à discuter. Il était ivre de fatigue.

— Moi avais demandé femmes, pas nouveaux coolies !

Nouveaux coolies très mal élevés... Le boy cracha par terre avec un air de profond mépris.

— Nous verrons cela plus tard... Nicholas s'épongea le front. Il savait bien qu'Abas ruminait depuis plusieurs jours. Pourtant il l'avait augmenté... Je serai rentré dans moins d'une heure. Va plutôt me préparer un bain.

— Mais Tuan...

— Laisse moi, je dois encore aller à la fabrique... Nicholas laissa son serviteur en plan et marcha vers la petite usine où le traitement du caoutchouc battait son plein. Il se félicitait d'avoir écouté Harry Cuypper.

— Maintenant que votre plantation est en état de marche, il va vous falloir plus de main d'œuvre. Croyez-moi, engagez des Tamouls. Ce sont les plus habiles pour le traitement de l'hévéa.

Le bâtiment résonnait du bruit des machines, un bruit sourd et continu, couvrant les cris de la jungle. Quand on y pénétrait la chaleur était suffocante, dégageant une légère vapeur d'eau qui se mêlait à la sueur des hommes. Ils travaillaient torses nus, luisant sous l'effort qui laquait leurs corps bruns. Bihar, le nouveau kangani (1), les surveillait sans relâche, une petite baguette de rotin à la main, signe de son autorité.

— Monsieur peut se réjouir. Nous avons rattrapé presque tout le retard...

L'Hindou s'inclinait cérémonieusement en touchant son front avec la main. Nicholas lui répondit d'un petit signe de tête. Il n'avait aucune sympathie pour lui mais ne pouvait que se louer de ses services. Depuis son arrivée, les rendements avaient augmenté de façon considérable. Ce succès compensait avantageusement les sentiments personnels. Nicholas s'en persuadait aisément même s'il ne pouvait s'empêcher de frémir sans raison quand il sentait son regard fixé dans son dos.

— C'est très bien ! Si les affaires continuent, nous pourrons bientôt acheter du matériel neuf.

(1) Kangani : contremaître.

Finalement, ce Tamoul était une chance. Il lui en avait plus appris que tous les livres. Nicholas avait d'abord pensé confier la direction des ouvriers à Abas mais celui-ci avait refusé pour ne pas s'éloigner de son maître et se consacrer entièrement à la bonne marche de la maison. Bihar s'était alors imposé tout seul, presque naturellement. Ce grand gaillard maigre et noiraud savait se faire respecter et connaissait la discipline, ce qui n'était pas du goût de tout le monde. C'est lui qui avait instauré l'usage de la trompe pour appeler les hommes à la tâche, lui qui avait décidé des heures de roulement pour le sarclage ou choisi les équipes de saignée.

Les Bugis avaient d'abord rechigné, refusant d'exécuter ses ordres s'ils n'étaient pas confirmés par Nicholas puis, peu à peu, semblaient s'être résignés, travaillant plus dur pour ne pas perdre la face. Abas était le seul à hausser encore la voix :

— Ce Bihar n'est qu'un chien, Tuan ! Moi refuser lui parler. Très méchant avec nous autres…

Nicholas n'avait écouté que d'une oreille. Son serviteur avait le don pour tout exagérer. Rien dans l'attitude de Bihar n'indiquait la moindre cruauté. Ce n'était certainement pas très facile pour les Malais d'être dirigés par un Indien mais ils finiraient par s'y faire. La cohabitation entre les deux communautés se bornait au strict minimum. Chacun restait dans son clan, habitant dans des cabanes séparées et prenant ses repas avec ceux de sa race.

— Monsieur me fera de l'honneur s'il restait un peu…

Bihar souriait. Il avait une bouche d'une grandeur démesurée et des lèvres si minces qu'elles s'effaçaient complètement sous son filet de barbe.

— Il va falloir défricher pour planter de nouveaux arbres… Nicholas regardait les Bugis qui empilaient les bacs avant de repartir à l'entrepôt chercher le prochain chargement.

À l'intérieur, c'étaient les Tamouls qui prenaient la relève, fiers de leur savoir-faire. Ils démoulaient consciencieusement les caillebottes de latex sur de larges planches pour les trancher à l'emporte-pièce avec de grandes lames qui brillaient dans la lumière. La découpe encore presque molle était aplatie avec la paume avant de passer au laminoir. Le caoutchouc glissait dans la machine, disparaissait sous les meules et ressortait à l'autre extrémité, en une longue bande opaque et grumeleuse. Il ne restait plus qu'à la tronçonner avant de l'empaqueter dans des caisses qui seraient chargées sur le fleuve.

Nicholas resta plusieurs minutes sans penser à rien. Dans sa poche, il pouvait sentir la grosse liasse de billets qui ne le quittait jamais. L'argent de Miranda n'avait pas été utilisé en vain. Il avait couvert les réparations, les fournitures de matériel et les premières payes. Maintenant que les affaires roulaient, il serait plus sage de descendre à Georgetown pour y ouvrir un compte en banque.


Hugh s'étira et bâilla longuement. Sa tête, son dos, ses jambes, tout lui faisait mal, jusqu'à ses yeux qui commençaient à se fatiguer, le brûlant comme au premier sommeil. Durant la saison sèche, il avait l'habitude de s'installer sur la terrasse pour examiner ses comptes face à la mer. Les papiers s'empilaient, alignant des colonnes de chiffres tracées minutieusement à l'encre de chine par son comptable thaï, signe évident de l'interpénétration des cultures. Son père lui avait appris à ne faire confiance à personne et son expérience intime l'avait conforté dans cette idée. Aujourd'hui, aucun client, aucun fournisseur, aucun employé ne se serait risqué à voler la Coleman Company, Hugh le savait bien. Pourtant il lui fallait tout vérifier. Si les opérations s'avéraient exactes, c'était justement parce qu'il ne laissait pas la moindre place à l'improvisation ou à la négligence, travers souvent poétique mais toujours catastrophique en affaires. Il n'appréciait guère tous ces calculs aussi stériles qu'indispensables qui convenaient si mal à sa nature. Il aurait mille fois préféré travailler physiquement, couper la banane ou piloter l'un de ses bateaux qui sillonnaient les océans. Mais Hugh était riche et la richesse ne laisse que peu de place à l'exotisme, la pauvreté aussi d'ailleurs, constatation désespérante de la perversité de la vie.

Un paquebot passait au loin, un steamer de l'Eastern Line. Il traversait l'eau plate et presque immobile avec l'arrogance d'une vieille Anglaise, se pavanant en terrain conquis. Ses cheminées crachaient une fumée noire qui se dissolvait dans les vapeurs du couchant. Dans quelques minutes, il aurait disparu, emportant avec lui des voyageurs persuadés de découvrir le monde.

Il était six heures. C'était la plus beau moment de la journée. La mer était rouge de soleil, les oiseaux se calmaient mystérieusement et on n'entendait plus que le bruit léger du vent qui se perdait dans les bambous et les fougères arborescentes.

Chamsa était assise à même le sol, ses longs cheveux traînant sur les planches. Elle s'était assoupie une bonne partie de l'après-midi et n'avait repris conscience qu'à l'heure de la prière. Hugh aimait l'avoir à ses côtés. Il jouissait de cette présence silencieuse, ressentant un plaisir presque érotique à la voir dormir pendant qu'il travaillait, posant son regard sur son épaule, sur ses jambes, sur ses reins pour se ressourcer à sa respiration tranquille. Pourtant ce soir Chamsa ne tenait plus en place, se parlant si bruyamment à elle-même qu'il eût été difficile de l'ignorer.

— Que se passe-t-il ?... Hugh sortit de sa rêverie.

— Tu ne dois plus voir cet étranger.

Elle contemplait le dessin formé par les osselets de chevrotain dont elle se servait continuellement pour interroger l'avenir. Ils étaient retombés pour se ranger en arc de cercle. Elle les reprit et les jeta à nouveau.

— Durram ? Tu ne l'as même pas rencontré… Hugh posa affectueusement sa main sur la nuque de la petite Malaise. Il la connaissait mieux que quiconque et savait qu'elle se méfiait de tous les nouveaux visages… Je suis sûr qu'il te plaira.

— Non… Je l'ai vu l'autre soir. Je vous observais… Ce garçon ne sait pas qui il est. Il te fera du mal.

— Il faudrait que je lui en donne l'occasion… Pour l'instant c'est le seul à m'avoir tendu la main, ce n'est pas négligeable.

— Tu ne t'es pas demandé pourquoi ?… Chamsa relevait la tête.

— Il ne le sait certainement pas lui-même.

— Crois-moi, il t'apporte la mort… La jeune fille croisa les bras comme pour se protéger d'un courant d'air glacé… Les osselets ne mentent pas. Toujours la même réponse, regarde… Elle lui désignait les oracles qui venaient de lui confirmer ses craintes.

— Tu ne changeras donc jamais… Hugh la prit dans ses bras.

— Je ne m'étais pas trompée la première fois.

— Je t'interdis de reparler de cela !… Hugh eut un bref accès de colère. Il savait parfaitement à quoi Chamsa faisait allusion.

— Tu me fais mal… La jeune fille cherchait à se dégager.

— Excuse-moi… Hugh relâcha son étreinte. Sa voix se fit plus douce… C'était un accident, un accident rien de plus.

— La mort a plus d'un visage, plusieurs noms aussi… Chamsa lui tourna le dos et s'appuya sur la balustrade pour fixer l'horizon

— Tu hais tous les blancs. Tu hais Durram parce qu'il est blanc. Pourquoi restes-tu près de moi ?… Hugh se levait pour la rejoindre.

— Tu es différent, tu le sais. Ta peau est presque blanche mais ton cœur est de la même couleur que le mien... Chamsa plongeait son regard dans celui de Hugh... Ce Durram ne t'acceptera jamais tel que tu es.

— Je n'aime pas que tu joues avec les esprits... Tu sais que je déteste ça... Hugh poussa brutalement les osselets avec son pied. Il voulait ignorer les prédictions de Chamsa. Sa philosophie l'avait convaincu de pouvoir mener seul sa destinée. Mais il avait vécu trop longtemps dans ce pays pour ne pas chercher instinctivement à conjurer le mauvais sort.

— Tu n'aurais pas dû ! Ces choses existent... Chamsa s'était cambrée, ses yeux lançaient des éclairs de rage et de terreur.

— Oui, mais ce qui est secret doit le rester... Les ombres s'amusent souvent à tromper ceux qui veulent en savoir trop... Hugh prit une longue respiration et se força à sourire... Le monde appartient à ceux qui transgressent ses règles. Oublie tout cela ! Il y a bien d'autres choses à penser.

— Je te protégerai malgré toi !

Chamsa se blottit contre lui. Elle ferma les yeux en souhaitant que ce moment ne finisse jamais. Le maître ne comprenait donc rien ?

— Allons plutôt nous baigner... Hugh la saisit à bras le corps et commençait descendre les marches de la varangue.

— Comme tu voudras... Chamsa posait le pied à terre et courait vers la plage à travers les feuilles de lalang (1).

L'orchestre attaquait "Rêve d'amour". Mrs Darcy baissa la voix mais ce n'était pas par respect pour le pianiste. Nicholas entrait dans le salon du club. C'était bien sa chance, lui qui ne venait jamais ! Eilleen aurait voulu disparaître.

(2) Lalang : graminée drue et verte.

Sa gorge se serra. Nicholas la troublait, il la troublait sexuellement mais elle était bien trop orgueilleuse pour se l'avouer. Eilleen avait couché avec presque tous les hommes de la colonie, c'était l'expression couramment susurrée à son endroit même s'il faut souligner qu'une telle affirmation était très au-delà de la vérité. A peine avait-elle fait le tour des mâles fréquentables. Il n'y avait que Nelson pour l'ignorer.

Avec un sens inné de la hiérarchie, Eilleen avait commencé par tous les collaborateurs de son mari, en ordre d'importance pour éviter les impairs, souvent si désastreux dans une petite communauté. Au tribunal, les occupations étaient rares, on s'ennuyait ferme. Dès lors, chacun voulait tirer la couverture à soi, pour passer le temps plus que par ambition véritable ou que par véritable méchanceté. Ceux qui ont pratiqué ou subi ce genre d'exercice savent tous les délices et les dépenses d'énergie insoupçonnée qu'il peut procurer. La moindre marque de faveur imméritée entraînait immédiatement des disputes sourdes qui pouvaient durer des semaines, bloquant tout une administration judiciaire dont l'occupation et la fierté principale étaient précisément son impeccable fonctionnement. Impossible de s'attarder avec un jeune greffier sans avoir d'abord longuement rendu visite à Taylor le nouveau secrétaire et ainsi de suite…

Eilleen, il faut lui rendre cette justice, avait parfaitement su ménager les susceptibilités les plus tatillonnes et bénéficiait d'une popularité sans tâche auprès de tous ces messieurs, ce qui ressemblait bien à un tour de force quand on les connaissait un peu. Même Lucian Ambert, le redoutable avocat, la couvrait d'éloges. Pourtant elle s'était toujours refusée, comme un fait exprès. Après un instant de flottement, le maître du barreau ne l'en respecta que davantage, Eilleen eu ayant la délicatesse d'attribuer sa réponse à la rivalité qui l'opposait professionnellement à son mari. Certains mensonges bien tournés sont du meilleur effet quand ils se travestissent en scrupules si légitimes.

Mr. Darcy, lui-même, n'avait jamais eu à se plaindre des écarts de sa femme, bien au contraire. A chaque fois qu'il devait régler un problème épineux, il savait qu'il pouvait recourir aux connaissances psychologiques de son épouse. Eilleen trouvait rapidement la solution, l'éclairant sur telle qualité ou sur tel travers d'un de ses subordonnés avec un flair infaillible, ce qui lui permettait d'aplanir le différend dans les délais les plus brefs. Il ne se passait pas un jour sans que Nelson ne se réjouisse, en toute candeur, d'avoir une femme qui devinait si bien les tréfonds de l'âme humaine.

Dans ce genre de situation, l'aveuglement est toujours une grâce du ciel, permettant à deux êtres qui n'ont plus rien de commun de continuer à former un très bon couple.

Eilleen tenait sa maison comme Nelson briquait son bateau et ne le trompait que s'il partait en mer pour oublier ses éternels dossiers. Elle se donnait simplement, sans difficulté insurmontable, avec beaucoup d'allant s'il pleuvait, par distraction, par ennui ou par jeu mais, pour l'essentiel, elle l'avait fait sans plaisir, sans plaisir véritable tout du moins, ce qui lui permettait de penser qu'elle était reste bonne chrétienne.

Il faut dire qu'une femme normalement constituée tournait singulièrement en rond après cinq ans de résidence sur une île qui avait justement la caractéristique d'être entourée d'eau. Eilleen le savait bien et tâchait de conserver son sang-froid. Beaucoup de ses amies avaient fini par tomber dans des états si lamentables qu'elles ne pourraient jamais plus se réhabituer à la vie civilisée le jour venu du retour en métropole. Mrs Darcy se jurait bien qu'elle ne suivrait pas leur chemin. Elle devait son salut à une parfaite maîtrise d'elle-même, s'imposant une heure de gymnastique quotidienne, ce qui lui avait permis de contrôler toutes les situations qui avaient pu se présenter jusqu'alors.

L'arrivée de ce Durram risquait de voir s'effondrer son bel édifice. Pour la première fois, Eilleen se sentait en position de faiblesse sans pouvoir l'expliquer. Elle tremblait dès que Nicholas apparaissait et s'était trouvée complètement stupide les rares fois où ils avaient échangé deux mots. Cette situation la rendait folle ! On ne bâtit pas une vie entière sur la conviction de son excellence, sur sa force morale supposée et la réussite sociale de son mari pour se retrouver brutalement aux pieds d'un garçon de vingt ans votre cadet. Ces coups du sort se produisent quelquefois mais on aura compris qu'Eilleen n'était pas de celles qui acceptent facilement d'être dépassées par les événements. D'ailleurs ce Durram ne semblait même pas l'avoir remarquée. Eilleen en fut d'abord mortifiée puis sut très vite y trouver un avantage. Elle s'appuyait sur cet échec pour retrouver sa belle assurance. Eilleen se méfiait de ce garçon, oui, elle s'en méfiait depuis le premier jour. Sans même s'en rendre compte, elle avait lentement réussi à renverser la situation avec cet art de la dialectique qui avait fondé maintes civilisations. Très rapidement, elle trouva mille raisons pour conforter son jugement. Il n'est de pire haine que celle qui naît d'un désir inassouvi. On ne savait rien sur lui, il vous parlait à peine, ne respectant même pas les règles de la plus élémentaire courtoisie. Il était étrange à n'en pas douter... N'avait-il pas été le seul à parler à ce Hugh Coleman pendant l'enterrement de cette pauvre Miranda ? On ne savait pas de quel côté il se rangeait et c'était des plus désagréable, totalement inconvenant... Elle se reversa du thé pour tenter de l'ignorer.

— Eh bien Durram ! On ne vous voit pas souvent... Nelson se levait pour inviter Nicholas à se joindre à leur table. Une fois encore, il manifestait sa nature sociable qui le faisait apprécier par tous. Eilleen n'avait pas eu le temps de l'en empêcher. C'était grotesque... Vous connaissez ma femme Eilleen...

— Nous nous sommes déjà rencontrés, je crois... Nicholas ôta son chapeau en lui accordant un regard distrait.

— En effet... Mrs Darcy esquissa un sourire mondain. Elle aurait voulu s'en tenir là mais la curiosité était la plus forte... Qu'est-ce qui vous amène en ville ?

— Deux, trois choses à régler... Nicholas jeta un coup d'œil circulaire. Le club était presque vide... Cuypper n'est pas là ?

— Il ne vient plus jamais le vendredi. Personne ne comprend pourquoi... Nelson essuya son front avec un mouchoir... C'est idiot, juste le jour où il y a de la musique... Lui qui avait si belle allure au Palais transpirait comme un bœuf dès qu'il n'était plus en fonction.

— Dommage !

— Mais prenez donc un verre... Darcy claquait dans ses doigts pour appeler le boy. Nicholas se laissa tomber dans un fauteuil, il mourait de soif.

— Un whisky avec beaucoup d'eau...

— Si vous patientez un peu vous trouverez peut-être chaussure à votre pied... Nelson se penchait vers lui, baissant le ton, comme si on allait voler ses mots ou plus sûrement pour n'être pas entendu de sa femme.

— Qui sait ?... Nicholas ne put s'empêcher de sourire. Le magistrat ne lui avait jamais montré tant d'intérêt. Son haleine expliquait pourquoi.

— Ne faites pas l'innocent... Ce ne doit pas être facile de vivre tout seul avec ces sauvages... Darcy lui tapa sur l'épaule... Je vous gêne peut-être ?

— Rassurez-vous, je ne suis pas de ces Anglais qui rentrent sous terre dès que l'on aborde les questions personnelles... Nicholas prit le verre que le boy venait de poser sur la table.

— Tant mieux ! Ici je ne trouve jamais personne à qui parler... Darcy se cala dans son siège. Son visage paraissait plus large tant il était heureux d'avoir enfin un auditoire... Tenez, là vous me voyez plutôt détendu... Eh bien en ce moment même, Morton et moi venons de déclencher la plus grande opération de police de l'île...

— Vraiment ? Nicholas écoutait d'une oreille distraite.

— Nous avons décidé de mettre fin au trafic des faiseuses d'anges... Le magistrat ronronnait comme un gros chat devant un bol de lait. Il avait l'air si content de confier ses secrets... Un beau coup de filet. Toutes sous les verrous ou presque... Darcy baissa la voix en prenant un air important... Nous avons dû épargner le quartier du clan Vingh pour des raisons de haute politique... Vous me comprenez.

— Nelson cela suffit ! Tu nous ennuies... Eilleen reposa sa tasse.

— Mais enfin, ma chérie...

— Vous avez revu ce Hugh Coleman je suppose... Le ton était anodin. Eilleen s'adressait à Nicholas en évitant de le regarder. Elle ajustait son maquillage dans la glace de son poudrier coquillage. Ce qu'elle y voyait lui redonna du courage. Assurément, c'était une très belle femme avec ses cheveux blonds roux et ses grands yeux verts. Personne ne pourrait deviner qu'elle avait largement dépassé la quarantaine... Nelson n'avait décidément aucun tact ! Ce garçon l'assommait, il devrait s'en rendre compte. Elle allait s'en débarrasser. La question qu'elle venait de lui poser le mettait dans une position difficile. Après tout, ce n'était pas une fréquentation dont on avait à se vanter par les temps qui couraient.

— Oui... Nicholas but son whisky presque d'un seul trait... Il m'a même offert un cheval...

— Un cheval, sapristi ! Vous avez plus de chance que nous autres. Moi, il ne m'a même jamais payé un verre... Tu entends, Eilleen ? !

— Ces métis, moi je n'ai aucune confiance. Ils vous sourient un jour pour vous poignarder le lendemain...

Eilleen rangeait son poudrier avec une lenteur extrême...
Je ne vous apprends rien bien sûr... Vous saviez pour
Coleman.

— Je savais.

— Evidemment, suis-je bête... Mrs Darcy sut parfaitement prendre sur elle pour masquer sa déception... Je
serais vous, je ne prendrais pas son amitié pour argent
comptant.

— Rassurez-vous, je ne me lie pas facilement...
Nicholas se levait pour partir... Je vais devoir rentrer... Il
tendit sa main à Nelson... Merci pour le verre.

— Vous devriez passer nous voir la maison. Je suis sûr
que vous vous entendriez très bien avec notre John...

— Chéri, c'est ridicule... Eilleen eut un pincement au
cœur... John est encore un enfant...

— Ils sont tout juste du même âge... Nelson se tourna
vers Nicholas... Je vous assure...

Abas avait fait déshabiller le jeune garçon. Il devait
avoir seize ou dix-sept ans tout au plus.

— Tuan, toi dois voir... Le serviteur tenait l'adolescent
qui cherchait à se cacher dans l'ombre de sa case. Ce
n'était pas de la pudeur mais bien de la crainte.

Nicholas l'attrapa par le bras pour l'attirer dans la
lumière, lui arrachant un cri de douleur.

— Qui t'a fait cela?... Il regardait les traînes violacées
qui striaient le dos, les jambes et les fesses du jeune
Bugi... Eh bien réponds!...

Le garçon baissait les yeux.

— Le Tuan être ami... Abas aurait pu parler en malais
mais n'en fit rien pour être compris de son maître.

— Tu ne risques rien, je te promets... Nicholas lui posa
la main sur la tête pour le mettre en confiance mais l'adolescent restait muet.

— C'est Bihar, Tuan. Rahman osera jamais dire, a trop
peur!... Abas finit par parler à la place du coolie... Tout

monde a peur… Seul Tuan voit rien. Kangani frappe avec rotin quand Tuan voit pas.

— Pourquoi ne m'as-tu rien dit ?

— J'ai essayé, mais Tuan refuser d'écouter Abas… Trop occupé… Bugis vont s'en aller…

— Vous resterez, je vais régler cela immédiatement ! Va me chercher Bihar.

— Non, Tuan. Si le maître doit parler à Kangani, il va lui-même. Abas refuse converser avec ce chien.

— Comme tu voudras… Nicholas remit son chapeau… Où est-il ?

— Dans entrepôt.

— Toi, viens avec moi… Nicholas faisait signe à Rahman de l'accompagner.

Le jeune Bugi jeta un coup d'œil inquiet vers Abas qui lui fit signe d'obtempérer.


— Bihar !… Nicholas arrivait à l'entrepôt en traînant Rahman derrière lui… Bihar, je veux te voir immédiatement.

— Oui maître… Le Tamoul sortit sur le seuil. Il s'inclina comme à son habitude sans avoir l'air de prêter attention au jeune coolie.

— De quel droit l'as-tu frappé ?… Nicholas poussa Rahman en avant. Bihar crispa sa main sur la baguette de rotin.

— Il faut punir pour se faire obéir… Le kangani était trop intelligent pour perdre son sang-froid. Je croyais pourtant que le maître était content de moi…

— Pour l'essentiel oui. Mais je n'aime pas tes méthodes.

— Ce maladroit avait laissé tomber une clayette entière. C'est une demi-journée de récolte perdue. Il fallait faire un exemple… Les autres Bugis s'étaient arrêtés de travailler, se regroupant timidement pour assister à la scène.

— Peut-être mais tu aurais dû m'en parler. C'est à moi

seul de décider.

— Je ne voulais pas importuner le maître pour si peu… Le Tamoul ne se départissait pas de sa politesse affectée.

— Je t'interdis de recommencer !… Nicholas sentait la colère monter. Il savait que Bihar se moquait de lui… Donne-moi ça… Il lui arracha la baguette et la brisa en deux. Me suis-je bien fait comprendre ?

— Parfaitement… Bihar serra les mâchoires. Je crois que vous allez au devant de gros ennuis…

— Cela ne te concerne pas !

— Je suis aux ordres du maître… Le kangani baissa les yeux.

— La journée n'est pas terminée que je sache… Nicholas se tourna vers les autres coolies qui se remirent à la tâche avec une ardeur nouvelle. Bihar regarda les débris de sa baguette :

— Le maître devrait les emporter puisqu'il n'a plus confiance.

— Je ne crois pas en avoir besoin. Nicholas fit un pas en avant… Pour l'instant.

— J'ai encore beaucoup faire… Le Tamoul s'inclina à contre-coeur et se dirigea lentement vers la fabrique.

— Emmène Rahman et soigne le… Nicholas s'adressait à Abas mais cherchait le regard de Rahman. Tu le garderas à la maison le temps qu'il se rétablisse. Il t'aidera au potager…

— Moi content. Notre Tuan être un grand Tuan… Abas rayonnait de joie. Nicholas venait de lui rendre sa dignité.

— Ne me remercie pas, je ne l'ai pas fait par bonté d'âme. Je ne suis pas bon. Je pense à mon intérêt avant tout.

— Le Tuan se vouloir plus méchant qu'il n'est. Moi comprendre. Le Tuan doit être respecté…

— Ça suffit… Nous avons perdu assez de temps ! Nicholas voulait couper court. La scène lui avait laissé une étrange impression.

— Seulement… Abas se grattait la tête. Le Tuan a été trop loin…

— Qu'est-ce que tu veux dire ? Bihar avait besoin d'une leçon. Je la lui ai donnée.

— Oui, mais pas devant tout le monde. Il ne te pardonnera jamais !

— Je m'en contrefiche.

Nicholas avait sauté en selle. Il galopait sans but avoué, mais toujours vers la mer. Balthazar semblait connaître la région dans ses moindres recoins. Il évitait instinctivement les marécages ou les chemins impraticables. Nicholas préférait lui lâcher la bride et se laisser conduire. Au fond de lui-même, il savait fort bien où il finirait par se rendre. Hugh ne lui avait pas donné de nouvelles depuis leur dernière rencontre. Ils s'étaient croisés une fois à l'entrée du club. Nicholas avait essayé d'entamer la conversation mais Hugh esquissa un geste pour lui faire comprendre de n'en rien faire.

Au salon, Mrs Waïk semblait avoir retrouvé tout son entrain. Elle parlait et riait si fort qu'on l'entendait jusque dans la rue.

— Pour eux, c'est nous qui sentons ! A Chang-Haï, ils ont ouvert des clubs interdits aux blancs.

Nicholas savait trop bien que Hugh devait être habitué à ce genre de réflexion pour lui attribuer la raison de son attitude. Non, il y avait autre chose. C'était comme si Coleman voulait réserver leur entrevue pour plus tard.

La maison de Hugh se trouvait juste derrière cette colline. Nicholas la devinait sans la voir. La présence de Coleman lui avait manqué. Nicholas s'en rendit compte alors qu'il était sur le point de le retrouver. En fait, si l'on s'en tenait aux règles de la plus élémentaire politesse, c'était à lui de faire le premier pas. La demeure de Hugh était somptueuse et la sienne à peine confortable, c'était la raison immédiate que Nicholas s'était donné pour ne pas l'avoir encore invité. La vérité était plus complexe. Il sentait confusément que Hugh pouvait lui ouvrir des portes qu'il ne faisait que soupçonner, des portes qui l'entraîneraient sur des chemins plus inconnus et plus dangereux que celui qu'il était en train de parcourir.

A l'exception de Lisa, Nicholas ne s'était jamais trouvé autant d'affinités avec un autre de ses semblables. L'expression le fit sourire, le langage avait des bizarreries hypocrites pour désigner des individus avec qui on avait justement très peu en commun. La naissance et la mort constituaient un destin trop vulgaire pour qu'on puisse en tirer des conclusions hâtives. Le cochon n'était pas notre frère et pourtant personne n'était capable d'affirmer en toute certitude qu'il ne pensait pas. Coleman appartenait au très petit nombre qui pouvait justifier une généralité aussi banale. Leur entente allait au-delà des mots. Hugh le savait aussi, Nicholas en était certain.

— Je voudrais voir le Tuan.
— Il n'est pas là… Chamsa se tenait respectueusement en haut des marches. Elle avait tout de suite reconnu Nicholas et n'en était nullement surprise. La nuit dernière les esprits lui avaient annoncé sa visite. Elle n'était pas mécontente de le voir de près.
— Sais-tu où je pourrais le trouver ? Nicholas caressait l'encolure de Balthazar. Cette fille devait tenir la maison. Il ne lui attacha aucune importance excessive.
— Je n'en ai pas la moindre idée… Chamsa joignit hypocritement les mains en signe de bienvenue. Sa culture lui imposait de respecter les lois sacrées de l'hospitalité.
— Je vais l'attendre… Nicholas descendit à terre.
— C'est inutile. Il ne rentrera pas ce soir. Chamsa parlait lentement. L'occasion était trop belle.
— Il est en ville ?
— Non Tuan… Chamsa baissa intentionnellement les yeux. Elle tenait parfaitement son rôle.

— Très bien... Nicholas s'épongea le front.

— Le Tuan doit avoir très chaud.

— Oui, je meurs de soif !

— Je vais vous apporter un rafraîchissement... Chamsa n'attendit pas sa réponse et disparut dans la maison. Nicholas regarda la grande terrasse aux poteries chinoises et aux lanternes multicolores. Son esprit en était resté curieusement prisonnier. Chamsa revint avec un verre posé sur un plateau d'argent, une recette à base de fleur d'oranger dont elle avait le secret.

— On aurait dit que tu m'attendais... Nicholas prit le verre et le but d'un trait.

— Nous en gardons toujours au frais pour les étrangers de passage... Chamsa lui tendit un petit mouchoir pour s'essuyer la bouche.

— Il ne doit pas y en avoir beaucoup.

— Suffisamment.

Nicholas remonta à cheval. Chamsa n'avait pas bougé. Elle l'observait en silence. Hugh était vraiment stupide de ne pas se rendre compte que ce Durram était comme les autres, pire que les autres. Ses yeux bleus transpiraient d'orgueil.

— Dis au Tuan que je suis passé... Nicholas eut un instant d'hésitation devant le visage fermé de la jeune fille... Tu sais qui je suis ?

— Oui Tuan... Chamsa lui souriait à nouveau. Je crains de ne pas voir mon maître avant plusieurs jours.

— Il est en voyage ?

— Non Tuan... Chamsa prit l'air très ennuyé... Il sera mécontent si je parle...

— Alors ne parle pas ! Nicholas haussa les épaules.

— Je sais que le Tuan est un ami... Chamsa baissa la voix... Il pourra comprendre. Mon maître n'a pas renié la foi de ses ancêtres. Il est parti pour le Temple des serpents.

— Le Temple des serpents ?... Nicholas avait entendu

Abas prononcer ce nom avec une sorte de crainte superstitieuse… Comment y va-t-on ?

— Il faut longer la côte vers le sud. C'est à trois heures
de marche mais à cheval, on y est plus vite… Chamsa
ouvrit ses grands yeux… Le Tuan ne va pas y aller ?

— Et pourquoi non ?… Nicholas éperonna Balthazar et
partit au grand galop.

— Ne dis jamais au maître que c'est moi qui t'ai renseigné… Chamsa cria pour être sûre d'avoir été entendue.
Nicholas lui fit un signe de la main. Elle le regarda s'éloigner en souriant.


L'allée d'arbres qui menait au temple bruissait de la
plus effrayante façon : un sifflement continu fait de multiples sifflements distincts qui se répondaient sans cesse.
Le spectacle était digne de l'apocalypse. Nicholas n'en
avait jamais vu de pareil aussi loin que remontent ses souvenirs. Le pasteur Bowles, pourtant doué d'une imagination fertile, n'aurait pas pu leur décrire l'enfer avec autant
d'exactitude.

Des vipères brunes et vertes, longues d'un mètre, ram-
paient dans les branches, s'enroulant les unes aux autres
pour pendre comme des grappes de fruits mûrs. D'autres
filaient d'un arbre à l'autre dans un froissement sinistre.
Un reptile, sans doute dérangé dans son sommeil, venait de
bondir pour montrer ses crocs dans un sursaut menaçant.

Nicholas eut l'envie idiote de se signer. Il imaginait bien
que l'endroit devait son appellation à la vénération des
serpents mais il n'avait pas imaginé une seconde qu'il
faille les affronter physiquement. Balthazar refusait d'aller
plus loin, montrant des signes de nervosité inquiétante. Il
n'y avait pas d'autre chemin. Il fallait poursuivre à pied.

Nicholas attendit quelques instants, hésitant sur la
conduite à tenir. Un groupe de pèlerins montaient tranquillement vers le sanctuaire. Le plus sage était de se

joindre à eux ou de prendre immédiatement ses jambes à son cou. Mais Nicholas n'avait pas fait tout ce chemin pour choisir la seconde solution. D'habitude, ces animaux ne lui causaient aucune crainte. Pourquoi frémir parce qu'ils étaient plus nombreux? Nicholas se joignit à la petite colonne. Il était le seul blanc mais personne ne lui posa de questions. Les croyants progressaient en silence, ignorant la mort qui rôdait au-dessus de leur tête. Nicholas avait beau s'en défendre, il entendait son cœur battre plus vite au fur et à mesure qu'il avançait au milieu des vipères. Il tenta de se servir de la tranquillité des autres pour maîtriser sa respiration. Un vieux moine méditait au pied d'un arbre. Les reptiles venaient se coucher à ses pieds, sans oser l'approcher. Les pèlerins le saluèrent avec la déférence due à un sage. Nicholas sentit le corps froid d'un des serpents frôler sa tête pour passer d'un arbre à un autre. Curieusement les bêtes n'attaquaient pas, se contentant d'émettre leurs sifflements.

Le temple n'était plus qu'à quelques mètres. Il était taillé dans de la pierre brute et ne semblait pas très grand de l'extérieur. Nicholas passa sous le premier portique et traversa une petite cour étrangement calme. Les serpents ne devaient pas y avoir accès, se bornant à protéger l'entrée du lieu de prière. Il suivit les fidèles, monta quelques marches et pénétra dans une pièce immense, aux murs rouge sombre, éclairée par de grands chandeliers.

Il y avait foule et l'air était presque irrespirable. Partout on avait allumé des bâtonnets d'encens, des bâtonnets qui se consumaient par milliers comme autant de lucioles phosphorescentes. Les pèlerins étaient agenouillés devant de gros rouleaux de bois, psalmodiant les versets interminables de la prière éternelle. Nicholas resta d'abord sur le seuil. Peu à peu, son regard s'habitua à l'obscurité relative. Les couleurs devenaient plus éclatantes, les formes se définissaient plus clairement. Ce qu'il avait pris pour des rouleaux de bois n'étaient autre que des nœuds de serpents.

Il y en avait un nombre incalculable, sortant de partout, du moindre trou, courant sur le sol, s'accrochant au plafond, se roulant sur les colonnes. Nicholas fit quelques pas et regarda autour de lui en espérant retrouver Hugh dans cette foule bigarrée. Les hommes et les femmes se ressemblaient étrangement, tous accroupis, se balançant à rythme régulier. Ils laissaient les vipères monter le long de leurs bras ou de leurs jambes sans la moindre émotion. Un enfant jouait avec un python qu'il portait en écharpe. Nicholas sursauta. Il venait de poser sa main sur une vipère gigantesque qui ondulait sur une table.

— Je ne dois pas votre présence au hasard ?... Hugh apparut brusquement, sorti de nulle part. Il portait une longue tunique de coton jaune sur un pantalon serré de la même étoffe.

— Certes non... Nicholas lui tendit la main.

— Ne restons pas ici, je ne pense pas que vous y soyez très l'aise.

Nicholas galopa sur le chemin du retour. Il était parti juste avant la nuit. Hugh était vraiment un personnage hors du commun. Nicholas ne l'aurait jamais reconnu dans ce costume qui accusait ses origines orientales. Il n'avait plus rien du gentleman anglais un peu guindé qu'il avait l'habitude de rencontrer. Ce soir, c'était un autre homme, un homme au charme mystérieux et presque félin qui se tenait devant lui. Ses cheveux paraissaient plus noirs, plus brillants, son œil plus éclatant et son intelligence plus aiguisée. Sa voix avait pris une tonalité plus chaude, donnant aux mots une saveur nouvelle. Il rayonnait. A l'évidence, c'était dans cet univers qu'il trouvait le bonheur. Mais la transformation était trop complète, trop excessive pour convaincre tout à fait. A n'en pas douter, Hugh était un esprit curieux et subtil qui se cachait derrière plusieurs masques. Qui aurait pu deviner qui il était vraiment ? Il trouvait certainement beaucoup d'avantages à vivre parmi les blancs. Le luxe cosmopolite dont il s'entourait trahissait un goût des voyages tout aussi bien qu'une propension au plaisir.

Pourtant à le regarder dans la petite hutte de branchages où il faisait retraite, Nicholas le croyait capable de tout abandonner du jour au lendemain, sans regret, sans même un regard pour tout ce qu'il devrait quitter. C'est un sentiment troublant de voir quelqu'un mépriser ce que l'on désire depuis si longtemps. Les aspirations semblent alors devenir plus petites, plus fragiles puis retrouvent leur force première car bien heureusement le désir ne se laisse pas tuer sans combattre. L'homme est ainsi fait qu'il renoncera plus facilement à ce qu'il a déjà plutôt que d'oublier ses rêves.

Ils étaient restés longtemps au pied de l'arbre de la Maternité, assis à même le sol. Ils avaient parlé, ils s'étaient tus, ils avaient parlé encore sans voir le temps passer. Hugh semblait souvent changer radicalement de point de vue d'une phrase à l'autre.

— Ce temple n'a aucun sens pour un Occidental. En Asie, le serpent n'a rien de maléfique, bien au contraire. C'est un symbole de fécondité et d'éternité. Durant le jour, la fumée de l'encens les drogue. Le soir, ils se laissent tomber du plafond et des arbres pour venir gober les œufs que nous leur laissons en offrande, répétant à l'infini le cycle mystérieux de la vie et de la mort... La vie est un jeu de miroirs, ce que l'on croit réel, ce que l'on voit dépend d'où on se place...

Nicholas était prêt à abonder dans son sens quand Coleman ajouta : « Il n'y a qu'une vérité, l'important n'est pas de la trouver mais de la chercher et de parcourir le chemin. » Sa sincérité ne pouvait être mise en doute. Il raisonnait de façon totalement illogique. Rien pourtant dans son attitude ne permettait de le croire fou. Nicholas lui en fit la remarque. Hugh l'écarta d'un geste de la main.

— La vie est contradiction. Vos philosophes grecs le

savaient bien… Puis est venu le temps des ignorants ou des hypocrites…

Hugh souffrait de n'être jamais compris. Il s'en défendait mais savait bien que c'était peine perdue. Il raccompagna Nicholas jusqu'à son cheval et lui prit les mains quand il monta en selle.

— Vous et moi sommes des métis, moi par le sang, vous par l'esprit. C'est ce qui nous attire l'un vers l'autre. Je l'ai compris dès le premier jour. Nous n'appartenons à aucun monde… Je suis heureux que vous soyez venu. Maintenant, vous connaissez mon autre face même si j'ignore la vôtre.

— Qui est là ?… Nicholas n'avait pas allumé la lumière et venait de buter sur un corps au pied de son lit.

— C'est moi Tuan, Rahman… Le garçon s'était réveillé d'un bond et se frottait les yeux… Je t'attendais. Je me suis assoupi.

— Vas te coucher maintenant. Je n'ai plus besoin de toi… Eh bien, tu as perdu ta langue ?

— Non Tuan. Je croyais…

— Quoi ? Tu croyais quoi ?… Nicholas était plus nerveux qu'il ne voulait se l'avouer. Le Bugi faisait les frais de son agressivité rentrée.

— Abas m'avait dit que je pourrais dormir là. Bihar est furieux, il ne faut pas qu'il remette la main sur moi… Rahman avait l'air si perdu que Nicholas se radoucit un peu.

— C'est bon… Tu peux rester pour cette nuit. Nous verrons demain.

— Merci Tuan… Le garçon alluma une lampe pétrole et se précipita pour aider Nicholas à ôter ses bottes. Tu n'auras pas à le regretter.

— Tu parles bien. Nicholas déboucla son ceinturon. Il hésita un instant puis se déshabilla comme à son habitude.

— J'ai appris à la Mission… Rahman pliait les

vêtements de son maître… La Mission évangélique de Saint Patrick.

— Vraiment… Nicholas se glissa dans les draps.

— Je peux écrire aussi, ajouta-t-il avec fierté. Nicholas releva la tête. L'enthousiasme du coolie avait quelque chose de vivant et de communicatif. Rahman avait de grands yeux sombres plein de malice et certainement plus d'un tour dans son sac. Ce ne serait peut-être pas une mauvaise chose de le garder près de lui. Abas avait de multiples qualités mais était totalement incapable d'initiative. Rahman le seconderait utilement.

— Tu aimerais rester ici, travailler dans la maison ?

— Oui, Tuan… Rahman redevint sérieux. Je peux rendre beaucoup de services.

— Quoi par exemple ?

— Ranger. Je suis sûr que tu ne retrouves jamais rien. Tout est sens dessus dessous.

— Ce n'est pas faux. Abas ?

— Abas est d'accord. Il dit que nous ne serions pas trop de deux pour s'occuper de toi.

— Alors, je n'ai plus mon mot dire… Nicholas le regarda avec amusement. Rahman faisait la moue. Il était à l'âge où les garçons ont déjà un corps d'homme et un visage toujours enfantin.

— Je n'ai pas dit cela…

— Il va falloir trouver un endroit pour te coucher.

— J'ai trouvé Tuan… Rahman montra sa natte. Je ne te dérangerai pas et si tu as besoin de quoi que ce soit, je serai là.

— Au moins, toi, tu sais ce que tu veux.

— Oui Tuan… Rahman eut l'air étonné. Pourquoi ? Le Tuan ne le sait pas ?

— Pas toujours.

— Le Tuan n'est pas sérieux… Abas m'a dit qu'il plaisantait souvent… Rahman marqua un temps d'hésitation. Je ne t'ai pas offensé ? Abas est très attaché au Tuan.

— Je sais... Nicholas bâilla. Décidément, ce garçon était plein de surprises. Cet après-midi, il était impossible de lui arracher un mot et ce soir, il était bavard comme une pie.

— Le Tuan est fatigué. Le Tuan trouve que je parle trop. Il est temps de se coucher... Rahman souffla la lampe.

— J'ai bien peur d'avoir du mal à m'endormir... Nicholas s'étira... L'heure est passée.

— C'est de ma faute.

— Non. Il y a trop de choses dans ma tête.

— Le Tuan n'a qu'à me faire confiance. Je connais le remède... Rahman s'avança lentement dans l'obscurité... Il ne faut plus penser à rien.

— Ce n'est pas si facile... Nicholas se retourna pour tenter de trouver le sommeil.

— Chut... Il ne faut plus parler... juste écouter le silence de la nuit.

Rahman dénoua son sarong et le fit glisser sur le sol. Il écarta la moustiquaire, se pencha sur le lit et retira le drap. Nicholas sentit sa cuisse contre la sienne. Il resta immobile, incapable de bouger. Bientôt Rahman s'approcha davantage. Nicholas laissa ses mains courir sur sa nuque, sur ses épaules et sur son dos. Le garçon le frictionnait lentement avec de l'alcool mentholé. Ses doigts à la fois souples et puissants dénouaient les muscles avec une habileté remarquable. Nicholas oublia toute résistance, il s'abandonnait complètement. Rahman s'était agenouillé entre ses jambes et le massait maintenant avec tout son corps. Sa peau était lisse et chaude. Il était totalement imberbe à l'exception des poils de son sexe. Nicholas pouvait entendre son souffle se mêler au sien, respirer son odeur légèrement sucrée. Il ferma les yeux. Rahman l'apaisait.

Hugh réapparut deux jours plus tard, au moment où Nicholas l'attendait le moins. Il avait revêtu ses habits européens mais quelque chose dans son regard restait encore perdu dans le lointain. Nicholas s'amusa à lui en faire la remarque en se promenant le long du fleuve. Au fond, il n'espérait aucune réponse et se contentait d'être secrètement heureux de cette visite impromptue. Il n'avait pu s'empêcher de continuer à repenser à leur étrange entrevue. Peu à peu, Hugh occupait son esprit et Nicholas se laissait habiter sans chercher à lutter. Ils marchèrent assez longtemps, se perdant dans la forêt, reprenant leur conversation là où ils l'avaient laissée.

Nicholas parlait de tout pour tout cacher, Hugh l'écoutait sans abandonner son plaisir de jouer avec les mots. Pour la première fois, il avait le sentiment de rencontrer un être qui partageait sa soif de comprendre. Ils s'arrêtèrent sur une colline d'où l'on pouvait apercevoir la mer. La vue était magnifique, une vue à donner le vertige, d'un côté la jungle qui s'étendait à perte de vue et de l'autre l'océan qui semblait la prolonger dans d'autres couleurs. Nicholas s'allongea et choisit de regarder le ciel. Hugh l'imita et ils restèrent silencieux, écoutant les bruits qui montaient de toutes parts. C'était inquiétant et magnifique, presque religieux. Paradoxalement les grands espaces ramènent toujours à soi.

— Quelle est notre place ?... Nicholas rompit le charme. Les mots sortaient de sa bouche comme s'il avait pensé tout haut.

— C'est une question à laquelle personne n'a jamais su répondre... Hugh sourit en continuant sa phrase... Je me console en me disant qu'elle vaut par elle-même. Chacun de nous finit par avoir sa propre clé, et alors tout devient lumineux.

Nicholas l'écoutait en se laissant bercer par le vent.

— Je ne vous comprends pas. Pour vous aucune vérité n'existe éternellement. Rien ne peut-être lumineux au milieu de toutes nos contradictions !

— Pour un Occidental, c'est une notion difficile à comprendre. Mais ici… Hugh s'appuya sur son coude… Nous ne sommes pas blanc ou noir ni même gris mais blanc et noir tout à la fois. La religion hindou a fait une richesse de ces paradoxes. C'est l'idée que nous avons du mal qui peut nous conduire à faire ce que nous croyons être bien. Mais sommes-nous alors bien sûrs de ne pas engendrer d'autres souffrances bien pires encore ? La route est semée d'embûches, pourtant il faut la parcourir avec confiance car quoique nous fassions, nous irons toujours là où nous devions aller.

— Rien ne vous choque ?… Nicholas arracha une herbe machinalement qu'il roula en boule dans sa main.

— Rien… D'ailleurs cela changerait-il quelque chose ?


— Le Tuan est malade, le Tuan est malade !… Un coolie courait vers la maison pour prévenir Abas.

Nicholas venait de s'effondrer devant le laminoir. Sa tête avait violemment heurté le sol, il avait perdu connaissance. De grosses gouttes de sueur perlaient sur son front. Depuis plusieurs jours, il avait eu des migraines et avait même déjà failli s'évanouir sans raison particulière. La nuit dernière, il s'était réveillé d'un bond avec un point dans la gorge qui l'empêchait de respirer. Il n'en avait parlé à personne. De la fatigue, rien de plus, pas de quoi s'alarmer. A sa place, n'importe qui aurait déjà craqué. Bihar avait disparu depuis plus d'une semaine. Il était parti sans un mot d'explication.

— Je te l'avais dit… Abas secouait la tête d'un air entendu… Bihar n'a pas supporté. Homme très susceptible.

— Grand bien lui fasse… Nicholas en connaissait maintenant assez pour tout reprendre en main. Il ne l'avait pas remplacé et travaillait sans relâche. Il devait avoir l'œil à tout mais c'était la meilleure décision, à n'en pas douter.

Au Kampong, l'atmosphère menaçait de devenir irrespirable. Les Tamouls redoutaient d'être dirigés par un Bugi qui leur ferait payer leur arrogance et les Bugis ne voulaient plus d'un kangani qui soit étranger à leur race. Nicholas les mettait tous d'accord et à moindre frais.

Nicholas avait rouvert les yeux mais il semblait ne plus rien voir. Les coolies avaient formé un cercle et le regardaient sans oser le toucher.

— Ecartez-vous ! Vous l'empêchez de respirer... Rahman s'agitait dans tous les sens. Abas se pencha sur le corps de son maître. Il lui souleva les paupières et mit sa main sur son front. Nicholas eut une convulsion et se recroquevilla brusquement en frissonnant.

— Vous tous sortir ! Abas fit un grand geste des mains. Les Tamouls hésitaient sur la conduite à tenir.

— Allez dehors puisqu'on vous le dit ! Rahman poussaient les coolies sans ménagement et fit rapidement place nette.

— C'est grave ?... Rahman s'était agenouillé son tour. Sa bravoure s'en était allée. Il n'aurait jamais pensé que le Tuan puisse s'effondrer. Ce n'était pas un homme comme les autres. Il prit sa main, elle était glacée.

— Vas chez Tuan Coleman. Dis-lui venir tout de suite ici... Abas venait d'essuyer une bave mousseuse qui sortait de la bouche de Nicholas.

— Il faut appeler le médecin...

Rahman n'eut pas le temps de finir sa phrase, Nicholas venait de se tordre en poussant un cri inhumain.

— Fais ce que je dis ! Docteur blanc ne pourra rien. Tuan Coleman saura quoi faire... Vite, pas perdre temps.

C'était un mal étrange, un mal inconnu et soudain qui faisait passer celui qui en était victime par des états extrêmes et imprévisibles. Il ne ressemblait à aucun autre et on ne pouvait s'en faire une idée sans avoir assisté à ses ravages, tout au plus hausser les épaules en trouvant une explication scientifique et rassurante qui ne résistait pas à l'observation.

Rahman avait à peine franchi les limites de la plantation que Nicholas recommença à s'agiter pour combattre un ennemi invisible et terrifiant. Ses muscles se durcirent sans raison et il roula sur le sol en poussant à nouveau des hurlements effroyables. Il bousculait tout, lançait des coups de pieds et des coups de poings aux coolies qui essayaient de l'approcher avant de se retourner sur lui-même avec d'atroces convulsions puis plus rien, les fantômes qu'il redoutait avaient disparu. Nicholas semblait presque dormir mais ses yeux restaient grands ouverts et injectés de sang, des yeux vides, sans expression, qui auraient pu le faire passer pour mort.

Abas profita de l'accalmie pour le faire ramener dans sa chambre sur une civière de palmes. Tout le monde retenait son souffle. La nouvelle s'était répandue comme un traînée de poudre. On se gardait d'en dire trop mais les femmes allumaient déjà de grands feux pour chasser les mauvais esprits. Nicholas grelottait. Il avait fallu le recouvrir avec toutes les couvertures disponibles. Les frissons redoublèrent. Abas ordonna de calfeutrer les fenêtres. Rien n'y faisait. Le froid venait de l'intérieur et s'installait avec d'autant plus de force qu'on cherchait le combattre.

Nicholas ne communiquait plus avec les vivants. Il essayait de lutter mais personne ne pouvait l'entendre. Il savait qu'on se pressait autour de lui, mais ne voyait que des ombres. Il voulait attraper une main mais à chaque fois qu'il en saisissait une, elle lui échappait aussitôt. C'était comme s'il flottait sur un grand fleuve vers une direction inconnue. Il ressentait tout mais n'habitait plus son corps. Par moment, sa respiration s'arrêtait, son cœur se serrait à en éclater pour le rappeler au monde sensible puis de grands trous noirs…

Chamsa priait. Elle ne voulait pas venir mais Hugh ne lui avait pas donné le choix. Il avait parfaitement compris pourquoi Abas l'avait fait chercher. Nicholas ne souffrait pas d'une affection naturelle, la description de Rahman était claire. Il avait déjà vu des cas semblables. Soigné par un Européen, Nicholas n'avait aucune chance. Le docteur Cartwright diagnostiquerait une crise d'épilepsie ou un accès de palu et soupirerait qu'on l'ait fait venir trop tard. Chamsa, elle, connaissait les secrets.

La nuit tomba d'un seul coup. Le silence était oppressant. La maison était dans une obscurité presque totale. Chamsa avait interdit que l'on allume les lampes à pétrole.

— Ton maître est possédé. Quelqu'un veut lui voler son âme.

— C'est le kangani… Rahman apportait des cierges comme Chamsa le lui avait ordonné… Le Tuan a pris ma défense. Bihar s'est vengé. Il va guérir n'est-ce pas ?

Chamsa ne répondit pas. Elle avait fait répandre des fleurs blanches et rouges sur tout le sol de la chambre avant de disposer de petites coupelles de cuivre pour y faire brûler des poudres de racines de plantes. Nicholas ne bougeait absolument plus. Elle prit une bougie et fit tourner la flamme autour de son nombril sans lui arracher la moindre réaction. Abas voulut s'interposer mais Hugh lui fit signe de n'en rien faire. Chamsa se releva et ouvrit les stores. La lune était pleine. Nicholas hurla, sa voix était méconnaissable, une voix rauque surgissant du fond des âges. Il s'agita comme un forcené puis resombra aussitôt dans une prostration totale. Hugh voulut lui mettre un oreiller sous la tête pour l'empêcher de s'étouffer mais Chamsa ordonnait de la laisser seule.

Ce qui s'ensuivit, nul ne le sut avec certitude. Hugh, Abas et Rahman attendirent de longues heures sous la varangue. Au loin, on entendait le bruit sourd des tambours. Les Tamouls, qui ne voulaient pas être rendus solidaires du maléfice jeté par l'un des leurs, manifestaient une ferveur particulière. Cet après-midi, Abas avait dû intervenir pour éviter le drame. Trois Bugis s'en étaient violemment pris à un des hommes de Bihar et voulaient lui trancher la gorge pour l'offrir en sacrifice aux esprits qui s'étaient emparés du Tuan. Une vie en valait une autre et il fallait calmer la fureur des Dieux. L'affaire avait été chaude et s'était conclue après d'interminables palabres.

Par bonheur, les femmes avaient eu la sagesse de ne pas s'en mêler. Devant elles, les coolies auraient dû aller au bout de leurs menaces pour ne pas perdre la face. Au coucher du soleil, les Tamouls avaient égorgé un coq blanc en signe de bonne volonté. Abas se taisait. Il craignait pour la vie de son maître mais savait aussi qu'une issue fatale aurait de graves conséquences qui feraient certainement couler le sang entre les deux communautés. Rahman ignorait de telles subtilités. Il marchait de long en large et s'accusait en se frappant le ventre.

— Mon foie ignore la peur. Qu'ils viennent le prendre !... C'était lui le vrai responsable, lui le vrai coupable, lui sur qui le kangani aurait dû exercer sa fureur. Il était prêt à donner sa vie, il mourrait trois fois s'il pouvait sauver le Tuan.

Seul Hugh gardait son calme. Il était monté pour prendre des nouvelles mais la porte de la chambre restait irrémédiablement close. Une odeur curieuse avait envahi tout l'étage, un mélange de cardamome, d'encens et de pandanus avec une substance inconnue qui prenait à la gorge et finissait par soulever le cœur. Chamsa priait toujours. Ses mots résonnaient comme une mélopée qui traversait les murs. Certains étaient complètement incompréhensibles, d'autres se détachaient clairement comme si elle les martelait pour mieux impressionner l'esprit qui habitait le corps du malade.

— Ayer... Rimau... Dua... Itam...

A minuit passé, Abas fit du thé, du très fort pour lutter

contre le sommeil. Hugh en avala deux tasses, d'un seul trait. Il était infect mais bienvenu. Rahman n'avait plus de larmes pour pleurer. Abas s'assit à côté de lui et chercha à le rassurer, le Tuan n'allait pas mourir, on n'entendait plus rien, c'est qu'il allait mieux… En fait, il ne savait plus quoi penser mais trouvait un réconfort certain à devoir se montrer plus optimiste qu'il ne l'était vraiment. Les mots que l'on utilise pour soulager la souffrance des autres atténuent toujours la sienne. Hugh restait volontairement en dehors de leur conversation. Il était inquiet, inquiet pour Nicholas mais aussi pour lui-même. Jusqu'ici il s'était toujours appuyé sur ses racines indigènes pour trouver la force, sans vouloir accepter leurs zones d'ombre et de cruauté. Ce qui menaçait Nicholas les lui renvoyait sauvagement à la figure.

— Pourquoi arracher cet homme à son destin ?… Les mots de Chamsa résonnaient encore à ses oreilles. Il aurait pu lui répondre qu'il espérait surtout maîtriser le sien mais n'avait pas voulu lui révéler son trouble. Quelque chose l'avait retenu, l'impression que pour la première fois, il ne serait pas compris. Pourtant jamais jusqu'alors il n'avait eu de secret pour elle. Chamsa était même la seule femme avec qui il ait réussi à avoir des rapports simples. Ils faisaient l'amour quand ils en avaient envie, passant parfois de longs mois sans aucun contact physique. Chacun y trouvait son avantage, Hugh, une confidente qui savait tout lui faire oublier, Chamsa, une position enviée qui renforçait le prestige de son mari. Oui, Chamsa était mariée, c'était même en tant qu'épouse qu'elle était arrivée sur le domaine. La situation pouvait sembler choquante à un étranger, obscène ou égoïste mais pour un Malais, elle était des plus naturelles. L'héritier des Coleman n'était pas né autrement.

Hugh joua machinalement avec le kriss qui ne le quittait jamais. Tout était si tranquille qu'il était impossible d'imaginer le drame qui se jouait juste au-dessus de leurs têtes.

226

Il alluma une cigarette et tenta de faire le vide. Il y avait longtemps qu'il n'avait plus touché à l'opium. Ce soir, il se serait volontiers allongé pour se laisser emporter au delà des portes de la nuit.

Un oiseau chanta. Hugh rouvrit les yeux. Il avait dû somnoler sans rendre compte. C'était une alouette, le soleil ne tarderait plus à se montrer. Abas et Rahman s'étaient accroupis et se balançaient d'avant en arrière. Au loin, les coolies ranimaient les feux. Aucun ne songeait à aller au travail. Tous ces êtres si différents ne semblaient plus former qu'un seul corps qui retenait sa respiration. La brume se levait, avançant entre les colonnes d'hévéas comme un nuage poussé par les vents. Chamsa surgit sur la terrasse. Les trois hommes se levèrent ensemble. Elle les regarda avec un sourire impénétrable et courut vers la forêt sans leur adresser la parole.

Presque aussitôt, Nicholas poussa un cri qui devint une plainte effrayante. Hugh se précipita dans l'escalier. Quand il arriva dans la chambre, Nicholas rampait par terre et se tordait comme un démon. Il prenait son élan pour se fracasser contre le mur. Il tapait, il tapait sans se blesser ni même s'assommer. Hugh le saisit à bras le corps sans pouvoir le maîtriser. Abas et Rahman était venus à son secours. A eux trois, ils parvenaient à peine à le maintenir cloué au sol.

— De la corde, va chercher de la corde !... Hugh poussa un cri de douleur. Nicholas venait de lui mordre la main. Rahman sortit en courant. Nicholas se mit à rire.

— C'est tout ce que j'ai pu trouver Tuan... Rahman tendait une longue bande de palmes tressées.

— Donne !

Hugh la lui arracha. Il fit signe à Abas de l'aider à remettre son maître sur son lit. Nicholas ne bougeait plus. La force obscure qui l'habitait reviendrait sûrement mais devait laisser à son corps le temps de se ressourcer. Hugh lui attacha les mains et les pieds aussi solidement qu'il put.

Nicholas se redressa comme s'il cherchait son souffle puis se laissa retomber sur les oreillers. Son nez se pinça, il fut inondé de sueur, il sursauta encore une fois ou deux puis insensiblement sembla retrouver la paix. Son visage reprit des couleurs et le rythme de sa respiration devint plus régulier.

— Le Tuan est guéri... Chamsa était sur le seuil. Ses cheveux et ses mains étaient couverts de sang.


Le ciel était blanc de chaleur. Les vêtements les plus légers collaient d'une façon intolérable, les enlever ne donnait qu'un repos illusoire. On finissait par maudire sa propre peau. Nicholas dormait. Depuis trois jours, il n'avait pas rouvert les yeux. Hugh, Rahman et Abas se relayaient à son chevet. Il fallait constamment lui humecter les lèvres avec de l'eau sucrée pour éviter qu'il ne se déshydrate complètement. Sa bouche se craquelait, il transpirait à tordre les draps. Pourtant, c'était le seul à ne pas sembler souffrir. La chape de plomb bloquait le moindre souffle d'air. La baignoire restait le seul refuge. Il y faisait à peine plus frais mais le contact du liquide aidait se détendre. Hugh avait autorisé Chamsa à retourner à la plantation Coleman. Ce qui se passait maintenant n'était plus de son ressort.

Le soir du troisième jour, un orage épouvantable finit par éclater. Il était si violent que c'était la terre qui donnait l'impression de trembler. Les éclairs se succédaient sans discontinuer. On y voyait comme à midi. Le vent s'était levé, faisant ployer les grands arbres. Les volets claquaient à contretemps. Hugh et Rahman fermaient ceux du premier étage. Abas courait au rez-de-chaussée. Les persiennes du salon étaient déjà arrachées. Il bloqua les fenêtres avec des troncs de bambous en se maudissant de ne pas les avoir réparées. La pluie se mit tomber, horizontale, aveuglante, crépitant sur le chemin, y creusant des rigoles qui couraient vers le fleuve. Les femmes ramassaient leurs enfants, emportant les plus petits sur leur dos et se réfugiaient dans la case la plus proche. C'était dément et pourtant personne n'avait peur. Le bois craquait dans toute la maison. Il buvait, surchauffé par la canicule de ces derniers jours. La tension électrique de l'air s'infiltrait partout, faisant revenir la vie. Hugh sentait ses forces se libérer et Rahman applaudissait au grondement du tonnerre :

— Allah est grand, Allah est immense !... A peine eut-il finit sa phrase que la foudre vint tomber sur un kompas. L'arbre s'effondra, scié en deux, comme pour répondre à son enthousiasme.


Le lendemain, la terre rouge fumait comme un plat brûlant, restituant au ciel le trop plein d'eau qui lui gorgeait les entrailles. Les coolies s'affairaient pour réparer les dégâts. Cinq hévéas avaient été touchés, en emportant deux autres dans leur chute. Mais la plantation était sauvée. Il n'y avait ni mort ni blessé, la maison et l'usine tenaient encore debout. C'est alors que Nicholas reparla.

— Que s'est-il passé ?

— Vous nous avez fait une belle peur !... Hugh posa sa main sur son front... Plus de fièvre du tout.

— Le Tuan a failli mourir... Rahman s'agenouilla pour lui tendre un bol de lait... Bois, il faut prendre des forces.

— Rahman a raison, buvez... Hugh approcha sa chaise.

— Je ne me souviens de rien du tout... Nicholas prit le bol... Tout s'est mis à tourner et puis... J'ai été malade ?

— En quelque sorte... Hugh lui tendit une cigarette... Ce n'est sûrement pas très indiqué mais vous revenez de loin.

— Il y avait une femme... Nicholas alluma sa cigarette et tira une longue bouffée... Oui, j'entends une voix de femme.

— Chamsa, ma servante… C'est elle qui vous a sauvé.

— Où est-elle ?

— Chez moi. Vous aurez tout le temps de la remercier.

Nicholas ne répondit pas. Il réentendait cette voix qui l'avait empêché de sombrer. Des mots lui revenaient en tête. Des mots qu'il ne comprenait pas mais dont il saisissait bizarrement le sens. Un frisson glacé lui passa sur tout le corps.

— C'est Bihar, Tuan… C'est lui qui t'a ensorcelé… Abas ouvrait la fenêtre.

— C'était ça… Nicholas releva la tête… Je n'arrive pas à y croire.

— Vous êtes encore trop rationnel… Hugh lui souriait… Vous y viendrez. Tout bon Anglais finit par croire aux spectres. Une chose est sûre, vous connaissez mieux votre nouveau pays.

— L'autre face ? Nicholas se souvenait de ce que Hugh lui avait dit en le quittant au Temple des serpents.

— L'autre face… Hugh marqua un temps… Ce n'était pas celle-là que je tenais à vous montrer.


Le Kélong avait dû être inhabité depuis bien des années. Nicholas s'était laissé convaincre. Tout abandonner, ne penser à rien pendant une semaine, partir. Hugh n'avait pas eu à trop insister et Rahman les avait accompagnés pour les servir. La crique se trouvait de l'autre côté de l'île, dans un coin perdu qui servait autrefois de refuge aux pirates de la côte. On y accédait par un petit chemin bordé de rochers, lisses comme le dos d'un pachyderme.

Il était difficile de parler de cet endroit en en restituant la beauté, aussi Hugh s'en était-il abstenu. Aucune curiosité naturelle qui puisse le définir en quelques mots et pourtant, il ne ressemblait à aucun autre. La plage n'était pas très grande mais d'un blanc si intense qu'elle faisait cligner des yeux en plein soleil. La mer semblait l'exact miroir du ciel. Totalement transparente pendant la journée, elle devenait noire et profonde le soir venu. Sa pureté était telle qu'on pouvait y voir suspendues des étoiles par nuit claire, si bien qu'en nageant on se croyait flotter dans l'espace. C'était une sorte de paradis, oublié par Dieu et les hommes, une porte ouverte sur d'autres mondes, un espace magique où le temps qui s'écoulait n'avait pas plus d'importance que le sable qu'on laissait glisser paresseusement dans sa main.

Ici, plus rien n'avait la même valeur. La mer fournissait le poisson en abondance, les fruits attendaient d'être cueillis sur les arbres alentour et les vêtements pesaient comme de vieilles défroques d'une morale obsolète. On vivait nu car il était inconcevable de faire autrement. Oubliés les frileux conseils du docteur Cartwright et les frayeurs de Morton, Nicholas se laissait approcher par le soleil en y trouvant une énergie nouvelle. Pour la première fois, il fuyait l'ombre et Hugh dut même l'inciter à plus de prudence s'il ne voulait pas se laisser complètement brûler. Bientôt les précautions devinrent superflues et sa peau fonça suffisamment pour se confondre avec celles de ses compagnons.

Les heures s'écoulaient dans l'insouciance. Rahman n'avait pas son pareil pour pêcher avec de petites flèches acérées qu'il durcissait au feu. Nicholas et Hugh passaient leur journée à se baigner, cherchant des coquillages ou comptant les lucioles qui éclairaient les touffes de lalang comme des lampions dès que la lune se levait. Hugh n'en finissait pas de parler. La guérison de Nicholas lui avait redonné confiance dans l'avenir. Rien n'était écrit pour ceux qui en décidaient autrement. Aussi jouait-il toujours avec l'imprévisible, passant d'une idée à l'autre avec la même passion.

— Chaque homme voit le monde avec ses propres yeux et son regard change avec le temps. Vous et moi ne verrons jamais le même arbre. Ce que nous pensons aujourd'hui n'aura plus le même sens demain et c'est pourtant avec ces convictions fugitives qu'il faut construire notre vie... puis il ajouta sans raison apparente... Je n'ai pas tué Miranda.

— Pourquoi me dire cela maintenant?... Nicholas ne comprit pas ce qui poussait Hugh à cette confession soudaine... Je ne vous demandais rien.

— C'est précisément la raison qui m'a fait choisir ce moment. Vous êtes prêt à entendre... Curieusement Nicholas ne chercha pas à en savoir davantage. Hugh paraissait incapable de mentir et cela suffisait. Quand il lui disait qu'il l'aimait, Nicholas était sûr que c'était vrai tout du moins à la seconde où il l'affirmait. Cette certitude immédiate lui paraissait avoir plus de valeur que les grandes déclarations définitives qui se perdaient dans les à peu près de l'existence. Peu à peu, Nicholas se laissa séduire par cette façon de voir les choses. Séduire est le mot juste car s'il ne suivait pas toujours Hugh dans ses raisonnements, il se plaisait à les entendre. Leurs discussions interminables trouvaient toujours un prétexte à rebondir. Rahman lui-même était le premier à s'en amuser. En fait, ces échanges intellectuels, apparemment totalement gratuits et ravageurs, faisaient leur chemin pour donner naissance à une communauté de sentiments insoupçonnés. Dans cette matière comme dans bien d'autres le paradoxe n'a jamais fini de surprendre.

A d'autres moments plus calmes, Rahman chantait en jouant du *sitar*. Il les berçait de vieilles légendes aux intrigues héroïques et naïves. Hugh et Nicholas s'allongeaient en fumant du pandanus pour l'écouter raconter les origines du monde.

— Le jour où le soleil est né en même temps que sa sœur la lune, leur mère mourut. Alors le soleil offrit son corps à la terre pour que la vie puisse en surgir. Il ouvrit son cœur et en fit jaillir les étoiles pour consoler la lune...

232

Nicholas perdait la notion du temps. Il traversait ces instants fugitifs, sans se douter qu'il n'en coulerait plus jamais d'aussi heureux. On ne reconnaît le bonheur qu'au vide qu'il laisse en partant.

# Chapitre VIII

Havington Castle — Londres

— Pauvre, belle et arriviste, voilà une redoutable trinité ! Lady Havington s'était levée d'un bond. Elle fulminait, passant ses nerfs sur un petit mouchoir de batiste. Lisa et Clive étaient devant elle, se tenant par le bras. La poule et le dindon, c'était vraiment la seule image qui lui venait l'esprit…

— Mère, je vous en prie ! Ne prononcez pas des paroles que vous pourriez regretter…

— Regretter ! C'est un comble… Vous avez l'art de renverser les situations !… Depuis la veille au soir, Lady Havington prenait sur elle, tâchant de faire bonne figure à ses hôtes. D'habitude, elle excellait à ce jeu et bien malin celui qui pouvait se vanter de savoir ce qu'elle pensait vraiment. Pourtant au bal, sa maîtrise avait failli lui faire défaut. La tension de ces derniers jours avait été trop forte, ses projets s'effondraient et c'était Clive qui la frappait en plein cœur. Ce n'était pas les yeux de veau de Lady Pendwick qui allaient lui redonner courage. Harriet l'avait saoulée de conseils sur le ton embarrassé qu'utilisent généralement les domestiques pour vous présenter des condoléances. Milady n'avait pu que détourner son exaspération dans une gaîté un peu outrée, soutenue par

234

une multitude de coupes de champagne. Oui, Milady avait bu et ne pensait pas que cela puisse être si bon ! Pour une fois, Charles avait été à la hauteur, c'était bien la seule consolation. Il obéissait certainement à des motivations radicalement différentes des siennes mais ce n'était pas l'endroit et le moment pour les analyser. Les invités chuchotaient. Personne n'était dupe mais l'aplomb amusé de Lord Havington avait enrayé l'incident, tout du moins en surface.

Des coussins jetés rageusement sur le sol témoignaient clairement de l'état d'esprit dans lequel Milady était remontée dans sa chambre. Mais le lit intact montrait aussi qu'elle avait eu la nuit pour réfléchir. Lady Havington avait appris à ne rien décider à la légère et à se donner le temps d'examiner toutes les solutions. Ses origines bourgeoises finissaient toujours par prendre le dessus, lui permettant de peser le pour et le contre aussi froidement qu'il était possible. A l'évidence, son intelligence lui commandait plus de retenue. Elle connaissait son fils avec son perpétuel esprit de contradiction. L'avalanche verbale de Lady Pendwick avait eu un point positif : la convaincre d'essayer de dédramatiser les choses pour ne pas leur donner une importance qu'elles n'avaient peut-être pas, pas encore.

L'affaire semblait entendue jusqu'à ce que Clive et Lisa entrent dans la pièce. Là, ses bonnes résolutions s'étaient effondrées comme un château de cartes. Sa colère rejaillit intacte, peut-être même plus violente, résistant à la fatigue et ce qui l'étonnait elle-même à l'intérêt et à la raison. Milady se rendit compte que, sans se l'avouer, elle avait espéré des excuses ou l'expression d'un regret. Au lieu de cela, Clive lui amenait cette fille chez elle, le plus naturellement du monde. Elle réalisa qu'elle avait été stupide de s'attendre à autre chose et sa propre naïveté lui sauta à la figure. Tant d'efforts pour rien !

Lady Havington explosait et n'avait plus l'intention de

s'en priver. Les mots se bousculaient. Il fallait qu'ils sortent avec la même urgence que des chairs meurtries par un corset trop serré.

— Votre conduite est inqualifiable. Je n'ai jamais eu aussi honte de toute mon existence !

— Il n'y a vraiment pas de quoi. Vous vouliez me voir heureux ? Eh bien je le suis !

— Vous avez perdu la tête, à moins que ce ne soit une de vos nouvelles lubies. La vie n'est pas un bal costumé et votre bergère sent le graillon...

Milady se retint pour ne pas sauter au visage de Lisa. Elle ne pouvait lui pardonner d'avoir été la cause de son effondrement nerveux. Elle qui avait l'habitude de tout contrôler, qui avait surmonté des crises où beaucoup auraient laissé leur santé, voyait sa volonté détruite en une seconde par une gamine qu'elle croyait si parfaitement dominer. C'était pire qu'une insulte ! Lisa avait ruiné ce qui jusque là avait été le point fort de sa capacité de résistance : la conviction que rien ne pouvait l'atteindre vraiment.

— C'est vous qui...

— Laisse Clive. Nous aurions été bien stupides de nous attendre à une autre réaction... Lisa se décida à parler. Elle n'avait plus l'intention d'assister en spectatrice à la suite d'une conversation dont elle était le centre.

— Ravie de vous l'entendre dire... A cette heure, je dois être la risée de tout Londres !

— Il ne s'agit pas de vous. Nous sommes ici pour vous parler de Lisa et de moi... Clive voulait en finir. Les choses étaient, pour le moins, mal engagées.

— De Lisa et de vous ?! Vous plaisantez, je suppose. Vous ne comptez pas continuez à vous afficher avec une... une...

— Gouvernante, madame. C'est certainement le mot que vous cherchiez. Une femme de votre qualité ne s'aventurerait pas à en prononcer d'autres... Lisa n'avait pas souhaité cette confrontation. Tout avait été trop vite. Elle se connaissait suffisamment pour savoir qu'elle ne pourrait s'empêcher de répondre sur le même ton, ce qui ne ferait qu'envenimer la situation. C'est Clive qui avait insisté pour qu'elle soit présente, galvanisé par le risque d'une rupture irréversible. Il l'avait pressée, ne lui laissant aucun temps pour la réflexion, par peur de laisser passer le destin.

— Si vous croyez pouvoir me défier, vous vous trompez ! Je vous briserai ma petite avant même que vous ayez eu le loisir de vous en apercevoir... Milady était très pâle, presque fiévreuse et sa menace semblait déjà s'appuyer sur un plan qu'elle avait eu tout le temps pour mettre au point.

— Je ne vous le conseille pas mère, car c'est alors à moi que vous vous en prendriez. J'ai décidé d'épouser Lisa.

— Pauvre idiot ! Vous ne voyez donc pas clair dans son jeu !...

— Pour la première fois, je vois clair dans le mien. Clive serra la main de Lisa un peu plus fort.

— Cette fille ne pense qu'à...

— C'est de moi que vous parlez ? Lisa n'avait pu s'empêcher d'afficher un petit sourire qui n'échappa pas à la maîtresse des lieux. C'était la meilleure réponse à tout ce qu'on pouvait penser d'elle.

— Oui, de vous ! De qui d'autre ?

— Je vous rassurerai en vous rappelant que je sors d'une famille tout fait honorable...

— Assez honorable pour faire le ménage chez moi !

— Votre grand-père était bien boucher en gros ? Ce n'était pas le cas du mien, il était avocat...

— Comment osez-vous ?!

— Je ne fait que vous rappeler la vérité. Soyez tranquille, cette ascendance ne me trouble nullement. Elle m'amuse plutôt, comme la plupart des gens...

— Une putain, une putain comme toutes les Durram voila ce que vous êtes !

— Mère, cela suffit ! Nous continuerons cette discussion quand vous vous serez calmée. Sachez simplement que rien ne me fera revenir sur ma décision... Clive avait repris la main de Lisa.

— Inutile, ma position sera exactement la même ! Milady vacilla, espérant un geste de son fils qui ne venait pas. Elle s'allongea sur le canapé et porta la main à sa tempe... J'attendrai vos excuses. Par votre faute, j'ai une migraine épouvantable !

— Quel dommage que les choses ne soient pas plus faciles... Clive lui faisait face sans manifester la moindre émotion. Elle l'observa du coin de l'œil et ce qu'elle vit lui glaça le sang : c'est vrai, il avait l'air heureux. Hier encore, Milady aurait tout donné pour lui apporter ce bonheur. Elle pouvait supporter qu'il le doive à une autre mais certainement pas en se dressant contre elle.

— Sortez... Sortez, je ne veux plus vous voir.

— Nous en reparlerons à dîner.

— Servi par mademoiselle sans doute...

— Votre Seigneurie oublie que ce n'est pas dans mes attributions...

Lisa voulait poursuivre mais Clive l'entraînait déjà, la suppliant du regard de n'en rien faire.

— Faites ce que bon vous semble mais vous n'aurez pas un sou. Nous verrons bien si votre beau rêve ne tourne pas au cauchemar !


— Ce mariage est une folie ! Lisa respira profondément. Arrêtons là veux-tu ? Tu m'as donné toutes les preuves dont une femme puisse rêver. Cela me suffit.

— Pas à moi ! Je n'abandonnerai pas en chemin... Clive rayonnait... Grâce toi, je me sens exister ! Tu ne peux pas comprendre ce que cela veut dire, tu es si vivante ! Avant toi, j'étouffais ici... Clive lui montrait les portraits de ses ancêtres… Je n'aurais jamais cru qu'un jour, je serai aussi content de les voir. Regarde les ! Sans toi, j'allais finir comme eux.

— Ça aurait été dommage ! Lisa éclata de rire.

— Pourquoi ris-tu ?

— Je pense à la tête de Masterson.

— Il doit être au lit avec une bouillotte !… Embrasse-moi…

— Je ne sais pas si ce serait très convenable… La joie de Clive était communicative. Lisa courait pour s'échapper, retrouvant l'insouciance de ses jeux avec Nicholas.

— Nous verrons bien… Clive l'avait rattrapée et la tenait dans ses bras.

— Eh bien milord, j'attends… Clive rapprocha ses lèvres des siennes… Auriez-vous peur ?

— Tu as une bien piètre opinion de moi ! Tant mieux, je vais pouvoir t'étonner…

— Ça, c'est déjà fait ! Mais tu peux continuer… Lisa se laissait embrasser. Elle ne voulait plus penser à rien, juste chasser l'angoisse qui lui nouait la gorge… Brutalement, elle redressa la tête… Je ne veux pas faire ton malheur…

— Si c'est cela le malheur, c'est beaucoup plus intéressant que le bonheur.

— Tu es beau. Tu mérites… Lisa regardait Clive avec tendresse.

— Tais-toi !… J'ai tout ce que je pouvais désirer.

— Un jour viendra où tu seras peut-être d'un autre avis…

— Jamais !

— Jamais, c'est un petit mot très court…

— Ne t'en fais pas… Mon nom ouvre encore des portes, tu sais. Je vais finir mes études, je travaillerai… Je serai capable de tout si tu m'aimes.

— Je parie que je suis le premier à vous féliciter ! J'ai beaucoup ri. Sans vous, ce bal aurait été d'un ennui… Lord Havington arrivait dans la galerie à grandes enjambées.

Il avait l'air de fort bonne humeur. Visiblement la situation le ravissait... Eh bien vous ne trouvez rien à me répondre ?

— Je vous remercie... Clive s'était raidi, peu habitué aux encouragements paternels.

— Quel bonnet de nuit ! Vous aviez l'air de mieux vous amuser hier soir.

— Ce n'est pas un jeu. Lisa et moi avons l'intention de nous marier.

— Vraiment ?!... Lord Havington marqua un temps de silence... Votre mère est-elle au courant ?

— Nous sortons de chez elle.

— La nouvelle a dû la transporter.

— Je dois vous rendre cela, vous avez toujours le mot juste.

— Vous êtes ravissante mademoiselle... Lord Havington laissa courir son regard sur Lisa... Je n'aurais pas fait un autre choix.

— Merci milord... Lisa ne trouvait plus ses mots. L'attitude de Lord Havington était pour le moins surprenante.

— Plus de cela entre nous ! Je ne crois pas qu'il serait très convenable que vous restiez à notre service. Appelez-moi Charles...

— J'essayerai...

— Ne soyez pas intimidée... En connaissant mon fils, vous devriez savoir ce que les réactions des hommes de notre famille peuvent avoir d'inattendu... Il frappa sur l'épaule de Clive... Je vais parler à votre mère.

— Vous devez être content. Clive vient de prouver qu'il était bien votre fils !... Lady Havington détourna la tête à l'approche de son mari.

— Eh bien ma chère, je viens pour vous aider et vous me recevez fort mal !... Charles lui baisa une main qu'elle reprit rageusement.

240

— M'aider ? Il est bien temps !... Milady se leva pour se diriger vers l'immense fenêtre qui donnait sur la mer... Le bateau coule ! Il n'y a pas de quoi s'en étonner. Vous êtes un exemple déplorable...

— Que la morale réprouve, je sais ! Mais vous exagérez peut-être un peu la situation... Lord Havington regardait sa femme avec un plaisir certain, le plaisir du joueur qui laisse monter les mises avec la certitude de l'emporter.

— Il veut l'épouser, l'épouser ! Dieu sait que j'avais rêvé d'un mariage mais pas de celui-là...

— Je sais...

— Et c'est tout l'effet que cela vous fait !

— Je viens de les croiser. Ils sont vraiment touchants...

— Epargnez-moi votre numéro de père attendri. Il ne trompe personne !

— J'ai pourtant grand soin de l'avenir de notre fils unique.

— Inutile de chercher à me torturer. Je me doutais que vous vous rangeriez de leur côté.

— Je n'ai pas dit cela.

— Mais vous le pensez !

— Je ne vous connaissais pas si psychologue.

— Je vous dispense de vos appréciations !... Milady fit un pas vers son mari... Vous exultez. Tout ce qui m'atteint vous ravit. Eh bien réjouissez-vous ! Ne vous gênez pas. Je suis à terre. Allez crier votre victoire à toutes vos petites amies et profitez-en car elle sera de courte durée !...

La voix de Milady s'étrangla. Charles esquissa un sourire.

— Vous me jugez bien sévèrement.

— Je dis la vérité.

— C'est un fait. Je ne suis pas mécontent de voir Clive s'enticher de cette garce.

— Cela doit vous rappeler des souvenirs.

— Cette remarque n'est pas digne de vous...

— Je trouverai une solution. Ne vous avisez pas de m'en empêcher ! Milady s'était retournée... Et cessez de sourire, c'est insupportable !

— Il ne faut pas voir que le mauvais côté des choses.

— Parce qu'il y en a un bon ?!

— Je préfère simplement savoir Clive au lit avec elle qu'avec ce garçon, comment s'appelait-il déjà...

— Taisez-vous !...

— Dans le fond nous avons beaucoup plus d'intérêts communs que vous ne voulez le croire...

— Vraiment ?... Milady retint un rire nerveux.

— Clive est le dernier des Havington... Son avenir m'importe autant qu'à vous.

— Vous vous moquez bien de ce qui se passe après vous !

— Disons que nous pourrions trouver un terrain d'entente...

— Et lequel s'il vous plaît ? Je n'ai pas eu pour habitude de pouvoir vous faire confiance. Je pense qu'il est inutile de vous le rappeler.

— Si je vous débarrassais de cette fille, cela mettrait-il un terme à... notre différend.

— Vous avez un moyen ?... Milady marqua un temps.

— Pas encore mais vous n'ignorez pas que je sais être très imaginatif...

— Dans ce cas, nous verrons...


— Lisa, ce n'est pas Dieu possible ! Le Révérend Bowles venait d'ouvrir sa porte et se tenait sur le seuil, sa pipe à la main... Entre donc, nous allions justement prendre le thé.

— Je vous avais promis de passer...

— J'y comptais bien ! Encore un dimanche et j'allais te chercher moi-même... Un peu plus et tu me faisais perdre mon pari !... L'homme d'église lui fit un clin d'œil avant de se retourner vers la cuisine, clamant d'une voix triomphante : « Priscilla devine qui est là ?! »

Lisa posa sa bicyclette contre le mur de briques couvert de lierre. L'accueil chaleureux du pasteur lui faisait plus de bien qu'elle n'aurait su le dire. Tout ici lui semblait familier, le petit couloir, les gravures polychromes abondant sur les murs, jusqu'à l'odeur indescriptible de cire mêlée à celle des bûches en combustion qui pénétrait insidieusement les tissus et les vêtements pour vous suivre partout où vous alliez. « Ah, c'est vous les enfants ! Vous sentez le feu de cheminée ! » Combien de fois Lisa n'avait-elle entendu cette phrase dans la bouche de Mrs Hudson lorsqu'elle courait à l'épicerie avec Nicholas pour y acheter des barres de réglisse ?

L'épicière les reconnaissait de loin, sans même avoir à se retourner ou à lever le nez de son livre de comptes. Nicholas s'en agaçait, affirmant qu'ils n'étaient sûrement pas les seuls et qu'après tout, cela n'avait rien de bien extraordinaire. C'était sans compter avec le flair professionnel de la bonne femme qui savait distinguer les efforts particuliers de chaque maîtresse de maison pour dissimuler ces effluves forestières par le parfum plus raffiné de tel ou tel pot-pourri dont elle avait le secret. Chaque été, tante Maggy s'évanouissait dans la lande pour récolter certaines herbes qu'elle laissait sécher avec des écorces d'orange et des roses de jardin pour donner naissance à un mélange doux amer qui faisait sa fierté. La femme du Révérend semblait avoir une préférence pour l'ambre et la cannelle mais cette différence même rendait le souvenir plus aigu.

— Lisa, pour une surprise ! Priscilla avait les mains encore humides... Viens au salon, tu ne vas pas rester plantée là comme une étrangère ! Je devrais t'en vouloir, tu sais, mais c'est du passé ! Je suis bien contente de te voir.

— Moi aussi, vous ne pouvez pas savoir ! Lisa lui posa deux gros baisers sonores. Elle avait l'impression de rentrer au pays… Vous devez me prendre pour une folle !… Les larmes lui étaient montées aux yeux et elle les essuyait en riant.

— Eh bien, eh bien ! Nous ne pensions pas te manquer à ce point… Le Révérend, se raclait la gorge, mal à l'aise comme toujours devant ces effusions féminines qu'il n'avait jamais su s'expliquer, y voyant une marque supplémentaire de la sagesse de Dieu qui savait faire surgir le mystère là où on l'attendait le moins. L'esprit n'était pas fait pour rester en repos et cette manifestation illogique en était une preuve supplémentaire, posant des questions qu'une vie ne lui suffirait pas pour éclaircir. Il n'y avait qu'une certitude : on ne pouvait décidément discuter qu'entre hommes, les femmes se laissant toujours submerger par des émotions incontrôlables dont les successeurs d'Adam étaient payés pour connaître le danger. Néanmoins, l'infériorité manifeste du sexe bien nommé avait certainement une utilité qui alimenterait son prochain sermon. « Tu devrais prendre plus d'exercice, c'est excellent ! »

— Léonard, cesse de dire des bêtises ! Priscilla haussait les épaules presque par réflexe, habituée aux fulgurances métaphysiques qui hantaient certaines des réactions de son mari. Elle prit Lisa dans ses bras.

— Suis-moi ma chérie, nous allons prendre une bonne tasse de thé et tu vas nous raconter ce qui ne va pas.

— Rien, je vous assure… C'est d'autant plus stupide que je devrais être très heureuse… Lisa se laissa conduire jusqu'à un des confortables fauteuils en chintz dont Mrs Bowles raffolait avec un éclectisme qui faisait honneur à son ouverture d'esprit.

— Pleure un bon coup ! Il n'y a rien de tel pour aller mieux…

— Je devrais peut-être vous laisser… Léonard tirait nerveusement sur sa pipe pour se donner une contenance. Il sentait que Lisa avait des problèmes d'une nature qui dépassait sa compétence.

— Non, non, restez. Je n'ai rien à cacher ! Lisa se calmait et commençait même à se détendre.

— Sers-nous donc. Le thé va refroidir ! Priscilla avait sorti un mouchoir de sa poche pour essuyer maternellement les joues encore mouillées de larmes... Toi, tu as un problème de cœur ou je ne m'y connais pas !

— Clive veut m'épouser ! Lisa reniflait... Nous avons eu une scène épouvantable avec Lady Havington.

— Le contraire m'aurait étonné !

— Elle a été horrible. Je m'attendais bien à une opposition, mais pas si brutale. Milady n'est pas de celle qui s'emporte sans réfléchir...

— A moins qu'elle n'ait d'autres raisons, plus secrètes... Priscilla s'était retournée vers son mari... Léonard, tout cela est de ta faute. Je t'avais bien prévenu !

— Je ne comprends pas... Lisa finissait de se moucher. Il y a quelque chose que j'ignore ?

— Sache que tu es certainement une des seules femmes qu'elle ne laissera jamais entrer dans sa famille. Je ne parle pas seulement de la différence sociale. Tu es assez jolie et assez intelligente pour la faire oublier... Priscilla cherchait ses mots...

— Alors ?

— Margareth, ta tante Maggy si tu préfères, a été... comment dire ? Ces choses sont très gênantes... très liée avec Charles Havington... Tu me comprends ?... Le Révérend était venu au secours de sa femme avec un courage digne de l'habit qu'il portait.

— Tante Maggy ?

— Elle n'a été que la première d'une longue liste mais justement c'était la première et Lady Havington ne l'a pas supporté. C'est comme si toute sa haine s'était concentrée sur elle.

— Vous devez vous tromper ! Je n'imagine vraiment pas tante Maggy en train de... Lisa éclata de rire, tellement les visions qui pouvaient lui venir à l'esprit étaient saugrenues. Tante Maggy qu'elle avait toujours vue fagotée comme l'as de pique avec ses robes gris souris, ses bibis élimés et ses lunettes d'institutrice en retraite n'avait vraiment rien pour attiser la convoitise d'un homme. L'idée était si ridicule qu'elle en devenait presque obscène.

— On ne naît pas vieux, tu sais… tout du moins pas tout le monde. Margareth était une très jolie femme avant que tu ne la connaisses… Léonard pesait ses mots pour ne pas exciter les reproches de son épouse… Elle a simplement eu le tort de croire que son Charles lui reviendrait et elle s'est laissée sécher sur place quand elle a compris.

— Il l'a aimée ?

— Je crois oui, autant qu'il en était capable… Priscilla servait le thé… Mais très vite, il a commencé à la faire souffrir. Lord Havington n'avait aucunement l'intention de renoncer à son train de vie pour une provinciale.

— Milady n'avait donc rien craindre…

— En fait non… Mais elle y a perdu ses illusions et ça, on ne l'oublie pas… La femme du Révérend hésita, mis un sucre dans la tasse de Lisa et puis un second, oubliant son sens de l'économie dans ces moments difficiles.

— Mais alors pourquoi m'a-t-elle engagée ?

— Par bravade !… Léonard était le mieux qualifié pour répondre… En fait, c'est elle qui m'a parlé de toi. On lui avait dit que tu traversais une passe difficile. Elle cherchait quelqu'un et tu avais toutes les qualités requises… Je crois qu'elle avait voulu se prouver à elle-même qu'elle était plus forte que le passé…

— Tu ne m'avais pas présenté la chose comme cela ! Priscilla tenait la théière en suspens.

— Je pensais pouvoir arranger tout le monde.

— C'est un succès ! Priscilla se contenta d'une expression laconique qui ne trahissait pas le véritable fond de sa pensée.

— Clive ne sait rien ? Lisa reposa sa tasse.

— Certainement pas… En tous cas, te voilà prévenue. Tu sais exactement où tu mets les pieds.

— Je comprends mieux, même si tout cela me paraît totalement irréel… « Une putain, comme toutes les Durram ! » Cette phrase de Lady Havington lui revenait en tête avec un sens nouveau. Lisa n'y avait pas fait attention sur l'instant, l'attribuant à un déferlement de haine incontrôlée.

— L'aimes-tu ? Priscilla s'était redressée. Elle avait l'habitude d'aller droit au but.

— J'ai beaucoup de tendresse pour lui.

— L'aimes-tu ?

— Je ne sais pas, je ne sais plus… Tout a été si précipité ! Je crois que je voulais qu'il m'aime.

— C'est tout ce que je souhaitais entendre. Tu m'as répondu… Priscilla baissa les yeux et but une gorgée de thé.

— Que voulez-vous dire ?

— Tu m'as très bien comprise.

— Je tiens beaucoup à Clive.

— Je n'en doute pas ! Ne le prends pas mal. N'importe qui aurait été flatté par une telle demande. Il a fallu qu'elle tombe sur toi !

— Que dois-je faire ?

— Si tu veux mon avis sincère, prendre tes jambes à ton coup et te tirer de ce guêpier ! Léonard sera sûrement de mon avis… Priscilla regarda son mari qui tirait nerveusement sur sa pipe.

— C'est impossible ! Nous sommes allés trop loin ! Lisa se tourna vers le pasteur qui sortit enfin de son mutisme :

— Avez-vous ?… Enfin as-tu fait quelque chose qui…

— Léonard, je t'en prie !…

— Laissez, c'est lui qui a raison. Lisa hésita un instant… Je suis sa maîtresse, si ce mot a un sens… Mais

247

ce n'est pas pour cela que je me sens engagée.

— Pourquoi alors ? Léonard tapa sa pipe contre le cendrier.

— Clive est transformé... Il compte tellement sur moi.

— Clive est un garçon particulier... Je crois qu'il est assez généreux pour pouvoir accepter...

— Non, je ne peux pas faire cela.

— Il y a fort à parier que les Havington te seraient reconnaissants d'un tel retournement... Priscilla s'était levée et posait affectueusement sa main sur celle de Lisa.

— Il a tellement...

— Je sais ce que tu vas me dire mais l'amour n'a pas grand-chose à voir avec le mérite... Priscilla se força à plaisanter... Tiens, moi, par exemple, si on m'avait dit que j'épouserais ce pasteur-là !

— Jusqu'ici tu n'as commis qu'une faute... Le Révérend marqua un temps avant de continuer... Se marier sans amour est un crime dont vous serez tous les deux les victimes.

— Je l'aime, je suis sûre que je peux l'aimer... Lisa reposa sa tasse. Il fallait qu'elle retourne au château, qu'elle revoie Clive et tout serait clair à nouveau. Elle voulait l'entendre rire... Excusez-moi, je dois rentrer maintenant ! Je crois que vous m'avez aidé à trouver ce que je cherchais !

— Tu seras toujours la bienvenue ! Léonard se levait son tour. Quelque soit ta décision, je suis sûr que ce sera la bonne.

— Merci, merci de m'avoir écoutée.

— La prochaine fois, amène-nous ton bourreau des cœurs. Je serai ravie de le connaître mieux... Priscilla avait retrouvé son bon sourire. Elle avait dit ce qu'elle pensait puisqu'on le lui avait demandé mais aurait détesté continuer à se mêler de ce qui ne la regardait pas... Il t'attend sûrement ?

— Il devrait bientôt rentrer de chez Lord Rosselare.

— Compte sur moi mon garçon ! Ta mère était déjà venue me voir mais j'attendais que tu me le demandes toi-même. Tu as pris la meilleure décision. Un homme ne doit pas rester sans rien faire. J'appellerai le Doyen dès demain... Lord Rosselare raccompagnait Clive jusqu'à sa voiture... Et je ne veux plus entendre parler de toi avant ton diplôme !

— Comptez sur moi ! Je travaillerai pour deux. J'ai tellement de temps à rattraper ! Clive lui serrait chaleureusement la main... Vous n'aurez pas affaire à un ingrat...

— Dis-moi, cette fille de l'autre soir...

— Elle est merveilleuse, n'est-ce pas ? !

— Humm... Lord Rosselare ne put s'empêcher de sourire devant tant d'enthousiasme... Je t'envie. Vingt-cinq ans, ça ne vaut rien quand on les a mais quand on ne les a plus, c'est inestimable ! Amuse-toi avant qu'il ne soit trop tard, tout passe si vite ! Tu es trop jeune pour t'en rendre compte. A ton âge, on est encore immortel...

— Le monde est à moi ! Clive repensait à ce que Lisa lui avait dit lors de leur première rencontre dans le labyrinthe, près du lac. Cette affirmation qui lui avait paru si étrange alors, lui venait maintenant naturellement, comme la chose la plus évidente qu'il pouvait dire !

— Allez file la retrouver !

— C'est exactement ce que je vais faire... Clive s'engouffra dans la berline, saluant son hôte qui le regardait partir avec une sorte de nostalgie heureuse. A la seconde, Lord Rosselare aurait bien échangé toute sa fortune pour entendre battre une fois encore son cœur de jeune homme... Il haussa les épaules en voyant la voiture franchir les grilles. Heureusement ce genre de marché stupidement romanesque n'était pas réalisable. Il en frissonna rétrospectivement avant de rentrer en bougonnant.

Il faisait nuit noire. La route était mauvaise, Harris ralentissait l'allure pour éviter les ornières. Il se tenait si droit, avec un tel air de dignité satisfaite qu'il était mûr pour conduire le Carrosse du Saint-Sacrement. Clive sourit. C'était le chauffeur qui avait raison, les Havington appartenaient au monde des reliques. Il glissa sur la banquette et se laissa bercer par le ronronnement du moteur, aussi discret qu'un souffle de vent dans les arbres. Pendant un instant, il s'étonna presque que tout soit resté si étrangement pareil alors que ces dernières heures avaient passé comme un cataclysme sur sa vie. Il avait franchi le pas sans s'en rendre compte.

Sa mère lui couperait certainement les vivres, Lady Havington faisait toujours ce qu'elle disait, c'était un de ses grands mérites. Pauvre maman, elle était si malheureuse. Ses amis le critiqueront ou le plaindront avec un sourire satisfait ou navré suivant l'état de leurs rancœurs. Ils adopteront plus certainement ces attitudes successivement au gré de leur auditoire. Il les entendait comme s'il était encore l'un des leurs. Clive les plaignait alors que l'année passée, il aurait tout donné pour leur ressembler. Il n'avait plus qu'une certitude : nul ne pouvait être juge du bonheur des autres.

Lui qui avait tout, allait tout perdre et jamais il n'avait été plus excité et plus tranquille. Il arrivait à peine à y croire. C'était contradictoire, c'était fou, c'était inexplicable. En quelques secondes, il abandonnait une fortune qui pour beaucoup était l'aboutissement de tous leurs rêves. Et pourtant c'est lui qui sortait d'un long sommeil. Clive avait conscience de passer un moment magique ce qui était deux fois un privilège. Lisa lui avait redonné le goût de vivre ou pour être plus précis la perspective d'un avenir à construire.

Jusqu'à présent son courage n'avait eu à s'exercer que pour lutter contre des angoisses immatérielles, maintenant, grâce à elle, il allait devoir entrer de plein pied dans la réalité. Il était prêt pour ce nouveau combat car celui qui a eu peur de choses qui n'existent que dans son imagination s'est confronté aux forces les plus terrifiantes de la création, des forces informes, susceptibles de ressurgir à tout instant sous l'aspect le plus anodin. La moindre occasion de l'existence, l'association d'idées la plus futile pouvait donner naissance à la crainte immonde qui détruisait tout sur son passage avant de refluer comme une marée en attente de la prochaine lune.

Lisa lui faisait le plus beau des cadeaux : elle lui donnait naissance une seconde fois en le remettant sur le chemin de la vraie vie. C'était la seule femme auprès de laquelle il se sentait un homme comme un autre. Pour elle, il serait capable de soulever des montagnes. La banalité de l'expression le déçut presque, mais aujourd'hui elle prenait un sens.

Clive s'en voulait d'avoir hésité. Un peu plus et il laissait passer sa chance. Une phrase de son vieux maître de philosophie lui revenait en tête, une citation de Quintilien si sa mémoire était bonne dont il n'avait plus les termes exacts mais juste le sens profond : « Celui qui tremble devant ce qui doit arriver a peur une fois de trop… » Clive n'avait pas retenu cette maxime au hasard. Il comprenait maintenant ce qu'il avait toujours tenté de croire sans jamais pouvoir l'expérimenter : les difficultés ou les obstacles que l'on croisaient étaient bien moins durs à affronter que l'idée que l'on s'en faisait. Dans quelques jours, il emmènerait Lisa loin du château pour l'installer dans une petite maison de Summertown, à proximité du collège. Dans moins d'un an, ses examens en poche, ils seraient libres de faire ce que bon leur semble… Libre, ce mot vibrait à ses oreilles comme la solution à tous les aléas de l'esprit.

Lisa freina devant les écuries. Elle avait pédalé de toutes ses forces et son cœur tapait dans sa poitrine. Sa vie aurait été menacée qu'elle n'aurait pas été plus vite. Jamais personne n'avait dû parcourir une telle distance en si peu de temps. Elle posa le pied par terre et reprit son souffle. Le silence était tombé sur le château. Il n'y avait aucun bruit à l'exception du battement accéléré de son pouls qui résonnait dans sa tête. Elle regarda autour d'elle. Les appartements de Milady étaient éclairés comme à l'accoutumée et elle aperçut Duncan qui tirait les rideaux du salon rouge. Elle avait été stupide de s'affoler. Tout rentrerait bientôt dans l'ordre, Lisa en était sûre. Ses craintes et ses hésitations n'étaient dues qu'à la fatigue. Son avenir avec Clive était tout tracé. Elle poussa la petite porte, découpée dans le porche et souleva son vélo pour enjamber la marche. Les lampes à pétrole brûlaient encore, projetant des ombres démesurées qui dansaient sur les pavés de l'allée centrale. Les chevaux dormaient. La chaleur était presque agréable. Lisa avait repris confiance et voulait prolonger ce moment. Elle s'attarda discrètement pour regarder un poulain qui venait de naître puis se décida enfin à aller ranger sa bicyclette dans l'un des boxes du fond.

— Déjà rentrée ?!

— Oh Mylord, pardonnez-moi ! Lisa avait sursauté... C'est ridicule, je ne pensais pas rencontrer quelqu'un... Lord Havington se tenait devant elle, en tenue de chasse.

— Charles, rappelez-vous... Vous devez m'appeler Charles... Il lui souriait.

Lisa réprima un mouvement de recul. Sa bonne humeur s'était envolée. Ces marques soudaines d'amitié ne lui disaient rien de bon.

— Eh bien... Charles, je ne savais pas que vous montiez si tard...

— Vous tremblez ? Lord Havington lui passa la main dans les cheveux. Lisa se raidit.

— Oui, peut-être... Excusez-moi, je suis un peu sur les nerfs... Elle rejeta sa tête en arrière.

— Il n'y a aucune raison… Lord Havington se pencha vers elle.

— Les femmes sont parfois totalement illogiques. Lisa voulait couper court à la conversation. Ses mâchoires se crispaient. D'instinct, elle avait compris où il voulait en venir. Il fallait se reprendre très vite pour ne pas rentrer dans son jeu.

— Nous devrions discuter un peu… Lord Havington semblait deviner ses pensées et continuait sur le même ton.

— Pas ce soir… Lisa fit un pas en avant. Il la retint par le bras.

— Demain, il sera trop tard !

— Vraiment ?… Lisa soutint son regard. Lord Havington s'était approché très près.

— Je peux beaucoup vous aider à vous faire une place dans la société… Lisa revoyait cet homme sous un autre jour. Elle pensait à Margareth et aurait aimé lui rendre la monnaie de sa pièce.

— A quelle genre de place faites vous allusion ?

— Cela dépendra de vos compétences… Charles lui caressait le dos. Lisa ne montra aucun signe d'émotion.

— Vous m'écœurez !

— Je suis certain du contraire.

— Je vais rejoindre Clive… Lisa fit un geste brusque pour se dégager, Charles lui barra le chemin avec sa cravache.

— Clive n'est pas rentré, nous avons tout le temps.

— Je ne suis pas attirée par les vieillards ! Vous n'avez aucune chance…

— Avez-vous seulement bien mesuré les vôtres ?

— Vous ne faites pas peur… Lisa écarta la badine et s'avança dans l'allée. Charles la rattrapa et la colla contre le mur.

— Nous sommes de la même race, de la race des survivants, tu le sais, tu l'as toujours su !

— Lâchez-moi ! Lisa commençait à perdre son calme… Lâchez-moi immédiatement ou vous allez le regretter !

— J'aime te voir comme cela !… Une trop grande docilité m'aurait ennuyé… Je vais te donner un plaisir que tu n'as jamais connu. Lord Havington écrasa ses lèvres contre les siennes. Ses mains se repliaient comme un étau, déchiraient la robe et couraient le long de son corsage.

— Vous ne respectez donc rien !… Lisa se débattait. Elle voulut lui griffer le visage mais il lui tordit le poignet si violemment qu'elle faillit s'évanouir.

— Garce ! Lord Havington relâcha son emprise et se plia de douleur. Le coup de genou avait porté…

— J'aurais dû frapper plus fort !… Lisa ne put s'empêcher de le regarder, roulé par terre. Il gémissait… Salaud ! Il suffit de vous voir pour deviner comment vous avez dû vous conduire avec Margareth.

— Tu ne perds rien pour attendre ! Lord Havington souffrait toujours et n'arrivait pas à le cacher.

— Vous êtes ridicule ! Je ne pourrais plus jamais vous rencontrer sans éclater de rire.

— Sale petite ordure !… Charles avait retrouvé ses forces et attrapa Lisa par les chevilles. Elle perdit l'équilibre et tomba sur le sol. Son front avait heurté les pavés… Je vais te donner ce que tu mérites ! Charles s'était relevé pour ramasser sa cravache… Pardon, demande-moi pardon, pardon !… Les coups tombaient. Lisa se cachait la tête et sentait tout son corps la brûler. Les chevaux, réveillés par ce vacarme se mirent à hennir.

— Arrêtez, arrêtez ! Vous êtes fou !

— Crie, personne ne t'entendra ! Tu as cru pouvoir me résister, pauvre idiote ! Je ferai de toi la plus docile des putains… Charles s'était couché sur elle et lui écartait les jambes. Elle sentait son sexe dressé qui tentait de se frayer un passage.

— Vous me le paierez cher ! Lisa voulut encore se

débattre mais cette fois-ci, ses forces l'abandonnaient. Sa tête lui faisait mal… Je vous hais !

— Tant que cela ? Charles lui sourit. Il avait fini par déchirer la dentelle et la pénétrait très doucement pour savourer sa victoire… Dommage, j'espérais presque tu serais encore vierge, Clive est si… maladroit !

— Dépêchez-vous, qu'on en finisse ! Elle lui cracha au visage.

— Tu ne sais pas encore ce qui est bon… Charles riait. Lisa se laissait faire. Des images lui revenait à l'esprit, jaillissant en désordre, Clive, Milady, Nicholas, le Révérend, ils étaient tous là… Elle entendait leur voix se mélanger dans une cacophonie effroyable, répétant des mots qui devenaient incompréhensibles. A cet instant précis, elle aurait voulu mourir. Charles avait dégrafé son corset, laissant courir sa langue sur sa peau nue.

— Je ne vous pardonnerai jamais… Lisa s'entendit prononcer cette phrase. Elle s'était réfugiée dans une complète passivité.

— Ton corps est fait pour l'amour… La respiration de Charles s'accélérait. Il lui caressait les cuisses, les hanches, remontait vers sa gorge. Sa bouche était partout, sur sa nuque, sur ses yeux, sous ses bras. Lisa sentait monter en elle, malgré elle, une soif de plaisir qui la révulsait. Charles connaissait bien des secrets qu'elle ignorait encore. Ses seins durcissaient à lui faire mal. Il les mordit, lui arrachant un cri. Lisa contracta ses jambes, son ventre, sans plus penser à rien qu'au simple mouvement, qu'à disparaître, oui à disparaître dans ce qu'elle n'attendait pas

— Clive saura tout ! Lisa se retenait de pleurer de rage.

— Clive ne saura rien ! Tu te tairas, ça le détruirait… Si tu veux l'épouser, il faudra garder le silence. Tu seras à moi quand je le voudrais et autant de fois qu'il me plaira ! Je te tiens… Tu ne peux rien contre moi… Charles avait rebouclé sa ceinture et époussetait la paille qui s'accrochait à son pantalon.

— Plutôt mourir !

— Quelle emphase ! Je ne pensais pas t'avoir si bien fait jouir. Tu me flattes...

— Je vous hais !

— Vraiment ? Je suis pourtant le seul à ne pas te jouer la comédie... Pourquoi crois-tu que mon cher fils se soit entiché de toi alors qu'il peut avoir n'importe quelle femme en Angleterre ? Tu es jolie, je te l'accorde mais...

— Ça suffit ! Partez, partez, je ne veux plus vous entendre. Vous salissez tout ce que vous touchez !

— Tu es très intelligente ou très naïve... Clive a des mœurs particulières... Lisa releva la tête... Ne me fais pas croire que tu ne te doutais de rien. Il ne t'aime pas. Tu le rassures simplement parce que tu lui es inférieure... Il te manque l'essentiel pour l'attirer vraiment ! Je ne lui donne pas six mois pour te remplacer par un valet d'écurie bien membré.

— Salaud ! Lisa lui sauta au visage... Vous mentez... Comment osez-vous dire une chose pareille !

— Tu as du caractère !... Lord Havington lui avait saisi les mains. Tu me plais... Il tenta de l'embrasser. Lisa le repoussa de toutes ses forces... Charles la regarda en souriant... La vérité n'est pas toujours agréable à entendre, même pour moi. Mets ça... Il lui jeta son manteau... Je vais rentrer au château. Il ne faut pas qu'on nous voie ensemble !... A plus tard. Je suis certain que tu joueras parfaitement la comédie...

Lord Havington sortit lentement avec son flegme habituel. Quoiqu'il arrive, il était certain d'être gagnant. Lisa ne trouvait rien à lui répondre. Elle ramena ses jambes contre elle et resta les yeux dans le vide. Elle tremblait sans s'en rendre compte.

— De l'argent devrait pouvoir tout régler... Lady Pendwick n'avait pas l'habitude de se laisser submerger par l'émotion. En femme de tête, elle cherchait un arrangement pratique. Son passé lui avait appris à ne jamais se laisser prendre de court par les événements. « Un bon marché vaut mieux qu'une courte romance », avait-elle l'habitude de répéter aux débutantes qu'elle s'entêtait à vouloir caser à chaque début de saison. Assise dans le grand canapé damassé, elle avait éliminé tous les plans de bataille pour ne retenir que celui-là... Après tout, c'est un moyen qui a fait ses preuves...

— La fille voit plus grand ! Pourquoi voulez-vous qu'elle se contente d'un pourboire alors qu'elle est sur le point de tout avoir : le titre, le château et le reste !...

Milady se pressait les tempes avec un mouchoir imbibé d'eau de violette, arpentant sa chambre depuis le matin. Harriet l'exaspérait souvent mais c'était la seule devant qui elle pouvait penser tout haut. Elle avait besoin de se confier et son amie d'enfance parlait tellement qu'elle finirait peut-être par trouver le début d'une solution.

— Il est des pourboires qui peuvent donner à réfléchir ! Je ne connais personne qui n'ait son prix... Harriet leva les yeux au ciel... Evidemment si elle l'aime ! Aussi bizarre que cela paraisse, ces petites bourgeoises sont parfois d'incurables romantiques...

— J'en doute ! Si c'était le cas, elle se serait contentée d'une place secondaire... Lady Havington porta la main à son front.

— Vous devriez prendre quelque chose... Comment voulez-vous ne pas avoir mal à la tête si vous ne mangez rien !

— Vraiment, je ne pourrais pas... Milady refusait d'un geste nerveux.

— Vous n'êtes pas raisonnable... Harriet attrapa un scone avant de reposer l'assiette qu'elle tendait à son amie... Quoiqu'il en soit, croyez-en mon expérience, il faut agir vite sinon vous ne pourrez plus rien !

— Et vous qui me conseilliez de prendre les choses à la légère...

— Je ne savais pas la situation si avancée ! Clive nous a habitués à beaucoup de choses mais pas à cela... Et dire qu'il avait l'air de tant s'amuser avec la petite Faversham... C'était exactement ce qui lui fallait... très bonne famille, immenses espérances... C'est l'unique petite fille de Lord Ferncliff, vous savez ?...

— Il est bien question de la petite Faversham !

— Je n'ai pas fait bien attention mais cette Lisa... Durram, c'est cela, m'a paru tout fait quelconque.

— J'aimerais que vous ayez raison... Milady savait ne pouvoir trouver un réconfort durable sur les appréciations esthétiques de Lady Pendwick qui, malgré une déficience rétinienne certaine, refusait de se munir d'un face à main. Cette coquetterie lui donnait l'illusion de retarder le cours du temps mais affectait d'autant son acuité visuelle.

— Vraiment, c'est incompréhensible... Harriet mordit goulûment dans un petit pain qu'elle avait recouvert de confiture... Ces petites choses sont délicieuses mais sûrement épouvantables pour la ligne...

— Tout est de ma faute ! C'est moi qui ai fait rentrer cette vipère dans ma maison. J'aurais dû me douter...

— Oh, vous savez, s'il faut commencer à regarder les domestiques comme des femmes...

— Vous voyez très bien ce que je veux dire... Milady jouait nerveusement avec son sautoir de perles.

— Ne remuez pas cette vieille histoire ! Clive n'a rien faire avec tout cela.

— Je n'ai pas pu résister, c'était plus fort que moi... Je dois même avouer que j'avais commencé à bien l'aimer.

— En tous cas, cette pénible aventure vous aura rapproché de Charles... Milady haussa les sourcils. Harriet baissa la voix et reprit avec un air entendu... Avec un peu de chance, vous vivrez une seconde lune de miel.

Regardez-moi avec Henri, nous avons fini par former un couple très acceptable…

— Je n'ai aucune illusion. Charles sait toujours exactement ce qu'il fait.

— L'essentiel est qu'il le fasse… Et puis si Clive insiste, il suffira de le marier discrètement. Trois mois plus tard tout le monde aura oublié… Milady ne répondit pas. Il était étonnant de voir qu'Harriet qui se montrait si intelligente aux échecs pouvait manquer à ce point de psychologie… Eh bien ma chère, que se passe-t-il ? Vous êtes très pâle…

— Rien, il ne se passe rien ! Tout va très bien. Ma vie est un ratage parfait sur tous les tableaux… Milady prit une longue respiration… Il faut que je parle à Clive seule à seul. Je dois être sûre de ses sentiments…

Lisa voulait vomir mais n'y arrivait pas. Elle aurait pu tout aussi bien chercher à arracher sa peau. A défaut, elle avait jeté sa robe au feu et s'était douchée, laissant longuement couler l'eau sans jamais se sentir propre. Lord Havington savait très bien ce qu'il faisait. Il lui avait dit la vérité, elle le sentait confusément. Des allusions de Johnson lui revenaient en mémoire. Plus jamais elle ne pourrait regarder Clive avec les mêmes yeux. Elle aurait pu tout accepter, sauf le mensonge. Et pourtant il fallait qu'elle se taise car elle savait que ses nerfs étaient trop ébranlés pour ne parler qu'à moitié. Avouer ce qui s'était passé aurait ruiné toutes ses chances de bonheur avec Clive et ne rien dire lui serait insupportable. Lisa était piégée. La simple pensée de rester pour subir le bon vouloir de son père la rendait plus malade encore. Elle souhaitait sa mort et ne lui pardonnerait jamais ce qu'il avait su lui faire ressentir. Jamais elle n'aurait imaginé pouvoir trouver du plaisir dans une situation aussi dégradante et maudissait son corps de l'avoir trahie. Lord Havington ne s'était pas contenté de la salir, il lui avait révélé une nature, en complète contradiction avec tout ce qu'elle avait cru vrai jusqu'alors. Lisa avait le sentiment affreux de ne plus s'appartenir, pas seulement aujourd'hui ou demain mais pour tout le reste de sa vie. Il fallait fuir, oublier, oublier les Havington et la machine infernale dans laquelle ils menaçaient de la broyer. Lisa avait ouvert sa malle pour y lancer ses affaires. Elle se surprit à rejeter Clive avec la même violence. Elle n'arrivait pas à chasser l'idée qu'il s'était servi d'elle, qu'il n'avait pas su la protéger. Le reproche était sûrement injuste mais Lisa n'y pouvait rien, c'était plus fort qu'elle.

— Qu'est-ce que tu as ? Je ne te comprends plus... Clive n'arrivait pas à croire ce qu'il entendait. Lisa se tenait bien devant lui mais c'est à peine s'il la reconnaissait. En descendant de voiture, il avait monté les marches quatre à quatre pour la rejoindre dans sa chambre, persuadé qu'elle avait hâte d'écouter ses projets.

— Je ne t'aime pas, tu entends, je ne t'aime pas... Je ne résiste pas au plaisir de te le dire enfin !

— Tu deviens folle ! Arrête ce jeu...

— Oui, la comédie a assez duré... Lisa sentait sa gorge se nouer. Clive devenait sa victime. Elle se haïssait pour cela mais ne pouvait s'empêcher de vouloir le voir souffrir plus encore... J'ai juste voulu me prouver que je pouvais te séduire, être une future Lady Havington...

— Ce n'est pas vrai ! Tu mens... On ne change pas comme cela en quelques heures ! Ce n'est pas possible...

— Qui es-tu pour savoir ce que je pense vraiment ? Tu ne connais rien de la vie.

— Que s'est-il passé ? J'ai le droit de savoir.

— Rien ! Tu ne m'amuses plus...

— Je veux la vérité... Pas cela ! Il n'y a rien de pire... Clive voulu la prendre dans ses bras, elle le repoussa...

— Ne me touche pas !

— Ils t'ont menacée. Tu peux tout me dire.

— Crois-tu que je sois de celles sur qui on a prise ? Tu me connais mal… Lisa tournait la tête.

— Regarde-moi dans les yeux et répète-moi que tu ne m'aime pas !

— Je ne t'aime pas… Lisa reprit sa respiration et martela très distinctement… Je ne t'aimerai jamais !

— Mais tu es un monstre !

— Peut-être… Je veux vivre, rattraper le temps perdu ! Laisse-moi maintenant, je dois terminer mes bagages. Il me reste encore beaucoup à faire.

— Tu mériterais que… Clive avait levé le bras.

— C'est ça, frappe-moi ! Qu'est-ce que tu attends ? Frappe-moi !… Lisa s'était cabrée. En le poussant à bout, elle rendait les choses plus faciles. Il fallait couper les ponts, tout brûler derrière elle… Non, tu es trop bien élevé… Clive laissa retomber sa main :

— Tu as dû bien t'amuser ! J'étais prêt à tout pour toi. Un seul mot et je…

— Je t'en prie. J'ai horreur des discours ! Tu n'es pas doué pour cela, pas plus que pour le reste…

Lisa se retint de tout lui avouer. Il fallait qu'elle soit de plus en plus méchante pour ne pas se laisser entraîner sur un chemin qu'elle savait ne plus être le sien. Priscilla avait raison, elle avait beaucoup trop d'affection pour Clive pour l'aimer d'amour. Elle s'en rendait compte maintenant. Si elle l'avait vraiment aimé, rien ne l'aurait arrêtée, elle aurait eu la force de tout lui dire. Charles savait sonder les âmes. Elle comprenait maintenant qu'il l'utilisait pour assouvir je-ne-sais quelle sourde vengeance contre son fils. Lisa aurait voulu revenir en arrière, tout effacer mais elle en savait désormais trop sur elle-même.

— Comme tu voudras… Clive serrait les poings et renversa un fauteuil… Mais disparais, disparais tout de suite ou je ne réponds plus de rien ! Il la regarda une dernière fois et partit en claquant la porte. Lisa resta immobile un long moment. Il fallait tenir bon.

— Soyez heureuse, vous avez gagné ! Clive était rentré dans la pièce comme un fou. Lord et Lady Havington finissaient de prendre leur dîner.

— Qu'y a-t-il ? ! Milady avait reposé sa fourchette. Elle n'avait jamais vu son fils dans un état pareil.

— Elle s'en va ! C'est bien ce que vous vouliez... Milady jeta un regard d'incompréhension à son mari. Clive attrapa un des verres qui faisaient face à son assiette vide et le tendit à Masterson... Qu'est-ce que vous attendez ! ?... Le majordome hésita un instant puis le remplit sur un signe discret de Lord Havington.

— Contrôlez-vous Clive !... Je vous assure que votre mère et moi ignorons totalement de quoi vous voulez parler.

— Vous mentez mal ! Je vous ai connu meilleur comédien... N'est-ce pas, mère chérie ? Clive but d'un trait et se resservit lui même une autre fois.

— Masterson laissez-nous... Milady ne tenait pas à ce que les domestiques soient témoins de ce qui allait se dire. Le majordome s'inclina comme un automate et sortit, suivi par Peters et Johnson qui se regardaient en silence.

— Clive, je vous promets que je suis étrangère à tout cela ! Je n'ai pas quitté Harriet de la journée. Si elle était encore là, elle pourrait...

— Je n'en doute pas ! Je vous connais, vous seriez capable de faire se parjurer toute la Chambre des Lords.

— Je vous interdis de parler à votre mère sur ce ton !... Lord Havington avait pris la main de sa femme... Et cessez de boire comme un trou, cela ne vous vaut rien !

— Vous êtes admirable ! Le mari exemplaire... Vos retournements m'étonneront toujours.

— Clive, mon chéri, calmez-vous. Personne ne vous veut de mal !... Milady était devenue très pâle.

— Il n'y a plus de Clive chéri ! Je croyais que vous m'aimiez assez pour me comprendre... Vous n'avez pensé qu'à vous, qu'à vous !

— Retournez dans votre chambre ! Vous n'êtes pas en état de discuter ! Lord Havington haussait le ton... Nous en reparlerons plus tard !

— Vous n'avez aucun ordre me donner !

— Je suis encore ici chez moi !

— Nous y voilà ! Le seigneur du château se drape dans sa dignité ! Vous n'êtes rien, rien qu'un escroc de deuxième catégorie...

— Clive taisez-vous !... Milady était au bord des larmes.

— Cela suffit !... Lord Havington s'était levé et venait de gifler son fils.

— Vous ne pouvez rien répondre ! Je vous méprise. Voleur et lâche, vous mériteriez...

— Je mériterais quoi ?

— Que je vous casse la figure !

— Essaye un peu !

— Malheureusement je n'ai pas vos manières !

— Dommage, pour une fois vous alliez vous conduire comme un homme !

— Arrêtez ! Milady essayait de s'interposer.

— Ne vous mêlez pas de cela ma chère. C'est une affaire entre votre fils et moi... Lord Havington se retourna vers Clive. Ses yeux brillaient... Avec elle, tu te sentais plus fort ! Pauvre crétin, c'est une putain comme une autre ! Tu étais bien incapable de la retenir... Je suis sûr que tu n'as même pas été le premier !

— Je vous tuerai, un jour je vous tuerai ! Clive avait saisi son père au col.

— Nous verrons... Lord Havington le regardait calmement, en souriant... En attendant, sortez !... Clive fracassa son verre et s'enfuit de la pièce en courant.

— Qu'avez-vous fait ? Milady s'était tournée vers son mari. Elle ne savait plus si elle devait le remercier ou le craindre davantage... Par quel moyen...

— Rien que vous n'ayez approuvé... Charles appuya sur la sonnette pour rappeler les domestiques.

— On ne peut pas laisser Clive comme cela... Milady se levait pour rejoindre son fils.

— Restez ma chère... Lord Havington la retint doucement par le bras... Vous ne pouvez rien pour lui. Je crois qu'il a surtout besoin d'être seul.

— Dieu sait de quoi il est capable !

— Ne craignez rien ! A cet âge les chagrins sont excessifs mais passagers. Dans quelques jours, il n'y paraîtra plus.

— Je l'espère... Milady se rassit, rassurée par la soudaine autorité de son mari. Charles lui sourit et lui baisa la main... Qu'elle parte, qu'elle parte au plus vite !

— Dès demain...

— Et s'il lui prenait l'idée de se réinstaller à Gullcowes ? Milady reprit nerveusement sa main.

— Tranquillisez-vous... Charles la calma d'un sourire... Je ne crois pas que cela soit dans ses intentions... Ah Masterson... Le majordome venait d'ouvrir la porte... Mademoiselle Durram nous quitte. Veillez à lui verser l'intégralité de ses gages, je ne voudrais pas que nous soyons en reste avec elle.

— Il en sera fait comme vous le désirez Milord...

— Vous direz à Harris de se mettre à sa disposition pour la conduire où elle le désire... Lady Havington se leva pour aller la fenêtre.

— Milady ne prendra pas de dessert ?

— Non Masterson. Je n'ai plus faim...

— Moi non plus... Charles tendit son verre... Mais servez-moi encore un peu de ce Gruau-Larose, il est excellent.

— Un 1896, Milord... Masterson versait consciencieusement le précieux liquide... Une année exceptionnelle !

— Mademoiselle, nous ne voulions pas vous laisser partir sans vous dire combien nous vous regretterons !... Trumper avait pris la parole. Derrière elle, Butcher et Duncan baissaient maladroitement les yeux.

— Je vous remercie... Lisa se força à plaisanter... Je crois que vous serez bien les seules ! Asseyez-vous, ma chambre est un peu en désordre mais...

— Nous ne voulons pas vous déranger ! Butcher s'avançait un paquet à la main... Je vous ai fait un pudding pour la route... Vous m'en direz des nouvelles !

— C'est très gentil !... Lisa prit le gâteau et embrassa la cuisinière. Il ne fallait pas qu'elle s'attarde trop. Ses nerfs étaient trop éprouvés pour supporter une quelconque forme d'attendrissement... Nous n'avons pas eu le temps de très bien nous connaître...

— On vous aimait bien... Duncan se manifestait à son tour... Il faut juste que je vous dise que nous étions très fières de vous l'autre soir !

— Voilà... Trumper sortait une enveloppe de sa poche... Je n'ai jamais été très à l'aise dans ce genre de situation... Nous avons pensé... Enfin ce n'est pas grand-chose mais cela vous paiera bien une bière ou deux avant de retrouver un autre emploi...

— Non, je... Lisa ne s'attendait pas à cela. Son cœur se serra.

— Ne refusez pas, cela nous fait plaisir... Trumper lui glissa l'enveloppe dans la main.

— Je ne sais pas comment vous remercier...

— C'est parfaitement inutile !... Les quatre femmes se regardèrent en silence... Si nous ne nous revoyons pas demain, bonne chance...

— Je tâcherai d'être à la hauteur... Lisa détourna la tête. Trumper fit un mouvement de la main entraînant Duncan et Butcher vers le couloir.

— Trumper !... Lisa la rappela in extremis

— Oui, Mademoiselle...

— Est-il vrai que Clive... ?

— Quoi donc ?

— Non rien... Oubliez ce que je viens de vous dire. Cela n'a plus d'importance maintenant.

La voiture attendait dans la cour d'honneur. Lisa descendit les marches du perron. Ses affaires étaient déjà chargées. Mac Allister voulut lui porter son sac de voyage mais elle avait refusé. Lisa avait décidé de prendre directement le train de Londres sans même repasser par le cottage. C'était la décision la plus sage, la seule qu'elle puisse prendre. Se réinstaller à Gullcowes présentait trop de risques. Dans la capitale, personne ne risquait de la retrouver. Lisa voulait mettre des kilomètres entre elle et ce château maudit. Arrivée en ville, elle câblerait à son frère et s'installerait dans un petit hôtel, le temps d'attendre le premier bateau en partance pour L'Extrême-Orient.

— Si mademoiselle veut bien... Harris lui tenait la porte.

— Merci... Lisa monta sans se retourner. Lord Havington la regardait depuis la fenêtre du salon jaune... Allons-y, nous allons être en retard.

Le chauffeur mit le moteur en marche. La voiture s'ébranlait sur la longue allée qui conduisait aux grilles. Lisa se revit la première fois où elle l'avait empruntée, sans se douter de ce qui l'attendait. Elle portait cette robe ridicule et cet affreux bibi, coiffé à la hâte. Elle se souvenait de ses jambes en coton et du nœud qui lui serrait la gorge quand elle s'obligeait à regarder droit devant elle pour ne pas rebrousser chemin. Elle serait rentrée sous terre. Aujourd'hui, tout cela lui semblait à des années lumière ; la dernière page tournée de son enfance. Elle était étrangement calme, imperméable aux sentiments qui auraient dû l'assaillir, non qu'elle fût insensible ou résignée. C'était bien différent. Quelque chose était mort.

266

Lisa quittait le château comme on sort d'une vie.

— Il fait frisquet ce matin... Harris se croyait obligé de faire la conversation.

— Oui, un peu.

— Pourtant il a plu toute la nuit. Je vais nous mettre le chauffage... Le chauffeur poussa fièrement une manette au manche d'acajou... Vous verrez dans trois minutes, ce sera les tropiques !

— Certainement... Lisa se pelotonna sur son siège et fit semblant de s'assoupir. Elle ne voulait pas parler, juste se laisser conduire, oublier, ne plus penser. Mais cela, c'était impossible. Alors, il fallait juste se laisser engourdir par la chaleur montante, se réfugier dans un demi-sommeil qui lui donnerait l'illusion de se placer hors du temps.

— Regardez, c'est notre jeune Lord... Lisa sursauta. Clive suivait la voiture au grand galop. Il les rejoindrait bientôt.

— Ne vous arrêtez pas ! Lisa le voyait s'avancer comme dans un mauvais rêve qui se répétait. Elle n'aurait pas le courage de le torturer une seconde fois. Clive n'était plus qu'à quelques mètres.

— Ce n'est pas mon intention... Harris plissa le front... L'express ne nous attendra pas... Le chauffeur accéléra. Visiblement il avait reçu des ordres. Le cavalier arrivait à leur hauteur. Lisa sentit qu'elle avait surestimé ses forces. Clive était très pâle et ne s'était pas changé depuis la veille. Elle crut un instant qu'il allait lui faire signe de baisser sa vitre. Mais rien, il se pencha juste vers elle, sans un mot, sans un geste. Lisa ne pouvait le quitter des yeux. Il les suivit pendant quelques secondes, quelques secondes interminables puis changea brusquement de route pour se diriger vers les falaises, à bride abattue. La pluie recommençait à tomber.

— Il est fou, le terrain est glissant ! Lisa sentit son cœur se serrer.

— Vous avez bien raison mademoiselle. Je dis toujours, il ne faut jamais se croire plus fort que les éléments… Harris haussa les épaules et tourna sur la route qui menait à Penzance.

L'agence Cook était un bien curieux endroit, un lieu de rencontre entre les multiples nationalités de l'Empire qui déclinaient la même langue avec tant d'accents différents que Lisa s'y sentit presque une étrangère. Contrairement à beaucoup cette impression la rassurait. Il y avait là de riches Indiens en turban qui péroraient, suivis respectueusement par leurs femmes somptueusement drapées dans des tissus aux couleurs éclatantes, des Chinois de Honk-Kong habillés à l'occidentale, des Afrikaaners aux chapeaux à large bord et bien sûr, quelques Anglais de souche qui se frayaient difficilement un passage au milieu de ce tumulte indécent.

Lisa était à Londres depuis plus de huit jours. La ville lui avait rendu un peu de son appétit de vivre. Elle s'était surprise à vouloir attendre quelques temps avant de programmer son départ, découvrant dans les musées, les boutiques et les rues embouteillées toute une frénésie qui lui permettait de faire le vide. Lisa avait besoin de se fondre dans cette masse anonyme où personne ne la connaissait, balayée par le grand vent d'un monde qu'elle n'avait respiré qu'à travers les récits de Stevenson et les odeurs du large.

Elle était descendue dans un hôtel modeste, près de Kensington, où Margareth avait eu ses habitudes. Il est vrai que la chère femme n'avait pas dû y aller depuis bien des années puisque Lisa ne se souvenait pas l'avoir jamais vue s'éloigner de leur village. Les chambres étaient démodées mais la pension raisonnable et l'accueil aussi chaleureux que possible. A la salle à manger, des gentlemen-farmers côtoyaient de sages demoiselles affamées de culture qui jacassaient en désordre, impatientes de faire partager leur découverte du jour : un détail oublié sur le sarcophage d'Aménophis ou un commentaire inédit sur les Turner de la Tate Gallery. Ces messieurs ne manquaient jamais de leur adresser un compliment, s'émerveillant plus ou moins sincèrement de la justesse de leurs remarques et chacun se congratulait d'avoir eu la bonne idée de rester en si bonne compagnie. Les salles de bains étaient communes à l'étage de sorte que l'on assistait à un étrange balai aux heures matinales, les clients prenant leur thé, assis dans le couloir, en attendant sagement leur tour de toilette.

Rien de très excitant, mais c'était exactement ce que Lisa voulait : des gens sans histoires, avec un passé qui tenait en deux phrases et un futur tout tracé, la transition parfaite entre la province et l'inconnu. Lisa devait insensiblement devenir quelqu'un d'autre si elle voulait pouvoir tout recommencer. Ces témoins inodores et charmants l'y aidaient sans s'en rendre compte. Ignorant le cauchemar qu'elle venait de vivre, ils la traitaient avec une déférence un peu affectée, inhérente à leur classe, qui lui redonnait courage. Personne ne savait, personne ne saurait jamais à l'exception de Lord Havington et d'elle-même. Cette simple évidence lui permettait d'envisager l'avenir. Bientôt, Gullcowes lui parut si loin qu'elle en aurait presque oublié d'écrire à maître Greenfern, le notaire qui avait réglé la succession de Margareth, pour lui envoyer la procuration nécessaire à une vente éventuelle de la maison.

— Il y a un bateau qui part dans trois jours pour Singapour. Sinon, il vous faudrait attendre le 28 pour un direct sur Penang… L'agent de chez Cook relevait nerveusement sa petite moustache, la lissant avec les doigts pour lui donner l'aspect définitivement ridicule d'un guidon de vélo. Il ne devait pas dépasser de beaucoup les trente ans mais prenait son travail tellement au sérieux qu'il en paraissait facilement vingt de plus… De là, vous trouverez rapidement une correspondance pour l'île... si vous n'êtes pas trop difficile pour les conditions de confort...

— Ce sera parfait... Lisa n'en espérait pas tant. Elle retint une cabine de seconde, sans paraître porter attention à la curiosité de son vendeur qui se demandait ce qu'une femme seule pouvait aller faire dans ces terres lointaines. Il est vrai qu'il avait l'habitude de vendre des billets à des Anglaises célibataires pour des destinations exotiques, mais alors elles étaient souvent nettement plus âgées ou voyageaient par deux.

— C'est au nom de... mademoiselle... Durram.

— C'est cela.

— Vous embarquerez sur le Pendennis Castle... Quai numéro sept... C'est un très beau navire... Vous ne vous sentez pas bien mademoiselle... Lisa avait pâli.

— Très bien merci. Je suis un peu fatiguée en ce moment... L'excitation du départ sans doute... Elle prit ses billets, le salua et disparut rapidement dans la foule. Il ne lui restait plus qu'à trouver la poste la plus proche.

— Encore une qui ne supportera pas le voyage... grommela le vendeur en recomptant son argent.

## Chapitre IX

Londres — Singapour — Penang

— Le Tuan avoir bien meilleure mine qu'avant son départ... Abas tournait autour de Nicholas avec un air satisfait de propriétaire... Moi content !

— Apporte-nous donc à boire... Nicholas haussa les épaules et ouvrit sa chemise. En moins de huit jours, il avait perdu l'habitude de ses vêtements qui lui collaient la peau. Il invita Hugh à entrer et sourit en retrouvant instinctivement ses réflexes d'éducation. Ce matin, ils étaient encore nus sur la plage, se laissant aller au plaisir de l'instant. Rien ne comptait plus, que la satisfaction de désirs immédiats. Il avait suffit de ces quelques millimètres de tissus poisseux pour que le monde les rejoigne. Seul Rahman n'avait rien perdu de sa gaîté. On entendait son rire qui venait de la cuisine. Hugh restait silencieux, absorbé par quelque mystérieuse pensée. Lui qui pouvait se montrer si bavard n'avait pas prononcé un mot depuis qu'ils avaient quitté la crique. Il jeta son chapeau sur un des grands fauteuils en teck.

— Je peux m'asseoir ?... Un éclair de malice passa sur son visage.

— Evidemment... Nicholas jeta un coup d'œil machinal sur le kampong. Tout était tranquille. Abas réapparut un plateau la main.

— Moi allais oublier. Un boy est venu de la ville. Il a apporté lettre pour toi. Lui dire, c'est urgent.

— Eh bien donne !

— Tout de suite Tuan… Abas posa les verres et se dirigea vers la table où Nicholas rangeait ses papiers… Non, moi l'ai mis ailleurs… Le coolie réfléchit… le Tuan pas s'inquiéter. Moi vais la retrouver… Ah ! La voilà… Abas tira fièrement un papier froissé de son sarong… Savais bien pas l'avoir perdue !…

Nicholas décacheta l'enveloppe.

— Rien de grave, j'espère. Hugh alluma une cigarette.

— Non… C'est de ma sœur !

— J'ignorais que vous en aviez une…

— Vraiment… Nicholas releva la tête, il était fou de bonheur… C'est que j'ai moi aussi mon jardin secret… Elle arrive à Singapour à la fin du mois.

— Pour longtemps ?

— Pour toujours !


Lisa tira ses rideaux et tenta de dormir un peu. Elle n'avait pas quitté son lit, terrassée par un épouvantable mal de mer. Tout le monde avait été très gentil avec elle, jusqu'au commandant qui faisait prendre régulièrement de ses nouvelles. Le médecin du bord l'avait rassurée, cela arrivait souvent quand on s'embarquait la première fois pour une aussi longue traversée. Il ne lui faudrait pas plus de trois ou quatre jours pour être sur pied. En attendant, elle devrait éviter de rester à jeun et surtout ne pas rester enfermée.

L'agent de la Cook n'avait pas menti, le "Pendennis Castle" était vraiment un navire magnifique, haut comme deux immeubles et filant à dix-huit nœuds. Sa cabine était confortable sans être luxueuse avec un hublot qui donnait sur le pont ce qui ne manquait pas d'agrément. En d'autres circonstances, Lisa aurait pu passer ses journées à observer ses compagnons de voyage. Il faut avouer qu'à bord, la faune était des plus hétéroclite et les secondes un modèle du genre. En première ou en troisième, la fortune ou la misère avaient tendance à aplanir les différences. Rien ne ressemble plus à un riche qu'un autre riche ou à un pauvre qu'un autre pauvre, tout du moins tant que l'on n'en fait pas partie. Les secondes, elles, n'avaient rien d'uniforme. Elles étaient au croisement du bateau comme à celui de la société. Il suffisait de laisser traîner son oreille pour s'en rendre compte. La piste de palets où chacun finissait par se retrouver invariablement après avoir épuisé les joies de la lecture résonnait d'ambitions et de lieux communs contradictoires. On y côtoyait aussi bien des fonctionnaires aux cols jaunis à force d'être repassés, rêvant d'un poste de fin de carrière, qu'une troupe d'opéra de province inaugurant une tournée prometteuse ou des commerçants en tous genres, conversant avec les quelques rares touristes en quête d'exotisme. Ici, tout était possible et chacun savait qu'il pourrait encore monter ou descendre les escaliers pour se trouver sur l'autre passerelle.

— Il fait un temps magnifique !... Profitez-en pour marcher. Le grand air sera le meilleur des remèdes... Le médecin était revenu en fin de journée. Lisa ne vomissait plus ce qui était un grand progrès.

— Elle ne vous écoutera pas, docteur... Mrs Lynch, sa voisine, venait de passer sa tête dans l'entrebâillement de la porte... Je lui ai déjà dit la même chose mais il n'est pire sourd que celui qui ne veut pas entendre...

Lisa n'avait pas répondu. Elle n'avait pas l'intention de bouger et moins encore celle d'entamer une conversation. Elle bénissait presque les nausées qui lui donnaient l'excuse idéale pour éviter toute vie sociale. Elle avait besoin d'être seule, un peu comme si elle voulait se reconstruire à l'intérieur de ce ventre d'acier. Ces derniers temps, l'abattement et la honte avaient fait place à un violent sentiment de révolte. Plus personne ne trouvait grâce à ses yeux. Avant son départ, le réceptionniste de l'hôtel en avait fait, le premier, la douloureuse expérience. Il s'était trompé dans son addition. Lisa le remarqua et fit un scandale tout fait disproportionné pour une erreur de dix pence. Tout y était passé et son vocabulaire s'était montré singulièrement plus pauvre qu'elle ne l'aurait souhaité. Le pauvre garçon était complètement désarçonné, ignorant que ce n'était pas lui qu'elle insultait. Lisa hurlait son dégoût, son impuissance, son horreur devant l'humiliation qu'elle cachait au plus profond d'elle-même. Ces dix pence qu'on voulait lui faire payer en trop devenaient la tromperie dont elle avait déjà été la victime.

Lisa rouvrit les yeux. Bizarrement, elle se sentait mieux. Son mal de tête avait disparu. Elle aurait le courage de descendre dîner. Elle avait presque faim, ce qui était bon signe. Elle s'assit devant le petit miroir qui surmontait sa coiffeuse et passa lentement une brosse dans ses longs cheveux noirs. Lisa se sourit, elle ne s'était plus regardée pendant des semaines. Hier, Mrs Lynch avait réussi à l'entraîner à l'escale d'Alexandrie. Chère Mrs Lynch, elle était le messager du destin, un de ces personnages apparemment sans importance qui par un acte ou un mot anodin vous permettent, sans le savoir, de franchir un pas décisif.

Mrs Lynch devait avoir dépassé la cinquantaine et avait toujours sur elle un petit guide pour répondre au moindre problème ou à la moindre question que vous pourriez lui poser. C'était un petit bout de femme à la voix perçante, si bien qu'elle paraissait beaucoup plus grande qu'elle ne l'était en réalité. Son accent oxfordien, ses cheveux roux et son babillage incessant l'auraient facilement fait prendre pour une de ces vieilles Anglaises laissées pour compte mais elle était veuve et Américaine de Boston.

— Voyez-vous, comme elle se plaisait à le dire, j'ai toujours été persuadée que l'habit ne faisait pas le moine…

— Suivez-moi, les voyages forment la jeunesse. Ce serait inadmissible d'ignorer l'Egypte...

Lisa l'avait suivie, moins par envie que pour se convaincre qu'elle était ailleurs et le miracle se produisit. La ville était crasseuse, bruyante, délabrée, magique, fascinante et lumineuse. Tous les passagers suffoquaient de chaleur, Lisa revivait. Les enfants vous harcelaient pour une aumône, les marchands vous volaient à la moindre occasion, le thé était trop sucré. Lisa revivait. L'Orient lui avait sauté au visage avec ses couleurs et ses odeurs inconnues. Ici tout était neuf, brûlant et insoupçonné. Ce sentiment qui en angoisse certains agissait sur elle comme le plus sûr des calmants. Elle avait abandonné l'Angleterre, « ce petit endroit infect et gris », pour les joies d'une vie nouvelle, sauvage et mystérieuse. Là où elle allait, elle ne connaissait personne et personne ne la connaissait, à l'exception du seul être sur qui elle savait pouvoir compter. Lisa faisait peau neuve en se perdant dans les souks. Il existait bien un autre monde. Elle était à la croisée des chemins.

— C'est un interprète de troisième ordre mais sa voix sent la mozzarella et l'huile d'olive. Ce sera parfait pour nous mettre en appétit...

Ce soir, Mrs Lynch leur avait réservé deux transats pour écouter l'énorme ténor transpirant qui donnait un concert à la poupe. Le plastron tendu comme un voile par un jour de grand vent, ce Caruso des tropiques transpirait comme une aubergine salée par l'air marin. Il risqua un trille puis un autre, s'épongea le front, culbuta sur un contre sol avant de se laisser miraculeusement emporter par son propre chant.

Mrs Lynch noya son regard dans l'horizon, transportée par quelque secret intime. Lisa eut envie d'éclater de rire, ce qui ne lui était plus arrivé depuis longtemps mais le sérieux de sa voisine lui interdisait ce genre d'impairs. Mrs Lynch se rendait à Java pour rencontrer un mari qu'elle n'avait jamais vu, un planteur hollandais connu par petites annonces…

— Je suis folle mais qui ne risque rien n'a rien, répétait-elle en rougissant. A mon âge, un tiens vaut mieux que deux tu l'auras…

Dotée d'un tempérament jovial, elle parlait beaucoup pour cacher une nature sensible, ponctuant ses phrases de proverbes ou de maximes tirées des plus grands auteurs avec tant de naturel qu'on leur en voulait presque de n'avoir pas eu la délicatesse de lui en avoir laissé l'entière paternité. De ce fait, personne n'aurait pu dire ce qu'elle pensait vraiment. Lisa s'était mise à aimer sa compagnie sans s'en rendre compte, peut-être parce que ses idées sur tout lui permettaient de ne pas parler, peut-être aussi parce que ce que beaucoup aurait défini comme un grain de folie l'aidait se sentir plus normale.

— Tiens, un revenant!…

— Je peux entrer?… La voix de Clive tremblait un peu. Il avait longuement hésité avant de sonner.

— Tu es chez toi… Richard Wright recoiffait ses cheveux en broussailles. Il sortait du lit et avait dû enfiler rapidement une robe de chambre pour venir ouvrir… Entre!

— Merci… Clive ne trouvait plus ses mots. Il obéit comme un automate.

— Toujours aussi bavard je vois!… J'ai cru un instant que tu venais pour me voir…

— Tu es seul?

— J'en ai bien peur… Richard le prit par le bras et l'entraîna dans le salon. Les rideaux étaient tirés et la pièce dans le plus grand désordre. Une odeur âcre avait pénétré les tissus. La plupart des meubles étaient renversés, des cadavres de bouteilles et des pipes à opium traînaient sur le tapis…

— Excuse-moi, mais je ne t'attendais pas. J'ai donné

276

une petite fête hier soir et les domestiques sont en congé... Il ouvrit une fenêtre, un rayon de soleil vint accentuer le cataclysme ambiant... Mon Dieu quelle horreur ! De l'oxygène... Richard se retourna vers Clive... Aurais-tu perdu ton sens de l'humour ? Tu ne m'as tout de même pas réveillé juste pour me faire cette tête d'enterrement ?

— Je n'aurais pas dû venir. Je te dérange... Clive s'en voulait. Il savait ce qui l'attendait en revenant à Londres. Son passé le rattrapait trop vite, le pire ou le meilleur, son esprit était trop confus pour qu'il puisse le savoir.

— J'avais oublié que tu étais si bien élevé !... Richard alluma une cigarette. Tu avais tout pour être un parfait gentleman. Dommage que la nature en ait décidé autrement... Richard restait égal à lui-même, légèrement amaigri peut-être, plus bronzé sûrement et toujours cette façon agressive de vous mettre en face de vous-même.

— Tu me détestes ?... Clive posa la question sur le même ton. Un an s'était écoulé, un siècle lui semblait-il et la conversation reprenait comme si elle venait de s'interrompre. Certains êtres ont le don de s'imprimer si fort dans votre mémoire, dans votre sensibilité serait plus juste, qu'ils ravivent en une seconde tous les sentiments que vous leur avez portés. Le temps s'arrête et plus rien n'existe que cette confrontation que l'on se pensait capable d'éviter. Clive était venu en confiance là où il pensait pouvoir parler. C'était idiot, il le savait, il était furieux contre lui et pourtant l'envie avait été la plus forte.

— Pas le moins du monde ! Si cela avait été le cas, tu n'aurais pas franchi la porte... Richard se radoucit, lui aussi attendait ce moment et n'avait pas l'intention de le laisser passer... Tu reconnaîtras seulement que j'ai le droit d'être surpris.

— Je ne savais plus où aller... Je crois que j'ai besoin d'un remontant... Clive avait ouvert une bouteille de whisky.

— La vie à la campagne aurait-elle perdu de ses charmes, à moins que tu ne sois retourné dans notre cher collège ? Tout cela me paraît si loin maintenant... Richard s'était rapproché de lui et lui tendait deux verres.

— Ni l'un ni l'autre... Clive se détendit un peu. L'alcool glissa dans sa gorge comme un espoir liquide.

— Tu as de la chance de me trouver... Richard se laissa tomber dans le seul canapé encore d'aplomb... Je viens de rentrer et je repars dans quelques jours.

— Je sais... Clive jeta une bûche dans la cheminée... « Nelly Faversham » ajouta-t-il pour répondre à l'interrogation qu'il devinait.

— Nelly Faversham, je ne savais pas que tu la connaissais... Il est vrai que tout le monde la connaît !... Richard ricana... Je suis idiot, un parti idéal... Clive ne répondit pas... Alors tu dois savoir aussi que mes parents se sont montrés très généreux. Ma chère famille me préfère en voyage... Capri, Marrakech, la Grèce... le parcours classique des filles perdues !... C'était cela ou la rue. Je dois avouer que je ne regrette rien.

— Tu as de la chance... Clive vint s'asseoir à son tour... Je t'envie... Il était persuadé que Richard lui mentait, qu'il n'était pas heureux et qu'il ne le serait jamais. Une vie passée pour rien, en futilités, à attendre les mandats postaux n'avait rien pour séduire un garçon de sa trempe. Richard avait seulement l'élégance de paraître s'en accommoder au mieux.

— Eh oui, j'ai de la chance de ne pas être fils unique sans doute... Richard Wright, l'homme sans responsabilité, pas de nom à transmettre, pas de rang à tenir et tout compte fait une immense fortune. Ce n'est pas si mal !... Richard sourit... Mais je ne t'apprends rien. Parle-moi plutôt de ce qui t'amène ici en plein jour ! J'ai une haute opinion de moi-même mais je pense que tu dois avoir une bonne raison. Je me trompe ?

Clive aurait aimé rentrer sous terre. Il avait conscience

de l'indécence de la situation. Richard l'aimait toujours, il le sentait. C'est lui qui avait choisi de rentrer dans le rang, lui qui avait fui et voilà qu'il lui demandait de l'aider.

— Rien ne va plus… Clive rejeta la tête en arrière et tenta de retenir ses larmes… Je n'ai plus aucune idée de ce qu'il faut faire. Tu m'as toujours dit que cela m'arriverait et je ne t'ai pas cru. J'ai été un imbécile. Ma vie est foutue si tu veux savoir. Je t'apporte ta victoire sur un plateau…

— Qu'est-ce que je peux faire pour toi ? Richard lui passa la main dans les cheveux.

— M'aimer, m'aimer très fort, s'il est encore temps !


— Le Tuan me donner ce qu'il veut… trajet très court… Moi pas taxi. Les taxis de l'autre côté du port…

Le petit Malais s'était arrêté devant le quai de l'Eastern Line. Nicholas descendit du trishaw et fouilla dans sa poche pour trouver de la monnaie. Hugh lui avait arrangé un passage sur un de ses bananiers pour venir jusqu'à Singapour. Le bateau avait accosté dans une zone peu fréquentée par les blancs et c'était grâce au capitaine que Nicholas avait pu trouver un indigène qui le guiderait dans ce labyrinthe de ruelles étroites et puantes. Il sortit trois pièces et les tendit au coolie édenté, sûrement trop au regard de son excès d'amabilité.

— Toi aller tout droit, c'est juste là.

Nicholas enjamba une flaque noirâtre. Au loin, sur les collines, on distinguait les premières lumières de la ville. Il faisait encore frais et la brume qui s'était levée courait sur les pavés comme une mer de coton. Le port grouillait déjà d'activités à cette heure matinale. L'intérieur des entrepôts rougeoyaient comme des coulées de hauts fourneaux. Les dockers chinois, fidèles à leur réputation, semblaient ne jamais dormir. Ils se courbaient en poussant de petits cris qui les aidaient à supporter les énormes sacs qu'ils chargeaient sur leurs épaules.

Bientôt Nicholas aperçut un petit rassemblement d'Européens qui, comme lui, devaient attendre l'arrivée du "Pendennis Castle". Il se fraya un passage parmi les caisses à épices et les stocks de minerai en souffrance.

— Tu auras besoin d'un porteur. Moi très fort…

Nicholas ne put s'empêcher de sourire en regardant le gamin qui avait surgi de nulle part. Il gonflait ses muscles pour se donner de l'importance comme un jeune mâle qui voulait s'essayer au combat.

— Ces bateaux ont toujours du retard, c'est insupportable !

Une femme rabattit sa voilette et s'assit sur une borne de pierre. Son voisin immédiat revenait de la capitainerie où on lui avait indiqué que les remorqueurs venaient seulement de quitter l'embarcadère. Nicholas alluma une cigarette, suivi à deux pas par la poussière d'homme qu'il avait fini par engager. Les autres porteurs lui jetèrent un regard haineux mais aucun n'osa manifester ouvertement son mécontentement.

Le "Pendennis Castle" apparut enfin à l'horizon. Nicholas sentit sa gorge se nouer. Dans quelques minutes, il pourrait serrer Lisa dans ses bras. Il avait peur. Le jour était enfin arrivé et il avait peur. Tout ce qu'il n'avait pas oser s'avouer se bousculait dans son esprit. Lisa allait-elle se plaire, se faire à sa nouvelle vie ? Cette arrivée précipitée ne lui ressemblait guère et devait cacher quelque chose. Non, il se mentait ! La vraie question était ailleurs. Lisa et lui ne s'étaient jamais séparés et après une aussi longue absence allaient-ils se retrouver comme autrefois ? Nicholas avait changé et il le savait.

— Le Tuan ne va plus vouloir me garder maintenant…

— Et pourquoi donc ?… Nicholas repensa à l'inquiétude de Rahman qui était venu se blottir contre lui l'autre nuit.

— Il y aura quelqu'un d'autre pour bien tenir sa maison. Rahman n'est plus utile…

Le paquebot accostait quand le soleil dépassa la pointe de la péninsule. Les marins jetaient les amarres par dessus bord et déjà certains passagers faisaient de grands signes à ceux qui étaient venus les attendre. Des ordres confus se perdaient dans le bruit des trompes et des sirènes. Nicholas cherchait Lisa des yeux, sans pouvoir la trouver. En quelques minutes, le quai fut noir de monde. Il en sortait de partout, des blancs qui avaient préféré attendre à l'écart, des coolies qui s'étaient passés le mot et une multitude de marchands chinois qui installaient leur échoppe de fortune, prêts à vendre leurs pacotilles aux arrivants. Nicholas manqua de se faire renverser par une voiture qui fendait la foule sans prêter la moindre attention à ce qui pouvait se trouver sur son passage. Son porteur l'avait attrapé par le bras pour le pousser sur le côté.

— Toi avoir la tête ailleurs. Ici beaucoup de gens pressés.

— Je vais lui dire deux mots... Nicholas retrouva son équilibre. L'automobile passait devant lui. A l'arrière, un jaune obèse, à la peau mate et au crâne poli fumait un cigare en clignant des yeux.

— Monsieur Tang, très riche... Lui venir chercher sa femme. Lui très puissant... Pas toucher.

Nicholas ne répondit pas. Il venait d'apercevoir Lisa qui s'avançait sur la passerelle, précédée par une petite rousse qui se frayait un passage à coups d'ombrelle.

— C'est encore pire que ce qu'on m'avait dit... Mrs Lynch venait de repousser une indigène qui s'agrippait à ses manches pour lui recommander un hôtel... Nous allons trouver un taxi et nous renseigner pour nos correspondances... Eh bien ma petite vous avez perdu votre langue ?

Lisa agita la main. A quelques mètres, elle venait de reconnaître son frère et courait vers lui. Pour elle, c'était la fin du cauchemar. Ils se regardèrent un instant avant de se jeter dans les bras l'un de l'autre.

— C'est idiot ! J'ai horreur de cela… Elle essuya une larme d'un revers de la main.

— Viens. Ne restons pas ici… Nicholas aurait aimé la faire rire mais rien ne lui venait à l'esprit. Pour un peu, il aurait pleuré aussi.

— Eh bien, je vois que les plans ont changé… Mrs Lynch était montée dans un trishaw et souriait d'un air entendu… Allez en route…

Lisa voulu la retenir mais l'Américaine affichait une discrétion excessive.

— Il n'est de meilleure compagnie qui ne se quitte… Souhaitez-moi bonne chance, les dés sont jetés… ajouta-t-elle en criant quand l'attelage disparut en tournant au coin de l'entrepôt.

— Tes scènes me fatiguent ! Personne ne pensait à mal !… Chamsa recompta lentement l'argent avant de le ranger dans une petite boîte en bois de santal. Elle avait d'abord pensé le brûler puis s'était ravisée. Puisque les Anglais croyaient pouvoir tout acheter autant profiter de leur ignorance. En la payant pour la remercier, Nicholas l'avait traitée comme une simple servante. A la vérité, c'était Hugh qui l'avait déçue. Comment l'avait-il laissé faire ? Il se montrait si distant depuis quelques temps qu'elle avait l'impression de ne plus le connaître vraiment. Hugh avait toujours été honnête avec elle mais Chamsa avait espéré faire mentir les astres. Avec le temps son amour finirait par déteindre sur lui. Peu à peu, elle avait fini par accepter une situation à laquelle elle ne pouvait rien changer. Mais depuis l'autre nuit, sa confiance avait disparu. Elle s'était disputée avec Hugh pour la première fois. Il n'avait pas voulu entendre, elle l'avait pourtant prévenu :

— On n'arrache pas impunément un homme à son destin…

Chamsa frissonna. Elle savait ce qu'il en coûtait d'entrer en contact avec les démons de la nuit et que le vrai prix à payer était à venir. Elle alluma un cône d'encens et le couvrit de sel pour conjurer le mauvais sort.

— Tu es complètement fou ! Lisa s'adossa à l'un des grands hévéas pour reprendre sa respiration. Elle avait présumé de ses forces.

Nicholas lui faisait visiter la plantation quand elle avait eu le tort de parier qu'elle arriverait la première jusqu'au fleuve. Il venait de la dépasser et de la faire rouler dans les feuilles.

— J'abandonne, tu as gagné... L'émotion des retrouvailles avait fait place à une succession d'émerveillements. Tout ici paraissait plus grand que la vie.

— Tu as bien meilleure mine qu'hier matin... Nicholas l'avait attrapée par la taille et se serrait contre elle. Il ne voulait plus penser à rien, juste respirer le parfum de son enfance.

Lisa avait raison, il était complètement fou, complètement fou d'avoir pu croire un instant que tout ne serait pas comme avant. En se sentant l'un contre l'autre, ils retrouvaient l'ancienne force qui leur avait tant manquée. Lisa avait beaucoup parlé pour éluder les questions, donnant des nouvelles de Gullcowes, de Mrs Hudson et des Bowles, imitant Mrs Lynch ou trouvant mille anecdotes pour ne pas avoir à prononcer le seul nom qu'elle ne voulait plus entendre. Nicholas ne fut pas en reste et chacun se disputait pour se raconter. Il ne pouvait s'empêcher de la regarder, de s'en vouloir d'avoir douté. Les scénarios de la vie sont toujours plus surprenants que ceux de l'imagination.

— Laisse-moi, je ne serai jamais prête ! Lisa remit de l'ordre dans ses cheveux... Cette invitation était-elle si pressée ? Je suis encore très fatiguée par le voyage.

— Tu verras... Son frère l'entraînait sur le chemin de

terre rouge qui serpentait vers la maison.

— Puisque tu le dis... Lisa changea de conversation...
Ma chambre est ravissante, je te remercie.

— Oui, je regrette presque de te l'avoir donnée...
Nicholas évita en riant une tape amicale... C'est certainement là qu'il fait le plus frais, une idée de Rahman... Il
avait d'abord pensé installer Lisa à l'étage mais son boy
lui avait conseillé de préférer une pièce qui ouvrait sur la
véranda avec une vue magnifique sur la jungle.

— Ici, personne ne viendra la déranger... Abas avait
ronchonné comme à l'accoutumée et avait fini par accepter de renoncer à l'ancienne chambre de maître qui lui
servait de débarras. Rahman avait fait des merveilles
pour montrer son habileté et la remise en état était des
plus réussies.


— C'est une très ancienne légende... Hugh baissa la
voix, instinctivement, pour confier un secret qu'il tenait
de sa grand-mère indienne. Nicholas se tenait un peu à
l'écart, laissant Lisa faire connaissance avec son ami. Le
dîner avait failli tourner court. Lisa s'était montrée dis-
tante, s'absentant à plusieurs reprises, prétextant une
migraine qui la forçait à s'allonger. Hugh prit le parti de
ne rien remarquer. Il garda le sourire et se montra aussi
impeccablement bien élevé qu'à son habitude. Nicholas
le savait susceptible et craignait le pire.

Puis brusquement l'ambiance s'était détendue. Hugh
avait abandonné son uniforme de gentleman britannique
pour parler de son pays. Lisa s'était assise et n'avait plus
bougé. Elle avait d'abord détesté ce garçon dont son frère
lui avait rebattu les oreilles. Ses manières trop emprun-
tées, sa façon de trouver à chaque occasion le mot opportun, tout cela sonnait faux. Elle ne pouvait pas comprendre ce que Nicholas lui trouvait de si fascinant et son
immense fortune ne plaidait pas en sa faveur. Lisa

cherchait les sujets de conversation, comptabilisant à l'avance celui qu'elle lancerait quand on aurait épuisé le précédent de banalités navrantes et prévisibles. C'est par hasard qu'elle avait fait mine de complimenter Hugh sur la beauté de son kriss et elle fut la première surprise à s'intéresser à la réponse.

— C'est l'héritage d'un lointain aïeul... Ma mère le tenait de son père qui lui-même le tenait de son propre père. Hugh lui tendit le couteau pour mieux lui montrer le manche d'ivoire travaillé... « On raconte qu'il a appartenu à un grand prêtre de Kali. Son propriétaire est protégé contre le mauvais œil mais s'il s'en sépare... »

— Eh bien... Lisa ne put s'empêcher de frissonner en touchant le fer.

— Le sang d'un juste devra couler.

— C'est affreux ! J'espère que vous ne croyez pas à ces horreurs !

— Rassurez-vous, pas le moins du monde... Hugh marqua une pause. Lui plus qu'un autre voulait vaincre ces vieilles superstitions... Mais je tiens cette histoire pour un symbole. La vie est courte et aucun d'entre nous n'a le temps de refuser de rencontrer l'autre.

— Je comprends... Lisa baissa les yeux. Elle souriait. Hugh avait frappé juste.


— Je crois que vous l'avez séduite. J'étais certain que vous y parviendriez... Nicholas s'adossait à la varangue. Lisa était partie se coucher, laissant les hommes à leur conversation. Il faisait tiède et l'air sentait la vanille. Abas leur avait servi le café sur la terrasse.

— Vous avez tant de chance d'avoir une famille... Hugh soupira en lâchant cette phrase. Pour la première fois, il semblait livrer quelque chose de lui-même, non pas une idée mais un sentiment, terrain sur lequel il évitait toujours de s'aventurer.

Nicholas saisit la balle au bond. Il attendait ce moment depuis longtemps.

— Et vous ?

— Moi, il ne me reste personne…

— Avez-vous déjà été amoureux ? Vraiment, totalement… sans restriction…

— Peut-être… Hugh écrasa un moustique qui s'était posé sur son bras.

— Vous fuyez. Ce n'est pas dans vos habitudes. Cela vous manque tellement ?… Nicholas ne le quittait plus des yeux.

— Je ne sais pas…

— Moi, c'est la seule chose à laquelle j'aspire vraiment… Je sais ce que vous allez me répondre.

— Bravo, moi je l'ignore !… Hugh se leva son tour.

— Je suis un naïf… Nicholas lui tendit une cigarette.

— Non, je sais que l'amour est la seule chose qui vaille d'être vécue. Je suis simplement plus pessimiste au quotidien… Hugh se penchait pour prendre du feu.

— L'avenir est imprévisible. Il y a des chemins multiples… C'est vous qui me l'avez appris.

— Vraiment ?… Hugh perdit son regard dans la nuit… Eh bien, je donnerais la moitié de ma vie pour savoir enfin quel est le mien.

— Malheureusement, c'est encore trop demander.

— Vous devez avoir raison… Hugh posa sa main sur la sienne… Je préfère ne pas avoir de souhaits médiocres, j'aurais trop peur qu'ils se réalisent.

— Nous devrions jurer de nous aimer tous les trois, totalement, pour toujours !

— Rien ne nous empêche d'essayer…


— Tu imagines ce qu'il m'en a coûté de venir… Milady s'était assise dans une des bergères recouvertes de soie qui faisaient face au grand canapé du salon de Cowley Street.

Il faisait un temps épouvantable, la pluie n'avait pas cessé de tomber depuis trois jours et le feu qui crépitait dans la cheminée était le bienvenu.

— Vous voulez dire dans la maison de mon amant…

Clive était resté debout et la regardait sans tendresse. En s'installant ici, il avait délibérément rompu avec tout ce qui le rattachait au passé. C'était son seul moyen pour survivre. Les lettres que sa mère lui avaient envoyées étaient restées sans réponse. C'était son coup de fil qui l'avait décidé à la recevoir. Richard l'y avait encouragé, au moins les choses seraient claires…

— Il t'a fait la grâce de s'absenter pour l'occasion. C'est une preuve de délicatesse sur laquelle beaucoup de tes amis devraient prendre exemple.

— Je t'en prie ! C'est déjà assez difficile…

Depuis près d'un mois que son fils avait quitté le château, Lady Havington ne vivait plus. Clive était parti sans un mot et ce qu'elle redoutait le plus n'avait pas manqué de se passer. Son instinct ne l'avait pas trompée et c'était chez ce Richard Wright qu'elle avait commencé par chercher. Ses mains tremblaient et elle n'arrivait pas à le cacher.

— Je vous ai connue plus stoïque… Clive avait remarqué ses yeux battus sans y attacher beaucoup plus d'importance. Il était à mille lieues de la souffrance des autres… « Avec ce cher papa vous êtes pourtant à bonne école. »

— Epargne-moi tes sarcasmes !… Milady s'était redressée. Une réplique plus cinglante lui avait brûlé les lèvres mais elle se garda bien de la laisser échapper… J'ai toujours été de ton côté et tu le sais.

— Tant que je ne contrecarrais pas vos plans, je vous l'accorde… Clive adorait sa mère et c'était justement pour cela qu'il ne pouvait lui pardonner le rôle qu'elle avait joué dans les événements récents. Il affecta un détachement poli… Que puis-je faire pour vous ?

— J'ai peur… Milady jouait nerveusement avec ses mains… J'ai peur pour toi. Cette situation ridicule ne peux pas continuer.

— De quoi parlez-vous ?… Clive plongea son regard dans celui de sa mère. Elle devrait aller jusqu'au bout de sa pensée. Il ne lui ferait pas grâce d'une parole. Il voulait qu'elle prononce les mots honteux, que des images lui viennent à l'esprit pour qu'elle ne puisse plus se cacher la vérité. Aujourd'hui Clive avait besoin de la crier à la terre entière. Il n'était plus de ces homosexuels honteux qui plaisantent sur leur jeux de garçons entre le cigare et la fine champagne avant de rejoindre une épouse qu'on ne touchait plus qu'à Pâques ou La Trinité, il était une tante, une pédale, une crêpe, un allongé ou pour les âmes plus romanesques une fille à soldats. Il tenait sa revanche sans même l'avoir cherchée. Le sang pourri des Havington qui coulait dans ses veines allait s'éteindre pour toujours et leurs ambitions réduites à néant par son seul bon plaisir.

— Tu le sais très bien… Ne me force pas à prononcer les mots, d'autres s'en chargent très bien… Milady esquiva un geste de tendresse dans la direction de son fils. Il fit mine de l'ignorer, elle reposa ses doigts sur un des coussins brodés du canapé… Je croyais que ça n'avait été qu'un accident de collège. Tous les hommes ont connu cela, enfin je crois… Mais là, tu passes les bornes. T'afficher au grand jour… On vous voit partout, au restaurant, aux courses, chez Lord Ferncliff et j'en passe…

— C'est faux… Clive eut un petit sourire… Mais j'étais sûr que vous en viendriez là ! Croyez bien que je suis désolé de compromettre votre réputation.

— Il s'agit bien de cela !… Milady leva les yeux au ciel… Ne fais pas l'idiot ! Tu es simplement en train de gâcher tout ton avenir.

— Je me demande ce qui vous embête le plus, que je couche avec un garçon ou que j'ai voulu épouser quelqu'un qui ne soit pas de notre milieu. Il faudrait vous décider, cela fait désordre... Clive épousseta le revers de son veston.

— Tu as toujours tout fait pour te mettre dans des situations impossibles. Je ne sais pas ce qui te passe par la tête... Milady ne comprenait pas. Aussi longtemps qu'elle se souvienne, Clive ne s'était jamais comporté comme elle l'avait prévu.

— Posez-vous la question. Après tout, c'est vous qui m'avez fait.

— Oui et cela me donne certains droits!... Milady haussa le ton. Elle détestait cette façon que son fils avait de la mettre en accusation. A ce moment elle ne put s'empêcher de penser qu'il ressemblait terriblement à Charles.

— Vraiment?!... Clive se rapprocha de sa mère... Et lesquels s'il vous plaît? Ceux de décider à ma place de ce qui est bien ou mal. Je ne crois pas que l'incomparable succès de votre existence fasse de vous le meilleur juge.

— Je t'interdis!... Lady Havington accusa le coup.

— Vous n'avez plus rien à m'interdire. Ce temps est révolu.

— Tu as raison... Milady réussit à retrouver son sang-froid. La conversation prenait un tour qu'elle n'avait pas souhaité. Clive avait le don pour la faire sortir de ses gonds et elle regrettait ensuite de s'être emportée... Je ne suis pas venue pour te condamner.

— Ravi de vous l'entendre dire. Jusqu'à présent, j'aurais parié le contraire.

— Je suis là pour t'aider... Milady s'était levée. Elle prit la main de son fils. Elle était bouillante.

— Je n'ai besoin de rien merci... Clive se contracta... J'ai tout ce que je peux souhaiter. Partez tranquille.

— Tu n'es pas heureux... Lady Havington lui caressait le visage.

— Vous n'en savez rien... Clive alla se verser un verre... Personne ne peut être garant du bonheur ou du malheur des autres.

— Tu ne peux pas l'être, c'est impossible, pas avec cette vie !

— Que savez-vous de ma vie ?

— Rien, c'est vrai mais je te connais mieux que tu ne penses… Je regrette ce qui s'est passé.

— N'en parlons plus voulez-vous !… Clive but d'un trait.

— Si, au contraire. Je n'ai pas compris à temps et je suis sûre que… Milady n'arrivait pas à finir sa phrase.

— Quoi ?

— Je suis sûre que ton père n'est pas étranger à cette affaire. C'est de ma faute, je n'ai pensé qu'à… Lady Havington chancela et se rattrapa à la cheminée sans savoir elle-même la part de feinte qu'il y avait dans son attitude… Pardonne-moi, je suis très fatiguée.

— Ne vous mettez pas dans des états pareils, je ne le supporte pas… Clive prit sa mère dans ses bras. Il eut un moment d'hésitation et l'embrassa sur la joue. Il savait qu'il devait se ressaisir très vite, les cicatrices étaient trop récentes pour qu'il se permette de se laisser aller… Vous n'avez rien à vous reprocher. Si cette… Si Lisa m'avait vraiment aimé, elle ne serait jamais partie. Le destin en avait décidé autrement…

— Alors ne te détruis pas pour elle !

— Ce n'est pas le cas je vous assure !… Clive sentait monter sa violence. Il alla la fenêtre et regarda un instant les passants qui se pressaient pour rentrer chez eux. Le spectacle de la rue l'aidait toujours à sortir de lui même. Il reprit sur un ton plus enjoué… « Disons qu'à l'éviden-ce notre famille n'est pas très douée pour le bonheur. J'essaye simplement de trouver une solution qui me res-semble. »

— Tu as peut-être raison… Milady se força à sourire… Si… si tu changeais d'avis, j'ai fait faire une enquête. Je sais qu'elle a pris un billet pour Singapour. Son frère a une plantation dans les environs.

— C'est inutile je vous assure… Clive prit les papiers que sa mère lui tendait, un rapport de Faber et Faber, une agence de détectives du West-End et les jeta au feu… Tout est joué.

— Comme tu voudras… Milady ouvrit son sac… J'ai pensé que tu aurais peut-être besoin d'argent…

— Tout va très bien pour l'instant et si cela change, je me débrouillerai…

— Comme tu voudras… Lady Havington savait qu'elle n'obtiendrait rien de plus. Elle reprit son chapeau et regarda son fils en lui envoyant un baiser de la main… Ne me raccompagne pas. Tu sais que j'ai horreur des attendrissements… Elle ouvrit la porte du salon et se retourna une dernière fois… Fais bien attention à toi…

Clive la laissa partir et resta un long moment sans bouger avant de donner un grand coup de poing sur le mur. Il aurait voulu pleurer mais rien ne venait qu'une longue brûlure qui lui déchirait le ventre, une brûlure profonde venu du fond des âges et qui aurait la cruauté de le laisser en vie. Dans la cheminée les dernières feuilles du cabinet Faber et Faber finissaient de se consumer. Clive en saisit un morceau qui s'effrita sous ses doigts. C'était sa vie qu'il avait dans la main ou plutôt ce que Lisa lui en avait laissé. Il aurait aimé la haïr, simplement la haïr. Tout aurait été plus facile. Même cela, il n'y parvenait pas. Il était le seul fautif, son existence était une erreur et n'aurait jamais aucun sens.

A cet instant Clive était persuadé qu'il ne pourrait jamais semer que le désespoir sur son passage. Qu'importe, les autres aussi avaient un prix à payer. C'est alors qu'il vit la pipe à opium qu'il avait préparée sur le guéridon chinois. Il s'avança pour l'allumer et laissa envahir son estomac par la chaleur douce. Bientôt Clive se sentit le cœur plus heureux, l'esprit allégé, l'air lui parut plus transparent et facile à respirer.

La nouvelle s'était répandue comme une traînée de poudre. Un puissant groupe d'industriels de Londres achetait toute la production de latex pour les deux ans à venir et cinquante pour cent plus cher que lors des dernières récoltes. En ville, on ne parlait plus que de cela. La grande majorité des journaux du pays titrait sur le "boom" prévisible et le Times, d'habitude peu enclin à l'emphase journalistique, parlait même d'une probable "fièvre du caoutchouc". Penang allait retrouver sa gloire passée. Un événement mineur prit figure de symbole : Elton Brestlow, pourtant si près de ses sous, venait de contracter un emprunt à la Barings pour s'agrandir en rachetant les deux boutiques contiguës à la sienne.

Sir Rupert descendit de voiture en pliant les dernières dépêches. Son cuisinier avait laissé trop cuire ses œufs brouillés, ce qui n'était pas fait pour arranger son humeur. Oui, contrairement à toute attente, Sir Rupert ne partageait pas l'allégresse générale. Il avait déjà entendu parler de cette prochaine flambée des prix mais s'était bien gardé de la prendre au sérieux. Depuis bientôt trente ans qu'il vivait en Asie, le gouverneur avait entendu tant de choses, plus incroyables les unes que les autres, qu'il ne leur attachait plus aucune importance. En fin observateur de cette culture immobile, il savait qu'elle était propice au développement de rumeurs et de vérités contrefaites. C'était un peu comme si chacun cherchait à échapper à sa propre vie en nourrissant un impossible espoir. L'année passée, la Shell avait cru trouver du pétrole à Bornéo, secouant ainsi définitivement le monopole des compagnies américaines. Les bourses de Londres et de New York avaient frémi et les spéculateurs, gros ou petits, s'arrachaient des lambeaux de jungle à des prix mirifiques. En dernière analyse, "l'or noir" s'était avéré complètement inexploitable, ce qui en avait ruiné plus d'un.

Sir Rupert avait rédigé un long rapport au Ministre des

Affaires Etrangères pour dénoncer l'illusion, voire l'escroquerie, qui sous-tendait de pareilles manœuvres. Il connaissait bien le Sarawak pour y avoir accompli plusieurs missions dans sa jeunesse et pouvait assurer formellement que jamais, jamais on y trouverait le moindre gisement intéressant. Personne ne lui répondit, ce qui ne l'empêcha pas d'avoir le triomphe modeste.

Pourtant cette fois-ci, il fallait se rendre à l'évidence, l'argent était là. Le gouverneur bougonna et frappa machinalement sur un des pneus de sa voiture. Le responsable était sous son nez, il le voyait tous les jours sans même le soupçonner... Belle leçon d'humilité pour un homme qui pouvait de mémoire vous expliquer la stratégie militaire de Napoléon lors des campagne de la bataille de France en 1814. Sir Rupert monta les marches du palais sans répondre au salut des Cipayes qui lui présentaient les armes. Il secouait la tête, se lamentant en silence sur l'inconscience de ses compatriotes. Bientôt la colonie serait infestée d'hommes prêts à tout, qui débarqueront pour s'en mettre plein les poches, des aventuriers sans scrupule et plus certainement encore, sans éducation.


— Je ne savais pas que vous jouiez... Lisa s'était appuyée sur le vieux piano du club pour écouter la balade irlandaise.

— Moi non plus... Hugh posa sa cigarette... Vous pardonnerez les fausses notes... Il rit... Les fausses notes, c'est la liberté.

Lisa rit à son tour et tapa du pied en mesure. Ces dernières semaines avaient passé comme un enchantement. La joie de son frère était communicative. Bientôt ils seraient riches et rien ne pourrait plus les atteindre. Nicholas faisait tout pour lui faire plaisir, ne négligeant rien pour la distraire. Hugh ne les quittait plus, se montrant sous un jour nouveau, toujours prêt à s'amuser.

Lisa avait tout ce qu'elle pouvait désirer et vivait chaque jour comme le dernier. Nicholas avait raison, Hugh ne ressemblait à personne qu'elle ait connu. C'est lui qui avait eu l'idée de descendre en ville pour lui présenter toutes ces vieilles barbes qu'il caricaturait à merveille. Lisa en profiterait pour s'acheter de nouvelles robes et abandonner les vêtements qui la faisaient étouffer.

— Alors, c'est la fortune ?!... Nelson Darcy frappa sur l'épaule de Nicholas qui commandait au bar... Finalement Closters vous a fait un beau cadeau !

— Je ne crois pas que c'était dans ses intentions...

— Je vous admire, moi j'aurais du mal à garder mon calme... Vous ne m'ôterez pas de l'idée que vous êtes un sacré veinard !

— On peut voir les choses comme cela...

Nicholas essaya d'écourter la conversation. Il n'avait aucunement l'intention de se laisser coincer par ce bavard invétéré. Au pied du mur, il regrettait presque d'être venu. Cuypper ne se montrait plus guère et c'était le seul avec lequel il aimait discuter. Certaines choses qui réjouissent de loin se révèlent souvent bien moins joyeuses qu'on ne l'avait prévu. Nicholas se forçait à faire bonne figure mais n'arrivait pas à s'amuser comme Hugh et Lisa.

— C'est votre sœur à ce qu'on dit... Darcy pointa Lisa du bout de son nez... Joli brin de fille... Le magistrat se reprit. « Vous ne m'en voulez pas ? »

— Pas du tout. Je suis de votre avis...

— Coleman aussi à ce qu'il semble.

— Oui, je crois qu'ils s'entendent très bien...

— Vous êtes aveugle, il la mangerait sur place !...

Elliot Waïk bâilla lourdement. Il avait l'air de somnoler, tout ventre dehors, affalé sur une chaise près de la réserve de whisky. Il pouvait rester là des heures, les paupières mi-closes, comme un lézard qui guettait sa proie

— Il n'a pas tort, le bougre ! Cette fille est gréée comme un trois mâts... Dans ce foutu pays, la viande fraîche se fait rare. Méfiez-vous, la dernière n'a pas refait surface.

— Ne l'écoutez pas, il a trop bu… Darcy donna un petit coup de coude à Nicholas. Il l'avait vu pâlir et cherchait à détendre l'atmosphère.

— Pas de ça avec moi, juge de mes deux ! Je sais très bien ce que je dis. Elliot tenta de se lever sans y parvenir.

— Je n'en doute pas… Nicholas réussit à lui sourire. Il se moquait bien de l'allusion à Miranda Jones. Non, c'était autre chose, le capitainier le dégoûtait et la simple idée qu'il puisse porter un jugement de mâle sur sa sœur lui était proprement insupportable.

— Waïk, vous devenez vraiment impossible ! Si ce n'était par amitié pour Milicent… Nelson haussa les épaules avec un air de mépris.

— Quoi Milicent ?

Elliot se pencha dangereusement en avant. Darcy le recala sur son siège.

— L'alcool vous tuera. Allez, ça va pour cette fois…

— Je sais très bien ce que je dis moi !… Très bien…

— Mais oui… Nelson baissa la voix pour n'être entendu que de Nicholas. « Cette pauvre Milicent n'avait vraiment pas mérité cela… Enfin, il n'a pas tout fait tort. Je serai vous, je ne les laisserais pas seuls. »

Darcy lui fit un clin d'œil… « Encore que ce ne soit pas très drôle de tenir la chandelle. »

— J'y penserai…

Nicholas s'éloigna sans même saluer Morton qui venait de les rejoindre. Hugh et Lisa, c'était impossible ! Il avait toujours su qu'elle devrait le quitter un jour pour un autre homme mais pas pour celui-là. Il serait deux fois abandonné. Il répondit machinalement à sa sœur qui lui faisait signe de la main et alla s'asseoir à une table dehors. Darcy l'avait piqué au vif. Cette vieille pie avait raison, c'était évident, ça crevait les yeux et il était le seul à ne pas s'en rendre compte.

Depuis le début, Nicholas s'était réjoui de voir les deux êtres qu'il aimait le plus au monde si bien s'entendre. Plus, il avait tout fait pour cela. Tout se passait comme il l'avait souhaité et voilà qu'une simple remarque le rejetait dans la pire des solitudes. Pourtant rien ne le justifiait, c'était absurde ! Nicholas tenta de lutter mais il se sentait aussi triste qu'un gamin qui faisait bande à part en regardant les autres s'amuser. Il alluma nerveusement une cigarette en se disant qu'à ce moment précis, il aurait parlé à n'importe qui pour tenter d'oublier ce bruit de piano qui résonnait dans sa tête.

— Toujours aussi sociable !... Le secrétaire du gouverneur s'épongea le front... Cela ne m'étonne pas qu'il soit toujours avec le métis... Morton se tourna d'un air rogue vers le boy qui essuyait les verres... Toi, le macaque donne moi un bock !

— Quelque chose ne va pas ?... Darcy connaissait bien son homme. Morton avait tendance à s'empâter. Comme il mangeait comme quatre, il ne buvait jamais de bière, sauf si quelque chose le contrariait... (« Je picore. C'est cette saleté qui me fait gonfler ! »)

— Le vieux est d'une humeur de cochon !... Pas à prendre avec des pincettes !... Chacun savait que le vieux était le surnom dont Morton affublait le gouverneur et qu'il ne fallait y voir aucune marque d'affection superflue.

— Sir Rupert n'a pas que des mauvais côtés. Un peu vieille école, rien de plus...

— J'aimerais bien vous y voir ! Une baderne sans aucune ambition. C'est ces hommes-là qui nous tueront l'Empire...

— Vous prenez tout trop cœur ! Je vous conseille de...

— Conseillez-moi ce que vous voulez mais vous, vous feriez mieux de surveiller votre femme... Morton eut un petit gloussement narquois en plongeant sa bouche dans la mousse fraîche.

Sur la terrasse, Nicholas bavardait avec Eilleen.

— Vous êtes ridicule !... Darcy haussa les épaules et partit les rejoindre de son pas chaloupé.

Nicholas était monté se coucher plus tôt que d'habitude. Il avait prétexté la livraison de nouvelles machines pour retourner à la plantation. Chez lui, il était sûr de pouvoir retrouver son calme. Hugh avait proposé de l'accompagner mais Lisa avait insisté pour rester en ville, ce qui avait achevé de le déstabiliser. Oh, elle avait bien fait semblant de vouloir faire encore quelques courses et demandé à Hugh de ne rien changer à ses plans mais Nicholas n'était pas dupe. Hugh ne l'avait pas laissée seule. Les savoir ensemble, l'empêchait de respirer.

— Le Tuan devrait prendre un bain. Il fait si chaud...

Rahman venait d'entrer dans la chambre.

— Te voilà toi !... Nicholas ouvrait toutes les fenêtres pour tenter de faire courant d'air. Il était en nage... Il faut que je m'occupe de tout dans cette maison. Où est Abas ?

— J'étais avec lui dans la cuisine... Rahman n'eut pas le temps de finir sa phrase.

— Tu n'as rien à y faire !... Nicholas lui sauta au visage, laissant couler sa rancœur accumulée.

— Tiens, je t'ai apporté ça... Le boy fit semblant de ne rien remarquer et garda sa bonne humeur. Nicholas attrapa la serviette mouillée et se la passa sur la nuque.

Lisa ne se ressemblait plus. Toujours ce curieux besoin de s'étourdir à tout prix. Pour un peu, elle aurait joué au whist avec entrain alors qu'en Angleterre pour rien au monde on n'avait jamais pu lui faire toucher une carte. Nicholas n'avait pu s'empêcher de lui en faire la remarque, mais c'était peine perdue. Elle se conduisait comme une idiote. Hugh finirait bien par s'en rendre compte.

— Tâche de ne pas faire de bruit. Je suis fatigué.

Nicholas s'était glissé dans son lit pour y trouver un

peu de fraîcheur. Rahman se déshabillait dans l'ombre du store. Dehors le ciel était clair et la lune brillait comme un lamparo posé là pour hypnotiser les curieux.

Nicholas se retourna plusieurs fois et serra les mâchoires. Il revoyait Lisa danser avec Hugh quand il avait dû se contenter d'Eilleen Darcy. Sa tête lui faisait mal, il n'arriverait pas à faire le vide.

— Le Tuan est trop nerveux… Rahman se tenait devant lui. Son sexe s'était dressé et il ne cherchait pas à le cacher. Il s'approcha du lit un sourire au lèvres… Moi non plus, je ne veux pas dormir…

— Il n'y a pourtant rien d'autre à faire… Nicholas retenait son souffle. Il n'avait jamais vu le désir d'un autre homme et, à la vérité avait tout fait pour l'éviter. Rahman était si près qu'il pouvait sentir la chaleur de sa peau. Tout son corps lui faisait mal. Il était incapable de bouger.

— Le Tuan me permet ?… Rahman s'était couché sur sa natte et commençait à se caresser. Il était évident qu'il n'attendait aucune réponse. Ses doigts allaient et venaient tandis qu'il s'étirait lentement pour se montrer tout entier. Rahman savait que Nicholas le regardait et prenait plaisir à provoquer la montée de sa jouissance…

— Le Tuan devrait faire comme moi, je sais qu'il en a envie…

Nicholas laissa descendre sa main. Bientôt la respiration du garçon devint la sienne. Rahman s'offrait si naturellement que tout paraissait plus simple.

— Viens… Nicholas ouvrit ses draps.

— Je ne m'étais pas trompé… Rahman sourit et vint s'allonger contre lui… J'ai toujours su que tu m'appellerais, depuis le premier jour… Nicholas se laissait faire. La bouche du garçon l'avalait tout entier. Jamais il n'avait pensé franchir le pas mais ce soir rien ne le retenait plus. Il allait jouir, trop vite, violemment en oubliant l'image de ceux qui l'obsédaient

— Vous pouvez vous rhabiller… Le docteur Cartwright se rassit à son bureau et fixa son lorgnon pour se donner un air plus solennel. Il avait toujours souffert de son manque de prestance et l'âge venant s'était appliqué à se trouver toute une série de tics qui correspondaient à l'image qu'il voulait avoir de lui-même… « Vous êtes enceinte… » La phrase tomba comme un couperet. Lisa sentit tout son corps se glacer.

— Vous en êtes certain ?

— Il n'y a aucun doute ! Je suis désolé mademoiselle…

Cartwright se gratta le cou. Lorna avait encore trop amidonné son faux col. Il faudrait qu'il lui en parle C'était insupportable cette manie de faire toujours répéter les choses.

— Très bien…

Lisa ne montra aucun signe d'émotion. Elle était trop fière pour cela. Le médecin venait de lui confirmer ce qu'elle savait au plus profond d'elle-même. Depuis des jours, des semaines, elle se mentait cherchant à s'étourdir par tous les moyens, mais certains signes ne trompaient pas. Ses nausées sur le bateau, ses migraines, tout prenait un sens. Sa taille, ses seins avaient gonflé dangereusement et bientôt elle ne pourrait plus cacher son état. Curieusement, Lisa eut envie de rire. Sa vie lui échappait une fois encore, le passé qu'elle croyait avoir pu enterrer resurgissait sans crier gare et la première chose qui lui venait à l'esprit, c'était la tête qu'aurait faite Lady Havington en apprenant la nouvelle. Lisa portait un enfant mais elle était bien incapable de savoir si c'était Clive ou Charles qui lui avait fait ce cadeau. Les dates étaient trop rapprochées pour conclure à la paternité de l'un ou de l'autre.

— Eh bien je vois que vous prenez les chose du bon côté !… Cartwright ne pouvait s'empêcher de se montrer un peu choqué par autant de légèreté mais dans le fond il devait s'avouer qu'il préférait cela. Rien de tel que ces gens qui prennent leurs petits ennuis trop à cœur pour vous empoisonner une journée.

— Pardonnez-moi, je ne sais plus très bien où j'en suis…

— Humm…

Le vieux médecin bougonna en se penchant sur son ordonnance. Cette génération ne lui disait rien de bon. Heureusement ses filles étaient vraiment trop laides pour lui poser ce genre d'inquiétudes.

— C'est vrai, c'est affreux ce qu'elles peuvent être laides, soupira-t-il intérieurement tout en appuyant sur sa plume. Cela ne venait incontestablement pas de son côté, sa mère et sa sœur n'étaient pas des beautés mais avaient fait des partis fort acceptables et on ne s'en était jamais plaint. Bien arrangée, Prunella passait encore mais Johanna aurait fait débander un régiment de hussards revenant de campagne ! De toute façon, cela n'avait pas grande importance, puisqu'à la vérité, il aurait souhaité des garçons et qu'il y avait belle lurette qu'il avait enterré toute fierté parentale… « Le… le responsable a-t-il l'intention de vous épouser ? »

— Non.

Dans l'esprit de Lisa tout allait très vite. Elle avait l'habitude de diriger sa vie et n'avait pas l'intention de se laisser dépasser par la situation. Il fallait garder la tête froide, repousser les sentiments qui menaçaient de la submerger et raisonner au plus juste.

— Alors le mieux que vous ayez à faire, c'est de vous trouver un bon mari avant qu'il ne soit trop tard. Ce n'est jamais très dur aux colonies. Vous êtes plutôt jolie pour autant que je puisse en juger. Il y a beaucoup d'hommes qui ne demanderont que cela…

— Il n'en est pas question !… Lisa avait presque crié.

Elle s'était levée d'un bond. Ce vieux fou lui conseillait de se vendre au premier venu… « Je ne sacrifierai pas ma vie pour un enfant que je n'ai pas voulu !… Pour rien au monde » La colère qui montait l'empêcha de s'effondrer... « Je ne suis pas une marchandise... »

— Certes, mais vous n'avez pas beaucoup le choix. La nature a ses lois tout comme la vie en société...

Cartwright l'observait tout en continuant à écrire. Cette fille était stupide ! Quand il l'avait vue à sa consultation ce matin, il avait tout de suite senti qu'elle lui causerait des problèmes. On devinait à ses yeux que c'était le genre de femmes qui demandait trop à l'existence. Il fallait s'en débarrasser au plus vite. Le vieux médecin détestait ce genre de situations qu'il jugeait totalement inconvenantes. Il jeta un coup d'œil à son armoire à pharmacie. Cette Durram avait tout d'une exaltée, il allait lui prescrire un peu de chloral, cela aurait au moins l'avantage de la faire dormir, rien de tel pour revenir à la raison...

— Dans quelques jours vous aurez certainement les idées plus claires... Je vais vous donner un calmant...

— Il y a une autre solution... Lisa se rassit et marqua un silence. Elle fixait le vieil homme qui s'était arrêté d'écrire... « A deux mois, c'est encore possible. »

— Je préfère ne pas vous comprendre...

Cartwright venait d'entendre ce qu'il craignait le plus. L'idée même d'un avortement le révulsait, les risques étaient beaucoup trop grands et même pour une fortune, il ne voulait pas tremper dans ce genre d'affaires. Voilà dix ans, une femme dans cette situation lui avait demandé le même service. Le vieux médecin en tremblait encore. Il l'avait fichue à la porte en menaçant de la dénoncer à la police et n'avait jamais cherché à savoir ce que la malheureuse était devenue. L'âge avait tempéré ses emportements mais sa position restait la même.

— Aidez-moi docteur, je vous en supplie ! A quoi bon gâcher deux vies...

— Taisez-vous !...

Lisa avait haussé la voix et Cartwright ne voulait surtout pas que les autres clientes qui patientaient dans le salon à côté puissent le croire impliqué dans un scandale. C'est sa position qui était en jeu…

— Je ne veux plus vous entendre.

— Personne ne me forcera à le garder…

Lisa avait pâli. Cartwright la dégoûtait, un lâche comme tous les autres. Elle savait ce qu'elle aurait à subir si cet enfant venait au monde. Peut-être aurait-elle réagi autrement si elle s'était sentie aimée mais Charles et Clive n'en valaient pas la peine. Non dans ces conditions elle n'avait pas la fibre maternelle, elle ne voulait pas l'avoir. Aujourd'hui, Lisa souhaitait vivre pour elle-même et pour elle seule. Elle avait gagné ce droit ! Ce n'était pas maintenant qu'elle avait traversé des milliers de kilomètres pour être libre qu'un accident allait la tirer vers le bas. Lisa était devenue égoïste, désespérément égoïste, même si elle savait bien que ce n'était qu'une fragile défense pour continuer à avancer.

— Je trouverai un moyen !

— Cela ne me regarde pas… Sortez !… Cartwright transpirait à grosses gouttes.

— Rassurez-vous, j'ai compris… Lisa lui jeta un billet sur la table.

— Vous ne me devez rien.

Le médecin voulait en finir. Qu'elle parte, c'était tout ce qu'il demandait. Il se leva et lui tendit son argent… « Nous n'avons jamais eu cette conversation ! Jamais vous m'entendez, pour votre bien et pour le mien. »

— Je vous plains…

Lisa regardait le petit homme se liquéfier. Il était ridicule. Elle se dirigea vers la porte et traversa la salle d'attente. Une grosse femme soupirait en s'éventant avec un journal et une autre regardait sa montre en pestant… « Méfiez-vous, c'est un satyre ! » Lisa disparut sans chercher à voir leurs réactions. C'était idiot mais il y avait des petits plaisirs qu'elle ne savait pas se refuser.

Chamsa qui s'était adossée à l'une des colonnes du lit à baldaquin, retenait ses larmes.

— Viens, ne fais pas la tête. Nous ne nous sommes pas vus depuis des jours… Hugh voulut la prendre dans ses bras.

— Je ne pense pas t'avoir beaucoup manqué… Chamsa le repoussa et renoua son sari.

— Je suis fatigué… Pardonne-moi… Hugh ne savait plus quelle attitude adopter. Ce n'était pas tant à cause de sa défaillance mais parce que pour la première fois il sentait se passer quelque chose d'étrange.

— Tu as cette fille dans la tête.

— Non je t'assure…

— Ne me prends pas pour une idiote, s'il te plaît… Tu mens mal !

— Il ne s'est rien passé. C'est une amie, rien de plus…

Chamsa avait raison, Hugh mentait ou plus exactement ne disait pas toute la vérité. Il ne s'était rien passé, cela c'était vrai mais Hugh ne pouvait s'empêcher de penser à Lisa à toute heure du jour et de la nuit. C'était devenu une obsession. Jamais auparavant il n'avait éprouvé un tel sentiment et s'en était même protégé par peur de s'engager sur une voie qu'il ne maîtriserait plus.

Curieusement cet homme qui critiquait systématiquement toute les théories établies, qui s'attachait à saper brillamment toutes les bases du moindre raisonnement construit, cet aventurier de l'esprit avait toujours évité de se mettre personnellement en danger. La chose s'était passée alors qu'il ne s'y attendait pas, à la minute même où il avait vu Lisa pour la première fois, à ce dîner où elle avait tout fait pour l'ignorer. Le monde venait de changer, sans logique aucune, de la façon la plus inexplicable. C'était si étonnant qu'il n'avait pu en parler à personne, pas même à Nicholas.

Au fond de lui-même, il craignait certainement d'être éconduit. Pour un Anglais, il restait un sang mêlé et leur amitié n'y changerait rien. Qu'importe, Hugh aimait Lisa et parviendrait à s'en faire aimer. Où qu'il se tourne, il ne voyait plus qu'elle, il ne la connaissait pas et avait le sentiment étrange de la retrouver après des années d'errance, comme si toute sa vie n'avait été qu'une longue suite de travestissements pour arriver jusqu'à ce moment précis où leurs énergies se rencontraient à nouveau. Rien ne l'encourageait et pourtant il était certain. Lisa ne lui avait manifesté aucune attention particulière. Certes, elle semblait apprécier sa présence mais n'avait rien dit ou fait qui lui laissât imaginer un sentiment en retour. Elle se montrait même extrêmement réticente à tout contact physique.

Ce matin, alors qu'ils remontaient le fleuve, elle n'était plus elle-même, sa gaîté s'était envolée, son regard ailleurs, presque triste. Hugh avait voulu lui prendre la main. Lisa avait sursauté. Pendant une seconde, elle parut terrifiée. Il avait fallu toute sa diplomatie pour la tranquilliser.

— Vous n'avez rien à craindre. J'ai simplement pensé que vous aviez besoin de réconfort...

— Je suis désolée. Je ne m'y attendais pas... Lisa lui avait souri et s'était renfermée dans ses pensées.

Ils avaient poursuivi la route presque sans un mot. Cela n'avait aucune importance, Hugh était heureux, un bonheur dont il tirait une force qui lui faisait croire en tout.

— Je ne t'en veux pas.

Chamsa avait retrouvé son calme. Elle avait deviné avant lui par une sorte d'instinct dont cette fois, elle se serait bien passée. Ce qu'elle avait toujours craint venait de se produire. Sa douleur était atroce mais elle ne voulait pas la montrer. Il lui restait un espoir fou, celui de voir Hugh lui revenir tôt ou tard. Après tout, cette femme n'était pas la première qui attirait son attention. Elles avaient toutes finies par s'y casser les dents. Chamsa se raccrocha à cette idée qui lui permit de respirer. Pour l'instant, le combat était inégal mais elle trouverait bien le moyen de le faire tourner à son avantage. Hugh avait découvert l'amour avec une autre, il fallait qu'il souffre pour comprendre ce qu'elle avait enduré. C'était sa seule chance. Chamsa resterait là pour tout voir, tout entendre, avec une sorte de délectation masochiste qui renforcerait sa détermination... « J'ai toujours su que ce jour viendrait. C'était écrit. »

— Comment fais-tu pour rester si froide ? Tu ne m'aimais donc pas ?... Hugh s'était levé à son tour. Chamsa avait fait mouche, elle connaissait ses blessures et cela personne ne pourrait le lui voler. Derrière sa solidité apparente, Hugh restait bien le petit métis inquiet qui doutait de tout pour oublier de douter de lui-même.

— Je t'ai aimé autant que tu m'as aimée... Chamsa prit sur elle pour regarder Hugh droit dans les yeux... Nous couchions ensemble quand nous en avions envie, sans rien nous devoir... N'est-ce pas, c'est ce que nous nous sommes souvent dit ? Tu t'en souviens ?

— Oui... Hugh hésitait à répondre. La maîtrise de Chamsa lui faisait un peu honte mais ce n'était rien à côté de l'immense soulagement qu'elle lui procurait. A vrai dire, il n'était pas très fier de lui et s'en moquait complètement. C'était un sentiment nouveau, exaltant.

— Ce soir, je retournerai m'installer au kampong.

— Non, tu es ici chez toi...

— Tu connais notre vieux proverbe : « Il n'y a pas de place pour deux chattes sur le même territoire. » Crois-moi, cela sera plus facile pour tout le monde.

— Je ne suis encore sûr de rien...

— Elle viendra. Elle ne le sait pas encore mais elle viendra !... Cela ne m'empêchera pas de tenir ta maison si tu veux toujours de moi.

Hugh restait silencieux.

— Tu n'as rien à redouter, je saurais être son amie... Chamsa prit une longue respiration... « A la condition qu'elle ignore ce qu'il y a eu entre nous. Ce passé-là m'appartient, à moi et à moi seule ! »

— Je sais que je te fais du mal...

— Peut-être beaucoup moins que si nous avions continué à faire semblant.

— Tu es merveilleuse...

— Sans doute pas assez !

— Je ne saurais jamais comment te remercier.

— Le moment viendra... Nous nous comprenons si bien.

Chamsa ramassa ses affaires et sortit sur la terrasse. L'oppression lui étreignait la poitrine mais elle ne put s'empêcher de rire intérieurement en pensant à la vaniteuse bêtise des hommes. Hugh l'ignorait mais elle lui préparait un bonheur épouvantable.

# Chapitre X

Londres — Penang

Les invités sortaient de table et se pressaient déjà au salon. Des valets de pied aidaient ceux qui le voulaient à se débarrasser de leur habit pour passer une veste de smoking. De gros cigares les attendaient dans la pièce voisine. Nelly Faversham se pavanait, Clive à son bras.

— Demain, tout le monde dira que nous formons un très beau couple... Elle possédait cet art consommé de pouvoir parler tout en continuant à sourire à ceux qu'elle croisait.

— J'ai toujours su que vos ambitions étaient sans limite... Clive ne l'écoutait que d'une oreille. Il était venu pour parler avec Sir Neville et attendait le moment propice.

A Londres, c'était un des seuls hommes en place qui ne soit pas lié avec son père et il était aussi puissant qu'il était gros, ce qui n'était pas peu dire. Les mauvaises langues prétendaient que les banquiers de la City devaient le prendre pour l'Aga Kahn et lui verser chaque année son poids en livres sterling... « Je crains simplement de n'avoir plus grand-chose à vous offrir. »

— Alors je peux vous apporter beaucoup... Nelly s'approcha malicieusement de son oreille... Vous allez penser que je collectionne les amours impossibles... C'est vrai,

307

mais je n'y peux rien, c'est plus fort que moi.

— C'est un remède contre l'ennui... Les avances de Nelly en auraient flatté plus d'un mais Clive avait bien d'autres idées en tête.

— Je vous choque?

— Pas le moins du monde!

— Tant mieux! Je suis certaine que vous avez une foule de choses passionnantes à me raconter... Richard et vous, c'est d'un excitant! Croyez-vous qu'il soit jaloux?

— Il faudrait le lui demander... Clive ne put s'empêcher de sourire.

Le dîner avait été mortel et il avait fallu que Sir Neville le plaçât à côté de sa fille. Nelly ne lui avait pas laissé un moment de répit, l'empêchant de converser avec qui ce soit d'autre et en particulier avec le maître de maison. Richard était assis trop loin pour lui venir en aide et ignorait tout de sa démarche. Il s'était juste étonné de cette brutale envie de sortir dans le monde, sans chercher à la contrecarrer.

Depuis plusieurs semaines, il était évident que Clive allait mal, glissant toujours plus vers l'opium ou les escapades nocturnes et solitaires. Cette diversion serait la bienvenue et officialiserait une relation que Clive avait toujours tenue secrète. Nelly servait ses plans sans le savoir. Richard avait joué le jeu. Il savait que Clive plaisait à Nelly et qu'elle était libre à nouveau. Les ruptures lui donnaient toujours un teint de rose qui ne trompait pas. Cette rivalité latente n'était d'ailleurs pas pour lui déplaire, l'issue du jeu ne faisant aucun doute. Il s'amusait à la regarder faire, du coin de l'œil, en répondant laconiquement à ses voisins immédiats. Nelly était beaucoup plus intelligente qu'il n'y paraissait et il devenait évident que cette volubilité affichée cachait un plan bien précis. Il fallait simplement savoir lequel.

Clive fit un signe discret à Richard pour qu'il vienne les rejoindre. Il n'en fit rien, ayant choisi de se laisser happer par une vieille comtesse italienne à la chevelure violette et dangereusement piquée d'oiseaux factices.

— Ses dents sont aussi fausses que ses perles. Nous l'invitons par charité. Elle me devait bien ce service…

Nelly eut un petit sourire en coin… « Le pauvre, s'il est bien élevé, il en a pour des heures. J'ai pensé que c'était le meilleur moyen pour que nous soyons un peu seuls. »

— Seriez-vous plus machiavélique qu'il n'y paraît?… Clive était mal à l'aise mais ne voulait pas le montrer. Les regards furtifs et les chuchotements sur son passage ne lui avaient pas été épargnés.

— Cela devrait vous convenir. Papa dit toujours que sous des apparences fragiles, je suis l'esprit le plus masculin qu'il lui ait jamais été donné de rencontrer.

— Il a sûrement raison. Peut-être a-t-il juste oublié de vous expliquer quelques réalités plus triviales.

— Je ne l'ai pas attendu pour les connaître. Si vous le désiriez, je pourrais vous surprendre… Nelly lui pinça le bras.

— Certainement pas… Je crois volontiers que vous êtes un chef d'œuvre de perversité.

— Vous me flattez !

La jeune Faversham attrapa une cigarette dans la timbale posée sur le guéridon. Elle était la seule femme à fumer en public et en tirait un plaisir certain. « Je sais parfaitement pourquoi vous êtes là. »

— Vraiment?… Clive sortit son briquet.

— Je vous ai observé pendant le dîner… Nelly aspira deux bouffes de tabac avec volupté… Vous étiez drôle à voir !

— Rien ne vous échappe.

Maintenant qu'il la connaissait mieux, Clive ne doutait pas un instant qu'elle ferait son chemin dans le monde. Sous des airs charmants, c'était l'exemple parfait de la petite garce mondaine dont Londres raffolait.

— Si je ne vous avais pas surveillé, vous courriez à la

catastrophe. Je connais mon père mieux que personne…
Je suis la seule à pouvoir l'aborder de front. Car c'est bien
à lui que vous voulez parler.

— On ne peut rien vous cacher…

— Une autre fois, cela m'aurait vexée. Mais vous avez
de la chance, ce soir je suis de très bonne humeur.

Nelly se tourna vers la glace qui surplombait la cheminée. Elle rajusta sa coiffure d'un air volontairement détaché. « Serait-ce indiscret de connaître la raison ? »

— Absolument…

Clive se pencha pour lui baiser la main. Il savait qu'il
avait tout intérêt à exciter habilement sa curiosité. « Je
n'ai pas l'intention d'embarrasser une aussi jolie tête avec
de banales questions d'affaires. »

— Vous avez tort, elles me passionnent.

Nelly sourit. Elle n'était pas différente des autres. Elle
ne relevait que rarement les compliments mais les entendait toujours.

— Vraiment ? Dans ce cas, j'attendrai votre note car je
suis bien certain qu'il y aura un prix à payer…

Clive se releva lentement. Nelly était le genre de
femme qui aimait qu'on lui tienne tête. Sa vie sentimen-
tale le prouvait assez. Il fallait jouer serré.

— Je me doutais que nous trouverions un terrain d'entente.

La jeune Faversham partit d'un petit rire de gorge qui
secoua ses seins ravissants, juste assez dangereusement
pour ne pas heurter la bienséance. Elle savait fort bien
tromper son monde tout en exaltant ses charmes. « Vous
tomberez comme un fruit mûr quand je l'aurai décidé… »

— Je suis au regret… C'est impossible… Clive lui fit
un clin d'œil complice… « Vous… »

— Mon ami, dans un monde où un charpentier peut res-
susciter, il n'est rien d'impossible ! Nelly lui avait coupé
la parole.

— Dois-je le prendre comme un défi ?

— Tout au plus comme un arrangement... C'est affreux, dans le fond, je suis restée terriblement conventionnelle ! Je veux être mariée avant la fin de l'année...

— Une lubie, sans doute...

— Voyez-vous, pour être honnête, ma réputation commence à souffrir...

— Et un nouveau nom viendrait à point pour la protéger.

— Je crois savoir que le vôtre aurait bien besoin d'un événement à fêter... Réfléchissez... En attendant, vous avez compris que j'étais prête à vous aider. D'ailleurs, je l'ai déjà fait...

Nelly écrasa sa cigarette à peine consumée... « Suivez-moi... Eh bien, il faudrait savoir ce que vous voulez... »

Clive hésita puis lui donna son bras. Il la trouvait plutôt amusante mais ne put s'empêcher de frissonner à l'idée d'avoir peut-être un jour à l'affronter. Si cela devait se produire, elle le mettrait en pièces avec le même sourire enjôleur, avec cette douceur apparente qui amène à s'attendrir sur les lionnes comme sur de gros chatons disproportionnés. Nelly comprit sa pensée avant même qu'il ne l'ait formulée.

— N'ayez crainte, pour l'instant je suis de votre côté...

Ils traversèrent le salon pour retenir Sir Neville avant qu'il ne disparaisse dans le fumoir. « Père, Clive aimerait s'entretenir avec vous en particulier. »

— Est-ce donc si pressé ?

Le maître de maison venait d'avaler son verre de porto d'un trait et le reposait sur le plateau à liqueurs. « Il est excellent ! Il faudra que tu me fasses penser à en recommander. »

Depuis la mort de sa femme, Sir Neville s'en remettait entièrement à sa fille pour la tenue de sa maison. Il avait longuement hésité avant de se décider à inviter ce Clive Havington et n'avait cédé que devant l'insistance de Nelly. Il détestait les "originaux", qualifiant de cet épithète honni, tous ceux et toutes celles dont le comportement venait enrayer sa vision parfaite d'une société britannique et donc idéale qui avait été toute sa raison de vivre. Sa seule indulgence allait aux maris adultères car chacun sait que par nature l'homme est polygame et les récentes recherches de l'Académie Royale de Géographie sur les peuplades primitives avaient conforté ses convictions empiriques.

— Je n'en ai que pour quelques minutes

Clive s'était placé juste devant lui pour lui couper toute retraite.

— Papa chéri, je crois que c'est important... Nelly adoucit son regard d'une moue enfantine, à s'étonner presque de la voir sans bâton pour guider son cerceau.

— Puisque tu insistes... Sir Neville sourit dans un soupir et sortit un mouchoir pour s'éponger le front. Cette soudaine promiscuité ne lui disait rien de bon mais Nelly avait certainement ses raisons... « Tu nous excuseras ma chérie. » Il se tourna vers Clive. « Allons dans la bibliothèque, nous y serons plus tranquilles. »

— Je vous retrouverai dès que vous aurez terminé...

Nelly déplia son éventail qui s'ouvrit comme un sourire triomphal.


— Non vraiment, je regrette. Je ne peux rien faire pour vous...

Sir Neville s'était calé dans un des grand fauteuils Chesterfield, méticuleusement râpés, qui faisaient face à la fenêtre. La pluie s'était remise à tomber et venait frapper les vitres avec ce petit bruit de métronome qui peut apaiser ou exaspérer suivant les cas. Il la contemplait, se laissant volontairement hypnotiser par les gouttes pour fuir le regard de Clive. Une fois encore, son instinct ne l'avait pas trompé. Nelly avait le don de le mettre dans des situations impossibles.

— Je ne réclame qu'un travail. J'ai besoin de gagner ma vie... Ce n'est pas trop demander. N'importe quel homme a ce droit...

Clive aurait volontiers secoué son hôte qui s'était affalé comme une motte de saindoux ; l'intelligence de la situation le lui interdit. La discussion s'était rapidement enlisée. Il avait dû supplier le gros homme de l'engager dans ses affaires, à n'importe quel poste et devait maintenant subir sa morgue hautaine. Un étranger serait entré à cet instant qu'il aurait pu croire légitimement que le jeune Havington venait de sortir une grossièreté tout à fait inadmissible dans un lieu civilisé. Clive se sentait sale. Pour la première fois, il venait d'affronter véritablement le regard des autres. Seule la colère l'empêchait de s'enfuir.

— Votre famille est une des plus riches de ce pays. Je ne comprends pas... Sir Neville voulait en finir au plus vite. Outre le désagrément causé par une telle entrevue, il se mit à penser que ce tête à tête prolongé pourrait bien donner à jaser.

— Vous savez très bien que je ne peux ou plutôt que je ne veux rien lui devoir.

— Je n'ai pas à entrer dans votre vie privée... Sir Neville se racla la gorge... Je crois que votre ami a largement de quoi subvenir à vos besoins à tous les deux. Cela réglerait le problème.

— Croyez que je n'ai nullement l'intention de me faire entretenir.

Clive n'en croyait pas ses oreilles. C'était sir Neville qui refusait de l'employer au nom de la morale qui lui donnait ce conseil. Il le méprisait trop pour lui dire qu'il cachait la vérité à Richard en lui faisant croire que son compte était régulièrement alimenté.

— Dans ce cas, la meilleure chose que vous puissiez faire, c'est de rentrer chez vous.

— C'est hors de question !... Clive se leva d'un bond.

— Vous avez choisi un chemin dangereux. Êtes-vous

bien sûr de ne pas payer trop cher votre erreur ? Il n'est jamais trop tard pour faire machine arrière... Sir Neville affecta le ton paternel qui lui permit de reprendre le dessus.

— Je n'ai rien choisi du tout. Mais vous ne pouvez pas comprendre... Clive haussa les épaules. Seuls les gens de son espèce pouvaient savoir que le vice qu'on leur prêtait n'était qu'un penchant naturel dont on héritait au même titre que la couleur de la peau ou une rente à trois pour cent.

— Alors je crains que vous ne vous soyez mis dans une position très délicate. Personne ne vous viendra en aide dans... dans l'état actuel des choses. Vous pensez bien...

— Je vois !... Je regrette de vous avoir fait perdre votre temps.

— C'était bien normal...

Sir Neville respirait à nouveau.

— Croyez que j'en suis le premier désolé. Si j'avais pu faire quelque chose... Il s'était levé à son tour et se dirigeait vers la porte... « Allons rejoindre ces dames. Nelly ne me pardonnerait pas de vous avoir retenu trop longtemps. »

La voiture roulait vite sur le pavé humide. Clive n'avait pas desserré les dents depuis qu'ils avaient quitté la soirée.

— Nelly était très en beauté... Richard parla le premier.

— Très...

— Tu as l'air de beaucoup l'intéresser.

— Crois-moi, c'est sans importance... Si j'avais su, je n'aurais jamais accepté ce dîner... Clive le regarda en souriant... Elle m'a proposé de l'épouser.

— Sir Neville est dans la confidence ?... Richard releva la vitre qui les séparait du chauffeur.

— Je crois qu'il en tomberait raide. Clive remit ses gants.

— Votre absence a été très remarquée…

— N'y pensons plus, s'il te plaît.

— Comme tu voudras…

La voiture venait de tourner l'angle de Baker Street. Le silence se fit pesant. Richard se força à plaisanter pour détendre l'atmosphère… « Après tout, il y a peu de chose que ce pachyderme puisse t'offrir et que je n'aie déjà. »

— Tu vois, il n'y a pas de quoi fouetter un chat… Clive décrocha le cornet pour demander au chauffeur de s'arrêter… J'ai besoin d'air. Je vais rentrer à pied.

— Tu mens mal mais j'ai décidé d'en prendre mon parti… Richard lui prit la main… Un jour peut-être, tu me feras confiance.

— Pardonne-moi. Tu es le seul être qui ne m'ait jamais trahi mais je crois que je ne suis pas très doué pour le bonheur… Clive l'embrassa sur la joue et ramassa son chapeau avant de descendre sur la chaussée humide.

— Ne t'inquiète pas. Pour l'instant j'aime encore que tu me fasses souffrir… A plus tard…

Richard tapa sur le carreau avec sa canne et s'enfonça dans la banquette. Leur vieux maître avait eu raison une fois encore, les jours de gloire sont rarement ceux que l'on attend et la philosophie restait définitivement le meilleur remède contre le désespoir.

Clive regarda la voiture s'en aller et marcha lentement dans la brume. Il lui restait dix livres qu'il avait bien l'intention de faire rouler sur une table de jeux, à moins qu'il n'aille sur les docks à la rencontre du hasard. Clive avait une tendresse infinie pour Richard mais ne pouvait s'empêcher de le tromper, brutalement et à la sauvette. A la réflexion, c'était sans doute pour affirmer une liberté qu'il sentait chaque jour se rétrécir davantage et retrouver dans la chaleur de corps anonymes et vulgaires l'avilissement qu'il sentait tout au fond de lui. La civilisation n'a pas son pareil pour rendre ignobles ceux qui sont juste différents.

— Je n'ai rien à me reprocher mais personne ne me croira… Lisa s'était effondrée dans les bras de son frère.

Elle venait de tout lui raconter, les Havington, sa nuit avec Clive, son viol, son doute sur la paternité, n'épargnant aucun détail sur ce qui s'était réellement passé. Elle avait gardé les yeux étrangement secs, s'écoutant presque parler. Ce qu'elle ressentait était si confus qu'il lui semblait que c'était arrivé à une autre.

— Moi, je te crois… Nicholas la prit dans ses bras et la serra très fort. Certains contacts physiques vont au delà des mots, lorsqu'on ne sait plus quoi faire et que chacune des respirations cache une gêne coupable et déjà pardonnée. « Comment as-tu pu garder cela pour toi, ne rien me dire depuis tous ces jours ?… Tout est de ma faute ! Je n'aurais jamais dû te laisser seule en Angleterre… Je hais tous ces Havington ! Je leur ferai payer ce qu'ils t'ont fait subir ! »

— Si tu n'étais pas là, je crois que je serais devenue folle.

Lisa frissonna. Elle réussit enfin à pleurer, des larmes qui jaillissaient à l'horizontale, comme si la volonté refusait de faiblir. Puis, la tension nerveuse qui l'avait faite tenir ces derniers mois l'abandonna d'un seul coup… C'est si bon de pouvoir tout dire…

— Je ne comprends plus rien à ce qu'il se passe.

Lisa pouvait enfin avouer son trouble. Le bébé était là, encore invisible mais bien vivant. Elle n'avait pas voulu le croire, elle avait tout fait pour se cacher la réalité. Maintenant elle sentait qu'il grandissait chaque jour, qu'il percevait la moindre de ses émotions et cette seule idée l'empêchait définitivement de se laisser aller. Il lui était impossible de haïr totalement un enfant dont le cœur ne pouvait se nourrir que du sien. C'était une impression étrange, la certitude d'être habitée par un autre que soi, un inconnu qu'elle n'avait pas désiré et qui était une partie d'elle-même. Elle ne pardonnerait jamais à ceux qui lui avaient infligé une telle cruauté...

— Que vais-je devenir ?

Nicholas ne lui répondit pas. Il plongea son visage dans ses cheveux. Il aimait leur odeur et les couvrit de baisers. Il était révulsé par ce que sa sœur avait dû endurer mais ne pouvait se défendre d'en retirer un certain plaisir. C'était ce drame qui la lui ramenait. Maintenant il comprenait son attitude et ce qui lui avait paru incompréhensible s'éclairait d'un jour nouveau. A l'instant, il ne pensait qu'à une chose, c'était à lui et à lui seul que Lisa était venue se confier. Elle remettait son avenir entre ses mains. C'était monstrueux et rassurant tout à la fois. Il avait conscience de cette dualité de sentiments et l'acceptait comme un signe du destin.

— Personne d'autre n'est au courant ?... Nicholas lui posa la question à voix basse, comme s'il craignait d'entendre un autre nom.

— Non, personne... Seulement toi et moi... et le docteur Cartwright mais il tiendra sa langue.

— Alors fais-moi confiance.

— Oui, je n'ai que toi.

Lisa posa sa main sur l'épaule de son frère et ferma les yeux. Son courage avait fui, elle ne voulait plus penser, juste se laisser conduire là où Nicholas voudrait la mener.


La femme qui leur avait ouvert la porte ne devait pas mesurer plus d'un mètre cinquante. Sa peau était jaune comme un coing. Elle portait une longue tunique de soie noire et s'inclinait dès qu'elle leur adressait la parole.

— Nous vous attendions. Vous êtes bien sûrs qu'on ne vous a pas suivis ?

Son anglais était presque impeccable, juste un peu criard avec cet accent caractéristique des gens de sa race.

— Certain...

Nicholas ôta son chapeau et fit entrer sa sœur. C'est lui qui avait repensé aux faiseuses d'anges dont se plaignait Nelson Darcy. Cet idiot avait du bon. Sans le vouloir, il lui en avait donné l'adresse. Ici, à l'autre bout de la ville, les Britanniques avaient renoncé à exercer leur pleine autorité, abandonnant aux Vingh la charge d'administrer leur clan.

Rahman avait tout organisé avec son habileté coutumière, choisissant à dessein la date de l'anniversaire de l'Empereur de Jade, le neuvième jour de la nouvelle lune. C'était l'occasion idéale pour éviter les mauvaises rencontres. Ce matin, les rues étaient noires de monde, remplies par les fidèles qui se pressaient, les bras chargés de gâteaux, de fruits et de fleurs pour rendre hommage au Souverain Suprême du Ciel.

Nicholas et Lisa passeraient facilement inaperçus. Les Européens n'avaient pas l'habitude de se mêler à ce genre de manifestation et les jaunes méprisaient trop les blancs pour leur prêter attention. Il avait fallu partir avant le lever du soleil pour traverser le quartier indigène avant le plus gros de l'agitation. Déjà, des pétards éclataient par rafales pour saluer la première procession qui se rendait au temple. Derrière un immense dragon de papier, des musiciens jouaient de la flûte ou frappaient du tambour, annonçant le ballet des jeunes gens qui dansaient en mimant une scène traditionnelle où les bons l'emportent toujours sur l'envie et la méchanceté.

Lisa n'avait pas desserré les dents, répondant à son frère d'un geste s'il l'interrogeait. Elle avait peur et la maison dans laquelle ils venaient de pénétrer n'avait rien pour atténuer ses craintes. Elle ressemblait davantage à un bouge clandestin qu'à un hôpital, fût-ce dans la brousse la plus reculée. Les murs suintaient la crasse et la graisse et toujours cette odeur d'huile rance qui vous prenait à la gorge dès que vous entriez dans la ville jaune.

La Chinoise les avait fouillés pour s'assurer qu'ils

n'avaient pas d'armes avant de les précéder dans l'escalier qui conduisait l'étage.

— Vous avez l'argent ?

Nicholas sortit une liasse de billets froissés et les lui tendit. La femme secoua la tête et mouilla son doigt pour les compter avec une habileté avide.

— Le Tuan attendra ici.

Elle lui montra une petite chaise en rotin, adossée à une montagne de cageots. Nicholas sentit la main de sa sœur se crisper sur la sienne.

— Tout ira bien, je suis là… Il la rassura d'un baiser.

Lisa lui lança un regard muet et suivit la Chinoise dans le couloir qui desservait une multitude de petites chambres.

— C'est le père ?… La femme lui avait parlé sans se retourner, poussant un claustra qui donnait sur une salle qui semblait plus vaste que les autres. « Ne dites rien. Ils viennent rarement d'habitude… Veuillez-vous allonger, ma mère ne va pas tarder. »

Elle lui montra une natte de roseaux, posée à même la terre battue. Lisa ne put réprimer un haut le cœur. La pièce était très sombre et incroyablement humide. On avait clos les persiennes par souci de discrétion et trois bougies finissaient de grésiller dans un coin. Elle s'allongea comme un automate, en priant le ciel pour que tout se passe très vite.

— Si vous étiez venue plus tôt un simple massage aurait suffi.

La vieille qui se penchait sur elle n'avait plus une dent et souriait constamment. Elle ressemblait trait pour trait à celle qui les avait accueillis mais était encore plus petite et plus ridée. Sa fille traduisait ce qu'elle disait, ou tout du moins l'essentiel. Lisa avait dû dégrafer son corsage et sentait les ongles noircis de la Chinoise courir sur son ventre avant de l'inspecter plus intimement.

— L'enfant est déjà bien accroché mais ce ne sera pas

un problème… Nous avons ce qu'il faut…

Lisa ne voulait plus les entendre et tenta de se concentrer sur les bruits de la rue. A l'extérieur, la fête battait son plein et le son des chants et des rires appelaient à la vie. C'est curieux comme à la même minute certains peuvent passer le plus beau jour de leur existence alors que d'autres traversent le pire. Le temps n'est égal que pour les morts ou les Bienheureux. Lisa avait envie de s'enfuir mais n'avait plus le courage de prendre une décision. Elle se recroquevilla instinctivement.

— Ne bougez pas ou ma mère risque de se tromper…

La vieille la forçait sans ménagement, en maugréant trois mots inintelligibles. Lisa poussa un cri. Le sang lui monta aux tempes, sa tête lui faisait mal. Un pétard venait d'éclater et résonnait dans ses tympans. Ce serait si simple si seulement elle pouvait s'évanouir. Mais rien, elle restait désespérément lucide, incapable de détacher son regard de la marmite d'eau qui bouillait sur le réchaud. La vieille venait d'y plonger un long crochet d'acier.

— Buvez cela.

Lisa releva la tête et s'approcha du bol qu'on lui tendait, une infusion brunâtre où flottaient de petits copeaux de bois.

— Qu'est-ce que c'est ?… Elle posa la question sans attendre vraiment de réponse.

— Rien, juste un calmant pour vous éviter d'avoir mal… Allez. Il faut tout avaler…

La fille lui porta l'écuelle aux lèvres. La boisson avait un goût indescriptible, écœurant et âcre tout à la fois… « Encore une gorgée… Voilà c'est ça… »

La vieille avait saisi le crochet avec un linge et se penchait sur elle. Elle s'agenouilla entre ses jambes pour les maintenir bien ouvertes. « Ne regardez pas… » Lisa sentit l'ustensile lui glisser le long des cuisses.

— Non arrêtez, je ne peux pas !… Elle se redressa d'un

bond et ramassa ses affaires… Vous ne lui avez pas fait mal ? Répondez-moi, vous ne lui avez pas fait mal ?…

Lisa ne se contrôlait plus. Ses forces semblaient avoir décuplé. Elle hurlait. Paradoxalement, c'était au moment même où elle allait être libre que tout avait basculé. Lisa ne pensait plus qu'à une chose : la santé de l'enfant dont elle avait tant voulu se débarrasser. C'était irrationnel, inexplicable et impératif. Ce qu'elle allait subir lui paraissait plus sordide encore que le viol dont elle avait été la victime. Cette fois-ci, elle risquait d'y laisser sa raison.

Les deux Chinoises se regardèrent et se mirent à parler dans leur langue… La mère paraissait très en colère.

— Je vous ai posé une question ? Avez-vous fait du mal à mon bébé ?

— Non rassurez-vous… Le travail n'était pas commencé… La plus jeune des deux l'avait prise par le coude… « Calmez-vous ! Pas de scandale. Vous n'êtes jamais venue, nous ne vous connaissons pas ! Partez, partez vite et ne revenez jamais ! »


— Je n'ai pas pu ! Ça a été plus fort que moi… Lisa courut se jeter dans les bras de son frère.

— Comment cela ? Tu veux dire que… Nicholas sentit tous ses membres se glacer… Tu veux dire que tu es encore…

— C'était atroce !… Lisa lui posa un doigt sur la bouche… Ne me demande rien… Elle se serra contre lui… Je ne veux pas rester ici ! Sortons, j'ai besoin de retrouver le monde des vivants… Elle se retourna et commença à dévaler l'escalier.

— Tu es folle. Il faut que tu y retournes. Tu ne peux pas le garder !… Nicholas voulait la raisonner. Sa décision serait irréversible. La grossesse était déjà trop avancée pour que l'on puisse attendre. Plus profondément, il avait la conviction que leur vie était en train de basculer.

— Si… Je n'ai plus le choix. Tu ne sais pas ce qu'il se passe à l'intérieur de moi ! C'était comme si je l'avais entendu me supplier de le laisser vivre… Aucun homme ne connaîtra jamais ça !

— Reviens… Nicholas la rattrapa et la colla contre le mur… Rappelle-toi de ce que nous avons décidé… Nous avons bien réfléchi… Il lui posa sa main sur le ventre… Tu dois te débarrasser de lui pour que tout redevienne comme avant…

— Plus rien ne sera comme avant !… Lisa pouvait comprendre le trouble de son frère. Elle-même préférait ne pas trop penser aux difficultés qui l'attendaient. Sa décision brutale paraissait n'avoir aucun sens et pourtant elle y puisait une force nouvelle, stupéfiante, une force dont elle commençait tout juste à mesurer les effets. Elle l'embrassa sur la joue pour le rassurer… Fais-moi confiance. Je sais très bien ce que je fais. C'est avant que j'étais perdue, quand j'ai cru qu'on pouvait effacer ce qui était arrivé…

— Tout le monde te tournera le dos. Ta vie sera fichue ! Tu y as pensé ?

— Laisse-moi maintenant. Tu m'étouffes !… Lisa tenta de se dégager.

— Non, écoute-moi. Dans quelques semaines, la ville entière sera au courant. Il sera trop tard !

— Je trouverai une solution, j'ai toujours trouvé une solution. Je me marierai s'il le faut ! C'est idiot mais je suis heureuse, tu entends ? Heureuse !

— Tu n'es pas dans ton état normal… Nicholas venait de recevoir un coup de poignard. Lisa lui échappait une fois encore à cause de cet enfant qui allait faire leur malheur à tous les deux. Il renforça la pression et enfonça ses doigts dans le ventre de sa sœur… Je te protégerai malgré toi…

— Laisse-moi ! Je t'interdis de me toucher… Lisa le repoussa en arrière.

— Attends… Nicholas s'était accroché à la rampe et revenait vers elle.

Lisa se raidit.

— Ne m'approche pas. Je sais me défendre et si tu tentes quoi que ce soit, je te tuerai !… Elle le regarda droit dans les yeux… Laisse-moi passer maintenant…

Nicholas resta immobile, incapable de faire un geste et encore paralysé par ce qu'il venait d'essayer d'accomplir. Lisa dévala les marches et sortit en courant. Dans la rue, la foule était plus compacte que tout à l'heure. Des adolescents chantaient et riaient en faisant claquer leurs drapeaux.


Eilleen Darcy rayonnait. Rien n'aurait pu venir assombrir sa bonne humeur, pas même la perspective d'aller prendre le thé chez les Waïk à cinq heures. A coup sûr, Milicent leur servirait encore ces infâmes petits gâteaux qu'elle s'acharnait à faire venir d'Angleterre. La femme du capitainier raffolait des viennoiseries de chez Fortnum et s'en faisait livrer régulièrement des caisses entières. Les invitées s'extasiaient sur la splendeur de l'emballage et se laissaient aller à une sentimentalité bien naturelle. Tous ceux qui ont vécu sous les tropiques sans y être nés savent que vient toujours un moment où l'on se met à rêver de verte campagne et de flambées dans la cheminée pour attendre l'arrivée timide des premiers rayons du soleil. Le moindre prétexte est alors le bienvenu et chacun se dispute pour donner libre cours à cette nostalgie masochiste d'un pays qui n'existe plus que dans son imaginaire. Le cottage fleuri avec vache qui décorait invariablement le couvercle gravé permettait à toutes ces dames d'enjoliver leurs souvenirs en s'adonnant un instant à ce divin exercice qui les réunissait plus sûrement que n'importe quel office dominical. A cette minute précise, elles se prenaient invariablement d'un amour immodéré pour tout ce qui pouvait leur rappeler la mère patrie et se seraient volontiers embrassées sans arrière-pensées. Les voies du Seigneur sont impénétrables...

— Le mal du pays est un mal dont on ne guérit jamais, répétait Milicent pour se faire pardonner de cette folie dispendieuse que n'excusaient que les petits profits qu'elle réalisait chaque année en vendant ses boites soigneusement astiquées et vidées à l'une de ses fêtes de charité.

Eilleen était la seule à ne rien regretter et à jouir pleinement de son exil. Elle faisait donc circuler les tasses... Avec un peu de chance, on éviterait les petits sablés fourrés au citron qui, frais, devaient fondre dans la bouche mais supportaient assurément mal le voyage. Il était difficile de croire que le Roi lui-même en raffolait quand on saisissait ces choses molles, qui laissaient sur la langue et dans les dents un incontestable et durable goût de moisi, légèrement teinté de fer-blanc. Le pire était qu'il fallait les avaler d'un coup sans pouvoir chipoter car l'humidité les avait à ce point rongés que toute tentative pour les casser en deux et faire durer le plaisir, s'avérait aussi dangereuse que l'excavation d'une momie égyptienne de la Première Dynastie.

Eilleen rit intérieurement en repensant aux habituelles mimiques de Victoria Brestlow qui mâchonnait la pâte informe sans manquer de complimenter Milicent sur la qualité de ses fournisseurs :

— Il n'y a que Londres pour trouver de pareils prodiges, avec juste ce qu'il faut d'amertume... La pâtisserie indigène est décidément trop sucrée.

Victoria, qui savait de quoi elle parlait, avait la chance de manger très lentement. Son nationalisme avait des limites et elle s'arrangeait toujours pour éviter qu'on lui repasse le plat. Anglaise, jusqu'au bout des ongles, elle avait l'art de rester bien élevée en avalant des litres de Darjeeling. Le thé est un merveilleux antiseptique.

— Chéri, c'est vous ?... Eilleen avait entendu du bruit

dans l'antichambre. Il était onze heures passées et elle traînait encore en chemise de nuit. Elle se passa machinalement la main dans les cheveux avec cet instinct de coquetterie qui pousse les femmes à ne jamais oublier de paraître à leur avantage.

— Oui... Il fait une chaleur accablante. Je suis rentré plutôt... Eh bien, ma chère, vous êtes souffrante?... Nelson l'embrassa sur le front et s'assit au bord du lit. Il n'avait pas l'habitude de surprendre son épouse et se faisait toujours précéder d'un boy pour annoncer sa venue, coutume que son père lui avait léguée avec six cents livres sterling de rente annuelle. Mais ce matin, les domestiques avaient tous disparu, comme une volée de moineaux, profitant d'une de leurs rares journées de congé.

— Non, je finissais d'écrire quelques lettres... Eilleen repoussa son plateau de petit déjeuner... Je n'ai aucune idée de l'heure. Vous devez sûrement me trouver bien paresseuse... Elle s'étira longuement sans paraître s'étonner de cette arrivée impromptue. Nelson n'était pas homme à la surveiller et elle lui prouvait une fois de plus qu'elle n'avait rien à cacher.

— Je ne m'en plains pas. Tout cela est bien joli... Nelson eut un sourire gourmand et laissa courir sa main sur le bras dénudé.

— Vous êtes impossible!... A croire que les hommes ne pensent qu'à cela... Eilleen se leva en souriant... J'ai une foule de choses à faire. Jennifer arrive dans trois jours. Vous n'avez pas oublié?... Il faut que je trouve de quoi la distraire.

— Votre cousine s'occupera très bien toute seule... Nelson s'était levé à son tour et enlaçait sa femme par la taille... C'est une grande fille maintenant.

— Soyez donc un peu sérieux!... Eilleen se retourna pour lui caresser les cheveux... Vous ne voudriez pas me déplaire?

— Vous savez bien que je fais toujours tout ce que vous

voulez… Nelson la serra contre lui pour s'enivrer du reste des parfums du sommeil. Leurs moments d'intimité n'avaient jamais fini de le ravir.

— Je suis fatiguée… Ce soir, peut-être… Eilleen lui échappa et alla s'asseoir à sa coiffeuse pour brosser sa longue chevelure rousse… Je crois que j'ai eu une idée merveilleuse…

— Je vous fais confiance… Nelson frissonnait de bonheur. Depuis son enfance, il restait fasciné par les cheveux de femmes et le cérémonial sacré de leur toilette qui lui donnait l'impression de participer à quelque rite interdit. Ces multitudes de pots et de peignes qui s'offraient impudiquement à son regard lui apparaissaient comme autant de filtres et de baguettes qui l'enveloppaient de leur magie. Il n'avait jamais pu totalement oublier les boucles que sa mère libérait par flots en ôtant les épingles de son chignon, ces vagues soyeuses dans lesquelles il se laissait enfouir quand elle venait l'embrasser tard dans la nuit. La tête lui tournait presque et il n'y avait qu'en mer que le cher homme avait réussi à retrouver des sensations d'une telle griserie. Certaines vocations rentrées trouvent leur source dans de bien curieuses homonymies.

— Jennifer m'a souvent dit qu'elle rêvait de voir une plantation. Je l'emmènerai visiter celle des Durram… Eilleen observait son mari du coin de l'œil, en prenant garde de ne pas laisser paraître ses sentiments.

— Celle des Durram ?… L'étonnement sortit Nelson de sa torpeur… Je croyais que vous ne les aimiez pas beaucoup.

— Justement, ce sera une occasion de faire mieux connaissance. Nous sommes si peu nombreux à pouvoir nous fréquenter. Le frère a été charmant l'autre jour au club. C'est lui qui m'a invitée… Eilleen marqua un temps d'arrêt, à peine perceptible pour le néophyte… Vous pourriez vous joindre à nous.

— Oh sans façon ! Vous savez que je déteste aller dans la jungle… Nelson eut un petit rire complice… Je crois comprendre où vous voulez en venir.

— Vraiment ?… Eilleen posa sa brosse… Je serais curieuse de vous entendre.

— Votre cousine est à marier… Vous n'avez peut-être pas tort. Ce garçon devient un beau parti, sans compter qu'il n'est pas mal de sa personne, pour autant que je puisse en juger.

— Vous n'y pensez pas ! Jennifer n'est certainement pas son genre… Eilleen ne put réprimer un geste d'orgueil. Nicholas s'intéresserait à elle et à elle seule. Son attitude de l'autre jour ne laissait aucun doute. Il avait l'air complètement perdu quand elle avait dû prendre congé.

— Qu'en savez-vous ? Les femmes n'entendent rien à ces choses-là… Nelson adorait taquiner sa femme sur le chapitre de la séduction. Il n'ignorait pas qu'elle ne tolérait aucune rivale et s'amusait de cette faiblesse bien innocente.

— Jennifer ne supporterait jamais la vie aux colonies… Eilleen s'en voulait de trop se dévoiler et trompa son énervement en allant se choisir une robe… Sa santé est beaucoup trop fragile. Elle ne passerait pas l'année !

— Il est vrai que ce climat exige des femmes exceptionnelles… Nelson était ravi de son effet. Eilleen n'était jamais aussi belle que légèrement en colère. Ses pommettes rosissaient pour faire ressortir ses admirables yeux verts… et aucune ne vous égale… Il l'embrassa à la racine du cou, tout près du grain de beauté qui les avait tant amusés.

— Je pensais vous faire plaisir. C'est vous qui insistiez pour que nous les recevions… Eilleen soupira. Une fois encore, elle avait réussi à sauver la situation. C'est Nelson qui allait lui demander de faire ce qu'elle voulait.

— Vous avez raison. Vous avez toujours raison…

— Non, je vois bien que vous me désapprouvez.

— Maintenant que Lewis est entré à la Bourse et que John va nous quitter pour l'université, j'aurai besoin d'un nouvel équipier... Nelson fit glisser lentement sa bouche sur le dos dénudé... Le bateau en solitaire ne m'a jamais attiré. Il faut savoir partager ses émotions. Ce garçon m'a l'air tout indiqué. Il n'y a que vous pour savoir me satisfaire.

— Et que vous pour me taquiner avec vos remarques saugrenues... Cessez, on pourrait entrer... Eilleen choisit une longue chemise de dentelles. Elle venait de la recevoir et ce serait du meilleur effet avec son ensemble bleuet.

— Pardonnez-moi. Par moment, je me conduis comme un idiot. C'est que je n'en reviens pas que vous soyez encore là.

— Vous avez la chance que j'ai pour vous d'irrésistibles bontés... Eilleen se blottit contre son mari avec la satisfaction secrète d'avoir su une fois encore le rendre heureux.

— Je vous assure que nous n'avons vu personne... Le boy avait ouvert en bâillant. Il faisait la sieste et transpirait encore de chaleur et de sommeil. Le Club était vide.

— Sers moi un whisky... Nicholas devait avoir l'air d'un fou. Il était hors d'haleine. Sa veste était déchirée et toute sa manche gauche, tachée de poudre. Lisa était introuvable. Il l'avait cherchée dans tout le quartier indigène. La foule qui grossissait sans cesse l'avait empêché d'avancer. Les maisons se ressemblaient toutes et plusieurs fois, il était revenu sur ses pas sans s'en rendre compte. Des chiens hurlaient, affolés par le bruit des pétards et des tambours. Un vieux Chinois cassé en deux avait réussi à se frayer un passage à coups de canne. Nicholas reconnut la pagode au coin de laquelle ils avaient tourné à l'aller et s'était engouffré dans la rue, se laissant guider par l'air salé de la mer.

— Je n'ai pas le droit. Le bar ne rouvre qu'à cinq heures… Le serviteur finissait de boutonner son dolman et s'exprimait avec un accent impeccable. Ici, plus grand-chose ne l'étonnait plus mais pour rien au monde, il n'aurait enfreint le règlement… Je ne peux vous donner qu'un café ou un thé.

— Ce que tu veux… Nicholas n'écouta pas sa réponse. Il se cogna contre un des tabourets et alla s'asseoir dans une des bergères en chintz. Lisa avait dû retourner à la plantation par ses propres moyens. C'était mieux ainsi. Il aurait le temps de se calmer. Nicholas ferma les yeux pour tenter de faire le vide. Le vent faisait battre les stores. Un courant d'air vint lui caresser le visage. Il oublia tout pendant quelques secondes.

Jamais, depuis l'accident d'Andrew Kirby, Nicholas n'avait eu aussi peur de lui-même mais aujourd'hui, il n'avait plus l'excuse de l'enfance. Il ne pourrait pas effacer ce qu'il venait de ressentir, cette impulsion qui l'avait habité, lui ôtant toute raison, commandant ses mains et le forçant à agir. En voulant tuer le bébé de sa sœur, il n'avait pas obéi à un quelconque désir de protéger l'honneur familial. Nicholas s'en moquait bien. Il avait juste voulu effacer les traces de tous ceux qui lui avaient fait l'amour. C'était un geste dément, contre nature et pourtant rien n'avait pu l'arrêter. La pensée qu'un autre puisse la posséder lui était insupportable. Lisa était à lui et à lui seul. Nicholas n'avait plus qu'une idée, lui parler, tout lui expliquer. Il fallait trouver les mots. En fait, il était persuadé qu'elle savait déjà. Lisa n'avait jamais vécu que pour lui et le connaissait mieux que personne. Elle l'avait toujours compris et partageait ses sentiments. C'était pour cela qu'elle avait semblé lui préférer Hugh, pour les protéger. Tout était clair maintenant. Il sentait son cœur battre plus fort. Non, c'était impossible. Ils étaient frère et sœur.

Sa main tremblait en prenant sa tasse. Nicholas la but très lentement. Il venait enfin de s'avouer la vérité et il ne pourrait plus se la cacher. Tout son corps lui faisait mal. Ses jambes, ses bras, son sexe étaient aussi douloureux que si une main invisible était venue pour les écorcher et mettre la peau à vif. Il se sentait nu. Nicholas se mentait depuis des semaines, depuis le jour où Lisa était descendue du bateau. Elle était si belle, tellement différente de celle qu'il avait quittée. C'était une femme qu'il serrait dans ses bras, la seule avec laquelle il se sentait en sécurité. Personne ne pouvait imaginer le plaisir qu'il avait à la regarder, à la toucher, à la sentir tout contre lui. Tant pis si c'était une folie. Maggy le disait souvent, ils ne ressemblaient pas aux autres. Ils étaient sortis du même corps et ne devaient plus faire qu'un. Cet enfant serait leur enfant. Ils l'élèveraient ensemble et rien ne viendrait les atteindre, comme autrefois, pour l'éternité.

— Je n'avais nulle part où aller… Lisa s'était tournée vers Hugh et trouva la force de lui sourire. Tout était si calme et si beau chez lui qu'elle avait presque l'impression d'émerger d'un mauvais rêve… Vous m'avez…

— Pas un mot… Cette maison est la vôtre aussi longtemps que vous le désirerez… Hugh lui prit son chapeau. Il ne pouvait s'empêcher de la contempler. Lisa était très pâle et ses longs cheveux noirs à demi-défaits accusaient encore la blancheur de sa peau. Hugh avait connu des femmes de toutes sortes, certaines tout aussi ravissantes et bien plus désirables mais il aurait été incapable de revoir leurs visages maintenant qu'il connaissait celui-là.

— Si je ne vous avais pas rencontré sur le port, Dieu seul sait quelle bêtise j'aurais pu faire… Lisa laissa traîner son regard sur les meubles en bois nacré. Hugh l'aidait à faire le vide, à s'évader pour une minute. Elle lui en était reconnaissante et aurait voulu prolonger ce moment où le temps semblait s'être arrêté… On se dirait hors du monde.

— Cela vaut souvent mieux… Hugh hésita à s'asseoir à côté d'elle… J'ai donné des ordres. On va vous conduire à une chambre où vous pourrez vous reposer.

— Je ne voudrais pas vous embarrasser… Lisa n'avait aucune envie de partir. Elle espérait que Hugh voudrait bien la garder encore un peu. Il la rassurait et grâce à lui, elle se sentait presque bien.

— M'embarrasser ?… Hugh lui prit la main… C'est le destin qui m'a mis sur votre route. N'en doutez pas. Ni vous ni moi ne pouvons rien contre cela.

— Vous me jugez mal ?… Lisa sentit sa gorge se serrer. Elle ne pouvait s'interdire de penser que Hugh ne la verrait plus jamais comme avant maintenant qu'il savait. C'était idiot, elle avait beau se le répéter, la culpabilité restait la plus forte.

— J'aurais tort ou je n'aurais pas le droit de vivre. Mon père n'a jamais épousé ma mère… Hugh s'était levé pour tirer sur un cordon.

— J'ignorais… Lisa sentit qu'elle venait de toucher un point sensible. Ils s'en étaient plus dit en quelques heures que durant les semaines qui avaient suivi son arrivée. C'était un peu troublant de n'avoir plus grand-chose à se cacher. Un serviteur venait d'entrer. Hugh lui dit quelques mots en malais puis se retourna vers elle :

— Ahmed va vous montrer votre chambre. Dormez quelques heures. Je vais prévenir Nicholas.

— Non, pas tout de suite !… Lisa poussa un cri, comme si la terre s'était ouverte sous ses pieds. Ce qu'elle ressentait la faisait trop souffrir. Elle revoyait les yeux de son frère dans l'escalier, ses doigts sur son ventre et l'expression de son visage. Jamais elle n'avait ressenti un pareil malaise, pas même avec Charles Havington.

— Je suis là. Vous ne craignez rien… Hugh la prit par les épaules… Je suis sûr qu'il regrette.

— Pardonnez-moi… Lisa tourna la tête… C'est au-dessus de mes forces. Il me répugne !

331

— Cela ne sert à rien de reculer. Je ne vous promets qu'une chose, plus personne ne vous fera de mal. Vous ne le verrez pas puisque vous le désirez... Hugh l'accompagna jusqu'à la porte.

— Je ne saurai jamais comment vous remercier... Lisa était bouleversée. Elle se laissa emmener sans ajouter un mot.

Ascot connaissait l'agitation des grands jours. Lord Roseberry restait invaincu depuis quatre saisons consécutives et aucun propriétaire n'avait pu entamer cette prédominance, appuyée sur une immense fortune et un flair éclairé. Les Rothschild ne faisaient jamais rien à moitié et il y avait une semaine encore, tout permettait de croire que leurs couleurs l'emporteraient à nouveau. Ce n'était qu'au dernier moment que le Roi avait décidé d'engager trois de ses meilleurs chevaux, ajoutant en plaisantant qu'aucun de ses sujets n'oserait lui infliger une défaite. Confiant dans sa bonne étoile, il s'était déplacé personnellement pour soutenir les pur-sang qui faisaient la fierté de ses écuries. L'un d'entre eux lui avait été offert par Elisabeth d'Autriche et il répugnait à le faire concourir. Mais Edouard VII n'avait jamais su résister à un défi. La compétition promettait donc d'être animée. A dire vrai, cela n'intéressait personne et les parterres résonnaient de bien d'autres préoccupations. On allait aux courses comme à l'opéra, entre deux actes, ou à la dernière fête d'une coqueluche éphémère, juste pour s'y montrer.

C'était ennuyeux et indispensable tout à la fois, l'occasion de se retrouver au sortir de l'hiver pour compter ses morts et observer les nouveaux arrivés. Chacun sait que les plus gros héritages se font souvent en début d'année, les vieillards supportant mal cette ultime floraison des sens. Les élégantes rivalisaient d'extravagances, concentrant tout leur esprit dans le choix d'un chapeau qui traduirait autant leur humeur de l'instant que l'état des finances de leur conjoint. Certaines affichaient une sobriété inhabituelle et voyante. Il fallait s'en méfier. C'étaient souvent les plus riches ou les plus influentes, en un mot celles qui n'avaient plus rien à prouver, esquissant un bâillement distingué entre deux phrases assassines. Les autres, la grande majorité, essayaient encore d'innover, se transformant en gondole, en verger ou en quoi que ce fût d'autre qui puisse rappeler un éclair du génie humain ou plus souvent l'incroyable générosité de leur nature. Il n'était pas rare de croiser des "Langoustes amoureuses" sur fond épinard, des "Reine de Saba devant Salomon" ou d'autres bibis tout aussi fantaisistes qui témoignaient de la créativité des faiseurs. Pour être juste, il fallait ajouter une troisième catégorie aux deux précédentes, une subdivision encore très minoritaire qui s'affirmait chaque fois un peu plus : la version Outre-Atlantique.

Depuis quelques temps, l'Américaine faisait fureur dans tous les endroits à la mode. Il était impossible de ne pas la remarquer, toute d'une seule couleur de la tête aux pieds. La robe, les chaussures, les gants, le sac et le chapeau semblaient taillés dans le même tissu, à croire qu'elle avait eu un prix pour le lot. Elle était charmante et gaie, tapant sur l'épaule des inconnus avec la naïveté qui préside souvent aux grandes découvertes. Mais il ne fallait pas s'y tromper, un mot déplacé, un geste incongru et leur auteur passait immédiatement pour le digne héritier de tous les vices de la vieille Europe. Somme toute, ces dames, pourtant fort différentes, s'entendaient assez bien, s'invectivant par chevaux interposés quand elles ne traînaient pas leur mari, en haut de forme, comme un vieux parapluie ou un faire-valoir noiraud qui faisait merveille pour exalter leur toilette.

Richard n'aurait manqué l'événement pour rien au monde. Il y avait là sûrement un rien de snobisme mais aussi une réelle curiosité tant esthétique qu'ethnologique. Ascot l'amusait et il y avait conservé une loge à l'année, une loge qui était restée souvent vide, simplement pour narguer les bien-pensants qui l'avaient chassé. Il fallait des siècles pour en obtenir une et l'idée le ravissait : beaucoup de ceux qui le jugeaient mal devaient s'empiler sur les gradins en lorgnant sa place inutile.

Cet après-midi Clive l'avait accompagné. Son bonheur aurait pu être complet mais Richard savait qu'il devait jouer une autre partie. Clive allait mal, ne trouvant plus le repos que dans la fumée de l'opium. C'était sans doute la première fois qu'il voyait le soleil depuis des semaines. Richard s'en serait moqué si seulement il l'avait su heureux mais chaque jour qui passait prouvait le contraire. Clive refusait toute conversation, se réfugiant dans un monde imaginaire dont il se réveillait en hurlant, couvert de sueur, en proie aux angoisses les plus insensées. Richard l'aimait trop pour assister à cette mort lente contre laquelle il ne pouvait rien. Cette drogue le faisait plus souffrir que n'importe quel autre passion clandestine. Il avait tout essayé pour retenir Clive, allant jusqu'à préparer ses pipes. C'était un remède désespéré mais le seul qui lui permettait d'appartenir encore un peu à ce monde qui le lui volait.

Le pire était que Richard ne pouvait se confier à personne. Il fallait vivre avec Clive, comprendre ce qui se passait réellement, le voir disparaître petit à petit pour mesurer l'insupportable. Clive se suicidait devant lui et Richard restait impuissant à le sauver. Son amour était piétiné. Pire, il ne servait à rien. Il n'y avait qu'une dernière chance, il fallait la risquer. Richard avait cherché le moment opportun et Ascot lui fournissait l'occasion idéale. Il lui serait impossible de montrer ses sentiments en public, ce qui le protégerait contre lui-même. Richard connaissait ses failles. Aussi quand sa décision était prise, il choisissait toujours de les annoncer là où il était certain qu'elles ne seraient pas discutées.

— Tiens… Richard sortit une enveloppe remplie de papiers avant d'ajuster ses jumelles pour voir le départ de la première course.

— Qu'est-ce que c'est ?… Clive s'était installé dans le fond de la loge. Il prit ce que Richard lui tendait. Il avait mal à la tête et supportait difficilement la lumière du jour.

— Tes dettes de jeu… Richard n'exprimait aucune émotion, continuant à fixer le terrain.

— Comment les as-tu eues ?… Clive se redressa sur son siège… Tu sais que je déteste qu'on se mêle de mes affaires… Il tremblait. L'agressivité semblait être la seule force à le maintenir encore en vie… Tu fouilles mon courrier ?

— Ce genre de choses ne s'expédie pas par la poste… Richard baissa ses jumelles… Tes amis me les ont fait parvenir… Tu joues trop et tu joues mal…

— Je vais te rembourser… Clive fouillait dans ses poches… Le temps de passer à ma banque.

— Inutile… Je suis au courant de ta situation. Je regrette seulement que tu n'aies pas voulu m'en parler.

— Tu n'avais pas le droit… Tu es comme les autres. Il faut aussi que tu me demandes des comptes… Clive envoya voler les reconnaissances de dettes… Je suis libre. Je fais ce que je veux. Tu ne m'achèteras pas !

— Rassure-toi. Ce n'est pas mon intention… Richard ne répondit pas à l'insulte. Elle venait affirmer sa détermination… Je crois simplement que nous sommes en train de faire fausse route.

— Où crois-tu que nous allions aller ?… Clive éclata de rire… Ouvre un peu les yeux ! C'est toi qui a voulu venir ici. Alors regarde, s'ils n'étaient pas tous si bien élevés, ils nous cracheraient au visage.

— Je vais partir… Richard baissa la voix. Clive était bout de nerfs. Il ne savait plus se contrôler et leur dispute devait s'entendre dans les loges voisines.

— Tu m'abandonnes ? C'est ça, dis, c'est ça ?! Dis le au moins que ce soit clair... Clive s'était levé.

— Il est temps que tu sois face à toi-même... Richard fit mine de s'intéresser à la course... Je ne peux plus rien. Nous verrons à mon retour ce que tu désires vraiment...

Une clameur s'éleva de la foule, Black Stallion le cheval de Lord Roseberry passait en tête devant la loge royale.

— Fais comme tu veux, je m'en fiche après tout... Clive reprit sa place et tourna la tête. La décision de Richard le paralysait et le libérait tout à la fois. Il avait peur, peur de la solitude mais respirait de n'avoir plus à subir son regard... Pars !

— Mes bagages sont à la gare... Richard hésita un instant. Il n'était plus sûr de ce qu'il faisait. Secrètement il avait espéré que Clive le supplierait de rester. Il se maudit de ce reste de romantisme douloureux.

— Je ne veux plus te voir ! Clive le poussait à la porte... Allez dehors, dehors ! Ici ça sent la mort... Tu ne comprends pas, c'est toi qui a raison ! J'ai besoin de respirer. Tu me gâches l'existence !

— Très bien... Richard aurait dû le haïr, il se retint de l'embrasser. Il ne prit pas son désir pour un manque de caractère. Les crises de son enfance l'avaient habitué à donner l'amour dans la tempête... N'oublie pas que je t'aime.

— Cela ne veut rien dire. Cela n'a jamais rien voulu dire... Un peu de courage, montre que tu es un homme. Disparais... Clive avait mal au cœur. Il s'appuya à la balustrade et prit une longue respiration. Il aurait voulu s'enfuir lui aussi, mais à l'annonce de la victoire de Black Stallion, les couloirs s'étaient remplis de monde. La foule le paniquait. Il retourna s'asseoir sur son siège. Dans quelques minutes, les loges se rempliraient à nouveau, il pourrait sortir. Richard le regarda une dernière fois et se noya dans une mer de chapeaux.

— Je ne m'étais pas trompée. C'était vous que j'avais

aperçu au pesage… Nelly Faversham était délicieuse dans son ensemble indigo… Que pensez-vous de mon chapeau ?… "Alice au pays des merveilles"… Elle pencha la tête pour montrer le petit lapin qui courait avec une montre… C'est pourri de chic non ?!… Oh mon Dieu que vous avez mauvaise mine !

— Vous tombez on ne peut plus mal !… Clive lui répondit à peine et ne chercha pas à sauver les apparences. C'était bien la dernière personne qu'il avait envie de rencontrer.

Nelly n'était pas sotte et avait de la suite dans les idées. Elle prit le parti de s'en amuser :

— Eh bien tant mieux ! J'ai donc tout à espérer de votre humeur à venir. Avec un peu de chance vous vous lèverez pour saluer mon départ… Elle s'assit et ajusta les plis de sa robe… Je vous observais depuis la loge royale… Nelly rougissait de plaisir rien qu'à en prononcer le nom et ne pouvait s'empêcher de traîner un peu sur la dernière syllabe tant convoitée… Nous y étions invités… Papa et moi… Ce n'était pas pour rien si l'on susurrait que sans la réputation de sa famille, elle aurait facilement fait terriblement "nouveau riche".

— Je pensais bien que l'agrément de votre présence ne devait rien au hasard… Clive ne lui accordait aucune attention. La scène avec Richard l'avait vidé de son énergie.

— Vous commencez à ne plus me sous-estimer… Nelly eut un petit sourire ravi. Richard l'avait ignorée avec la dernière grossièreté. La situation l'enchantait… Mon père m'a tout raconté… Votre petite entrevue de l'autre jour… Ma proposition tient toujours et il est évident que si vous l'acceptiez, sa position pourrait changer.

— Je n'ai rien à faire avec vous !… Clive lui saisit les poignets… Homosexuel et opiomane, vous ne croyez pas que vous pourriez trouver plus intéressant pour vous distraire ?

— Vous me faites mal !... Nelly reprit ses mains...
C'est un début. Je ne déteste pas un peu de piment dans...
enfin vous me comprenez, j'en suis certaine.

— Je ne sais pas quel projet se trame sous vos boucles
décolorées mais...

— Rien que vous ne sachiez, mon cher... Nelly sortit
son poudrier... A l'extrême, rassurez-vous, je ferai une
très jolie veuve.

— Je ne suis pas d'humeur à plaisanter... Clive haussa
les épaules. Cette fille avait le don de l'exaspérer.

— Et moi, contrairement aux apparences, je n'ai pas
l'habitude de m'humilier !... Nelly le regardait droit dans
les yeux.

— Qu'est-ce que vous préparez ? Cela vous plaît de
vous jeter à la tête de tous les hommes que vous rencon-
trez ?

— Me jeter à votre tête ?... Les vilains mots !... Je vous
croyais plus fin et plus soucieux de vos intérêts... Nelly
fit claquer son poudrier... Vous aimez les garçons, moi
aussi. Voilà de quoi nous rapprocher. A défaut de partager
vos amants, je veux pouvoir choisir les miens en toute
tranquillité ! Suis-je suffisamment claire ?


Hugh s'était appuyé sur la balustrade de sa terrasse. Il
se laissait bercer par le bruit des vagues. L'océan l'avait
toujours aidé à se retrouver, particulièrement à cette heure
où le soleil allait disparaître, rougissant pour mieux se
montrer avant de franchir brutalement la ligne d'horizon.
Des petits nuages, poussés par le vent d'est, s'évanouis-
saient comme des fumerolles rosies de chaleur, d'autres
plus lourds passaient au large comme un continent à la
dérive. Le ciel et la terre ne faisaient plus qu'un, comme
l'air et l'eau, la jungle et la mer. Ce pays était magnifique
mais à force d'y vivre on finissait par ne plus prendre le
temps de le voir. C'était humain, c'était paradoxal.

Paradoxal comme cette union finale de tous les éléments qui s'embrassaient avant d'être engloutis dans la nuit, paradoxal comme la vie que l'on passait à attendre et à espérer.

Hugh se surprit à rire tout seul. Chamsa avait raison. Personne ne pouvait aller contre les étoiles. Il l'avait constaté une fois encore. Rien ne l'obligeait à descendre en ville ce matin. Il avait failli remettre ses affaires à un autre jour mais une voix intérieure l'avait poussé à s'y rendre. Maintenant, il comprenait pourquoi. Il devait rencontrer Lisa. Elle lui était tombée dans les bras, se jetant sur lui comme s'il était son sauveur. Hugh respira longuement ce parfum de santal qui imbibait tout, le bois, le vent et les vêtements. Oui, la vie était bizarre. Certains buts que l'on atteint, se révèlent souvent n'être que le début du chemin. Lisa était là, à quelques mètres. Elle dormait dans une des chambres et pourtant, alors qu'il avait toujours rêvé de cela, Hugh ne pouvait pas lui avouer son amour. Il l'aimait trop pour abuser d'un moment de faiblesse et se respectait trop pour se laisser utiliser comme une fuite en avant.

— Je veux voir ma sœur… Nicholas descendait de cheval et enjambait les escaliers quatre à quatre. Il était arrivé au grand galop, comme un bruit d'orage. Les yeux lui sortaient du visage. Il était blême.

— Je vous attendais… Hugh lui avait fait porter un billet. Il lui tendit la main. Nicholas ne prit pas la peine de donner la sienne.

— Où est-elle ?

— Elle dort… Hugh fit un pas en avant et lui barra instinctivement le passage… Je crois qu'il faudrait mieux la laisser se reposer un peu.

— Si vous permettez, c'est à moi d'en juger… Nicholas partait sur le côté.

— Elle ne veut pas vous parler… Hugh l'arrêta d'une main ferme. Il craignait que Nicholas ne vienne lui enlever Lisa, qu'il trouve les mots. Heureusement, il était assez lucide pour se l'avouer ce qui l'aidait à garder son calme.

— Vous mentez ! Je sais très bien quel jeu vous jouez… Nicholas le repoussa violemment. Hugh vacilla.

— Croyez-moi, c'est dans votre intérêt… Il lui saisit le poignet… Attendez qu'elle soit remise.

— Vous n'avez pas de conseil à me donner… Nicholas repoussa Hugh une nouvelle fois et se précipita vers la porte fenêtre… Je saurai bien la trouver.

— Arrêtez… Hugh l'avait rejoint et l'empêchait d'avancer… Vous n'irez pas plus loin !

— C'est ce qu'on verra !…

— Elle est dans une chambre juste au-dessus, vous allez la réveiller.

— Dans une chambre !… Nicholas s'était retourné… Je vous interdis de la toucher.

— Calmez-vous, je… Hugh ne put finir sa phrase. Nicholas lui envoya un coup à décrocher la mâchoire.

— Vous l'aurez voulu… Hugh lui plaqua son poing dans l'estomac.

— Cela fait longtemps que j'attendais ça !… Nicholas s'était plié en deux… Il regarda Hugh droit dans les yeux… Elle est à moi !

— Je n'en suis pas si sûr… Ils restaient immobiles. Brusquement Nicholas plongea tête en avant. Hugh perdit l'équilibre. Les deux hommes avaient roulé à terre.

— Ce n'est pas une de vos putains… Nicholas avait une force surhumaine. Il tentait de maintenir Hugh couché sous lui… Si vous portez la main sur elle…

— Ce n'est pas moi qui l'ai fait et vous êtes plutôt mal placé… Hugh venait de se dégager mais Nicholas le rattrapa par la ceinture.

Un domestique alerté par le bruit était sorti mais n'osait pas intervenir. Il repartit affolé, en criant quelques mots en malais. Les coups pleuvaient de tous côtés. Nicholas avait besoin de ce contact physique. Il y puisait une sorte de bien être inattendu. Hugh saignait du nez. Sa mâchoire lui faisait terriblement mal. La douleur irradiait dans tout son crâne. Il fit tomber Nicholas de l'escalier.

— Alors sale métèque, on ne veut plus se battre !... On a peur ?... Nicholas ne voulait pas en rester là. Il ne faisait que commencer. Hugh, aussi, l'avait abandonné. Nicholas voulait doublement se venger. Il savait qu'il avait frappé juste. Il n'eut pas le temps de se relever. Hugh l'avait rejoint. Ils se traînaient dans la boue.

— Je vais te faire rentrer ces mots dans la gorge !... Hugh pouvait tout accepter sauf que l'on fasse allusion à la lâcheté des sangs mêlés. Cela le rendait fou. Il l'attrapa par le col et commença à l'étrangler. Nicholas suffoquait. Il essaya de se dégager, déchira sa chemise et crut réussir à repousser Hugh en arrière. Mais Hugh tenait bon. Nicholas se débattait. Ils étaient joue contre joue.

— C'est moi qui vais te crever... Nicholas transpirait et riait avec un air de défi... Je gagnerai toujours... Il glissa sur le côté et saisit une pierre. Hugh tenta de lui bloquer le bras.

— Ça suffit !... Lisa descendait de la varangue. Les serviteurs étaient venus la chercher... Arrêtez !

Hugh et Nicholas s'immobilisèrent.

— Ce n'est pas possible !

— Lisa... Nicholas laissa tomber son arme... Je suis venu pour te ramener.

— Non, non !... Lisa hurlait... Jamais ! Si j'avais encore un doute...

— Ecoute-moi... Je peux tout expliquer... Nicholas s'était relevé et s'approchait de sa sœur. Il était couvert de sang et tendait les mains vers elle... Je t'en supplie ! Ce n'est pas ce que tu crois...

— Lâche-moi... Lisa recula... Tu agis avec les gens comme avec tes arbres. Tu les cultives pour mieux les saigner ! Va-t'en, je ne veux plus te voir !

— Viens, il ne faut pas rester ici… Rahman poussait Nicholas dans la maison… Son visage était tuméfié et il avait failli tomber de cheval… Les coolies ne doivent pas te voir dans cet état, tu es le maître.

Depuis des heures, Rahman avait un terrible pressentiment. Quand il avait su que Lisa n'était pas rentrée et que Nicholas avait ordonné de seller Balthazar, il avait deviné que quelque chose de terrible était en train de se passer. Il ne pouvait pas en parler, personne ne devait savoir la vérité. Il avait couru jusqu'à la plantation de Hugh mais les boys l'avaient empêché d'entrer… « Où est-elle ? » Rahman soutenait Nicholas pour l'aider à monter dans sa chambre.

— Où crois-tu qu'elle soit ?… Nicholas releva la tête… Chez Coleman !… Nicholas n'avait même plus la force d'exprimer sa colère. Il avait erré pendant des heures, poussant son cheval à bout pour hurler sa haine et son désespoir. Il avait voulu mourir mais quelque chose de plus fort le retenait à la vie, quelque chose d'inexprimable, la conviction profonde que tout ne pouvait pas être fini… Elle reviendra, elle reviendra. Je le sais… Dis-moi que tu le sais aussi.

— Oui, j'en suis sûr… Rahman ne voulait pas le contredire. C'était inutile et dangereux. Sa réponse eut l'effet escompté. Nicholas lui sourit et se laissa tomber sur son lit. Il était épuisé et avait besoin d'être rassuré comme un enfant. Il sentit Rahman lui ôter ses vêtements et passer son visage et son torse à l'alcool de menthe. Ses mains étaient si légères qu'il réussit à nettoyer ses plaies sans lui arracher un cri. Le jeune Malais lui mit un oreiller sous la tête, fit glisser son sarong et vint se coucher contre lui. Nicholas réagit à sa chaleur et le serra doucement en murmurant des phrases incompréhensibles. Rahman ne chercha pas à en saisir le sens. Nicholas dormait déjà et peu importe qu'il le prît pour quelqu'un d'autre.

Un lézard courait sur le plafond. Les fenêtres étaient grandes ouvertes. Dehors, Abas dispersait les Bugis qui s'étaient rassemblés avec des lanternes pour organiser une battue dans la jungle.

Lisa repensait à la question qu'elle avait posée à Hugh : « Croyez-vous qu'un pays puisse changer un homme à ce point ? »

Il ne lui avait pas répondu et au fond, elle préférait cela. Elle prit un peu de sable dans sa main et le fit glisser entre ses doigts. Il était blanc comme un morceau de lune. Les souvenirs de son enfance étaient encore si présents que c'est eux qu'elle voyait s'égrener dans le vent. Hugh n'avait pas condamné son frère, ni même prononcé un mot blessant à son égard. Intelligence, calcul ou tout autre chose, cela n'avait pas d'importance. Lisa n'aurait pas supporté qu'un autre qu'elle puisse le juger.

La nuit était tombée depuis longtemps. Les grillons et les criquets avaient envahi les crocus et les touffes de lalang, mêlant leurs chants au coassement des grenouilles. Lisa ôta ses chaussures et marcha dans l'écume des vagues. Elle avait besoin d'être seule, de retrouver les bruits de la nature et les sensations immédiates du corps pour se sentir exister, simplement exister. La tiédeur de l'eau n'avait rien de commun avec la petite morsure glacée de la mer de Cornouailles. Lisa pouvait marcher sans risquer de se faire éclabousser par une lame qui se briserait contre les rochers. Elle s'arrêta un instant pour tout regarder, les cocotiers dont la masse sombre bordait la plage, l'océan presque immobile et un peu en hauteur, sur la colline, les premières lanternes de la varangue qui se balançaient lentement au rythme des bambous.

Ce soir, Lisa était vraiment au bout du monde. Hugh l'aimait. Elle l'avait compris mais Lisa n'avait survécu qu'en étouffant ses sentiments. Elle l'aimait peut-être aussi mais tous ceux en qui elle avait crus avaient fini par trahir sa confiance. Hugh menaçait d'ouvrir une brèche qui la ferait souffrir davantage encore. Lisa ne voulait plus souffrir. Elle avait tout brûlé derrière elle. Il ne lui restait rien, ni famille, ni pays, ni espoir de retour. Qu'importe, elle était venue ici et elle saurait faire face. Un singe hurla dans le lointain. Le vent s'engouffra dans sa robe et fit voler ses cheveux. Lisa ouvrit les bras pour sentir sa force. L'enfant qu'elle portait serait sa terre, sa raison de vivre, la prolongation d'elle-même et les racines qu'elles n'avaient pas eues. Elle serait heureuse envers et contre tout car elle avait gagné le droit de l'être.

— Le Tuan vous cherche partout... Lisa sursauta. Une femme était sortie de l'ombre.

— Qui êtes-vous ?... Lisa ne se souvint pas l'avoir jamais vue. Elle était très menue et ses yeux aussi noirs que ses cheveux lui donnaient un étrange éclat.

— Je m'appelle Chamsa. C'est moi qui vais vous servir... Elle joignit les mains en signe de bienvenue.

# Chapitre XI

Penang — Londres

— Dehors, tout le monde dehors... Chamsa faisait signe aux boys de sortir. Elle veillerait personnellement à ce que la chambre de Lisa soit impeccable. C'était son rôle.

Les serviteurs ne se firent pas prier. Par expérience, aucun d'entre eux n'aurait osé discuter un ordre de la petite Malaise. Ils s'éparpillèrent comme une volée de moineaux, affolés par l'orage. Chamsa les poussa dans le couloir et referma la porte. Elle voulait être seule, seule pour jouir de cet instant de bonheur intense où elle pouvait tout imaginer. Chamsa n'y aurait renoncé pour rien au monde. Elle inspira longuement et regarda autour d'elle pour goûter le silence. Elle souhaitait que cette minute soit éternelle. A la vérité, Chamsa avait un besoin presque maladif de s'approprier cet univers qui aurait dû être le sien. Elle ne voulait pas en perdre une miette. Jamais elle ne se lasserait de redécouvrir l'endroit, comme si elle y pénétrait pour la première fois, se laissant émerveiller par tout ce qui l'entourait. Ici, le baroque laissait la place à une simplicité majestueuse, rehaussée par l'éclat du parquet aux chevrons de teck et d'acajou alternés. Les meubles étaient la copie exacte de ceux que Luytens [1] avait réalisés pour le palais du vice-roi à Delhi.

[1] Sir Edwin Luytens : célèbre architecte et créateur de meubles qui révolutionna son époque et connut la gloire au tournant du siècle.

Tout était si calme et si beau. C'était la chambre de l'épouse du propriétaire. Chamsa serra les dents. La pièce n'avait encore jamais été occupée. Le vieux Coleman avait toujours refusé d'y installer sa maîtresse indienne. La mère de Hugh ne s'était jamais plainte mais chacun savait qu'elle souffrait en silence et craignait pour l'avenir de son fils. Elle ne désirait rien pour elle et préférait se faire oublier comme il fallait oublier la couleur de sa peau. Toutes ses ambitions s'étaient reportées sur Hugh. C'est elle qui avait insisté pour qu'il soit élevé dans les meilleurs collèges et qu'il ait accès à cette culture dont elle était privée. Hugh devait devenir Anglais jusqu'au bout des ongles, c'était la seule façon de le protéger et de lui éviter les humiliations qu'un homme ne pourrait pas accepter. Ses efforts avaient porté leurs fruits et elle avait eu la fierté de le voir revenir avec un accent presque trop parfait et des manières que n'importe quel gentleman aurait pu lui envier.

Mais son grand bonheur était à venir, Coleman acceptait enfin que leur fils porte son nom. Hugh aimait profondément sa mère et ne s'était jamais totalement remis de sa disparition. A la mort du vieux Coleman, il avait fait peindre un immense portrait d'elle pour le faire accrocher juste en face du lit où elle n'avait pas dormi. Lui qu'on avait tant voulu éloigner de ses racines indigènes y trouvait chaque jour un réconfort supplémentaire. Depuis lors, les domestiques venaient pour faire la poussière si bien que la chambre semblait attendre quelqu'un mais personne n'avait encore été autorisé à y coucher.

Chamsa entretenait le nécessaire de toilette, nettoyait les rideaux de soie et n'omettait jamais de renouveler les immenses bouquets d'orchidées. Il lui était arrivé de rester là pendant des heures quand Hugh était en ville et de se prendre à rêver qu'elle n'avait qu'à sonner pour qu'on lui apportât un thé.

Lisa n'avait certainement aucune idée de ce que tout

cela pouvait représenter. Son peignoir traînait sur la méridienne. Elle avait dû s'y allonger et les coussins portaient encore l'empreinte de son corps. Chamsa prit une des brosses en écaille. Elle avait envie de la jeter contre le miroir de la coiffeuse. Sa main se crispa sur le manche. Elle s'assit lentement sur le tabouret et commença à se lisser les cheveux. Il fallait savoir attendre, un jour cette place serait la sienne. Elle souleva ses longues mèches brunes et s'imprégna méthodiquement de tout ce qu'elle voyait dans la glace. Elle voulait se souvenir de chaque détail, ne rien omettre, tout admirer pour que sa haine restât intacte. Aujourd'hui, cet exercice avait un sens particulier. Bientôt la présence de Lisa serait partout et elle voulait pouvoir l'effacer de sa mémoire. Ses yeux s'attardèrent sur l'embrasure de la porte de la salle de bains. Elle devinait l'éclat des faïences d'un bleu turquoise presque navigable et s'imaginait dans la grande baignoire en marbre. Elle adorait cette pièce, particulièrement au lever et au coucher du soleil quand les poignées de cristal s'irisaient de multiples petits arcs-en-ciel.

Un craquement la fit sursauter. Chamsa tendit l'oreille. Il n'y avait personne dans le couloir, juste les bruits habituels du bois qui jouait sous la chaleur. Lisa venait de sortir. Il n'y avait aucune raison pour qu'elle remontât si vite. Chamsa attendit encore un peu puis se leva. Elle passa devant le lit à baldaquin dont le tissu l'avait toujours fascinée, avec ses gigantesques palmes comme les Anglais aimaient à les représenter et sortit sur la terrasse. La balustrade en fer forgé venait d'être repeinte mais s'oxydait déjà par endroits. Il y faisait frais, à n'importe quelle heure de la journée.

Les cimes des bananiers venaient l'ombrager et il fallait même souvent les tailler. Le vent faisait bouger leurs feuilles comme un gigantesque éventail, si bien qu'en ouvrant les fenêtres on avait l'impression de dormir en pleine nature. Chamsa ferma les yeux et se laissa enivrer par le parfum des fruits mûrs. Il avait suffit que Lisa paraisse pour tout lui voler.

— Prenez au moins un toast… Hugh avait fait servir le petit déjeuner sous le kiosque devant la mer. Les domestiques avaient déployé les grands voiles de raphia pour filtrer les rayons brûlants.

— Non merci, je n'ai pas faim… Lisa était nerveuse. Elle avait mal dormi et n'arrivait pas à chasser Nicholas de ses pensées. La nuit avait réveillé ses angoisses. Elle avait passé son temps à se retourner sans pouvoir trouver le sommeil. Elle ne pouvait pas le haïr tout à fait et il était trop tôt pour lui pardonner.

— Vous n'avez rien mangé… Hugh lui versa un grand verre de jus de mangue. Il la traitait avec une grande politesse mais se montrait plus distant. Lui aussi semblait préoccupé. L'un et l'autre faisaient tout pour ne pas le montrer mais évitaient d'évoquer l'avenir comme s'ils craignaient d'être menacés par un désastre.

— Excusez-moi… Lisa quitta la table. Elle ne savait plus quoi faire et avait besoin de s'isoler.

— Quel endroit magnifique ! Quel dommage qu'il n'y ait personne pour s'en occuper… Lisa se retourna, elle se savait observée. Hugh avait dû la suivre et se tenait à quelques mètres derrière elle. Elle avait quitté la pelouse qui s'étendait sur tout le côté arrière de la maison, préférant suivre le petit chemin qui se perdait sous les palétuviers. C'était presque par hasard qu'elle avait poussé la vieille porte rouillée pour découvrir le jardin abandonné.

— Je vous le donne. Ce sera votre royaume si vous le désirez… Hugh résista au désir de l'embrasser. Lisa avait l'air si fragile. Elle s'était arrêtée sous une pergola de bougainvillées.

— Il y a tant de plantes que je connais pas… Lisa sembla ne pas entendre l'offre qui lui était faite.

Hugh n'insista pas. Il lui tendit le bras et la conduisit au milieu du reste des allées. Par endroit la végétation était si dense qu'on ne pouvait plus passer. Des bignones sauvages s'enroulaient autour des sagoutiers et les fougères arborescentes avaient proliféré comme du chiendent.

— Savez-vous qu'autrefois les Anciens construisaient leur jardin comme une porte ouverte sur le Paradis? Chaque massif, chaque buisson, chaque fleur devaient conduire au passage magique... Hugh parlait beaucoup pour cacher le malaise qu'il sentait s'installer. Lisa lui répondait bien sûr et le plus aimablement du monde mais il était évident qu'elle était ailleurs. Hugh s'arrêta à côté de la pièce d'eau envahie par les nénuphars :

— Quand j'étais plus jeune, j'étais persuadé qu'elle servait de miroir aux libellules... Hugh savait qu'il ne pouvait plus se taire... La maternité vous va bien... Vous êtes magnifique... Lisa baissa les yeux, se réfugiant instinctivement dans l'ombre d'un poivrier aux baies rouges... Je suis prêt à vous aider. Il ne tient qu'à vous... Hugh se rapprochait d'elle.

— Vous l'avez déjà fait et je ne puis vous en demander davantage... Lisa ne voulait toujours pas comprendre. Elle voyait arriver le moment qui lui faisait si peur et cherchait à tout prix à le retarder.

— Vous avez besoin de quelqu'un à vos côtés... Hugh lui prit la main... Nous en avons tous besoin.

— La reconnaissance est un fardeau trop lourd à porter... Lisa eut un brusque mouvement de colère. Elle connaissait ce discours. C'était celui de Clive, celui de Charles et même celui de Nicholas. Mais Hugh l'attirait. Si elle ne partait pas tout de suite, il serait trop tard. Elle ne voulait pas céder... La vie m'a appris à ne compter que sur moi... Elle releva la tête... Pardonnez-moi, c'est à moi que j'en veux. Je me suis conduite comme une idiote. Je vais partir cela vaudra mieux... Lisa fit un pas en avant. Hugh la retint.

— Non, vous allez rester... Hugh vit qu'elle tremblait... Votre place est ici et c'est ici que vous serez heureuse.

— Vous êtes bien sûr de vous. Je... Lisa sentit Hugh poser ses doigts sur son visage. Il lui souriait si tranquillement qu'elle ne trouva pas le courage de finir sa phrase. Elle ne pouvait plus quitter son regard.

— Oui, sûr de vous aimer.

— Taisez-vous !

— Certainement pas. Je ne voulais pas vous faire part de mes sentiments... Hugh cherchait ses mots... Je devine ce que vous pouvez ressentir mais l'amour est une chose trop importante pour la laisser passer.

— Taisez-vous, je vous en prie... Lisa tourna la tête. Au fond d'elle-même, elle savait que Hugh était sincère. Il ne lui restait qu'un sursaut d'orgueil blessé... Je ne peux pas, je ne veux pas vous croire.

— Vous avez peur parce que vous savez que je dis la vérité... Hugh la prit doucement dans ses bras... Moi aussi, vous m'avez transformé. Je ne me reconnais plus. Autrefois, j'aurais ri si j'avais entendu tenir un tel langage... Il posa son front contre le sien... Laissez-moi une chance et si vous ne m'aimez pas encore, pensez au moins à donner un père au bébé que vous portez.

— Jamais je ne vous... Lisa avait refoulé trop d'émotions pour continuer à parler.

— A mon tour de vous demander de m'écouter... Hugh la serra contre lui... Cessez de penser. Vous ne construirez rien sur les ruines de votre passé. Il faut vous laisser une chance.

— Je ne peux rien vous promettre... Lisa voyait ses yeux se brouiller.

— Je ne vous demande rien. Je vais seulement vous protéger... Hugh lui caressait les cheveux.

— Je voudrais tant tout recommencer... Lisa se blottit contre son épaule. Les lèvres de Hugh glissèrent sur sa joue et elle ouvrit les siennes. Il n'y avait plus un bruit, juste eux deux, cachés au milieu de ce jardin qui retournerait bientôt à la jungle. Ils s'étaient embrassés d'abord timidement puis peu à peu Lisa avait cessé de résister. Elle avait enfin l'impression d'être en sécurité.

— Je t'aime depuis le premier jour et je t'adorais bien avant… Hugh prit son visage dans ses mains et la força à le regarder.

— Il me faudra du temps… Lisa avait le souffle coupé. Elle n'imaginait pas que ce baiser pourrait à ce point la troubler. Il ne ressemblait à aucun autre. Comme avec Charles, ses sens l'avaient submergée mais cette fois, Lisa en était la complice volontaire. Pourquoi fallait-il que sa raison lui interdise encore de croire tout à fait à ce qui lui arrivait ?… Tu devras me réapprendre.

— Je saurai te guérir… Hugh la souleva de terre… Je veux que tout le monde te voie, que les arbres, le soleil et le mer sachent que je me donne à toi… Il la portait vers la maison… Aucune femme ne sera aimée comme je vais t'aimer et je jetterai à tes pieds tant de fleurs qu'aucun mortel ne pourra t'approcher sans s'évanouir !

— Tu es fou… Lisa éclata de rire.

— Oui, je suis fou et c'est pour cela que tu vas me suivre… Hugh la reposa sur le sol et la couvrit de baisers.


— Tuan, deux femmes te demander… Nicholas releva la tête. Abas n'avait pas l'habitude de venir le déranger quand il était à l'atelier.

— Qui est-ce ?… Le bruit du moteur du nouveau laminoir le força à crier.

— Moi pas connaître… Abas secoua négativement la tête, accompagnant comme toujours son anglais d'un langage des signes qui lui semblait plus sûr… Des dames de la ville.

— Je ne veux voir personne ! Dis que je ne suis pas là…

— Elles insister… Vouloir visiter la plantation. Le Tuan devrait venir. Moi pas pouvoir les en empêcher… Abas leva les bras pour manifester son impuissance. Nicholas haussa les épaules et claqua dans ses doigts pour appeler le coolie qui se tenait derrière lui :

— Prends ma place, tu sais comment ça marche maintenant… Et toi conduis-moi… Il se tournait vers Abas… Elles ne perdent rien pour attendre !…

Nicholas travaillait sans relâche depuis des jours, doublant les cadences de ses ouvriers et s'épargnant moins encore. Le traitement du caoutchouc était la seule activité qui lui permettait de tenir encore debout. Il avait besoin de s'épuiser dans l'atelier surchauffé en répétant les mêmes gestes, de sentir ses muscles bouger pour se persuader qu'il était vivant.

Dans la maison, le souvenir de Lisa était encore omniprésent et il n'y avait qu'au milieu des caillebottes aigrelettes qu'il parvenait à chasser son parfum. Nicholas était en nage. Il s'essuya le front et remit sa chemise avant de suivre Abas sur le petit chemin de terre rouge qui gravissait la colline. L'humanité tout entière le dégoûtait et ses visiteuses quelles qu'elles fussent, risquaient de ne pas oublier son accueil.

— Cher ami, nous ne voulions pas vous déranger… Eileen Darcy refermait son ombrelle… Ma cousine nous arrive d'Europe et elle rêvait de visiter une plantation. Aussi me suis-je rappelée votre charmante invitation…

Nicholas ne répondit pas tout de suite. Il resta planté en bas des marches, les poings sur les hanches. Eileen portait une robe si serrée que la moindre respiration incontrôlée risquait de causer un irréparable outrage à sa pudeur. La femme qui l'accompagnait ne lui ressemblait en rien. C'était une blonde, à l'allure décidée, de ces femmes au visage taillé à la serpe qui sont faites pour connaître le monde. Elle aurait pu être définitivement vulgaire si l'intelligence qui pétillait dans ses yeux n'invitait plutôt à la considérer comme une âme perdue dans un physique qui ne lui ressemblait pas.

— Vous vous souvenez, l'autre jour au club, je ne me suis pas trompée… Eilleen ne paraissait nullement embarrassée par le silence de Nicholas. Elle était trop occupée à s'attarder sur la chemise qui lui collait au corps, finissant de se convaincre qu'elle aurait eut tort de ne pas venir.

— Vous avez bien fait… Nicholas monta les marches pour les saluer. Il s'étonna de n'être pas mécontent de les voir.

— Miss Jennifer Woodward… Eilleen expédia les présentations et continua la conversation sur le ton badin qui ravissait son entourage. Seuls ceux qui la connaissaient bien auraient pu remarquer qu'elle parlait un peu trop vite et abordait trop de sujets à la fois. Par chance ou par instinct, elle ne dit pas un mot sur Lisa et ne s'étonna même pas de son absence. Sans doute était-elle simplement heureuse de ne pas la trouver sur son chemin.

Jennifer la regardait faire, sans chercher à lutter. Eilleen n'avait pas son pareil pour vous éliminer et il valait mieux ne pas chercher à la contrer. C'était finalement une expérience amusante lorsque l'on était seulement de passage avec aucun enjeu à sauver. Jennifer l'écoutait sans pouvoir s'empêcher de penser à leurs prises de becs passées et n'était pas mécontente de la voir régner en terre lointaine. En Angleterre, il ne s'était pas passé une année sans qu'elle n'ait eu envie de l'étrangler. Mais là, le spectacle pouvait être instructif. Eilleen savait tout cela et s'en moquait. La présence de Jennifer lui servait et personne ne viendrait lui voler son meilleur rôle. Avec la chaleur, sa peau s'était couverte de taches de rousseur ce qui lui donnait un air juvénile dont elle entendait bien profiter.

— Jennifer brûle d'exotisme et j'ai pensé que ce serait une charmante occasion de nous revoir.

— Ma cousine m'a beaucoup parlé de vous et la beauté

du paysage me fait déjà oublier la chaleur et les moustiques… Jennifer sourit d'un air entendu. Elle restait volontairement quelques pas en arrière… Vous devez mener une vie passionnante.

— Tout dépend par ce que vous entendez par passionnant… Nicholas s'amusait presque de ces politesses convenues. La volubilité d'Eilleen le fascinait… Je crains fort que vous ne soyez déçues.

— Pas jusqu'à présent… Jennifer ouvrit son éventail et se tourna vers sa cousine… Eh bien ma chérie, que se passe-t-il ?… Vous paraissez bien blanche…

— Je crois que je ne suis pas très bien… Eilleen avait brusquement pâli. Elle suffoquait et dut s'appuyer contre une des colonnes en fer forgé.

— Ce n'est pas étonnant… Nicholas lui tendit un mouchoir… On ne s'habille pas dans la jungle comme pour aller à un dîner mondain… Je vais vous conduire à l'intérieur, vous pourrez vous rafraîchir… Miss Woodward vous nous accompagnez ?

— Non, je préfère profiter du grand air. Londres ne me donne pas si souvent l'occasion de voir le soleil en face.

— Comme vous voudrez. Dans ce cas mon boy va commencer à vous faire visiter. Nous vous rejoindrons dès que Mrs Darcy se sentira mieux.

— C'est très gentil de votre part… Jennifer sourit et suivit Abas en tentant de comprendre ce qu'il voulait lui expliquer. Nicholas donna son bras à Eilleen et l'emmena au salon.

— Asseyez-vous sur le canapé et dégrafez-vous. Je vais vous chercher à boire…

— Je suis désolée… C'est stupide.

Nicholas alla dans la cuisine et s'assura que la maison était vide. Il revint avec un verre d'eau.

— Tenez buvez cela…

— Aidez-moi s'il vous plaît… Eilleen n'arrivait pas à ouvrir les lacets de sa robe.

Nicholas s'assit à côté d'elle et commença à dénouer l'enchevêtrement des fils. Eilleen se redressa légèrement pour lui faciliter la tâche. Nicholas savait parfaitement ce qu'elle voulait. Il n'était pas dupe du malaise subit ni du manège auquel il se pliait plus volontiers qu'il n'aurait pensé. Nicholas n'avait jamais vraiment fait l'amour à une femme, tout juste un essai malheureux dont il préférait ne pas reparler. Mais depuis les choses avaient changé. Rahman l'avait initié à d'autres plaisirs. Pourtant Nicholas ressentait une frustration secrète qu'il avait toujours voulu se cacher. Rahman n'y pouvait rien, même en se laissant traiter comme une fille. Eilleen sentait la femelle et ne demandait qu'à se donner. Grâce à elle, il pourrait peut-être oublier celle qui hantait ses rêves. Son sexe durcissait. Il fallait qu'il la possède tout de suite, comme un animal.

— Vous tirez trop fort… Eilleen se plaignit doucement.

— Vraiment ?… Nicholas venait de finir d'ouvrir sa robe. Il l'allongea sur le canapé et se coucha sur elle, sans ménagement. Son désir ne pouvait pas attendre. Il était trop fragile et s'il disparaissait rien ne viendrait plus le ranimer.

— Qu'est-ce que vous faites ?… Eilleen se débattait. Elle était habituée à d'autres manières.

— Vous le savez très bien, vous êtes venue pour cela. Je vais vous donner ce que vous cherchez… vous me comprenez n'est-ce pas ?…

Eilleen ne répondit pas. Nicholas avait baissé sa robe jusqu'à la taille et lui ouvrait les jambes, sans prendre la peine d'en écarter la dentelle. Il la voulait. Peut-être parce que cette femme ressemblait à ces bourgeoises sophistiquées qu'on avait envie d'humilier en les traitant comme des filles de salle. Peut-être aussi parce qu'elle se donnait aussi naturellement qu'un garçon.

— Vous me faites mal… Eilleen n'avait eu que des amants bien élevés. Secrètement, elle savait bien qu'elle recherchait autre chose mais les femmes ne la tentaient pas. Au plus profond d'elle-même ses véritables fantasmes lui avaient toujours fait peur. Nicholas la mettait au pied du mur et Eilleen n'avait plus le courage de résister à ce qu'elle avait tant espéré. Finalement les hommes l'avaient toujours ennuyée, c'était la raison pour laquelle, elle en avait connu autant.

Nicholas avec son regard de fou furieux et ses cheveux en broussaille lui promettait bien d'autres agréments. Il avait baissé son pantalon et commençait à la pénétrer brutalement, faisant basculer tout ce qu'elle pensait d'elle. Eilleen n'avait jamais pu faire l'amour sans une préparation méthodique qui frisait la névrose. Elle se prétendait trop étroite pour un assaut frontal et soumettait ses partenaires à un échauffement qui finissait par ressembler davantage à un parcours du combattant qu'à une initiation au plaisir. N'ayant jamais véritablement joui, Eilleen avait tendance à confondre cette recherche avec celle du Saint Graal. Tout autre mâle qui l'aurait traitée de la sorte aurait pris sa main dans la figure mais Nicholas l'excitait tellement que cette fois-ci, c'est Eilleen qui eut peur de venir la première. C'était encore meilleur que tout ce qu'elle avait pu imaginer. Elle n'était plus qu'une assoiffée qui découvre une oasis sans plus savoir s'il s'agit d'un mirage ou d'une réalité concrète, une affamée subitement invitée à la table d'Epicure, un sexe face à un autre sexe. Eilleen réussissait encore à penser, mais par bribes, se rappelant juste des règles élémentaires de la décence qui résonnaient de façon de plus en plus lointaine.

Bientôt, rien n'eut plus d'importance. Sa tête traînait sur le parquet et Eilleen oublia d'interdire de la décoiffer. Nicholas lui mordait le cou, lui arrachant des petits cris qui bientôt furent très éloignés de la douleur. Il allait et venait dans son ventre avec la vitesse des jeunes gens et Eilleen ne voulait rien perdre de ce corps musclé qui lui redonnait ses vingt ans. Le membre qui la déchirait devait l'envahir avec la même urgence que si de cette union allait naître le dernier homme.

Eilleen qui ne se livrait que du bout des doigts, par politesse répétée, se surprit à griffer les cuisses de Nicholas, à lui prendre les fesses à pleines mains pour le faire pénétrer plus profondément encore. Pour une fois ces gestes n'avaient rien d'artificiel ou de calculé. Elle n'avait juste pas le choix. Nicholas avait enfoui sa tête dans ses cheveux. Il ne voulait pas la voir, seulement accomplir ce que la nature lui demandait. Ce n'était pas elle qu'il possédait, c'était toutes les femmes qu'il voulait sentir ployer sous sa force, entendre l'implorer de leur donner du plaisir. En payant son tribut au cycle biologique, il se laverait de ses angoisses et pourrait enfin se libérer. C'était comme si sa douleur se transformait en jouissance. Eilleen était sa proie. Il fallait qu'il l'éclabousse de sa semence pour se sauver. Sa fatigue s'était évanouie, il n'y avait plus que la fièvre purificatrice. Eilleen gémit plus fort. Elle l'enferma dans ses jambes. Tout son corps se durcissait et elle n'était plus là. Nicholas se cambra. Il venait de jouir si longuement, si sauvagement qu'il en tremblait presque. Après tout, un corps de femme était comme celui d'un garçon, c'était simplement plus doux.

— Partez maintenant… Partez !… Nicholas s'était relevé d'un bond. Il aurait été incapable de dire un mot de plus.

— Tu as aimé cela et tu n'y peux rien… Eilleen aurait dû se vexer mais elle savait sans analyser pourquoi cet ultime rejet était aussi son triomphe… Nous nous reverrons, sois-en certain !


— Cinq minutes de plus et c'est moi qui m'évanouissait pour de bon… Jennifer trempa sa main dans l'eau du fleuve. Elle était presque fraîche à cet endroit entièrement ombragé par les arbres. La pirogue avançait sur l'eau sans fond… Toutes ces machines, je n'en pouvais plus… Et ce boy qui gesticulait à vous donner le tournis…

— Je suis désolée… Eilleen avait du mal à effacer la langueur qui l'habitait encore. D'ailleurs, elle en tirait suffisamment de fierté pour ne pas détester l'afficher.

— Je n'ai jamais compris pourquoi, il suffisait que je te retrouve pour entrer dans toutes tes combines… Vis à vis de Nelson, je me sens horriblement gênée… Je t'assure… Jennifer était sincère. Elle était vraiment très contrariée mais n'arrivait pas à savoir si c'était le fait d'avoir à mentir ou celui de s'être laissée embarquer dans cette aventure.

Ce matin, elle avait décidé de ne pas venir mais Eilleen avait réussi à trouver les mots pour la convaincre. C'était exaspérant d'être aussi stupide ! Une fois encore, Jennifer avait joué les potiches et le détachement avec lequel elle croyait pouvoir traiter sa cousine lui parut soudain bien fragile.

— Tu as tort ! Nelson aime que je m'amuse et crois-moi, ce soir, je serai de très bonne humeur… Il n'aura rien à regretter… Eilleen s'étira. Jennifer se mordit les lèvres.

Rien ne l'énervait autant que cet air impudique de femme heureuse. Elle n'était pas bégueule, tant s'en faut, mais quoiqu'elle ait pu penser, elle ne se ferait jamais à l'idée de passer en second, fût-ce au bout du monde. Avec Eilleen, c'était presque toujours le cas. Les hommes étaient décidément des idiots ! Jennifer était ravie d'avoir décidé de conserver sa liberté.

Une heure passa dans le silence le plus complet. Eilleen s'était laissée gagner par le clapotis des rames sur l'eau et dormait sans demander son reste. Jennifer en profitait pour retrouver son calme en se forçant à égrener les quelques rares bons souvenirs qu'elles avaient ensemble. Toutes les familles éclateraient bien vite si on se pliait pas à cet exercice de charité chrétienne. Le jour commençait à tomber quand Eilleen rouvrit les yeux.

— J'espère n'avoir pas dormi trop longtemps... Elle bâillait... Tu as dû t'ennuyer.

— C'est sans importance. Il valait mieux que tu soignes tes cernes... Je pense que nous arrivons bientôt.

— Tu ne m'en veux plus ?... Eilleen se sentait divinement bien et choisit de prendre l'allusion comme un compliment sur sa belle énergie.

— Pas le moins du monde... Jennifer avait encore quinze jours à passer chez les Darcy et n'avait aucunement l'intention de se gâcher ses vacances. Il fallait mieux passer l'éponge et profiter des autres charmes de l'endroit, quitte à se jurer de n'y jamais revenir.

— Comment le trouves-tu ?... Eilleen se contentait souvent des apparences et se crut donc autorisée à parler de ce qui lui tenait le plus à cœur.

— Beau, bien qu'un peu jeune... Jennifer n'avait aucun doute sur le sujet dont il était question. Sa cousine avait une remarquable suite dans les idées. Elle n'avait pu retenir cette pique qui lui brûlait les lèvres.

— Dans certaines occasions, je t'assure que c'est plutôt un avantage... Eilleen avait réussi à remettre de l'ordre dans sa tenue. Son chignon était un peu de guingois mais Nelson n'y verrait que du feu. Par bonheur, sa peau ne marquait pas et les griffes qui restaient çà et là seraient bien explicables après cette petite expédition dans la jungle. Eilleen dégrafa le camée qu'elle portait en broche... « Tiens pour te remercier de ta patience... et de ton silence. »

— Cela en valait donc vraiment la peine... Jennifer regarda le bijou avant de le fixer dans son foulard de cou. Elle ne remercia pas. Elle avait reconnu l'ancienne bague de tante Sophie. C'était donc cette garce d'Eilleen qui l'avait raflée !

— Inouï ma chérie !... Curieux, mais inouï... Le visage d'Eilleen s'éclaira d'un sourire de béatitude indécent. Les coolies continuaient à pagayer en silence.

— Tu devrais te montrer plus prudente... Jennifer fit un signe muet pour rappeler à sa cousine la présence des indigènes.

— N'aies aucune crainte... Eilleen ouvrit son ombrelle... Ils ne comprennent rien à notre anglais et si c'était le cas, aucun d'entre eux n'oseraient répéter quoique ce soit... C'est un peu comme les trois singes de la fable. Tu vas voir... Eilleen s'adressa au Malais qui se trouvait à l'arrière... Tu as écouté ce que nous disions... Le coolie se mit la main sur les oreilles... C'est bien... Elle se retourna vers Jennifer... Le charme des colonies... Je n'ai jamais joui comme cela !

— Mieux qu'avec le petit Taylor ?

— Sans comparaison... Eilleen n'hésita pourtant pas à en faire certaines et bientôt la forêt résonna du rire des deux femmes.

— Si seulement les hommes avaient une idée de ce que nous pouvons nous raconter... Jennifer ouvrit son éventail. Elle pouvait résister à la chaleur du climat ou à la conversation de sa cousine, certainement pas aux deux à la fois... Ils nous croient si pures et si naïves que nous ne pouvons rien entendre aux choses du sexe, juste s'évanouir dans leurs bras.

— Tant mieux. Cela nous laisse le champ libre... Le jour où il en sera autrement, le monde sera fichu... Eilleen sortit son poudrier coquillage pour s'assurer qu'elle était présentable. On apercevait déjà les premiers toits de la ville. Elle le referma très vite, son teint n'avait jamais été plus resplendissant... « Comment s'appelle ton amie déjà ? Tu sais celle qui avait cette charmante maison à South Kensington. »

— Dora...

— Eh bien rappelle-toi... Le jour où cette folle est entrée chez les suffragettes et qu'elle a réclamé son droit de jouir, son mari n'a pas mis trois mois à la quitter... Eilleen remit un peu de rouge sur sa bouche... Les hommes sont bien trop fragiles pour supporter ce genre de choses... les pauvres chéris ont besoin de régner... faisons semblant de nous extasier... et de temps en temps, le rêve peut devenir réalité !


— Regarde-toi... Tu vas vomir tes tripes.

— Vous savez ce que c'est... Clive sentait le sol se dérober sous ses pieds.

— Non... Je ne suis pas assez bête pour toucher à cette saloperie, j'en vends et basta... Relève-toi, tu me dégoûtes... Le garçon tira Clive par le bras. Il ouvrit la porte et le jeta dans la rue. La chaussée était mouillée. La lumière glauque des réverbères se reflétait dans les flaques du macadam défoncé.

— Donnez m'en !... Juste un peu !

— C'est ça... Et moi je mange avec quoi ! Tu te trompes de quartier... On fait pas la charité ici mon beau monsieur !

— Je vous en supplie... Clive transpirait. Il avait le cœur au bord des lèvres. Son estomac le faisait atrocement souffrir, comme s'il s'était transformé en charbon incandescent. De l'opium, il lui fallait de l'opium à tout prix.

— Tu veux que je te rappelle ce que tu me dois !... Le garçon n'était pas mécontent de pouvoir insulter un de ces gandins du West-End. Il était né les pieds dans la boue et avait trouvé un moyen facile de se remplir les poches. A vingt ans, les vengeances sont encore intactes, surtout celles issues des humiliations de l'enfance. Clive n'était pas le premier à se tordre devant lui. Il l'avait bien prévenu sans trop insister, juste pour libérer sa conscience de l'engrenage prévisible. Clive serait un bon client, de ceux qui s'accrochent. Il l'avait tout de suite deviné.

— Prenez ça... Clive lui tendit sa chevalière. Il était secoué de frissons, ses paupières étaient rouges et ses yeux le piquaient. Le garçon attrapa la bague et la regarda en souriant :

— C'est toujours une avance.

— Alors ?

— Alors quoi ? Il me faut encore au moins deux cents livres !... Je t'avais dit, ici on ne fait pas crédit longtemps. Allez dégage et pas de scandale ou je te casse les côtes...

La porte se referma et Clive eut beau tambouriner, personne ne lui répondit plus. Il se laissa tomber sur le rebord du trottoir, sans même arriver à pleurer. Il lui restait juste assez de lucidité pour apprécier la situation. Richard était parti depuis trois semaines, un mois peut-être, Clive ne savait plus exactement, les nuits et les jours avaient perdu toute réalité. Il n'en avait pas fallu autant pour connaître l'enfer absolu dont Richard avait, tant bien que mal, réussi à le préserver. Clive s'était définitivement coupé du monde, ne sortant plus que pour s'acheter les petites boules noires qu'il préparait avec la méticulosité d'un orfèvre. Il fumait dix, douze, quatorze fois par jour, ne pouvant bientôt plus se tenir éveillé sans la saveur âcre qui lui permettait de survivre. Tout le terrorisait. Clive tremblait même les rares fois où il devait sortir dans la rue pour renouveler son stock, des frayeurs incontrôlées qui le ramenaient bien vite dans son lit. Il avait dépensé tout ce qu'il lui restait, n'hésitant pas à vider la maison pour mettre les meubles au clou. Il n'y avait plus rien qu'il puisse monnayer ni aucun ami qui puisse l'aider.

Clive sentit couler une larme. Il était sans force, vidé de sa substance, incapable de se relever. Pourtant s'il avait su où pouvoir se fournir, il marcherait des heures encore pour y arriver. Il irait en rampant s'il le fallait. Rien ne l'aurait arrêté. Clive était prêt à tout, à vendre son corps, à se faire torturer, empaler pour une pipe. Il était prêt à tout, sauf à retourner la queue basse à Havington Castle... La fumerie près de la taverne de Shakespeare, sur les docks... Oui, c'était là qu'il fallait aller.

— Tenez, prenez ça... Le vieil homme s'était penché sur Clive. Il avait un regard étrange, un regard bleu délavé qui semblait se poser sur les êtres et sur les choses sans y prêter attention. Pourtant, il n'y avait rien de plus saisissant que ce regard-là, qui transperçait jusqu'à l'âme pour y trouver exactement ce qu'elle ne voulait pas montrer.

— Où sommes nous ?... Clive avait perdu conscience et n'avait plus la force de bouger. Autour de lui des enfants en guenilles, ombres flottantes dans la nuit, l'observaient en silence, se tenant à distance respectueuse comme s'ils craignaient un mauvais coup. Leurs visages étaient aussi noirs que les défroques qui s'effilochaient sur leurs dos.

— Sur les docks... Vous vous êtes évanoui. C'est Brin d'avoine qui vous a trouvé... Le pasteur, car c'était un pasteur, aisément reconnaissable à sa collerette blanche lui montra un gamin très maigre qui portait bien son nom. Le moindre coup de vent semblait pouvoir le faire voler jusqu'au ciel.

— Qu'est-ce que c'est ?... Clive était trop mal en point pour manifester sa reconnaissance. Il avança sa bouche vers le flacon que lui tendait le vieillard.

— Ce dont vous avez besoin...

— Mais, je...

— Ne parlez pas. Je suis passé par là moi aussi. Ce n'est pas exactement ce que vous cherchiez mais cela vous calmera... Clive eut confiance, sans savoir pourquoi. Il obéit docilement et but une longue gorgée.

— Je crois que cela me fait du bien.

— J'en ai toujours un peu sur moi, surtout par ici. Rassurez-vous, c'est un produit tout fait légal, du laudanum, rien de plus. Tout le monde l'ignore mais c'est une teinture d'opium dont raffolent toutes nos bonnes ladies... Oh là ! Pas trop ! Il y a de quoi assommer un cheval...

Lorsque Clive rouvrit les yeux, le jour commençait à poindre. Il était couché sur un lit de fortune, installé dans une cabane en planches. Sa tête lui faisait mal mais il ne ressentait plus ce démon intérieur qui hurlait pour sortir de sa peau. Il ne reconnaissait rien et n'avait aucune idée de l'endroit où il pouvait se trouver. Juste devant lui, il aperçut une table, surmontée d'un immense crucifix.

— Ah vous êtes réveillé!... Le pasteur faisait chauffer de l'eau sur le poële... Cela fait quarante-huit heures que vous dormez... Vous avez meilleure mine.

— C'est vous qui m'avez ramassé... Clive avait de vagues souvenirs de ce qui s'était passé. Il s'était perdu sans retrouver le chemin de la fumerie et puis le trou noir, juste la voix de cet homme qui venait de s'adresser à lui, un homme singulier, avec un physique de débardeur entré en sainteté. Sa mâchoire carrée et ses mains gigantesques contrastaient avec le calme étonnant qui émanait de sa personne. S'il ne l'avait vu à l'œuvre, Clive aurait pensé que ce gaillard trompait son monde avec ses rides et ses cheveux neige. Il était plein de feu et n'avait dû maîtriser sa sensualité qu'au prix d'efforts inaccessibles au commun des mortels. On l'imaginait plus battant le fer ou lutinant sans vergogne que debout derrière un autel à dire le service divin. Il avait dû exercer tous les métiers avant de trouver sa voie.

— Ne parlez pas trop... La mémoire vous reviendra peu à peu. Ici on ne vous demandera rien, ni qui vous êtes, ni d'où vous venez. Buvez ce café.

— Merci... Clive attrapa le bol et s'assit sur le matelas.

— Drôle d'endroit pour une église, drôle d'église d'ailleurs mais c'est la mienne, tout du moins pour quelques temps encore... Ces crétins de l'archevêché me mettent à la retraite le mois prochain. Je les dérange. Ils ont nommé un blanc-bec qui n'y connaît rien...

Le pasteur vint s'asseoir à côté de lui. Il dégageait assurément une force extraordinaire et sa colère rentrée l'affirmait davantage encore… « Vous trouvez certainement que je suis trop bavard. C'est qu'il n'y a jamais un pèlerin pour m'écouter. Vous êtes en état de faiblesse alors je triche un peu. Le Seigneur me le pardonnera… »

— Que vous reproche-t-on ?… Clive commençait à y voir plus clair. Il avait essayé de s'intéresser aux paroles du vieillard, d'abord par simple égoïsme, pour éviter de penser à lui, puis peu à peu s'était pris au jeu, se laissant gagner par sa fougue.

— De dire la vérité !

— Est-ce donc un si grand crime ?

— Oui et je vais vous le prouver. Dans trois minutes vous penserez comme les autres et vous vous enfuirez d'ici avec ou sans pantalon… Le regard du pasteur s'était durci, devenant presque noir… Vous êtes riche, cela se voit à vos vêtements, cela se sent à votre parfum… Vous êtes riche et vous êtes un bon à rien, sans espoir et sans autre projet que celui de vous détruire… Je vous choque, non ? Eh bien tant mieux mais souvenez-vous bien de ceci : derrière le luxe d'un riche se cache toujours la misère des pauvres. Je prêche dans le désert, je le sais mais le Seigneur l'a bien fait ! Vous n'êtes plus digne de vivre car vous ne voulez plus vivre… Taisez-vous ! Je peux vous donner un conseil ?

— Je ne crois pas que vous ayez besoin de l'autorisation de qui que ce soit… Clive ne songea pas à se rebeller. Il était saisi par la passion de cet homme. Il l'enviait.

— Redonnez un sens à votre existence avant qu'il ne soit trop tard !

— Il est trop tard !… Clive ne sentit pas le coup venir. Le pasteur s'était redressé de toute sa taille pour lui assener une claque monumentale.

— Comment oses-tu dire une chose pareille, toi à qui on a tout donné ! Regarde mes enfants, tous des traîne misère… Aucun de nous n'aurait survécu dans des

365

conditions pareilles et il n'y en a pas un qui soit persuadé qu'il puisse s'en sortir. Dans trois semaines, je pars pour Singapour. Les missionnaires ont besoin d'hommes valides. Viens avec moi ou meurs !

— Singapour, c'est impossible !… La leçon avait porté. Clive avait pleinement repris ses esprits, ce qu'il craignait le plus. Personne ne l'avait encore traité ainsi. Dans d'autres circonstances, il aurait répliqué immédiatement. Mais là, la brûlure qu'il ressentait sur la joue venait simplement lui rappeler qu'il était toujours en vie. Clive était tellement anéanti qu'il aurait pu suivre cet homme au bout du monde, juste pour essayer de respirer encore un peu. Singapour… Clive entendait ce nom et revoyait sa mère lui annoncer que c'était justement pour cette ville que Lisa s'était embarquée.

— Tu me trouves trop rapide. Sache que les grandes décisions se prennent sur l'instant ou ne se prennent jamais.

— Ce n'est pas cela. Mais, c'est à Singapour que se trouve la femme qui m'a quitté.

— Et en plus tu t'es mis dans cet état pour une femme ! Tu es encore plus idiot que ce que je pensais. Comment t'appelles-tu ?

— Clive… Clive Havington.

— Eh bien jeune Havington, affronte-toi et montre-toi capable de vaincre tes chimères. Tu n'a jamais entendu parler des signes du destin ?

Les soirées d'Alice Keppel étaient parmi les plus recherchées de la capitale. On y rencontrait tout ce qui se faisait de mieux en ce bas monde. La crème de l'aristocratie, des grands financiers, des actrices en vogue, des écrivains célèbres prêts à se retirer sur la Riviera, des gitons à trois sous et des grandes cocottes flanquées de Princes russes s'y souriaient avec gourmandise, prêts à se mélanger plus intimement, au gré des intérêts financiers ou des pulsions physiques. On s'habillait à Paris chez Worth ou Poiret, se parfumait à Londres chez Penhaligon's ou Floriss et se faisait coiffer où on pouvait. Il convenait d'avoir de somptueux bijoux dont personne ne s'inquiéterait de la provenance, de faire preuve de gaîté, d'élégance et surtout de ne rien ignorer des derniers potins vrais ou faux qui faisaient la réalité du moment. Qu'importent les risques et les inimitiés, il convenait avant tout d'être là et de le faire savoir. Une absence signifiait souvent la ruine d'une situation ou une grave maladie ce qui revenait finalement au même.

La ravissante Alice supervisait ce qu'elle appelait en riant sa "bourse des valeurs" avec une joie proche du bonheur. Il faut dire qu'on se disputait ses sourires, ce qui lui facilitait la tâche. Elle savait pertinemment qu'un quart d'heure passé à discuter avec elle assurait à son heureux bénéficiaire la conclusion certaine d'une affaire en cours et ne se privait pas de jouer de ce pouvoir. Les chroniqueurs mondains se bousculaient bien évidemment à l'entrée, impatients d'observer la cote de chacun, accélérant des carrières sur un mouvement d'humeur ou reléguant un fâcheux en dernière ligne qui jouxtait par un hasard opportun la rubrique nécrologique.

Nelly n'aurait manqué cela pour rien au monde. Pourtant, comme d'autres des femmes ici présentes, elle avait déjà dû quitter précipitamment le boudoir de Mrs Keppel par une flamboyante après-midi d'automne. Le cérémonial était toujours le même, comme celui d'une pièce que l'on jouerait toute sa vie. Il fallait d'abord appartenir au très petit nombre que la belle Alice conviait à un thé, ensuite avoir la chance de l'être un jour où le majordome frapperait doucement à la porte pour annoncer qu'un "Monsieur" demandait à être reçu. Nelly rougissait d'orgueil en pensant à toutes celles à qui ce n'était jamais arrivé. Invariablement Mrs Keppel priait de l'excuser et reconduisait ses hôtes par la porte de service.

En d'autres occasions, cette attitude aurait passé pour une grossièreté impardonnable, mais dans ce cas précis, chacun se réjouissait d'avoir la chance de vivre une minute historique. Alice était la maîtresse du Roi et le savoir juste de l'autre côté de la cloison, anoblissait ceux qui descendaient par l'escalier habituellement réservé aux fournisseurs et aux lingères.

Ce soir, rares seraient les maladroits qui se vanteraient d'avoir assisté à un pareil incident, la prudence étant de ne s'en flatter qu'en privé, sauf si Mrs Keppel vous autorisait une allusion. Il fallait attendre qu'elle soit un peu grise pour l'entendre répéter à l'envi qu'une maîtresse royale était la seule femme qui devait faire la révérence avant de sauter dans un lit. Un sourire entendu, si possible admiratif faisait alors rentrer son auteur dans le secret des Dieux.

L'orchestre venait d'attaquer un galop. La fête battait son plein, à peine troublée par les facéties de la jeune Violet, fille chérie d'Alice et de son inséparable Vita Sackville-West, dernier rejeton de l'illustre famille du même nom. Les deux gamines étaient effroyablement gâtées. Vita manifestait des talents poétiques mais sur le terrain c'était incontestablement Violet qui menait la danse. Elles se permettaient tout, s'encourageant mutuellement à trouver de nouvelles idées pour se distraire. Violet était pleine de ressources. Ne venait-elle pas de décider de se cacher sous les buffets pour filer les bas des invitées à la fourchette ? C'était odieux et même douloureux mais chacun savait qu'il valait mieux prendre le parti d'en rire.

— Vous êtes vraiment insortables !... Vous n'adressez la parole à personne, pas même à moi. Je vous savais original, pas ennuyeux !... Nelly était hors d'elle. Clive n'avait pas desserré les dents, se montrant presque grossier avec ceux qui les abordaient.

— Je suis désolé. Je me suis trompé. Je crois que je

ferais mieux de rentrer.

— Certainement pas… Nelly l'entraîna sur la piste de danse… Je suis venue pour m'amuser et ce n'est pas vous qui me gâcherez mon plaisir !

— Puisque vous insistez.

— Quel enthousiasme ! J'espère au moins que vous êtes toujours bon danseur… Je vous rappelle que c'est vous qui avez tenu à m'accompagner…

Clive ne trouva rien à répondre. Nelly disait juste. Aussi impensable que cela puisse paraître, il l'avait bien relancée. Sa nuit sur les docks lui avait laissé une impression d'amertume et d'angoisse. Il avait cru pouvoir la chasser et s'étourdir en venant ici retrouver le monde des vivants. C'était sans nul doute le plus mauvais endroit qu'il ait pu choisir. Clive s'en était rendu compte immédiatement. Tout sonnait faux, les coiffures emplumées, les compliments de circonstances, jusqu'aux bougies des lustres, transpercées de fils électriques. Les paroles du pasteur résonnaient dans sa tête et il ne parvenait pas à les oublier. Clive savait que son existence n'avait plus aucun sens. Le vieil homme avait raison et pourtant il en avait peur. Le pasteur avait ouvert une porte que Clive n'arrivait plus à refermer, le menaçant comme un gouffre béant où il savait devoir aller. Oui, il lui faudrait tout abandonner, affronter le risque de retrouver Lisa et de souffrir encore s'il voulait survivre.

— Souriez, je ne tiens pas à perdre la face… Nelly lui pinça le bras comme ils passaient devant Alice Keppel.

— J'ai besoin d'être seul. Trouvez un autre cavalier.

— Nous sommes arrivés ensemble. Nous… Nelly s'arrêta net… Si vous partez, je ne vous le pardonnerai jamais !

— Je vous souhaite de n'avoir toujours que des haines aussi superficielles… Clive lui baisa la main et la laissa seule sur la piste de danse.

— Espèce de sale mufle… Nelly devait réagir très vite.

Il était évident que leur échange verbal n'était pas passé inaperçu. Elle aurait volontiers couru après Clive pour lui arracher les cheveux mais cette satisfaction immédiate se retournerait assurément à son désavantage. Il valait mieux éviter le scandale et marcher sur son amour-propre. Nelly n'eut pas longtemps à réfléchir. Le jeune Hartwood venait de lui sourire. C'était un bel homme tout à fait banal mais il était blond et ferait l'affaire. Elle lui décocha son plus charmant sourire :

— Nigel, cela fait une heure que je vous cherche !

— Nelly… Vous êtes très en beauté… Ce n'était pas Clive Havington avec qui vous dansiez ?

— Si… Quel dommage ! Un si gentil garçon.

— Pourquoi dites-vous cela ? Il lui est arrivé quelque chose ?

— Comment vous n'êtes pas au courant ?

— Non. Je suis rentré d'Espagne, il n'y a pas deux heures.

— Tout Londres en parle…


— A quoi rêves-tu ?

— Je n'ai pas besoin de rêver. Tout ce que je peux souhaiter se trouve ici, autour de moi… Lisa posa sa tête sur la poitrine de Hugh. Elle avait besoin de le toucher, de sentir sa peau lisse et chaude. Jamais elle n'avait connu un tel sentiment d'épanouissement. Aujourd'hui elle savait enfin exactement ce que voulait dire faire l'amour. Hugh ne lui avait rien volé qu'elle n'ait désiré donner mais il l'avait surprise, lui révélant des sensations secrètes et presque inavouables. Lisa n'était pas folle, elle n'avait jamais été aussi vivante que dans ces bras-là et pourtant elle se souvenait de s'être abandonnée pour se transformer en poussière d'étoile, brûlée de lumière, happée par une force qui l'entraînait comme dans un vertige. Plus rien n'existait que cette plénitude qu'elle croyait reconnaître pour l'avoir déjà vécue dans des temps immémoriaux. Lisa aimait Hugh comme Hugh l'aimait. Maintenant elle n'avait plus aucun doute. Ils étaient au lit depuis des heures sans doute. Le soleil filtrait à travers les persiennes, décomposant la poussière de l'air qui voletait en grains dorés. Les raies de lumière révélaient un gigantesque sablier invisible à l'œil nu. Lisa cherchait à prolonger ce moment où les corps semblent suspendus dans l'infini. A cet instant, elle avait l'impression d'être maîtresse du temps. Elle pourrait rester pour toujours blottie contre Hugh à écouter battre son cœur. Les bruits de la jungle leur parvenaient en écho, se mêlant au lointain roulement des vagues. Hugh lui embrassa les yeux.

— C'est sûrement très mal d'avoir envie d'un homme comme j'ai envie de toi… Lisa souriait.

— Qui sait ? J'ai un cadeau pour toi. Il attrapa son pantalon et en sortit un objet enveloppé dans du papier de soie.

— Qu'est-ce que c'est ?

— Ouvre, tu verras… Hugh s'amusa en la voyant bondir comme une enfant et déchirer l'emballage de fortune… Eh bien, ça te plaît ?

— C'est magnifique… Lisa prenait la médaille sertie de diamants et de rubis qu'elle venait de découvrir. Au centre, une silhouette en or ressemblait à ces danseuses indiennes qu'elle avait déjà aperçues dans des livres.

— C'est Kali, la déesse du foyer. Ma mère me l'a laissée et j'aimerais que tu la portes.

— Tu es fou… Lisa regarda le grand tableau qui semblait veiller sur eux… Elle est si belle.

— Mets la…

— Je ne croyais pas qu'un jour, je pourrais être aussi heureuse… Lisa accrochait la chaîne à son cou.

— Parce que tu l'es ?… Hugh lui effleura la nuque.

— Plus que je ne saurais jamais te le dire… Lisa frissonna. Elle ne voulait pas crier trop fort son bonheur, avec la crainte superstitieuse que l'on puisse venir le lui enlever.

— Il y a un poème écrit derrière... Lisa retourna le bijou... Tu ne pourras pas le comprendre, c'est en sanscrit.

— Traduis le moi !

— Je le connais presque par cœur... Hugh plongea ses yeux dans les siens puis commença à lire... Je t'ai aimée depuis le commencement des temps et je t'aimerai pour l'éternité, en buisson, en fleur, en femme... Il marqua un temps d'arrêt et reprit de mémoire... Quelque soit ta forme, je te retrouverai, je serai ta rosée, ta terre, tu seras ma vie...

Lisa sentit les larmes lui monter au yeux. Elle se serra contre lui. Hugh lui caressa les cheveux et lui parla plus doucement.

— On raconte qu'il y a bien longtemps, l'homme et la femme ne faisaient qu'un. Shiva leur accorda tous les bienfaits. Mais un jour, ces fous voulurent prendre sa place. Pour les punir, le Dieu les divisa en deux et les condamna errer sur cette terre à la recherche de leur moitié perdue...

— Embrasse-moi... embrasse-moi, encore et toujours... Lisa lui caressa la joue. Hugh posa ses lèvres contre les siennes.

— Epouse-moi.

— Non, ne me demande pas cela !... Lisa eut un mouvement de recul... Tu viens juste de m'apprendre à être moi-même. Si tu m'aimes comme tu le dis, fais-moi confiance.

— Je viens de le faire... Hugh rejeta la tête en arrière et s'adossa contre le bois du lit. Il ne pouvait s'empêcher de penser que s'il avait été parfaitement Anglais, la réponse eût été différente. Lisa ne supportait pas de lui faire du mal mais il lui était impossible de répondre autre chose.

— Je sais ce que tu penses. Tu te trompes. Je t'aime parce que tu es différent, parce que je sais que tu peux me comprendre... On a trop voulu m'enfermer. J'ai besoin d'être libre… libre avec toi, pour que chaque jour de notre vie nous choisissions d'être ensemble.

— Tu es à moi et personne n'y pourra rien… Hugh la prit par la taille… Ne me quitte jamais !

— Si je te quittais, c'est que je serais morte.


— Tu n'as pas à t'inquiéter. Ce sera un beau garçon… Chamsa dépliait la longue pièce de soie rouge à liseré or.

— Comment peux-tu le savoir ?… Lisa l'observait avec minutie pour retenir chacun de ses gestes. Elle rentrait de Georgetown où elle avait consulté un autre médecin pour suivre sa grossesse. Hugh était retenu à déjeuner par Sir Rupert et il aurait la surprise de la retrouver habillée en sari.

— J'en suis certaine… Chamsa baissa les yeux en souriant… Les femmes de ma race connaissent ces secrets… La maison va revivre… Elle venait de saisir une partie de l'étoffe pour la ramener sur la hanche droite… Bientôt tu sauras le faire sans moi… Chamsa prit le reste du tissu et le fit passer autour de la taille de Lisa avant d'envelopper sa poitrine… Une vraie Indienne, le Tuan va être content…

— Tu le connais depuis longtemps n'est-ce pas ?… Lisa se regardait dans la glace. Elle se trouvait plus belle et surtout plus à l'aise que dans ses vêtements européens. Mais son attention était ailleurs. La petite Malaise l'intriguait. Elle paraissait très douce, ne marquant jamais une émotion mais savait diriger les boys avec une main de fer.

— J'avais quinze ans lorsque je suis arrivée sur la plantation… avec mon mari… Chamsa avait cru utile de rajouter cette précision. Elle s'agenouilla pour s'assurer de la parfaite ordonnance des plis.

— Tu étais mariée, si jeune ?… Lisa regarda sa montre. Il était deux heures à peine. Hugh lui manquait déjà. Il ne rentrerait pas avant la nuit. Lisa regrettait presque de ne pas l'avoir accompagné mais elle était trop fatiguée pour affronter le regard des curieux qui ne manqueraient pas de s'étonner de la voir sans son frère.

— C'est la coutume… Chamsa se releva d'un air satisfait… Je n'ai pas eu à me plaindre, il a toujours été très bon pour moi.

— Comment s'appelle-t-il ?

— Abu.

— Je ne crois pas l'avoir jamais vu.

— Il travaille sur un des bateaux de la compagnie…

Chamsa pesait chacun de ses mots. C'était la première fois que Lisa lui posait des questions personnelles. Elle savait que cela se produirait. Deux femmes perdues en pleine jungle en viennent toujours à une certaine intimité même si elles appartiennent à deux mondes étrangers.

— Aide-moi, s'il te plaît… Lisa venait de sortir le médaillon de Kali du tiroir de sa table de nuit. Chamsa le reconnut immédiatement pour l'avoir souvent admiré sur son ancienne maîtresse… Le fermoir est très difficile.

— Je sais… Chamsa s'exécuta sans rien ajouter. Lisa était totalement inconsciente à moins qu'elle ne lui tendit un piège. Hugh tenait à ce bijou plus qu'à tout au monde. Chamsa n'avait jamais eu le droit de le toucher. Non, elle était folle. Lisa ne se doutait de rien. Chamsa se reprit. Elle ne devait pas laisser libre cours à sa rage. Pas encore.

— Tu dois te sentir très seule… Lisa se versa un verre d'eau et le but d'un trait.

— Quelquefois…

— Le Tuan aussi doit se sentir très seul.

— Plus maintenant que tu es là.

— Pour être très honnête, j'ai cru que tu étais amoureuse de lui… Lisa reposa le verre. Elle plaidait le faux pour savoir le vrai. Certains regards de la jeune Malaise lui laissait penser qu'elle connaissait mieux Hugh qu'il n'y paraissait.

— Pourquoi ?

— C'est inexplicable. Quelque chose que j'ai senti.

— Puisque tu me parles directement, tu m'autorises à faire de même. Je vais te dire la vérité… C'était donc ça. Lisa était loin d'être une idiote. Chamsa ne s'était pas trompée. Il fallait jouer serré et faire semblant de se confier… Je l'ai été au tout début mais mon amour pour mon mari a été le plus fort. Je ne peux plus vivre sans lui. Le Tuan m'a promis qu'il serait de retour avant la mousson. Moi aussi je désire un enfant.

— Tu ne me détestes donc pas ?… Lisa lui sourit. Elle préférait entendre ce qu'elle avait deviné. Chamsa lui aurait répondu autre chose qu'elle aurait tout fait pour l'éloigner.

— J'aurais pu détester une autre que toi mais je sais que tu rendras le Tuan heureux. J'ai gardé une grande affection pour lui.

— J'aime la franchise. Tu es la seule femme à qui je puisse parler. Soyons amies veux-tu ?

— Tu me fais un grand honneur. Je saurai t'en remercier… Chamsa sourit à son tour et prit les mains de Lisa pour les embrasser.


— Je crois que ce serait une bonne chose que vous vous inscriviez aux régates du Sultan de Keddah… Sir Rupert caressait machinalement le cuir du canapé. Il affectionnait ce petit salon qui restait frais tout l'après-midi et y passait le plus de temps possible.

— Croyez-vous vraiment que ce soit utile ?… Hugh avait un grand respect pour le gouverneur et ne négligeait jamais ses conseils. C'était d'ailleurs bien les seuls qu'il prît en compte. Aux pires moments de sa vie, il avait toujours senti son aide discrète, souvent cachée qui lui avait permis d'avoir gain de cause. Hugh n'oublierait jamais que c'était grâce à Sir Rupert que le vieux Coleman avait accepté de le reconnaître... Je ne l'ai encore jamais fait.

— Justement ! Ce n'est pas une bonne chose de se tenir toujours à l'écart des autres... J'ai bien connu votre père et je vous ai vu naître, aussi puis-je me permettre de vous considérer un peu comme mon fils.

— Je sais... Hugh s'était assis à côté de lui et le regardait avec tendresse. Le gouverneur restait si semblable à lui-même que beaucoup avaient fini par le considérer comme éternel. Hugh se souvenait de son profil de médaille aussi loin que remonte sa mémoire. Sa mère l'emmenait alors tous les jeudis pour prendre le thé au palais. C'était leur secret... « Et je vous en remercie. »

— Pas de ça entre nous ! Ecoutez-moi plutôt une dernière fois... Sir Rupert se leva et alla ouvrir sa cave à cigares... Je vous en offre un ?

— Non merci... Hugh refusa d'un signe de la main.

— Vous avez raison... Mon médecin veut me les interdire mais je ne peux décidément pas m'en passer... Le gouverneur choisissait le plus gros et le préparait consciencieusement... Il faut bien mourir de quelque chose... Vous savez comme moi ce que l'on a pu raconter sur vous.

— Je m'en moque !... Hugh ne put réprimer un mouvement de colère. Il savait trop bien à quoi le gouverneur faisait allusion.

— Vous avez tort. Contrairement aux apparences, je ne serai pas toujours là, à vos côtés. Faites un petit effort. Je ne vous demande pas de gagner... Surtout pas d'ailleurs... Sir Rupert tira voluptueusement une longue bouffée de tabac. Son œil s'éclaira quand il vit rougir le bout incandescent... Juste de participer pour montrer à tous que vous acceptez les règles de la vie en commun. Ce n'est pas grand-chose et cela peut beaucoup contribuer à faire taire les mauvaises langues. Vous connaissez la bêtise des gens. Il suffit d'avoir l'air de leur accorder un peu d'intérêt pour qu'ils vous trouvent soudainement toutes les qualités.

— Je vous promets d'y penser... Hugh savait que le gouverneur masquait ses sentiments. Certaines situations sont installées depuis trop longtemps pour qu'on les remette en cause. Il y avait juste un point qui l'étonnait. Les régates n'auraient pas lieu avant six ou huit mois. Pourquoi Sir Rupert avait-il justement choisi ce déjeuner pour lui en parler?... Encore faudrait-il que je trouve un équipier.

— Là, je ne peux rien pour vous. Ce genre d'exercice n'est vraiment plus de mon âge... Le gouverneur lui avait tourné le dos et s'était calé devant la fenêtre, regardant distraitement les promeneurs qui déambulaient sur le padang (1), des indigènes pour la plupart. A cette heure-ci, les blancs faisaient la sieste... Une dernière chose...

— Oui... Hugh sentait qu'il allait avoir la réponse à sa question. Sir Rupert n'avait pas son pareil pour tourner autour du pot et aborder le sujet qui l'intéressait vraiment juste avant de prendre congé.

— On m'a dit que la petite Durram s'était installée chez vous.

— C'est exact.

— Elle est enceinte... Sir Rupert baissait la voix.

— Votre police est remarquablement bien faite... Hugh connaissait trop ce pays pour s'en étonner.

— D'un autre homme?

— D'un autre homme.

— Je déteste son frère. J'espère que vous savez où vous mettez les pieds... Le gouverneur laissa tomber sa cendre sur le plancher.

— Parfaitement! Pour tout vous dire, c'est la meilleure chose qui me soit jamais arrivée. Je l'aime.

— Dans ce cas, il n'y a rien à ajouter...

_____

(1) Padang : place publique servant à toutes les fêtes officielles.

377

Sir Rupert se retourna avec un bon sourire… Je ne vous retiens pas, vous devez avoir hâte de la retrouver… Il tapa sur l'épaule de Hugh en le raccompagnant… Promettez-moi de ne pas oublier ce que je vous ai dit et si vous n'en voyez pas l'utilité immédiate, faites le pour me faire plaisir.

— Entendu… Hugh sourit à l'idée de ce qui devait déjà se dire au club… Merci pour le déjeuner.

— C'était infect ! Mais j'ai eu grand plaisir à vous revoir… Sir Rupert se rendit compte qu'il gardait trop longtemps la main de Hugh dans la sienne… Allez, filez !

— J'espère que vous viendrez bientôt nous rendre visite… Hugh était sincère. Il était sûr que Lisa s'entendrait avec cet homme. Le gouverneur ne le montra pas mais il était ravi de la proposition.

— J'y penserai… J'y penserai… Hugh lui sourit une dernière fois avant de dévaler l'escalier. Un cipaye (1) lui présenta les armes. Sir Rupert resta immobile puis finit par refermer la porte. Décidément il aimait beaucoup ce garçon, ils avaient tant en commun. Les autres étaient idiots. Il suffisait de se donner le mal de le connaître un peu pour apprendre à l'apprécier. Le gouverneur regrettait seulement qu'il eût le don de se mettre dans des situations impossibles. Le vieux Coleman n'avait pas su s'y prendre. Si seulement…

Sir Rupert revoyait le beau visage d'Alia. Hugh ressemblait incontestablement à sa mère. Le gouverneur s'était surpris à le regarder pour retrouver certains de ses gestes, certaines expressions qu'il croyait ne plus jamais revoir. Sir Rupert soupira. Lui aussi avait aimé, au delà de toute raison.

— Le juge Darcy demande à être reçu… Une ordonnance venait de frapper.

— C'est vrai ! Je l'avais complètement oublié… qu'il entre !

(1) Cypaye : Régiment indigène sous uniforme anglais.

378

Le gouverneur n'eut pas à attendre, Nelson franchissait déjà le seuil d'un pas décidé. Le magistrat avait un visage rubicond et l'air des jours de fêtes. Tout le monde savait ici que les grâces de son épouse n'étaient jamais étrangères à son allure de César. Il jeta sa serviette sur une table.

— Eh bien Sir Rupert, vous voilà bien pensif!

— Juste quelques réminiscences du passé…

— Prenez exemple sur moi! Pensez positif, cela m'a toujours très bien réussi. Mon optimisme a fait de moi le plus heureux des hommes…


— Tu reviens quand?… Eilleen ramena les draps sur sa poitrine. Elle était en nage.

— Je ne sais pas… Nicholas boucla son ceinturon et s'assit pour remettre ses bottes… Laissons faire le hasard.

— J'ai toujours préféré l'aider un peu… Ce n'est pas toi qui va t'en plaindre… Eilleen lui passa la main dans le dos.

— Tu joues un jeu dangereux… Nicholas s'écarta. Eilleen fit mine de ne rien remarquer. Nicholas la déroutait mais elle ne voulait surtout pas le lui montrer. Elle l'avait reçu chez elle, le plus naturellement du monde, sans se soucier du qu'en-dira-t-on. On ne la croirait pas assez bête pour afficher une liaison sous son propre toit.

— C'est ce qui t'excite… Ne dis pas le contraire, tu mentirais… Eilleen lui prit la jambe pour l'attirer plus près.

— Tu as sans doute raison… en théorie…

— Pourquoi serais-tu là sinon? Je ne croyais pas que tu viendrais si vite… Je dois reconnaître que cela m'a flattée…

Nicholas ne chercha pas à nier. C'est vrai, il avait accouru au premier appel. Il se moquait complètement de ce qu'Eilleen pouvait penser. Elle pouvait se rengorger, elle ignorerait toujours ce qui s'était réellement passé. Nicholas avait cru qu'elle lui ferait oublier les événements de la journée. Il se revoyait attendant pendant des heures devant la plantation Coleman. Quel idiot il avait été ! Il s'était caché, observant la terrasse dans l'espoir d'y rencontrer sa sœur et de lui parler seul à seul. Oh, il avait fini par trouver ce qu'il était venu chercher. Lisa était apparue, vêtue à l'indienne, suspendue au cou de Hugh, vendue au plus offrant.

La lettre d'Eilleen était tombée à point nommé. Il préférait tout plutôt que de rester enfermé chez lui. C'était le moment ou jamais de vérifier si l'expérience de l'autre jour pouvait se renouveler. Eilleen était une chienne comme sa sœur et il était bien normal que lui aussi s'approprie la femme d'un autre. Nicholas aurait eu tort de se plaindre. A peine avait-il franchi la porte de sa chambre qu'il comprit qu'Eilleen saurait toujours lui procurer autant de plaisir. Mais il lui était impossible de la supporter une minute de plus dès qu'il avait joui. Lorsqu'il était simplement allongé sur ce lit, il avait l'impression de jouer une comédie ridicule. C'était en elle et non à côté d'elle qu'il parvenait à trouver la paix.

— Rassure-toi… Jennifer jurera ne pas nous avoir quittés de l'après-midi… C'est un témoin idéal.

— Et quand elle sera repartie ?

— Nous aviserons.

— Tu penses à tout… Nicholas se pencha pour prendre congé.

— D'ordinaire, on me fait un peu la cour… après ! Tu te conduis comme un hussard.

— C'est ce qui t'excite… Il la prit par les cheveux et passa l'autre main sur son visage, suivant les creux qui commençaient marquer le front et la commissure des lèvres.

— Pour chacune de mes rides, j'ai eu du plaisir. Je ne regrette rien. Je ne suis pas sûre que tu puisses en dire autant.

— Ne te mêle pas de cela... Prends ce que je te donne... Tu y trouves ton compte. Cherche plutôt pourquoi ?

— Laisse-moi !... Eilleen masqua sa colère.

— Tes désirs sont des ordres... Nicholas la relâcha et se levait pour sortir.

— Non, pas par là... Passe par la terrasse. Personne ne te verra.

— Je croyais que je devais être voyant.

— Plus maintenant !

— Dans ce cas... A plus tard Mrs Darcy... Il lui sourit et claqua le volet.

Eilleen aurait souhaité avoir le courage de ne jamais le revoir. N'importe quelle femme sensée le lui conseillerait. Elle frappa son oreiller. Elle avait envie de hurler. Ce gamin la traitait comme de la merde et elle lui donnait toutes les armes pour le faire. Etait-ce si nécessaire de lui rappeler qu'elle avait vingt ans de plus que lui ? Elle était stupide. Il lui tenait tête et elle perdait la sienne. Jamais Eilleen n'avait connu cela et elle devait s'avouer y trouver une sorte de fascination malsaine. Ses amants-carpettes n'avaient pas su la retenir et c'était bien dommage. En la méprisant, Nicholas affirmait une force dont elle s'était crue la seule détentrice. Il lui révélait le vide de son existence passée et elle ne se sentait vivre que dans ses bras.

Eilleen se leva et alla se servir une double vodka qu'elle avala d'un trait. Rien de tel pour chasser la mauvaise humeur. Sa belle-mère faisait l'argenterie à la Wybourov, c'était tout dire... Elle devait se reprendre avant que Nicholas ne la domine totalement. Elle avait voulu jouer, pas souffrir et c'est elle qui se retrouvait piégée. Eilleen s'était souvent moquée de celles qui se mettaient à aimer celui qu'il ne fallait pas. Ses passades ne l'avaient encore jamais mise en danger, c'étaient des écarts mais des écarts de femme honnête qu'elle savait enterrer à son gré. Elle n'avait pas encore compris qu'on puisse avoir un homme dans la peau, être capable de le supplier pour pouvoir le toucher et ne reculer devant aucune humiliation pour une nuit, pour une heure, pour dix minutes même. Eilleen était devenue vulnérable, oui vulnérable. Elle qui avait toujours su contrôler les situations n'avait plus aucun point de repère. Nicholas la tenait à sa merci. Ce n'était pas de l'amour, c'était bien pire que cela, une soif inextinguible de son odeur, de ses caresses, de sa vie.

Qu'importe, puisqu'il était trop tard pour reculer, autant se l'avouer, le risque serait moins grand. Elle trouverait bien un moyen de s'attacher Nicholas durablement. Il suffisait de trouver son point faible. Tous les mortels en avaient un et plus particulièrement ceux du sexe masculin.


— Qu'avait donc Sir Rupert à te dire de si pressé ?... Lisa avait rejoint Hugh dans son bureau. Elle adorait cette pièce un peu solennelle qui détonait avec le reste de la maison. La décoration était austère avec sa table en acajou foncé et ses grands semainiers. Trois cartes maritimes étaient accrochées aux murs, piquées d'aiguilles rouges et bleues symbolisant l'emplacement des différents bateaux de la Coleman Co. Il y avait là quelque chose de militaire, de puissant, d'impressionnant et d'un peu abstrait. C'était cela qui plaisait à Lisa, le sentiment de pénétrer dans un endroit interdit.

— Me demander de participer aux régates du Sultan de Keddah... Hugh leva la tête.

— Quelle drôle d'idée !... Lisa vint s'asseoir sur ses genoux.

— A vrai dire, je crois qu'il s'inquiétait un peu pour nous deux.

— Il n'a pas grand-chose à faire... En fait, Lisa n'était pas mécontente à l'idée de défrayer la chronique. Et que lui as-tu dit ?…

— Que tu étais une petite personne sur qui il était impossible d'avoir la moindre influence…

— Mais encore ?

— On dirait que les choses se précisent… Hugh lui toucha le ventre.

— Je crois qu'il va falloir que tu t'habitues à aimer une grosse femme… Lisa posa sa main sur la sienne.

— Pardon Tuan, je te croyais seul… Chamsa venait d'entrer dans la pièce.

— Qu'y a-t-il ?… Hugh avait changé de ton. La présence de Chamsa dans un moment d'intimité le mettait mal à l'aise.

— Je reviendrai plus tard… La petite Malaise regarda Lisa puis s'inclina avant de rebrousser chemin.

— Je t'écoute. Je n'ai pas de secret.

— C'est que…

— Eh bien ?

— Balthazar a été aperçu dans les environs. Ahmed est persuadé que son maître ne devait pas être loin.

— Eh alors, la jungle est à tout le monde… Hugh regrettait d'avoir obligé Chamsa à parler. Il coulait des jours si heureux qu'il en était presque venu à oublier que cette situation ne plaisait pas à tout le monde. Les avertissements de Sir Rupert avaient renforcé sa détermination mais là, c'était l'ombre de Nicholas qui menaçait de ressurgir… Merci. Laisse-nous maintenant.

— J'ai cru bon de te prévenir… Chamsa se retirait… Le dîner sera servi dans une demi-heure… Elle n'avait pas choisi son moment au hasard et ne doutait pas que cette nouvelle allait troubler cette charmante soirée en amoureux. Lisa se leva et resta silencieuse. Depuis trois jours, elle songeait constamment à son frère. Elle avait eu raison de penser qu'il l'appelait comme lorsqu'ils étaient enfants et qu'ils communiquaient en esprit sans avoir besoin de mots. Hugh prit le parti de crever l'abcès :

— Je crois que tu devrais le revoir.

— Oui... Grâce à toi, je me sens assez forte maintenant... Lisa avait pâli... Elle avait toujours su qu'une
brouille définitive était impensable, trop douloureuse et
stupide... Nous avons tous perdu la tête.

— Tu as raison... Rien ne doit venir entacher notre
avenir... Hugh la regarda droit dans les yeux. Il voulait
s'assurer qu'il n'y avait aucun regret, aucune nostalgie
dans cette décision.

— J'irai demain.

— Je vais venir avec toi.

— Non... Je préfère être seule... Lisa connaissait l'orgueil de Nicholas. Il était encore supérieur au sien. Leur
conversation ne supporterait pas de témoin. La présence
de Hugh ne ferait que compliquer les choses.

— Très bien... Hugh n'insista pas. Il s'attendait à la
réponse... Chamsa et Ahmed pourront t'accompagner. Tu
ne connais pas la jungle. Avec eux, tu n'auras rien à
craindre.

— Tu mens mal... Lisa lui prit la main. Hugh avait l'air
de redouter de la laisser aller... Ils viendront avec moi, si
cela peut te rassurer... Lisa se sentait soudainement beaucoup mieux. Sa décision venait de la libérer du seul poids
qui l'entraînait encore vers ses cauchemars. Elle refusait
de s'avouer ce qu'elle avait compris des sentiments de
Nicholas. Il fallait qu'elle l'affronte pour se convaincre
qu'elle s'était trompée. Sa tranquillité était à ce prix,
sinon elle ne pourrait plus jamais se regarder en face... Je
n'ai rien craindre. Je sais très bien ce que je veux.

— Vraiment?... Hugh sourit.

— Vraiment!

— Je vois... Hugh l'enlaça.

— Tu ne me crois pas?... Lisa le défia du regard.

— Je demande des preuves.

— Il ne tient qu'à toi de venir les chercher.

— Tu lui as donné le bijou de Kali ! Tu lui as donné la chambre de ta mère… Chamsa alluma une lampe à pétrole. Hugh était descendu au kampong pour lui demander d'accompagner Lisa. C'était la première fois qu'ils se retrouvaient seul à seul.

— Tu sais que je veux en faire ma femme… Hugh haussa la voix. Chamsa devait comprendre qu'il ne reviendrait pas en arrière.

— Elle ne t'épousera jamais !

— Tes cartes te l'ont dit je suppose…

— Mes cartes auraient pu le faire ! Je n'ai pas eu besoin de les interroger… Chamsa reprit sa respiration… Jamais une Anglaise n'épousera un métis… Ne me dis pas que tu n'y as pas pensé.

— Ta jalousie te fait dire n'importe quoi !… Hugh donna un coup de poing sur la table. Il était furieux. Les mots de Chamsa faisaient écho au refus de Lisa. Il voulait croire à ses raisons et ne pas se laisser influencer par quiconque.

— Ce n'est pas de la jalousie mais l'amour que je te porte encore… Chamsa se versa un verre de thé pour tromper son énervement.

— Tout cela est sans importance. Je ne lui demande que d'être là… Hugh voulait en finir.

— Je te comprends… Chamsa se radoucit. Elle voulait garder Hugh encore un peu, l'avoir à elle seule. Jamais elle ne céderait la place. Il était vital de conserver sa confiance… La solitude est un fardeau trop lourd… Elle se rapprocha de lui… Toi et moi sommes de drôles d'animaux.

— Sans doute… Hugh se tourna vers elle… Me pardonneras-tu un jour le mal que je te fais ?

— Je suis une femme… Chamsa ajouta très lentement, comme si elle voulait se convaincre elle-même… Puis-je te demander une faveur ?

— Laquelle ?

— Fais revenir Abu auprès de moi.

— Comme tu voudras… Hugh était soulagé. Il détestait l'idée d'avoir abandonné Chamsa. En rappelant son mari, il avait l'impression de lui rendre son avenir.

— Tu verras. Tout finira par rentrer dans l'ordre.


— Je suis là pour te parler… Lisa voulut monter sur la varangue mais Nicholas lui barrait agressivement le passage.

— C'est fait !… Il ne s'attendait pas à la visite de sa sœur. Hier encore, Nicholas l'aurait accueillie à bras ouvert mais il ne pouvait plus oublier l'image de Hugh la serrant dans ses bras… Tiens, tu n'es pas protégée par ton chien de garde ? Est-ce bien sérieux ?

— Je suis encore chez moi !… Lisa se mordit les lèvres. Les choses s'engageaient mal. Elle était venue pour faire la paix mais son frère savait parfaitement comment l'atteindre.

— Ravi que tu t'en souviennes… Nicholas lui adressa un sourire sardonique.

Lisa prit sur elle :

— J'aimerais que nous oublions ce qui s'est passé.

— L'idée est de toi ?

— Et de qui d'autre ? Je pensais que tu savais que je prenais toujours mes décisions seule.

— Tu vas rester vivre à la plantation Coleman, je suppose.

— Oui.

— Je suis très touché que tu te sois déplacée en personne pour m'en informer… Nicholas lui aurait volontiers sauté au visage. Lisa le narguait. Il ne lui suffisait pas de le trahir, elle cherchait aussi à s'attribuer le beau rôle. C'est elle qui lui pardonnait. Nicholas voulait qu'elle s'en aille, qu'elle disparaisse avec son bonheur immonde. La revoir en visite dans le lieu qu'il avait construit pour eux deux lui était intolérable. Il préférait tout casser, en finir... J'allais faire porter tes affaires chez ton amant, tu y es sûrement mieux installée... Il lui montra les malles que Rahman avait sorties sur la terrasse... Tu sembles avoir un goût certain pour les hommes fortunés, les Havington...

— Imbécile!... Lisa lui envoya une gifle. Nicholas lui saisit brutalement le poignet :

— Pour qui te prends-tu?... Il serra plus fort... Tu traînes notre nom dans la boue. Tu n'es qu'une garce et une putain!... Je vois clair dans ton jeu... Nicholas la regarda, espérant la voir blêmir, mais rien. Lisa restait impassible. Son silence le rendait plus furieux encore... Je ne sais pas ce qui me retient...

— Eh bien frappe, puisque tu ne sais faire que ça!...

Lisa ne chercha pas à résister. Nicholas lui lâcha le bras. Il avait envie de la serrer contre lui mais savait que cela ne servait plus à rien.

— Pars! Cela vaudra mieux pour tout le monde... Le temps arrangera peut-être les choses... Il baissa les yeux et disparut dans la maison.

Lisa hésita un instant puis ordonna aux serviteurs de charger ses bagages. Elle venait de faire tout ce qui lui était humainement possible de faire. Nicholas finirait par comprendre ou sinon qu'il aille au diable !

— Le jeune Havington! Te voilà enfin... Le pasteur était facilement repérable avec son panama à large bord et son pantalon à carreaux. Sa haute taille lui avait permis d'apercevoir Clive loin dans la foule. Il criait presque et gesticulait pour le presser de venir le rejoindre. Sans son accent oxfordien, on l'aurait volontiers pris pour un de ces Sud-Américains d'opérette qui venaient à Londres pour se faire plumer par des filles de petite vertu... Encore trois minutes et tu ne me trouvais plus... Il lui tendit la main impatiente des grands voyageurs.

— Excusez-moi, j'ai dû attendre pour prendre mon billet... Clive n'était pas très sûr de lui mais l'enthousiasme de son compagnon de voyage lui en redonna un peu. Le pasteur connaissait les Ecritures sur le bout des doigts et ne laissait aucune place aux états d'âme.

— Ce n'est pas grave ! L'essentiel est que nous ne rations pas le bateau. Monte le premier, je te suis !...

Les deux hommes s'engagèrent sur la passerelle.

— Les enfants ne vous ont pas accompagné pour vous dire adieu ?

— Je leur ai interdit ! J'ai horreur des attendrissements... Ça ne me vaut rien... Le pasteur se racla la gorge, reprenant d'une voix forte... Tu as eu du courage. Quand tu es venu me revoir l'autre jour, je ne croyais pas que tu irais jusqu'au bout.

— Vous l'avez dit vous-même. Je n'avais plus rien perdre... Clive posa les bagages dans le hall. L'hypocrisie de gens de son monde, les intrigues de Nelly Faversham et plus encore ce qu'il était en train de devenir, tout le dégoûtait. Il n'y avait que Richard qui lui manquerait peut-être mais la vie en commun s'était révélée impossible. Deux lettres lui avaient suffi pour faire ses adieux, une à sa mère qu'il voulait rassurer sur son sort et une autre pour Richard. Il lui demandait pardon.

— De quoi te plains-tu ? Tu viens de sauver l'essentiel.

Le pasteur regarda autour de lui. Les passagers s'agglutinaient devant l'escalier, assiégeant les stewards de questions... « Retournons sur le pont, c'est la cohue ici. Nous trouverons bien nos cabines plus tard. »

— Ce n'est pas votre premier voyage en Extrême-Orient... Clive lui emboîta le pas.

Le temps était magnifique, presque chaud pour la saison. Un petit vent soufflait du large et fouettait le visage en titillant les narines d'un bouquet de varech et d'aventure.

— J'y suis né et je m'étais toujours promis de retourner y pourrir, question de politesse... Respire petit, ça sent le propre... Mon Dieu que j'aime cette odeur... Les yeux du pasteur brillaient d'un éclat juvénile... Si tu fais bien attention, tu finiras par remarquer que chaque rivage a son parfum, un parfum unique qui explique bien des choses. Ici par exemple, il brûle presque le nez et exacerbe les sens mais si tu vas plus au sud, il sera plus lourd, plus capiteux et propice à la rêverie. C'est comme si la mer venait compenser l'action du soleil et harmonisait la nature...

Clive inspira profondément, pour ne pas le contrarier. Tout semblait si simple avec cet homme, si différent de tout ce qu'il avait vécu. Les gestes idiots qu'il avait accompli des milliers de fois prenaient un sens nouveau. Clive avait l'impression de naître une seconde fois. Sa nuit sur les docks, cette nuit qui avait tout changé dans sa vie, n'était pas due au hasard, il en était persuadé. Devait-il revoir Lisa ou tout au contraire s'ouvrir à autre chose dont il n'avait pas encore idée, Clive n'en savait rien. Cela n'avait plus d'importance. Il irait au-devant de lui-même et tâcherait d'agir pour le mieux.

— Je ne pensais vraiment pas que ce serait si facile de tout quitter.

— On n'abandonne rien en quittant sa vieille peau... Le pasteur lui fit un clin d'œil... L'important n'est pas de savoir où on va, c'est d'y aller...

— J'espère que vous avez raison. Cela vaudrait mieux pour moi... Clive retrouvait son sens de l'humour. La situation l'amusait presque... De toute façon je me suis résolu à vous suivre sans discuter.

— Sage décision ! J'ai horreur qu'on mette ma parole en doute...

Le pasteur rajusta son chapeau. Ils avaient marché jusqu'à la proue et le vent menaçait maintenant de le faire tomber. Le commissaire de bord annonça que le départ était imminent. Les derniers arrivants bousculaient les visiteurs qui redescendaient à terre. Clive suivit une grosse femme du regard. Elle pleurait toutes les larmes de son corps avec un chien si minuscule dans les bras qu'on pouvait le prendre pour un mouchoir. Ses plaintes contenues s'entendaient sûrement jusqu'au pont supérieur. Sa peine faisait mal à voir, remuant ses chairs comme un gigantesque accordéon tombé sur le sol. Les badauds se retournaient en riant sur son passage. Il y avait quelque chose de comique dans sa douleur, sans doute parce qu'on ne prend jamais le désespoir des gros au sérieux.

Le pasteur s'appuya sur la rambarde et continua à parler... « Tu leur as fait grande impression à la Mission... Ton nom va nous ouvrir bien des portes. Les riches aiment bien donner à leurs semblables. La charité devient un placement. »

— Sans doute... Je n'ai jamais été très porté sur tout cela... L'argent et la religion me sont indifférents. Je suis venu par curiosité, c'est le seul luxe qui me reste et dans mon cas il m'est indispensable. Vous me comprenez certainement.

— Tu me trouves cynique ?

— Juste ce qu'il faut... Mais je m'en moque. Après tout, grâce à vous, je serai peut-être enfin utile à quelque chose... Clive sortit une cigarette. « On ne m'en a jamais offert autant... »

Le pasteur tournait la tête à droite et à gauche. Le quai était noir de monde.

— Quel bordel !... Il prit Clive par l'épaule... Crois-moi, petit, tu as fait le bon choix. L'Asie va t'apprendre qui tu es vraiment. Il n'y a pas si longtemps, j'étais comme toi. Je partais à la dérive et me voilà à nouveau sur le navire... Un jour, peut-être, je te raconterai mon histoire... Il rit avec un air complice... Elle n'est pas à mettre dans toutes les oreilles.

— Vous savez mon père, je ne sais rien de vous. Aussi incroyable que cela puisse paraître, j'ignore jusqu'à votre nom.

— Pas possible !... Le pasteur lui tendit la main... Je m'appelle Simon Grady mais tout le monde m'appelle Sly... Il s'interrompit brutalement... Tiens regarde, mes gamins, là tu les vois ?!... Sly jeta son chapeau en l'air.

Juste en dessous, une bande d'enfants dépenaillés agitaient les mains en criant. Il était impossible de les entendre. Le bruit des sirènes et le va-et-vient des remorqueurs assourdissaient tout. Sly ne sembla même pas s'en rendre compte tant il était ému... Je savais qu'ils viendraient... Je suis heureux, je suis gai, gai comme un concerto de Vivaldi ! Ah les braves petits...

## Chapitre XII

Penang — Gullcowes — Singapour

Six mois plus tard.

Dehors la pluie avait redoublé, tombant en rideaux opaques qui obscurcissaient tout. Le vent faisait battre les volets et grincer les arbres. L'humidité était partout, laissant un voile brillant sur les meubles, pénétrant les vêtements et bouchant les pores. Les fins de mousson étaient les plus terribles. Le ciel s'alourdissait de tant de nuages gris et noirs que l'on en venait à ignorer les jours et les nuits.

— Fais quelque chose, je n'en peux plus... Lisa transpirait à grosses gouttes, repoussant les draps sans trouver aucune position qui puisse la soulager. Elle avait perdu les eaux dans la matinée, juste après son petit déjeuner et savait que le moment de la délivrance était proche. Le docteur Bothwell avait prévu l'accouchement pour la fin du mois. Il ne devait monter que dans quelques jours pour la surveiller. Lisa poussa un cri. Elle s'était préparée à aimer son enfant mais pas à cette horreur animale.

— Il faut tenir jusqu'au retour du Tuan. Il ramènera le médecin... Chamsa veillait. Elle était accourue dès qu'un serviteur avait trouvé Lisa évanouie dans la salle de bains. A l'ouverture du col, elle avait annoncé que l'enfant se présentait mal. Par chance, il laissait encore un peu de répit. Hugh avait fait seller son cheval pour aller chercher du secours. Chamsa l'avait encouragé à partir. Il n'y avait pas une minute à perdre… Lisa n'avait pas eu le courage de le retenir, se raccrochant à l'espoir fou qu'il reviendrait à temps.

— Je ne peux pas !… Lisa lui attrapa le bras en hurlant :

— Toutes les femmes connaissent cela… Chamsa recala ses oreillers et s'assit sur le lit. Elle lui passa un gant éponge humide sur le front.

— C'est trop atroce ! Lisa s'accrocha au bois du lit. Son ventre était dur comme de la pierre. Les convulsions avaient repris, deux fois plus violentes. Maintenant elles ne la lâcheraient plus. Son cœur battait à tout rompre, s'arrêtait brutalement en lui coupant le souffle et repartait de plus belle. Ses narines se pinçaient mais sa conscience restait intacte. Lisa n'aurait pas la chance de s'évanouir une deuxième fois… « Je ne pensais pas que l'on puisse autant souffrir… Trouve un moyen… »

— Calme-toi… La peur n'arrange jamais rien… Chamsa la regardait sans aucune pitié.

— Je n'ai pas peur. Je veux juste que cela s'arrête… Lisa aurait tout donné pour en finir. Elle était très blanche et cherchait son souffle dans la moiteur de l'air. La peau de son visage semblait devenue plus fine que du papier. Les veines de ses tempes se gonflaient dangereusement.

Chamsa lui prit le pouls. Il était irrégulier. La douleur de cette femme qu'elle haïssait la laissait étrangement froide. Elle n'en tirait même aucun plaisir, trop occupée à penser à la conduite à tenir.

— Le vrai travail va commencer.

— Aide-moi, je t'en supplie… Lisa avait si mal qu'il lui était impossible de se rappeler qu'elle avait pu vivre normalement. Ceux qui ont souffert dans leur corps savent qu'alors le temps n'existe plus. Il n'y a plus que cette douleur lancinante qui efface jusqu'au souvenir des jours inconscients de santé. Chamsa était seule. Tout était entre ses mains.

— Comme tu voudras.


Nicholas était d'une humeur massacrante. Il était trempé et ne pouvait rien faire d'autre sinon attendre. Attendre, toujours attendre, l'inaction lui sortait par les yeux. La plantation ne fonctionnait plus, paralysée par la saison des pluies. Trois mois à se croiser les bras, ce n'était vraiment pas dans sa nature. Nicholas avait d'abord trompé l'ennui en se rendant plusieurs fois à Singapour pour assurer les ventes de la prochaine campagne mais la demande de caoutchouc était telle qu'il n'avait qu'à pousser les portes pour obtenir le triple de ce qu'il désirait. Les Anglais, les Américains et même les Allemands achetaient tout ce qu'ils pouvaient, à n'importe quel prix et la folie ne semblait pas près de s'arrêter. Nicholas aurait dû s'en réjouir, bondir de joie. Tous les objectifs qu'il s'était fixé, il y avait moins d'un an, étaient largement dépassés. Pourtant il n'arrivait pas à trouver le repos. Nicholas devenait riche mais n'avait jamais autant souffert de la solitude. Lui qui en avait tant rêvé ne savait pas quoi faire de son argent…

Eilleen Darcy était devenue sa maîtresse en titre et ne s'accordait plus aucun à côté, ce qui faisait davantage jaser que ses escapades d'autrefois. Le monde est ainsi fait qu'il condamne plus facilement un grand amour adultère qu'une nymphomanie maladive. Le premier remet trop de choses en cause, à commencer par la médiocrité de son propre mariage alors que la seconde passe aisément pour une fatalité, comme la grêle ou l'alcoolisme.

Nicholas s'était presque laissé prendre au bonheur d'Eilleen. Il la traitait avec plus de tendresse que par le

passé mais il ne l'aimait pas. Tout au plus y était-il attaché comme à un repère habituel. La continuité de ses
nuits avec Rahman le lui avait assez prouvé. Ici, personne n'avait le droit de prononcer le nom de Lisa ou de
Hugh. Nicholas feignait de ne plus y penser et aurait
presque pu le croire s'il ne s'était vu s'enfoncer lentement
dans une existence absurde et sans but. Sa vie lui semblait
aussi vide de sens que celle de ses arbres qui hibernaient
par trente-huit degrés. Son esprit vagabondait comme ses
coolies, gesticulant sans fin sous les hévéas déplumés,
courant de tronc en tronc pour se lamenter devant les
chancres qui les couvraient avant de moisir sur place. Lui
aussi était au bord d'exploser à l'image de l'écorce des
caoutchoucs qui se fendait comme une châtaigne grillée.

Nicholas était réduit à l'impuissance et se retrouvait
anéanti dans cette maison qui l'étouffait. Trop de souvenirs réels et imaginaires s'y entassaient comme un bric-à-
brac obscène. Cuypper lui avait bien dit que c'était au
premier hivernage que l'on savait si oui ou non, il serait
possible de rester vivre aux colonies. Le ciel lui-même
semblait s'acharner à vouloir lui refuser le repos. La
fenêtre du salon avait été brisée par une branche morte et
il était devenu impossible de s'isoler de la pourriture
ambiante. Abas avait bien essayé de la réparer mais il n'y
avait rien à faire.

— Le Tuan devra acheter nouvelle vitre... Le Bugi
s'était plaint en ramassant les morceaux de verres englués
de papier collant qui n'avaient pas résisté une heure.

Nicholas avait haussé les épaules et s'était résolu à laisser les persiennes toujours fermées. La pièce baignait
dans une demi-obscurité, plus déprimante qu'une nuit
sans lune, ouverte aux bruits sinistres, craquement du
bois, cris déchirés dans la jungle engloutie qui résonnaient comme une fin du monde. Mais tout cela n'était
rien à côté du grondement du fleuve qui grossissait dangereusement en contrebas, entraînant tout sur son passage,

les troncs déracinés, les cadavres des chevrotains et la terre gluante, arrachée aux collines avoisinantes. La nature semblait devoir se diluer tout entière. La pluie délavait tout sauf les angoisses et les remords qui vous rongeaient la tête.

Rahman venait d'allumer les lampes à pétrole. Il ne semblait pas atteint par la démesure de ces heures sans fin et avait gardé sa bonne humeur coutumière. Qu'importe, Nicholas se sentait abandonné, plus misérable que le dernier des chiens, perdu dans ce déluge. Aujourd'hui, plus qu'un autre jour, une curieuse appréhension lui étreignait la poitrine. Il posa ses jambes sur la table en teck et ouvrit son col de chemise pour mieux respirer. Quel idiot il avait été ! Il aurait mieux fait d'écouter Eilleen et de s'installer en ville. Là au moins, il aurait eu de quoi se distraire. Il avait maintenant largement les moyens de se prendre un bungalow à l'année, comme l'exigeait l'avenir de sa situation sociale.

— Tuan… Toi venir tout de suite !… Nicholas reconnut Ahmed, un des boy de Hugh, qui venait d'entrer sans frapper.

— Qu'y a-t-il ?… Il se leva d'un bond, redoutant ce qui l'amenait.

— Ta sœur vient avoir un garçon. Elle est très malade !


— Le docteur Bothwell est avec elle… Hugh avait profité d'une accalmie pour sortir sur la terrasse… Rassurez-vous elle va vivre… Nicholas lui tendit la main et se précipita à l'intérieur. Ni l'un ni l'autre ne semblaient s'étonner de cette proximité retrouvée.

— Que s'est-il passé ?

— Un accouchement plus compliqué que prévu… Hugh était très pâle et ses yeux se creusaient de cernes profonds… Je voulais l'installer en ville pour plus de sécurité mais vous connaissez Lisa… Elle n'a rien voulu entendre. C'est un miracle que nous soyons revenus si vite. Chamsa n'aurait jamais pu y arriver toute seule…

— Quand pourrais-je la voir?… Nicholas ôta son imperméable trempé

— Dès que le médecin en aura fini. Il ne devrait plus tarder… Hugh fit signe à un boy de faire sécher le manteau.

— Très bien… Nicholas avait du mal à cacher son impatience. Il avait beau avoir pu vivre de longs mois sans voir sa sœur, maintenant qu'il la savait à quelques mètres, les sentiments qu'il avait réussi à faire taire l'assaillaient en désordre.

— Prenez cela… Hugh lui donna un double gin… Nous sommes tous dans le même état… Nicholas prit le verre et l'avala cul sec… C'est un garçon vous savez?

— Oui… A vrai dire Nicholas s'en moquait. Il ne pensait qu'à Lisa et n'avait aucune affection particulière pour un nouveau-né inconnu qui la lui avait déjà enlevée une fois.

— Il est splendide!… Hugh rajouta cette précision avec une sorte de fierté illégitime dont il ne cherchait pas à se cacher. Nicholas se garda bien de lui en faire la remarque. Lisa ne l'avait pas épousé, l'enfant ne porterait pas son nom et Nicholas en tirait une satisfaction certaine.

— Que s'est-il passé au juste?

— Lisa s'est remise difficilement. Elle a eu une forte fièvre… des vomissements… mais depuis hier, elle va beaucoup mieux… Hugh marqua un silence… La grossesse n'a pas été facile. Elle a dû rester couchée les trois derniers mois.

— J'ignorais… Nicholas baissa les yeux. Il avait un peu honte d'être resté si longtemps sans même chercher à savoir.

— Tout cela n'a plus beaucoup d'importance maintenant… Hugh lui tapa amicalement sur l'épaule. Il n'avait aucunement l'intention d'incarner sa mauvaise

conscience… Elle va être très heureuse de vous revoir…
Moi aussi d'ailleurs.

— Je vous remercie… Nicholas restait sur la défensive.
Sa sœur étant hors de danger, la gêne reprenait le dessus.
Hugh et lui ne s'étaient pas quittés en si bons termes et ni
l'un ni l'autre ne semblaient avoir l'intention de s'en
expliquer. Nicholas ne trouvait rien à dire et observait
Hugh sans en avoir l'air. Il se demandait ce qu'il pensait
vraiment.

— Je suis sincère… Hugh le regarda. Sincère il l'était,
autant que faire se peut. Il ne voulait plus se souvenir que
des premiers moments de leur rencontre, ceux durant lesquels ils s'étaient ouverts l'un à l'autre, sans calcul. Plus
profondément Hugh souhaitait se réconcilier avec
Nicholas pour voir s'éloigner un navire de haine qui
menaçait de perturber sa relation avec Lisa… « Nous
avons beaucoup à perdre en nous déchirant. »

— Les choses se passeront différemment à l'avenir…
Nicholas détourna la tête. Son attirance pour Hugh restait désespérément intacte. Il ne réussissait pas à savoir
s'il l'aimait ou s'il le haïssait. Les deux sans doute, avec
une confusion qu'il savait devoir taire à tout jamais. Hugh
avait tenté de crever l'abcès à sa manière mais si poliment
que Nicholas lui en voulait. Il fallait bien aborder le sujet
et il l'avait fait le premier mais comme on s'acquitte d'un
mauvais procès ou d'une vieille dette embarrassante.
Comment les choses avaient-elles pu en arriver là?
Nicholas le savait mais chez lui la violence n'était qu'une
forme détournée de la passion, un orage annonciateur
d'autres extases. Hugh, lui, avait simplement réussi à
tourner la page.

— Je le souhaite… Hugh jeta un coup d'œil discret sur
la pendule en écaille de tortue avant de venir s'asseoir à
côté de lui.

— Alors tout est possible…
C'est à cette minute précise que Nicholas comprit

justement que rien ne pourrait être comme avant. La confiance qui les unissait était brisée à tout jamais. Rien ne justifiait cette certitude, juste des petits détails de comportement qui en disent souvent plus long que bien des phrases. Hugh était raide. Sans le vouloir, il présentait à Nicholas la cuirasse trop parfaite qu'il réservait aux étrangers, celle qu'on lui reprochait tant. Nicholas aurait souhaité attribuer son attitude à la timidité ou l'inquiétude mais il était certain que Hugh mentait. Son absence durant tout ce temps avait dû bien peu lui peser, c'était son retour obligé qui venait contrarier ses plans. Nicholas cacha sa rage. Cette pensée lui était insupportable. Il avait souffert pour rien, pour le souvenir d'une amitié défunte qu'il devait être le seul à pleurer. Il se referma à son tour. Hugh dut en être conscient car il se força à se tourner vers lui en souriant. Pourtant, rien n'y faisait, il ne ressemblait plus au jeune homme libre de la crique ou du Temple des Serpents. C'est alors que Nicholas réalisa que le fossé qui sépare deux êtres qui se sont aimés est bien supérieur à celui qui existe entre deux êtres qui ne se connaissent pas.

— J'ai beaucoup réfléchi ces temps-ci... Hugh n'avait pas perdu cette incroyable faculté de lire dans les pensées. Pourtant cette fois il aurait préféré s'en abstenir. Il avait tout de suite compris que Nicholas n'accepterait jamais la situation qu'en surface. Il se méprenait simplement sur ses motivations profondes. Beau-frère d'un métis, même par la main gauche, ne plaisait certainement pas à un garçon aussi ambitieux. Ne lui avait-on pas rapporté qu'Eilleen Darcy nourrissait pour lui de grands projets ?... « Je veux que vous sachiez que j'aime profondément Lisa. »

— Inutile. Vous n'avez rien à m'expliquer

— Grâce à elle je suis devenu quelqu'un d'autre... C'est un peu curieux à comprendre si...

— Vous savez ce que l'on dit. Il n'y a que les Saints et les amoureux pour croire au paradis...

Nicholas détesta l'impression de se savoir découvert et préféra ignorer l'allusion. Il alluma une cigarette... « C'est Lisa qui vous a demandé de me prévenir ? »

— Oui... Mais je l'aurais fait de toute façon...

Les deux hommes restèrent silencieux, sans plus savoir quoi se dire. Hugh finit par allumer aussi une cigarette avant de reprendre sur un ton volontairement enjoué :

— Je cherche un coéquipier pour participer aux régates du Sultan de Keddah. Voulez-vous que nous essayons de faire ce chemin ensemble ?

— Nelson Darcy me l'avait déjà proposé mais j'avais refusé pour des raisons... pour des raisons personnelles... Nicholas sourit. Il se doutait que Hugh devait être au courant de son aventure avec Eilleen, comme toute la ville, mais il n'était pas mécontent de la mentionner en gage de bonne foi... Avec vous, c'est autre chose.

— Vous pouvez lui rendre visite mais ne restez pas longtemps. Elle est encore très faible...

Le docteur Bothwell venait de pénétrer dans la pièce avec son pas saccadé. Nicholas posa son verre, le salua et se retint de courir dans l'escalier.

— Allez-y, je vous rejoindrai plus tard... Hugh tira sur un cordon... Ahmed va vous montrer le chemin.

Le boy apparut presque aussitôt et Nicholas lui emboîta le pas. Ses sombres pensées s'évanouirent. Il ne pensait plus qu'à revoir Lisa. Elle l'avait appelé, c'est tout ce qui comptait.

— J'aimerais vous parler en particulier... Bothwell prit Hugh par le bras. Il ne ressemblait en rien au docteur Cartwright. Il ne devait pas avoir dépassé la quarantaine et avait l'allure sportive des anciens médecins militaires.

— Je vous écoute... Hugh était nerveux. Il ne voulait rien laisser paraître à Nicholas mais l'état de Lisa l'alarmait plus qu'il ne voulait bien le dire. L'accouchement avait duré près de trente-six heures. Trente-six heures pendant lesquelles il était resté impuissant, à entendre hurler celle qu'il aimait à cause de la semence d'un autre.

— Votre femme est hors de danger... Bothwell ignorait ou feignait d'ignorer la réalité d'une situation dans laquelle il ne tenait pas à entrer... Simplement...

— Simplement quoi?... Hugh détestait les circonvolutions verbales.

— Il faudra la ménager à l'avenir...

— Ne prenez pas de gants avec moi.

— Dans ce cas... Bothwell nettoyait ses lunettes... Je vous déconseille formellement de faire un autre enfant avant longtemps.

— Elle ne peut plus en avoir... Hugh serra les poings.

— Je n'ai pas dit cela... Je crois que ce sera possible mais une grossesse prématurée pourrait lui être fatale... Le médecin baissa la voix... Ne lui dites rien pour l'instant. Il faut lui éviter tout choc nerveux. Je compte sur vous?

— Certainement docteur... Je comprends.


Chamsa venait d'épier toute la conversation, cachée dans le boudoir. La petite Malaise connaissait l'exacte valeur des portes entrouvertes. Ce qu'elle avait appris la récompensait des humiliations de ces derniers mois. Lisa n'était pas en mesure de donner naissance à un petit Coleman, un véritable héritier de Hugh qui rendrait la situation irréversible. Chamsa aurait voulu pouvoir crier de joie! Combien de nuits n'avait-elle pas tremblé en pensant à cette idée? Elle avait prié Kali et la déesse l'avait entendue!... Mieux, elle lui donnait une arme dont elle saurait se servir. Le destin jouait avec elle cette fois-ci et Hugh ne pourrait jamais la blâmer de ce qui venait d'arriver.

Quand elle avait compris que Lisa allait survivre, elle l'avait aidée du mieux qu'elle avait pu. Bothwell lui-même n'avait pu que se louer de ses services, une servante modèle, une perle rare qui savait parer à tout… Lisa vivante devait avoir son bébé à tous prix. Dans le cas contraire, Hugh aurait été capable de vouloir lui en refaire un pour effacer le drame. Maintenant, c'est lui qui allait se ronger dans son sang et voir grandir tous les jours un petit Anglais sous son propre toit. Hugh avait beau vouloir l'ignorer, ses blessures étaient trop profondes pour ne pas se réveiller un jour ou l'autre. S'il voulait continuer à aimer Lisa, il était condamné à l'assèchement de sa race, pire à l'attente, à l'espoir de la voir se continuer sans jamais être sûr.

— Que fais-tu là ?

— Tais-toi imbécile !… Chamsa mit sa main sur la bouche d'Abu. Elle ne l'avait pas entendu arriver.

— Tu espionnes, tu intrigues et tu crois que personne ne voit rien… Abu n'avait jamais bien accepté un retour qui le privait de son bateau, de ses privilèges et de son prestige. En mer, il était seul maître après Dieu ; ici il n'avait jamais réussi à trouver sa place. Son amour pour Chamsa était fait de respect, un respect qui durerait tant qu'elle servirait sa cause. Maintenant que sa femme avait perdu les faveurs du Tuan, il risquait d'être ridicule aux yeux de tous les autres coolies. Curieusement, Abu n'en voulait pas à Lisa. Ses haines et ses rancœurs étaient primaires et sans arrière-pensées. C'était Chamsa et Chamsa seule la responsable.

— Personne n'a rien vu à part toi et tu ferais mieux de te taire… Chamsa jeta un œil à côté pour s'assurer qu'on ne pourrait pas les surprendre. Le salon était vide. Hugh raccompagnait le docteur Bothwell et devait se trouver dans l'entrée.

— Je ne te laisserai jamais faire de mal au Tuan. Il nous a couvert de bienfaits.

— Pour les reprendre aussitôt ! Je ne suis plus rien et si tu ne me laisses pas le champ libre, nous n'aurons bientôt plus qu'à faire nos bagages. Fais-moi confiance, j'ai toujours su assurer ta situation.

— C'est pourtant toi qui m'as fait rappeler.

— J'ai besoin de toi, pour l'instant… Ne cherche pas à comprendre. Si tu sais tenir ta langue et faire tout ce que je te dis, tu auras bientôt tout ce que tu peux désirer.

Lisa et Nicholas s'étaient embrassés longuement. Nicholas n'osait pas la serrer trop fort par peur de lui faire mal. Sa sœur était encore très fragile même si elle tâchait de n'en rien laisser paraître.

— Je savais que tu viendrais… Lisa souriait. La mort l'avait frôlée de trop près pour qu'elle puisse garder encore quelque ressentiment. Aux pires moments de sa souffrance, elle avait pensé à Nicholas si fort qu'elle ne pouvait pas imaginer qu'il ne l'ait pas ressenti. Elle avait eu si peur de devoir partir sans jamais le revoir.

— Tu m'as plus manqué que je ne saurais le dire… Pendant les minutes où ils étaient restés dans les bras l'un de l'autre, Nicholas avait réussi à faire taire sa jalousie de la savoir là. Oui, c'était plus fort que lui et s'il parvenait à se contrôler, Nicholas savait que la situation continuait à le rendre malade. Il croyait pourtant être parvenu à surmonter les passions qui le hantaient. Ses rapports continus avec Eilleen Darcy avaient presque fini par le persuader d'avoir été la victime d'un moment d'aberration, d'une folie passagère due au climat qui exacerbait les sentiments. Il l'avait vue très régulièrement, plus régulièrement qu'il ne le désirait vraiment, poussé vers elle comme un papillon de nuit vers la flamme d'une bougie. Chacune de leurs étreintes le rassurait un peu plus sur ce qu'il essayait de prendre pour sa vraie nature. Depuis tout à l'heure, toute cette belle construction s'était évanouie comme un château de cartes. L'intellect reste stérile s'il ne réussit pas à se frayer un chemin durable vers les instincts les plus profonds, Nicholas en faisait la cruelle expérience. Il voulait plus que tout au monde se guérir de sa possessivité morbide mais il ne le pouvait pas. Il repensa malgré lui à un sermon du pasteur Bowles qui avait beaucoup choqué les paroissiens de Gullcowes. L'homme de Dieu disait en substance que la volonté n'était rien qu'une longue souffrance vouée à l'échec. L'homme ne changeait pas quand il le voulait mais quand il le pouvait et cela demandait un long apprentissage sur un chemin parsemé d'embûches. Nicholas entendait ses paroles comme si le cher homme venait de les prononcer. Il n'y avait pas prêté attention à l'époque et voilà qu'elles rejaillissaient dans son esprit comme une source d'eau claire restée trop longtemps enfouie.

— Ne craignez pas de tomber et de retomber encore car c'est le sort du juste, tonnait-il en chaire. Chacune de vos chutes vous rapproche de la vérité en vous faisant toujours haïr davantage la souffrance.

Nicholas guérirait, il fallait qu'il guérisse, quitte à se trahir dix fois encore. Il aimait trop sa sœur pour prendre le risque de la perdre à nouveau et cherchait à se convaincre qu'il pourrait se contenter des miettes d'affection qu'elle pourrait encore lui donner. Nicholas se raisonna et s'efforça de vivre le moment présent. Dans cette chambre où ils parlaient doucement tous les deux, ils n'étaient plus que deux enfants, unis depuis toujours par les liens invisibles de la mémoire. Lisa avait évoqué la Cornouailles. Ils avaient ri en repensant à Tante Maggy et à Mrs Hudson. Ça au moins personne ne pouvait venir leur voler…

— J'ai du mal à imaginer que tu sois mère… Nicholas lui prit la main.

— Tu ne l'as même pas regardé… Lisa se pencha sur le berceau qui se trouvait juste à côté de son lit. Une petite boule fripée et boutonneuse y dormait à poings fermés.

— Je ne peux vraiment pas te dire que je le trouve beau…

— Evidemment il est affreux !… Lisa éclata de rire…

Le docteur Bothwell m'a assuré que c'était une simple jaunisse de naissance... Donne-le moi s'il te plaît... Lisa se sentait mieux et avait besoin de sentir ce petit bout de sa chair tout contre elle. Elle ne savait pas expliquer pourquoi sa fatigue disparaissait dès qu'elle l'avait dans les bras.

Nicholas l'attrapa avec précaution et le lui tendit. Le bébé poussa un cri qui se calma quand il fut entre les mains de sa mère, comme s'il reconnaissait l'odeur de celle qu'il n'avait pas quitté ces neuf derniers mois. Lisa ne pouvait s'empêcher de le regarder en se demandant de qui il était le fils. Elle aurait voulu chasser cette idée mais c'était plus fort qu'elle. A vrai dire, le nouveau-né ne ressemblait encore à personne et un point commun avec Clive ou Charles n'avait que peu de sens, vue l'étroitesse de leur parenté.

Etonnamment, Lisa réussissait à penser à eux sans frémir. Elle s'en voulait de les assimiler mais c'était plus fort qu'elle, les Havington formaient maintenant un tout dans sa mémoire, sans qu'elle puisse les distinguer ou faire la part des choses. Sans doute était-ce une façon de gommer définitivement le passé. Hugh l'avait aidée à guérir et ce bébé, qui aurait dû lui rappeler des souvenirs difficiles, avait au contraire pleinement restauré sa foi dans l'avenir. Ils avaient passé tant d'épreuves ensemble que rien ne semblait plus devoir les atteindre, comme ces héros de la mythologie qui se lavent au contact du feu.

Nicholas lui aussi cherchait sans le dire une ressemblance, même vague, avec un Durram quelconque. Il n'y en avait aucune. Il haussa les épaules et se reprocha presque de se livrer à ce jeu ridicule auquel bien peu échappent avec l'angoisse inavouée de voir leurs gênes se dissoudre. Après tout, à cet âge tout restait encore possible. Il fallait tout au moins l'espérer. Lisa retrouvait des couleurs.

— Tu as vu ses mains. Elles sont si petites !
— Comment comptes-tu l'appeler ?

— Anthony.

— Anthony ?!... Pourquoi pas ?... Nicholas se pencha sur lui.

— Je ne voudrais pas que tu crois qu'il est la seule raison de ma présence ici... Lisa parla plus doucement. Elle se savait obligée d'aborder un sujet encore brûlant. Nicholas se contenta de lui sourire et se retourna pour caresser la joue de son neveu.

— Eh bien jeune homme, tu es né là où il fallait. Ton oncle est en train de te bâtir une fortune... Il évitait de regarder Lisa mais c'était bien à elle qu'il s'adressait. Il voulait la rassurer quant à sa situation matérielle, lui faire comprendre que rien ne l'obligeait à contracter des engagements supplémentaires pour se mettre l'abri.


— Mylord prendra-t-il un cognac ?

— Volontiers Masterson... Lord Havington attrapa son journal et s'assit dans son fauteuil préféré, juste face à la cheminée.

Le majordome triompha en silence. Grâce à lui Mylord avait perdu sa détestable habitude de boire un cherry après dîner. Cela gâtait le goût et troublait la digestion, Masterson en était certain. Il sortit la bouteille qu'il tenait en réserve et versa lentement son précieux contenu dans un ballon à larges bords. C'était encore lui qui avait recommandé l'achat de ce service. Aucun autre n'avait son pareil pour exalter le parfum subtil de la fine Napoléon, ce bouquet velouté réservé aux vrais connaisseurs. Masterson remit le bouchon en soupirant. En France, les tyrans, même les plus épouvantables avaient la chance de pouvoir laisser leur nom à des merveilles rares qui faisaient presque regretter d'avoir dû s'en débarrasser. Le liquide ambré était décidément incomparablement plus noble que cet Alexandra qui commençait à envahir les réceptions la mode.

Le majordome se prit à rêver en chauffant délicatement le cristal dans ses mains. Il se retirerait un jour en Charente, au milieu des tuiles romaines, des pierres de tuffeau et des abbayes millénaires. Rien n'égalait ce pays qui ressemblait à l'Italie par beau temps et à l'Irlande, les jours de pluie. A vrai dire, il n'y avait jamais été mais le Baedecker (1) était suffisamment explicite sur le sujet et on pouvait lui faire confiance. Masterson se répétait sans cesse la phrase qui ouvrait le chapitre IX, consacré aux régions du Sud-Ouest : « Les Bordelais construisent comme s'ils ne devaient jamais mourir et boivent comme s'ils n'avaient qu'une heure à vivre. »

Ces verres qui ne demandaient qu'à chanter le transportaient déjà dans d'autres mondes. Il venait des les recevoir du Continent. Harris avait sorti l'automobile tout exprès et était allé les chercher au train de dix-sept heures à Penzance. Moins de cinquante minutes plus tard, ils trônaient, lavés et séchés, prêts pour la grand messe inaugurale.

Mylord ne semblait rien remarquer, gardant toujours les yeux plongés dans sa page de politique générale. En d'autres temps, il lui en aurait sûrement fait compliment. Masterson lui en voulait un peu même s'il n'ignorait rien de la situation actuelle. Il s'étonnait qu'un homme du rang de Lord Havington puisse se laisser entamer par des événements aussi prévisibles. Il s'agissait bien des nouvelles ! Masterson avait eu le temps de jeter un coup d'œil sur la rubrique nécrologique, la seule qui comptait vraiment. Personne n'était mort aujourd'hui. Non, le majordome faisait allusion à ce qui se passait chez Sa Seigneurie, ici, sous son propre toit. Milady avait les nerfs fragiles, tout le monde le savait. Un rien l'affolait, à se demander si elle était bien Anglaise...

(1) Le guide "Baedecker" : célèbre guide de voyage.

Depuis le départ de Clive, Lady Havington avait ruiné l'atmosphère du château. Les femmes s'entendent très bien à réussir ces choses-là. Elle ne sortait plus de sa chambre qu'au moment des repas, donnant ses ordres par écrit pour n'être pas dérangée, restant allongée des heures durant sans que personne ne comprenne ce qu'elle pouvait bien faire. Duncan affirmait qu'elle l'avait surprise par deux fois devant sa fenêtre grande ouverte comme si elle était prête à sauter. Milord, lui, disparaissait de plus en plus souvent pour des voyages qui s'éternisaient. Masterson lui reconnaissait mille excuses mais pardonnait plus difficilement les conséquences d'un tel abandon. Le silence était plus lourd qu'avant l'installation des maîtres, envahissant les pièces immenses comme un brouillard magique qui endormait tout sur son passage. Les domestiques eux-mêmes ne parlaient plus qu'à voix basse et Johnson avait perdu son entrain.

Ce soir pour la première fois depuis des mois, des éclats de voix avaient retenti dans la salle à manger. Les valets de chambre avaient beau faire mine de ne rien entendre, Masterson n'avait pas pu empêcher les commentaires en cuisine. Butcher n'en démordait pas, elle affirmait que…

— Laissez-nous Masterson… Milady venait de faire irruption dans la pièce. C'était inévitable. Masterson regarda Lord Havington. Visiblement, ils pensaient la même chose. Le majordome s'inclina et sortit.

— Vous êtes un monstre d'égoïsme ! Comment pouvez-vous rester assis sans réagir ?… Milady ne supportait plus de rester sans nouvelles de son fils. Pas un mot depuis la lettre qu'elle avait reçue voilà des mois, lui annonçant son départ pour Singapour. Elle avait d'abord pensé que Clive s'était décidé à vouloir retrouver Lisa mais avait bien dû se rendre à l'évidence. Il s'engageait véritablement dans une Mission et personne ne savait quand il en reviendrait. Elle avait presque fini par en accepter l'idée mais son rêve de la nuit dernière lui avait glacé les sangs. Clive étouffait, appelait au secours et personne ne l'entendait. Lady Havington avait cru devenir folle, impuissante, isolée en pleine campagne, perdue dans la stupidité de sa vie.

— Clive a voulu faire ce que bon lui chantait… Charles refusait de prendre les avertissements de sa femme trop au sérieux. Les médicaments dont elle abusait finissaient par lui faire perdre le sens des réalités… Je ne me fais aucun souci pour lui. Il sait très bien mener sa barque. Pour une fois qu'il va jusqu'au bout de ce qu'il entreprend, je serais injuste de m'en plaindre.

— Vous êtes totalement inconscient ! Je sais bien dans quel état je l'ai trouvé à Londres. Bien sûr, cela vous arrange de ne rien voir… Milady se retint de fondre en larmes. Elle était persuadée que Charles en retirerait du plaisir. Il la haïssait et elle n'avait plus que lui à qui se raccrocher.

— Vous avez la fâcheuse habitude de vouloir tout prendre au tragique…

— Mon fils disparaît du jour au lendemain et vous trouvez que je dramatise ! Je suis folle d'inquiétude, voilà la vérité… Lady Havington avait perdu toute sa superbe. Sa voix s'était brisée. Dans un autre milieu, on l'aurait certainement trouvée touchante.

— Que voulez-vous que je fasse ?… Charles refréna un mouvement de tendresse qui l'étonna. Ce sentiment avait disparu depuis si longtemps de leurs rapports qu'il fut le premier à se trouver ridicule… Je peux demander à Harold de s'en occuper. Il trouvera sûrement des renseignements qui vous rassureront.

Harold Bryce était un des rares cousins de Lord Havington, un cousin au troisième degré. Il travaillait au Ministère de l'Intérieur.

— Certainement pas ! Clive, lui, n'est pas un malfaiteur… Milady se redressa de toute sa hauteur.

— Je doute en effet qu'il en ait le tempérament…

Charles se leva et alla à la fenêtre. Le parc était finalement le seul endroit qu'il eût jamais aimé dans cette maison. Il regarda Milady avec un sourire provoquant... « Avec un peu de chance, il sera même peut-être béatifié. Cela ne fait jamais de mal dans une famille... »

— Je trouve votre sens de l'humour pour le moins détestable !... Milady ressortit en claquant la porte.

— Espérez qu'il m'arrive un accident et vous le verrez immédiatement réapparaître pour faire valoir ses droits...

Charles haussa les épaules. Clive avait besoin d'une leçon et il l'avait eue. Un an ou deux aux confins de l'Empire lui mettraient certainement un peu de plomb dans la cervelle. Là-bas, au moins, il serait en contact avec la vraie vie et finirait par réaliser tout ce que ses avantages passés avaient d'exceptionnels. Un garçon devait être en prise avec des difficultés qui formaient le caractère. Lui-même se serait bien engagé dans la guerre contre les Boers s'il n'avait eu charge de famille. C'était tout du moins la façon la plus acceptable dont Lord Havington pouvait se présenter les choses. Le temps transforme presque toujours les actes immondes en accidents minimes ou plus, en désir sincère d'avoir fait pour le mieux. Charles voulait s'en persuader même si au fond de lui, il ne pouvait effacer certains souvenirs...

Mais après tout, Clive et lui ne s'étaient jamais entendus. On ne pouvait pas décemment l'accuser d'être le seul fautif ! Le jour même de sa naissance, cet embryon de mâle n'avait déjà d'yeux que pour sa mère... Un petit médecin de Vienne prétendait que tout cela n'avait rien que de très naturel mais c'était un juif et chacun savait ce que cette race pouvait avoir de messianique et de destructeur. Etait-ce acceptable, si lui, Charles Havington ne s'était plus jamais senti à sa place depuis lors ? Ce gamin lui avait irrémédiablement volé sa femme. Les événements récents n'avaient fait que révéler une situation qui durait depuis près de vingt-cinq ans. Il n'en était pas res-

ponsable, non, non et non ! Aucun homme n'aurait pu supporté un tel état des choses, il était prêt à prendre les paris.

Charles regarda la pendule et retourna s'asseoir. Cela
ne servait rien de remuer toute cette boue. Il allait
reprendre son journal et finir son article sur Llyod
Georges, encore un de ces gredins de Libéraux dont il fallait espérer qu'ils perdent les prochaines élections. Il
deviendrait bientôt impossible d'entretenir convenablement un domaine avec les taxes dont on voulait écraser
les propriétaires fonciers. Lord Havington sentait monter
la colère quand il aperçut son verre, posé sur le guéridon
qui jouxtait son fauteuil. Quel idiot, il faisait ! Il n'avait
même pas encore touché son cognac… C'était une erreur
impardonnable.


— Tu as assez travaillé pour aujourd'hui… Sly poussait la porte du petit bureau, situé juste derrière l'infirme-
rie. Il y passait presque toujours, en fin de journée, quand
ses petits malades avaient dîné.

— J'ai presque terminé… Clive finissait de comptabi-
liser les médicaments avant de les ranger dans les grandes
armoires de bois blanc, face à la fenêtre. Cela faisait plusieurs mois maintenant qu'il était affecté à ce service,
d'abord comme remplaçant puis en tant qu'intendant
général, titre pompeux qui masquait difficilement la
vétusté de l'endroit.

La Mission de la Consolation se trouvait en plein
milieu de la ville musulmane, à deux pas d'Arab Street,
un quartier tout à la fois florissant et misérable. Les religieux y subsistaient grâce à la générosité de quelques
bienfaiteurs et à la vente d'objets artisanaux fabriqués par
les enfants de l'orphelinat. Clive s'était tout de suite senti
à l'aise dans les rues colorées et animées où l'activité ne
s'arrêtait jamais. Ses angoisses nocturnes disparaissaient
par le simple fait de savoir qu'autour de lui tout continuait

à vivre comme en plein jour. Il lui arrivait de marcher des heures à la nuit tombée, allant d'une échoppe à l'autre, se passionnant pour cet univers si éloigné du sien.

Au coucher du soleil, il attendait Sly avec impatience. Les deux hommes partaient souvent ensemble en ballade, passant de Kampong Glam à Chinatown, évitant le plus souvent les somptueuses avenues bordées de maisons coloniales, au gazon vert profond. S'ils en franchissaient les grilles, c'était uniquement pour obtenir de nouveaux subsides. Sly ne s'était pas trompé, le nom de Clive flattait plus d'un nouveau riche. Lui, n'intéressait personne. Aussi était-ce maintenant au jeune Havington qu'incombait la corvée d'assister aux repas interminables offerts par la famille d'un milliardaire en quête de respectabilité. Le schéma était tristement monotone, les plats se succédaient jusqu'au moment où le maître de maison daignait enfin y aller bruyamment de sa petite obole. Clive devait faire des assauts de politesse et trouver mille anecdotes pour prouver qu'il était bien le rejeton d'une illustre lignée. Ces commerçants, exportateurs ou industriels qui dépensaient chaque année des sommes folles en voiture et en bijoux voulaient en avoir pour leur argent. Clive avait fini par en prendre son parti, sachant s'amuser du cocasse de certaines situations, comme ces soirées passées avec une Chinoise de Hongkong, madame Sun Lee.

Cette femme, très jeune et très belle, s'était récemment installée dans l'île. Elle le convoquait toujours au dernier moment et ne lui adressait jamais la parole. Clive devait simplement jouer avec elle des heures durant au Black Jack. Aucun mot n'était échangé, hors ceux concernant la partie proprement dite. Des serviteurs passaient les plats en silence et chacun avait le loisir de jauger son adversaire en toute sérénité. Madame Sun ne comptabilisait jamais les pertes de son invité et payait rubis sur l'ongle tout ce qu'il avait pu gagner. C'était sa façon à elle de savoir combien les Dieux voulaient qu'elle donne et son plus sûr moyen de mériter son paradis.

Pour l'essentiel, Clive et Sly préféraient de très loin la compagnie des Malais, des Indiens ou des vieux Cantonnais qui leur apprenaient les mille et un remèdes de leur médecine. Sly était l'affût de ces pratiques, persuadés qu'elles étaient bien supérieures à tout ce que l'Occident avait pu inventer.

— Nous sommes à la pointe de la chirurgie mais c'est en Asie que l'on apprend à ne pas tomber malade.

Tout y passait, depuis la soupe de tortue recommandée pour les mauvaises mines et les dos douloureux, la poudre d'os de tigre contre les rhumatismes jusqu'au céleri mélangé à l'anguille fumée pour faire baisser la tension. Le plus curieux est que cela marchait souvent, ce qui encourageait encore leurs recherches. Ces deux apprentis herboristes ne revenaient jamais sans un nouveau secret dont ils discutaient pendant des heures pour en comprendre l'origine et la signification. C'était là un moyen de refaire le monde en cherchant à mieux se connaître soi-même. Clive se sentait enfin libre d'exister. En fait, il était heureux.

— Dépêche-toi! Ce soir, je t'emmène faire la tournée des grands-ducs... Sly ouvrit la fenêtre pour profiter de la brise marine.

— En quel honneur?... Clive sentait bien que quelque chose démangeait le pasteur Simon Grady, comme il l'appelait quelquefois en riant. Il était plus nerveux qu'à l'accoutumée et ne s'était pas encore plaint du mauvais caractère de l'infirmière en chef, une femme de poigne qui s'ingéniait à le contredire.

— C'est mon anniversaire!... Ça se fête non?!

— Vraiment?!... Clive sourit. Il le savait parfaitement mais n'avait l'intention de le lui souhaiter qu'à l'heure dite, 23 h 38 pour être précis.

Il s'approcha de la desserte qu'on venait de lui rapporter et commença à ranger les comprimés et les potions non encore utilisés. Le personnel de la Mission avait organisé une petite soirée et il ne fallait pas que Sly puisse s'en douter.

— Ce soir, j'ai bien l'intention de m'amuser un peu… Sly n'avait pas pour habitude de se laisser démonter. L'indifférence de Clive n'entamerait pas sa bonne humeur, pas aujourd'hui. Il le rejoignit pour l'aider… A deux nous irons plus vite… Le pasteur monta sur un escabeau et attrapait les pots quatre à quatre pour les empiler sur les étagères dans un ordre approximatif.

— Je ne croyais pas que je pourrais si facilement décrocher… Clive lui tendait un bocal rempli de boulettes d'opium. C'était vrai, il y avait totalement renoncé alors qu'il en manipulait toute la journée pour fabriquer des teintures.

Sly eut un mouvement d'orgueil. Depuis son arrivée, ce sauvetage était incontestablement sa plus belle réussite.

— L'accoutumance est surtout psychologique. Je savais très bien ce que je faisais en te brusquant. Tu seras protégé tant que tu accepteras de te faire confiance. Regarde-moi. Cela fait trente ans que je n'y ai plus touché.

— Grâce vous, je crois que je suis guéri.

— Cela serait un joli cadeau que tu me ferais là… Sly secoua la tête… Mais ne te leurre pas, celui qui a été opiomane le reste toute sa vie. Tu es juste un opiomane qui ne prend plus d'opium… Avoue, cela te manque quelquefois ?

— Oui… Clive hésita. C'était la première fois qu'il reconnaissait que sa main avait souvent tremblé en attrapant les petites boulettes noires.

— Rassure-toi, moi aussi… tous les jours… Sly le regarda avec un sourire complice… Quand je suis tenté, je regarde autour de moi et je me dis qu'il y a certainement mieux à faire. J'ai failli retomber, il n'y a pas si longtemps… Je vais te confier un secret qui vaut bien ceux de nos Chinois… Sly baissa la voix… J'ai tenu en me disant que tout l'opium du monde ne disparaîtrait pas en une nuit et que je pouvais remettre cela à plus tard. Ce sont les pièges de la raison… Mais que ce soit bien clair, je me suis juré de rallumer une pipe quand je sentirai la mort venir.

— Pourquoi me racontez-vous cela?… Clive n'en croyait pas ses oreilles. Sly venait de briser son point d'ancrage. La force du pasteur l'avait porté jusque-là. Il savait qu'il avait traversé les mêmes affres que lui et qu'il s'en était sorti. Cela l'aidait à tenir le coup et voilà que Sly trouvait utile de lui dire qu'il était toujours aussi vulnérable.

— Pour que tu te sentes moins seul, petit… Je sais très bien ce que tu ressens au fond de toi. Il ne faut pas en avoir honte. Tu dois vivre avec tes démons, c'est la seule solution. Tu ne les apprivoiseras jamais si tu refuses d'accepter leur existence.

— L'envie reste toujours la même?

— Exactement… Je voulais que tu le saches. Inutile de te croire plus faible qu'un autre… Allez, assez parlé, sortons! C'est moi qui t'invite… J'ai une très bonne adresse avec des filles de tout premier ordre… Sly lui tapota la joue… Tu pourras même y trouver des garçons.

— Non, non merci… Clive eut un mouvement de recul.

Il savait bien que Sly cherchait à le distraire. Le pasteur avait une conception très particulière des Evangiles. Catholique de naissance, Simon Grady s'était converti à la religion réformée pour pouvoir jouir de ses sens tout en se donnant à Dieu.

— Comment voulez-vous que ces châtrés de prêtres comprennent quelque chose à l'existence puisqu'ils s'interdisent d'en connaître la révélation première? s'amusait-il à crier dès qu'il voulait choquer un auditoire trop conventionnel à son goût. Même parmi les siens, son analyse des libertés accordées n'avait pas fait que des heureux, ce qui expliquait sans doute sa carrière chaotique.

Sly s'en moquait et continuait à ne se refuser aucun plaisir, « en saint homme de Dieu », pour rappeler à chacun que nous n'étions tous finalement que des spermatozoïdes vainqueurs.

— Et pourquoi donc ?

— Je n'y tiens pas…

Clive détourna le regard. Il admirait Sly et l'aurait suivi n'importe où mais pas sur ce terrain. Il avait réussi à reconstruire sa personnalité en occultant tout désir sexuel. Il y trouvait une sorte d'exaltation masochiste qui lui faisait espérer trouver le chemin du salut. Pourtant ici, les corps s'offraient facilement. Il suffisait de faire trois pas dehors pour en être convaincu. Clive avait toujours fait semblant de ne rien remarquer. Il ne se sentait plus capable d'aimer et se savait trop fragile pour des ébats furtifs qui risquaient de réveiller d'autres tourments. Quand le besoin se faisait trop fort, il se répétait que le manque d'affection poussait souvent à vouloir faire confiance à des êtres qui n'en étaient pas dignes ou qui ne vous correspondaient pas, ce qui revenait finalement au même. Lui qui avait toujours tremblé devant le spectre de sa propre solitude avait fini par y trouver un confort, une sécurité qui lui donnait l'immense avantage de rester maître des ses émotions.

— Petit, je t'observe depuis longtemps maintenant…

Sly descendit de l'escabeau

— Tu fais fausse route.

— Parce que je refuse de vous suivre ?

— Ne fais pas semblant de ne pas comprendre… Il s'agit bien de cela !

Sly marchait de long en large.

— Il me reste de la bière… Clive sortit deux canettes. Il avait la gorge sèche et cherchait une diversion… Vous en prendrez bien une ?

— J'ai eu peur que tu me proposes du vin de cerise… Tu connais le régime des ascètes dans le désert ? Quatre olives par jour… Tu sais pourquoi ? Parce que trois ce serait de l'orgueil et cinq de la gloutonnerie !… Sly prit l'une des bouteilles, la décapsula et en but la moitié d'un coup. Il n'avait évidemment pas l'intention de s'arrêter en si bon chemin… Dans le fond, tu n'es qu'un puritain !

— C'est un reproche qu'on ne m'avait pas encore fait… Clive ne put réprimer un sourire… Dans le fond j'aimerais que cela soit vrai. Cela résoudrait beaucoup de choses. Je pourrais me faire confiance sans risquer de franchir le point de non-retour.

— La politique de l'autruche ? Tu es sûrement très doué… Je ne t'ai pas amené ici pour te cacher. Tu crois qu'il suffit de fermer sa porte pour que le destin passe son chemin… Sly poussa la fenêtre… Il finira par te rattraper un jour ou l'autre et là, gare, car ce sera à ses conditions à lui et à lui seul.

— Il n'est pas interdit de chercher à gagner du temps… Clive s'efforçait de rester sur le ton de la plaisanterie, celui qu'ils utilisaient pour leur conversations habituelles mais Sly paraissait hors de lui :

— Pauvre crétin ! Je te souhaite simplement de n'avoir rien à regretter… Je t'insulte et tu restes là sans réagir ? !… Où comptes-tu aller comme ça ?

— Que voulez-vous que je vous réponde ? Pour l'instant, je ne désire rien de plus… Respirer est déjà pour moi un vrai miracle.

— Le drame, c'est que tu es trop bien élevé !… Sly le prit par les épaules… Dans ce dispensaire nous voyons la mort tous les jours et crois-moi, elle n'a aucune éducation. Les minutes que tu gâches seraient précieuses à d'autres… Le pasteur leva les mains au ciel… Oh je te déteste ! A cause de toi me voilà transformé en père-la-morale… Comprends-tu, tu ressembles au garçon que j'ai été. Pourquoi m'intéresserais-je à toi, sinon ?

— Je sais que vous avez raison, je le sais mais c'est plus fort que moi je ne peux pas encore penser comme vous le faites… Clive était sorti de sa réserve. Il aimait Sly comme le père qu'il n'avait pas eu et seul un reste de pudeur lui interdisait de se jeter dans ses bras.

— Que faudrait-il pour que tu admettes simplement que tu t'es trompé ? Ta place n'es pas ici ! Ce n'est qu'un passage. Nous le savons tous les deux, quel que soit le bonheur que nous avons à être ensemble… Aime la vie tant qu'il est encore temps ! J'espère qu'un jour viendra où tu ne pourras plus reculer.


— Un bébé de huit livres ! Ze vous assure… Quand on enfante dans le pêcé, on pourrait ze faire plus discrète. Mes filles à moi n'en faisaient que quatre ! Elle a failli y pazer. Z'était couru !

Mrs Cartwright papillonnait dans sa robe imprimée. Elle avait tenu à aider Mrs Waïk dans les derniers préparatifs de sa fête de charité et zézayait avec un entrain méritoire. Milicent regrettait de l'avoir accepté. Lorna n'arrêtait pas de lui crier dans les oreilles et sa tête menaçait d'éclater. Il fallait qu'elle se repose avant d'accueillir ses invités. Ce serait le premier événement marquant depuis la fin de la mousson et la femme du capitainier ne pouvait pas se permettre de le rater. Elle en vint à espérer que Lorna se tordît la cheville sur le gravier. Comment ne comprenait-elle pas ce que ce papotage avait d'indécent ? Milicent prit sur elle. Elle ne devait rien laisser paraître, juste trouver un prétexte pour s'éclipser. Sa mauvaise conscience ne l'avait pas abandonnée. Lorna venait lui rappeler ce qu'elle tentait d'effacer. Milicent ne voulait plus entendre un mot sur ce Hugh Coleman. Hugh Coleman la ramenait à Miranda Jones que tous semblaient avoir oublié. Pas elle ! Mrs Waïk avait beau se répéter qu'elle n'était pas coupable, le remords continuait à la poursuivre. Il fallait que cela cesse…

— Je dois aller me changer.

— Z'est vrai !… Ze bavarde, ze bavarde… Allez donc finir de vous zabiller. Vous ne zerez zamais prête zinon… Lorna poussa Mrs Waïk à l'intérieur… Ze m'occupe de tout, n'ayez crainte.

Milicent se regarda dans le miroir. Elle ressemblait à un épouvantail. Il fallait absolument retrouver un visage présentable.

— Dépécez-vous, ils ne vont plus tarder… Lorna lui fit un signe à travers la porte grillagée.

Milicent disparut sans se retourner.

— Voilà, voilà…

Lorna s'attarda un instant sur la véranda. Le spectacle du jardin lui fit chaud au cœur. Elles avaient bien travaillé et tout serait parfait, jusqu'au ciel qui semblait vouloir être de la partie. Les gros nuages noirs qui menaçaient, il y avait une heure à peine, avaient totalement disparu derrière le Keddah Peak, laissant la place à une fine brume de chaleur, annonciatrice de beau temps. Les boys avaient pu enfin disposer les tréteaux sur les pelouses et ces dames finissaient de s'y installer, chapeaux au vent. Elles venaient proposer ce qu'elles n'osaient pas jeter, avec le sérieux qui convenait au maniement de tels trésors. Leurs jupes pastels se gonflaient en immenses corolles posées à même le gazon, tournoyant dans cette volière improvisée. C'était à qui déballerait, astiquerait, étiquetterait avec le plus d'adresse. De temps à autre, un coup d'œil rapide sur l'étalage de la voisine permettait de se rassurer sur la qualité de ses produits. Tout était accepté, hormis la lingerie usagée et les ouvrages libertins pour des raisons simples à expliquer. On y trouvait aussi bien les "pâtisseries maison", découpées en portions congrues, que les jouets du petit dernier, sans oublier toutes sortes de curiosités dont les fameuses boîtes de Milicent qu'il était de bon ton de s'arracher. La communauté vivant en cercle fermé, il y avait peu de chance d'y chiner des nouveautés. Certains objets passaient ainsi de stand en stand, année après année et plus personne ne finissait par savoir qui, le premier, les avait mis sur le marché.

L'agitation était à son comble, les hommes commençaient à arriver. Lorna virevoltait parmi les tables avec son plateau d'orangeade. C'était drôle, Mrs Cartwright détestait recevoir chez elle mais n'avait pas son pareil pour organiser chez les autres. Elle ne laissait jamais l'ennui s'installer et trouvait toujours un sujet pour relancer la conversation :

— Ze zuis bien contente que mon Edouard ait refuzé de z'en occuper…

— Tais-toi, veux-tu !

— Mais enfin Edouard, ze ne fait que dire la vérité… Y'a pas de mal… Le vieux médecin bougonna. Lorna était incapable de tenir sa langue. Il aurait préféré ignorer l'incident qui l'avait tant perturbé la saison passée. Pourtant où qu'il puisse se tourner, il en entendait toujours parler.

— C'est vrai ce qu'on dit, qu'elle a voulu se faire avorter ?… Elliot Waïk venait de rejoindre le petit groupe, un whisky la main.

— Vous n'y pensez pas !… Le médecin avait pâli. Encore Lorna et ses parties de bridge où elle éprouvait le besoin de tout raconter.

— Bon, ze vous laisse. Il me reste encore tant à faire. Ze ne sait vraiment plus où donner de la tête… Mrs Cartwright sentit qu'elle avait gaffé.

— Dommage, un si beau brin de fille… Morton s'épongeait le front… Elle méritait vraiment autre chose.

— J'étais sûr qu'elle vous plaisait… Le capitainier partit d'un rire gras. Il était déjà passablement éméché.

— Waïk, vous puez l'alcool à dix mètres… Le secrétaire du gouverneur sortit son mouchoir d'un air dégoûté.

— Tant pis pour vous… J'aurais pu vous en apprendre de belles !… Elliot s'était vexé. Il était persuadé que Morton cherchait toujours à le rabaisser.

— Et quoi donc, s'il vous plaît ?

— Tiens, vous voilà moins délicat !... Waïk bomba la poitrine d'un air suffisant... Coleman s'est inscrit pour les régates et c'est Durram son équipier. Je les ai vus s'entraîner.

— Je suis au courant... Morton prit un verre... Petit cadeau de sir Rupert. Il l'y a encouragé.

— Vous approuvez bien sûr... Elliot savait qu'il tenait sa revanche. Il avait l'occasion de rappeler au secrétaire qu'il n'était pas le premier sur cette île.

— Certes non !... Morton contenait sa colère... Notre cher Gouverneur peut bien penser ce qui lui chante. Je finirai par croire qu'il veut la fin de l'Empire.

— Vous ne trouvez pas que vous exagérez un peu ?... Nelson regardait sa montre. Eilleen lui avait promis de le rejoindre à cinq heures. Elle avait quarante-cinq minutes de retard. Il aurait dû repasser par la maison au lieu de venir directement du tribunal.

— Vous verrez... Morton fit un signe à Elton Brestlow qu'il avait aperçu de loin... A traiter d'égal à égal avec ces gens-là, ils finiront par croire qu'ils peuvent se gouverner eux-mêmes.

— Le cas de Coleman est un peu particulier... Nelson n'osait pas dire ce que tout le monde répétait tout bas. Chacun savait que le gouverneur avait des raisons personnelles de protéger Hugh, mais cette affaire était l'un des rares tabous qu'il ne fallait pas mentionner.

— Qu'importe ! C'est une question de politique... Morton se rengorgea.

— Comme vous y allez...

— Sir Rupert est un inconscient !

— Je crois qu'il serait plus avisé de garder ce genre de réflexion pour vous... Nelson haussa le ton.

— Autrefois peut-être mais les choses vont bientôt changer... Morton ne voulut pas préciser sa pensée... Comprenne qui voudra... et Durram ne vaut pas mieux.

— Et moi qui les croyais brouillés ?... Cartwright s'était tenu un peu à l'écart mais la chaleur l'avait ramené sous l'ombre protectrice du parasol.

— Le macaque couche avec sa sœur et les femmes ont toujours le dernier mot... Elliot eut un regard haineux. Milicent descendait l'allée et n'allait pas tarder à arriver... Pas d'accord Darcy ?

— Je n'ai pas d'avis pour le sujet... Le juge refusait toujours de discuter avec le capitainier quand il le sentait en état d'ébriété.

— Eh bien moi je vous le dis... Elliot respirait lourdement... Depuis que le monde est monde, c'est toujours celle qui suce qui a raison... Une traînée... Toutes les femmes de l'île sont des traînées !

— Vous n'avez pas vu Eilleen ?... Milicent s'approchait de Nelson en souriant... Nous l'attendons pour ouvrir son stand.


— Monsieur Tang pourrait te rendre de grands services...

Eilleen avait retrouvé Nicholas dans une maison de thé sur le front de mer, à deux pas de Fort Cornwallis (1).

C'était une petite construction de bois à deux étages d'où l'on avait une vue magnifique sur la baie, particulièrement en fin de journée quand les bateaux retournaient au port. Elle adorait cet endroit pour sa tranquillité mystique et la discrétion de son propriétaire.

— J'en ai déjà entendu parler.

Nicholas reposa sa tasse. Il était descendu en ville pour quelques jours. La proposition d'Eilleen tombait à pic. Un voyage à Singapour lui ferait le plus grand bien. Il avait besoin de s'éloigner quelques temps de la plantation pour faire le point. Sa nouvelle intimité avec Hugh et Lisa ne finissait pas de le tourmenter.

(1) Fort Cornwallis : Citadelle édifiée par Sir Francis Light, marchand et aventurier, qui débarqua en 1786 pour prendre possession de l'île.

Leurs attentions le poignardaient plus sûrement que les rancœurs passées. Nicholas avait présumé de ses possibilités et s'il pouvait faire semblant d'accepter leur bonheur, il n'avait certainement pas la force d'en être le témoin. Les rares occasions où il réussissait à les voir séparément tournaient presque toujours au cauchemar.

Chaque fois qu'il pensait avoir surmonté ses passions, arrivait toujours le moment du retour de l'autre qui l'excluait sans appel. Nicholas se retrouvait alors face à ce couple qui existait sans lui comme un personnage à part entière, un personnage dont il ignorait tout et qui n'avait pas grand-chose à lui dire.

— C'est un homme extrêmement puissant et qui a l'oreille du Résident Général... Ce n'est pas à négliger par les temps qui courent. Sir Rupert n'est pas dans sa première jeunesse et Morton est beaucoup trop impopulaire pour lui succéder... Eilleen savait de source sûre que le gouverneur cachait la réalité de son état de santé. Nelson l'avait vu plusieurs fois, en privé, chercher son souffle et transpirer de façon subite et anormale. Ce n'était pas un hasard s'il limitait au strict nécessaire le nombre des ses apparitions publiques.

— Tu me vois gouverneur de cette île ?... Nicholas éclata de rire. C'était donc là qu'elle voulait en venir.

— Parfaitement... Eilleen but lentement une gorgée de thé vert. Elle était certaine de ne pas se tromper. Les événements de ces derniers mois n'avaient fait que confirmer son impression première. Nicholas avait une faille profonde et secrète, de ces failles qui font les grands ambitieux. Son besoin de pouvoir ne se bornait pas au lit et elle le tiendrait bien plus sûrement en le révélant à lui-même. D'ailleurs avait-elle un autre choix ? Elle était à court d'inventions pour réveiller son désir physique et sentait que sans un piment nouveau, il allait lui échapper imperceptiblement. Eilleen était une femme de tête, bien que ses sens l'aient trahie, et elle savait qu'un homme finissait toujours par aimer celle qui le rêvait. Nicholas ne devait pas fonctionner différemment.

— Tout plierait devant toi.

— C'est tentant…

Nicholas avait beau ne pas vouloir prendre l'éventualité au sérieux, il ne pouvait l'empêcher de faire déjà son chemin. Les frustrations inavouées sont toujours propices au développement de folies meurtrières ou de grandes carrières.

— Tang connaît tout le monde. Il nous a invités, Nelson et moi, à passer quelques jours chez lui. Si tu te trouvais… par hasard… à Singapour au même moment, je n'aurais aucun mal à te le présenter… Il adore les têtes nouvelles.

— Et ensuite?

— La balle sera dans ton camp. Je ne doute pas que tu saches t'en servir. Tu peux te montrer si charmant quand il y va de ton intérêt… Eilleen sourit. Nicholas la recevait cinq sur cinq. Ils étaient de la même race.

— Rien ne t'échappe… Pourtant quelque chose me dit que tu me juges mal.

— Rassure-toi. Je n'ai eu qu'à me louer de tes services, jusqu'à présent… Eilleen croqua un morceau de nougat au sésame… Ma proposition te tente?

— Pourquoi pas?… Tu as tellement l'art de présenter les choses. Qui te résisterait?… Après tout, je n'ai pas grand-chose à perdre. Cela pourrait m'amuser… Nicholas se cala contre les coussins. Eilleen se croyait très forte et cela ferait longtemps qu'elle l'aurait complètement anéanti s'il était vraiment amoureux d'elle. Pourtant il devait reconnaître qu'elle n'avait pas son pareil pour diriger son monde. Les femmes sont rarement dominatrices mais quand elles se piquent de l'être, aucun homme ne pouvait plus les battre sur ce terrain. Nicholas n'avait aucunement l'intention de se laisser mener par le bout du nez.

— A quoi penses-tu ?

— A rien… Juste à ce que tu viens de me dire.

— On ne pense jamais à rien. Il n'y a que les hommes pour prétendre cela. Je vais parler à ta place puisque tu ne le fais pas.

— Vraiment ?

— Tu commences à croire que c'est parfois utile d'avoir une vieille maîtresse…

Eilleen le regarda sans tendresse. Elle venait d'affirmer ce que jamais une femme n'aurait voulu entendre mais elle connaissait trop bien l'esprit de son amant pour ne pas parer le coup. Nicholas allait entrer dans son jeu et c'était l'essentiel. Elle le garderait encore avec la satisfaction de tenir les rênes. Eilleen savait que contrairement aux apparences, ce serait elle la gagnante. Nicholas ne s'en rendait pas compte mais il n'était qu'un jouet entre ses mains. Elle flattait sa vanité et lui ignorait que trop d'orgueil menait invariablement à l'humiliation.

— C'est exact sur le fond… Nicholas lui attrapa le poignet… mais tu te trompes sur le détail. Je me demandais juste la tête que ferait ton mari s'il pouvait t'écouter. Ne cherche pas à avoir trop barre sur moi, tu finiras par t'y casser les dents.

— Tu me fais mal !… Eilleen baissa la voix. Elle ne voulait pas attirer l'attention sur eux. Mon Dieu pourquoi tenait-elle autant à ce garçon ? Elle aurait tellement aimé le laisser en plan. L'envie l'en prenait souvent mais elle avait suffisamment d'expérience pour savoir économiser ses souffrances.

— Ce ne sera pas la dernière fois si tu continues à me prendre pour un idiot… Nicholas adoucit sa voix… J'accepte ta proposition mais uniquement par ce qu'elle sert mes plans… C'est bien clair !

— Tout à fait… Eilleen prit sur elle et lui décocha son plus charmant sourire… Je ne l'entendais pas autrement…

— Je n'en doutais pas !

Le jour commençait à tomber. Un boy passait de table en table pour allumer les petites bougies des lanternes aux allures de pagodes miniatures. Eilleen regarda la pendule.

— Mon Dieu, six heures passées, je suis horriblement en retard !... Elle se leva d'un bond et ramassa son sac.

— Je ne te propose pas de te raccompagner... Nicholas ne se levait pas pour la saluer.

— Je ne crois pas que ce soit une très bonne idée... Eilleen cherchait ce qu'elle allait inventer. Qu'importe, elle trouverait bien en chemin...

Nicholas la regarda s'éloigner par le petit pont en zig-zag qui menait jusqu'à la digue. Les Chinois étaient d'incurables superstitieux et trouvaient mille artifices pour se prémunir contre les forces infernales. Grâce à ce stratagème biscornu, ils croyaient placer la maison de thé à l'abri de funestes influences car, comme chacun sait, les mauvais esprits ne se déplacent qu'en ligne droite. Il appela le serveur et recommanda du thé... Gouverneur, ce n'était pas une mauvaise idée.


— Viens là mon amour... Lisa embrassa Anthony tendrement et l'aida à trouver son sein. La fièvre était complètement tombée et le médecin l'avait autorisée à allaiter... Quel glouton tu fais ! On dirait que tu veux me dévorer... Elle regarda Chamsa avec reconnaissance. Depuis l'accouchement, l'intimité des deux femmes n'avait cessé de se développer... Tu t'occupes si bien de lui...

— J'ai aidé à mettre cet enfant au monde... Il est normal que je sache m'en occuper...

— Je te souhaite d'en avoir bientôt un...

— Shiva seul en décidera... Chamsa changeait les draps du berceau. Ils étaient propres mais elle cherchait un prétexte pour sortir. Certains jours, elle redoutait de ne plus avoir la force de jouer la comédie. Le spectacle de Lisa triomphante la laissait le plus souvent indifférente. Ce matin, il lui était insupportable… J'espère qu'il finira par me contenter.

— Excuse-moi… Lisa se reprochait sa maladresse. Le retour d'Abu ne semblait pas porter ses fruits… Je ne t'ai pas froissée ?

— Qu'aurais-tu fait pour cela ?… Repose-toi un peu. Je te préviendrais quand le Tuan sera rentré… Chamsa s'inclina. Tout à l'heure, Hugh était sorti sans paraître la voir et elle enrageait. Hugh l'ignorait dès qu'il était avec un Anglais. Il avait reçu de nouvelles voiles et Nicholas l'accompagnait.

— Chamsa !… Lisa la retint sur le seuil de la porte.

— Oui !

— Il y a une question que je voudrais te poser…

— Je t'écoute.

— Mon frère m'a dit que tu lui avais sauvé la vie… Lisa cherchait ses mots. Elle craignait la magie comme tous ceux qui ne voulaient pas y croire. Le récit de Nicholas l'avait profondément impressionnée.

— C'est exact… J'ignorais que tu savais… Chamsa oublia sa mauvaise humeur. Elle s'approcha du lit… Ce pays est plein de dangers et il vaut mieux savoir s'en préserver.

— Il m'a tout raconté… Il y a plusieurs jours que je voulais t'en parler… Lisa ne finit pas sa phrase. Une sorte d'appréhension l'avait arrêtée.

— Interroge-moi, je n'ai rien à te cacher… Chamsa lui prit la main. L'occasion allait se présenter plus tôt qu'elle ne l'aurait pensé.

— Nicholas a-t-il vraiment été envoûté ?… Lisa baissa la voix.

— Oui.

— Simplement pour avoir renvoyé son kangani ?

— On ignore souvent qui sont nos vrais ennemis.

427

— C'est complètement fou !

— Pour nous, cela est aussi naturel que de marcher. Vous aussi avez eu vos sorciers mais vous l'avez oublié. Les forces cachées ont toujours existé. Elles existeront toujours. Ta civilisation croit les avoir éliminées mais sa science n'est rien...

— Tu me fais peur... Lisa sentit son dos se glacer. Elle connaissait son frère et avait espéré sans y croire tout fait que Chamsa lui donnât une autre version, plus rationnelle.

— Cela t'effraie donc vraiment ?

Lisa ne cherchait pas à mentir. En Angleterre, elle aurait ri mais ici, en Malaisie, l'atmosphère était si étrange qu'elle avait du mal à montrer la même désinvolture. Les soirs de pleine lune étaient les plus terribles et on comprenait aisément pourquoi les indigènes ne voulaient pas s'aventurer dans la forêt. Elle serra Anthony contre elle. Peut-être était-ce lui qui l'avait rendue plus sensible ? C'était depuis sa naissance qu'il lui arrivait de se réveiller en sursaut.

— Oui...

— C'est étrange... Chamsa savourait cet instant de totale suprématie. Pour une fois, c'était elle et elle seule qui détenait le savoir. En s'aventurant sur ce terrain, Lisa lui ouvrait des perspectives insoupçonnées. Sans s'en rendre compte, cette idiote allait se mettre dans sa main.

— Je n'y peux rien... J'ai essayé de lutter... Lisa tenta de montrer bonne figure... Je dois m'y habituer si je veux continuer à vivre ici...

— Très certainement... Chamsa sourit mystérieusement.

— Vois-tu, parfois je suis terrorisée sans raison apparente.

— La jungle produit souvent cet effet. Tu t'y habitueras.

— Tu as raison... Lisa avait un peu honte. Chamsa était si calme. Elle se sentait ridicule.

— Ne pense plus tout cela... Les moments de bonheur

sont trop rares pour que l'on vienne inutilement les gâcher... Chamsa regarda Lisa droit dans les yeux.

— Je te remercie. Tu as dû me prendre pour une idiote.

— Certes non, mais tu as bien fait d'attendre l'absence du Tuan pour m'en parler. Il n'aimerait pas cela.

— Pourquoi ?... Lisa se mordit les lèvres. Elle le sentait confusément, Chamsa disait vrai. Ce n'était pas pour rien si Lisa avait choisi ce moment précis où elles étaient seules.

— Il voudrait sûrement te tenir à l'écart de ces choses. Avec toi, son monde est anglais.

— J'aime votre pays, il le sait...

— Tu n'es pas en cause. Je sais que tu es bonne... Le Tuan t'aime profondément... Chamsa avala sa salive... Il est normal qu'il ait préféré se sacrifier.

— Que veux-tu dire ?... Lisa mit Anthony sur son épaule.

— Nous sommes trop proches pour que je puisse te cacher la vérité. Il vaut d'ailleurs mieux que tu la connaisses. Ce sera le meilleur moyen pour que tu puisses te protéger.

— Que veux-tu dire ?

— Tu ignores ce qu'est la douleur d'un métis... Chamsa semblait hésiter à continuer. Cela faisait partie d'une stratégie bien étudiée... Un métis est perdu entre deux cultures...

— Ça je le sais.

— Ton monde ne sera jamais celui du Tuan et cela aucun homme ne pourra jamais le changer... Pour tes semblables, le Tuan est un sang mêlé, le symbole de leurs pêchés. Ils refuseront toujours de l'accepter. Heureusement le Tuan a la force nécessaire pour s'en moquer mais il ne se passe pas de jour sans qu'il connaisse une nouvelle insulte. Pour te garder, il supporte ces humiliations en silence, c'est une magnifique preuve d'amour.

— Mais je suis prête à le suivre là où il voudra aller !

— Tu l'aimes, je le sais. Tu l'aimes autant qu'il t'aime et tu serais prête à tout… Chamsa lui caressa la joue… mais notre peuple a aussi sa fierté… C'est alors toi qui seras rejetée. Le Tuan ne l'acceptera jamais… Crois-moi, c'est beaucoup mieux ainsi.

— Que puis-je faire ?… Lisa sentait son cœur se serrer. Hugh souffrait par sa faute.

— Ce que tu fais. Lui prouver chaque jour davantage combien tu tiens à lui. Sa mère est morte de chagrin. Tu dois lui éviter le même sort… Je suis certaine que tu y parviendras. L'avenir est ce prix… Mais surtout pas un mot. Tu ne ferais que réveiller ses blessures.

— Tu as raison. Je sais que tu as raison. Ce sera notre secret. Tu dois m'aider. Tu connais le sang qui coule dans ses veines.

— Il est rouge comme le tien… Chamsa prit Anthony dans ses bras et le remit dans son berceau… Grâce à toi, il a déjà la joie d'avoir une famille… Je te laisse maintenant. Je dois aller au potager…

La petite Malaise sourit intérieurement. Le ver était dans le fruit. Lisa allait avoir le temps de penser. Hugh la protégeait de tout et il était temps de la ramener à une plus juste appréciation des réalités. Hier, Chamsa n'aurait jamais pris un tel risque mais elle avait consulté les augures. Ils étaient formels, il fallait agir. La chance serait de son côté… « Ton frère restera-t-il pour dîner ? »

— Non, je ne crois pas… Il doit partir demain pour Singapour. Il préférera se coucher tôt… Lisa répondit distraitement. Elle était ailleurs.

— Souris… Aucun sort ne pourra vous atteindre ton fils et toi. Je suis là pour y veiller.

## Chapitre XIII

## Singapour — Penang

Orchard Road était le centre élégant de Singapour, sa vertèbre luxueuse et noctambule. Imaginez une voie triomphale, large comme le Mall et fleurie comme une résidence royale, grouillant de voitures emportant de diaphanes beautés vers de nouvelles toilettes, des hommes d'affaires si pressés qu'ils en auraient oublié l'heure du thé ; mêlez-y quelques trishaws, des nounous chinoises en costume suisse et vous ne serez pas dépaysé. L'avenue traversait la ville d'ouest en est, s'ouvrant largement aux effluves marines. L'air du large chassait les odeurs nauséabondes de Chinatown et rendait la chaleur presque supportable. Ce n'est pas un hasard si les fortunes s'installent toujours au gré du vent.

Nicholas était descendu au Raffles. Il remontait la double allée de poivriers et de muscadiers qui rougissaient au couchant. Eilleen avait tenu parole, il était invité à dîner chez le célèbre Monsieur Tang. Nicholas était nerveux et avait décidé de s'y rendre à pied pour s'éclaircir les idées. Cette ville l'excitait toujours un peu. Quand il s'y promenait, Penang lui paraissait soudain bien endormie, presque un peu province. Ici, le monde prenait une autre dimension et Nicholas respirait à nouveau.

Tout lui paraissait encore possible. L'argent avait transformé cette terre sauvage en un paradis. Rien n'avait été négligé pour rassurer les colons sur le bien-fondé de leur exil, en réveillant leurs appétits de puissance. La nature avait dû se plier aux caprices de la respectabilité, ou tout du moins à l'idée que pouvaient s'en faire des gens qui avaient longtemps transpiré en cuisine avant de pouvoir s'asseoir à la table des maîtres.

Les mauvaises langues méprisent les pays neufs, les accusant de manquer de racines. Nicholas avait toujours pensé que c'était une sottise. Il suffisait de venir dans cette rue pour s'en rendre compte. Les immenses maisons coloniales se toisaient comme des filles de joie, fières de leur établissement, faisant mine d'ignorer le client. Elles reproduisaient les modèles du vieux continent mais avec plus d'éclat et une langueur sophistiquée qui signait la certitude de n'avoir rien à prouver. Invariablement le gazon était trop vert, les fleurs trop rouges et les jardiniers stylés comme des chasseurs du Ritz-Carlton, ce qui refroidissait assurément les élans spontanés.

Nicholas aimait cette atmosphère baroque qui contribuait à lui redonner une confiance nouvelle. Puisqu'il était né pauvre, il ne dédaignait pas les plaisirs des nouveaux riches, irréels et fascinants. Plus, il se sentait en parfait accord avec cette Babylone de carton pâte, appelée à défier l'éternité. Il s'y attardait toujours, sans pouvoir effacer l'impression de visiter un de ces décors magnifiques et trop parfaits d'un théâtre qui résumerait l'histoire de l'art occidental. Chaque détail semblait soigneusement calculé, jusqu'aux accès de service qui se donnaient des airs de château gothique ou d'abbaye romane. S'il prenait un ancien réflexe, on n'aurait pas à rougir de la porte par laquelle on était entré. Seuls les petits singes, qui sautaient d'arbre en arbre, regardaient leurs nouveaux propriétaires avec les yeux innocents du passé. C'était sans doute pour cela que l'on cherchait tant à s'en débarrasser. Car à défaut de réussir à s'amuser vraiment, il était de bon ton de chercher à s'épater le plus sérieusement du monde.

Nicholas leva les yeux. Son invitation ne laissait aucun doute, Tang n'habitait plus très loin, à deux pas du jardin botanique. Il cueillit une fleur qui dépassait d'une palissade pour la mettre à sa boutonnière. Il avait fini par se convaincre que l'ambition restait sa seule planche de salut.


— Soyez le bienvenu… la… Monsieur Tang s'avançait le sourire aux lèvres.

A le voir ridiculement engoncé dans son habit occidental, on avait du mal à croire qu'il manipulait les grands et terrorisait tout le détroit de Malacca. Il était obèse et son faux col semblait lui tenir lieu d'épine dorsale. Ses mains disparaissaient sous des manchettes empesées et on ne voyait plus que les doigts, aussi courts que des saucisses d'apéritifs, bougeant comme des marionnettes d'opéra. Nicholas aurait pu s'y laisser prendre s'il n'avait croisé son regard, un regard immobile, hypnotisant comme celui d'un cyclope.

— Je vous remercie de m'avoir invité… Nicholas s'en défendait mais il était intrigué et même un peu impressionné. Tang n'était pas n'importe qui. Il y avait tellement de bruits qui couraient sur cet homme que l'on disait tour à tour chef des pirates, agent secret ou honnête commerçant suivant son humeur et ses intérêts immédiats qu'il était impossible de le rencontrer sans avoir l'impression d'entrer dans la légende.

— J'avais hâte de vous connaître ! On m'a dit beaucoup de bien vous… la… Un jeune homme de grand avenir… la… Tang parlait beaucoup, ponctuant son langage d'expressions archaïques avec l'habileté de ceux qui savent tout mais semblent avoir encore tout à apprendre… Ce n'est pas votre premier séjour à Singapour, je crois ?

— Non, j'y viens souvent pour affaires… Nicholas jeta un coup d'œil discret. Un serviteur l'avait conduit à travers un dédale de cours et de patios. La maison s'articulait comme une ville miniature, avec ses rues et ses pavillons. Il n'y avait ni décorations ni fioritures, rien que de la pierre brute et froide, aux angles tranchants, une atmosphère de monastère très différente de ce à quoi il s'attendait.

— C'est vraiment très aimable à vous… Tang prit les fruits que Nicholas lui offrait et se courba trois fois, comme un automate parfaitement huilé… Vous êtes le seul à y avoir pensé. Considérez désormais les habitants de cette maison comme vos obligés.

— C'est un honneur pour moi… Nicholas sourit intérieurement. Eilleen l'avait bien conseillé. La coutume chinoise voulait qu'un convive offre toujours des fruits et en nombre pair. Ce geste symbolique était censé attirer le bonheur sur la famille qui vous recevait. Tang était traditionaliste. L'attention avait porté.

— Non, c'est nous qui sommes flattés… Tang caressa son crâne poli comme une marqueterie précieuse… On vous attend, je crois… Tang prit son invité par le bras et le fit pénétrer à l'intérieur. Nicholas retint son souffle. Il n'avait jamais rien vu de pareil. La pièce était gigantesque, entièrement recouverte de boiseries laquées. Pour y accéder, il fallait descendre un escalier monumental, gardé par des lions de jade. Il y avait là déjà une bonne vingtaine de personnes qui se noyaient sous les plafonds dorés. Tang n'était pas dupe de l'effet produit. Il savourait ce moment avec une modestie silencieuse et affectée. Nicholas ne connaissait personne et cherchait Eilleen du regard. Il finit par l'apercevoir, perdue sur un canapé rouge sang. Elle lui fit un signe de main, moins discret qu'à l'accoutumée.

— C'est un endroit tout à fait extraordinaire…

Nicholas sentit que le maître des lieux attendait un compliment.

— Tout cela n'est rien... Tang leva humblement les yeux au ciel... Le Tao, comme l'eau, coule vers le sol et peut dissoudre toute chose...

— Certainement... Nicholas ne chercha pas à argumenter, il n'avait rien à y gagner.

— Vous avez raison... la... Nous ne sommes pas ici pour remuer ces sombres idées... Tang balançait la tête d'avant en arrière, comme si cela l'aidait penser... Vous êtes un ami de mon grand ami le juge Darcy, n'est-ce pas ?... la... Vous serez donc certainement le mien... la... Puis-je vous présenter ma jeune épouse... la ?

Tang s'effaça devant une frêle jeune fille en costume traditionnel, maquillée comme une poupée. Elle sourit à Nicholas en bredouillant.

— Vous l'excuserez... la... Maï-Lu ne s'exprime encore qu'en Mandarin... Je suis sûr qu'à votre prochain séjour, elle pourra vous recevoir dans votre langue... N'est-ce pas... la ?

— Je n'en doute pas... Nicholas s'inclina devant la Chinoise qui éclata d'un rire strident.

— Venez, venez... la... Vous avez sûrement hâte de saluer vos compatriotes... Tang entraînait Nicholas vers Nelson qui discutait avec un officier supérieur... Eh bien, encore en train de parler politique... la... Plus tard, je serai heureux de vous entretenir à ce sujet... la...

— Bonsoir Nicholas !... Nelson lui adressa un franc sourire... Je ne pense pas que vous connaissiez le général Wace, l'un des héros de la guerre de Pahang (1).

— Mon général... Nicholas n'était pas très à l'aise. Il était timide et avait fini par l'oublier.

— Mon cher Tang, Monsieur Durram est un homme avec qui il faudra compter dans les années à venir...

(1) La guerre de Pahang : Rébellion nationale qui éclata en 1891 pour libérer la Malaisie de la tutelle anglaise. Elle ne fut écrasée qu'en 1895.

Nelson se retourna vers leur hôte.

— Je sais, je sais sinon il ne serait pas ici… la… Le caoutchouc !… Tang cilla des yeux en fixant Nicholas… Avec un peu de chance, vous serez bientôt plus riche que moi… la… Je ne vous le souhaite pas, je serais obligé de vous combattre… la… Tang partit d'un rire aussi puéril que celui de sa jeune femme… Rassurez-vous, je suis philosophe comme tous ceux de ma race… Lorsque j'ai un rival, je m'allonge au bord du fleuve et j'attends de voir passer son cadavre.

— C'est une solution… mais cela peut-être long… Nicholas se força à plaisanter. Tang avait l'art d'assener les vérités avec tant d'ingénuité que beaucoup avaient dû négliger de les croire. Lui ne douta pas un instant de sa sincérité.

— Nicholas quelle heureuse surprise !… Eilleen s'était levée et rejoignait le petit groupe… Je ne savais pas si vous viendriez…

— Eh bien tout le monde s'est retrouvé… Pardonnez-moi… la… Je dois vous abandonner… J'attends encore d'autres amis… Tang sourit pour s'excuser et s'éloigna avec la démarche chaloupée d'un hippopotame qui entre dans l'eau.

— Quelle arrogance !… Le général Wace frisa sa moustache… Autant j'aime les Indiens, mais les jaunes me font froid dans le dos. Il faudra y mettre bon ordre un jour ou l'autre. Vous n'êtes pas de mon avis ?… Nelson toussota. Wace n'avait rien d'un diplomate et l'endroit était mal choisi.

— Nicholas, ayez pitié de moi ! Tenez-moi compagnie. Je n'ai aucune envie d'entendre nos stratèges converser… Eilleen le prit par le bras et l'emmena vers le jardin inté-rieur. Elle baissa la voix… J'ai cru que tu n'arriverais jamais ! Je m'ennuyais à périr.

— Je n'avais pas d'habit, il a fallu que je loue celui d'un sommelier de l'hôtel.

— Qu'importe. Tu es superbe !... Eilleen lui tendit une coupe de champagne... Je connais Tang. Tu lui as fait grosse impression. Ne t'intéresse qu'à lui, les autres sont des raseurs... Dis-lui que tu admires Sun-Yat-Sen (1), c'est son nouveau cheval de bataille... Elle sourit à Nelson qui les regardait... Par moment il me fait un peu peur. Si tu le laissais faire, il mettrait la Chine à feu et à sang.

— Nelson n'a pas trouvé curieux que je sois invité ?

— Penses-tu ! Quand il a su que tu étais ici, c'est lui qui a insisté.

— Tu m'étonneras toujours... Nicholas but une gorgée. Eilleen avait l'air si fière de lui qu'il aurait presque pu l'aimer. Ses projets ne lui convenaient peut-être pas tout à fait mais ils avaient eu le mérite de lui laisser imaginer un autre avenir. Ce soir, Nicholas le sentait bien, quelque chose allait se passer. Il le savait, une sorte de conviction un peu enfantine sur laquelle il misait tout son équilibre psychologique... Tu es très en beauté !

— C'est le premier compliment que tu me fais depuis longtemps !

— Vraiment ?... Nicholas lui baisa le bout des doigts.

— Sois prudent ! Tout le monde nous voit... Eilleen soupira longuement. Ses yeux brillaient de l'excitation des amoureux qui montent les escaliers. Elle triomphait. C'était Perrette en chemin ou plus justement, Cléopâtre se préparant à couronner son César. Tout se déroulait comme elle l'avait prévu. Si son coup réussissait, Nicholas serait sa chose. Eilleen avait encore suffisamment de bon sens pour n'attendre aucune reconnaissance.

La vie lui avait appris que c'était un fardeau trop lourd à porter, pire un danger dont leur relation risquait de ne jamais se relever. Peu d'hommes supportent d'avoir à remercier. C'est un phénomène étonnant qui se vérifie presque tout le temps.

(1) Sun-Yat-Sen : Nationaliste chinois qui allait renverser Pu-Yi, le "dernier Empereur" et proclamer la République quelques années plus tard.

Après un premier mouvement de gratitude, nombreux sont ceux qui en viennent à détester leur bienfaiteur, lentement sans même toujours sans rendre compte. Ils commencent par minimiser le service rendu. C'était si facile, c'était bien normal, c'était trop peu, ce n'était rien… Puis peu à peu, la présence de l'ami d'hier devient aussi étouffante qu'un miroir qui renverrait l'image d'un passé embarrassant. La haine s'installe alors insensiblement jusqu'à la rupture finale qui ne cherche plus qu'un prétexte futile pour être consommée. Non, Eilleen n'avait pas de ces imprudences naïves. Elle comptait sur d'autres pièges pour assurer la toile qu'elle commençait patiemment à tisser. Nicholas se préparait à mettre le doigt dans un engrenage où il aurait toujours plus besoin d'elle. Car après ce premier pas, il y en aurait encore beaucoup d'autres à franchir et Eilleen était la mieux placée pour lui concilier les grâces des puissants qu'elle avait souvent fréquentés. Elle reprit lentement sa main… « On pourrait jaser. »

— Raison de plus pour prouver que nous n'avons rien à cacher.

Un serviteur frappa sur un gong pour annoncer que le dîner allait être servi.

— N'oublie pas… Caresse Tang dans le sens du poil… Eilleen reposa son verre… Laisse le saccager la Cité Interdite si cela lui chante. Il y va de notre intérêt à tous les deux… Elle sourit… Tuer un homme est une chose compliquée, acquiescer à la disparition de plusieurs milliers n'a plus qu'un intérêt statistique. Je vais rejoindre Nelson… Eilleen ouvrit son éventail… Nous ne serons plus seuls de la soirée. Rendez-vous demain à cinq heures à ton hôtel.

— Nous verrons… Nicholas commençait à se détendre. Eilleen avait sûrement un peu bu et perdait toute retenue. Finalement, c'était encore comme cela qu'il la préférait.

— Je ne te quitterai pas des yeux… Eilleen ramassait le bas de sa robe.

— Je n'en doute pas… Nicholas attendit encore une minute ou deux par bienséance et se dirigea à son tour vers la salle à manger. Il arrivait à la porte quand Monsieur Tang lui tapa dans le dos :

— Ah mon jeune et nouvel ami… Je voudrais vous présenter votre voisin de table… la… Il est très différent de vous. Vous devriez donc très bien vous entendre… la… Rien de tel que l'alliance des contraires… L'argent ne l'intéresse pas du tout… C'est un sage ou un fou, je ne sais pas… Nicholas leva les yeux sur le garçon qui venait d'arriver. Il devait avoir sensiblement le même âge que lui et tendit sa main avec un grand sourire :

— Bonsoir, je suis Clive Havington.

— Je savais te trouver là… Lisa marchait dans l'herbe humide. Il venait de pleuvoir et l'horizon encore mouillé se couvrait d'arcs-en-ciel entrecroisés. Hugh releva la tête pour la regarder. Il s'était agenouillé devant l'autel de ses ancêtres pour y prier. Ce n'était pas un monument somptueux, juste une petite pagode de bois qui se cachait derrière la maison… Pardonne-moi mais j'avais besoin d'être près de toi… Lisa n'osait plus approcher. Brutalement, elle se sentait déplacée et presque étrangère, une intruse sur un sol sacré. Sa tête résonnait encore des mots que Chamsa avait prononcés.

— Viens… Tu vas découvrir mon héritage le plus précieux… Hugh lui sourit. Il était heureux et surpris tout à la fois… Viens…

Lisa hésita puis s'avança lentement sur le gravier. Dans une alvéole teinte en jaune, sept statuettes de bois étaient entourées de bâtons d'encens à demi-consumés. Chacune symbolisait un des membres de la lignée d'Alia. Elles étaient admirablement travaillées. Hugh baissa la voix pour les lui montrer.

— Je les ai toujours connues. Elles viennent du Rajahstan mais plus personne ne sait qui les a sculptées…

Hugh observait Lisa... Ce sont mes Dieux protecteurs, ceux grâce à qui je t'ai rencontrée... Il savait qu'un jour ou l'autre, Lisa devrait entrer dans cet univers mais n'avait jamais cherché à l'y attirer. Il fallait qu'elle soit prête et c'était à elle seule d'en décider.

— Je voudrais qu'ils m'acceptent comme tu m'as acceptée... Lisa s'était agenouillée. Elle tremblait un peu.

Hugh joignit ses mains.

— Fais comme moi.

Lisa obéit. Jusqu'à présent elle n'avait pensé qu'à elle, à elle et à elle seule. Maintenant il était temps de prouver à Hugh qu'elle désirait le suivre dans son monde. Elle l'écoutait sans comprendre réciter une prière indienne, reconnaissant plusieurs fois son nom et celui d'Anthony revenir comme une mélopée... « Que se passe-t-il ? »

Lisa s'était relevée. L'émotion lui serrait la gorge :

— Parfois je me demande si ma présence n'est pas un fardeau trop lourd, si tu ne préférerais pas me voir m'en aller ? Nos cultures sont si opposées. J'ai été égoïste...

— Tu perds la raison !... Hugh lui coupa la parole. Tous ses muscles s'étaient contractés.

— Non, je sais très bien ce que tu dois endurer à cause de moi. Je te force à vivre avec un enfant qui n'est même pas le tien... Lisa le regardait droit dans les yeux. Elle cherchait à lire dans ses pensées pour savoir ce qu'il ressentait vraiment.

— Mon amour, qui t'a mis de pareilles idées dans la tête ?... Hugh essaya la prendre dans ses bras. Lisa recula... C'est moi ? Tu ne m'aimes plus ?... Hugh enrageait... Je croyais qu'entre nous ces différences n'existaient pas... Je me suis trompé... Tu ne veux plus vivre avec moi.

— Ne dis pas cela ! Si tu savais... Lisa se serra contre lui... C'est tout le contraire... cet amour est si fort... Je crains de te perdre à tout instant, comme si je n'en étais pas digne.

— Tu m'aimes encore ?

— Plus que je ne saurais le dire ! Si seulement je pouvais te faire comprendre à quel point...

— Alors c'est la seule chose qui compte. Rien ne nous séparera, tu entends ! Je ne te quitterai jamais. Tu m'as donné la vie. Avant toi je faisais semblant, semblant de marcher, semblant de penser, semblant d'aimer. Sans le savoir, c'est toi qui m'as tout appris... Hugh lui embrassait le visage.

— J'ai peur, malgré moi... Lisa crispa sa main sur son épaule. Elle dormait si mal depuis des nuits, hantée par des cauchemars qu'elle avait tout fait pour lui cacher... Comme si ce bonheur ne pouvait pas durer.

— Je suis là ! Tu n'as rien à redouter... Ferme les yeux... Ferme les yeux je te dis... Hugh avait l'air si sûr de lui. Lisa sourit, tentant d'oublier l'angoisse qui la paralysait. Il l'emporta dans ses bras.

— Où va-t-on ?

— Là où personne ne pourra nous atteindre.

Lisa se laissait emporter. Hugh lui donnait sa force, elle sentait sa chaleur. Une branche d'arbre lui caressa la joue. Elle se sentait à nouveau en sécurité. Hugh marchait toujours. Elle ne savait pas du tout où ils allaient. Elle avait juste pu deviner qu'ils contournaient la maison. Elle résista à l'envie de tricher et de soulever légèrement les paupières. L'air embaumait la vanille et la terre restituait ses odeurs d'orage.

— C'est encore loin ?... Lisa avait retrouvé malgré elle l'entrain de ses jeux d'autrefois. Hugh venait d'ouvrir une porte qui grinçait.

— Nous y sommes... Il la reposait délicatement sur le sol... Tu peux ouvrir les yeux maintenant... Eh bien tu ne dis rien ?... Lisa ne trouvait pas les mots. Hugh avait fait entièrement restaurer le jardin abandonné. Elle n'avait jamais rien rêvé d'aussi beau et d'aussi féerique tout à la fois. Les fleurs tombaient en cascades comme une rivière de parfums. Il y en avait de toutes sortes, s'étalant dans un dégradé de couleurs tendres. Les murs étaient couverts des roses abricots, lavées d'ivoire qui s'ouvraient comme des tutus oubliés par une danseuse. Juste devant elle, un massif de gardénias d'un blanc laiteux annonçait les tubéreuses qui se dénouaient en turbans. Plus loin, des pavots en révérence jaillissaient derrière un tapis d'azalées et de rhododendrons en robe de bal.

Lisa ne savait plus où poser le regard. Il y avait des cléomes, des pervenches, des camélias, des euphorbes, des agapanthes et bien d'autres variétés encore qu'elle ne connaissait pas. Une allée de fougères arborescentes menait jusqu'à la tonnelle qui avait retrouvé sa splendeur d'autrefois. Les fers forgés disparaissaient sous les bougainvillées, se poursuivant en une pergola d'orchidées qui conduisait à la pièce d'eau où coassaient les grenouilles.

— Voilà ton royaume… Hugh lui tendit une clé. Je te l'avais promis. Tu pourras toujours venir t'y réfugier dès que tu en auras envie.

— C'est merveilleux… Lisa était émue aux larmes mais cette fois-ci, c'était des larmes de joie… Personne n'a jamais eu autant d'attentions pour moi. Je suis la femme la plus aimée de toute cette terre… Elle se jeta dans ses bras… Je suis une idiote !

— Je ne serais pas aussi dur avec toi… Hugh prit son visage dans ses mains… Crois-moi, il ne manque rien à notre bonheur.

— Je voudrais tellement être sûre que tu ne regretteras rien.

— Ma petite Anglaise sauvage et fragile, il serait temps que tu acceptes simplement d'être heureuse… Hugh sortit son kriss pour cueillir une fleur de magnolia… Si un jour, tu doutes de moi, tu n'auras qu'à venir ici et tu entendras chaque fleur, chaque arbre te dire que je n'existe que pour toi.

Le Gouverneur s'était déplacé avec sa garde pour donner le coup d'envoi des régates. Les *Cipayes* faisaient claquer leurs étendards et formaient une haie d'honneur qui longeait la jetée. Le Sultan, lui ne serait présent qu'à l'arrivée pour remettre le fameux trophée, une coupe d'argent ciselée, célébrant l'amitié entre les peuples de l'Empire. Ce protocole ne supportait aucune exception, même si cette année le prince Fahd, son plus jeune fils avait décidé de commander la goélette qui défendrait ses couleurs.

La course promettait d'être disputée et la foule se pressait sur les quais. Les marchands ambulants en avaient profité pour s'installer un peu partout, vendant des sucreries, des boissons fraîches ou mille autres petites choses inutiles et fascinantes. Morton avait dû menacer de faire intervenir la police pour les empêcher de planter leurs tréteaux le long du chemin parcouru par le cortège des officiels, comprenant soudainement la justesse de la colère du Christ devant les marchands du Temple.

Les concurrents devaient partir de Penang, rejoindre Alor Setar, contourner Langkawi avant de revenir à leur point d'attache. Il y avait plus de vingt voiliers au départ et les skippers s'activaient aux derniers préparatifs. Elliot Waïk, paradait, se promenant d'un bateau à l'autre pour faire bénéficier chacun de ses précieux conseils de marin avisé. Depuis plus d'une semaine il n'avait pas touché à un verre d'alcool et Morton, toujours lui, ne s'était pas gêné pour le lui faire remarquer avec ironie :

— Enfin sobre ! C'est un événement à marquer d'une pierre blanche... Avec un peu de chance vous vous êtes enfin demandé où tout ce gin allait vous mener ?

— A la mort, mon cher, à la mort... comme tout le monde !... La réponse ne s'était pas faite attendre. Elliot était plus psychologue qu'il n'en avait l'air. Il avait visé juste. Morton était si fat qu'il semblait n'avoir jamais

443

encore imaginé sa propre fin. Il appartenait à cette catégorie de fonctionnaires qui finissait par se croire bénéficiaire de la pérennité de l'Etat. Sa mort n'entrait pas dans ses calculs et moins encore dans son plan de carrière.

— Vous ne dites que des stupidités... Morton avait grommelé sans trouver d'arguments à opposer.

Elliot avait bien ri en voyant son visage se décomposer avant l'heure. Pour une fois, c'était lui qui avait eu le dernier mot. Aujourd'hui serait son jour de gloire et il ne laisserait personne l'en priver. Mrs Waïk, elle-même avait dû s'incliner et ressortir son vieil uniforme de l'armée.

— Tu devrais te changer. Il est troué aux mites... Milicent se contenait. Elle avait toujours voulu brûler ces hardes qui lui rappelaient son passé.

— Ce n'est pas toi qui m'empêcheras de le porter...

Elliot n'en avait pas dit plus. Il était descendu par l'escalier sans se retourner. Milicent le laissait s'éloigner, un sanglot dans la gorge. Le capitainier avait beau être gêné aux entournures, marcher comme un soldat de plomb dans un nuage de naphtaline, on devinait presque le célibataire qu'il avait été. Comme le pantalon était trop serré, Elliot avançait à pas comptés mais il fallait reconnaître qu'il avait encore grande allure.

— Regardez le... Il est fier comme Artaban ! On dirait l'Amiral de la Grande Armada qui passe ses troupes en revue !

Nicholas releva la tête. Il rentrait à peine de Singapour et n'avait eu que le temps de se changer pour sauter sur la passerelle.

— Espérons que nous serons plus nombreux à retourner au port... Hugh remontait de la cabine avec Sir Rupert.

— Arrêtez avec vos plaisanteries stupides ! Je déteste cela... Lisa avait sursauté. Elle n'était pas tranquille. C'était pour Hugh qu'elle était descendue en ville. Mon Dieu, elle s'en serait bien passé. L'accueil avait été pire

444

que ce qu'elle avait redouté. Si Hugh n'y prêtait pas la moindre attention, Lisa n'oublierait pas les réflexions murmurées sur leur passage :

— Ce Coleman ferait mieux de se faire oublier.

— La putain et le bâtard...

— Et en public encore ! Y en a vraiment qui ne sont pas gênés...

Heureusement, on n'osait pas attaquer Hugh directement et Lisa s'était bien gardée de lui répéter ce qu'on leur réservait. Elle voulait tout assumer. Sir Rupert avait raisonné comme un idiot. En le poussant à participer à la compétition, il n'avait fait que renforcer la hargne qui les entourait. Lisa n'arrivait pas à lui en vouloir vraiment. C'était un brave homme et il semblait aimer Hugh très sincèrement mais il accumulait les maladresses. Pourquoi avait-il fallu qu'il vienne leur rendre visite en négligeant de se rendre à bord des autres concurrents ?

— Eh bien mademoiselle, voilà des emportements de flibustier !... Sir Rupert réapparut à son tour sur le pont.

— Pardonnez-moi, Votre Excellence mais je suis superstitieuse...

— Croyez-moi, ces deux gaillards ne risquent rien... Le gouverneur s'approcha d'elle et lui caressa paternellement la joue... Je guetterai leur retour avec la même impatience que vous.

— Où est le compas ?... Nicholas finissait de vérifier leur provision d'eau.

— A côté de la barre... Hugh le lui montra avec étonnement. Depuis ce matin, Nicholas ne tenait pas en place. Il se lançait dans cette course comme si sa vie en dépendait... Tout est en ordre, je vous assure...

— Très bien... Nicholas baissa la tête, cherchant une autre occupation. Il fallait qu'il garde son sang-froid s'il ne voulait pas se trahir.

Lisa baissa la voix, profitant de que Hugh ne l'entendait pas :

— Ils nous haïssent… Je m'en moque mais je tiens trop à Hugh pour l'accepter… Nous partirons, nous quitterons ce pays…

— Hugh a sa vie ici… Il est plus attaché à cette terre que vous ne le pensez… Sir Rupert la prit par le coude… Ne leur en veuillez pas trop. Les gens médiocres n'acceptent jamais de reconnaître qu'un être exceptionnel puisse vivre à leurs côtés. Nous deux savons exactement à quoi nous en tenir… Il faut juste un peu de temps pour les tenir définitivement en respect.

— J'espère que c'est vous qui avez raison.

— J'ai une longue expérience des habitants de cette île… Mes conseils peuvent vous paraître saugrenus, mais je sais qu'ils porteront leurs fruits… Le gouverneur avait pâli soudainement. Il vacilla et se rattrapa à un cordage.

— Ça ne va pas ?… Hugh s'était retourné et accourait pour le soutenir.

— Ce n'est rien ! Le tangage ne m'a jamais réussi… J'aurais fait un capitaine exécrable… Sir Rupert se redressa rapidement… Lâchez-moi !

— Vous ne voulez pas que nous appelions un médecin ?

— Surtout pas !… Le gouverneur retrouva son sourire… Mes bons amis m'enterreraient trop vite… Il s'adressa à Lisa… Ce n'est pas vous qui me contredirez… Allez, je dois rejoindre mon poste ! Mademoiselle, il est temps de redescendre à quai… Faites vos adieux, sans prêter trop d'attention à cette formule. Les mots sont souvent trompeurs.

— Je vous suis… Lisa le laissa partir avant d'embrasser Hugh… Je t'attendrai au club comme convenu… Elle se fit plus gaie qu'elle ne l'était vraiment… Ne tarde pas trop, j'ai l'intention de profiter d'être en ville pour faire quelques courses… J'ai peur d'y laisser une véritable petite fortune !

— Je pense avoir échappé à un parcours beaucoup plus dangereux que celui qui m'attend… Je plains ce pauvre

Abu. Il aurait refusé de nous accompagner s'il avait su...
Hugh lui avait attrapé le menton... A tout prendre, je
crois que je préfère la mer à tes boutiques.

— Je vois... Lisa releva le sourcil.

Nicholas détourna le regard. Il ne supportait pas de voir
Hugh et sa sœur se bécoter sans pudeur aucune dès qu'ils
étaient ensemble. Chacun de leur baiser renforçait sa
détermination.

— Eh bien Nicholas, je pense que vous n'espérez pas
pouvoir arriver avant moi... Nelson n'était pas amarré
très loin et le hélait depuis son bastingage.

— Mon chéri, qui oserait se risquer à chasser sur tes
terres ?... Eilleen resplendissait dans une nouvelle robe.
Elle était venue rejoindre son mari pour lui porter un
panier garni... N'est-ce pas Nicholas qu'il est magnifique ?... Elle savait que la provocation restait sa défense
la plus solide.

— Eilleen, je t'en prie !... Nelson rougit comme un
enfant.

— Tu es mon lion !... Eilleen embrassa le front de son
mari avec un coup d'œil en coin.

— Votre femme a raison ! Vous êtes le favori dans tous
les paris... Nicholas le salua en imitant le geste militaire
et se retourna vers Lisa... Et moi tu ne m'embrasses
pas ?... Lisa le serra dans ses bras :

— Revenez-moi vite !... Elle le regarda avec une tendresse infinie... Il faut que je parte. Je vais vous retarder.

— Lisa !... Nicholas l'interpella comme elle descendait
la passerelle.

— Quoi ?... Lisa se retourna en tenant son chapeau. Le
vent venait de se lever et faisait gonfler sa robe. Elle semblait presque en déséquilibre.

— Rien... Nicholas hésita encore un peu... Tu pourrais
nous souhaiter bonne chance !

— Oui, ça c'est une idée... Hugh prit Nicholas par
l'épaule. Lisa ne répondit pas et croisa juste les doigts.

Elle les regardait avec orgueil. Hugh et Nicholas étaient très beaux et ils l'aimaient tous les deux. Sur la jetée, Elliot Waïk avait saisi un porte voix et invitait les équipages à prendre position pour appareiller. Sir Rupert pointait son pistolet vers le ciel, prêt à tirer.

Lorna Cartwright mélangeait nerveusement les cartes. Avec tout ce chahut en ville, Victoria et Milicent seraient certainement en retard. Le club était désert, à part un inconnu qui avait pris une chambre juste après le déjeuner. Les visiteurs se faisaient de plus en plus nombreux et il ne fallait pas s'en étonner, au moins celui-ci était anglais. Penang perdrait bientôt beaucoup de son charme avec tous ces étrangers. Habituellement, Lorna n'y aurait sans doute prêté aucune attention, soupirant comme à son habitude que tout était en train de changer. Mais ce jeune homme avait de bien curieuses manières qui finissaient par la déranger. Cela faisait près d'une heure qu'il marchait de long en large à l'entrée du bar en faisant claquer ses talons sur le parquet, des talons avec des fers qui usaient les nerfs.

— Ils n'ouvrent pas zavant dix-sept heures… On ne vous zervira rien… Lorna prit sur son quant à soi et décida de lui faire comprendre qu'il était inutile d'insister.

— C'est sans importance… Le jeune homme répondit sans la regarder… Je n'ai pas soif.

— Vous zattendez zans doute quelqu'un.

— Oui.

— Tout le monde est au port. Vous devriez z'y aller… Lorna ramassa une carte qu'elle venait de faire tomber, un roi de cœur… Ze zuis bête. Vous zavez zûrement rendez-vous.

— En quelque sorte… Le jeune homme alluma une cigarette et chercha un cendrier.

— Ah… Lorna commençait à se laisser gagner par la

curiosité… Là, zur la table… C'était un rendez-vous galant à n'en pas douter. Il y a des indices qui ne trompent pas, les yeux brillants, le pas saccadé… Ce gaillard venait sûrement pour la femme d'un des hommes qui s'étaient embarqués. Eilleen était en main et ne bougeait plus une oreille. Alors qui ? Il fallait essayer d'en savoir plus… Vous ne zouez pas au bridze par hasard ?

— Non pas du tout !

— Parze que on aurait pu… Lorna ne finit pas sa phrase. C'était peine perdue. Le bridge exigeait un sang-froid dont ce garçon semblait complètement dépourvu… Nous venons de rezevoir les dernières nouvelles… La lecture fait pazienter.

— Sans doute… Le jeune homme jeta un coup d'œil distrait sur les piles de Times qui s'empilaient sur le plancher.

— Ze zoir tout le monde va ze les arracer… Lorna avala sa salive… Regardez la paze mondaine. On n'y parle d'Alice Keppel, vous zavez…

— Vous m'en direz tant !

— Z'est tout à fait scandaleux mais tellement… Exzitant !… Lorna se reprit. Elle avait peur de s'engager sur un terrain scabreux… Z'est votre première visite çez nous ?

— Oui… Le jeune homme n'était pas bavard. Lorna était persuadée qu'il voulait éviter de parler. Tant pis pour lui ! Après tout, elle n'avait cherché qu'à l'aider. Personne mieux qu'elle n'aurait pu le renseigner sur tout ce qu'il aurait pu demander.

— Alors ze vous zouhaite la bienvenue…

— Je vous remercie… Le jeune homme s'assit sur un des fauteuils en cuir qui faisaient face à la porte principale et attrapa le premier journal de la pile.

— Ze vous en prie… Enfin le silence ! Lorna soupira d'aise. Elle était un peu frustrée mais après tout, elle était venue ici pour s'entraîner. Le bridge n'était pas chose à prendre à la légère. C'était un moyen de se former le caractère et de révéler sa personnalité. Lorna allait pouvoir mettre à profit son avance pour se remémorer leur partie de mardi dernier. Elle progressait de semaine en semaine et adorait cette technique qui permettait de jouer à trois, en étalant le jeu du mort. Il n'y avait pas mieux pour s'y retrouver dans la complexité des annonces. Milicent n'y entendait pas grand-chose et se perdait dans des subtilités qu'elle-même finissait par oublier mais Victoria excellait. Elle manœuvrait avec l'adresse d'un Machiavel. C'est d'elle dont il fallait se méfier avec ses allures de Sainte Nitouche… Milicent n'avait pas l'air de s'en douter. Lorna n'avait toujours pas compris comment Victoria avait pu réussir son petit chelem à cœur alors qu'elle n'avait même pas de chicane à trèfle ? Forcément avec un jeu pareil ! La femme du bijoutier avait Dieu dans sa manche, jamais moins de trois As et deux Rois ou inversement. Il fallait la voir se pavaner dès la troisième levée, sûre de son coup avec cette excitation un peu vulgaire du fournisseur qui flaire une affaire.

— La qualité d'un bon joueur, c'est d'avoir de bonnes cartes…

Au bridge, tout le monde savait que c'était faux. Victoria trichait à coup sûr ! C'était tout de même un comble alors que ces petites réunions n'avaient d'autre but que celui de s'améliorer.

— Ze vais la zurveiller de près… Lorna avait sa fierté et supportait mal d'être toujours battue à plate couture. Sans compter qu'il y avait aussi un intérêt financier. D'ailleurs, à y bien réfléchir, c'est Victoria qui en avait eu l'idée.

— L'apprentissage ne doit pas nous priver des frissons du risque… Lorna l'entendait encore… C'est le meilleur moyen pour progresser !… Jouons de l'argent… Oh une somme modique qui relancera l'intérêt de la partie…

Milicent avait abondé dans son sens et les trois femmes

avaient fini par s'accorder sur un chiffre : un penny les vingt points. Bien sûr, c'était peu de chose mais tout de même...

— Bonjour mademoiselle fou rire !... Lisa venait d'entrer au salon suivie par son boy. Clive s'était dressé de son fauteuil pour se planter juste devant elle.

— Qu'est-ce que tu fais là ?... Lisa sursauta.

— Je suis venu pour te parler.

— Pas ici... Sortons veux-tu ?... Elle se tourna vers Abu... Attends-moi, une course que j'ai oubliée... Lisa crut un instant qu'elle allait s'effondrer. Elle se ressaisit immédiatement et sortit la première.

Lorna leva le bout de son nez. C'était donc cela ! La Durram avait un coquin...


— Je sais tout... Clive ignorait par où commencer, il alla donc à l'essentiel. Revoir Lisa le bouleversait plus qu'il ne l'aurait pensé. Il se croyait guéri et n'était venu que pour son enfant mais à la revoir si soudainement, il sentait que c'était elle qui comptait. Il l'avait compris à la minute où elle était réapparue devant lui. Pourquoi fallait-il que la seule femme dont il soit jamais tombé follement amoureux soit justement celle qui l'avait fui ?

— Vraiment ? Et que veux-tu que cela me fasse ?... Lisa maîtrisait sa voix. Elle devait se montrer plus forte que son passé. Pourtant Clive devant elle, c'était le cauchemar qui menaçait de recommencer. Tout ce qu'elle avait réussi à effacer lui ressautait au visage.

— Pourquoi es-tu partie ? Nous allions nous marier... Clive voulut la prendre dans ses bras. Il détestait le ton sur lequel la conversation s'était engagée. Lisa était trop pâle pour que sa présence lui soit indifférente. Elle était troublée, c'était évident.

— Ne m'approche pas !... Lisa s'était tétanisée. Visiblement Clive en savait moins qu'il ne croyait.

Evidemment ses informateurs ne pouvaient pas être au courant de ce qui s'était vraiment passé. Lisa était à deux doigts de tout lui avouer. Elle voulait s'en débarrasser, qu'il disparaisse, mais accuser Lord Havington ne ferait que dramatiser la situation. Elle devait garder la tête froide… Sors de ma vie comme je suis sortie de la tienne…

— Tu ne peux pas penser ce que tu dis !

— Je l'ai fait !

— J'ai cru mourir quand tu es partie. Si tu savais par quels états je suis…

— Cela ne m'intéresse pas !

— Tu n'as pas changé à ce point !

— Tu espérais quoi en venant ici ? Que je m'évanouisse de bonheur parce que l'héritier des Havington a traversé la moitié de la planète pour me retrouver ! Je m'en moque. Tu as perdu ton temps et ton argent. Car je suppose que ce petit jeu a dû te coûter une vraie petite fortune… Lisa aurait souhaité se réveiller. Elle avait un nœud dans la gorge. Clive lui faisait horreur et pitié tout à la fois. Lisa ne voulait pas le faire souffrir davantage. Elle devait trancher sans lui laisser le moindre espoir… Je ne veux plus jamais te revoir !

— Cela n'a pas de sens ! Tu ne peux pas me haïr sans raison. Je deviens fou.

— Chacun son tour !

— Dis-moi au moins ce que j'ai fait !

— Rien. J'aime un autre homme… Lisa reprit son souffle. L'image de Hugh lui donnait le courage de se battre jusqu'au bout… Je ne t'ai jamais aimé… Malgré elle, Lisa revoyait le visage de Charles. Elle eut un haut le cœur… Tu me répugnes !

— Tu n'as pas le droit de me traiter comme cela.

— J'ai tous les droits !

Lisa se tut. Clive baissa les yeux. Ils étaient comme deux boxeurs qui venaient de s'affronter. Clive tentait de retrouver son calme. Il s'était bien douté que Lisa ne l'accueillerait pas à bras ouverts. Nicholas l'avait prévenu après lui avoir fait juré qu'il ne révélerait jamais que c'était lui qui l'avait informé. Mais il ne s'attendait pas à un regard aussi dur. Non, il se trompait, elle l'avait déjà eu, le jour où elle l'avait quitté.

— Et notre enfant ?…

— Mon enfant ! Il m'appartient à moi et à moi seule… Lisa avait presque crié. Elle ne laisserait pas Anthony lui échapper. Clive n'avait pas la moindre idée de tout ce qu'elle avait dû endurer pour le garder.

— Je suis prêt à t'aider…

— Je n'ai pas besoin de toi. Je suis riche maintenant !… Lisa voulait en finir. Que Clive la méprise et il l'oublierait. C'était le seul service qu'elle pouvait encore lui rendre… Pourquoi crois-tu que je sois tombée dans tes bras ?

— Tu mens !

— Mon pauvre ami !… Lisa riait… Tu étais le pigeon idéal ! J'ai simplement trouvé mieux.

— Garce !

— Tu as mis du temps pour t'en rendre compte !… Oui, je suis une garce et tu perds ton temps.

— Demande-moi ce que tu voudras… Clive était certain que Lisa lui cachait quelque chose.

— Quel sentiment chevaleresque… et tellement britannique. A faire graver sur les boîtes de thé !… Lisa ne put s'empêcher de jouer avec le feu… Oui, j'ai un enfant mais qui te prouve qu'il est de toi ? !

— Tu viens de le faire… Clive l'attira contre lui. Il était trop fort pour que Lisa puisse résister… Cet enfant, je le veux et je l'aurais. C'est le mien !

— Te voilà enfin sous ton vrai jour. Vous autres les Havington, il faut toujours que vous vous révéliez à un moment ou à un autre… Lisa le défia du regard… Jamais tu m'entends, jamais tu n'auras cet enfant !…

— Je veux le voir !

453

— Non, tu ne lui ferais que du mal…

— Tu ne peux pas m'en empêcher.

— Les temps ont changé. Je ne te crains pas… ni toi… ni personne !… Lisa le repoussa et s'enfuit en courant.


— Miss Durram n'a pas retenu une chambre ?… Hugh regardait le concierge du club.

— Non monsieur. Elle a préféré remonter à la plantation.

— C'est étrange… Hugh se retourna vers Nicholas. Ils étaient harassés par cette journée de mer. Nelson avait remporté les régates. Leur bateau s'était placé quatrième, juste derrière celui du prince Fahd.

— Elle aura dû s'ennuyer toute seule… Nicholas sourit… Vous connaissez les femmes.

— Ce n'est pas son genre. Vous le savez aussi bien que moi…

— Elle ne vous a rien dit ?… Hugh se retourna vers le concierge, occupé à saluer les autres concurrents qui commençaient à arriver.

— Si, pardonnez-moi. Miss Durram a laissé un mot pour vous… Le boy lui tendit une lettre qu'il avait posée sur son bureau.

— Alors ?!… Nicholas essaya de lire par-dessus l'épaule de Hugh… Rien de grave ?

— Je ne comprends pas… Hugh était perplexe… Elle me demande de la rejoindre au plus vite.

— Ne vous inquiétez pas. Lisa a sûrement une bonne raison… Nicholas lui tendit la main… Je ne vous offre pas un verre. Courez-y, vous en mourez d'envie.

— Oui… Hugh reprit son chapeau. Il était ailleurs… Vous nous excuserez auprès de Sir Rupert. Il se faisait une telle joie de nous avoir dîner…

— Je n'y manquerais pas… Nicholas s'aperçut qu'il tremblait. Il se commanda un whisky et suivit les nouveaux arrivants dans la salon.

— Je vous l'avais bien dit ! Vous auriez mieux fait de faire équipe avec moi !... Nelson allait de table en table avec sa coupe.

— L'année prochaine peut-être... Nicholas but très lentement pour tromper son impatience. Il fallait attendre de s'être assuré que Hugh ne reviendrait pas...

— Eilleen vous cherche. Vous ne l'avez pas vue ?

— Non.

— Je crois qu'elle vous a trouvé une maison en ville... Nelson prit le ton de la confidence... Acceptez ! Vous la connaissez, elle adore se rendre indispensable.

— Aujourd'hui, on ne peut rien vous refuser... Nicholas ne quittait pas la fenêtre des yeux. Hugh venait de disparaître de la grande rue... Excusez-moi, une affaire à régler... Nicholas posa son verre.

— Vous êtes trop mystérieux pour être honnête... Nelson ricana... Il y a une histoire de femme là-dessous ! J'en donnerais ma main à couper.

— Vous avez un flair de policier.

— Alors qu'est-ce que je dis à Eilleen ?... Nelson le regardait s'éloigner.

— C'est oui... Nicholas lui fit un signe de main et se dirigea vers la réception... La chambre de Clive Havington s'il vous plaît ?

— Le douze, monsieur...


— Alors ?!... Nicholas prit Clive par les épaules. Il était complètement saoul et avait glissé de son lit... Parle bon Dieu !

— Elle a été atroce... Je vais vomir...

— Ce n'est pas le moment... Nicholas lui jeta un verre d'eau à la figure... Raconte-moi !

— Tu ne peux pas imaginer... Clive s'assit péniblement sur le sol... Pourquoi tu ne m'as pas dit que je la dégoûtais à ce point ?

— Regarde-toi !... Une loque... Nicholas changea de sujet. C'était un terrain trop dangereux. Il s'était bien gardé de révéler à Clive les doutes sur la paternité d'Anthony. Il ne pouvait pas lui dire sans détruire l'arme qu'il croyait avoir si bien forgée. Lisa n'avait pas épousé Hugh et Nicholas avait toujours espéré qu'au fond d'elle-même, c'était parce que ses doutes restaient entiers. L'autre soir chez Tang, Nicholas n'avait pensé qu'à cela, au risque de paraître grossier avec les autres invités. Clive lui était envoyé par le destin. Nicholas était prêt à perdre Lisa si elle quittait Hugh et à cette seule condition... J'espère qu'elle ne t'a pas vu dans cet état.

— Quelle importance...

— Elle ne se doute de rien au moins ?... Réponds !

— Non... Clive saisit la jambe de Nicholas... Ne me laisse pas !...

— J'ai bien peur que tu ne serves plus à grand-chose... Nicholas haussa les épaules et l'aida à s'allonger sur le matelas.

— Mon enfant !... Je veux au moins le voir... C'est le seul que j'aurais jamais.

— Dors ! C'est ce que tu as de mieux faire ! Nous aviserons plus tard... Nicholas réfléchissait. Il avait lancé la flèche et maintenant tout allait dépendre de la réaction de Lisa. Clive pouvait avoir encore un rôle à jouer. Les Havington étaient puissants et il faudrait qu'elle choisisse entre Hugh et son fils.

— Ne me laisse pas... Ne me laisse pas seul... Clive divaguait.

— Je vais rester un peu... Nicholas se coucha à ses côtés. Clive semblait s'apaiser. L'alcool allait bientôt l'abrutir pour des heures... J'ai besoin de toi vivant.

— Tout ce que tu voudras... J'ai si peur la nuit... Clive se rapprochait de lui.

Nicholas le prit par les cheveux pour le regarder.

— Je comprends pourquoi elle t'a quitté... Il le laissa

retomber sur l'oreiller. Clive ne l'intéressait plus, il l'avait déjà possédé. Nicholas n'avait jamais autant joui qu'en entendant gémir celui qui avait défloré sa sœur. Il l'avait fait crier mais maintenant tout cela était bien fini.

— Epouse-moi !... Lisa avait attendu Hugh dans la chambre d'Anthony. Elle avait eu besoin de voir son enfant, de le serrer dans ses bras pour se persuader qu'il était toujours là.

— Tu sais que c'est mon désir le plus cher... Hugh était debout devant la porte... Je te l'ai demandé par le passé et tu as refusé.

— Les choses ont changé !

— J'ai peur que tu ne prennes cette décision pour de mauvaises raisons. Ce n'est pas comme cela que je l'avais rêvé.

— Je sais ce que tu ressens... Lisa plongea son regard dans le sien.

— Non... Hugh sourit tristement... Tu n'en sais rien. Tu ne veux pas m'épouser, tu fuis. Clive ne t'aurait pas retrouvée, tu ne me l'aurais pas proposé.

Un boy frappa.

— Qu'est-ce que c'est ?

— C'est Rachid, Tuan... Abu demande à te voir !

— Plus tard ! Retourne aux cuisines. Tu n'as rien faire à l'étage... Hugh cria pour laisser sortir sa mauvaise humeur.

— Mais Tuan...

— Décampe ou je vais te chauffer les oreilles !

— Ne t'en prends pas à ce garçon. Je suis la seule responsable... Lisa retrouvait son courage... J'ai été orgueilleuse et folle... J'ai cru que je pourrais braver le monde entier. Je me suis trompée.

— Et aujourd'hui tu préfères un métis à un Havington. De ton point de vue, il y a certainement de quoi être flatté.

Hugh s'en voulait. Ses mots dépassaient sa pensée. Il aurait voulu serrer Lisa dans ses bras mais c'était plus fort que lui. Il ne pouvait s'ôter de l'idée que Lisa se donnait à lui comme à un pis aller. C'était idiot, monstrueux même, mais rien n'y faisait.

— C'est toi, c'est toi qui dis cela !... Lisa avait les larmes aux yeux... Si tu le penses vraiment, tu ne vaux pas mieux que ceux qui nous jettent la pierre. Tu tombes dans leur piège, tu es devenu leur haine et leur mépris ! Je ne peux pas le croire... Tu ne comprends donc pas ?...

Hugh baissa les yeux. Pour la première fois de sa vie, il avait honte de lui.

— Pardonne-moi. Je ne sais plus... Je...

Lisa se jeta dans ses bras :

— Je t'aime, je n'ai jamais aimé que toi. C'est ma vie... Tu m'a appris que ces choses étaient écrites. Nous sommes l'un à l'autre pour le reste des temps. La moitié perdue souviens-toi...

— Ma moitié perdue... Hugh serra Lisa contre lui... J'allais te perdre encore par bêtise... Il l'embrassa... Je me suis conduit comme un imbécile. Je doutais de moi alors j'ai douté de toi. Cela n'arrivera plus, je te le jure... Hugh prenait le visage de Lisa dans ses mains... Je t'aime, je t'aime de toutes mes forces !... Viens, viens avec moi.

— Où cela ?

— Quelle importance...

Ils sortirent en courant. Le soleil tombait déjà derrière l'horizon. Lisa était essoufflée. Hugh l'entraînait travers les touffes de lalang. Le sable la fit tomber. Hugh s'allongea contre elle.

— Vois-tu, quand nous sommes ici tous les deux, je me sens si proche de toi que je ne sais plus où tu finis et où je commence... Je t'épouserai puisque tu le désires enfin mon amour, et rien ni personne ne pourra plus m'empêcher de t'aimer au grand jour...

— Tout est clair maintenant. Tu verras comme nous allons être heureux.

— De ta bouche à l'oreille de Dieu… Mrs Coleman.

— Pourquoi une décision aussi précipitée ?… Nicholas était accouru à l'appel de sa sœur. Lisa lui avait envoyé Ahmed pour lui demander de la rejoindre au plus vite.

— Elle n'a rien de précipité ! Cela fait des mois que Hugh et moi vivons ensemble… Lisa s'appuya sur la rambarde de la terrasse… Tu devrais plutôt te réjouir, toi qui craignais tant pour ma réputation.

— C'est à cause de Clive Havington ?… Nicholas haussa le ton.

— Comment sais-tu ?… Lisa s'était raidie. Elle ne lui en avait pas parlé. Instinctivement, elle avait voulu protéger Hugh et son enfant. Ce mariage ne devait pas ressembler à une fuite. Pour rien au monde, elle ne voulait que quelqu'un puisse le dire.

— Toute la ville le sait. Qu'est-ce que tu crois ? On vous a vus ensemble et les langues vont bon train.

— Je vois !… Eh bien elles en seront pour leurs frais… Lisa était folle de rage et n'avait plus l'intention de discuter. Elle imaginait très bien ce qui pouvait se raconter… Hugh reconnaîtra Anthony…

— Dans ce cas… Nicholas baissa la tête. Tous ses plans venaient de s'effondrer. Dans quelques semaines, il serait trop tard, Lisa aurait la justice de son côté. Aucune famille anglaise digne de ce nom ne viendrait disputer la paternité d'un enfant officiellement adopté par un métis, celle des Havington moins que toute autre. Lisa perçut son trouble mais ne sut pas l'interpréter.

— Aide-moi, petit frère. Aide-moi, comme autrefois !

— Tu as encore besoin de moi ?… Nicholas cherchait à donner le change.

— Oui, plus que jamais ! Va voir Clive… Tu le trouveras

facilement si j'ai bien compris… Je veux qu'il parte avant le mariage. Il est capable de tout. Je ne veux pas que Hugh puisse être humilié.

— Et tu crois qu'il acceptera sagement de s'en aller ?

— J'ai préparé une lettre pour lui. Tu la lui remettras.

— C'est véritablement ce que tu désires ?

— Le seul cadeau que je te demande. Si tu fais cela pour moi, je t'abandonnerai toutes les parts sur la plantation, tout ce que tu voudras.

— Crois-tu que je sois vraiment le mieux placé ?… Nicholas n'en croyait pas ses oreilles.

— Il n'y a que toi… Lisa le suppliait… Hugh ne doit pas être mêlé à tout cela et je ne veux pas non plus le demander à Sir Rupert.

— Eh bien… Nicholas réfléchit un instant… Je te promets d'essayer

— Qu'il parte, qu'il parte !… Je détesterais avoir à lui apprendre la vérité. Il ne mérite pas cette saleté. Ne lui dis rien. Je ne m'en servirai pas.

— Tu es sûre de toi ? Être Lady Havington ne te tenterait pas ?… Nicholas crut deviner chez Lisa plus de tendresse qu'elle ne voulait en laisser paraître.

— Autrefois peut-être mais Clive et moi nous sommes fait déjà assez de mal comme cela. Ma voie est tracée… Lisa était trop fine pour ajouter que Hugh était son seul grand amour.

— Comme tu voudras.

— Je savais que je pouvais compter sur toi… Lisa l'embrassa sur la joue… Fais vite ! Il faut protéger Clive contre lui-même. Hugh va rentrer. Il ne doit rien savoir. Il est terriblement jaloux… Ce sera notre secret… Comme autrefois.


— Alors ce serait lui le père et Lisa ne saurait plus quoi faire ?… Eilleen se méfiait des ragots mais ceux-là circulaient avec une telle persistance qu'il fallait bien leur prêter une oreille plus attentive... Cela promet d'être mouvementé.

— Comme vous dites !... Victoria Brestlow remit son lorgnon avec condescendance... Ces femmes qui ne pensent qu'aux hommes, c'est dégoûtant ! Je n'ai jamais trompé Elton. D'ailleurs, je ne comprendrai jamais ce qu'il peut y avoir d'intéressant derrière tout cela... Personnellement cela m'ennuie... L'épouse du bijoutier se rendit compte qu'elle s'aventurait sur un terrain miné. Elle s'était laissée emporter par sa nature chrétienne mais s'en voulut de manquer à ce point de charité. Blesser Eilleen n'était pas du tout dans ses intentions et si Victoria était bien en position de lui jeter la première pierre, elle n'éprouvait aucunement le désir de lapider une aussi bonne cliente. Il convenait de se ressaisir au plus vite... Je le tiens de Lorna Cartwright. Elle a tout vu. La Durram avait donné rendez-vous à ce Havington pendant les régates. Si la situation avait été claire, vous pensez bien qu'elle aurait agi autrement. Elle pensait faire son coup en douce mais il y a toujours le grain de sable. Elton le dit souvent...

— C'est curieux, je la croyais vraiment amoureuse de Coleman... Eilleen reprit un des petits choux débordant de crème fouettée qui traînaient sur la table... C'est épouvantable, je suis incapable de résister à ces petites merveilles... Elle s'essuya la bouche... Encore que j'ai toujours pensé qu'on ne pouvait pas sérieusement envisager de faire sa vie avec un métis.

— Tout le monde le pense. D'ailleurs je suis absolument certaine de ce que j'avance. Milicent me l'a confirmée, elle aussi... Victoria baissa la voix... Un de ses boys a un cousin qui travaille à la plantation Coleman... Il les a entendus se disputer.

— Je n'ai pas pour habitude de discuter avec mes domestiques.

— Ces gens-là savent toujours tout avant tout le

monde… Victoria était piquée au vif… D'ailleurs si vous ne croyez pas, vous n'avez qu'à demander à Nicholas… Vous êtes toujours du dernier bien n'est-ce pas ?

— Je vous crois… Eilleen ne releva pas l'allusion. Elle la ressentit plus cruellement que d'habitude. Il y a une semaine encore, cela l'aurait plutôt flattée mais depuis les régates, Nicholas la négligeait. Pour être honnête, il ne répondait plus à ses lettres et avait manqué le rendez-vous fixé pour visiter le bungalow qu'elle lui avait trouvé. Eilleen mentit pour sauver la face… Il me l'a confirmé pas plus tard que ce matin.

— Vous voyez bien… Victoria prit son sac et se leva avec un sourire commerçant… Je dois y aller… Passez donc à la boutique, nous venons de recevoir de ravissantes petites choses…

— Je n'y manquerai pas.


— Laissez-moi entrer, je veux lui parler… Chamsa regardait Clive sans bonté. Objectivement, il servait ses intérêts mais elle détestait tout ce qu'il représentait. Un peu de résistance ne ferait qu'exciter son animosité.

— Je ne peux pas les déranger, ils sont en train de dîner.

— Poussez-vous ! Je ne suis pas d'humeur à discuter.

— Vous puez l'alcool !

Clive la repoussa d'un revers de main.

— Je vais appeler !

— C'est tout ce que je vous demande.

— Que se passe-t-il ?… Hugh avait surgi de la salle à manger, attiré par le bruit.

— Hugh Coleman je suppose !… Clive s'avança vers lui… Je suis Clive Havington et je viens chercher mon enfant avant que vous ne me le voliez.

— Chamsa, laisse-nous !

— Je ne voulais pas qu'il vienne t'importuner.

— Laisse-nous, je te dis !

— Abu et Ahmed se tiendront à côté… La petite Malaise s'inclina et disparut par une porte dérobée.

— Je comptais justement aller vous trouver… Hugh se tourna vers Clive.

— Quel courage ! On m'aura menti sur les gens de votre race !… Clive avait bu. A vrai dire, il n'avait pas dessaoulé depuis son entrevue avec Lisa. Le vent du soir l'avait aidé à reprendre ses esprits mais il lui restait toujours cette arrogance des gens légèrement gris… Sans cette femme pour vous garder, je vous croirais presque sincère.

— Vous êtes sous mon toit, je vous le rappelle… Hugh s'efforçait de garder son sang-froid… Les insultes ne vous mèneront nulle part.

— Voyez-vous, contrairement à vous je n'ai plus grand-chose à perdre. Je suis venu sauver ma seule raison de vivre… Aaaah ! Si je ne me trompe, voilà la perle du harem !

— Je vous interdis !

— C'est inutile Hugh, il ne sait pas ce qu'il dit… Lisa était blanche comme un linge. La confrontation qu'elle avait cherché à éviter à tout prix allait commencer.

— Toi par contre, tu sais très bien ce que tu fais… Clive lui fit une révérence… Je te remercie de m'avoir envoyé ton cher petit frère pour m'informer de ce qui était en train de se passer… et pour ta lettre aussi, un chef d'œuvre !

— Qu'est-ce que cela veux dire ?… Hugh s'était tourné vers Lisa.

— Je t'expliquerai… Elle posa doucement sa main sur son bras.

— Elle vous expliquera, n'ayez crainte. Elle est très forte pour cela.

— J'en ai assez entendu, vous allez sortir de cette maison… Hugh sentait la colère monter.

— Non, Hugh pas avant que je lui ai parlé… Lisa fit un

pas en avant... Il n'y a pas d'autre solution si nous voulons connaître la paix...

— Quel touchant tableau !... Clive claqua dans ses mains... Eh bien parle, Lisa, parle. Mais dehors. Je veux être le seul à entendre ce que tu as me dire. J'en ai bien le droit. C'est moi qu'on exécute après tout.

— Tu as raison... Lisa embrassa Hugh.

— Je ne vais pas te laisser seule avec lui... Hugh la retenait par le bras.

— Si, ce sera mieux ainsi... Lisa baissa la voix... Ne crains rien, j'en aurais fini très vite... C'est à moi d'affronter cela, par amour pour toi... Je ne reculerai pas... Elle se retourna vers Clive... Allons sur la plage, veux-tu ?

— Pourquoi pas ?... Clive s'effaça pour la laisser passer... Dans le fond tu n'es peut-être qu'une incurable romantique.


— Tuan, tu devrais manger un peu. Cela ne sert à rien de rester le ventre vide.

— Je n'ai pas faim... Nicholas repoussa l'assiette que Rahman lui tendait. Il regarda sa montre. Clive devait être arrivé à la plantation Coleman depuis une bonne demi-heure. Il jouait leur dernière carte. Nicholas s'en voulait. Il avait compris que la partie était perdue d'avance. Pourtant il y avait cru quand il avait rencontré Clive à Singapour. Ce garçon avait tout pour lui. Rien ne laissait deviner qu'il s'effondrerait comme un château de cartes. C'était effarant de tout perdre si près du but. Si Clive avait été plus solide, il y avait peut-être une chance. Lisa voulait le ménager, c'est donc qu'elle l'aimait encore un peu. Mais c'était une femme de tête, entre Hugh et lui le choix serait vite fait. Clive se détruisait à plaisir comme pour se persuader que c'était par choix s'il chutait avant l'obstacle.

Pourquoi Nicholas s'était-il prêté à cette comédie ridicule

dont il allait payer le prix fort ? Dans quelques heures, Lisa serait Mrs Coleman et lui plus seul que jamais. C'était lui l'instrument de son propre malheur, lui qui avait choisi cette île, lui qui s'était lié d'amitié avec Hugh par esprit de contradiction, lui enfin qui venait de les pousser à sauter un pas irréversible. Nicholas se haïssait mais comme ces sentiments ne sont pas longtemps supportables, il retournait cette haine contre ce Coleman qui lui avait tout pris. Hugh n'avait pas le droit de le faire souffrir comme cela. Cet être qu'il avait considéré comme un autre lui-même semblait totalement insensible à ce qu'il pouvait ressentir. Jamais plus un mot personnel... C'était encore plus inacceptable que le reste. Hugh ne pouvait ne pas savoir ce qu'il endurait. Nicholas tapa ses poings contre le mur. Il s'était trompé, il avait été berné, Hugh ne ressemblait pas du tout à celui qu'il croyait connaître. Il devait bien rire et sa gentillesse ne faisait que l'accuser davantage. Un masque, un masque comme tout le reste. C'était incompréhensible, intolérable... au delà des limites de ce qu'un être humain pouvait supporter.

— Quel sorte de monstre es-tu ?... Clive s'était appuyé contre un palmier. Ils avaient beaucoup marché, dépassant depuis longtemps la crique qui longeait la propriété. La mer était très noire, immobile et presque menaçante, un gouffre qui mangeait peu à peu la terre des vivants. A quelques mètres du bord des pêcheurs avançaient lentement sur des barques éclairées par des lampions qui se reflétaient comme autant de lunes rouges.

— Je ne voulais rien te dire. C'est toi qui m'y a forcé... Lisa avait tenté de lui expliquer qu'Anthony devait rester avec elle, qu'il devait comprendre. Mais Clive était trop blessé pour entendre le discours de la raison. Il voulait cet enfant pour lui et pour lui seul, comme s'il cherchait à assouvir une vengeance ou plus sûrement pour tenter de se raccrocher à une autre vie. Lisa ne pouvait plus reculer. Anthony passait avant tout.

— Putain !

— Je ne m'attendais pas à une autre réaction… Lisa ne sentait pas l'eau qui mouillait le bas de sa robe. Elle regardait Clive. Il respirait mal.

— Tu dis cela pour te débarrasser de moi et me séparer à jamais de mon fils !

— Non… Lisa frissonnait… C'est la vérité ! Ni toi, ni moi ne pouvons rien n'y changer. C'était atroce !… Tu peux tout comprendre maintenant.

— C'est faux !… Clive était dessaoulé mais après ce qu'il venait d'entendre, le sol s'était dérobé sous ses pieds… Ce n'est pas possible !

— Réfléchis et tu verras que je viens de te donner la pièce du puzzle qui te manquait… J'aurais voulu t'éviter cela mais ce n'est pas à moi qu'il faut t'en prendre… Lisa se passa la main sur le front… Mon fils ne sera pas un Havington. Je veux qu'il ignore tout de cette famille, jusqu'à son nom… Oui, Hugh va l'adopter ! C'est moi qui le lui ai demandé. Anthony doit être heureux, tu m'entends. C'est sa seule chance… Tu es bien placé pour le savoir.

— Tu serais prête à inventer n'importe quoi pour arriver à tes fins. Tu as toujours été comme cela… Les yeux de Clive étincelaient de fureur… Ça ne prend pas !… Mon père n'aurait jamais… C'est mon père… Comment ai-je pu te croire, ne serait-ce qu'une seconde ?…

— Tu ne me crois pas… Lisa lui lança un regard provoquant… Eh bien pose la question à ton cher père si tu es si sûr de toi ! J'aimerais connaître sa réponse.


— La maîtresse a retrouvé le père de son enfant. Tu ne peux rien contre cela. La voix du sang est toujours la plus forte… Chamsa était venue rejoindre Hugh dans le salon.

Lisa tardait à réapparaître. La petite Malaise avait toute latitude pour agir... Il faut la laisser partir rejoindre la terre de ses ancêtres. C'est son destin. Si tu t'y opposes, elle te le reprochera en silence et tu l'auras perdue plus sûrement encore... Il est temps maintenant de laisser s'accomplir la volonté des Dieux.

— Tu dis n'importe quoi ! Lisa me reviendra. Elle me l'a promis !... Hugh ne voulait pas l'écouter.

— Les explications trop longues prouvent que l'on a bien des choses à se dire. Il y a plus d'une heure qu'ils sont partis... Elle s'agenouilla à ses pieds... Reste avec moi et chacun retrouvera sa place... J'ai interrogé les esprits...

— Je n'aurais jamais dû permettre à ce demi-fou de rester seul avec elle... Je ne sais pas ce qui m'a pris... Hugh se leva d'un bond... Il est capable de tout !... Il se tourna vers Chamsa... Rentre au Kampong... Emmène Anthony. Il faut le mettre l'abri... Il ne pensera jamais à venir l'y chercher.

— Et toi ?

— Je sais ce qu'il me reste à faire... Hugh la bouscula et tira sur le cordon pour appeler les domestiques... Allez, dépêche-toi ! Il n'y a plus de temps à perdre... Chamsa le regarda longuement avant de s'incliner :

— Puisque c'est la volonté du Tuan, j'obéirai... Hugh ne lui prêtait déjà plus aucune attention. Abu venait de rentrer dans la pièce... Abu réunit les hommes ! Qu'ils soient dans cinq minutes devant la maison avec leurs lanternes... Nous allons organiser une battue... Je dois retrouver ma femme...

# Chapitre XIV

Penang

— Il est arrivé un malheur !... Nicholas entendait cette phrase qui brouillait tout dans sa tête. Il avait sauté sur Balthazar. Abu bredouillait. Il était paralysé et on ne pouvait rien en tirer. La plantation Coleman était tout illuminée. Les coolies formaient une muraille épaisse qui interdisait l'accès à l'escalier.

— Laissez-moi passer !... Nicholas avait une force herculéenne. Secrètement, il savait ce qu'il allait trouver. Lisa était là, allongée sur la terrasse, un kriss planté en plein cœur. Hugh lui embrassait les lèvres, hagard. Il murmurait sans cesse... Elles sont encore chaudes. Mon Dieu... Elles sont encore chaudes !

Lisa souriait, un sourire étrange fait de défi et d'éternité. S'il n'y avait eu cette tache rouge sur sa poitrine et un léger filet de sang à la commissure de ses lèvres, on aurait presque pu croire qu'elle dormait. Nicholas avança comme un automate. Hugh ne voyait plus rien que le corps de son amour inanimé. Il retira lentement le couteau et poussa un hurlement avant de le jeter. Il serrait Lisa tout contre lui, comme si son souffle pouvait la réveiller.

— C'est vous, c'est vous qui l'avez tuée ?... Nicholas

frappait Hugh qui restait sans réagir… Je vous interdis de la toucher !

— Nicholas… Nicholas… Hugh le regarda sans comprendre. De grosses larmes coulaient sur son visage… Pardon… Je n'ai pas su la protéger. C'est ma faute… c'est ma faute.

Nicholas s'effondra à son tour. Il venait de perdre sa seule raison de vivre. Lisa était morte, morte… Cela n'avait aucun sens. Nicholas ne le voulait pas. C'était impossible ! Les images et les sons se bousculaient en désordre. Il revoyait la maison de Gullcowes, la lande et la mer, il entendait Lisa rire à gorge déployée et tous les projets qu'ils avaient faits ensemble. Tant de rêves pour finir par une nuit sans lune, perdus au bout du monde. Nicholas couvrait sa sœur de baisers.

— Quand nous étions enfants, la mort n'existait pas…


— Cette fois-ci, je le tiens !… Morton se frottait les mains. L'enquête allait enfin sonner l'heure de sa revanche. Les éléments qui s'accumulaient confirmaient ce que ce fidèle serviteur de l'Etat avait toujours pensé. L'île était en effervescence et on avait les yeux braqués sur lui. C'était l'occasion ou jamais de se montrer à la hauteur de sa tâche et même de regarder un peu plus haut. Morton avait toutes les raisons de croire que cette affaire marquerait le vrai début de son ascension. Il avait peu déjeuné pour rester en forme. Comme tous les bons vivants, il avait la digestion difficile et somnolait immanquablement après un trop gros repas. Morton l'avait bien compris, ce n'était pas le moment de s'endormir. Il s'étira et ordonna de faire rentrer le premier témoin.

— Bonjour Tuan… Chamsa avait l'air intimidée.

— Eh bien assieds-toi !… Morton s'était calé dans son fauteuil… Tu n'as aucune raison d'avoir peur. Il ne t'arrivera rien si tu me dis ce que je veux savoir… Morton la détaillait de la tête aux pieds... Tu m'as bien compris ?

— Oui Tuan... Chamsa s'inclina.

— Reprenons... Tu as quitté la maison avec ton mari et l'enfant... C'est bien cela ?

— Oui, exactement... Chamsa baissait les yeux. Elle détestait avoir affaire à la justice des blancs. Il fallait cacher sa colère, ruser.

— Pourquoi ton mari n'est-il pas parti avec les autres coolies à la recherche de Miss Durram ?

— Le Tuan, je veux dire Monsieur Coleman, lui a dit de rester pour nous protéger.

— Humm... Morton se balançait d'avant en arrière... D'habitude, tu n'emmenais jamais l'enfant au kampong.

— Non, jamais... Chamsa pesait chacune de ses paroles.

— Alors pourquoi justement ce soir-là ?... Morton tapa sur la table.

— On me l'avait ordonné.

— Qui ?

— Le Tuan.

— C'est curieux, tu ne trouves pas ?!...

— Non, le Tuan craignait que l'enfant ne disparaisse lui aussi. Il était inquiet... Chamsa leva les yeux... Il fondait beaucoup d'espoirs sur lui.

— Dis plutôt qu'il voulait s'en servir comme d'un moyen de pression...

— Je l'ignore.

— Admettons... Morton revint vers elle... Tu étais jalouse de Miss Durram.

— Oui, je l'ai été... Mais s'il fallait tuer tous les gens que l'on envie, la terre serait jonchée de cadavres !... Chamsa serrait les poings.

— C'est une réponse pleine de bon sens... Morton souriait pour la première fois de la journée. La petite Malaise ne manquait pas de caractère.

—Le Tuan ne m'aime plus depuis longtemps. Je me suis

470

fait une raison… J'aurais agi beaucoup plus tôt autrement.

— C'est bon… Je t'ai soupçonnée un instant mais cela ne tenait pas debout. Tu as de la chance d'avoir sauvé la vie de Miss Durram durant son accouchement… Morton lui tourna le dos et la congédia d'un revers de main…

— Je peux m'en aller ?

— Tu es hors de cause ! Ton mari m'a donné la même version des faits. Je te ferai revenir si j'ai besoin de toi.

— Ce que j'ai fait la nuit du crime ? Hugh eut un haut le corps. Tout le monde le sait…

— Vraiment ? Vous m'en voyez ravi… Morton lui souffla la fumée de sa cigarette en plein visage.

— Si je comprends bien, je suis ici comme suspect ?… Hugh masqua sa révolte. Morton le haïssait plus encore qu'il ne croyait. Il n'avait jamais pensé qu'on puisse sérieusement l'accuser d'avoir tué la femme qu'il aimait. Les propos de Nicholas étaient dus au chagrin. Ceux de Morton relevaient de calculs autrement plus dangereux… Vous me suspectez, c'est bien cela ? !

— C'est vous qui le dites… Morton ne prenait aucun risque. Il avançait à pas mesurés, comme un gros chat devant sa proie. Coleman allait s'enferrer sans qu'il ait besoin d'intervenir. C'était exactement ce qu'il souhaitait… Vous n'ignorez pas que vous êtes le seul à avoir pu matériellement commettre ce meurtre.

— Comment pouvez-vous imaginer une chose pareille ?… Hugh gardait son calme. Depuis le soir de la mort de Lisa, plus personne ne l'avait vu pleurer. Il ne vivait plus mais refusait de montrer sa détresse à ceux qu'il méprisait. Son orgueil de métis était la seule chose qui le tenait encore debout.

— C'est bien votre kriss ?… Morton lui montra l'arme du crime.

— Oui… La voix de Hugh s'étrangla. Il avait beau tenter de se raisonner, rien ne parvenait à chasser le souvenir de la vieille légende qu'il avait voulu oublier comme un mauvais rêve... Mais je ne le portais pas ce soir-là

— Comme par hasard... Morton tira une longue bouffée de plaisir... Tout le monde sait que vous ne vous en séparez jamais !

— C'est vrai... Hugh hésita. Il était coupable, coupable d'avoir méprisé ses racines indiennes en voulant raisonner comme un blanc.

— Alors ?

— Je craignais de m'en servir.

— Contre Lisa, par exemple ?

— Non ! Contre Clive Havington !

— Quelqu'un d'autre l'aurait donc subtilisé en votre absence.

— Sans doute.

— Malheureusement, le couteau ne porte que vos empreintes et la blessure était si profonde que seul un homme a pu porter le coup... Morton ricana... Le médecin légiste est formel... C'est sans doute encore un fois un rôdeur...

— Je n'en sais rien ! Je n'ai pas tué Lisa... Je l'aimais, je l'aimais... Hugh se leva... Est-ce que vous savez simplement ce que cela signifie ? !

— C'est malheureusement hors de propos !... Morton se figea... Asseyez-vous nous n'en avons pas encore terminé.

— Et Clive Havington ?

— J'allais justement vous en parler... La police est bien faite. Nous l'avons retrouvé dans une fumerie.

— C'est lui... Je l'ai su depuis le premier jour !

— Désolé de vous décevoir. Vous vous trompez !

— Je veux le voir...

— Le malheureux est hors d'état de témoigner.

— C'est trop facile... Hugh se laissa tomber sur son siège... Il a un nom que personne ne veut toucher. Voilà la vérité !

— Oh non… Trop d'opium… Il a perdu la raison… Morton sourit… Votre coupable a cependant un alibi inattaquable et ce d'autant plus qu'il n'a pas cherché à nous le fournir.

— Vraiment ?

— Les pêcheurs ont vu Lisa partir vivante de la plage… C'est eux qui ont recueilli le jeune Havington complètement effondré.

— Je savais bien qu'elle ne voulait pas partir avec Clive… Hugh soupira longuement. Il avait parlé pour lui mais Morton avait saisi.

— Ce n'est pas si simple…

— Vous ne pouvez pas comprendre.

— Mieux que vous ne croyez… Mieux que vous ne croyez…

— Lisa et moi avions décidé de nous marier quand Clive Havington est arrivé.

— C'est justement pour cela que vous l'avez tuée.

— Vous vous amusez à tout salir pour servir je ne sais quels intérêts…

— Je vous en prie !… Morton se pavanait comme un paon vexé.

— Tout cela ne tient pas debout !

— Ce n'est pas mon avis.

— Dans ce cas je n'aurais jamais laissé mon kriss pour signer mon crime… Hugh haussa les épaules.

— Je vous attendais là !… Morton s'épatait lui-même de la façon dont il menait son interrogatoire… Ce soir-là, vous avez exceptionnellement ôté votre kriss, tous vos serviteurs peuvent en témoigner… Voilà justement ce qui m'a mis la puce à l'oreille… Durant la battue, les coolies se sont éparpillés dans la jungle… Vous vous êtes retrouvé seul. Dans la confusion vous avez très bien pu retrouver Lisa à la maison, la tuer et repartir. En laissant votre kriss, vous avez cru pouvoir vous innocenter. Un autre que moi aurait pu s'y laisser tromper, je vous l'accorde.

— C'est monstrueux !

— Je ne vous le fais pas dire… Morton se recala dans son fauteuil.

— Et pourquoi aurais-je fait cela ? Ma vie s'est arrêtée.

— Je n'en doute pas.

— Alors où voulez-vous en venir ?

— Je vais vous dire ce qui s'est passé puisque vous paraissez l'avoir oublié… Vous aimez Lisa Durram, vous l'aimez comme un fou. Clive Havington arrive en ville. C'est toute votre belle histoire qui est menacée. Lisa peut vous échapper d'un moment à l'autre.

— C'est justement parce qu'il était là que Lisa s'était enfin décidée à m'épouser.

— Vous reconnaissez donc qu'elle était bouleversée.

— Oui.

— Eh bien, vous voyez, nous progressons.

— Lisa haïssait cette famille.

— Vraiment ?… Je vous écoute…

— Rien… Hugh se referma. Il ne voulait pas entacher la mémoire de Lisa. Evoquer son viol par Lord Havington n'était pas dans ses intentions.

— Vous perdez pied… Morton réfléchit un instant… Je vous conseille de vous surveiller.

— Je devrais vous casser la figure !

— Je vous croyais plus maître de vos nerfs !

— Pourquoi Lisa aurait-elle voulu faire sa vie avec un homme qu'elle avait fui au bout du monde ?

— Les querelles d'amoureux sont choses fréquentes… Morton jeta un coup d'œil sur ses papiers… Le soir du crime, Lisa sort avec Clive Havington, le père de son enfant. Elle ne revient pas, vous êtes inquiet, terrifié à l'idée qu'elle puisse s'en aller. Vous ordonnez à votre servante de cacher le bébé. Votre décision est déjà prise quand vous réunissez vos hommes. Il n'y a personne dans la jungle. Vous éparpillez les coolies dans de vaines recherches. Vous avez votre idée : revenir en secret à la

plantation pour voir si Lisa n'était pas rentrée… Elle était
là, vous ne vous étiez pas trompé, elle est bouleversée et
ne sait plus quoi faire. Elle réclame son bébé. Vous refusez… La suite vous pourriez me la raconter… vous avez
une dispute violente et… vous l'avez tuée car vous ne
supportez pas qu'une femme puisse vous quitter. Je n'ai
jamais fermé le dossier Miranda Jones !

— Vous êtes fou !

— C'est vous qui êtes un fou dangereux, un malade qui
ne supporte pas l'abandon. Métis vous êtes et métis vous
restez, avec la crainte dans le sang, la crainte d'être reje-
té… Voilà le fond de toute l'histoire !

— J'ai la preuve de la seule chose qui m'importait…
Tout le reste m'est indifférent… Hugh sourit imperceptiblement… Lisa m'aimait, elle m'aimait vraiment.

— Vous en doutiez donc !… Morton bondit sur son
siège… Votre froideur même vous accuse.

— Vous confirmez ce que j'ai toujours pensé… Hugh
alluma une cigarette.

— Quoi donc ?

— Il faut aimer beaucoup l'Humanité car les hommes
pris un par un sont ignobles !… Je suis libre ?

— Pour l'instant… Morton releva la tête… Je vous
demanderai simplement de ne pas quitter l'île.


— Tu ne peux pas rester dans cet état. Il faut réagir !…
Eilleen caressait les cheveux de Nicholas. Depuis le
drame, il avait quitté la plantation pour s'installer en ville.
La jungle le révulsait. Il ne pouvait plus rester seul.

— Qu'il ne vienne pas à l'enterrement… Cette fois, je
le tuerai !

— Chuttt… Anthony dort à côté. Il ne faut pas le
réveiller…

— Il a demandé à me voir. C'est au-dessus de mes
forces !… Nicholas ne croyait pas encore ce qui s'était
passé. Il avait accusé Hugh puis s'était rétracté mais

chaque jour l'enquête venait prouver que c'était bien lui l'assassin. Avec le temps, Nicholas en était presque soulagé. Si Clive avait été coupable, sa sœur serait morte par sa faute. Il n'y aurait pas survécu. Heureusement, Morton était formel, il n'y avait pas de doute, c'était bien Hugh le coupable... Nicholas se répétait cette phrase, inlassablement, pour se convaincre qu'il n'était pour rien dans tout cela. Clive blanchi, c'était Nicholas innocent. La jalousie de Hugh aurait trouvé mille autres moyens pour se cristalliser... Nicholas connaissait trop bien ce sentiment pour ne pas savoir jusqu'où il peut emmener. Oui, c'était évident maintenant. Il fallait que Hugh paye puisque c'était par lui et par lui seul que tout ce malheur était arrivé. Vengeance, vengeance...

— J'ai trouvé une nourrice pour le bébé... Eilleen changea volontairement de conversation. La mort de Lisa et l'attribution de la garde d'Anthony à Nicholas avaient changé ses plans mais lui donnait plus que jamais l'occasion d'être omniprésente. Oubliées ces dernières semaines où Nicholas l'avait négligée. L'amour-propre aurait dû la pousser à plus de froideur mais Eilleen était trop affamée de lui, de son odeur, de son corps et même de ses insultes passées pour lui en tenir rigueur. Elle n'était pas insensible et compatissait, bien sûr. Qui ne l'aurait pas fait ? Mais au plus profond d'elle-même, la situation l'arrangeait. Eilleen se l'avouait avec une horreur coupable et s'en remettait bien vite puisque, après tout, on ne pouvait pas changer l'état des choses. Le scandale de la mort de Lisa ruinait ses ambitions politiques immédiates mais lui apportait une victoire bien plus importante. Nicholas était à terre, misérable et détruit, entièrement à sa merci. Il s'en remettait à elle pour tout, jusqu'au moindre détail. Eilleen avait le deuil discrètement joyeux des riches héritières. Elle pouvait enfin régner sur ses deux ménages avec une joie proche du vertige... « Tu n'auras à t'occuper de rien. »

— Je ne sais pas ce que je serais devenu sans toi...
Nicholas colla sa bouche contre son ventre.

— J'ai une autre nouvelle... Lucian Ambert accepte de
s'occuper de l'affaire. C'est le meilleur avocat du barreau. Avec lui les choses ne traîneront pas.

Sir Rupert avait brutalement vieilli. Tout le monde
s'accordait à le dire. Son visage s'était creusé et sa peau
avait jauni comme celle d'un parchemin passé au feu. Il
n'avait plus goût à rien et même Yunna son fidèle cuisinier n'arrivait pas à le dérider. L'avenir du Hugh hantait
ses nuits. Lui qui ne croyait plus à grand-chose, s'était
surpris à prier pour qu'il soit innocent.

— Je vous le demande d'homme à homme...
Racontez-moi tout sinon je ne pourrai rien faire... Même
si vous avez tué, je me rangerai de votre côté... Le
Gouverneur avait tenu à recevoir Hugh chez lui et non à
La Résidence où trop d'oreilles écoutaient.

— Je ne vous ai pas menti... Je n'ai jamais tué personne... Hugh n'en dit pas plus. Il aurait aimé marquer sa
gratitude au seul homme qui l'ait jamais aimé mais il y
avait trop de pudeur cachée entre ces deux êtres qui ne
s'étaient jamais dit la vérité.

— Je préfère cela... Le gouverneur retint un sourire. Il
était libéré d'un poids qui l'empêchait de respirer... Vous
n'avez aucun indice qui pourrait vous disculper?

— Je crains que non... Hugh baissa la tête. Il avait eu
le temps de s'interroger ces jours derniers mais personne
ne devrait savoir ce qu'il croyait deviner.

— Je ne vous cache pas que l'affaire est mal engagée...
Le gouverneur lissait nerveusement sa moustache.

— Je sais... Hugh le regarda droit dans les yeux... Je
fais confiance à la justice de mon pays.

— Foutaises!... Sir Rupert s'était durci... Je suis certain que vous me cachez quelque chose. Pourquoi refu-
sez-vous de vous défendre?

— Je n'ai pas tué Lisa mais elle est morte par ma faute.

— Cela n'a pas de sens. On dirait que vous êtes décidé à aller gaiement à l'abattoir. Je ne sais vraiment pas quoi penser.

— Rassurez-vous moi non plus, pas toujours.

— Petit crétin !... Le gouverneur le secoua par les épaules... Réalises-tu seulement avec quoi tu es en train de jouer... C'était la première fois qu'il utilisait un langage aussi familier. Si tu as un doute, un soupçon, il faut parler.

— Il y a tant de choses que l'on tait pendant des années... Hugh lui prit les deux mains... Lisa est morte et rien ne me la rendra. Le reste ne regarde que moi... Sir Rupert grommela. Il se retourna pour que Hugh ne vît pas l'émotion qui se lisait sur son visage... Je n'ai aucun ordre à vous donner... Il griffonna un nom et une adresse sur un morceau de papier... Ambert sera contre vous. Il faut contre-attaquer. J'ai un vieil ami à Singapour, William O'Meara, un juriste de première qualité. C'est un Irlandais, il saura vous écouter. Lui non plus n'a pas beaucoup de tendresse pour la Couronne et il n'a rien à voir avec les gens de cette île.

— Je vous remercie... Hugh plia la feuille... Je crois que j'aurais bien besoin d'un tel allié.

— Si j'avais eu un fils... Sir Rupert se racla la gorge... Je crois que je l'aurais voulu tel que vous... Hugh ne répondit pas. Il savait que le gouverneur lisait dans ses pensées... Bonne chance, mon garçon !

— Merci.

— Une dernière chose... Sir Rupert le regardait s'en aller... N'allez pas à l'enterrement. Il vont vous lyncher !

— Ce n'était pas mon intention... Hugh marqua un moment de silence... J'irai plus tard, quand il n'y aura plus tous ces vautours.

— Je n'en peux plus… L'infirmière baissait les bras. Clive avait eu une crise aussi violente que les précédentes. Il passait ses journées à délirer, hurlant des phrases incompréhensibles ou pouvait rester des heures dans la plus totale prostration. Ce soir, il avait fallu l'attacher sur son lit pour l'empêcher de se fracasser la tête contre les barreaux… Nous ne sommes pas équipés pour des cas de cette espèce…

— Je sais… Le docteur Cartwright essuya ses lunettes. Il était dépassé. Le seul remède qu'il connaissait était pire que le mal mais il n'y avait pas d'autres solutions… Doublez les doses de calmants.

— On ne peut pas continuer comme cela… Il faudrait le transporter ailleurs.

— Où?… Cartwright haussa les épaules… Il n'y a aucun établissement spécialisé dans ce pays de sauvages. C'est déjà un vrai miracle d'avoir cet hôpital.

— Nous devrions alerter sa famille.

— Humm… Le médecin réfléchit. C'est vrai, avec cette histoire qui empoisonnait l'atmosphère, personne n'y avait songé. Cartwright se serait bien passé d'avoir à régler ce problème. Sa prudence légendaire lui faisait craindre de s'engager personnellement dans ce genre de démarche. Ce n'était qu'un praticien de province et les Havington si puissants qu'il tremblait à la seule idée d'avoir à les rencontrer. On pourrait l'accuser de n'avoir pas tout tenté pour sauver leur héritier. Il devait se couvrir… « Clive Havington travaillait dans une Mission à Singapour. Prévenons-les, ils décideront de la conduite tenir. »

— Docteur, venez vite!… le docteur Cartwright reconnaissait le militaire qui entrait dans son bureau. C'était un des aides de camp du gouverneur… Sir Rupert vient d'avoir une attaque.

— Je prends ma trousse et j'arrive!… Le médecin enleva sa blouse tout en s'adressant à l'infirmière… Faites ce que je viens de vous dire. Vous voyez bien que je n'ai pas le temps de m'en occuper.

— C'est plus grave que les fois précédentes…

— Morton, foutez-moi à la paix la fin !… Cartwright n'avait pas l'habitude de ses crises d'autorité mais depuis son arrivée, le secrétaire ne cessait pas de parler, tournant autour du malade comme s'il ne pouvait rien entendre… Je ne sais plus ce que je fais !

— Je dois être exactement informé.

— Vous le serez… Le vieux médecin rebouchait un flacon. Sir Rupert était allongé sur un sofa, une photo d'Alia à la main. Sa bouche était à moitié déformée et il ne pouvait plus parler. Son côté gauche resterait paralysé. Cartwright l'avait pourtant bien prévenu de se ménager… Un peu de tenue s'il vous plaît… Le Gouverneur avait tous ses esprits, cela se sentait… Il souffrait moins depuis la piqûre et le remercia du regard… Vous devriez aller mieux dans une heure ou deux. Solide comme vous êtes, dans trois jours vous serez sur pieds !… Cartwright lui fit un sourire encourageant mais comprit parfaitement que son patient n'en croyait pas un mot. Sir Rupert essaya d'articuler une phrase… Restez calme. Je vais vous faire transporter dans votre lit. Nous verrons demain matin comment vous vous sentez. D'ici là, aucune agitation inutile…

Le gouverneur baissa les yeux en signe de soumission. Il avait l'air très las. Le médecin fit un signe aux boys :

— Transportez le très doucement et surtout rien boire ni manger jusqu'à nouvel ordre. S'il a soif humectez lui les lèvres avec une éponge humide.

Morton s'essuyait le front avec un mouchoir. Cette comédie l'exaspérait. C'était fini, n'importe qui s'en rendrait compte. Dans le meilleur des cas, Sir Rupert végéterait encore quelques années sur un fauteuil, à baver comme un crapaud.

— Il me faut un certificat. Le gouverneur est empêché. Je dois le remplacer immédiatement.

— Morton, vous ne changerez donc jamais... Cartwright rangeait son stéthoscope, encore terrifié par ce qu'il venait de voir. Dans le fond ce n'était pas un mauvais homme. Il manquait simplement de courage et tremblait toujours devant la mort. C'était d'ailleurs sans doute pour cela qu'il avait fait médecine. En soignant les autres, il se persuadait que Dieu le trouverait utile et l'épargnerait plus longtemps.

— Oui ou non est-il en état d'assumer ses fonctions ?... Morton avait trop attendu ce moment pour s'en priver ne serait-ce qu'une minute. Il trépignait d'impatience.

— Non, il ne l'est plus... Cartwright secouait négativement la tête... Je doute même qu'il passe la nuit. Vous pourriez lui laisser ce répit.

— C'est hors de question ! La loi est formelle. Vous devez attester ce qui vient de se passer... Morton rayonnait. Cartwright haussa les épaules et sortit une ordonnance. Même si tout cela le dégoûtait un peu, il n'était pas de ceux qui bravaient les textes sacrés.

— Très bien...

— Vous lui avez menti n'est-ce pas ? Il n'est pas prêt de s'en relever... Morton baissa le ton avec un soupçon d'inquiétude dans la voix.

— Je vous l'ai déjà dit... Cartwright faisait grincer sa plume... Mon métier n'interdit pas un peu d'humanité... Vous voilà satisfait ?

— Je n'en demandais pas plus... Morton relisait les conclusions du médecin avec un frémissement chevalin... Vous pouvez vous retirer.

— Eh bien bonsoir... Votre Excellence !... Cartwright voulut mettre un peu d'ironie dans cette marque de déférence nouvelle. Morton ne sembla pas la remarquer. Qu'importe, le médecin avait eu sa petite audace de la journée...

— Bonsoir, bonsoir… Morton planait déjà dans un autre monde. Il aurait aimé crier sa promotion à toute la ville, malheureusement la décence interdit souvent de vivre pleinement ses plus grandes joies. Le secrétaire avait les mains libres… Lui, le petit clerc de notaire avait enfin réussi à s'élever là où son destin l'appelait. La nouvelle de la maladie de Sir Rupert était parvenue en haut lieu et Morton savait que les politiques comptaient sur lui. Les derniers courriers le lui avaient clairement exprimé. Son expérience l'imposait et sa nomination définitive ne poserait aucun problème, une simple signature.

Morton ouvrit la fenêtre pour contempler la terre qu'il devait commander. Le port était déjà tout grouillant des promeneurs qui voulaient profiter de la fraîcheur du soir. Au loin un orchestre attaquait des airs la mode. Le ciel était d'un bleu presque violet. Morton bomba le torse. Après tout, il n'était pas impossible que le Roi lui-même ait prononcé son nom, durant une séance avec le Premier Ministre et peut-être même à dîner. Il faudrait dorénavant qu'il l'utilise avec parcimonie car un patronyme qui avait effleuré les lèvres du souverain ne pouvait décemment plus être mêlé aux conversations vulgaires.

Sa mission était claire. En finir rapidement avec ce Coleman et sans remous. Morton avait compris que le gouvernement ne voulait aucune agitation. Hugh était métis et les preuves contre lui devraient être écrasantes pour ne pas froisser les différentes communautés qui participaient à la gloire de l'Empire. C'était tout le sort des colonies, de la Grande-Bretagne et donc du monde qui était entre ses mains. Cette responsabilité phénoménale en aurait effrayé plus d'un mais Morton avait l'envergure des grands capitaines.

Chamsa ne poussait pas un cri. Hugh la frappait sans relâche. Elle aurait pu appeler au secours mais pour rien au monde, elle n'aurait voulu se priver de ce dernier contact charnel qui assurait sa victoire. Hugh souffrait, il souffrirait toute sa vie et il savait que c'était par elle. Il la gifla encore, sans un mot, encore et encore avec une violence inouïe. Ils étaient seuls dans la maison. Les coolies étaient au kampong. Chamsa serra les dents. Chaque coup qu'elle recevait lui réchauffait le cœur. La douleur physique n'était rien à côté de ce qu'elle avait déjà enduré. Son nez saignait et elle était couverte de bleus. Ces bleus qu'elle avait cachés au plus profond de son âme ressortaient au grand jour. Hugh ne pouvait plus l'ignorer. Elle ne pleurerait pas, elle n'avait plus de larmes et son corps s'était desséché, brûlé par le mal qu'il lui avait fait. Elle tomba à terre et voulut se relever mais ses jambes ne la portaient plus. Hugh pouvait la tuer. Cela n'avait plus aucune importance. Il laissa retomber son bras et la repoussa avec sa botte.

Lucian Ambert s'était levé du bon pied. Depuis l'ouverture du procès, la salle était bondée et c'était un grand spectacle de voir tous ces curieux venir prendre une leçon de démocratie. L'audience préliminaire avait conclu à la recevabilité et les premiers débats n'avaient pas présenté beaucoup de difficultés. William O'Meara était pourtant un adversaire coriace, Ambert le connaissait bien pour avoir déjà plaidé contre lui, il y avait plus de vingt ans. Une superbe affaire, bien sanglante, son seul échec et Lucian ne l'avait pas oublié. O'Meara l'avait emporté grâce à un témoin de dernière heure qui avait tout bouleversé.

Depuis, les deux hommes s'envoyaient leur vœux à chaque Noël, non sans arrière-pensées. Ils avaient fini par se retrouver mais cette fois-ci, le rapport de forces s'était inversé. O'Meara pataugeait et c'était une joie de le voir se démener, à vrai dire se noyer eût été un terme plus approprié mais Lucian était réservé par nature. Pauvre O'Meara...

Il fallait admettre à sa décharge que son client ne l'aidait pas beaucoup. Hugh paraissait totalement absent, pire indifférent à son sort et aux insultes de la foule. On avait dû se résoudre à l'emprisonner pour sa propre sécurité. L'avocat de la défense avait tout essayé pour le faire sortir de son mutisme. Peine perdue. Ce garçon refusait de collaborer. Ambert fixa son bouton de col. Finalement ce Coleman ne pouvait renier son sang indigène. Comme tous les orientaux, il renonçait devant le combat, avec un fatalisme propre aux natifs de ces contrées. On disait sous le manteau qu'O'Meara avait songé s'en laver les mains et n'était finalement resté que par bravade. Les Irlandais sont des plaideurs au berceau. Ambert le savait et se méfiait de son tempérament impétueux. Il n'avait pas l'intention de s'endormir sur des lauriers trop facilement gagnés. D'ailleurs son cher confère semblait moins abattu ces derniers jours. Nul doute qu'il devait cacher quelque chose, à moins, mais Lucian ne voulait pas y croire, qu'il ne s'agisse que d'un écran de fumée pour gagner du temps avant d'élaborer enfin une stratégie. Il se devait de parer à tout, trouver une idée qu'il utiliserait le moment venu…

— Kemal, ma perruque !… Ambert appela son boy pour vérifier que tout était en ordre. Il détestait les hommes de loi qui se commettaient en débraillé. Chaque soir, il fallait repasser sa robe et la lui présenter avant de la porter au Palais. Cette coquetterie lui valait les quolibets de certains mais Lucian s'en moquait. C'était sa politesse à ceux qu'il représentait et plus sûrement à ceux dont il réclamait la tête. Pouvait-on raisonnablement parler au nom de la société et se négliger ?

Lucian étaient veuf par trois fois et c'était le cœur gros qu'il repensait à celles qui autrefois le secondaient en de pareilles circonstances. Il y avait eu Evelyn, morte en couche ; Abigaïl, emportée par une phtisie galopante et enfin Rosalyn qui l'avait accompagnée jusqu'ici sans avoir pu supporter le climat. Elles ne le quitteraient jamais plus. Chacune avait son urne funéraire, avec son nom joliment gravé en écriture gothique sur une plaque de cuivre, du beau travail ! Leur mari d'hier avait veillé à les placer sur un meuble qu'elles affectionnaient particulièrement. Evelyn était sur la coiffeuse de son trousseau, Abigaïl sur son petit bonheur du jour rose et blanc et Rosalyn face à la psyché où elle adorait tant se contempler.

A chaque grande occasion, et c'en était une, Lucian rouvrait l'une des boites qui contenait ces dames et délicatement y introduisait une cuillère d'argent. Il la portait ensuite religieusement à sa bouche pour consommer un peu de ces cendres si chères, oh très peu, juste ce qu'il fallait pour rester en communion sans être accusé de gourmandise. Il essayait toujours d'adapter son choix en fonction des circonstances, pour un dîner chez des amis communs ou la pratique d'un sport préféré.

Ce matin, Lucian se tournait vers l'urne de Rosalyn. Il ne pouvait plus qu'y tremper les lèvres, elle avait déjà beaucoup diminué. C'était pourtant la dernière en date à l'avoir épousé, mais aussi incontestablement la plus aimée… Lucian se regarda dans le miroir de l'entrée. Chère Rosalyn, elle serait si fière de lui. Oui, aujourd'hui serait une belle journée !

— Oui, Nelson, ze le zure… Toute la vérité, rien que la vérité… Lorna Cartwright levait la main droite d'un air pénétré.

— Votre Honneur, Mrs Cartwright… Veuillez m'appeler Votre Honneur comme tout un chacun dans cette enceinte.

— Oh pardon Nelson, mais ze suis zi troublée !… Lorna baissa timidement les yeux. Les rires fusèrent dans l'assistance.

— Silence !… Le juge Darcy frappa avec son marteau pour ramener le calme. Il se retourna vers Lorna qui le regardait, interloquée… Et répondez à Maître O'Meara, c'est lui qui vous a interrogée.

— Comme vous voudrez… Après tout, vous zentendrez tout de même ce que ze dis… Lorna serra son sac contre elle. La salle résonna d'un grondement sourd.

— Silence ou je fais évacuer !

— Mrs Cartwright… William O'Meara ne détestait pas les effets de manches. Il s'avança vers elle mais toute son attention réelle se portait sur le jury… Vous confirmez donc avoir vu miss Durram et Lord Clive Havington en conversation au club.

— Et comment que ze le confirme, des deux mains !

— Je suis bien certain que si vous en aviez une troisième, elle serait présente aussi.

— Je vous en prie, Maître !

— Pardonnez-moi, votre Honneur… O'Meara reprit le cours normal de son interrogatoire… Mon éminent confrère a omis de vous demander ce que vous aviez pu exactement entendre… Parce que vous les écoutiez, n'est-ce pas ?

— Ze n'écoute pas aux portes zi z'est ce que vous prétendez !… Ze zouais aux cartes… Tout ze que ze peux zaffirmer, z'est qu'ils zavaient l'air impatient de ze revoir ! Ah za oui…

— Vous ne pourriez donc pas nous répéter la teneur exacte de leurs propos.

— Non… Lorna piqua du nez.

— Très bien, c'est tout ce que je voulais savoir… O'Meara sourit largement… Je demanderai donc à messieurs les jurés de ne pas prendre en compte ce qu'il est impossible de vérifier.

— Z'est trop facile… Ze vois bien que vous zerzez à me faire pazer pour une menteuse… Z'y étais moi… Parfaitement… Lorna s'adressait directement au public… Fallait voir comment ils se frottaient l'un contre l'autre. Z'était dégoûtant !

— Devant vous ? Vous m'étonnez... O'Meara lui décocha un regard volontairement goguenard.

— Ze zais me faire toute petite. Ils n'ont même pas dû me remarquer... Lorna haussa les épaules.

— Je n'en doute pas... O'Meara se tournait vers la salle pour être clairement entendu de chacun... J'ai entendu dire que votre discrétion était proverbiale... Vous pouvez retournez vous asseoir...

— Ze ne zuis pas prête de revenir. Vous n'êtes vraiment pas zun zentleman... Lorna rejoignait sa place en serrant sa robe.

— Votre Honneur, j'aimerais encore une fois appeler Lord Clive Havington à cette barre. Je reste persuadé qu'il détient les clés de toute cette affaire... Nicholas retenait sa respiration.

— Maître c'est impossible, la Faculté l'interdit... Nelson soupira. C'était au moins la quatrième fois qu'O'Meara lui faisait la même requête... Je vous rappelle que son alibi le met hors de cause.

— Les choses sont parfois moins claires qu'il n'y paraît.


— Nous piétinons... Vous avez pourtant tous les éléments du dossier... Morton avait discrètement retrouvé Lucian Ambert. Il lui avait donné rendez-vous à l'extérieur du Palais chez un Chinois qui lui devait suffisamment pour tenir sa langue... Votre contre-interrogatoire de Coleman a eu un effet désastreux.

— Les femmes le trouvent sympathique, je n'y peux rien... Ambert avait pourtant suivi les traces de l'enquête et posé les mêmes questions que Morton dans son cabinet. Il devait bien reconnaître que cette fois-ci les arguments de Hugh avaient pesé plus lourd. Peut-être était-ce parce que ce Coleman n'avait pas cherché à convaincre, se contentant juste de donner calmement sa version des faits.

— Si cette affaire traîne trop, il y a toutes les chances qu'elle se mette à intéresser en dehors de notre petite communauté. Politiquement nous sommes sur un volcan, je vous le rappelle.

— Je sais… Ambert baissa la voix… Je me méfie d'O'Meara. Je suis certain qu'il mijote quelque chose.

— Avec ça… Vous lui couperez l'herbe sous le pied… Morton tira un dossier de sa sacoche et le jeta sur la table.

— Qu'est-ce que c'est?… Ambert commençait à parcourir les premières pages… Vous croyez vraiment?

— J'en suis absolument certain

— C'est illégal.

— Peut-être mais c'est juste… Morton remit son chapeau… A vous de jouer, monsieur le King Counselor.


— Oui Maître Ambert… Lucian s'était levé. Nelson lui donna la parole.

— Nous tournons en rond et je vois bien que la défense cherche à brouiller les pistes. J'aimerais pour ma part que nous évoquions une affaire autrement plus importante que ces ragots de quartier, l'affaire Miranda Jones.

— Votre Honneur, je m'y oppose… O'Meara avait tout de suite flairé le danger. Il ne pensait pas Ambert capable de détourner le droit d'une façon aussi grossière… Ce cas n'a aucun rapport avec l'accusation.

— C'est exact Maître… Nelson allait lui donner raison.

— C'est faux… Ambert ne comptait pas s'arrêter en si bon chemin. Il avait beaucoup réfléchi ces dernières vingt-quatre heures et sentait bien lui aussi que les preuves de Morton étaient à double tranchant… Tout le monde ici sait que c'est faux ! En droit strict mon confrère a raison mais nous avons affaire à une situation exceptionnelle. L'accusé a déjà été soupçonné pour un crime de même nature et j'affirme qu'il est indispensable de l'évoquer pour éclairer sa vraie personnalité.

Hugh leva les yeux pour la première fois depuis le début de l'audience. Il sentait bien qu'on guettait sa réaction. Son regard croisa celui de Nicholas puis repartit dans le vide.

— Votre Honneur, vous ne pouvez pas. Ce serait une violation des textes !… O'Meara s'approchait de Nelson.

— Maître, je sais très bien ce que j'ai à faire. Je vous remercie… J'ordonne une suspension… Nous reprendrons à quatorze heures.


— Mon ami vous me décevez !… Eilleen cachait mal une larme bien étudiée. Nelson était repassé en coup de vent pour déjeuner. Les arguments des deux avocats l'avaient laissé complètement désemparé. D'un côté, le juge Darcy voulait s'en tenir à la procédure habituelle, d'un autre il sentait que le raisonnement d'Ambert n'était pas dénué de tout fondement.

— Mais ma chère vous pleurez !?

— C'est que j'attendais de vous plus d'autorité… Eilleen quittait Nicholas et elle craignait sa réaction si Hugh était acquitté.

— C'est une situation où je ne me suis encore jamais trouvé !

— Justement ! Montrez-vous sous votre vrai jour. Acceptez la proposition d'Ambert sinon toute la ville va dire que vous le redoutez.

— Mais pourquoi donc ?… Nelson posa sa serviette… Et puis je me fiche de ce que peuvent dire les gens…

— Pas moi figurez-vous… Eilleen se blottit contre lui en reniflant. Son mari lui cédait tout quand elle feignait de se mettre sous sa protection… Morton est convaincu que les deux affaires sont liées.

— Morton, Morton !… Ce n'est qu'un arriviste. Je n'ai aucune confiance en lui… Nelson alla fermer la porte… Si seulement Sir Rupert était encore là pour me conseiller.

— Il vous dirait la même chose que moi ! Si Hugh est innocent, c'est l'occasion ou jamais de le laver de tout soupçons. Vous n'avez rien à perdre. Donnez raison à Ambert, et à l'avenir devancez le en vous montrant plus avisé.

— Ma chère, je ne pensais pas que vous me portiez encore autant d'attentions... Vous êtes si belle et moi si maladroit !

— Taisez-vous !... Eilleen se laissa embrasser... Je peux vous faire confiance au moins ?


— Des menaces de mort, dites-vous... Ambert triomphait. C'était lui qui interrogeait Mrs Waïk à titre d'information.

— Oui... Hugh Coleman était fou de rage... Il faisait peur à voir... Milicent était très pâle. Il y avait longtemps qu'elle attendait ce moment. Ce soir, elle pourrait enfin dormir.

— Mon client n'a vraiment pas de chance... O'Meara s'esclaffa bruyamment... Qu'il soit là ou non, il y a toujours une commère pour se mettre au service de l'accusation !... Le public applaudit. L'avocat venait de marquer un point, son premier depuis longtemps.

— Je vous en prie !... Nelson le rappelait à l'ordre. Il regarda Ambert... Avez-vous d'autres questions ?

— J'en ai terminé, merci.

— Et vous Maître O'Meara ?

— Pas pour l'instant... pas pour l'instant... O'Meara semblait confiant. Il sourit mystérieusement... J'aimerais appeler Monsieur Nicholas Durram à la barre.

Nicholas se tourna vers son avocat. Il ne s'attendait pas à être cité par la défense. Ambert lui fit signe de ne pas s'inquiéter.

— Vous aimiez beaucoup votre sœur n'est-ce pas ?... O'Meara l'abreuvait de questions. Il avait l'intention de ne pas lui laisser le temps de respirer.

— Oui… Cela me semble naturel.

— Vous avez affirmé que vous étiez convaincu que mon client était coupable.

— Certainement.

— Il aurait tué par jalousie, toujours selon vous ?

— Oui… Nicholas sentait la présence de Hugh à quelques mètres de lui. Il évitait de le voir mais sa voix se fit moins assurée… Ma sœur m'en avait parlé et d'ailleurs…

— Vraiment ?

— Hugh Coleman m'a roué de coups quand il a cru que je voulais lui interdire de s'installer chez lui.

— Ne serait-ce pas plutôt l'inverse ?

— Nous nous sommes battus. C'est tout ce qui importe !… Nicholas serra les poings.

— Sans doute… Mais il y a quelque chose que je voudrais savoir. Votre sœur a-t-elle jamais donné l'occasion à mon client d'être effectivement jaloux ?

— Comment cela ?… Nicholas ne comprenait pas où O'Meara cherchait à l'entraîner.

— Je vais être plus clair… En votre âme et conscience, pouvez-vous dire que Miss Durram n'était pas profondément amoureuse de Hugh Coleman ?… Eh bien répondez.

— Non… Ça, je ne le peux pas… Nicholas prit sur lui. La culpabilité de Hugh lui paraissait si évidente et monstrueuse à la fois qu'il ne savait plus quoi penser. Au début du procès, il aurait volontiers tendu lui-même la corde qui devait le pendre. Aujourd'hui l'attitude de Coleman le déroutait. Il n'avait visiblement pas soufflé un mot du viol de Lisa par Lord Havington, ce qui aurait certainement contribué à l'aider… Lisa aimait Hugh. Elle l'aimait vraiment… mais lors de… lors de notre dernière entrevue, je ne l'ai plus sentie aussi claire. Elle m'avait remis une lettre pour Clive Havington.

— Avez-vous lu cette lettre ?

— Non.

— Je vous remercie.

Nicholas se leva et s'arrêta la hauteur de Hugh. Il fallait qu'il trouve le courage de l'affronter.

— Qu'est-ce qui vous prend? Vous voulez lui permettre de s'en sortir cette fois encore!... Morton fulminait. Il avait suivi tous les débats et n'en revenait pas des hésitations de Nicholas. L'ambiance en ville commençait à changer. Des voix s'élevaient pour dire que l'accusation était fabriquée de toutes pièces. Un journaliste du "Singapour Times", sans doute alerté par O'Meara venait de signer un article intitulé : "La mort prévue d'un métis". Morton jouait son nouveau poste. Tout ce qu'on lui avait demandé d'éviter menaçait de prendre des proportions inquiétantes. Il était trop tard pour revenir en arrière. Il fallait donc faire taire les rumeurs en resserrant les rangs.

— Je veux la vérité, juste la vérité...

— Alors aidez-nous à la trouver au lieu de brouiller les pistes !

— Vous n'avez rien à faire ici... Cartwright se tenait devant O'Meara, lui interdisant le passage. Si le vieux médecin n'avait pas eu ses aigreurs d'estomac qui le torturaient, l'avocat aurait réussi son coup. Par bonheur, depuis trois jours, Lorna venait elle-même lui apporter son déjeuner et il le prenait dans son bureau au lieu de descendre à la cantine.

— Je veux parler à Clive Havington... C'est un témoin capital et on m'a interdit de le voir.

— Vous savez très bien que vous n'en avez pas le droit !... Cartwright se réfugiait derrière le code de déontologie.

— C'est exact, mais vous savez aussi bien que moi que j'ai raison... O'Meara le regarda dans les yeux... On est en train de juger un innocent. Il va être condamné si vous ne m'aidez pas… Il y va de la vie d'un homme !

— Je suis désolé… Cartwright bégaya. Il était gêné… Même si je vous laissais entrer cela ne servirait rien… Il est toujours dans le coma.

— Vous mentez !

— Alors, cela ne vous a pas suffit d'insulter ma femme !… Cartwright se rebiffa. Il ne pouvait pas admettre que sa bonne foi soit mise en doute… Sortez, sortez tout de suite ou je préviens les autorités !


Chamsa venait de quitter la barre. Elle avait confirmé que Hugh ne l'avait pas quittée durant la nuit de la mort de Miranda Jones. Son témoignage, hier méprisé, prenait aujourd'hui un relief particulier au regard des derniers événements. C'est alors qu'O'Meara enfonça le clou. Hugh était innocent, innocent des deux crimes, il en était convaincu. Les obstacles qu'il rencontrait un peu partout n'avaient fait que renforcer son désir de l'emporter. Ambert l'avait pris pour un idiot une fois de trop. Il fit appeler Mrs Waïk à témoigner à nouveau.

— Mrs Waïk… je suis heureux que vous ayez pu vous déplacer malgré ce mauvais rhume qui vous tenait au lit.

— Je vous en prie… Milicent rangea son mouchoir… C'est la moindre des choses.

— Non, non… J'apprécie… L'avocat ne ménageait pas ses amabilités puis soudainement… Puis-je vous demander pourquoi votre mari a quitté l'armée ?

— Comment ?… Milicent chercha à apercevoir Elliot, l'air affolé.

— Je vous demande pourquoi votre mari a quitté l'armée ? C'est clair !

— Cette question est tout fait saugrenue… Ambert voulait couper court. Il était assez intuitif pour savoir que cela sentait mauvais. O'Meara avait sûrement appris quelque chose, voilà la raison de son assurance durant ces derniers jours.

— Maître, restez dans le cadre de ce qui nous intéresse… Nelson tentait de rétablir le calme.

— Votre Honneur, vous verrez que je suis en plein dedans… O'Meara s'attendait à l'objection… Je suis la procédure choisie par mon confrère. Vous verrez bientôt la justesse de mon raisonnement.

— C'est une diversion… Ambert se dressait sur son siège.

— Continuez Maître O'Meara… Nelson soupira… Je souhaite simplement que vous ne nous fassiez pas perdre notre temps. Répondez Mrs Waïk…

— Nous avions décidé de nous installer aux colonies… Milicent réprimait un tremblement.

— Il y a pourtant des unités basées dans tout l'Empire… O'Meara savait parfaitement où il voulait en venir… Votre mari était promis à un brillant avenir. J'ai une copie de son livret militaire sous les yeux.

— Oui… On le disait en tous cas… Milicent était blanche comme un suaire. Elliot venait de s'en aller.

— Le nom de… Lady Pendwick vous dit-il quelque chose ?… O'Meara prenait son temps, faisant mine de chercher dans ses dossiers.

— Vous n'avez pas le droit !… Milicent se tourna vers Nelson comme une furie… Faites le taire !

— Calmez-vous Mrs Waïk… Maître, nous vous écoutons.

— Non, c'est un mensonge, un tissu de mensonges !… Milicent hurlait.

— On pourrait presque vous croire car vous êtes une spécialiste… O'Meara ne se démontait pas.

— Ordure, sale ordure !

— Gardes, faites évacuer le témoin… Milicent s'était jetée sur O'Meara et il fallut la traîner hors de la salle dans un flot d'injures.

— Je viens de recevoir certains papiers de Londres qui je crois seront de nature à intéresser les membres du jury.

En 1886… O'Meara parlait très lentement pour que ses paroles aient tout leur poids… Mrs Waïk fut confondue de mensonges dans une enquête concernant la mort d'un jeune officier du même régiment que son mari, le lieutenant Allan Murdock… Allan Murdock qui était son amant et qui l'avait quittée pour une autre femme. Mrs Waïk crût en devenir folle et inonda la ville de lettres anonymes accusant Lady Pendwick, la femme du très respectable Lord Pendwick, d'être cette femme-là. Non contente de salir la réputation d'une famille honorable, Mrs Waïk prétendit être en possession de documents qui prouvaient que Lady Pendwick faisait chanter le Lieutenant Murdock pour lui interdire de revenir à ses anciennes amours. Il est inutile de vous communiquer la nature de ces documents puisqu'ils ne furent jamais retrouvés. Mrs Waïk dût passer plusieurs mois en maison de santé et son mari démissionner de l'armée… Je pense que cela suffit à mettre sérieusement en doute la validité des racontars de ce témoin à charge… O'Meara se tourna vers Ambert… Je pense mon cher maître que votre bonne foi aura été abusée… Lucian avait le souffle coupé. Il devait réagir immédiatement pour ne pas perdre toute sa crédibilité. C'était son honneur qui était en jeu.

— J'ignorais tout cela et je ne peux que présenter mes excuses à la Cour… Mais… l'avocat sentait la salle suspendue à ses lèvres… cela ne change rien au problème. Il est très certainement regrettable que la moralité d'un témoin soit mise en cause mais nous avons bien deux cadavres sur les bras… J'aimerais m'assurer à mon tour que mon honorable confrère ne conclut pas trop vite… Votre honneur pourrait-on rappeler Chamsa Hamsah ?…

— Si vous le croyez nécessaire. Nelson regarda sa montre pendant que Chamsa avançait dans l'allée centrale.

— Mademoiselle, vous nous avez bien juré de dire toute la vérité, rien que la vérité ?… Ambert lui laissa à peine le temps de s'installer.

— Oui.

— Vous êtes musulmane de naissance, je crois ?

— Oui...

— Je vais donc vous demander de recommencer votre serment mais sur Le Coran cette fois.

— Maître ne croyez-vous pas que cela a assez duré ?... Nelson montrait des signes d'impatience.

— Pardonnez-moi, Votre Honneur mais pour cette fille la Bible n'est rien d'autre qu'un livre à grand tirage... Pouvez-vous maintenant répéter ce que vous avez déclaré tout à l'heure... Chamsa toucha les Ecritures Saintes en tremblant.

— Ça suffit ! Dis tout ce que tu sais... Hugh s'était levé.


— C'est vous ? Je vous attendais... Clive ouvrait à peine les yeux. Il parlait très difficilement. Il était maigre et gonflé d'eau.

— Tu dois vivre... Sly lui avait prit la main. Il le veillait depuis deux jours et une nuit et c'était la première fois qu'il réentendait le son de sa voix... Tu m'entends. Il le faut ! Tu peux y arriver si tu le veux vraiment.

— Vous savez...

— Oui...

— Pour l'enfant... Clive s'accrocha à lui... Il faut que mes parents soient au courant !

— Ne t'inquiète pas... Sly lui passa la main sur le front. Il était brûlant... Tu vas guérir... Tu pourras leur apprendre toi-même... Clive sourit tristement.

— Un jour, vous m'avez dit... Petit, ne sois jamais petit... Vous vous souvenez...

— Tais-toi... garde tes forces.

— Je n'ai pas pu...

— Chuttt... Dieu est compréhensif. C'est son rôle...

— Il est temps de suivre vos conseils... Clive faisait un

effort surhumain. Sly approcha plus prêt mais la voix était trop faible… Lisa aimait Hu…

— Oui, je suis sûr qu'elle t'aimait !… Clive était retombé, la tête sur son oreiller. Sa vie s'était enfuie, sans bruit.

— Mon Dieu, mon Dieu, pourquoi as-tu fait cela ?!… Sly leva les bras au ciel en hurlant.

— Vous êtes fou ! Il y a des malades à côté… Une infirmière venait d'entrer en courant. Elle jeta un coup d'œil sur le lit… Ah, c'est fini… Je vais le faire descendre.

— Sortez !… Sly la poussait dehors.

— Comme vous voudrez mais je vous préviens, avec la chaleur on s'en débarrasse dans la journée… Sly referma la porte. L'infirmière haussa les épaules. Les hommes n'avaient aucun sang-froid. Elle replaça ses cheveux en se regardant dans le miroir de l'étage. Finalement on n'était bien peu de chose. Mourir comme cela quand on aurait dû être l'homme le plus riche d'Angleterre ! C'était trop bête et dire que son Johnny était en pleine santé sans avoir un sou.

William O'Meara s'était pris la tête dans les mains. Il avait réclamé la suspension mais Coleman s'y était opposé. Ce n'était plus un procès mais un suicide. Hugh pouvait tout aussi bien se pendre lui-même.

— Un accident ? Miranda Jones serait morte par accident ? Je vais finir par croire que vous êtes décidément très maladroit ou que vous ne portez pas bonheur pour le moins… Ambert jubilait. La situation se retournait à son avantage. Il y a un quart d'heure, il n'aurait pas donné cher de l'avenir de sa carrière et voilà qu'il triomphait. Ses mains étaient légèrement moites, comme toujours chez lui en cas d'excitation. Lucian prit sa respiration. Il voulait savourer ce moment. Ses traits d'humour blesseraient O'Meara en plein cœur. D'ordinaire, c'était lui qui se les réservait.

— Je l'ai surprise en train de me voler. Elle m'a sauté au visage. Je l'ai évitée et…

— C'est la vérité !… Chamsa se dressa sur son siège.

— Ah pardon mademoiselle, je vous avais oublié… Ambert se retourna vers elle… Vous avez une mémoire toute neuve. Je ne suis plus certain que ce soit la bonne. Vous avez donc assisté à la scène ?

— Réponds… Hugh lui fit comprendre de ne rien cacher. Nelson se préparait à intervenir quand Ambert le remercia d'un geste :

— Je vous remercie Votre Honneur mais je ne vois personnellement aucun inconvénient à ce que l'accusé m'aide dans mes recherches.

— Dans ce cas… Nelson laissa retomber son marteau.

— Eh bien mademoiselle, répondez…

— Non. Je n'étais pas là… Chamsa baissa les yeux… Je ne suis arrivée qu'après… à cause du bruit. Le Tuan n'avait pas l'air de comprendre ce qu'il venait de se passer… Personne ne l'aurait cru !

— Voilà qui est mieux… nous connaissons la suite… Ambert lissa sa perruque… Vous aidez votre maître à maquiller le…

— C'est faux !… Hugh se tourna vers la salle… La parole d'un métis ne vaut rien. Vous tous le savez ici !

— Je vois sur quel terrain vous cherchez à nous emmener… La loi est la même pour tous… Le jury appréciera… L'avocat posait sur Chamsa un regard lourd de menaces… Une dernière question… Le jour de la mort de Lisa Durram, vous avez bien vu votre maître ôter son kriss.

— Oui

— Ce n'était pas dans ses habitudes.

— Non… Chamsa pleurait.

— Messieurs… Ambert fondit sur les jurés… J'affirme que ce geste prouve que Hugh Coleman a prémédité la mort de Lisa Durram et qu'il cherchait déjà à se disculper en se débarrassant ostensiblement de l'arme du crime.

— C'est faux. C'est faux ! Je n'ai jamais tué Lisa !...
Hugh avait bondi.

— Je veux bien croire Monsieur Coleman... Ambert
regardait la salle... mais alors qui ? Je vous le demande...

— Ce n'est pas à moi de le trouver... Hugh se laissa
retomber sur son fauteuil.

— Je reviens dans dix minutes... Ce sont les ordres...
Le geôlier ouvrait la porte. Hugh avait été condamné à
l'unanimité. Il serait exécuté demain à l'aube. Nicholas
hésita puis entra dans la cellule. Hugh lui tournait le dos.
Il regardait le ciel à travers les barreaux.

— Je vous remercie d'être venu. Je voulais vous parler... J'avais peur que vous refusiez. J'aurais compris
mais c'est mieux ainsi, n'est-ce pas ?

— Je vous écoute... Nicholas avait le teint pâle et les
yeux cernés. A le voir si tourmenté, on aurait volontiers
cru que c'était lui qui allait être pendu. Dieu sait qu'il
avait souhaité la mort de Hugh mais quelque chose l'empêchait de la vouloir tout à fait, quelque chose qui le tor-
turait et lui faisait perdre le sommeil. Les preuves étaient
accablantes mais à ce moment précis, il ne savait plus s'il
se trouvait en face de l'assassin de sa sœur ou d'un innocent qu'il avait conduit à la potence.

— Je voulais que vous sachiez que je ne suis pas coupable... Hugh l'invitait à s'asseoir comme s'ils étaient
dans un salon.

— Pourquoi me dire cela ?... Nicholas eut un mouvement de recul.

— Vous croyez que je cherche à vous empêcher de
vivre...

— Je ne sais plus !

— C'est bien plus simple que cela... Vous êtes la seule
personne dont l'estime m'importe vraiment. Après tout
nous sommes les deux seuls à l'avoir vraiment aimée.
Voyez-vous, j'ai eu peur de perdre Lisa parce que Clive

était blanc et que j'étais métis. A cet instant précis, j'ai voulu raisonner comme un Anglais l'aurait fait. L'Indien que je suis n'aurait jamais laissé son Kriss, pas celui-là… Il fallait que je me prouve que j'appartenais à votre monde. Je me suis trahi et cette trahison va coûter deux vies… mais pour rien au monde je n'aurais touché un cheveux de… Hugh ne termina pas sa phrase.

Les deux hommes restèrent un instant silencieux. C'est Nicholas qui reparla le premier :

— Dans ce cas, faites appel ! Votre avocat vous a supplié de le faire.

— A quoi bon ?

— Ce procès ne s'est pas déroulé dans les règles. Il peut sûrement être cassé.

— Vous ne m'avez pas compris… Hugh restait debout… La vie ne m'intéresse plus…

— Non… C'est vrai, je ne vous comprends pas !… Nicholas était dérouté.

— Je suis mort quand elle est morte. Nous avons tous au fond de nous un rêve impossible… Hugh s'illuminait… Avec Lisa, c'était comme tous les jours cueillir le ciel.

— Si ce que vous dites est vrai, vous devriez souffrir autant que moi. Vous ne pourriez pas rester aussi calme !

— Le but n'est pas la souffrance, c'est l'amour.

— Encore une de vos formules !… Nicholas aurait voulu partir, ne plus l'entendre… Si ce n'est pas vous, est-ce que vous savez qui c'est ? Il n'y a que cela qui compte ! Vous n'avez pas le droit de vous taire.

— C'est justement le seul qu'il me reste. Il y a eu assez de malheur comme cela.

— Je ne peux pas croire qu'un homme sain d'esprit puisse se sacrifier avec une telle désinvolture…

— Je ne me sacrifie pas… Hugh était impénétrable.

— Je crois que nous n'avons plus rien à nous dire… Nicholas se relevait. Il était incapable de deviner si Hugh était sincère ou s'il cherchait à le persécuter en l'abandonnant à ses remords.

— Non, je ne vous demanderai qu'un instant… Hugh le prit par l'épaule. Je vous ai choisi comme exécuteur testamentaire.

— Moi ?… Nicholas restait interdit.

— Je lègue tous mes biens à Anthony, à l'exception d'un bateau que je laisse à Abu. Vous trouverez les papiers dans le premier tiroir de mon bureau. Tout est en règle… Partez maintenant… Hugh sourit… Je n'ai pas peur. Vous connaissez mes croyances… En Asie, la mort n'existe pas…

Chamsa s'était baignée longuement. Elle marchait sur le sable couleur de lune. Tout était accompli. Ce n'était pourtant pas comme cela qu'elle avait imaginé sa vie. Les esprits se vengent toujours de ceux qui croient trop bien les connaître. Elle n'était pas triste, ni gaie non plus. Tout ce qu'elle avait aimé lui avait échappé mais ce serait pour tomber dans le néant. Il faisait frais, presque froid à cause de ce vent d'ouest qui soufflait depuis trois jours. Chamsa frissonna et leva les yeux pour regarder la maison. Les domestiques l'avaient nettoyée suivant ses ordres. Ils dînaient à cette heure. Il n'y aurait plus personne quand elle allait remonter. Les femmes couchaient déjà les petits et le kampong serait bientôt endormi. On ne viendrait plus la déranger et Abu savait qu'il valait mieux la laisser seule. Ils ne se parlaient plus beaucoup. Dans le fond, il lui en voulait de ce qu'elle l'avait forcé à taire. Chamsa n'était pas inquiète, l'intérêt lui ferait bientôt oublier d'avoir honte du passé. Elle s'engagea sur le petit chemin qui s'enfonçait dans les touffes de lalang et poussa la porte du jardin que Hugh ne lui avait jamais donné. Rien n'avait changé. On entendait les criquets et le clapotis des grenouilles qui sautaient dans l'eau. Chamsa s'approcha des pivoines et cueillit la plus belle. Ce soir, elle coucherait dans la chambre de la maîtresse des lieux.

Nicholas avait vu la lumière depuis la jungle. Tout flambait. Il avait voulu passer ce matin loin de la ville et s'était mis en route avant l'aube. C'était bien la plantation Coleman qui crépitait comme une torche de bois vert, un spectacle inouï, effarant et somptueux à la fois, le mariage des flammes et du soleil levant. Les coolies se relayaient avec des seaux d'eau mais il était trop tard. Les flammes dévastaient déjà le toit et tout le premier étage.

— C'est Chamsa, c'est Chamsa… elle a tout brûlé…
Abu pleurait comme un enfant.

Nicholas leva les yeux. Dans la chambre de sa sœur, il aperçut la silhouette de la petite Malaise qui se débattait en riant. Il lui sembla qu'elle l'avait vu au moment même où le plancher s'effondra. Une phrase de Morton lui revint en tête : « Le coup était si violent qu'il n'avait pu être porté que par un homme »… Il venait de réaliser que cela pouvait être la force de la vengeance d'une femme. Non, c'était absurde. Il y avait déjà pensé.

— Abu… Nicholas secoua le boy… Chamsa était bien avec toi le soir du crime ?

— Oui Tuan… Abu leva la main… Je te le jure, elle ne m'a pas quitté.

La maison s'écroulait sur elle-même dans un hurlement sinistre de bois éclaté. Il était six heures, Hugh allait être exécuté.

— C'est elle, c'est elle et tu le sais !

Il n'y avait plus un nuage. On entendait déjà les premiers bruits du marché et les chariots qui allaient et venaient du bazar. Hugh avait refusé la cigarette et le verre d'alcool que le gardien lui tendait. Le pasteur venait de ressortir bredouille. Toute la nuit, Hugh avait entendu les ouvriers monter l'échafaud dans la cour de la prison.

C'était sans doute pire que d'affronter directement la mort. Ses nerfs avaient craqué mais personne ne s'en était rendu compte et ce matin il faisait bonne figure. Il voulait en finir au plus vite et montrer à ses détracteurs comment un sang mêlé savait se tenir. Ce serait son dernier combat, celui qui avait hanté toute sa vie.

— J'espère ne pas vous avoir trop nui… Hugh se penchait vers O'Meara. L'avocat n'avait pas non plus beaucoup dormi :

— Je ne me pardonnerai jamais de ne pas avoir su dénoncer le vrai coupable… car vous le connaissez n'est-ce pas ?… Hugh restait impénétrable :

— Ne faisons pas attendre ces messieurs… Dehors Nelson, Morton et Cartwright les avaient devancés. Hugh les salua et monta le petit escalier de bois. Il n'avait pas pensé qu'on lui attacherait les mains, ni cette cagoule…

— Je ne suis pas très fier de moi… Nelson baissait la tête.

— Personne ne vous le demande… Morton haussa les épaules. Le bourreau venait d'ouvrir la trappe. Tout avait été très vite… Avec un peu de chance, nous serons au club pour l'ouverture. Je prendrais bien un bon café ! Vous m'accompagnez ?

— Il n'y a aucune trace de ce testament et tu ferais mieux de te taire si tu ne veux pas aller en prison… Morton n'aurait jamais dû recevoir ce boy mais il l'avait agrippé en bas et menaçait de faire un scandale… Il n'a jamais existé.

— Il a brûlé avec le reste… C'est Chamsa et moi qui l'avions contresigné… Abu n'avait pas l'intention de se laisser faire… Le Tuan me donnait un bateau. Il est à moi.

— Contresigné ?… Morton s'esclaffa… Parce que tu sais écrire ?

— Non Tuan… Abu baissa la tête… J'ai fait une croix… c'est vrai, je le sais bien…

— Y a-t-il d'autres témoins?... Morton n'avait pas l'intention de laisser passer la fortune Coleman. En l'absence d'héritier, elle devait revenir à la Couronne, ce dont on lui serait certainement gré. Ce boy était beaucoup trop sûr de lui pour avoir tout inventé. Il fallait biaiser... Quelqu'un d'autre est-il au courant?

— Je ne sais pas... Abu était loin d'être un idiot... Le Tuan a pu en parler... Cela ne m'étonnerait pas. Il prenait toujours ses précautions.

— C'est bon... Morton avait rapidement fait ses comptes... Tu m'as l'air honnête mais la loi est la loi.

— Je n'aurai rien?!

— Je n'ai pas dit cela... Morton adoucit sa voix... Nous allons faire un marché tous les deux.


— Je t'assure Tuan, je n'ai jamais rien signé, je ne sais pas écrire... Abu ouvrait de grands yeux.

— Ton maître m'en a parlé... Nicholas alluma une cigarette... juste avant de mourir.

— Il en aura eu l'intention mais il aura oublié... Abu joignit les mains... Ces derniers temps, le chagrin lui avait troublé l'esprit. Je ne peux rien te dire de plus... La maison gardera son secret.

— Et toi que vas-tu devenir?... Nicholas savait bien que le coolie mentait. Il voulait en avoir le cœur net.

— Je vais rester... Abu avait l'air embarrassé.

— Comment cela?! Je croyais que tu aimais la mer?

— C'est vrai, mais on m'a nommé kangani... Abu ne put réprimer un geste de fierté... C'est moi qui vais diriger l'exploitation du Tuan!

— Je vois... Nicholas n'insista pas. C'était inutile. Les vrais responsables étaient ailleurs. Tout se tenait. Il n'y avait rien d'autre à en tirer... Tu feras certainement très bien ton métier.

— Je sais que légalement, je n'ai aucun droit sur cet enfant même s'il est avéré…

— Qu'il peut-être votre fils !… Nicholas lui aurait volontiers craché à la figure. Il attendait cette visite. Tout le monde savait que Lord Havington faisait le voyage depuis Londres pour rapatrier le corps de Clive. Il se doutait bien que l'existence d'Anthony n'était pas totalement étrangère à ce déplacement savamment orchestré. Charles blêmit.

— Clive l'a appris ?!

— Il en a crevé… comme un chien !

— C'est affreux !… Charles avait perdu beaucoup de sa superbe. La mort de Clive l'avait profondément atteint. Curieusement, il ne savait pas si c'était la disparition de son enfant ou la fin probable de sa lignée qui le touchait davantage. Le cynique qu'il était ne s'y retrouvait plus. Charles était un Havington, il ne raisonnait donc pas comme le commun des mortels. C'est ce qu'il s'était répété durant toute la traversée, un long mois seul, face à face avec l'Océan. Il se doutait bien qu'il y avait un doute sur la paternité mais jusqu'ici, il s'en était plutôt félicité. Cette île l'avait ramené à de plus dures réalités. Nicholas le heurtait de plein fouet et cela n'entrait pas dans sa logique… Dieu sait que je ne l'ai pas voulu… Charles cachait sa tête dans ses mains. Ce matin il avait dû identifier les restes de Clive. C'était infect… Si seulement…

— Vous mentez !… Nicholas se souvenait de chaque détail de ce que Lisa lui avait raconté, l'écurie, les menaces, le chantage… Vous vouliez détruire ma sœur, vous étiez prêt à tout pour vous débarrasser d'elle ! Elle vous a haï jusqu'à son dernier souffle.

— Et Clive, comment a-t-il su ?

— Quelle importance ? Le mal était fait… Croyez-moi, il vous détestait autant qu'elle !… Nicholas l'avait attrapé par le col… Je vous méprise. Malgré votre nom, vous êtes une ordure de la pire espèce.

— Je n'ai pas voulu ça... Lord Havington hoquetait. Ce soir, il pleurait pour la première fois de sa vie.

— Je sais qui vous êtes vraiment et ce n'est pas beau voir... Nicholas le relâcha. Ce n'était pas par pitié, simplement par dégoût... Je crois que je préférais votre morgue de tout à l'heure, elle vous ressemblait davantage. Gardez vos larmes, vous en aurez besoin pour chacun des jours qu'il vous reste à vivre. Moi, j'ai tout perdu et je ne pleure pas... Je ne le peux même pas.

— Je n'ai pas voulu ça, juste...

— Ça suffit !... On va finir par vous entendre... Nicholas lui jeta son mouchoir.

— Comment ?... Charles ne comprenait pas ce revirement soudain. Nicholas se moquait bien des apparences.

— Vous tenez à votre réputation, moi aussi pour d'autres raisons... Rassurez-vous, à part vous et moi, plus personne n'est au courant... J'ai réfléchi... Nicholas guettait la réaction de Charles. Il le tenait à sa merci. Il pouvait se venger de lui, contrairement à tous les autres qui se tenaient bien à l'abri. Il se rendit compte que cela ne l'intéressait plus. Ses sentiments avaient disparu, Lisa et Hugh avaient tout emporté... Je savais ce que vous viendriez me demander. Je vous donnerai Anthony... Oh pas par bonté d'âme mais simplement parce qu'il me plaît à moi de savoir que le prochain Lord Havington sera le fils de Lisa ! Contre cela vous ne pourrez rien.

— Il sera heureux. Je vous le promets... Charles se redressa. Nicholas eut un sourire sardonique :

— Je n'en doute pas ! C'est votre dernière chance... Vous avez au moins cette avantage sur moi. Ici tout sent la mort.

# EPILOGUE

## Gullcowes

Je n'ai connu la suite des événements que bien plus tard. Ah, pardon, j'ai oublié de me présenter. A vrai dire je suis un des personnages de ce roman, un personnage secondaire et peut-être n'avez-vous même pas aperçu mon nom. C'est sans grande importance, sachez seulement que si j'étais jeune à l'époque, j'avais déjà cette faculté d'observation qui m'a tant servi par la suite. J'étais simplement là, sans être directement impliqué et c'est parce que l'on oublie jamais le parfum de ses années d'adolescent, que je me souviens si bien de tout ce que j'ai pu vous raconter.

Pour la continuité du récit, je dois vous en apprendre un peu plus. Après mes études, l'oncle de ma femme m'avait trouvé un poste à la Shell. Ce furent sans doute les meilleures années de ma vie. Je les passais au Sarawak où Sir Rupert était si sûr que l'on ne trouverait jamais de pétrole !... Puis brutalement, j'ai été rappelé au siège de Londres. J'étais désespéré de quitter les îles de mon enfance, même si les choses y avaient déjà bien changé. Carolyn, c'est le nom de ma femme, en avait assez de cette vie faussement diplomatique où nous gagnions beaucoup d'argent sans pouvoir le dépenser.

Carolyn est une vraie londonienne et les ragots de femmes saoules, entendez les parties de bridge de ces dames, eurent tôt fait de la lasser. C'est la raison pour laquelle je la soupçonne d'avoir affectueusement intrigué pour que nous rentrions en métropole. Quoiqu'il en soit, je ne pouvais pas refuser, il s'agissait d'une promotion. D'ailleurs, le bien de Carolyn suffisait à vaincre mes dernières réticences. C'est à mon club de Regent's Street, un club fréquenté par tous les coloniaux nostalgiques, que j'entendis reprononcer le nom de Durram. Je ne l'avais pas revu depuis bien avant la guerre. Voilà ce que j'ai appris.

Très vite, Nicholas songea à quitter l'île, à s'éloigner de Penang et de tout ce qu'il y avait vécu mais il finit par se rendre compte qu'il était impossible de se fuir soi-même. C'est tout du moins la version la plus plausible, celle qu'il donnait les rares fois où il acceptait de parler de cette période troublée. Après plusieurs voyages aux Indes et en Birmanie, Nicholas se décida donc à revenir dans sa plantation. Paradoxalement, c'était encore là qu'il se trouvait le plus en paix. Sa fortune s'accrut considérablement lors du premier conflit mondial avec le nouveau boum du cours des matières premières. Aussi, sans l'avoir vraiment cherché, Nicholas devint une notabilité incontournable de Georgetown.

Son ambition se réveilla. On le voyait partout et il se fit bientôt construire une somptueuse maison sur Millionnaire Row. A la fin des années vingt, la nouvelle société qu'il fonda avec Monsieur Tang acheva d'asseoir définitivement sa puissance. Nicholas développait une activité incessante, dans l'industrie du caoutchouc bien sûr, dans l'exportation d'œuvres d'art mais aussi dans le commerce des armes. Il travaillait sans cesse et pouvait rester introuvable pendant des mois ou organiser des fêtes somptueuses du jour au lendemain. Il passait pour imprévisible, insaisissable, réapparaissant en permanence là où on ne l'attendait pas. Tout le monde le craignait et chacun avait une histoire à murmurer à son sujet. La vérité était qu'on ne savait à peu près rien et qu'il se plaisait à alimenter les légendes. C'est à cette époque qu'il fit chasser Morton du poste de Gouverneur en le compromettant dans une affaire de pots de vin dont personne ne connut exactement la teneur. Cette déchéance lui tenait particulièrement à cœur et on s'attendait à ce qu'il brigue ce nouveau poste.

A la surprise générale, Nicholas n'en fit rien, préférant régner comme un roi sans couronne sur toute l'économie de la région. La crise ne le toucha pas car il avait su la prévoir et réorienter l'essentiel de ses investissements vers les hydrocarbures qui ne furent jamais touchés par la baisse généralisée. Avec les années, Nicholas se faisait plus discret, on parlait moins de lui. Les nouvelles générations avaient d'autres soucis. Son nom était encore sur toutes les lèvres mais comme celui d'une marque de biscuits. Je crois qu'il songea même à se retirer complètement.

On l'avait presque oublié quand, en 1942, Nicholas revint sur la scène. Il fut un des premiers à dénoncer la menace japonaise et finança la résistance de l'île. C'est lors de son occupation qu'il fut gravement blessé, échappant de justesse à l'internement dans un camp, grâce à Rahman qui avait réussi à le faire fuir par le Nord. Eilleen était morte depuis longtemps et c'était la seule affection qui lui restait, car Nicholas ne se maria jamais. Quand Rahman disparut à son tour, Nicholas vendit tous ses biens et décida de rentrer au pays.

C'est donc par un matin humide de septembre 1953 que la petite gare de Penzance vit débarquer ce fils prodigue et désenchanté. Nicholas avait soixante-huit ans et de quoi s'installer là où il lui plairait. Son choix n'était pas encore fixé. Personne n'était au courant de son arrivée et à dire vrai, personne ne l'attendait. Lord Havington lui avait bien envoyé une lettre ou deux les premières années pour le tenir au courant des progrès d'Anthony mais Nicholas n'y avait jamais répondu. Aussi bientôt ce fut le silence complet. Nicholas pensait que la seule chance de cet enfant était d'ignorer le passé. Pourtant avec le recul, il était intrigué à l'idée de revoir ce neveu qu'il assimilait au pays de son enfance. C'était un homme maintenant et les souvenirs ne pourraient plus rien y changer. Nicholas ne voulait pas quitter cette terre sans faire ce dernier voyage. Oh pas un pèlerinage, il ne tenait plus à rien depuis longtemps, juste un retour aux sources pour boucler la boucle.

— L'Angleterre sans brouillard, c'est comme la France sans champagne... pas de poésie... Le chauffeur de taxi qui l'avait pris à la gare cherchait visiblement à engager la conversation. Cet homme était bizarre. Il avait laissé ses malles à la consigne et n'était monté qu'avec un petit sac de voyage... C'est la première fois que vous venez dans le pays ?

— Non... Nicholas rabattit son col. Il avait perdu l'habitude des automnes britanniques et du froid qui pouvait vous glacer jusqu'aux os, si tôt en saison... Je suis né ici. Je ne suis donc pas bavard.

— Comme vous voudrez... Le chauffeur ronchonna, un peu vexé... C'était juste pour causer.

Nicholas ne répondit pas. Il ôta son gant et nettoya la buée qui lui cachait le paysage. La voiture descendait la colline et après le tournant, on verrait le village. Là, c'était le clocher... oui, le clocher de Gullcowes et le pont roman qui enjambait la Till. Nicholas s'y voyait encore, courir à bicyclette au milieu des genêts à l'odeur de pêche. Tout cela était si loin maintenant.

— Vous savez qui a repris l'épicerie de Mrs Hudson ?... Nicholas se penchait vers le fauteuil avant.

— De qui ?... Le chauffeur le regardait dans le rétroviseur. Tiens, la langue lui revenait.

— Mrs Hudson... Mrs Jane Hudson.

— Jamais entendu ce nom-là… De toute façon, ça fait vingt ans qu'il n'y a plus aucun commerce ici ! Tout le monde va faire ses courses à Helston… C'est à cinq kilomètres au nord.

— Je connais… Nicholas avait été un idiot de croire qu'il resterait encore des traces de son monde. Il n'avait qu'à ouvrir les yeux pour voir que tout avait disparu. La rue principale était goudronnée et c'est à peine s'il reconnaissait les façades fraîchement repeintes. L'épicerie de Mrs Hudson était devenue un garage. Il y avait un feu rouge devant la maison du juge Fowler. Pauvre homme, lui qui était si fier de son olivier… Les nouveaux propriétaires avaient tout bétonné. Au nombre de boîtes aux lettres on devinait que la grosse demeure géorgienne, le "Palazzo", comme on l'appelait au début du siècle, avait dû être transformée en appartements. Il n'y avait que le presbytère qui n'avait pas bougé. Nicholas aperçut un homme qui en sortait.

— Bonjour Révérend !… Le taxi avait klaxonné. Le pasteur qui l'avait salué ne devait pas avoir plus de trente-cinq ans. Le pasteur Bowles, sa femme ; tous ces visages s'étaient évanouis.

— Prenez à gauche puis deux fois à droite… Nicholas montrait le chemin du doigt.

— Mais, ça ne mène nulle part… On arrive sur la lande.

— Faites ce que je vous dis !

— Après tout, c'est vous qui payez !…

— C'est là ! Attendez-moi, je vais prendre le sentier… Nicholas ouvrit la porte et avança sur le chemin défoncé. La côte était toujours aussi rude et le vent grossi par le bruit de la mer. Nicholas n'avait plus le souffle de ses vingt ans et s'arrêta plusieurs fois. Il avait secrètement espéré vibrer, s'émouvoir en suivant ses pas d'autrefois, mais rien. Le cottage était toujours debout, dominant la campagne et les flots. Nicholas l'aurait cru plus grand.

Il était en bon état et sans les volets clos, il aurait presque eu l'air habité. Tout ce passé qui lui sautait à la figure, c'est justement ce qu'il était venu chercher, un peu de sa vie qui s'était enfuie. Nicholas essaya d'ouvrir la porte, elle était fermée. Il avait à peine tremblé en tournant la poignée. C'était idiot, cela n'avait pas de sens ! Pas plus de sens que de revoir une coquille vide. L'âme de cet endroit s'était envolée depuis des années. Il ne restait rien que de la pierre, étrange et froide. Nicholas haussa les épaules. A quoi pouvait-il s'attendre d'autre ? Peut-être était-ce lui qui ne pouvait plus rien éprouver ? Il avait déjà ressenti tout ce qu'un homme pouvait humainement ressentir.

— A Havington Castle !… Nicholas était redescendu plus vite qu'il n'était monté. Il ne lui restait plus que cette dernière curiosité.


La voiture traversait les grilles. Le château qui se dressait au loin n'avait rien perdu de son allure majestueuse et Nicholas se demandait ce qu'il allait y trouver. Il savait que les Havington y vivaient toujours mais Anthony serait peut-être absent, à Londres ou en voyage. Se souvenait-il seulement de lui et dans quel état d'esprit Charles l'avait-il élevé ? Nicholas éteignit sa cigarette. Il ne pouvait s'empêcher de sourire en réalisant que c'était la première fois qu'il traversait ce parc sans être coursé par les chiens.

Autrefois Lisa et lui passaient là-bas, par le vieux mur qu'il devinait à travers le feuillage des arbres centenaires. Nicholas imaginait Lisa remontant cette allée avec son vieux vélo, le premier jour où elle avait dû se présenter. Telle qu'il la connaissait, elle devait pester sur sa robe et se forcer à n'en rien montrer !

— Je vous laisse là… Deux grosses voitures stationnaient dans la cour d'honneur et son taxi refusait de s'y aventurer. Le chauffeur ne voulait pas se l'avouer mais il était impressionné, comme tous les gens du pays. Nicholas prit son sac et monta lentement les marches du perron. Il hésita une seconde avant de sonner. Ce n'était pas de la timidité, juste une appréhension de pénétrer dans un lieu qui lui avait toujours été interdit.

— Je voudrais parler à Lord Anthony Havington... Nicholas sentit son cœur battre un peu plus vite. Il se surprit à avoir peur de la réponse et cherchait à voir derrière l'épaule du portier.

— Mylord est à cheval... Le domestique portait la livrée noire et bleue de la maison. Il était immense et Nicholas n'apercevait qu'un hall de bois sombre... Monsieur avait rendez-vous ?

— Non, mais je suis certain que Lord Havington me recevra.

— Je crains que vous ne deviez revenir un peu plus tard... Laissez votre carte si vous le désirez...

— Martin, qu'est-ce que c'est ?... Le domestique se retourna. Une femme d'une quarantaine d'années arrivait son tour dans l'entrée. Ses traits étaient un peu trop forts, ses gestes un peu trop étudiés mais elle était assez belle avec l'art de celles qui savent tirer le maximum de ce que la nature leur a donné. Ses cheveux auburn faisaient ressortir sa peau légèrement ambrée et cette émeraude magnifique qu'elle portait au doigt. C'était une américaine, son accent ne laissait aucun doute et son pantalon moins encore.

— Une visite pour Milord, Milady.

— Tiens donc !... Nous n'attendions personne.

— Je suis Nicholas Durram... Nicholas ôtait son chapeau.

— Durram ?... La femme le regarda un peu étonnée... Vous êtes de la famille de mon mari ?

— En fait, je suis son oncle... Nicholas serra la main qu'elle lui tendait. Anthony était donc marié. C'était évident mais Nicholas n'y avait même pas pensé. Pour lui le temps s'était arrêté… Le frère de sa mère pour être exact. J'aurais dû vous avertir mais…

— Non, je vous en prie… Entrez !… La femme posa un paquet d'enveloppes sur un plateau en argent.

— N'ayez crainte, je ne fais que passer… Nicholas avait surpris un coup d'œil sur son sac de voyage… Je reprends un train en fin de journée.

— Vous êtes le bienvenu !… Ce ne sont pas les visites qui nous étouffent. Je m'ennuie à périr dans ce bastringue… Je n'aime que New York… Elle se recoiffait dans le grand miroir qui jouxtait l'escalier… Je vous choque ?

— Pas du tout… Nicholas sourit. Cette femme était sympathique et beaucoup plus directe que ce à quoi il était habitué.

— Ah excusez-moi… Je m'appelle Deborah !… Je ne devrais pas vous dire cela non plus mais je crois bien qu'Anthony ne m'a jamais parlé de vous.

— C'est compréhensible… La dernière fois que je l'ai vu, il n'avait pas encore un an… Nicholas enlevait son manteau. Lisa ne lui avait pas menti. Tout était immense jusqu'au lustre vénitien qui descendait du plafond sur presque trois étages. Deborah eut un petit soupir de lassitude. Elle aussi devait avoir l'impression de vivre dans un grand hôtel sur le point de fermer.

— Il est si mystérieux sur tout… Enfin, on ne le refera pas !… Deborah fouillait dans son sac pour y chercher des clés… Je dois aller en ville, je suis désolée… Je vais le faire prévenir… Elle décrocha un téléphone… Mais en attendant vous serez peut-être curieux de revoir ma belle-mère. Vous l'avez connue je suppose ?


Ainsi Milady était toujours de ce monde. Nicholas fit rapidement ses comptes. Elle devait être très âgée, quatre-vingt-huit ans au bas mot. Il était presque ému à l'idée de la rencontrer et un peu troublé qu'elle l'ait aussi facilement accepté. Il suivait Martin à travers les corridors et les salons. Le domestique le précédait en silence. Nicholas entrevit la galerie de portraits dont Lisa lui avait parlé. Il n'eut pas le loisir de s'y attarder. Martin avait choisi de passer par des portes dérobées. Du feu brûlait déjà dans tous les foyers malgré l'heure matinale. Des femmes de chambre allaient et venaient, s'activant au ménage. On avait ouvert une des grandes fenêtres de l'escalier pour y battre une tapisserie. Nicholas avait l'impression de tout reconnaître.

— Par ici, monsieur... Martin s'était effacé après l'avoir annoncé.

— Durram!... Voilà bien un nom que je ne croyais plus jamais entendre prononcer... Milady était dans un fauteuil, près de la cheminée de son boudoir mauve. Elle trônait dans la seule pièce où elle aimait encore se rendre, si l'on exceptait sa chambre et son jardin d'hiver. Nicholas la distinguait à peine car les rideaux étaient encore tirés et il n'y avait que la lumière des flammes pour l'éclairer. Une forte odeur de tubéreuse planait dans la pièce. On venait certainement d'y distiller du parfum... C'est faux. A mon âge, on passe son temps se mentir.

— Vous pouviez avoir raison. Je suis venu presque par hasard... Nicholas ne savait pas très bien quelle attitude adopter. La rencontre était si inattendue. Il était là pour tout autre chose et voilà qu'il se trouvait devant cette femme qu'il croyait disparue depuis des années, réapparaissant comme un fantôme du passé.

— Eh oui, je suis toujours là!... Milady avança une main couverte de bagues, très consciente de l'effet produit. Elle paraissait petite et fragile comme une enfant mais sa voix détrompait immédiatement... Rassurez-vous, j'avais fini par croire que vous étiez mort vous aussi! Nous nous imaginions autrement. Pour l'un et l'autre nous venons de prendre cinquante ans d'un coup.

— Le sort nous joue parfois de vilains tours… Nicholas avait du mal à se déplacer dans cette semi-obscurité.

— Pardonnez-moi mais la lumière me fait mal aux yeux… Venez vous asseoir à côté de moi. Nous pourrons discuter un peu. Vous avez fait connaissance avec ma bru. Comment la trouvez-vous ?

— Très belle… Nicholas répondit mécaniquement. Il venait d'apercevoir une console recouverte de photos de Clive. Milady s'en rendit compte mais ne dit rien… Elle vient de New York si j'ai bien compris.

— Oui… Milady le fixa longuement. Elle avait un regard magnifique et d'une grande acuité… Elle n'est pas belle, elle est caractéristique, c'est tout autre chose… Milady haussa les épaules… Je n'ai rien à dire, c'est elle qui a payé toute la réfection de la maison… Nous étions quasiment ruinés, vous savez ?

— Je dois avouer que non. Nicholas s'approcha du feu.

— Charles n'a jamais rien entendu aux affaires… Milady remuait les bûches avec un tisonnier… Alors vous voilà de retour en Angleterre…

— Oui… Nicholas répondait laconiquement. Milady ne semblait pas lui en tenir rigueur. L'un et l'autre évitaient soigneusement le sujet qui avait bouleversé leur vie et cela les rendait presque complices. Nicholas sentit que le simple fait d'être ensemble leur faisait du bien. Ils étaient les deux derniers à pouvoir témoigner, ce qui leur donnait le droit au silence.

— Je vis dans le passé mais j'ai horreur d'en parler… Milady avait lu dans ses pensées… Je suis persuadée que vous me comprenez… Tiens voilà notre cavalier !… Anthony entrait en coup de vent. Milady lui fit signe d'approcher.

— Bonjour monsieur !… Anthony lui serra la main… Pardonnez-moi mais j'aurai beaucoup de mal à vous appeler mon oncle.

— Bonjour Anthony… Nicholas s'était levé.

Anthony alla à la fenêtre et ouvrit un rideau.

— Vous devriez aérer un peu… Nicholas n'en revenait pas de ce qu'il voyait. Il avait beau chercher une ressemblance avec Lisa ou avec un membre quelconque de leur famille, rien sauf peut-être les cheveux bruns. Anthony était le portrait de Charles Havington, mêmes traits, même voix jusqu'à cette morgue un peu hautaine qu'il avait eu tant de joie à briser.

— Il fait si froid… Milady observait Nicholas.

— C'est très aimable de passer nous voir… Anthony mangeait presque ses mots. Il n'avait pas l'air de s'intéresser le moins du monde à ce parent oublié. En fait, la présence de Nicholas l'embarrassait. Anthony était bien trop orgueilleux pour vouloir se souvenir du secret de sa naissance. On n'en avait que trop parlé. Il avait fallu toute l'autorité d'un Charles Havington pour faire oublier qu'en fait, il n'était qu'un bâtard tardivement reconnu. Aujourd'hui le temps et la fortune de sa femme avaient relégué cette histoire dans les vieilles annales un peu honteuses d'une des grandes familles d'Angleterre. Cet oncle qui ressurgissait de l'ombre ne lui disait rien qui vaille. Dans le pays, avec le retour d'un Durram, on allait encore jaser… Bien sûr, vous resterez avec nous pour le déjeuner.

— Si vous insistez… Nicholas aurait voulu partir tout de suite mais après tout il ne détestait pas l'idée de voir ses dernières illusions s'envoler. En quelques secondes, Anthony venait de détruire à jamais le peu de remords qu'il lui restait. Il avait bien fait de laisser partir ce garçon loin de lui.

— Vous comptez revenir vous installer au cottage ?

— Non, je ne le pense pas.

— Ah… Anthony se détendait un peu… Ne croyez pas que j'aurais voulu vous en empêcher mais il est en si mauvais état que j'aurais eu des scrupules à vous le laisser.

— Je vais sans doute me fixer à Londres. Nicholas se garda bien de dire qu'il y avait pensé. J'y ai quelques amis.

— Très bien, très bien… Comme cela, nous pourrons nous voir de temps en temps… Anthony s'adressa à Milady… Vous descendrez aujourd'hui ?

— Oui, je crois.

— Bon ! Je déteste vous savoir toujours enfermée.

— Vous montez beaucoup à cheval à ce qu'il paraît. Nicholas ne trouva que cette banalité pour cacher sa déception. C'est comme si Lisa était morte une seconde fois.

— Oui, d'ailleurs j'entraîne mes chevaux pour le Derby… Si vous voulez m'accompagner, je vous ferai visiter les écuries… Anthony regardait sa montre.

— Je suis sûr que ton oncle n'en a aucune envie… Milady avait posé sa main sur sa canne.

— Vraiment ?… Anthony n'insistait que par politesse.

— Vraiment !… Nicholas se rassit… Les matins anglais ne me valent plus rien.

— Dans ce cas nous nous retrouverons dans la salle à manger… Anthony sourit et sortit en claquant la porte.

— Il a toujours été comme cela… Milady se tourna vers Nicholas.

— Je voulais juste le voir, juste le voir… Nicholas posa son regard sur une des photos de Clive.

— Avouez que vous vous attendiez à autre chose… Milady avait un peu de lassitude dans la voix.

— Je ne peux pas le lui reprocher… Nicholas se mentait à lui-même, comme il le faisait depuis tant d'années.

— Il ne ressemble à aucun de ceux que nous avons aimés… Milady baissa les yeux… Les grands secrets se disent dans de petites pièces. C'est Charles tout craché ! Il y a longtemps que j'ai compris… Je l'ai payé aussi cher que vous.

— Ainsi vous saviez !?

— J'ai mis longtemps à l'accepter… Je sais ce que vous ressentez. C'est notre lot à nous, les survivants… Milady respirait plus difficilement. Elle appuya sur une sonnette… Il faut que je me repose un peu. Il y a un endroit que j'aimerais que vous visitiez... Je sais que vous ne le regretterez pas... On frappait... Entrez!

— Milady m'a appelé... Un vieux majordome s'inclinait. Milady lui dit une phrase l'oreille.

— Je vous laisse aller... Lady Havington souriait à Nicholas... Suivez Johnson sans poser de questions. Nous nous reverrons plus tard... et croyez-moi, j'ai été ravie de vous rencontrer.

— Monsieur n'a qu'à aller tout droit et tourner après le grand châtaignier... Johnson ouvrait une porte qui donnait sur le jardin.

— Vous ne m'avez pas répondu... Nicholas ne comprenait pas.

— J'ai bien connu votre sœur Monsieur. Elle aimait beaucoup cet endroit.

— Vous avez connu Lisa?

— J'avais vingt ans à l'époque.

— C'est toujours magnifique l'époque de ses vingt ans!... Nicholas lui tapa sur l'épaule.

— Monsieur ne regrettera pas...

— Je vous fais confiance!

Nicholas descendit trois marches et respira profondément. Tout cela n'avait pas grand sens mais il n'était pas mécontent de faire quelques pas pour changer d'air. Ce soir, tout cela serait loin et Londres effacerait cette impression d'amertume dont il n'arrivait pas encore à se débarrasser. Il dépassa le châtaignier et tourna comme convenu.

Soudain, c'était un tout autre décor, sauvage et mystérieux. C'est vrai, Lisa avait sûrement dû l'aimer. L'ordonnancement des pelouses et des bouquets d'arbres faisait place à de gigantesques vipérines à fleurs bleues qui jaillissaient d'un peu partout, semblant ouvrir des passages à travers le jaune d'or des phlomis. Nicholas secoua la tête et y avança comme parmi les tours imaginaires de ses jeux d'enfants. Le soleil se décidait enfin à percer, faisant évaporer les dernières gouttes de rosée. Il longeait la jungle des gunneras et se laissa surprendre par l'odeur de l'herbe humide de septembre, un parfum déjà riche de feuilles et de terre brune. Le spectacle était si beau que Nicholas commençait à prendre un réel plaisir à se promener. Le terrain descendait en pente douce et il entreprit de suivre le sentier. En contrebas, de gigantesques serres rouillaient comme des coques de navires renversés, cernées par l'écume des arums au blanc immaculé. Nicholas s'en approcha et aperçut un autre mur qui devait cacher le jardin des fleurs à couper. C'est alors qu'il entendit une voix de femme. Non, il avait dû se tromper…

— Lisa, Lisa… Venez, maintenant il faut rentrer.

— Une seconde Duncan, j'ai presque terminé !

Nicholas sentit son cœur se serrer. Il hésitait à faire un pas de peur d'avoir rêvé. A quelques pas de lui, juste derrière l'enceinte, Lisa cueillait un bouquet de roses. Ses longs cheveux noirs flottaient au vent et elle riait, elle riait. C'était impossible, il devenait fou ! C'était cet endroit et son imagination qui vagabondait. Pourtant, tout cela semblait bien réel. Nicholas ne pouvait plus bouger, il s'adossa au muret n'osant pas faire le moindre bruit. La jeune fille l'avait vu à son tour. Elle relevait la tête dans sa direction. Elle s'approchait maintenant. Nicholas la regardait sans pouvoir articuler un son.

— Bonjour !… Je suis Lisa Havington… Elle le fixa… Nous nous connaissons ?

— Je… Je suis Nicholas… Nicholas Durram.

— C'est vous ?!… Duncan vient de me prévenir.

— Vous êtes, vous devez être… Nicholas n'arrivait pas à y croire… la fille d'Anthony ? C'est bien cela ?

— Oui… Lisa avait l'air de s'amuser de sa surprise… Eh bien, on dirait que vous avez vu un revenant !

— C'est que j'ai cru un instant que… Nicholas n'arrivait pas à terminer sa phrase.

— Oui, je sais ! Pardonnez-moi. Il paraît que je

ressemble beaucoup à grand-mère... Lisa débordait de joie de vivre... J'en suis plutôt fière, tout le monde m'a dit qu'elle était jolie !

— Oui... très.

— Vous devez avoir tellement de choses à raconter. Maintenant que vous êtes là, je ne vous lâche plus !

— Parlez-moi de vous... Nicholas était au bord des larmes. Jamais il n'aurait cru que cela puisse encore lui arriver. Sa sœur était là, devant lui, telle qu'il l'avait quittée. Il avait fallu tout ce gâchis pour que naisse enfin celle qui avait tout ce qu'ils avaient souhaité.

— Vous ne vous sentez pas bien ? Lisa l'avait vu pâlir.

— Ce n'est rien... Nicholas ne pouvait pas arrêter de la regarder.

— Venez, je vais vous faire visiter mon jardin. Vous en apprendrez plus sur moi que tout ce que je pourrais dire... Nicholas écoutait sans un mot. Il se laissait guider... Ici, j'ai planté des iris et des euphorbes... et là des cordylines... C'est drôle, vous êtes exactement tel que je le pensais. Priscilla Bowles parlait souvent de vous.

— Je sais pourquoi, il fallait que je revienne ici... Nicholas lui prit la main.

— Vous comptez rester ? Vous pourriez vous installer au cottage ou vivre au château avec nous.

— Ça, je ne le pense pas... Nicholas lui sourit comme il souriait à sa sœur bien des années plus tôt... Mais je vous remercie de me l'avoir demandé.

— Restez, restez ! Vous verrez comme la vie peut-être merveilleuse ici !

— Je dois rentrer à Londres... Nous ne serons pas très loin... Nicholas eut la conviction que c'était sa paix qu'on lui envoyait. Il ne voulait pas intervenir une seconde fois dans la vie de Lisa. Cette fois-ci, il s'effacerait. C'était la seule preuve d'amour qu'il puisse encore lui donner, celle qui lui permettrait à nouveau d'exister.

Hugh avait raison, en Asie la mort n'existe pas.

CET OUVRAGE
A ÉTÉ REPRODUIT
ET ACHEVÉ D'IMPRIMER
SUR ROTO-PAGE
PAR L'IMPRIMERIE FLOCH
À MAYENNE EN NOVEMBRE 1997

N° d'impression : 42566.
Dépôt légal : novembre 1997.

*(Imprimé en France)*